Le fruit défendu

ERICA SPINDLER

Le fruit défendu

BestSellers

Titre original : FORBIDDEN FRUIT

Traduction française de DANIÈLE LARUELLE

Photos de couverture

Paysage : © ARKNA / ROYALTY FREE / FOTOLIA
Feuillage : © ANNA KHOMULO / ROYALTY FREE / FOTOLIA
Grille : © MICHEL TCHEREVKOFF / GETTY IMAGES

Réalisation graphique couverture : T. SAUVAGE

83/85 boulevard Vincent-Auriol 75646 PARIS CEDEX 13.
Service Lectrices — Tél. : 01 45 82 47 47
www.harlequin.fr

ISBN 978-2-2808-5117-6 — ISSN 1248-511X

Prologue

Louisiane, 1959

Assise à la fenêtre de sa chambre du second étage, Hope Pierron contemplait le Mississippi et souriait aux anges. L'anxiété et l'excitation lui nouaient le ventre, mais elle tenait ces émotions sous le joug d'une volonté de fer. Elle attendait ce moment depuis toujours et il ne fallait pas qu'elle se trahisse en laissant voir son impatience.

Elle posa la main sur la vitre tiède qu'elle aurait tant aimé briser pour pouvoir s'envoler. Depuis quatorze ans qu'elle était prisonnière des murs rouges de la maison, combien de fois n'avait-elle pas rêvé de s'échapper par la fenêtre ? Rêvé d'être un oiseau et de prendre son essor pour voler vers la liberté ?

Bientôt, elle ne regretterait plus de ne pas avoir d'ailes. Bientôt, elle serait libre, libérée de cette maison, des stigmates du péché. Libérée de sa mère, des gens qu'elle connaissait.

Bientôt, aujourd'hui même, elle renaîtrait à la vie. Une nouvelle vie.

Hope ferma les yeux, songea à son avenir, mais ce fut le passé et cette maison détestée qui lui apparurent. La maison Pierron s'était établie à River Road pour s'intégrer aussitôt à la culture locale. C'était pendant l'été 1917, peu avant le désastre de Storyville. Sa grand-mère Camelia, première des sous-maîtresses Pierron, s'y était alors installée avec sa fille et ses demoiselles.

Curieusement, pas une protestation ne s'était élevée malgré les visites répétées des messieurs. Après toutes ces années, la maison et ce qui se passait derrière ses murs ne causaient toujours pas de scandale. On l'acceptait pour ce qu'elle était, comme la chaleur et les moustiques en août ; on la tolérait avec résignation et un soupçon de dédain.

Ce qui était somme toute bien naturel, songea Hope. N'était-on pas ici en Louisiane, lieu où la nourriture, la boisson et toutes les ivresses des sens faisaient partie du quotidien au même titre que la messe et la confession ? Les habitants de Louisiane prenaient leurs pénitences avec la même joie de vivre que leurs plaisirs ; ils savaient que, de manière obscure, la maison Pierron symbolisait à elle seule ces deux pôles opposés.

D'architecture néoclassique, le bâtiment était une petite merveille avec son imposante colonnade dorique et ses balcons en galerie tout autour de la façade. Ironiquement, à certaines heures de l'après-midi, la maison se nimbait au soleil d'une blancheur virginale, d'une sorte d'aura mystique. Mais au couchant, toute illusion de sainteté se dissipait. Des hommes comme Jelly Roll Morton et Tony Jackson animaient l'endroit de leur musique, musique que renvoyaient les murs avec l'écho des rires provenant de l'intérieur : rires de ceux qui étaient venus goûter le fruit défendu auprès de celles qui le vendaient.

Depuis quatorze ans, elle subissait ces rires, voyait soir après soir les demoiselles de sa mère entraîner leurs messieurs dans l'escalier. Recouvert d'un épais tapis rouge comme le péché, cet escalier conduisait aux six vastes chambres du premier, des chambres luxueusement décorées de soies et de brocarts, des chambres où trônaient de grands lits moelleux destinés à donner aux hommes l'illusion d'être des rois, voire des dieux, par les nuits particulièrement propices.

Hope avait toujours su ce qui se passait dans ces chambres. Hope avait toujours su qui elle était : la fille de la putain, une enfant du péché.

Tapie dans des cachettes secrètes, elle avait observé par de minuscules fentes à peine visibles les ébats des hommes et des femmes. Parfois, tandis qu'un couple se contorsionnait sur le lit, elle se balançait d'avant en arrière, les cuisses serrées l'une contre l'autre, le souffle court.

Dans ces moments-là, le Mal s'emparait d'elle, la possédait, exigeait un assouvissement impur.

Honteuse, pleine de remords, Hope se punissait ensuite. Cette façon qu'elle avait de se toucher, les choses qu'elle observait, tout cela était mal, appartenait au péché. Elle avait découvert son péché à la messe et au catéchisme, assise seule, à l'écart, parce que les autres enfants refusaient de l'approcher. Et cependant, en dehors de l'église, entre les murs de la maison, ces conduites étaient appréciées, encouragées, surtout par les hommes qui riaient la nuit et détournaient les yeux le jour.

En entendant craquer les marches qui menaient à sa chambre, Hope regarda vers la porte. Quelques instants plus tard, sa mère parut au seuil de la pièce.

Lily Pierron était d'une beauté stupéfiante, comme toutes les femmes Pierron. Son visage, sa silhouette ne semblaient pas vieillir malgré les années. Ses cheveux étaient toujours de ce même noir profond aux reflets bleus. Les autres catins jasaient derrière son dos ; Hope avait surpris leurs chuchotements. Elles prétendaient que

Lily avait fait un pacte avec le diable, comme toutes les femmes Pierron.

Toutes, mais pas Hope. Hope n'était pas aussi belle que sa mère — elle avait les cheveux bruns et non pas noirs, les yeux d'un bleu pâle délavé et non pas bleu pervenche, les traits anguleux et non pas sensuels.

Elle était moins belle parce que le Mal avait moins d'emprise sur elle.

— Bonjour, maman, murmura Hope, affectant un sourire doux et triste.

Sa mère lui rendit son sourire mélancolique et entra dans la pièce.

— Tu as l'air si adulte soudain. C'est à peine si je te reconnais.

Hope sentit son cœur lui marteler la poitrine.

— C'est pourtant moi, maman.

Lily eut un petit rire et agita la tête.

— Je sais, mais je te revois bébé comme si c'était hier.

Hier ? Elle était prisonnière de ces murs depuis une éternité !

Lily s'approcha du lit sur lequel était posé, ouvert, un grand sac de voyage. Hope remarqua que sa mère faisait un effort pour ne pas pleurer, et elle se demanda si Lily voyait que les yeux de sa fille étaient secs, que sa voix et ses mains ne tremblaient pas. Elle se demanda ce que dirait sa mère si elle savait la vérité, si elle savait que sa fille partait dans la ferme intention de ne plus jamais la revoir.

— C'est ton dernier bagage ? La navette ne devrait plus tarder.

— Oui, maman. J'ai déjà descendu les autres.

Lily rangea soigneusement le reste des effets dans le

sac de cuir, fit basculer les fermoirs, puis elle leva vers Hope un regard brouillé par les larmes.

— Là. Tu es prête à... partir.

Le dernier mot s'étrangla dans sa gorge.

Hope s'obligea à aller vers sa mère. Elle prit la main de Lily et la posa contre sa joue.

— Tout se passera bien, maman. Memphis n'est pas si loin.

— Bien sûr, mais... Que vais-je devenir sans toi ? Tu es ce que j'ai de mieux... la seule bonne chose qui soit arrivée dans ma vie. Tu me manqueras terriblement.

Réprimant un sourire, Hope prit sa mère dans ses bras, se cacha la face contre son épaule.

— Tu me manqueras aussi. Beaucoup. Peut-être que je ne devrais pas partir. Que je devrais rester pour t'aider...

— Ah non, certainement pas.

Lily lui encadra le visage de ses mains.

— Je ne veux pas que tu finisses comme moi, tu m'entends ? Je ne le tolérerais pas. C'est ta chance, prends-la. Je l'ai voulu ainsi. C'est pour cela que je t'ai appelée Hope[1]. Tu as toujours été mon espoir pour l'avenir. Il faut que tu t'en ailles.

Cette fois, Hope ne put s'empêcher de sourire.

— Tu seras fière de moi, maman, tu verras.

— Je sais, dit Lily en laissant retomber les bras le long du corps. Tout est en ordre. Ta place t'attend à l'académie St. Mary. Tu viens de Meridian dans le Mississippi, tu es l'unique enfant de parents fortunés...

— ... qui sont à l'étranger, acheva Hope.

Elle croisa les doigts, soudain nerveuse.

— Et si quelqu'un découvre la vérité ? Si l'une de mes camarades de classe est originaire de Meridian ? Si...

1. *Hope* signifie espoir.

— Personne ne découvrira la vérité. Mon ami a veillé à tous les détails. Nul ne vient de Meridian dans l'école. La directrice elle-même pense que tu t'appelles Hope Penelope Perkins. On ne mettra jamais ton histoire en doute. Tu es rassurée maintenant ?

Hope scruta un moment le visage de sa mère, puis elle acquiesça de la tête. Elle savait que l'« ami » en question n'était autre que le gouverneur du Tennessee. Ses relations avec Lily remontaient au déluge, et cette dernière connaissait bon nombre de ses plus noirs secrets — secrets qu'elle emporterait dans la tombe. Tant de loyauté méritait bien sûr quelques petites faveurs en récompense.

Un coup de Klaxon déchira l'air moite de l'après-midi. La gorge nouée, Hope se précipita à la fenêtre. En bas, dans la rue, la navette de l'aéroport attendait et Tom, le valet de pied, aidait le chauffeur à charger les bagages.

Lily rejoignit sa fille près de la fenêtre.

— Mon Dieu ! C'est déjà l'heure.

Elle posa les mains sur les épaules de Hope et appuya la joue contre sa chevelure.

— Je vais avoir de la peine.

Hope inspira profondément. La joie bouillait en elle à l'étouffer. Elle serait bientôt libre. Encore quelques minutes, et elle ne reverrait plus jamais sa mère ni cette maison exécrée. Elle prit sur elle pour ne pas rire tout haut.

Lily soupira.

— Allons, il est temps de descendre.

— Oui, maman.

Hope empoigna le sac de voyage, et elles descendirent l'escalier. En bas, les filles attendaient dans le hall. Toutes serrèrent Hope dans leurs bras, l'embrassèrent, lui souhaitèrent bon voyage, lui firent promettre d'écrire.

La plus jeune du groupe, à peine plus âgée que Hope, lui donna une pomme, une belle pomme rouge et mûre.

— Pour si tu as faim, lui murmura-t-elle, les larmes aux yeux.

Hope accepta le fruit qui lui brûlait la main comme un acide. Elle aurait voulu le jeter, mais elle s'obligea à regarder la catin dans les yeux.

— Merci, Georgie. C'est très gentil de ta part.

Puis elle sortit, accompagnée de sa mère. Une brise lente et chaude, odorante, montait de la rivière. Elle enveloppa Hope, la purifia de l'abominable odeur de la maison, de son histoire. De l'histoire de la maison qui était aussi la sienne.

Sa mère l'attira dans ses bras, la pressa contre son corps.

— Ma chérie, mon enfant chérie, comme tu vas me manquer.

Hope réprima un vif besoin de repousser sa mère pour courir vers le véhicule en attente. Elle se laissa embrasser une dernière fois et se promit que jamais plus elle n'aurait à subir ce contact impur.

« Le contact du péché. »

Le chauffeur s'impatientait ; il toussota. Hope l'en remercia en silence, se dégagea doucement de l'étreinte de sa mère.

— Il faut que j'y aille, maman.

— Je sais, dit Lily qui luttait pour contenir ses larmes. Appelle-moi en arrivant.

— Je n'y manquerai pas, maman, je te le promets, mentit Hope.

Elle se dirigea vers la navette, comptant les marches du perron. Avec chaque marche, elle avait l'impression de se défaire d'un morceau de son passé. Ces lambeaux tombaient de ses épaules comme autant de guenilles humides et moisies, étouffantes.

Le chauffeur lui ouvrit la portière. Avant de prendre place à bord, elle jeta par-dessus son épaule un dernier regard à la maison, à sa mère qui se tenait dans son ombre, aux putains rassemblées sous le porche. Ses lèvres se retroussèrent en un petit sourire satisfait.

Aujourd'hui, elle renaissait sous le nom de Hope Penelope Perkins. Aujourd'hui, elle laissait le Mal derrière elle.

Lâchant subrepticement la pomme, elle monta en voiture.

PREMIÈRE PARTIE

Hope

1

La Nouvelle-Orléans, Louisiane, 1967

Le parfum presque entêtant des fleurs embaumait l'air, se mêlait aux odeurs de la maternité en une senteur étrange, trop douce, écœurante. De nouvelles compositions florales arrivaient toutes les heures, offrandes enthousiastes pour saluer la naissance du premier enfant de Philip St. Germaine, troisième du nom.

Tant d'excitation était naturelle puisque l'enfant hériterait du nom prestigieux, de la fortune familiale, du vénérable St. Charles, le petit hôtel de luxe que le premier Philip St. Germaine avait fait construire en 1908.

Rien n'était trop beau pour cet enfant-là.

Hope baissa les yeux sur le nouveau-né blotti dans le couffin près du lit. Un flot de désespoir, d'infinie déception montait en elle, amère marée de bile qui lui brûlait la gorge. Elle avait prié pour avoir un garçon. Elle avait dit le rosaire, fait pénitence. Sûre que ses prières seraient exaucées, elle avait refusé de choisir des prénoms féminins.

Mais ses prières n'avaient pas été exaucées. Au lieu de cela, elle était frappée de malédiction.

Elle avait mis au monde une fille, pas un garçon.

Comme sa mère et sa grand-mère avant elle, comme toutes les femmes Pierron depuis des générations.

Finalement, elle n'avait pas échappé au sort des Pierron, même si, pendant un temps, elle avait réussi à se convaincre du contraire.

Huit ans s'étaient écoulés depuis qu'elle avait quitté la maison de River Road, huit ans pendant lesquels elle avait mené à bien chacun de ses projets : elle avait laissé derrière elle sa mère et les stigmates du péché, elle avait épousé Philip St. Germaine, troisième du nom, un homme fortuné et de très bonne famille ; elle n'était plus la fille de la catin, mais une femme respectée dans la meilleure société de La Nouvelle-Orléans.

Hélas, son passé l'avait rattrapée, elle n'avait pas échappé à la malédiction des Pierron. Déjà, le bébé offrait toutes les promesses de la beauté avec sa peau claire, ses yeux bleu vif et ses cheveux noirs veloutés. Comme toutes les femmes Pierron, celle-ci aurait le don d'ensorceler les hommes, d'en faire des esclaves ; elle aussi porterait le terrible Mal en elle. Et ce Mal l'enchaînerait à une vie de péché et une éternité de damnation.

Hope frissonna. N'était-elle pas elle-même habitée par le Mal ? Et ce Mal n'échappait-il pas parfois à son contrôle malgré tous les efforts qu'elle déployait pour le dompter ?

Philip pénétra dans la chambre, radieux, le visage illuminé d'un sourire béat, les bras chargés d'une immense gerbe de roses roses.

— Ma chérie. Comme notre fille est belle, absolument parfaite.

Il déposa la gerbe sur le lit dans un froissement de Cellophane puis, prenant garde de ne pas réveiller le bébé, il se pencha pour effleurer le front de Hope d'un baiser.

— Je suis très fier de toi.

Hope se détourna, craignant que son époux ne voie ses vrais sentiments, l'étendue de son dégoût et de son désespoir.

Il s'assit sur le bord du lit, lui prit le visage, le scruta avec anxiété.

— Hope, ma chérie, que se passe-t-il ? Je sais que tu souhaitais me donner un fils. Mais c'est sans importance. Notre fille est le bébé le plus joli, le plus parfait qui soit au monde.

Se sentant à deux doigts de pleurer, Hope cligna des yeux, mais une larme fugitive roula sur sa joue.

— Ne pleure pas, mon amour, dit-il en l'attirant contre lui. Ce n'est pas grave, tu sais. Et puis, nous ferons encore des enfants, beaucoup d'enfants.

Hope crut que sa douleur allait l'anéantir. Elle savait une chose qu'ignorait son époux : il n'y aurait pas d'autre enfant. Comme ses ancêtres, elle ne pourrait mener une autre grossesse à terme. Cela aussi, c'était la malédiction. Les femmes Pierron n'avaient droit qu'à un unique enfant, toujours une fille. A cette fille, elles transmettaient la Maison avec l'héritage du péché.

Ses doigts se crispèrent sur la veste de son mari. Elle aurait tant voulu partager ses pensées avec lui, mais il serait choqué, horrifié d'apprendre la vérité sur son épouse si parfaite. Sur sa fille si parfaite.

Il ne fallait pas qu'il sache, jamais. Ravalant sa salive, elle enfouit le visage au creux de son épaule, respira l'odeur humide et fraîche de la pluie qui s'attardait entre les fibres de la fine étoffe de sa veste, odeur qu'elle préférait à celle, oppressante, de la pièce. Personne ne devait savoir.

— Si seulement..., murmura-t-elle avec juste ce qu'il fallait de regret dans la voix, si seulement mes parents étaient encore de ce monde pour la voir ! C'est vraiment trop injuste. J'en ai si mal parfois… c'est… c'est insupportable.

— Je sais, ma chérie.

Il la berça contre lui pendant quelques instants, puis il dénoua son étreinte et lui sourit.

— J'ai quelque chose pour toi.

Il tira de sa poche un petit coffret de cuir bleu nuit portant en lettres d'or la marque du plus grand joaillier de La Nouvelle-Orléans. Hope l'ouvrit d'une main tremblante. Sur le velours blanc de l'écrin reposait un rang de perles d'une régularité parfaite.

— Oh, Philip ! s'exclama-t-elle en portant à sa joue les perles fraîches et lisses. Elles sont d'une finesse exquise !

Il se tourna vers le bébé qui commençait à remuer.

— Elles lui appartiendront un jour. Cela m'a semblé judicieux pour l'occasion.

Tout le plaisir qu'avait éprouvé Hope à recevoir ce cadeau s'évapora. Elle remit le collier dans son écrin et suivit le regard de son mari. Déjà, il adorait sa fille. Il était sous le charme, ensorcelé, pris au piège du Mal. Et le nigaud ne s'était rendu compte de rien.

— La petite a fait sensation à la pouponnière, poursuivit-il sans détacher les yeux du couffin. Toutes les infirmières ont entendu parler d'elle, de sa beauté ; elles sont venues la voir de tous les étages. Elle a causé un bel embouteillage devant la vitre.

Il se retourna vers sa femme, lui recouvrit la main de la sienne, lui pressa tendrement les doigts.

— Je suis l'homme le plus heureux du monde.

Le bébé s'agita, gémit, puis se mit à pleurer. Hope se laissa aller contre les oreillers. Elle savait ce qu'on attendait d'elle mais ne pouvait se faire à l'idée de porter le nouveau-né à son sein.

Les vagissements de l'enfant se muèrent en cris stridents, exigeants, furieux. Philip plissa le front, visiblement décontenancé.

— Hope, ma chérie… elle a faim. Il faut que tu la nourrisses.

Hope secoua la tête, se recroquevilla davantage parmi les oreillers. A sa grande horreur, ses seins enflés et douloureux perdaient du lait. Le bébé hurlait maintenant à pleins poumons. Son visage cramoisi et convulsé de rage était d'une laideur terrifiante. D'une laideur de cauchemar que Hope connaissait bien.

Le Mal. Grand Dieu, que le Mal était puissant chez cette enfant !

Philip serra plus fort la main de Hope.

— Chérie… elle a besoin de toi… Il faut que tu la nourrisses.

Voyant que Hope ne bougeait pas, Philip prit sa fille dans ses bras, la berça maladroitement, mais elle criait toujours. Il la tendit à sa femme.

— Chérie, il le faut.

Hope regarda désespérément autour d'elle. Pas de fuite possible. Où que ses yeux se posent, elle voyait le Mal. Quelle sotte inconsciente elle avait été !

Elle n'avait pas échappé au sort des femmes Pierron. Elle n'y échapperait jamais. Prise au piège. Elle était prise au piège, captive comme elle l'avait été pendant toutes ces années.

— Je ne peux pas, articula-t-elle d'une voix que l'hystérie rendait aiguë. Je ne peux pas, c'est au-dessus de mes forces.

Une infirmière entra en trombe dans la chambre.

— Madame St. Germaine, que se passe-t-il ?

— Elle ne veut pas la nourrir, dit Philip. Elle ne veut pas la prendre. Je ne sais plus quoi faire.

— Madame, votre fille a faim, déclara l'infirmière avec autorité. Elle cessera de pleurer dès que…

— Non !

Hope tira les couvertures sous son menton. Elle les serrait si fort que ses doigts en devenaient gourds. La panique la tenaillait à la faire trembler.

— Je ne peux pas.

Elle tourna vers son mari ses yeux mouillés de larmes.

— Philip, je t'en prie, ne m'y oblige pas. Je ne peux pas, c'est au-dessus de mes forces.

Il la dévisageait comme s'il lui avait soudain poussé des cornes.

— Hope ? Qu'est-ce qui ne va pas ? Chérie, c'est notre fille, notre bébé. Elle a besoin de toi.

— Tu ne comprends pas… tu ne peux…

Le reste de la phrase se perdit dans un sanglot, et elle enfouit la tête dans ses oreillers.

— Allez… Allez-vous-en… Je vous en prie… Laissez-moi tranquille.

2

Philip August St. Germaine, troisième du nom, jouissait d'une vie idyllique, une vie si dénuée de soucis qu'on parlait de lui avec une pointe d'envie. Il était de bonne famille, il avait le meilleur en toute chose : la santé, la fortune, une carrure d'athlète, un physique agréable. Il avait passé ses diplômes avec aisance, en partie grâce à son intelligence innée, mais surtout grâce au charme qu'il avait acquis par son éducation.

En vérité, Philip n'avait jamais eu à se battre pour obtenir ce qu'il voulait. Ses diplômes, les femmes, sa situation, tout lui avait été offert sur un plateau d'argent. Au centre de ce plateau, le St. Charles brillait comme un joyau. Pour Philip, les années s'écoulaient, douces et propices.

Loin de s'inquiéter de cette facilité, il acceptait avec grâce ces dons comme un dû, comme le sort merveilleux qui lui était échu. Il s'apitoyait sur les souffrances des autres et n'oubliait jamais de se montrer généreux envers l'Eglise — en remerciement de ce qui lui était offert, et pour conjurer d'éventuels sentiments de culpabilité.

Jusqu'à trente-six heures plus tôt, Philip St. Germaine croyait sincèrement — avec une arrogance somme toute légitime — que le malheur et la laideur ne l'effleureraient jamais.

Et voilà que maintenant, planté devant la vitre de la pouponnière, il regardait une étrangère nourrir son bébé, sa fille si belle et si parfaite ; et voilà que cette même arrogance se retournait contre lui pour le narguer, que sa vie idyllique s'effondrait à ses pieds comme un château de cartes.

Depuis une journée et demie, il vivait un cauchemar dont il ne parvenait pas à s'éveiller. L'épouse qu'il adorait, cette femme douce et courtoise, lui était devenue incompréhensible. Une inconnue qui l'effrayait.

Il porta la main à sa tête douloureuse, alourdie par le stress et le manque de sommeil. Ce n'était pas seulement le fait qu'elle l'eût maudit, lui crachant au visage des jurons dont il n'imaginait pas qu'elle pût les connaître. Ce n'était pas seulement ces paroles haineuses qu'elle lui avait jetées lorsqu'il avait voulu qu'ils choisissent ensemble un prénom pour l'enfant.

Non. Ce qui le terrifiait, c'était son regard, ce regard où brûlait une flamme de folie. Lorsqu'elle avait posé sur lui ce regard-là, il avait compris au plus profond de son être que les beaux jours avaient disparu à jamais.

Les poings enfoncés dans ses poches, Philip contemplait sa fille qui tétait avidement le biberon de lait maternisé. Déjà, elle était tout le portrait de sa mère. Il ne comprenait pas pourquoi Hope la considérait avec tant d'horreur, pourquoi elle ne pouvait se résoudre à la toucher. Que voyait-elle donc que lui ne voyait pas lorsqu'elle posait les yeux sur leur précieuse enfant ?

Si seulement il pouvait comprendre, s'il pouvait s'insinuer dans l'esprit de sa femme, peut-être qu'il pourrait l'aider. Alors, son monde à lui cesserait aussi de trembler sur ses bases.

Le revirement avait été si brusque, si totalement inexplicable ! Elle avait attendu avec joie, presque avec impatience, la naissance de leur premier enfant. Sa grossesse avait été facile ; elle n'avait pas eu de nausées ni de sautes d'humeur. Ils avaient parlé de l'avenir de leur enfant, de ce qu'il était appelé à devenir. En dehors de son absolue conviction qu'elle portait un garçon, son attitude envers la maternité semblait parfaitement normale.

Et maintenant, ce rejet. Il frissonna de peur. Et s'il l'avait perdue définitivement ? Si la femme qu'il avait connue, aimée si désespérément, avait disparu à jamais ? Que deviendrait sa vie ? Depuis le premier jour, il avait aimé Hope au-delà de toute raison.

L'infirmière, derrière la vitre, tenait l'enfant sur son épaule et lui tapotait le dos pour qu'elle fasse son rot. Elle la coucha ensuite dans son berceau. Au lieu de l'étrangère vêtue de blanc, Philip revoyait Hope telle qu'elle lui était apparue pour la première fois. Il était à Memphis en voyage d'affaires ; des amis les avaient présentés. Elle riait, la tête légèrement penchée de côté ; ses longs cheveux soyeux lui effleuraient la joue comme une caresse. Il avait éprouvé le besoin de les toucher, de porter les mèches sombres à ses lèvres pour en goûter la texture, le parfum. Il se souvenait encore du rose de ses lèvres, de cette manière qu'elle avait de les froncer ; il se souvenait d'avoir senti le désir monter en lui rien qu'à la regarder parler.

Elle s'était tournée vers lui, avait rencontré son regard et, sur l'instant, il avait su qu'elle devinait le fond de sa pensée, qu'elle se réjouissait de ce qu'elle lisait en lui.

Sur l'instant, il était tombé éperdument amoureux d'elle. Tout avait été aussi simple, aussi singulier que cela.

De cette nuit-là, ils ne s'étaient plus séparés jusqu'à la fin du séjour. Il lui avait tout dit de lui-même, et elle lui avait parlé de sa vie. Il avait été profondément ému d'apprendre qu'elle était seule au monde depuis l'âge de dix-sept ans, suite au tragique accident où ses parents avaient trouvé la mort alors qu'ils voyageaient en Italie.

Quelque chose en elle lui donnait le sentiment d'être le plus puissant, le plus important des hommes. Il avait éprouvé le désir de la protéger contre ce monde brutal, de lui épargner les peines et les désagréments de la vie. Il avait éprouvé le désir de l'entraîner dans le cercle magique de son univers.

Un homme moins avisé lui aurait proposé le mariage sur-le-champ, mais il avait attendu six longues et douloureuses semaines.

Sa famille, ses amis le croyaient fou. Mais dès qu'ils l'avaient rencontrée, ils étaient eux aussi tombés sous le charme. Si exigeants et si critiques d'ordinaire, ses parents avaient déclaré que la jeune femme était un parti idéal.

Non qu'il s'en fût soucié. Il était prêt à les affronter, à tout abandonner pour elle.

Leur nuit de noces l'avait comblé, avait surpassé tous ses rêves. Elle lui avait prodigué des caresses inimaginables, mais avec tant de douceur ingénue, presque timide, qu'il lui avait semblé déflorer une vierge. Aujourd'hui encore, dans ce lieu public et alors que son univers s'effondrait, le seul souvenir de cette nuit-là le mettait en émoi.

Il avait parfois le sentiment de vivre dans l'attente de la nuit, de la prochaine occasion de lui faire l'amour.

Lorsqu'elle se refusait, qu'elle ne pouvait ou ne voulait pas, il en souffrait comme jamais il n'avait souffert. Aucune femme avant Hope n'avait eu une telle emprise sur lui ; sans elle, il lui semblait que son cœur cesserait de battre.

— Ah, vous êtes là.

Le médecin de Hope venait de le rejoindre. Hartland LeBlanc avait mis au monde de nombreux bébés St. Germaine. A près de soixante ans, il paraissait dix ans de moins. On le considérait comme le meilleur obstétricien de La Nouvelle-Orléans, et de savoir que Hope était en bonnes mains réconfortait Philip.

Le médecin fit un signe de tête en direction de la pouponnière.

— Vous avez une bien jolie petite fille, Philip. Je crois d'ailleurs n'avoir jamais vu de nouveau-né aussi beau.

Philip se tourna brièvement vers son interlocuteur, puis fixa de nouveau la vitre.

— Pourtant, Hope refuse de la regarder. Elle ne l'a pas prise dans ses bras. Elle ne veut même pas réfléchir à un nom.

— Je sais que c'est difficile, mais...

— Difficile ? coupa Philip, cassant. C'est peu de le dire. Vous ne savez pas tout, Hartland. Vous n'étiez pas là ce matin quand Hope m'a injurié, quand elle m'a déclaré qu'elle me haïssait. Et tout cela parce que je voulais que nous choisissions un nom pour notre fille. Cette manière qu'elle avait de me regarder... J'en avais froid dans le dos. Jamais je n'aurais cru qu'un jour ma femme me regarderait ainsi.

Le médecin posa une main rassurante sur l'épaule de Philip.

— Je comprends vos sentiments, Philip, croyez-moi.

J'ai déjà vu ce genre de réaction. C'est passager. Tout s'arrangera, vous verrez.

— Vous en êtes sûr ? Et si cela ne s'arrange pas ? Je ne supporterais pas de la perdre. Elle est tout pour moi, elle est…

Il s'interrompit, s'éclaircit la voix. Il se sentait bien sot, et par trop vulnérable. Se tournant de nouveau vers la vitre, il contempla sa fille endormie.

— J'aime ma femme, Hartland. Peut-être plus que de raison.

Le médecin serra chaleureusement l'épaule de Philip et laissa retomber sa main.

— La réaction de Hope est plus courante que vous ne l'imaginez. Après l'accouchement, de nombreuses femmes ont un accès de dépression. Parfois, la dépression est si profonde, si totale que la femme abandonne sa famille. Ou pire.

Interloqué, Philip chercha les yeux du médecin et haussa les sourcils devant son air grave.

— Pire ? Qu'entendez-vous par là ?

— Cela peut paraître étrange, contre nature, mais sous l'emprise de ce mal, il arrive que des femmes tuent leur nouveau-né.

Choqué, incrédule, Philip ne trouvait plus ses mots.

— Vous ne pensez tout de même pas que… Hope pourrait… serait capable de… de tuer notre enfant ?

— Non, bien sûr que non, corrigea aussitôt Hartland, rassurant. Mais il serait préférable que nous la gardions ici quelques jours de plus. Afin de la suivre, de voir comment elle évolue. Par précaution.

Grand Dieu ! Par précaution ? Précaution contre quoi ?

La peur s'empara de Philip, lui coupant le souffle, lui

ôtant ce qu'il lui restait de sérénité. Hartland LeBlanc, l'un des meilleurs dans sa spécialité, un médecin qui avait tout vu, était inquiet. Plus inquiet qu'il ne le laissait paraître.

Philip s'efforça de se calmer en respirant lentement par le nez. Hartland était certes une sommité, mais il ne connaissait pas Hope comme lui la connaissait. Elle avait avant tout besoin de recouvrer son cadre familier, ses objets, d'être entourée de ceux qui l'aimaient.

— Croyez-vous vraiment que ce soit nécessaire, Hartland ? Hope a besoin de rentrer chez elle. Le bébé aussi. Une fois à la maison, Hope se remettra, j'en suis convaincu.

— Et si elle ne se remet pas ? La dépression postnatale chez la femme est due à un important déséquilibre hormonal. Hope n'a aucun contrôle sur ses émotions, elle est entièrement à leur merci. Ce n'est pas de la mauvaise volonté de sa part.

Le médecin agita la tête et reprit d'un ton posé en regardant Philip dans les yeux :

— Et si je la renvoie chez elle et qu'elle ne se remet pas ? Si le pire se produisait ? Je ne veux pas prendre ce risque. Et vous, Philip, êtes-vous prêt à le prendre ?

Le pire. Si le pire se produisait ? Philip ravala péniblement sa salive.

— Non. Bien sûr que non.

— Bon. Votre femme a besoin de vous. Puisque vous dites l'aimer, c'est le moment de le prouver.

Philip s'efforça de conjurer sa frustration, ses craintes égoïstes. Sa femme avait besoin de lui. Sa fille avait besoin de lui. Il lui fallait se montrer fort.

— Que puis-je faire ? s'enquit-il. Dites-moi ce que je dois faire.

— La soutenir. Etre compréhensif, aimant. Je sais que c'est difficile, mais vous devez vous rappeler que Hope ne contrôle pas ses émotions. Elle est aussi apeurée que vous en ce moment. Probablement davantage, même. Elle a besoin de temps. Besoin de votre patience et de votre amour.

Philip se retourna une fois de plus vers la vitre, vers sa fille qui dormait, si petite, si fragile. Elle avait besoin de sa mère, d'un vrai foyer.

— Et si mon amour, mon soutien ne suffisent pas ? Que ferons-nous ?

Le médecin garda le silence quelques instants, puis il soupira et dit :

— Il faudra qu'ils suffisent. Vous n'avez pas le choix.

3

Hope s'éveilla en sursaut. Le souffle court, trempée de sueur, elle scruta la pénombre, s'attendant à voir le cadre familier de la chambre où elle avait grandi. Au lieu de cela, elle vit le mobilier spartiate et fonctionnel de sa chambre d'hôpital.

Elle frissonna puis laissa échapper un soupir de soulagement. Elle était à La Nouvelle-Orléans. Elle était Hope St. Germaine. La maison de River Road était loin, très loin. Appartenait à une vie antérieure. A la vie d'une autre.

Elle inspira profondément, cherchant à se dégager de l'emprise du cauchemar. Dans le rêve, elle était de nouveau dans la Maison, accroupie dans l'ombre à observer les ébats sexuels d'un couple. Et sur le lit, c'était sa fille, sa propre fille qui se livrait à ces actes luxurieux.

Pourtant, quand sa catin d'enfant avait jeté un regard par-dessus son épaule comme si elle se sentait observée, c'est son propre visage que Hope avait vu se tourner vers elle.

Avec un gémissement de terreur impuissante, Hope se redressa dans son lit. Les doigts crispés sur les couvertures, elle s'efforça de chasser les images du rêve. Elle savait parfaitement ce qui lui arrivait ; elle savait pourquoi, nuit après nuit, les cauchemars d'un passé qu'elle avait laissé derrière elle revenaient la tourmenter.

Le Mal la possédait, la tentait, la mettait au défi. Il croyait avoir gagné la partie.

Hope porta une main tremblante à son visage. Non ! Elle ne concéderait pas la victoire au Mal. Elle n'en avait pas le droit. Elle s'était trop battue pour accepter de céder maintenant, pour renoncer à ce qu'elle avait si chèrement conquis.

Elle ramena les genoux sur la poitrine, y posa la tête et se berça, l'esprit en proie à une grande confusion. Qui pourrait bien l'aider ? Vers qui se tourner ? En qui avoir confiance ? Philip perdait patience. La famille, leurs amis se conduisaient de manière étrange, se montraient soudain distants, soupçonneux. Elle lisait le questionnement dans leurs yeux et la réprobation sur leurs visages. Combien de temps encore avant que quelqu'un découvre la vérité sur son passé ? Combien de temps avant que la vie qu'elle s'était construite s'effondre autour d'elle ?

Il lui fallait accepter son enfant, se comporter en mère niaisement comblée. Il lui fallait faire celle qui ne voyait pas l'essence corrompue de sa fille, celle qui ne voyait pas que le beau fruit était rongé au cœur par les vers.

Des larmes amères et chaudes coulaient de ses yeux, ruisselaient le long de ses joues. Comment dissimuler son dégoût lorsqu'elle prenait sa fille dans ses bras ? Comment masquer son désespoir et feindre de l'aimer ? Elle ne le pouvait pas. C'était au-dessus de ses forces, elle le savait.

Rejetant les couvertures, Hope se leva, alla jusqu'à la porte entrebâillée. Le lino était frais sous ses pieds nus. Elle jeta un coup d'œil au couloir désert, au bureau des infirmières. Elle entendait une femme pleurer au fond du couloir ; elle entendait le murmure rassurant d'une autre voix.

L'épouse Vincent avait perdu son enfant. Philip lui avait appris la nouvelle plus tôt dans la journée — sans doute dans l'espoir qu'elle prendrait conscience de sa chance d'avoir une fille en bonne santé. Au lieu de cela, elle s'était prise à regretter que son enfant fût en vie. Si le Seigneur avait rappelé à lui son bébé, tous ses problèmes auraient été résolus.

Mais les filles de la lignée Pierron étaient solides, fortifiées par le Mal en elles. Les filles de la lignée Pierron ne mouraient pas.

Elle éprouva soudain le besoin frénétique de s'échapper. Il lui fallait sortir, respirer l'air frais. Il lui fallait fuir les intrusions constantes, l'insupportable compassion du personnel hospitalier. Il lui fallait trouver quelqu'un qui la comprenne, qui puisse l'aider.

L'Eglise. Elle pouvait s'en remettre à l'Eglise. Le prêtre l'aiderait. Il comprendrait.

L'anonymat de la confession la protégerait. Son secret serait bien gardé.

Avec un gémissement de soulagement, Hope rentra dans la chambre, se dirigea comme une somnambule vers le placard. Elle en tira une tenue de ville qu'elle enfila à la hâte. Tout au long de sa vie, l'Eglise avait été son réconfort, son soutien dans les moments de trouble et de confusion. Il en serait aujourd'hui comme par le passé. Le prêtre saurait quels conseils lui donner.

Mais si, pour une fois, le prêtre n'était pas en mesure de l'aider ? Qu'adviendrait-il alors ?

La terreur s'empara d'elle, lui ôtant toute capacité de penser, d'agir. Elle lutta pour regagner la maîtrise de ses émotions. Elle n'avait pas le droit de s'effondrer maintenant. Si elle s'effondrait, le Mal prendrait possession d'elle.

Non. Jamais !

Hope inspira profondément pour se calmer, alla vers le téléphone et demanda un taxi en faisant le moins de bruit possible. Ensuite, elle prit son sac et passa la tête dans l'entrebâillement de la porte. La chance était avec elle. Personne dans le couloir. Personne dans le bureau des infirmières. Elle franchit le seuil de la porte et gagna l'ascenseur à pas feutrés. Philip ne devait pas apprendre qu'elle quittait l'hôpital. Il tenterait de l'en empêcher. Le personnel l'en empêcherait. Ils ne pouvaient pas comprendre.

Comme elle l'espérait, l'ascenseur était vide. En un clin d'œil, elle fut dans le hall. Elle fixa la double porte vitrée droit devant elle. A la réception, un gardien en uniforme flirtait avec la réceptionniste. C'est à peine s'ils lui accordèrent un regard.

Hope poussa le battant et sortit dans la nuit humide de La Nouvelle-Orléans. L'air lourd l'enveloppait comme une matrice. Elle inspira profondément, heureuse, si heureuse d'être libre.

Elle s'éloigna de l'hôpital, du cercle de lumière qui entourait le bâtiment, s'enfonça dans l'obscurité. La lune se reflétait sur la chaussée mouillée ; les branches ployaient sous le poids de leurs feuilles trempées de pluie et l'éclaboussaient au passage.

Un tramway passa dans un grondement de tonnerre ; un garçon traversa l'avenue en courant, salua bruyamment un jeune homme dans une voiture. Quelque part au milieu des branches, un petit animal prit la fuite.

Le taxi se rangea le long du trottoir. Hope se glissa à l'intérieur, demanda qu'on la conduise à la cathédrale

St. Louis, et se cala contre le siège. Dans l'espoir de saisir les fidèles au seuil du péché ou au premier repentir, l'église de Jackson Square confessait jusque tard dans la nuit. Elle voyait une certaine ironie à ce que la cathédrale la plus ancienne, la plus intimidante de la ville à ses yeux, monte ainsi la garde au cœur même de la débauche.

Nerveuse, Hope se tordait les mains. Le taxi sentait le renfermé, le vieux mégot et le moisi. Le chauffeur n'était pas bavard, et son silence lui épargnait d'avoir à le faire taire. Par la vitre, elle vit les luxueuses résidences de la périphérie céder la place aux tours puis à l'architecture d'un autre âge du Vieux Carré, appelé aussi Quartier français.

Quelques minutes plus tard, le taxi se garait devant la cathédrale. Hope lui demanda d'attendre et sortit dans la nuit. Elle leva les yeux vers la flèche de l'église et sentit son fardeau s'alléger. La cathédrale St. Louis veillait sur Jackson Square tel un chaperon sur des adolescents inquiets, de même que l'Eglise catholique dans son ensemble veillait depuis toujours sur les âmes immortelles des fidèles. La cathédrale avait su renaître par deux fois de ses cendres, et une fois des gravats auxquels un ouragan l'avait réduite, et elle s'élevait, rigide, contrastant par la sobriété de ses lignes austères avec les circonvolutions fantaisistes des balcons de fer forgé qui l'entouraient. Hope avait toujours vu cette église comme une ancre retenant à l'amarre la vie de ces créoles amateurs de bon temps qui habitaient autrefois le Vieux Carré.

Elle inspira profondément et se dirigea d'un pas vif vers le porche accueillant de l'église. Ses talons cliquetaient sur les pavés du chemin. La corne solitaire d'une péniche retentissait là-bas, sur le Mississippi, à l'est de Jackson

Square. De Bourbon Street, toute proche, montaient les échos du dixieland et des rires.

Ces bruits se dissipèrent lorsqu'elle pénétra dans l'église au silence caverneux, rassurant. Un sentiment de calme, de sérénité l'enveloppa. L'agitation, le désespoir qui la rongeaient depuis plusieurs jours s'évanouirent. Ici, le Mal ne pouvait pas l'atteindre. Ici, dans le sein de l'Eglise, elle trouverait la réponse à ses questions.

Un bénitier de marbre trônait devant l'entrée. Hope trempa le bout des doigts dans l'eau bénite, fit le signe de croix, puis elle se dirigea vers un des deux confessionnaux situés de chaque côté de l'autel.

Elle entra dans celui de gauche et tira le rideau derrière elle. Elle s'agenouilla, baissa la tête. Quelques instants plus tard, le panneau de bois coulissa. Dans la pénombre, derrière le grillage, elle apercevait le prêtre mais ne distinguait pas ses traits. De même, il la voyait mais ne pouvait savoir qui elle était.

— Pardonnez-moi, mon père, car j'ai péché. Je ne me suis pas confessée depuis quinze jours.

— Quels péchés avez-vous commis, mon enfant ?

Hope se tordit les doigts. Son cœur battait si fort que le souffle lui manquait.

— Père... pardonnez-moi si je vous ai menti. Je ne suis pas venue confesser mes péchés mais chercher conseil auprès de vous. Voyez-vous, je...

Sa gorge se noua. Elle dut lutter pour poursuivre. De nouveau, la peur et le désespoir menaçaient de l'engloutir.

— Je n'ai personne d'autre à qui parler, mon père. Personne. Si vous ne pouvez pas m'aider, je suis perdue.

Hope porta les mains à son visage et se mit à pleurer.

— Je vous en prie, mon père, aidez-moi. Aidez-moi, je vous en supplie.

— Calmez-vous, mon enfant. Je vous aiderai. Qu'est-ce qui vous tourmente ?

Hope frissonna.

— Les femmes de ma famille sont impures, corrompues. Ce sont des pécheresses, mon père, des femmes qui se vendent, qui vendent leur corps. Il en a toujours été ainsi. Nous sommes des femmes maudites.

Elle écrasa ses larmes du revers de la main.

— J'ai échappé à ce mauvais sort, mais je crains aujourd'hui pour l'âme immortelle de ma fille. J'ai peur qu'elle ne devienne impure en grandissant. Je vois le Mal en elle, mon père, et j'ai si peur !

Le prêtre resta un moment silencieux. Lorsqu'il parla enfin, sa voix douce, posée, sûre de ce qu'elle affirmait, ramena le calme dans l'âme troublée de Hope.

— Nous portons tous le mal en nous, mon enfant. Eve offrit la pomme à Adam, il goûta au fruit défendu. Ainsi naquit le péché originel. Nous sommes tous impurs, mais Dieu dans Sa grande bonté a envoyé Son Fils unique qui est mort pour nos péchés. Le Christ est notre promesse de salut.

Le prêtre changea de position. Hope entendit le froissement de sa soutane et le cliquetis des grains de son chapelet.

— Vous devez aider votre fille. Vous devez lui montrer la voie. Vous devez lui apprendre à déjouer les ruses du Serpent.

— Comment, mon père ? Comment puis-je l'aider ?

— Vous êtes sa mère. Vous et vous seule avez le pouvoir de modeler cette enfant, d'en faire une femme d'une grande valeur morale. Montrez-lui la voie, enseignez-lui à distinguer le bien du mal, le pur de l'impur. Le Seigneur vous a donné cette enfant pour vous éprouver. Pour éprouver votre courage et votre foi. Cette enfant peut être votre gloire ou votre chute.

Le cœur de Hope s'emballa. Soudain, elle y voyait clair, sa route était tracée et elle saurait la suivre. Ce n'était pas le Seigneur qui l'éprouvait, mais le Mal.

Elle crispa les poings si fort que ses ongles s'enfoncèrent dans sa chair. Le Mal pouvait l'éprouver et la narguer, elle ne céderait pas. Elle ne le laisserait pas s'emparer de sa fille. Elle détruirait la mauvaise graine en sa fille comme elle s'était efforcée de la détruire en elle.

« Cette enfant peut être votre gloire ou votre chute. »

Gloire, se répéta-t-elle tandis que la certitude du bon choix s'imposait à elle. C'était donc décidé, l'enfant serait sa Gloire — elle s'appellerait Glory.

DEUXIÈME PARTIE

Santos

4

La Nouvelle-Orléans, Louisiane, 1979

Le Quartier français de La Nouvelle-Orléans convenait parfaitement au jeune Victor Santos âgé de quinze ans. Jamais il n'avait vécu dans un lieu aussi animé, et il n'y manquait jamais de compagnie. De jour comme de nuit on le sentait vibrer d'énergie, d'excitation. Il aimait les bruits et les odeurs, les vieux bâtiments dont les murs au plâtre lézardé étaient toujours humides, les jardins luxuriants qui se cachaient derrière, les formes fantaisistes des balcons de fer forgé.

Mais, plus que tout, Santos — que tous appelaient ainsi à l'exception de sa mère — aimait les gens. Le Quartier abritait tous les âges, toutes les confessions, toutes les races, il abritait la vertu comme le vice. Composée de fêtards et de badauds venus en curieux pour observer tous les excès, la foule qui encombrait Bourbon Street le soir le fascinait.

Les conseillers pédagogiques de l'école répétaient sans cesse à sa mère que le Quartier, fief du vice, n'était pas un endroit pour élever un enfant. S'ils avaient su qu'elle était danseuse exotique et non serveuse comme elle le prétendait, ils l'auraient certainement rangée du côté du vice.

Aux yeux de Santos, tous ces conseillers à la manque étaient des prétentieux qui croyaient tout savoir. Pour lui, les prostituées, les drogués, les fugueurs avaient plus de cœur que les bons à rien comme son père. A ce qu'il avait pu voir de la vie, ceux qui n'avaient connu que souffrance et misère n'avaient plus de place pour la haine.

Santos traversa Bourbon Street et cria un salut à Bubba, le gardien du Club 69 où sa mère dansait la nuit.

— Hé, Santos ! T'as des clopes ? lança en retour le videur musclé.

— J'ai arrêté de fumer, vieux. Tu sais pas la nouvelle, il paraît que ces trucs, ça tue !

L'homme lui fit un signe amical de la main, puis il reporta son attention sur un couple de touristes qui tendaient le cou pour essayer de voir le spectacle à l'intérieur.

Victor poursuivit son chemin le long de Bourbon Street et coupa par St. Peter dans l'espoir de gagner quelques minutes. Il avait promis à sa mère de leur prendre des *po'boys* aux crevettes en rentrant.

L'idée des énormes sandwichs baveux qui l'attendaient lui mit l'eau à la bouche et il pressa le pas, mais sans excès. Août à La Nouvelle-Orléans n'encourageait pas à la hâte. Le soleil baissait depuis plus d'une heure, et le trottoir était encore assez chaud pour y faire cuire un œuf. Le bitume réverbérait la chaleur écrasante, et l'air lourd de quatre-vingt-dix pour cent d'humidité au moins risquait d'asphyxier les téméraires. La semaine précédente, le cheval d'une carriole de touristes était tombé raide mort dans la rue, victime du mois d'août.

— Salut, petit Santos ! Où cours-tu donc si vite ? dit une voix de femme derrière lui.

Il s'arrêta, regarda par-dessus son épaule et sourit.

— Salut, Sugar. Je fais un saut à l'épicerie Centrale et je rentre, maman m'attend.

Six mois plus tôt, Sugar dansait encore au club avec sa mère, mais son homme s'était envolé, la laissant seule avec leurs trois enfants, et elle s'était trouvée contrainte de faire le trottoir à temps plein.

— Ah, oui, les sandwichs, hein ? Elle les a toujours aimés ces sandwichs, ta mère, et je parie que tu les aimes aussi, un grand garçon comme toi !

Elle éclata de rire et lui tapota affectueusement la joue.

— Dis bonjour à ta mère de ma part. Dis-lui que la brune Sugar s'en sort plutôt bien.

— Je n'y manquerai pas. Elle va être contente.

Santos la regarda s'éloigner, agita tristement la tête et se remit en route. Sugar était l'exemple même de ce que les conseillers pédagogiques pleins de bonnes intentions appelaient une mauvaise influence. Mais, à ses yeux à lui, elle faisait de son mieux pour nourrir sa famille. La vie n'était pas toujours rose et n'avait parfois rien de mieux à offrir que des tartines de pain see. Dans ces moments-là, on n'avait pas vraiment le choix. C'était manger ou crever de faim.

Oh, il y avait aussi de mauvaises gens dans le Quartier. Il y en avait des tas, comme partout ailleurs. Pour lui, l'humanité se répartissait en trois catégories : ceux qui avaient tout, ceux qui n'avaient rien, et ceux qui voulaient tout avoir. Ces trois groupes étaient parfaitement distincts, bien définis. Simple question d'économie.

Ceux qui avaient tout ne dérangeaient pas. Ils appréciaient leur mode de vie et, tant que les membres des deux autres groupes restaient à l'écart, ils ne faisaient pas de difficultés. Les difficultés venaient de ceux qui voulaient tout. On les trouvait dans tous les milieux sociaux. Ils se battaient pour l'argent et le pouvoir, ils étaient prêts à écraser n'importe qui pour arriver à leurs fins. Ceux qui voulaient tout brûlaient du désir de dominer les autres.

Santos se considérait comme un môme coriace, mais il évitait cette catégorie-là. Il la connaissait d'expérience par son père. Son père qui convoitait toujours ce qu'il n'avait pas, qui désirait toujours dominer les autres, qui était toujours prêt à lever le poing sur plus faible que lui. Comme si cela faisait de lui un homme !

Son père. Les lèvres de Santos se retroussèrent en un rictus de dégoût. Il n'avait que de mauvais souvenirs de Samuel « Willy » Smith. Ce type était une pure raclure de chantier pétrolier, mais il se jugeait trop bien pour épouser la « squaw du Mexique » qu'il avait engrossée, pour donner son nom à leur enfant. Il répétait à l'envi que Victor et sa mère ne valaient pas la corde pour les pendre, il les traitait de métis et de « dos mouillés[1] ».

En tout cas, Santos, lui, n'avait éprouvé que du soulagement le matin où le shérif était venu frapper à leur caravane pour leur apprendre que Willy Smith avait été tué, égorgé au cours d'une rixe dans un bar. De temps à autre pourtant, Santos se posait des questions sur son vieux — se demandait par exemple s'il se plaisait en enfer.

Il arriva enfin à l'épicerie et y entra, heureux de cette bouffée de fraîcheur. Il commanda ses sandwichs, bavarda avec la jeune caissière en attendant d'être servi et ressortit dix minutes plus tard avec les *po'boys* et deux sodas dans un sac en papier kraft.

Il vivait avec sa mère dans un petit premier étage

1. Dos mouillés : expression péjorative employée aux Etats-Unis pour désigner les immigrants mexicains entrés illégalement dans le pays, le plus souvent en traversant le Rio Grande à la nage.

d'Ursuline Street. L'appartement était propre, pas très cher, mais sans air conditionné. Des appareils individuels installés sur les fenêtres des deux chambres leur permettaient de supporter les mois d'été. Lorsqu'il faisait trop chaud dans la cuisine et le salon, ils prenaient leurs repas sur leurs lits.

Parvenu à destination, Santos gravit la volée de marches et ouvrit la porte.

— Maman, je suis rentré !

Sa mère sortit de la chambre une brosse à la main, les traits dissimulés sous son masque de maquillage. Elle lui avait dit un jour qu'elle aimait porter ce lourd maquillage pour danser, que cela lui donnait l'impression d'être une autre sur scène, l'illusion que c'était l'autre et non pas elle que les hommes dévoraient du regard. Elle lui avait dit aussi que ces hommes, ceux qui venaient au club, aimaient qu'elle ait l'air vulgaire, l'air d'une pute ou quelque chose de ce genre. Que cela les excitait. Santos trouvait tout cela tordu. Il aurait préféré que sa mère n'ait pas à le subir.

Elle referma la porte de la chambre derrière elle pour que l'air frais ne s'échappe pas.

— Ça va, chaton ? Ta journée s'est bien passée ?

Il prit le temps de bloquer la chaîne de sécurité.

— Pas mal, oui. J'ai les sandwichs.

— Super. Je meurs de faim. On mange dans ma chambre. Il fait une chaleur infernale aujourd'hui.

Il la suivit à l'intérieur et tous deux s'assirent par terre. Tout en dévorant son sandwich, Victor détaillait sa mère. Lucia Santos était une très belle femme. En partie indienne — sans doute cherokee — et en partie mexicaine, elle avait les cheveux et les yeux noirs ainsi que des pommettes hautes qui donnaient à son visage quelque chose d'exotique. Il avait vu les hommes se retourner sur elle lorsqu'ils se promenaient tous les deux, elle simplement vêtue d'un jean et d'un T-shirt, les cheveux retenus à l'arrière en queue-de-cheval, le visage nu, sans ce maquillage qui exagérait et durcissait ses traits.

Il tenait d'elle ; tout le monde le disait. Il en était reconnaissant et remerciait le ciel en silence chaque fois qu'il se regardait dans une glace. Il n'aurait pas pu vivre, se lever chaque matin pour affronter sur son visage le reflet de Willy Smith.

— Mme Rosewood a appelé.

Une je-sais-tout de conseillère pétrie de bonnes intentions !

— Super. Manquait plus que ça, marmonna-t-il.

Sa mère posa son *po'boy* et se tamponna les lèvres avec une serviette en papier.

— Tu reprends l'école la semaine prochaine. Il va te falloir toutes sortes de choses.

Il sentit son estomac se nouer. Il savait trop bien ce qui ne manquerait pas de suivre. Ce soir, demain soir, bientôt, elle rentrerait du club avec un « ami ». Et puis, il y aurait soudain beaucoup d'argent pour l'achat des vêtements, pour les visites médicales, les livres, les cahiers, la trousse et le cartable. Il détestait cela.

— Je n'ai besoin de rien.

— Ah non ?

Elle mordit dans son sandwich, mâcha lentement et but une gorgée de soda.

— Et les cinq centimètres que tu as pris pendant l'été ? Tu ne crois pas que tes pantalons risquent d'être un peu courts ?

Il froissa le papier d'emballage de son *po'boy* et le jeta dans le sac.

— Ne t'inquiète pas pour moi. J'ai mis de côté l'argent de mon travail. J'achèterai mes vêtements avec.

— Tu as aussi besoin d'une visite chez le dentiste. Et Mme Rosewood a dit que, d'après ton dossier, il était grand temps que tu…

— Qu'est-ce qu'elle en sait ? coupa-t-il, furieux. De rage, il se leva, toisa sa mère de toute sa hauteur.

— Elle ne peut pas nous laisser tranquilles, cette peste ? Pourquoi elle se mêle de ce qui ne la regarde pas ?

Lucia se leva à son tour, sourcils froncés.

— Que se passe-t-il, Victor ? Qu'est-ce qui ne va pas ?

— L'école, ça ne sert à rien. C'est une perte de temps. Je ne vois pas pourquoi j'y retournerais.

— Parce que. Moi vivante, tu continueras.

Son visage prit une expression de farouche détermination.

— Si tu veux sortir de ce trou, il te faut une bonne éducation. Quitte l'école, et tu finiras comme ton père. C'est cela que tu veux ?

— Maman, ça pue ce que tu dis, protesta Victor en serrant les poings. Je ne lui ressemble pas, et tu le sais.

— Alors prouve-le et poursuis tes études.

— Je suis grand. Je fais seize ans sans problème. Je pourrais quitter l'école pour prendre un emploi et gagner de l'argent. On en a bien besoin.

— On se débrouille parfaitement sans cela.

— C'est ça, oui.

Elle s'empourpra, visiblement irritée par son sarcasme.

— Qu'est-ce que tu veux dire, hein ? Qu'est-ce que tu voudrais que tu n'as pas ?

Il ne répondit rien, fixa ses pieds et les restes du repas,

tristes détritus sur du papier sulfurisé. Aussi sordides que toute cette fichue situation. Une boule de colère et de frustration enflait dans sa poitrine. Il crut qu'il allait exploser.

— Alors ? insista-t-elle. Tu voudrais une chaîne stéréo ? Tu as peut-être besoin d'un jean de marque ? D'une télé couleur dans ta chambre ?

Il releva la tête et soutint son regard. Le sang lui martelait les tempes.

— Peut-être que ce que je veux, ce dont j'ai besoin, c'est une mère qui ne soit pas obligée de tapiner quand il lui faut acheter des chaussures neuves à son fils ou l'emmener chez le médecin.

Elle eut un mouvement de recul, comme s'il l'avait giflée. Elle avait pâli sous son maquillage. Contrit, il lui offrit sa main.

— Je n'aurais pas dû, maman. Excuse-moi.

— Ne t'excuse pas.

Elle recula encore, accentuant la distance entre eux, s'efforçant de se ressaisir.

— Comment sais-tu que je… que je tapine ?

Santos se passa nerveusement une main dans les cheveux. Il regrettait de ne pas avoir gardé ses réflexions pour lui.

— Maman, s'il te plaît, je ne suis pas idiot. Ni aveugle. Je ne suis plus un gamin. Il y a un moment que je sais.

— Je vois.

Elle le considéra encore quelques instants, puis elle se détourna, alla jusqu'à la fenêtre de l'étroite chambre et regarda la rue. Les secondes passèrent, interminables. Elle se taisait toujours.

Il esquissa un pas vers elle et s'arrêta. Il s'en voulait. Il aurait mieux fait de tenir sa langue. De lui laisser croire qu'il ignorait tout de son petit secret. Il était trop tard maintenant, c'était dit, et le silence de sa mère lui faisait plus mal que toutes les corrections de son père.

— Ecoute, maman, je ne pouvais pas l'ignorer, reprit-il d'une voix radoucie. Dès que j'ai besoin de quelque chose, tu rentres avec un « ami », il reste une heure ou deux et, bien sûr, on ne le revoit jamais.

Elle baissa la tête.

— Pardonne-moi, murmura-t-elle.

Le cœur serré, il alla jusqu'à elle, l'enveloppa de ses bras, enfouit la tête dans sa chevelure odorante. Ce soir, quand elle rentrerait, ses cheveux sentiraient le mégot et tous les vieux cochons qui avaient posé leurs sales pattes sur elle.

— Pardon de quoi ? demanda-t-il dans un souffle.

— D'être… une putain. Tu dois penser…

— Tu n'es pas une putain ! Pour moi, tu es la meilleure ! Je… Je…

Il avait la gorge nouée et dut s'éclaircir la voix avant de poursuivre :

— Je n'ai pas honte de toi. Seulement, je sais que tu détestes ça. Tu es toujours si silencieuse après, tu as l'air si triste. Et je n'aime pas que tu fasses ça pour moi. Je n'aime pas qu'à cause de moi, tu permettes à ces types…

Sa phrase resta en suspens.

— Pardonne-moi, répéta-t-elle. Je ne voulais pas que tu saches… Je croyais que… Ce n'est pas la vie que je voulais pour toi. Je ne suis pas la mère que tu mérites.

— Maman, s'il te plaît, ne dis pas cela.

Il resserra son étreinte. Il aurait tant voulu la protéger, prendre soin d'elle.

— Ne t'excuse pas, reprit-il doucement, tu n'as rien

fait de mal. C'est seulement que… si je quittais l'école, tu ne serais plus obligée de faire ça.

Elle tourna vers lui ses yeux mouillés de larmes.

— Pour toi, Victor, je suis prête à tout. Tu es ce que j'ai de mieux dans la vie.

Elle lui encadra le visage de ses mains et ajouta avec ferveur :

— Promets-moi de rester à l'école. Promets, Victor, c'est important.

Il hésita brièvement puis acquiesça de la tête.

— Je resterai à l'école. Je te le promets.

Elle lui sourit, mais ses lèvres tremblaient.

— Merci, tu es gentil. Tu as toujours tenu tes promesses, depuis que tu es tout petit. Parfois, je me demande où tu as pris ton sens de l'honneur. Pas de tes parents en tout cas.

Il serra ses mains dans les siennes, la regarda dans les yeux.

— Un jour, maman, je prendrai soin de toi. Tu ne seras plus obligée de te mettre ces cochonneries sur la figure, tu ne seras plus obligée de travailler comme tu le fais. Je veillerai sur toi, tu verras. Je t'en donne ma parole.

5

— Victor, mon chéri, j'y vais.

Santos détacha les yeux du petit téléviseur en noir et blanc perché sur sa commode et se tourna vers sa mère.

— A plus tard.

— Tu ne viens pas m'embrasser ?

Il fit la grimace.

— Je sais bien que tu es trop grand pour ça, dit-elle en riant.

Elle vint à lui, se pencha pour lui poser un baiser sur la tête et lui passa affectueusement une main dans les cheveux.

— Tu connais les règles, hein ?

Il releva la tête en simulant un soupir d'exaspération.

— Evidemment. Tu me les répètes tous les soirs.

— Alors je t'écoute.

— Je mets la chaîne. Je ne réponds à personne, pas même à Dieu s'Il se dérange.

Elle tendit un index faussement autoritaire.

— Et tu ne sors pas d'ici, sauf s'il y a le feu.

— Je sais.

— Et ne me regarde pas avec ces yeux-là, s'il te plaît. Tu t'imagines sans doute que ces règles sont une vaste plaisanterie mais, crois-moi, il y a des tas de sales types dans les rues. Tu peux leur échapper, mais tu n'échapperas pas à l'Etat. Merry, qui travaille au club, elle a perdu son môme comme ça. Les services sociaux ont découvert qu'elle le laissait seul le soir et ils le lui ont enlevé.

— Ouais, sauf que Merry se came et que son môme n'a que six ans. Ne t'inquiète donc pas, maman, je ne risque rien. Tu te fais trop de souci.

— C'est ce que tu crois, Monsieur J'ai-quinze-ans-et-je-sais-tout. Quand j'avais ton âge, j'étais comme toi. Je n'imaginais pas qu'un jour je gagnerais ma vie à remuer les fesses devant une salle pleine d'inconnus. Je n'avais même pas idée qu'il existait des femmes pour exercer un métier pareil.

Elle agita tristement la tête et ses yeux exprimèrent une profonde résignation.

— Ce sont les leçons de l'expérience, Victor. Tu fais un mauvais choix, et ta vie est fichue. Tâche de t'en souvenir la prochaine fois que tu croiras tout savoir.

Santos ne connaissait que trop bien l'erreur dont elle parlait. C'était Willy Smith. Lorsqu'elle était tombée enceinte, sa famille l'avait désavouée, et Willy l'avait prise pour punching-ball. Mauvais choix, effectivement. Grave erreur.

— Je serai prudent, maman.

Elle lui effleura la joue d'une main caressante, affectueuse.

— C'est bien. Je ne supporterais pas de te perdre.

Il lui saisit la main, la serra. Il était sur le point de lui dire les mêmes mots mais, se sentant soudain ridicule, ravala ces paroles de tendresse.

— Aucune chance. Il faudra que tu me supportes jusqu'au bout.

Elle lui sourit et indiqua la porte d'un signe de tête.

— Il faut que j'y aille maintenant. Milton va encore se fâcher si je suis en retard.

Santos acquiesça et la suivit jusqu'au seuil. Il la regarda s'éloigner le long du couloir. Lorsqu'elle atteignit l'escalier, elle se retourna, lui sourit et lui fit au revoir de la main. La gorge nouée, il lui rendit son sourire et referma la porte. Il s'apprêtait à mettre la chaîne de sécurité quand il se ravisa, saisi d'un soudain besoin de courir la rejoindre, de la prendre dans ses bras, de lui donner ce baiser qu'elle avait demandé. Il avait besoin de la serrer contre lui, de lui dire qu'il l'aimait, un besoin qu'il niait depuis trop longtemps.

Que deviendrait-il s'il la perdait ?

Il rouvrit la porte, s'avança dans le couloir et s'arrêta. Non. C'était ridicule. Il était trop vieux pour s'accrocher à elle comme un bébé, trop vieux pour avoir besoin de ses câlins, de se rassurer dans ses bras. Il eut un petit rire. Il s'était laissé démonter par les inquiétudes de sa mère, ses multiples précautions, cette peur de le perdre qu'elle avait exprimée. A ce train-là, elle lui ferait croire au croquemitaine, au monstre tapi dans le placard qui mangeait les enfants désobéissants.

Il rit de nouveau, remit la chaîne et fila dans sa chambre. Là, il tira ses chaussures de dessous le lit, les passa et attendit, montre en main.

Il attendrait dix minutes avant de sortir pour aller retrouver ses copains. Il les retrouvait chaque soir dans l'ancienne école primaire abandonnée, à l'extrémité nord du Quartier, au coin d'Esplanade et de Burgundy Street.

Les paroles de sa mère concernant les services sociaux et sa crainte de le perdre lui revinrent à l'esprit. Il s'efforça de les chasser. Elle s'inquiétait pour rien, elle le traitait comme un bébé. Il retrouvait ses amis chaque soir depuis le début de l'été, il les avait retrouvés les soirs de week-end pendant toute l'année scolaire. Il s'arrangeait toujours pour être rentré avant sa mère et, comme tous les autres mômes, il évitait les flics et les ennuis. Ainsi qu'il l'avait promis à sa mère, il était toujours très prudent. Jusqu'ici il n'avait pas même failli se faire pincer.

Dix minutes plus tard, Santos déverrouillait la porte et sortait, la refermant soigneusement derrière lui. Quelques instants encore, et l'air nocturne de La Nouvelle-Orléans l'enveloppait. Il jura tout bas. 9 h 30 du soir, et il faisait toujours chaud !

Il passa une main sur sa nuque humide de sueur. Les gens ne comprenaient pas cette chaleur constante qui rendait si pénibles les longs mois d'été. L'air ne fraîchissait jamais à La Nouvelle-Orléans. Ailleurs aussi il faisait chaud l'été, parfois plus chaud même, mais, ailleurs, le coucher du soleil apportait le répit avec la fraîcheur.

De mai à septembre, La Nouvelle-Orléans était en permanence au point d'ébullition et, en août, les gens étaient réduits à l'état d'écrevisses humaines. Surpris par la chaleur, les touristes qu'il rencontrait lui demandaient invariablement comment il supportait cette fournaise. Erreur. Les habitants de La Nouvelle-Orléans ne supportaient pas la chaleur. Ils s'y habituaient. Ce qui, à ses yeux, n'était pas pareil.

Santos leva les yeux vers le ciel noir et inspira profondément. L'air, bien que toujours aussi chaud, avait changé et le Quartier avec lui. La différence était aussi subtile que criante — comme celle qui distingue la lumière du jour de celle du néon, l'odeur des fleurs de celle du parfum. Comme celle qui distingue les saints des pécheurs.

Hommes d'affaires, clients et employés des magasins avaient disparu avec le jour, laissant la place aux gens de la nuit. Ceux-ci se répartissaient en deux catégories : les gens qui vivaient en marge de la norme et les marginaux. C'était une question de choix. Les premiers, comme sa mère, n'étaient pas coulés au moule de l'Amérique moyenne, pas conformes malgré le désir qu'ils en avaient. Les autres, les marginaux, avaient choisi leur camp et aimaient ce genre de vie.

Quelque part au-dessus de sa tête, la plainte d'un blues filtrait par une fenêtre ouverte ; d'un peu plus loin lui parvenaient des bruits d'accouplement. Santos les laissa derrière lui, partit au petit trot, obliqua dans une ruelle, se faufila parmi les passages les moins fréquentés, veillant à ne pas être vu de personnes qui risqueraient de rapporter son escapade à sa mère.

D'un restaurant voisin s'échappait un tintement de vaisselle et de casseroles avec l'odeur alléchante d'une soupe de fruits de mer. Santos passa derrière le restaurant et fronça le nez de dégoût en contournant une poubelle particulièrement nauséabonde. Rien de tel qu'un jour ou deux sous le soleil pour transformer les délicieux crabes et crevettes en une immonde puanteur.

Parvenu en vue de l'école, il ralentit l'allure. Il ne faisait pas bon courir dans ce quartier pauvre où les crimes étaient légion, où les flics patrouillaient sans relâche en quête de jeunes délinquants fuyant leur forfait à la course.

Santos longea la façade principale du bâtiment, qu'ensuite il contourna. Il s'assura que personne ne l'observait et se glissa derrière une haie de lauriers-roses à l'abandon. Comme il s'y attendait, une fenêtre à guillotine était maintenue entrouverte par une brique. Il se glissa à l'intérieur et tendit l'oreille. Des bruits de rires lui parvinrent. Ses copains étaient déjà là.

On craqua une allumette. Surpris, Santos pivota sur les

talons. Dans le coin de la pièce se tenait le môme qu'ils avaient surnommé Scout le Guetteur parce qu'il était toujours à l'affût des flics, des dealers, des ivrognes et autres intrus capables de venir troubler leurs réunions. La flamme éclairait son visage où dansait un sourire amusé.

— Qu'est-ce qui te prend ? Tu m'as flanqué la trouille, dit Santos.

Le Guetteur approcha l'allumette de sa cigarette avant de la jeter.

— Excuse, vieux. T'es en retard ce soir.

— J'ai été retenu par ma mère.

— Chiennerie, hein ?

Il tira sur sa cigarette, souffla une bouffée de fumée âcre et désigna d'un geste son arme, un tuyau de plomb appuyé contre le mur près de lui.

— Je suis content que ce soit toi. J'ai bien cru que je partais en guerre pour protéger notre fief.

Et cela, il l'aurait fait, sans le moindre doute. La majorité des copains de Santos — le Guetteur inclus — vivaient à temps plein dans les rues. C'était pour la plupart des fugueurs qui avaient quitté leurs familles, ou encore les foyers dans lesquels les services sociaux les avaient placés. Quelques-uns, comme lui, étaient des jeunes du voisinage qu'aucun adulte ne surveillait la nuit. Ils avaient entre onze et seize ans. La taille du groupe variait d'un jour à l'autre. De nouveaux fugueurs s'y joignaient, des anciens le désertaient pour vivre leur vie, ou alors se faisaient pincer avant d'être renvoyés à ceux qu'ils avaient fuis. Santos et quelques autres formaient le noyau dur, appartenaient au groupe depuis ses débuts.

— Où sont les autres ? demanda Santos.

— Au Q.G., Lenny et Tish ont piqué un grand sac

d'écrevisses dans un camion. Elles sont encore chaudes. En tout cas, elles l'étaient il y a une demi-heure.

— Bon. Tu viens ?

— Non. Je monte la garde encore un petit moment.

Santos hocha la tête et se dirigea vers le point stratégique qu'ils appelaient le quartier général. L'école étant immense, ils s'étaient choisi quatre pièces pour leurs réunions et leur avaient donné des noms — club théâtre, artisanat, éducation sexuelle et quartier général.

Cette dernière pièce était située au bout du couloir principal au premier étage. Santos s'y rendit en contournant les gravats et les lattes de parquet dangereusement vermoulues. Il trouva le groupe rassemblé autour des écrevisses, à rire et bavarder tout en décortiquant, mâchant et suçotant les crustacés volés.

Le Rasoir, le plus vieux du groupe, aperçut Santos le premier et lui fit signe d'approcher. Surnommé ainsi pour des raisons évidentes, il traînait les rues depuis plus longtemps que les autres. C'était un brave garçon, mais il ne se laissait pas marcher sur les pieds. L'expérience de la rue, cela vous durcit un môme. D'après Santos, le Rasoir ne tarderait pas à les quitter. Il avait seize ans et prendrait bientôt le large pour vivre sa vie.

— Belle prise, Tish, Lenny, dit Santos en levant le pouce en direction des deux ados avant de s'asseoir par terre.

La conversation allait bon train. Les services sociaux avaient chopé Ben une fois de plus et l'avaient renvoyé dans sa famille d'adoption ; un souteneur avait épinglé Claire, et tenté de l'intimider pour l'obliger à faire le trottoir ; Doreen avait surpris Sam et Leah à se bécoter ; Tiger et Rick avaient quitté La Nouvelle-Orléans en stop pour le sud de la Californie où ils comptaient mener la belle vie.

Au bout d'un moment, Santos remarqua la présence d'une nouvelle parmi eux. Assise à l'écart du cercle, les bras serrés sur la poitrine, elle ne participait ni à la conversation ni au festin. Santos donna un coup de coude au Guetteur qui les avait rejoints et s'était assis près de lui. De la tête, il désigna la nouvelle.

— C'est qui ?

— Tina. C'est Claire qui l'a amenée. Elle n'a pas dit deux mots depuis qu'elle est arrivée.

— Une fugue, hein ? Elle ne connaît pas la rue.

— Je crois que c'est ça.

C'était cela. Aucun doute là-dessus, songea Santos en penchant la tête de côté pour mieux l'examiner. Elle semblait perdue, seule, abandonnée, et pétrifiée de peur. Elle gardait les yeux baissés et se mordait la lèvre inférieure comme pour l'empêcher de trembler. Il ignorait ce qu'elle fuyait, mais il aurait parié son maigre salaire de l'été que ce n'était pas bien réjouissant.

Elle lui faisait de la peine, comme tous ses amis. Au fil des années, ils lui avaient raconté des histoires à côté desquelles les brutalités de son père n'étaient qu'une plaisanterie. Santos décortiqua une écrevisse, mit la chair dans sa bouche, jeta la carapace sur le tas de déchets et en prit une seconde. A chaque nouveau récit qu'il entendait, il appréciait davantage sa propre vie.

Il repensa à sa conversation avec sa mère. En découvrant qu'il était au courant des passes qu'elle faisait parfois, elle avait eu honte. Elle ne comprendrait donc jamais ? Elle n'était peut-être pas une héroïne de feuilleton riche et comblée, mais elle l'aimait et il l'aimait. Ils n'avaient peut-être pas grand-chose, mais ils pouvaient compter l'un sur l'autre. Et il avait compris à travers les récits de ses amis que, dans ce monde largement pourri, c'était une chance, presque un luxe, de pouvoir compter sur quelqu'un, d'aimer et d'être aimé. Cela valait la peine qu'on s'y accroche.

Les écrevisses terminées, le groupe se divisa. Certains reprirent le chemin de la rue. D'autres se couchèrent dans les coins. Tina restait là, sans bouger, comme gelée sur place. Gelée par la peur, sans doute. Par l'incertitude.

Santos se leva et se dirigea vers elle.

— Salut, murmura-t-il dans un sourire. Je m'appelle Santos.

Elle leva les yeux vers lui, les baissa aussitôt.

— Salut.

Elle parlait d'une voix douce, polie et apeurée. Trop douce et trop polie pour une fille lâchée dans les rues. Cela changerait, et vite. Elle aussi changerait. Si elle tenait le coup. Il s'assit près d'elle, prenant soin de laisser entre eux un espace suffisant.

— Tu t'appelles Tina, non ?

Elle acquiesça de la tête, mais ne dit rien.

— Le Guetteur m'a raconté que Claire t'avait amenée.

Nouveau hochement de tête. Nouveau sourire de Santos.

— La première chose que tu dois savoir sur nous, c'est que le Guetteur sait tout. La deuxième, c'est qu'on forme un bon groupe. On veille les uns sur les autres, on se serre les coudes.

Voyant qu'elle ne levait pas les yeux, qu'elle ne répondait toujours pas, il pensa qu'elle préférait être seule et se leva.

— Si tu as des ennuis, dis-le-moi. Je ferai ce que je peux pour t'aider.

Elle releva la tête, et il vit que ses cils, ses joues étaient mouillés de larmes. Il vit aussi qu'elle était jolie avec ses cheveux châtain clair et ses grands yeux bleus. Elle devait avoir son âge, peut-être un peu plus.

— Me… me… merci, bredouilla-t-elle.

— De rien. A un de ces jours.

— Attends !

Santos s'arrêta dans son élan et croisa son regard.

— Je… Je ne sais pas où… où aller… Je ne sais pas… Qu'est-ce que je dois faire maintenant ? Tu peux… tu peux m'aider ?

Les mots s'étranglaient dans sa gorge. Elle luttait pour les sortir.

— Je peux essayer, dit Santos qui doutait cependant de pouvoir lui offrir ce qu'elle désirait — un lieu sûr pour dormir, un apaisement moral.

Il se rassit.

— Où voudrais-tu aller, Tina ? demanda-t-il doucement.

— Chez moi, souffla-t-elle en refoulant ses larmes. Mais je ne peux pas.

Cela, il comprenait.

— D'où viens-tu ?

— D'Algiers. Ma mère et…

Le hurlement d'une sirène de police déchira la nuit, couvrant sa voix, trouant le calme comme une obscénité.

— Oh, mon Dieu !

Tina se leva d'un bond, jeta des regards affolés autour d'elle comme un animal pris au piège.

— Hé, Tina, du calme ! dit Santos, se levant à son tour. Ce n'est pas grave. C'est…

Une deuxième sirène retentit, puis une troisième. Les voitures de patrouille passèrent tout près du bâtiment ; le rouge et le blanc des gyrophares zébraient l'obscurité, transformaient la pièce en un kaléidoscope étrange et terrifiant. A croire qu'une meute de flics leur tombait dessus.

— Non ! Non ! hurla Tina en se couvrant les oreilles.

— Tina… Tina… Ce n'est rien…

Santos lui saisit le bras, l'obligea à lui faire face. L'épouvante lui défigurait le visage. Elle se débattait de toutes ses forces. Quand elle parvint à se dégager, elle courut vers la porte. Santos la rattrapa juste à temps, l'enveloppa de ses bras, la serra contre lui. En proie à une crise d'hystérie, elle pleurait et luttait, lui donnait des coups de poing, des coups de pied qu'il esquivait au mieux.

— Non ! Non ! Lâche-moi ! Laisse-moi partir.

— Tina, tu ne peux pas… C'est dangereux… Les escaliers sont…

— Ils arrivent… C'est lui qui les envoie. Il…

— Lui qui ?

Il la prit fermement par l'épaule et la secoua pour qu'elle se ressaisisse.

— Hé, Tina, il n'y a personne. Personne ne te fera de mal. Ecoute. Ils sont partis. On n'entend plus les sirènes.

Elle s'abandonna contre lui, secouée par des sanglots convulsifs.

— Tu ne comprends pas… Tu ne comprends pas… C'est lui qui les envoie… Il a dit qu'il le ferait…

Epuisée, elle finit par se calmer. Toute tension avait quitté son corps. Santos l'entraîna jusqu'à un matelas installé contre le mur. Elle s'y laissa tomber, se roula en une boule compacte. Santos s'assit près d'elle, les genoux contre la poitrine.

— Tu veux en parler ?

Elle demeura longuement silencieuse mais, à sa respiration, il sentit qu'elle allait parler. Enfin, elle sembla s'y résoudre.

— Je croyais… qu'ils venaient me chercher. Qu'il les avait envoyés après moi.

— Les flics ? Tu croyais que les flics venaient te chercher ?

Elle acquiesça de la tête, se recroquevilla davantage encore.

— Mais pourquoi ? Et qui est ce « il » qui les aurait envoyés ?

— Mon beau-père… Il est flic, articula-t-elle en claquant des dents. Il m'a dit que… si je… cherchais à lui échapper… il me retrouverait. Il me retrouverait et il…

Elle laissa la phrase en suspens. Santos ne savait pas de quoi cet homme l'avait menacée mais, à en juger par sa peur, cela devait être quelque chose.

Pire même que ce qu'il lui avait sans doute déjà fait. Le salaud.

— Moi, je vis avec ma mère, elle est super. Mais mon père était un sale con. Il me battait comme plâtre. Il est mort.

Tina ne commenta pas, n'exprima pas de regret sur cette disparition que lui-même ne regrettait pas. Les gosses qui ont vécu l'enfer se comprennent à demi mot.

— Apparemment, ton beau-père est un sale con aussi, ajouta-t-il.

— Je le déteste. Je le déteste ! Il… Il me fait mal… Il me… tripote, hoqueta-t-elle à travers ses larmes.

— Alors, tu es partie.

— C'était ça ou me tuer…

Elle se redressa, s'assit et regarda Santos. A l'expression de ses yeux, il comprit qu'elle ne plaisantait pas, qu'elle avait envisagé la mort comme une solution possible.

— … Mais j'ai pas eu le courage.

— Tu en as parlé à quelqu'un, de ce qu'il te fait ?

— A ma mère. Elle ne m'a pas crue. Elle m'a traitée de menteuse… de salope.

Santos laissa échapper un juron. Ce récit ne le surprenait pourtant pas ; il en avait déjà entendu de semblables.

— Tu n'avais pas un prof, une voisine, quelqu'un à qui parler ?

— Rappelle-toi que c'est un flic. Un vrai. Alors, qui m'aurait crue ? Ma propre mère ne m'a pas crue.

Santos lui prit la main, la serra.

— Dommage.

— Ouais.

Elle détourna les yeux.

— Dommage surtout que j'aie pas eu le cran d'avaler ces pilules. Je les avais dans la main, mais j'ai pas pu.

— Ne dis pas ça. Je suis heureux que tu ne l'aies pas fait.

Elle se tourna vers lui et il s'efforça de sourire.

— Ecoute, Tina, ça va s'arranger.

— Sûrement, oui. Je n'ai aucun moyen et nulle part où aller. Mon Dieu que j'ai peur ! Qu'est-ce que je vais faire ? Qu'est-ce que je vais devenir ?

De nouveau elle pleurait, le visage dans les mains. N'ayant pas de réponse à lui donner, Santos la réconforta du mieux qu'il put. Il la prit dans ses bras et l'y garda longtemps, jusqu'à ce que ses larmes s'épuisent, jusqu'à ce que la pièce soit plongée dans le silence, les autres étant partis pour de mystérieuses destinations. Il la tenait toujours, conscient du temps qui s'écoulait. Sa mère ne tarderait pas à rentrer. Si elle ne le trouvait pas, elle l'assassinerait à son retour.

A regret, il se détacha d'elle.

— Ecoute, Tina, il faut que je m'en aille. Je…

— Ne me laisse pas, j'ai peur ! Reste encore un peu. S'il te plaît, Santos.

Elle s'accrocha à lui, se blottit contre sa poitrine.

— Ne t'en va pas.

Il soupira. Il ne pouvait pas l'abandonner. Elle n'avait ni toit ni soutien. Sa mère comprendrait… quand elle aurait fini de l'assassiner.

Ils parlèrent. Santos lui parla de sa vie, de sa mère, de son père, de l'école et du Quartier. Elle lui parla de son père, le vrai, celui qu'elle aimait et qui était mort.

Santos était ému par son chagrin, son regret. Pour la première fois, il s'interrogeait sur la perte d'un être cher, le manque et la douleur. La disparition de son père avait été pour lui un tel soulagement que l'idée de perdre sa mère ne l'avait même pas effleuré.

La perdre aurait été l'enfer. Il n'y aurait sans doute pas survécu.

Ils discutèrent encore, partagèrent leurs rêves, leurs espoirs. Jusqu'à ce que l'épuisement les gagne tous deux. Alors, il se détacha d'elle et scruta son visage.

— Tina, il faut que je m'en aille. Ma mère va me tuer.

Elle pâlit, mais hocha bravement la tête.

— Je sais.

Il lui reprit la main.

— Ecoute, je lui raconterai ton problème. Je lui demanderai si tu peux camper chez nous pendant quelque temps. Promis.

Elle laissa échapper un petit cri. Il lui encadra le visage de ses mains, plongea dans ses yeux.

— Attends-moi ici. Je reviendrai demain. Je te promets de revenir te chercher. Demain.

Il se pencha pour l'embrasser. Elle en fut aussi surprise que lui. Il l'embrassa de nouveau, avec ferveur cette fois. Son cœur se serra, son souffle se fit haletant, le désir lui nouait le ventre. Elle s'accrocha à son cou, se pressa contre lui.

— Reste, s'il te plaît. Ne me quitte pas.

Santos hésita un moment, la tentation était grande. Mais il était déjà en retard. Il était dans le pire pétrin de toute sa vie. Il entendait encore sa mère lui dire ce soir qu'elle ne supporterait pas de le perdre. S'il ne rentrait pas, elle croirait l'avoir perdu. Peut-être qu'elle avait déjà appelé les flics. Qu'elle était partie à sa recherche.

— Je ne peux pas rester, murmura-t-il dans un souffle. J'aimerais bien, mais je ne peux pas.

Il pressa sa bouche contre celle de Tina, puis il se détacha d'elle.

— Je reviendrai demain. Je te le promets, Tina. Je reviendrai.

6

Santos passa devant une boutique éclairée au néon vert. La lumière étrange formait une tache sur le trottoir et lui teintait la peau d'un reflet malsain. En vitrine, une pendule digitale indiquait 4 heures passées.

Il était fichu.

Cette fois, Santos ne chercha pas à se cacher. Il prit le chemin le plus court pour rentrer, alternant le trot et le sprint. Même ces rues d'ordinaire peuplées étaient désertes.

Tout en courant, il pensait à la colère de sa mère, se demandait comment, dans ces circonstances, il parviendrait à la convaincre d'héberger Tina. Il songea aux lèvres de Tina contre les siennes, à sa peur, à son désespoir, à la manière dont elle l'avait supplié de rester. Il serra les poings de frustration. Il s'était bien mal débrouillé.

Il aurait dû rentrer plus tôt avec Tina. Il aurait alors pu insister pour que sa mère l'héberge. L'en supplier si nécessaire. Lucia Santos avait bon cœur. Un seul regard sur la malheureuse Tina, et elle aurait craqué.

Il ralentit sa course, hésitant à revenir sur ses pas, puis se ravisa. L'aube approchait. Tina était en sûreté à l'école. Il ferait la paix avec sa mère et retournerait chercher sa protégée le matin venu.

Il coupa par une étroite ruelle qui débouchait dans

Ursuline Street, à deux pâtés de maisons de chez lui. Un peu plus bas, les gyrophares de la police trouaient l'obscurité. Trois voitures de patrouille et une ambulance étaient garées devant un bâtiment tout proche de celui qu'ils habitaient.

Il s'arrêta, plissa les yeux pour mieux y voir. Toutes ces voitures étaient garées devant leur porte. Inquiet, Santos se remit à courir.

La police avait bloqué la rue devant l'immeuble. Malgré l'heure tardive, une petite foule s'était rassemblée. Il reconnut la vieille voisine du premier et lui demanda, haletant, le cœur battant :

— Qu'est-ce qui se passe ?

La vieille le gratifia d'un regard soupçonneux.

— Sais pas. Il y aurait un mort. Assassiné, je crois.

— Qui ça ? demanda Santos, soudain pris de panique.

La vieille eut un haussement d'épaules et alluma une cigarette.

— Sais pas. C'est peut-être personne.

Santos se détourna de la voisine et chercha des yeux sa mère dans la foule. Elle n'était pas là.

Le souffle court, une boule d'angoisse dans la gorge, il luttait pour refouler la terreur qui menaçait de l'engloutir. Elle n'était pas là, certes, mais tous les voisins ne se trouvaient pas dans la rue ; ils dormaient sans doute paisiblement chez eux. Peut-être qu'elle était rentrée avec un « ami ». Peut-être qu'elle était partie à sa recherche.

« Merry a perdu son môme comme ça. Les services sociaux ont découvert qu'elle le laissait seul le soir, et ils le lui ont pris. »

Et s'il était la cause de tout ce remue-ménage ? Sa

mère avait peut-être appelé les flics pour les prévenir de sa disparition.

Mais alors, pourquoi l'ambulance ?

Santos agita la tête pour dissiper un soudain accès de nausée. Il fallait qu'il la voie, qu'il sache qu'elle était saine et sauve. Elle l'était, bien sûr…

Il se fraya un chemin parmi la foule, se glissa entre les barrières de police et se dirigea vers l'entrée du bâtiment.

— Holà, le môme !

Santos se retourna. Un agent de police s'avançait vers lui. A l'expression de son visage, à la manière dont sa main droite effleurait la crosse de son revolver, il était clair qu'il ne plaisantait pas. « Il y aurait un mort, avait dit la vieille. Assassiné, je crois. »

— Oui, toi, reprit le flic. Où tu vas comme ça ?

Santos ravala péniblement sa salive.

— Ben, dedans. J'habite là.

— Ah oui ? dit le flic en l'examinant de la tête aux pieds.

— Oui. Ma mère m'attend. Je suis en retard et elle… elle doit se faire du mauvais sang.

Un autre agent vint se poster à côté du premier. Il paraissait trop jeune pour porter l'uniforme et une arme. Il avait de bonnes joues, un visage enfantin et des yeux bleus pleins de gentillesse.

— Tu as un nom ? demanda le premier.

Les yeux de Santos passèrent d'un policier à l'autre.

— Victor Santos.

Les flics échangèrent un regard entendu.

— Santos, hein ?

Il acquiesça d'un signe de tête, la peur au ventre.

— Où étais-tu cette nuit, Victor ?

— Avec des potes. Je… je suis sorti en cachette pendant que maman était au travail. J'avais promis de ne pas le faire mais…

Santos s'interrompit, inspira profondément. Il lui semblait que le monde s'effondrait autour de lui.

— Soyez chic, essayez de comprendre. Elle doit être malade d'inquiétude.

— Tu as des papiers, Victor ?

— Non… mais ma mère vous…

— Quel âge as-tu ?

— Quinze ans.

La gorge nouée, il songea aux avertissements de sa mère, à sa crainte des services sociaux. Il se mit à trembler.

— Ecoutez, ce n'est pas sa faute. Elle est très prudente, c'est une bonne mère. C'est moi qui me suis mal conduit.

Il adressa un regard suppliant à l'agent au visage poupin et aux bons yeux.

— Je suis sorti en douce. Je vais me faire botter le derrière en arrivant là-haut. Soyez gentils, n'appelez pas les services sociaux.

Les deux flics se consultèrent en silence.

— Calme-toi, Victor, dit le plus jeune, mal à l'aise. N'aie pas peur.

Sous l'emprise d'une nouvelle vague de panique, Santos s'accrocha à sa manche.

— Qu'est-ce que ça veut dire ? Qu'est-ce qui se passe ? Il est arrivé quelque chose ? Pourquoi vous êtes là, tous ?

Le jeune policier dégagea doucement son bras, en entoura les épaules de Santos et le conduisit jusqu'à une voiture de patrouille, lui parlant d'une voix douce, mesurée, rassurante.

— Tu vas t'asseoir là, Victor. Je vais appeler quelqu'un qui viendra te parler.

— Mais… ma mère…

— Ne t'inquiète pas de cela pour le moment. Tu vas t'asseoir tranquillement, et je vais faire venir une amie…

— Non ! protesta Santos en se libérant d'une secousse. Je rentre chez moi. Je vais voir ma mère.

— Désolé, mais c'est hors de question.

Le flic lui agrippa l'épaule d'une main ferme. Dans sa voix, il n'y avait plus le moindre soupçon de compassion ou de gêne.

— Tu vas rester ici sans faire d'histoires, c'est compris, Victor ?

Saisi d'horreur, Santos dévisageait le policier. Sa mère… Où donc était sa mère ?

Un murmure s'éleva alors de la foule, une exclamation collective, preuve que l'attente touchait à sa fin, que les curieux seraient bientôt satisfaits. Le murmure brûlait les nerfs de Santos comme un acide.

Il se tourna vers l'entrée du bâtiment, en vit émerger d'autres flics et des infirmiers. Son regard se porta sur la civière, sur le corps recouvert d'un drap blanc.

« Il y aurait un mort. »

« Assassiné. »

Santos échappa au policier et se précipita vers la porte, vers la civière et le corps sans vie sous le drap. Il parvint à franchir les barrières. Le policier le rattrapa, le retint. Santos se débattit, se libéra de nouveau. Enfin, il atteignit la civière et en arracha le drap.

Les flics le saisirent par-derrière et l'éloignèrent de force. Trop tard. Il avait vu le sang. Il avait vu le visage de la victime, ses traits figés en un masque grimaçant.

Le visage de sa mère. Le sang de sa mère.

Un cri de douleur déchira la nuit. Le sien.

Sa mère était morte. Assassinée.

Plié en deux, Santos se tenait le ventre. Et il vomit sur les chaussures noires cirées du policier au visage poupin.

7

Au commissariat de police, brigade des homicides, Santos fixait le lino usé de la salle d'attente. Encore sous le choc, il souffrait tant qu'il en était comme anesthésié.

Sa mère était morte, brutalement assassinée la semaine précédente. Seize coups de couteau au thorax, à la gorge, au ventre, dans le dos et à d'autres parties du corps que la presse s'était bien gardée de mentionner.

Il ravala le cri de douleur qui lui montait aux lèvres, serra les dents. Le lino dansait sous ses yeux. Il luttait contre les larmes, même s'il avait appris au cours de la semaine qu'il ne servait à rien de réprimer la souffrance. Elle était toujours là, de toute façon.

Autour de lui régnait une sorte de chaos organisé. Des policiers allaient et venaient, seuls ou accompagnés ; les familles des victimes et des criminels faisaient les cent pas dans la pièce, et les avocats, tels des requins attirés par le sang, semblaient être partout à la fois. Le niveau de bruit demeurait constant, bourdonnement ponctué de temps en temps par une plainte, un cri de douleur ou de colère. Par-dessus le tumulte, la voix du sergent posté à l'accueil hurlait des ordres aux civils comme aux policiers. D'une minute à l'autre, Santos l'entendrait aboyer :

— C'est bon, le môme. Le lieutenant Patterson va te recevoir.

Santos n'en était plus à sa première visite, il avait l'habitude. Patterson et lui faisaient une fameuse paire de copains. Ça oui ! Il serra le poing, pris d'un violent désir de cogner, de l'envoyer dans la figure de l'arrogant Patterson.

En lisant le *Times Picayune* et le *State's Item*, il avait découvert les détails du meurtre, appris quand et comment Lucia avait été poignardée. La presse avait même reconstitué les événements de sa dernière nuit : elle était allée travailler au Club 69 où elle dansait, elle avait dragué un type, l'avait ramené chez elle. Il l'avait assassinée après avoir eu avec elle des rapports sexuels. Près du lit, on avait retrouvé une pomme entamée.

Les journaux la traitaient de prostituée, présumaient que son « client » l'avait tuée.

Sa lecture achevée, Santos avait vomi. Puis la colère s'était emparée de lui. Il y avait dans ces minuscules articles — pas plus de trois paragraphes chacun — une sorte de mépris. Entre les lignes, on devinait le commentaire sous-jacent : « Une pute de moins sur terre, qui s'en soucie ? »

Il avait appelé les journaux, contacté les reporters qui avaient osé écrire cela. Il leur avait déclaré que sa mère n'était pas une prostituée mais une danseuse exotique. C'était sa mère. Il l'avait aimée.

— Désolé pour toi, le môme, mais j'écris comme je le sens, lui avaient répondu les deux plumitifs.

La police ne valait guère mieux. Là encore, il avait appelé. Au début, on l'avait traité avec bienveillance — une bienveillance teintée de condescendance. On lui avait patiemment expliqué les mécanismes du système, on avait ajouté qu'il n'y avait rien de nouveau, qu'on faisait le nécessaire. On l'avait même interrogé, on avait vérifié son alibi. Puis on l'avait envoyé promener d'une pichenette, comme on chasse un insecte importun.

C'est tout juste si on ne lui avait pas dit : « Inutile de rappeler, nous vous contacterons. »

Santos n'avait pas l'intention de se laisser faire ; sa mère méritait mieux. Beaucoup mieux. Même si ces gens pensaient qu'elle n'était qu'une pute de moins sur terre.

Il avait téléphoné tous les jours, parfois plus d'une fois. Il était passé au commissariat. Au bout d'une semaine d'appels et de visites, ils se montraient nettement moins compréhensifs, moins patients. Pas de piste, pas d'indices, affaire classée, au suivant.

Le corps était à peine en terre qu'ils avaient refermé le dossier. Oh, ils ne le lui avaient pas dit, mais Santos le savait. Certaines choses n'avaient pas besoin d'être dites, ce qui ne les empêchait pas d'être vraies.

Qui se souciait d'une pute de rien ? Qui ?

Santos se prit la tête dans les mains, hanté par l'image de sa mère. Il la revoyait telle qu'il l'avait vue pour la dernière fois. Elle souriait en le regardant par-dessus son épaule, en lui faisant au revoir de la main.

Il ne l'avait pas embrassée, ne lui avait pas dit qu'il l'aimait. Il s'était cru trop grand pour cela.

Ses yeux lui brûlaient. Il serrait les lèvres. Il retenait ses larmes tandis que l'image de sa mère changeait pour tourner au cauchemar, un cauchemar dont il s'éveillait chaque nuit trempé de sueur, les joues humides de larmes. Comme dans un film violent, il voyait sa mère aux prises avec son assassin, sa mère qui l'appelait, qui suppliait Santos de lui venir en aide. Puis il la revoyait telle qu'il l'avait aperçue quand il avait arraché le drap blanc de la civière.

Elle l'avait appelé au secours, et il n'était pas là. Il s'était moqué de ses craintes. Il n'en avait fait qu'à sa tête, sans se soucier de ses sentiments. Sans se soucier de sa sécurité.

Et aujourd'hui, elle était morte.

Le remords le rongeait. Il se pressa les yeux de la paume des mains. Elle avait ramené ce type parce qu'il avait besoin de vêtements neufs pour l'école, de visites médicales coûteuses. Elle était morte à cause de lui, parce qu'il n'était pas là pour la protéger.

Pour la énième fois, il se demanda si sa dernière pensée avait été pour lui. Lui en avait-elle voulu ? L'avait-il déçue ? Les larmes lui nouaient la gorge à l'étouffer. Pourquoi lui avait-il désobéi ? Pourquoi était-il resté si tard avec Tina ?

Il avait presque oublié Tina, n'avait repensé à elle que deux jours plus tôt, et seulement parce que la police l'avait interrogé dans le détail sur ce qu'il avait fait la nuit du meurtre. Ils n'avaient pas retrouvé Tina, mais plusieurs de ses camarades avaient confirmé son alibi.

Trop absorbé par sa propre douleur, il s'était brièvement demandé ce qu'il était advenu de cette fille, si elle était rentrée chez elle, ce qu'elle avait pensé de lui en ne le voyant pas revenir. Et ces questions l'avaient ramené à ses remords coupables, à sa honte, à sa douleur.

S'il avait été chez lui, sa mère serait encore en vie.

De cela, il ne doutait pas. C'était sa faute à lui si sa mère était morte.

— Ça va, Victor ?

Santos releva la tête et rencontra le bon regard bleu du policier au visage poupin. Agent Jacobs, disait son badge. Il s'était montré plus que correct, avait essayé de le réconforter comme il pouvait. Les yeux de Santos se brouillèrent ; il tenta de parler mais aucun son ne sortit de sa gorge nouée.

Le flic lui posa une main sur l'épaule.

— Je suis vraiment désolé, Victor. Je peux faire quelque chose pour t'aider ?

Santos serra les poings, lutta pour se ressaisir.

— Retrouvez-le. Retrouvez son assassin.

Une expression de regret passa comme un nuage sur le visage de l'homme.

— On essaie, tu sais.

— Ouais, à d'autres.

L'agent Jacobs ignora le sarcasme.

— Je comprends que ce doit être dur pour toi.

— Vraiment ? Parce que votre mère a été brutalement assassinée, elle aussi ? Que son meurtre est passé presque inaperçu ? A peine digne d'un paragraphe en sixième page des journaux… Vous comprenez peut-être ce que c'est de savoir au fond de son cœur qu'on aurait pu empêcher le meurtre si seulement… si seulement on avait été là. Si on n'avait pas…

— Holà, Victor, tout doux.

Jacobs s'assit près de lui.

— Qu'est-ce que tu veux dire par empêcher le meurtre ? Comment ?

— Qu'est-ce que vous croyez que je veux dire ?

Santos serra les poings plus fort. Ses yeux et sa gorge brûlaient de larmes contenues.

— Si j'avais été là, à la maison… peut-être que ce type ne l'aurait pas tuée… Peut-être que ma présence lui aurait fait peur. J'aurais pu me battre, aussi. La défendre. Je sais que je…

— Tu aurais pu être tué comme elle. C'est même le plus probable.

Le policier le regarda droit dans les yeux.

— Ecoute-moi bien, Victor. Ce type est un tueur dangereux, un sadique. Pas du tout le genre d'homme à se laisser effrayer par un garçon. Ce n'était pas un acte de violence gratuite. Il est rentré avec ta mère dans l'intention de la tuer. Il est malin. Il n'a pas laissé de traces. Il a veillé à ce que personne ne le voie. Pour nous, d'après ce que nous savons, il n'en est pas à son premier crime. Si tu avais été là, il aurait modifié ses plans pour t'inclure dedans. C'est la pure vérité, Victor. Ce n'est pas joli, mais c'est comme ça.

— J'aurais tout de même pu…

— Non, tu n'aurais rien pu faire. Si tu t'étais trouvé dans l'appartement, tu serais mort.

— N'empêche, au moins j'aurais été là pour essayer de la défendre. Au moins elle aurait su que je… que je…

Sa voix se brisa. Gêné, il détourna la tête.

— Elle savait que tu l'aimais, Victor. Et elle n'aurait pas voulu que tu meures.

Il tapota affectueusement le poing serré du garçon et ajouta :

— Viens. Allons voir si le lieutenant Patterson a du nouveau.

— J'en doute. Il ne m'a encore rien dit d'utile. Il ne raconte que des salades.

Sur ce point, en effet, rien n'avait changé. Dans le bureau du lieutenant, Santos fixait son vis-à-vis, en proie à une rage folle. Ses poings le démangeaient. Il avait une furieuse envie de le cogner. Cela le soulagerait, songeait-il, même si l'imposant policier avait de grandes chances de le mettre à genoux et de lui passer les menottes avant qu'il n'ait porté un seul coup.

Ah, mais lui assener un direct, effacer de ses traits

cette morgue, ce mépris ne fût-ce qu'un instant, c'était bien tentant.

— Ecoutez, disait Patterson, je sais qu'elle comptait beaucoup pour vous, mais j'ai des dossiers plus importants à traiter. Si nous découvrons quelque chose, nous agirons en conséquence.

Santos se leva d'un bond, renversant sa chaise.

— Fils de chienne ! Vous ne faites même pas semblant ! Vous ne trouverez jamais rien, sauf si le tueur vient ici de lui-même avouer son crime.

Le lieutenant croisa les bras sur la poitrine et haussa le sourcil.

— Cela peut arriver.

Sentant que le gosse était au bord de la violence, Jacobs lui posa une main sur le bras et coula à son collègue un regard de reproche.

— Victor, je te promets que nous cherchons. Mais je te l'ai dit, nous n'avons rien, pas de piste, pas d'indice. Ce type est plus futé qu'un renard.

— Alors, vous allez le laisser filer. Il est en liberté, dehors. Cela ne vous gêne donc pas ? Vous vous en moquez ?

— Non, Victor, je ne m'en moque pas. Je n'aime pas ça du tout, et Patterson non plus. Mais nous ne pouvons faire plus que suivre les pistes que nous avons et attendre.

— Attendre ? Attendre quoi ?

— Il récidivera, déclara Patterson avec dédain. Il récidivera, et il commettra peut-être une erreur. Alors, nous le prendrons.

Santos le dévisagea, écœuré, haineux.

— Pourquoi vous casser la tête, hein ? Ce type ne tue que des putes, c'est ça ? Vous pensez qu'elle compte pour rien, que c'était qu'une vulgaire pute, que son meurtre ne dérange pas. Eh bien, moi, ça me dérange.

Il s'approcha du bureau de Patterson.

— C'était ma mère, espèce de salaud. Et pour moi, sa mort, c'est pas rien. D'accord ?

Jacobs lui saisit le bras.

— Viens, Victor. Je t'offre un Coca.

Santos se dégagea d'une secousse sans quitter Patterson des yeux.

— Je vais retrouver celui qui a fait le coup, c'est clair ? Je vais retrouver l'homme qui a tué ma mère, et il le paiera.

Le lieutenant eut un soupir exaspéré.

— Voyons, Victor, que pouvez-vous contre lui ? Vous n'êtes qu'un enfant. Vous finirez par y laisser votre peau. La police est mieux placée pour s'en charger.

Santos se hérissa. Le bonhomme et son mépris le mettaient en rage.

— Vous seriez mieux placé si vous en faisiez l'effort. Mais vous ne levez pas le petit doigt.

— Cette fois, c'en est assez, je vous ai assez vu, dit le lieutenant, les mâchoires serrées. Au revoir, j'ai du travail.

Santos fit un pas de plus vers le bureau. Il se sentait l'égal de cet homme. Sa carrure, son rang ne l'impressionnaient plus. C'était grisant. Dans l'instant, il comprit ce que c'était que d'être un homme.

— Comme vous voudrez, monsieur le lieutenant. Mais souvenez-vous bien de ça : je ne sais ni quand ni comment, mais je retrouverai le salaud qui l'a tuée, et je le lui ferai payer.

Il posa les mains sur le bureau, fixa son adversaire droit dans les yeux et ajouta :

— Cela, je vous le promets, lieutenant Patterson. Vous pouvez compter dessus.

TROISIÈME PARTIE

Glory

8

La Nouvelle-Orléans, Louisiane, 1974

Pour la petite Glory Alexandra St. Germaine âgée de sept ans, le monde était tout à la fois magique et effrayant. Il était rempli de tout ce qu'une petite fille pouvait désirer : de belles robes avec de la dentelle, des volants, des rubans, de jolies poupées aux cheveux soyeux qu'on pouvait coiffer, des leçons d'équitation et un poney à elle, de vrais services à thé en porcelaine pour les fêtes qu'elle donnait dans le pavillon, et tout ce qu'elle pouvait montrer du doigt en disant qu'elle en avait envie.

Son père faisait partie de ce monde enchanté. Il en était l'élément le plus magique et le plus merveilleux. Avec lui, elle était certaine qu'aucun désagrément, aucun malheur ne pouvait l'atteindre. Avec son papa, elle était en sécurité, elle se sentait importante, la plus importante de toutes les petites filles. Il l'appelait sa précieuse poupée, son trésor, noms qu'elle trouvait trop enfantins pour une grande fille comme elle, et elle s'en plaignait lorsqu'il l'appelait ainsi devant les gens mais, dans le secret de son cœur, cela lui plaisait.

Sa mère ne l'appelait jamais autrement que par ses prénoms.

Glory remua sur la dure chaise de bois, le derrière engourdi d'être demeurée assise si longtemps au coin. Dans son coin. Le coin de la méchante petite fille.

Elle soupira, cogna la pointe de ses souliers contre le plancher ciré en prenant garde de ne pas laisser de marques. Lorsque sa mère lèverait la punition, elle inspecterait l'endroit pour s'assurer que Glory n'avait pas fait de sottises durant sa pénitence. Le temps passé au coin ne devait-il pas être consacré à la prière et à la réflexion sur soi ? Sa mère le lui avait répété des milliers de fois : « Glory Alexandra St. Germaine, tu vas rester assise au coin et réfléchir à ce que tu as fait. Réfléchir à ce que le Seigneur attend d'une petite fille sage. »

Glory soupira de nouveau. Les autres mères appelaient leurs filles chaton, chérie, ma douce. Elle les avait entendues. Plissant le front, elle tenta de se souvenir d'une occasion où sa mère aurait employé un de ces termes affectueux mais, comme d'habitude, rien ne vint.

Parce que sa mère ne l'aimait pas.

Glory ramena les genoux contre la poitrine et y posa la tête. Elle ferma les yeux très fort, regrettant de ne pouvoir interrompre le cours de ses pensées, regrettant de ne pouvoir fermer un œil mental sur la vérité. Mais c'était impossible, et ses pensées l'effrayaient, l'attristaient. Elles transformaient le monde magique et merveilleux en un lieu de ténèbres et de tourment. Celui qui faisait peur.

Afin de se rassurer, elle se répétait souvent que sa mère l'aimait malgré tout, que Hope St. Germaine n'était pas une maman comme les autres, qu'elle n'aimait ni donner ni recevoir des câlins, qu'elle croyait aux vertus de la discipline et non à la tendresse.

Mais Glory ne parvenait pas à s'en convaincre. Au fond de son cœur, elle connaissait la douloureuse vérité.

Les larmes lui brûlaient les yeux, et elle les refoula. Pourquoi sa mère ne l'aimait-elle pas ? Qu'avait-elle fait pour lui déplaire ? Elle s'efforçait pourtant de bien se tenir, d'être ce que sa mère attendait d'elle. Hélas, malgré tous ses efforts, elle n'y arrivait pas. Elle riait trop ou trop fort, elle courait quand sa mère aurait voulu qu'elle marche, chantait quand sa mère aurait voulu qu'elle prie. Même en étant agréable aux autres, elle demeurait pour sa mère objet de déception et de réprobation.

Elle soupira encore. Pour sa mère, c'était mal de chercher à plaire. Mais Glory ne cherchait pas à plaire ; elle obtenait des autres ce qu'elle voulait d'un simple sourire ; elle gagnait leur affection sans même s'y employer.

Glory laissa ses pieds retomber sur le sol. Elle brûlait de quitter sa chaise pour jouer et courir. Elle adorait rire. Elle adorait chanter, danser, sauter cheveux au vent. Maman disait que c'était mal de s'agiter ainsi pour se faire remarquer. Elle disait que vouloir attirer l'attention n'était pas ce que le Seigneur attendait de Ses enfants.

Glory essayait de toutes ses forces de s'en souvenir, mais il arrivait qu'elle oublie. Comme aujourd'hui. Elle serra les poings. Pourquoi n'était-elle pas capable de s'en souvenir comme le voulait maman ?

Elle essuya une larme qui roulait sur sa joue. Au moins, sa mère ne tarderait plus à venir la chercher. La lumière baissait, il serait bientôt l'heure du dîner, et les punitions de sa mère se terminaient toujours à temps pour que Glory puisse prendre part au repas du soir.

A l'idée de manger, son estomac gronda. Elle se frotta le ventre, et l'eau lui vint à la bouche au souvenir des sandwichs grillés au fromage que la cuisinière avait préparés à midi. Ces sandwichs dont elle avait été privée à cause de sa mauvaise conduite.

— Maman ? appela Glory. Je peux sortir ? Je serai sage, je le promets.

Seul le silence lui répondit. Elle se mordit la lèvre. Elle avait si faim que son ventre lui faisait mal. Elle aurait bien sucé son pouce, mais sa mère l'y avait prise un jour et l'avait punie. Glory entoura son estomac de ses bras, lutta pour ignorer la faim. Sale, se rappela-t-elle. C'était sale et impur de sucer sa chair. C'était mal.

En entendant la clé dans la serrure, elle se retourna.

— Maman ?

— Non, trésor. C'est papa.

— Papa ! s'exclama-t-elle en courant le rejoindre.

Avec son père, elle n'avait pas à demander la permission de quitter son coin. Avec son père, pas besoin de s'excuser, d'expliquer ce qu'elle avait appris pendant sa pénitence. Son père l'aimait toujours, quoi qu'il arrive.

Il la souleva dans ses bras et la serra très fort. Elle le serra aussi, avec bonheur. C'était comme l'aube d'un jour nouveau, un jour ensoleillé et plein de promesses.

Lorsqu'il la déposa à terre, elle comprit à son expression que, ce soir, elle entendrait ses parents hausser le ton. Son père accuserait sa mère d'être trop dure, et elle l'accuserait de laxisme. Sa mère prétendait que, laissée aux mains de son père, elle deviendrait une méchante fille dévergondée.

Les disputes de ses parents se terminaient toujours dans le plus grand silence. Un jour, Glory était allée à pas de loup jusqu'à leur chambre, au bout du couloir, pour écouter à la porte. Elle avait entendu son père gémir comme s'il souffrait. Elle avait entendu le rire haletant de sa mère. Un rire qui lui avait semblé plein de triomphe et de pouvoir.

Un objet était tombé à grand bruit dans la pièce.

Terrorisée, Glory avait filé jusqu'à son lit et tiré les couvertures sur sa tête.

Le souffle court, le cœur battant, elle avait attendu. Attendu que sa mère vienne la punir ; attendu le matin dans la crainte d'apprendre que son père était blessé ou mort. Elle s'était demandé ce qu'il adviendrait d'elle si elle perdait son père. Pourrait-elle vivre sans lui ?

Non. Elle ne le pourrait pas. Elle en mourrait.

Elle n'avait pas dormi du reste de la nuit. La peur la tenaillait, lui ôtant toute capacité sauf celle de pleurer.

— Ça va, trésor ? lui demanda son père en lui relevant le menton.

Il paraissait inquiet.

— Oui, répondit-elle, le regard plein de larmes. Mais je… j'ai été vilaine, papa. Pardonne-moi.

Il demeura silencieux, mais elle voyait au mouvement de sa gorge, de ses lèvres, qu'il était sur le point de parler. Elle baissa de nouveau les yeux.

— J'ai cueilli des fleurs dans le jardin et je les ai données à M. Riley. Il est si gentil avec moi, j'avais envie de le voir sourire. Il a l'air bien triste parfois. Je regrette. Je ne recommencerai plus.

Son père s'accroupit devant elle et lui releva le menton.

— Ce n'est pas grave, trésor. Il y a beaucoup de fleurs dans le jardin. Et c'est très bien de vouloir que les gens soient heureux. J'ai dit à ta mère que tu pouvais cueillir autant de fleurs que tu le désirais, les donner à qui tu souhaitais. Elle ne savait pas. Est-ce que tu comprends, Glory ?

— Oui, papa, je comprends.

Et elle comprenait, en effet. La même scène s'était répétée assez souvent. Seulement, c'était son père qui ne comprenait pas. Si elle se fiait à lui, et cueillait des fleurs, courait en descendant les marches de l'église après la messe, jouait à cache-cache sans en demander la permission, sa mère ne la punirait pas, mais elle la regarderait de ce regard terrible qui donnait à Glory le sentiment d'être laide et méchante. Ce regard qui lui donnait envie de disparaître dans un trou pour y mourir de honte.

Elle frissonna. Elle ne supportait pas que sa mère lui lance ce regard-là. C'était pire, bien pire que de rester des heures au coin, pire que les pires reproches exprimés.

Aussi, malgré les encouragements de son papa, elle ne cueillerait plus de fleurs pour M. Riley, ni pour personne — jusqu'à ce qu'elle oublie et agisse une fois de plus sans réfléchir.

— J'ai une idée, dit brusquement son père. Tu aimerais que nous dînions à l'hôtel ce soir ? Nous irions au Salon Renaissance.

Glory n'en croyait pas ses oreilles. Chaque dimanche, après la messe, du plus loin qu'elle s'en souvînt, son père l'emmenait au marché français manger des beignets avec du café au lait. Rien qu'eux deux. Ensuite, ils se rendaient au St. Charles, et il lui en faisait faire le tour en lui expliquant le fonctionnement de l'hôtel. Il lui laissait vérifier les tables du salon de thé, fermait les yeux lorsqu'elle chipait des noisettes derrière le bar ou des chocolats à la menthe sur une desserte.

Mais jamais il ne l'avait emmenée au Salon Renaissance, le restaurant cinq étoiles de l'hôtel. Sa mère disait qu'elle était trop jeune et se tenait trop mal pour cet élégant restaurant.

— Au Salon Renaissance ? répéta Glory. C'est vrai, papa, on peut ?

— On peut, répondit-il en lui tapotant le nez de l'index.

Glory se souvint alors de sa mère, et son enthousiasme retomba. Les visites à l'hôtel étaient beaucoup moins drôles quand sa mère était là. Glory devait être sage, parce que les petites filles bien élevées ne se font pas remarquer. Il lui fallait veiller à se tenir droite à table, à boire délicatement, à ne pas dévorer, à se servir souvent de sa serviette. Quand sa mère les accompagnait, le personnel d'ordinaire si gentil se montrait cérémonieux et guindé. Plus de clins d'œil complices, et plus de sucreries.

— Maman dit que je suis trop jeune pour le Salon Renaissance, murmura Glory, tête basse.

Il lui releva le menton, lui sourit.

— Nous irons tous les deux, nous ne l'inviterons pas. Mais tu devras tout de même mettre une robe, et tes jolies chaussures, celles qui font mal.

Glory s'en souciait comme d'une guigne tant elle était heureuse. Incapable de réprimer son enthousiasme, elle se jeta au cou de son père.

— Merci, papa ! Merci !

Glory mit les chaussures qui faisaient mal. A peine son père et elle étaient-ils arrivés à l'hôtel que ses orteils meurtris protestaient. Ignorant la douleur, elle leva les yeux vers la façade du St. Charles et ses balcons. Son cœur débordait de fierté devant l'impressionnant bâtiment qui l'intimidait toujours un peu. Elle aimait le St. Charles, ses vieux ascenseurs lambrissés qui grinçaient en transportant les hôtes jusqu'aux salons du treizième étage, le va-et-vient constant des gens dans le hall, l'odeur des fleurs et de la cire.

Ici, tout le monde l'aimait bien. Ici, elle pouvait rire et sautiller, manger autant de délicieux chocolats à la menthe qu'elle voulait, partir en exploration sans crainte des réprimandes.

Et elle aimait l'hôtel parce qu'il appartenait totalement à son père. Tout y portait sa marque, lui ressemblait, en un sens. A l'hôtel, elle se sentait en sûreté, comme dans l'étreinte protectrice de son père.

Parfois, Glory pensait que sa mère détestait le St. Charles autant qu'elle et son père l'aimaient. Elle le détestait parce qu'elle n'y exerçait pas la moindre influence, qu'elle n'avait pas voix au chapitre sur la manière de le gérer. Glory se souvenait des rares occasions où sa mère avait émis des suggestions concernant le St. Charles ; Philip y avait répondu d'un ton cassant, d'un ton dont il n'usait jamais avec sa femme.

Le groom, tout sourire, se précipita pour lui ouvrir la portière.

— Bonsoir, mademoiselle Glory. Vous allez bien ?

Elle lui rendit son sourire, heureuse de se sentir comme une vraie jeune femme.

— Très bien, merci.

Son père tendit les clés de voiture au groom.

— Nous en avons pour deux heures, Eric. Tu es prête, trésor ?

Glory acquiesça d'un hochement de tête et ils s'avancèrent vers les portes vitrées de l'entrée. Le portier gratifia à son tour Glory d'un large sourire.

— Bonsoir, mademoiselle St. Germaine. C'est un plaisir de vous revoir.

Elle lui rendit son salut en s'efforçant au mieux de se montrer adulte.

— Bonsoir, Edward. Le plaisir est partagé. Nous venons pour dîner.

Elle baissa la voix et ajouta avec gravité :

— Nous allons au Salon Renaissance.

— Excellent. On me dit que les fraises Melba sont excellentes ce soir.

Il lui fit un clin d'œil, et elle se mit à rire.

Son père lui prit la main, et ils pénétrèrent dans le vaste hall du St. Charles. Comme toujours, elle en eut le souffle coupé. Tout était si beau, si majestueux ! Au-dessus d'eux, un immense lustre de cristal scintillait de mille feux. Sous leurs pieds, d'épais tapis orientaux étouffaient le bruit de leurs pas. Les cuivres brillaient, les boiseries étaient polies comme des miroirs.

Sa mère prétendait que l'hôtel affichait un luxe de bon goût mais, pour Glory, c'était tout simplement le plus bel endroit du monde.

— Tu t'en es très bien tirée, Glory. Papa est fier de toi. Plus tard, tu feras une excellente patronne.

Glory lui sourit, rayonnante de bonheur. Elle aussi était fière. Son père l'amenait ici depuis qu'elle était assez grande pour marcher à son côté, et lui parlait des différents aspects de la gestion de l'hôtel au quotidien. Elle ne comprenait pas tout, mais elle écoutait, fascinée, sous le charme de ses paroles et ravie de savoir qu'elles lui étaient destinées à elle seule.

Après toutes ces années d'écoute attentive, elle avait beaucoup appris sur cet hôtel, son histoire, sa valeur, la manière dont son père veillait à sa bonne marche.

Le St. Charles disposait de cent vingt chambres ou suites et d'un appartement qui occupait tout le dernier étage. Trois présidents y avaient séjourné : Roosevelt, Eisenhower et Kennedy ; et depuis son ouverture, tous les gouverneurs de Louisiane y avaient dormi au moins une fois au cours de leur mandat. De nombreuses vedettes de cinéma avaient élu domicile au St. Charles le temps d'une visite à La Nouvelle-Orléans. Clark Gable, Marilyn Monroe et Robert Redford étaient du nombre. Un an plus tôt, le chanteur Elton John y avait passé quelques jours, et son père n'avait guère apprécié les hordes d'adolescents tonitruants qui avaient pris l'hôtel d'assaut dans l'espoir d'apercevoir leur idole.

Glory et son père traversèrent le hall. Devant eux, sur la droite, se trouvait le comptoir d'accueil et, sur la gauche, le bar de la réception où on servait le thé dans l'après-midi et les cocktails le soir. Venait ensuite le Salon Renaissance où l'on entrait par une porte discrète.

Comme de coutume, son père s'arrêta à l'accueil. La réceptionniste lui sourit.

— Bonsoir, monsieur St. Germaine. Mademoiselle St. Germaine.

— Bonsoir, Madeline. Tout se passe bien, ce soir ?

— Très bien. C'est même plutôt calme malgré les soixante-quinze pour cent de chambres occupées.

— Et le restaurant ?

— Il y aurait du monde, à ce que j'ai cru comprendre.

Philip chercha des yeux le responsable de nuit.

— Où est Marcus ? s'enquit-il.

La jeune femme hésita.

— Je… Je crois qu'il est au bar.

— Bon. Nous serons au restaurant. Si vous l'apercevez, envoyez-le-moi.

Ils quittèrent l'accueil et Glory leva les yeux vers son père.

— Tu es fâché contre Marcus, papa ?

— Non, pas fâché, Glory. Déçu. Parce qu'il ne fait pas son travail.

Glory fronça les lèvres.

— Il boit trop, n'est-ce pas ?

— Pourquoi dis-tu cela ? demanda son père, surpris.

— Il était aussi au bar la dernière fois que nous sommes venus.

Elle eut un bref haussement d'épaules.

— Tu sais, papa, je vois les choses. Je ne suis plus un bébé.

Il rit et lui passa affectueusement la main dans les cheveux.

— C'est vrai. A bientôt huit ans, tu es presque adulte. Nous y voici, trésor, après toi.

Ils franchirent la porte et passèrent devant le maître d'hôtel. Philip le salua, lui fit signe de ne pas se déranger pour les conduire à leur table. Glory observait son père tandis qu'ils traversaient la salle. Il balayait la pièce des yeux, et elle savait qu'aucun détail, même le plus infime, n'échappait à son attention. Il saluait de la tête les clients qui croisaient son regard, s'arrêtait aux tables pour souhaiter la bienvenue à ceux qu'il connaissait, se présentait aux autres, s'inquiétait de l'état de satisfaction de chacun et exprimait l'espoir de les revoir bientôt.

Lorsqu'ils arrivèrent à leur table, il tira la chaise de Glory et attendit qu'elle soit assise pour aller prendre sa place. Puis il se pencha vers elle et lui dit sur le ton de la confidence :

— Tout doit être absolument parfait. C'est ce que les clients attendent du St. Charles. Ne l'oublie jamais.

— Je ne l'oublierai pas, tu peux compter sur moi, répondit-elle, émue.

Il sourit de sa réaction.

— Et souviens-toi aussi que le contact personnel est capital. Nous ne sommes pas une chaîne, Glory. Il faut traiter chaque client comme un ami, comme un invité personnel.

Elle hocha gravement la tête.

— Oui, papa.

— Tu vois la table dressée devant nous ? Vérifie chaque détail. La plus petite imperfection est inadmissible.

Il prit ses couverts et les inspecta soigneusement, un rituel auquel il s'était livré des douzaines de fois dans un cadre ou un autre.

— Il ne faut pas qu'il y ait de traces de doigts, pas de tache d'eau. Tout doit être parfaitement propre.

Il inspecta ensuite les verres avec le même soin. Elle l'imita en fronçant les lèvres avec le plus grand sérieux. Surprenant son reflet dans la cuillère à soupe, elle sourit, ravie de se trouver si adulte.

— Le linge de table doit être immaculé, impeccablement repassé. Les fleurs toujours fraîches. Si l'une d'elles est un tant soit peu flétrie, il faut la faire enlever.

— La porcelaine ne doit pas être ébréchée ni fêlée, intervint-elle. La plus petite fêlure est… est…

Elle s'interrompit, chercha le mot juste, celui qu'il employait toujours.

— Inacceptable, lui souffla-t-il.

— C'est cela. Inacceptable.

De nouveau, il se pencha vers elle.

— Au St. Charles, les clients paient pour avoir ce qu'il y a de mieux, et le mieux, c'est la perfection. Nous la leur devons et, si nous manquons à notre devoir, ils nous quitteront pour aller ailleurs.

Après cela, ils commandèrent puis dégustèrent les savoureux plats. Au cours du repas, son père lui parla encore de l'hôtel, lui raconta des anecdotes sur son père et sur son grand-père, sur les débuts du St. Charles. Glory avait déjà entendu maintes fois toutes ces histoires, mais elle ne s'en lassait jamais et l'interrogeait pour avoir de nouveaux détails.

La table débarrassée, son dessert et le café de son père servis, Glory se souvint soudain de sa mère qu'elle n'avait pas revue depuis sa punition.

— Où est maman ce soir ? demanda-t-elle en léchant une goutte de sirop de fraise sur son pouce.

— Elle est allée à la messe.

Glory considéra sa glace d'un air sombre.

— On y est déjà allées ce matin. Elle doit être encore fâchée contre moi, à cause des fleurs et de M. Riley.

Il pinça les lèvres.

— C'est fini maintenant, mon trésor, n'y pense plus. Elle ne savait pas pour les fleurs, elle s'est trompée, tu te souviens ?

Glory leva les yeux vers lui, puis elle se détourna, le cœur serré.

— Oui, papa.

— Ta maman t'aime beaucoup. Elle veut que, en grandissant, tu deviennes quelqu'un de bien, c'est tout.

— Oui, papa, murmura Glory qui n'en croyait pas un mot.

Elle lui coula un regard discret et vit à son expression qu'il n'y croyait pas non plus. Elle savait au fond de son cœur qu'il se demandait lui aussi ce qu'elle avait fait de mal pour que sa mère ne l'aime pas.

Elle en souffrait si fort qu'elle aurait voulu mourir.

— Qu'est-ce qui ne va pas, trésor ?

— Rien, ça va, dit-elle d'une voix fluette et triste.

Il garda un moment le silence, et elle le supplia mentalement de lui reposer la question, d'insister pour qu'elle lui avoue la vérité. Mais, au lieu de cela, il lui demanda d'une voix qui sonnait faux :

— Tu as réfléchi à ce qui te ferait plaisir pour ton anniversaire ?

La nappe se brouillait sous ses yeux.

— J'ai encore deux mois pour réfléchir, marmonna-t-elle sans relever la tête.

— Ce sera vite passé. Tu as bien dû y penser, non ?

Oh, elle y avait pensé ! Ce qu'elle voulait cette année comme l'année dernière, ce qu'elle demandait en secret tous les ans, c'était toujours la même chose.

Que sa mère l'aime.

— Non, dit Glory, les yeux toujours baissés.

— Ce n'est pas grave, va.

Il tendit la main en travers de la table, en recouvrit son petit poing serré.

— Ton papa a une idée de cadeau pour toi. Un cadeau très spécial pour les huit ans de son précieux trésor.

Comme elle ne réagissait pas, il lui pressa doucement les doigts et ajouta :

— Tu viens ? On va faire le tour de l'hôtel avant de rentrer.

Luttant pour refouler ses larmes, elle haussa les épaules puis acquiesça de la tête.

Tandis qu'ils longeaient les couloirs, Glory se sentait trahie ; elle n'appréciait pas le rituel qui lui donnait d'ordinaire tant de plaisir. Mais, à mesure que les minutes passaient, sa tristesse se dissipait, et la magie du St. Charles, le bonheur d'être en compagnie de son père reprenaient le dessus. Son père l'aimait, cela, elle le savait. Et ils partageaient tous deux un même amour pour cet hôtel. Ici, sa mère ne pouvait pas l'atteindre, ne pouvait pas s'immiscer entre eux deux.

Lorsqu'ils eurent vérifié que tout était en bon ordre à chaque étage, son père appela l'ascenseur.

— L'important, c'est le taux d'occupation, lui dit-il en appuyant sur le bouton du rez-de-chaussée. Il faut veiller aux réservations. Les chambres vides représentent une perte de bénéfice comme de capital. Cela dit, le personnel et le bâtiment doivent être maintenus à niveau, que le taux d'occupation soit de vingt ou de cent pour cent. Tu comprends cela ?

Elle hocha la tête.

— Tu ne dois jamais abuser de ton bien. Les besoins des clients priment sur ceux du propriétaire. Ne donne jamais pour rien une chambre ou un service que tu peux faire payer. Je sais que c'est tentant. Il est plaisant d'offrir des dîners, des soirées fastueuses à ses amis, des faveurs aux gens qu'on apprécie. Mais, au fil du temps, j'ai vu des hôteliers se mettre ainsi dans la gêne, perdre tout ou partie de leur hôtel. Cela ne doit jamais arriver au St. Charles. Nous avons maintenu sa réputation et nous l'avons gardé dans la famille par notre détermination et notre gestion avisée. Les besoins de l'hôtel passent avant tout. Quoi qu'il arrive.

Elle leva la tête vers lui et dit d'une voix douce :

— Je ne supporterais pas que nous perdions le St. Charles, papa. Je l'aime.

— Tant mieux, parce qu'un jour il t'appartiendra.

L'ascenseur s'arrêta et les portes s'ouvrirent, mais son père ne bougeait pas. Il lui prit la main, la serra fermement.

— Le St. Charles, c'est ton sang, Glory. Il fait partie de toi comme ta mère et moi. C'est ton patrimoine.

— Je sais, papa.

Serrant sa main plus fort, il plongea dans ses yeux et déclara avec une conviction farouche :

— N'oublie jamais que tout repose sur la famille et le patrimoine. C'est là ce que tu es et ce que tu seras. Ne l'oublie jamais. Ta famille et ton patrimoine. Personne ne peut t'en déposséder.

9

Glory s'éveilla brusquement dans la nuit. Elle ne sursauta pas. Sans même ouvrir les yeux, elle savait que sa mère se tenait près du lit. Elle sentait sa présence, son regard qui la fixait, la brûlait comme pour la marquer au fer.

Les secondes passèrent, devinrent des minutes. Glory gardait les yeux fermés. Elle ne voulait pas que sa mère s'aperçoive qu'elle ne dormait pas. Elle ne voulait pas voir l'expression de son visage. Elle connaissait trop cette expression pour l'avoir vue souvent en de semblables occasions, et elle savait ce qu'elle éprouverait ensuite.

Sous la mince couverture, elle transpirait maintenant. Son cœur battait si fort que sa mère devait l'entendre. Le temps semblait s'être arrêté. Tous les sens en alerte, les nerfs tendus, Glory attendait, concentrée sur sa mère, souhaitant de toutes ses forces qu'elle s'en aille.

Mais sa mère ne s'en allait pas. Au lieu de cela, elle s'approcha du lit. Glory entendit le bruit de ses mules sur le sol, sentit le matelas bouger au contact d'un genou. Sa mère se pencha sur elle, et le rythme de sa respiration changea, se fit haletant.

La peur s'empara de Glory, lui assécha la bouche. Et si ce n'était pas sa mère, là, près du lit ? Si c'était un étranger qui la fixait, ou bien un monstre ?

Et si c'était le diable en personne ?

Un cri lui monta de la gorge, qu'elle retint de justesse. La terreur lui nouait le ventre. Elle imaginait la Bête, tout près d'elle, qui guettait le moment où elle ouvrirait les yeux pour lui voler son âme.

Glory crispa les poings sous le drap moite. Les ténèbres se refermaient sur elle. Son imagination faisait défiler dans son esprit des images de film d'épouvante. Enfin, elle n'y tint plus. Le mystère l'oppressait, la tentation de savoir était trop grande. Elle souleva imperceptiblement les paupières.

Et le regretta aussitôt.

C'était bien sa mère qui la regardait, le visage déformé en un masque hideux. Ses yeux brûlaient d'une lumière, d'une émotion qui donna à Glory la chair de poule.

Elle frissonna tandis que les larmes lui venaient aux yeux. Sa mère la regardait comme si elle, Glory, était le monstre qu'elle imaginait tout à l'heure. Comme si elle était le diable incarné.

Glory aurait voulu crier : « Mais pourquoi, maman ? Qu'y a-t-il de si laid en moi ? Qu'ai-je fait pour que tu me regardes ainsi ? »

Elle ravala les mots avec difficulté. Quelques instants plus tard, sa mère se détourna et quitta la chambre, refermant la porte derrière elle, laissant Glory dans l'obscurité complète.

Alors, seulement, la fillette laissa libre cours à ses larmes. Elle se recroquevilla en boule, enfouit la tête dans l'oreiller pour étouffer le bruit de sa honte et de son désespoir. Elle pleura longtemps, jusqu'à sangloter sans larmes, les ayant toutes épuisées.

Elle roula sur le dos, en serrant contre elle un doux animal en peluche. Elle se souvenait de la première fois qu'elle s'était éveillée dans la nuit pour trouver sa mère penchée sur elle avec ce même regard, ce visage que la haine rendait méconnaissable. Glory était petite alors, si petite qu'elle ne se rappelait plus les détails.

Mais elle se souvenait de s'être sentie laide, apeurée. Seule aussi, terriblement seule.

Exactement comme en ce moment.

Glory serra sa peluche plus fort. Pourquoi sa mère la regardait-elle ainsi ? Quelle faute avait-elle commise pour que les traits de sa mère se muent en ce masque hideux et terrifiant ?

Pourquoi sa mère ne l'aimait-elle pas ?

On en revenait toujours là, songea tristement Glory tandis que de nouvelles larmes roulaient sur ses joues.

Du moins son père l'aimait-il, lui.

Glory s'accrochait à cette vérité de toutes ses forces, refusait d'écouter la petite voix qui la narguait en lui répétant qu'il lui préférait sa mère. Peu importait d'ailleurs. Ce soir, son père et elle avaient dîné au Salon Renaissance, ils avaient fait le tour de l'hôtel, et il lui avait dit des paroles capitales sur la famille et le patrimoine.

La fillette se remémora ces paroles, les retint, se laissa bercer et réconforter par elles jusqu'à se sentir moins seule. Elle appartenait à sa mère, à son père. Elle appartenait à la famille St. Germaine et au St. Charles.

Personne ne pouvait lui ôter cela. Pas même le regard brûlant de sa mère, pas même les ténèbres de sa propre peur.

Elle n'était pas seule. Par sa famille, elle ne le serait jamais.

10

Glory s'arrêta devant la bibliothèque, jeta un coup d'œil par-dessus son épaule pour s'assurer que sa mère n'était pas dans les parages, et se glissa dans la pièce, poussant la porte derrière elle. A pas feutrés, elle se dirigea vers les rayonnages où étaient rangés les livres interdits, ceux que sa mère lui défendait de toucher.

Et maintenant, elle savait pourquoi.

Après s'être assurée une nouvelle fois qu'elle était seule, elle rejeta la tête en arrière et examina les titres des volumes posés sur la quatrième étagère : *L'Art à travers les âges*, *Les Postimpressionnistes*, *Pierre Auguste Renoir*, *Les Dernières Années de Michel-Ange*.

Le regard de Glory s'arrêta sur ce dernier. Grand-mère affirmait que Michel-Ange était le plus grand sculpteur du corps humain. Ce livre contenait sûrement la réponse à la question qu'elle se posait. Restait à trouver un moyen de le descendre. Hélas, l'échelle de la bibliothèque, trop lourde pour elle, reposait contre le mur opposé, les fauteuils étaient impossibles à déplacer, et l'immense canapé plus pesant encore. Que faire ?

Dans un coin de la pièce, la corbeille à papier était en cuivre, ce qui lui donna une idée. Elle alla la chercher, en ôta les feuilles froissées, la retourna et grimpa dessus. Mais elle eut beau tendre le bras, son perchoir vacillait et le livre restait hors d'atteinte. S'appuyant d'une main contre les rayonnages, elle se hissa sur la pointe des pieds et tendit l'autre bras aussi haut qu'elle pouvait. Rien à faire.

— Zut ! marmonna-t-elle, oubliant toute prudence.

Il y eut derrière elle un crissement de cuir suivi d'un bâillement. Surprise, Glory se retourna si brusquement qu'elle manqua renverser la corbeille et tomber. Danny Cooper, six ans, petit-fils de la gouvernante, la considérait d'un œil encore ensommeillé par-dessus le dossier d'un des fauteuils.

— Tu m'as fait une peur bleue, s'exclama-t-elle. Qu'est-ce que tu fabriques ici ?

Il bâilla de nouveau.

— J'essaie de ne pas gêner. Maman est chez le médecin, et mémé m'a demandé d'être sage. Il faut toujours que je sois sage quand je viens ici. Je voulais jouer, mais je ne te trouvais pas.

— Maman a la migraine ce matin. Je suis sortie avec grand-mère manger des beignets.

— Tu veux jouer ?

Glory pencha la tête de côté, examina le garçon de six ans. Ils s'amusaient ensemble depuis qu'ils étaient tout petits et, bien que Danny fût encore un peu jeune pour cela, elle le considérait secrètement comme son meilleur ami.

— J'ai une autre idée, dit-elle en sautant de sa corbeille. Tu sauras tenir ta langue ?

— Bien sûr.

Elle désigna du doigt la quatrième étagère.

— J'ai besoin que tu m'aides à attraper un de ces livres.

— Pourquoi ? demanda-t-il d'un ton de conspirateur.

Glory jeta un bref coup d'œil pour s'assurer qu'on ne les épiait pas et répondit dans un murmure :

— Hier, grand-mère m'a emmenée au musée et j'ai vu une chose que…

Elle s'interrompit et agita la tête, les joues soudain en feu.

— Enfin, quand j'ai interrogé grand-mère là-dessus, elle est devenue toute rouge et elle a déclaré qu'il était temps de rentrer alors qu'on venait tout juste d'arriver.

— Et ce que tu as vu se trouve dans les livres ?

— Oui. Et j'aimerais bien le revoir.

— Je peux demander à mémé de nous aider.

— Surtout pas !

Elle posa l'index sur ses lèvres et s'approcha de lui sur la pointe des pieds.

— Je ne suis pas censée toucher ces livres. Ils sont interdits.

— Ah. Je peux voir aussi ?

— Je te laisserai regarder si tu m'aides. Mais il faudra que tu gardes le secret. Tu sauras te taire ?

Il hocha solennellement la tête.

— Promis, juré.

— Si quelqu'un nous y prend, nous aurons des ennuis. De gros ennuis.

Glory eut un léger frisson de peur à l'idée d'être prise en flagrant délit de désobéissance. Se mordant la lèvre, elle se tourna vers la porte presque fermée de la bibliothèque. Sa mère ne s'était pas levée ce matin. Elle ne se levait jamais lorsqu'elle avait une de ses migraines. Ces jours-là, Glory ne la voyait pas avant le dîner et, parfois, pas avant le lendemain.

Rassurée, elle se tourna vers Danny et releva le menton d'un air de défi.

— Tu te sens à la hauteur ?

Danny bomba le torse.

— Si tu l'es, je le suis.

— Bon. D'abord, il faudrait déplacer ce fauteuil pour l'amener près des étagères. En poussant tous les deux, on devrait y arriver.

Sitôt dit, sitôt fait. Ils poussèrent et tirèrent jusqu'à ce que le fauteuil soit juste en dessous du livre convoité. Quelques instants plus tard, Glory était calée contre le dossier et refermait la main sur *Les Dernières Années de Michel-Ange*.

C'était un lourd volume, et elle eut quelque peine à le tirer jusqu'au bord de l'étagère. Là, il lui échappa et tomba à grand bruit. Glory crut que son cœur allait s'arrêter. Elle croisa le regard hébété de Danny. Puis tous deux se tournèrent vers la porte, pétrifiés par la crainte d'être découverts.

Les secondes passèrent. Rien ne se produisit. Rassérénée, Glory posa un doigt sur les lèvres, descendit du fauteuil et saisit le livre. Elle l'ouvrit, le feuilleta, trouva ce qu'elle cherchait. La sculpture s'appelait *David* ; l'homme avait des cheveux bouclés et un joli visage.

Et il était tout nu.

Les joues en feu, elle baissa les yeux, redoutant ce qu'elle allait voir — ou ne pas voir. C'était bien là, en haut des cuisses de l'homme. Glory plissa les yeux, étudia la photo, l'effleura timidement du doigt, à la fois intriguée et dégoûtée. C'était vraiment bizarre, incongru, cette espèce de gros fruit long, ce cannelloni. Est-ce que tous les hommes avaient un cannelloni entre les jambes ?

— C'est pas juste ! protesta Danny qui se démettait presque le cou pour voir par-dessus son épaule.

Glory détacha les yeux de l'étrange et belle image.

— Tu es sûr que tu es assez grand ?

— Si tu l'es, alors moi aussi.

— J'ai deux ans de plus que toi.

— Oui, mais je suis un garçon.

Elle le foudroya du regard.

— N'empêche. Je suis plus vieille que toi.

— Tu avais promis.

— Bon. Mais ne viens pas te plaindre après.

Elle lui tendit le livre et il examina la page sans sourciller.

— Alors, c'est quoi le secret ?

— Ça, dit Glory en lui montrant du doigt l'endroit précis avec ses drôles de fruits en haut des cuisses de l'homme.

— Tu veux dire son pénis ?

Glory le dévisagea, médusée. Un pénis ? Cela s'appelait un pénis ?

— J'en ai un aussi. Tous les garçons en ont.

Ainsi, tous les garçons avaient un… un pénis. Elle reprit le volume des mains de Danny. Certes, elle allait dans une école de filles et, en dehors de Danny et de quelques cousins éloignés, elle n'avait guère de contacts avec les garçons. On ne le lui permettait pas.

Sa mère lui avait dit que les petites filles comme il faut ne fréquentaient pas les garçons. Pourtant, Glory savait que des garçons et des filles allaient à l'école ensemble et jouaient ensemble. Par-dessus le mur de la propriété, elle les avait vus monter dans les tramways, faire de la bicyclette côte à côte dans l'avenue. A l'école, elle avait entendu ce que racontaient ses camarades, des petites filles qui semblaient pourtant comme il faut.

Elle fronça les sourcils. Tout de même, c'était vexant que Danny qui sortait à peine de maternelle soit au courant de ce détail crucial de l'anatomie. Et, plus vexant encore, il avait l'air de trouver cela naturel, comme si tout le monde était au courant pour les pénis. Tout le monde, sauf elle.

Ah, mais Danny était un garçon. Cela expliquait qu'il en sache plus long qu'elle sur le sujet. Il ignorait sûrement ce qu'avaient les filles. Se redressant de toute sa hauteur, elle lui fit part de cette réflexion.

— Les filles ont un vagin, déclara-t-il, hochant la tête pour bonne mesure.

— Comment tu le sais ?

— C'est maman qui me l'a dit. Les garçons ont un pénis et les filles ont un vagin. Dieu nous a créés ainsi.

Elle plissa le front, à la fois confuse et irritée.

— Alors, ce n'est pas un secret ?

— Ben non, puisque tout le monde le sait. Enfin, presque. Et mon copain Nathan, il appelle son pénis un robinet.

— Un robinet, répéta-t-elle, pensive.

Tout cela était nouveau pour elle. Pourquoi sa mère lui avait-elle caché ces choses ? Et pourquoi, au musée, lorsqu'elle avait montré le pénis de la statue et posé des questions, sa grand-mère était-elle devenue toute bizarre ? Pourquoi l'avait-elle traînée dehors ? Mystère.

Glory dévisageait Danny quand, soudain, une idée lui vint, une idée qui la surprit elle-même.

— Je peux voir le tien ? Je… Je n'ai encore jamais vu un pénis. Si tu me montres ton pénis, je te montre mon vagin, d'accord ?

Les mots peu familiers la firent rougir.

— Je… je ne sais pas. Tu pourrais te moquer de moi. Et si on nous surprend ?

— Je ne me moquerai pas, je te le promets. Tu es mon

ami, ce ne serait pas gentil. Et puis, personne ne viendra nous surprendre. Je voudrais juste voir.

Il réfléchit un moment, acquiesça de la tête, puis il baissa son short et son slip. Laissant échapper une exclamation de surprise, Glory s'accroupit devant lui pour y regarder de plus près. Il en avait bien un. Mais qui ne ressemblait pas à celui du livre. Plissant les yeux, elle s'approcha encore. Le sien était beaucoup plus petit, pas du tout comme un cannelloni, plutôt comme une petite saucisse de cocktail.

Un cri horrifié déchira le silence. Glory releva la tête. Sa mère se tenait dans l'encadrement de la porte, blême, lèvres pincées, le regard fou. Et elle tremblait.

Sous l'effet de la peur, Glory laissa échapper le livre qui tomba, ouvert sur le David nu.

— Maman, je ne… ce n'est pas…

— Catin ! Sale petite pute ! coupa sa mère en marchant droit sur elle.

Glory agita la tête. Jamais elle n'avait vu sa mère la regarder ainsi, sauf au cœur de la nuit, lorsqu'elle se tenait près du lit et la dévisageait de ce même regard fou. Jamais elle ne l'avait entendue prononcer ces mots, des mots hideux qui l'effrayaient.

Une larme roula sur sa joue.

— Maman, je ne faisais rien. Ce n'est pas…, marmonna-t-elle confusément.

Hope la saisit par le bras et la tira si fort que, déséquilibrée, elle tomba à genoux. Sa mère la releva d'une secousse, lui arrachant un cri de douleur. Mais au lieu de calmer la fureur de sa mère, ce cri ne fit que l'accentuer. Hope lui serrait le bras, la secouait si fort qu'elle en claquait des dents.

— Je ne tolérerai pas le vice sous mon toit, tu m'entends ? Ce que tu fais là, c'est mal, c'est sale. Je ne le tolérerai pas !

— Maman… ce n'est pas ma faute… Je ne… Je… C'est Danny… C'était son idée… Il m'a forcée… S'il te plaît, maman… s'il te plaît…

Son short autour des genoux, Danny se mit à pleurer bruyamment en longs sanglots désespérés. Mme Cooper entra précipitamment dans la bibliothèque.

— Madame, que se passe…

Prenant la mesure de la situation, elle s'interrompit soudain. Ses traits se décomposèrent.

— Oh, mon Dieu… Danny, mon chaton, qu'est-ce que tu as fait ?

Les sanglots du garçon redoublèrent.

— J'ai rien fait, mémé… C'est pas moi… c'est pas moi…

Hope se retourna, la main levée, prête à le gifler. Mme Cooper s'interposa, remonta le short de Danny et le prit dans ses bras.

— Voyons, madame St. Germaine, calmez-vous. Ce ne sont que des enfants, ils sont curieux. Il n'y a pas de mal.

— Sortez ! gronda Hope. Et emmenez ce… cette sale petite bête vicieuse avec vous. Que je ne vous revoie jamais, ni l'un ni l'autre. Est-ce clair ?

Interloquée, la vieille domestique demeura un moment sans voix.

— Mais enfin, madame… vous ne…

Hope s'avança vers elle, menaçante.

— Vous m'avez parfaitement comprise. Et maintenant, dehors. Sortez d'ici, car « le serviteur de Dieu est le bras de la colère qui châtie les méchants ».

Mme Cooper blêmit, recula de deux pas, puis elle se

retourna et partit en courant avec le petit Danny qui hurlait dans ses bras. Glory les regarda partir, horrifiée. Cette fois, elle avait commis une grosse faute, fait quelque chose de très, très mal. Sa mère ne lui pardonnerait jamais. Jamais. Elle se mit à trembler.

Hope reporta son attention sur elle, calme maintenant, d'un calme effrayant.

— Viens, Glory.

Pétrifiée de terreur, tremblant si fort qu'elle avait peine à se tenir debout, Glory secoua la tête.

— Très bien.

Les doigts de Hope se refermèrent sur son bras, et elle la traîna de force hors de la bibliothèque et jusque dans sa chambre. Mais, contre toute attente, elle ne la mit pas au coin. Elle l'entraîna dans la salle de bains et referma la porte à clé derrière elles.

Glory se réfugia dans un coin, se recroquevilla sur elle-même, les bras serrés autour de la poitrine. Sa mère alla jusqu'à la baignoire, tira le rideau de douche et fit couler un bain. Quelques instants plus tard, la vapeur emplissait la pièce.

— Maman…, murmura Glory, je serai sage. Je te promets d'être sage. Je le promets.

— Tu as péché contre le Seigneur. Tu dois être châtiée. Purifiée.

Sa mère se tourna vers elle. Elle avait le même visage, le même regard que dans ses cauchemars.

— Dans la baignoire.

Glory fit non de la tête et resserra ses bras autour d'elle.

— C'était pas moi, maman. C'était l'idée de Danny. On jouait. Il m'a forcée…

Hope s'avança vers elle.

— Tu es comme Eve, indigne de confiance. Eve a volé la pomme, elle l'a goûtée. Tu as le Mal en toi, Glory.

Claquant des dents, les joues trempées de larmes, la fillette se rencogna davantage.

— S'il te plaît, maman... C'était pas ma faute... C'est Danny... S'il te plaît, maman... Tu me fais peur.

— Je te purifierai du Mal, déclara Hope d'une voix d'autant plus inquiétante qu'elle était dénuée de toute émotion.

Elle releva Glory d'une secousse, la dévêtit sans ménagement, la traîna jusqu'à la baignoire et la plongea de force dans l'eau brûlante.

Glory hurla, tenta de se débattre, mais sa mère tenait bon.

— Ceci n'est rien, ma fille, en comparaison des flammes de l'enfer. Souviens-t'en.

Hope se pencha, fouilla dans le panier posé près de la grande baignoire de marbre, en tira une brosse à ongles et répéta :

— Je te purifierai, ma fille. Dussé-je ôter la chair de tes os, tu seras pure.

Suivirent de longues minutes de cauchemar. Hope entreprit de l'étriller, de frotter chaque centimètre de peau avec la brosse à ongles, alternant les prières marmonnées et les hurlements de fureur. Glory reconnut des passages de la Bible entrecoupés de mots qu'elle ne connaissait pas. Un discours décousu, incompréhensible, terrifiant, où revenaient sans cesse comme une litanie les mêmes expressions. Mauvaise graine, péché, ténèbres et lumière. Hope parla aussi de la naissance de Glory, de la Bête, et d'une mission.

Glory avait trop chaud, puis elle tremblait de froid. Sa peau n'était plus qu'une douleur cuisante ; les endroits les plus tendres saignaient. L'engourdissement la prit peu à peu et la douleur physique s'apaisa. Ses sanglots devinrent plaintes, et ses plaintes des frissons de désespoir silencieux.

Enfin, lorsqu'elle n'eut plus la force de se tenir assise, sa mère la sortit de l'eau, la sécha brutalement, lui passa une simple chemise de coton et l'entraîna au coin. Là, elle la mit à genoux et lui planta l'index au creux de l'épaule.

— Tu dois reconnaître ton iniquité. Reconnaître ton iniquité et comprendre que c'est folie de répondre à l'appel du Mal.

Dans un frisson, Glory leva les yeux vers sa mère. Le masque terrifiant dansait devant ses yeux.

— Glory Alexandra St. Germaine, le Mal ne te possédera pas, tu m'entends ? Je ne tolérerai pas qu'il s'empare de toi.

Puis, sans un mot de plus, sa mère quitta la chambre, fermant la porte à clé derrière elle.

11

Glory resta longtemps, longtemps au coin, sous le choc, pétrifiée de chagrin et d'effroi, n'osant remuer de peur que sa mère fonde de nouveau sur elle, ivre de rage.

Sa peau cuisante la picotait, le plancher lui meurtrissait les genoux. Son dos lui faisait mal et le sang battait à ses tempes.

Mais le plus douloureux de tout, c'était son cœur.

Ce fut son père qui vint la rechercher, et non sa mère. Sans un mot, il la souleva et la porta au lit. Là, il s'assit près d'elle, la prit dans ses bras, lui murmura des paroles d'amour et de réconfort.

Sans force, Glory s'abandonna contre lui. Elle aurait voulu s'excuser, lui dire qu'elle regrettait de s'être conduite comme une très vilaine petite fille, mais elle ne put articuler un seul mot. De même qu'elle était incapable de pleurer malgré l'envie qu'elle en avait. Elle avait épuisé ses larmes depuis des heures.

La pièce s'assombrit. Son père la berçait toujours. Elle ferma les yeux de toutes ses forces dans l'espoir d'oblitérer l'image de sa mère, ses traits enlaidis par la colère, son regard dans lequel brûlait un feu qui l'avait terrifiée jusqu'au fond de son jeune être.

Plus tard, beaucoup plus tard, seule dans la chambre

obscure, éclairée par la seule lampe du cabinet de toilette que son père avait laissée allumée pour elle, Glory regretta de ne pouvoir faire taire les voix courroucées qui lui parvenaient. Celle de sa mère. Celle de son père.

Elle tira les couvertures par-dessus sa tête. Jamais elle ne les avait entendus se disputer aussi violemment. Elle ne pouvait saisir toutes leurs paroles, mais elle entendit répéter son nom. Elle entendit aussi son père évoquer le divorce, et le rire de sa mère en réaction.

Glory enfouit la tête dans l'oreiller, accablée de remords, un remords plus cuisant encore que les blessures de sa peau. C'était sa faute si ses parents se disputaient. S'ils divorçaient, ce serait aussi sa faute. La gentille Mme Cooper avait été renvoyée par sa faute, et, par sa faute, Danny avait pleuré.

Sa faute. Tout était sa faute.

Le regret et la peur lui laissaient un goût de cendre dans la bouche. Elle avait menti à sa mère, lui avait dit que c'était Danny qui avait eu l'idée de regarder les livres, Danny qui avait eu l'idée de baisser sa culotte.

Elle avait promis à Danny que tout se passerait bien, qu'ils ne seraient pas pris. Mais ils l'avaient été, et elle avait menti.

Elle était une vilaine petite fille méchante, sa mère avait raison. Et elle ne serait pas étonnée si Danny ne l'aimait plus.

Le lendemain matin, assise, seule, à la table du petit déjeuner, elle découvrit que le personnel de maison ne l'aimait plus. Les domestiques passaient en silence, les yeux baissés. S'ils croisaient son regard, ils se détournaient aussitôt.

Les larmes aux yeux, la gorge nouée, Glory resserra les bras autour d'elle. D'ordinaire, ils plaisantaient, ils riaient, lui adressaient de petits clins d'œil. Mais c'en était fini. Ils savaient qu'elle avait menti, que Mme Cooper avait été renvoyée à cause d'elle. Et ils ne l'aimaient plus. Eux aussi pensaient maintenant qu'elle était méchante.

La vue des œufs dans son assiette, du jaune gluant qui coulait sur la porcelaine blanche lui soulevait le cœur. Danny. Hier, il la regardait avec tant de gentillesse, il était son ami. Lui n'aurait pas menti pour se protéger.

Elle l'avait trahi.

Tête basse, elle se souvenait de leurs jeux, des jours où il l'avait fait rire alors qu'elle était triste. Elle se souvenait que Mme Cooper lui donnait toujours un petit en-cas quand elle avait manqué un repas à cause des punitions de sa mère, qu'elle lui laissait goûter des douceurs que sa mère lui interdisait.

Le désespoir lui serrait la poitrine à l'étouffer. Elle regrettait Mme Cooper et l'amitié de Danny. Une larme roula sur sa joue, puis une autre. Elle s'était mal conduite. C'était mal de mentir. Elle voulait que sa mère leur demande de revenir.

Entendant dans le hall sa mère qui rentrait de la messe matinale, Glory essuya ses larmes. Quand elle connaîtrait la vérité, elle reviendrait sûrement sur sa décision. Quand elle saurait que ce n'était pas la faute de Danny, elle cesserait d'en vouloir à la malheureuse Mme Cooper.

Glory se redressa. Danny n'avait rien fait de mal ; sa grand-mère non plus. Si elle avouait la vérité, sa mère les reprendrait sûrement. Elle ne les punirait pas pour les fautes de sa fille.

Tout était simple, finalement. Il lui suffisait d'aller trouver sa mère et de lui dire la vérité.

Mais le visage courroucé de sa mère lui revint à la mémoire. Elle se mit à trembler au souvenir de la brosse à ongles sur sa peau, des accusations et des sermons sur le mal prononcés d'une voix rauque de fureur.

Sa mère risquait de la punir de nouveau.

Avec un gémissement craintif, Glory se fit toute petite sur sa chaise. Peut-être valait-il mieux tout avouer à son père. Il saurait convaincre sa mère, ou il pourrait peut-être réengager Mme Cooper lui-même.

Elle songea à la dispute de ses parents. Son père avait parlé de divorce. Elle ferma les yeux. Que deviendrait-elle si ses parents divorçaient ? Il lui faudrait alors vivre avec sa maman. Elle ne le supporterait pas.

Non. Elle ne pouvait pas demander à son père d'intercéder. Il lui fallait affronter sa mère.

Ravalant sa salive et le goût amer de la peur, Glory descendit de sa chaise et traversa la pièce sur la pointe des pieds. Par l'entrebâillement de la porte, elle jeta un coup d'œil dans le hall désert. Comme chaque matin après la messe, sa mère devait être au jardin d'hiver à lire le journal devant une tasse de thé.

Elle s'y trouvait en effet. Sur le seuil de la pièce, Glory hésita, le cœur battant. Sa mère était si jolie ce matin sous le soleil, si douce dans ce corsage blanc qui brillait comme un vêtement d'ange.

Elle ressemblait à un ange. Un ange aux cheveux sombres.

— Maman ? dit Glory d'une petite voix craintive.

Sa mère leva les yeux vers elle, et la vision céleste se dissipa. Sa bouche avait un pli intransigeant, et ses yeux n'avaient rien perdu de leur éclat inquiétant. Le souffle court, Glory eut un mouvement de recul.

Hope laissa échapper un bref soupir d'impatience.

— Qu'y a-t-il, Glory ?

— S'il te plaît… pourrais-je te parler un moment ?

Hope hésita, acquiesça de la tête et replia son journal.

— Tu le peux.

— Maman…, commença Glory d'une voix tremblante. Je voulais… Je voulais… Maman, j'ai menti.

Sa mère haussa les sourcils mais ne pipa mot. Glory poursuivit :

— J'ai menti à propos de Danny. Ce n'était pas… ce n'est pas lui qui a eu l'idée de sortir le livre ni de… C'était moi.

Sa mère se taisait toujours. Le silence s'étira et Glory ravala sa salive, plus terrorisée que jamais. Les larmes ruisselaient maintenant sur ses joues.

— Je voulais que tu saches que tout était ma faute.

— Je vois.

Glory baissa la tête, accablée par le reproche contenu dans ces deux mots.

— Pardonne-moi, maman. Je regrette et j'ai honte.

Sa mère porta sa tasse à ses lèvres, but une gorgée de thé, reposa la tasse dans sa délicate soucoupe de porcelaine et se tamponna la bouche du coin de sa serviette.

— C'est tout ?

Glory s'enhardit, fit un pas de plus dans la pièce. Sa mère ne s'était pas mise en colère. La rage n'avait pas déformé son visage, ne l'avait pas transformé en ce masque haineux et étranger qu'elle craignait plus que tout.

— Non, il y a autre chose. J'espérais… J'ai pensé que tu pourrais demander à Mme Cooper de revenir.

En dehors de son doigt qui tapotait le rebord de sa tasse, Hope demeura parfaitement immobile. Elle ne semblait pas même respirer. Enfin, elle leva un regard pensif sur sa fille.

— Et pourquoi cela ?

— Parce que… parce que j'ai menti. Ce n'était pas la faute de Danny ni celle de sa grand-mère. Ils ne méritent pas d'être punis à cause de moi. S'il te plaît, maman. Je regrette sincèrement, et j'ai honte. S'il te plaît, demande-leur de revenir.

Hope se leva, alla jusqu'à la fenêtre et regarda longuement dehors. Lorsqu'elle se retourna vers sa fille, un petit sourire retroussait le coin de ses lèvres.

— C'est très bien d'avoir honte de ta conduite et de la regretter. Mais qui me prouve que tu te repens sincèrement ?

Soudain pleine d'espoir, Glory s'avança vers sa mère.

— C'est vrai, maman. J'ai honte et je regrette. Je te le jure. S'il te plaît, demande à Mme Cooper de revenir.

— Peut-être… Peut-être, murmura Hope, évasive.

Glory porta les mains à son cœur. Sa mère reprendrait Mme Cooper. Danny serait de nouveau son ami. Tout le personnel serait de nouveau gentil avec elle.

— Oh, maman, merci ! Merci beauc…

— Je lui demanderai de revenir si tu me prouves que tu peux être sage. Que tu peux être une petite fille digne de ce que le Seigneur attend de toi.

Le visage de Glory s'éclaira d'un sourire.

— Je serai sage, maman, tu verras. Je serai la plus sage des petites filles.

12

Hope connaissait des lieux dans le Quartier français où elle pouvait satisfaire tous ses besoins, tous les noirs désirs incontrôlables qui la dévoraient. Bon nombre de ces lieux étaient publics, semblaient être d'inoffensives boutiques, des bars, des clubs de strip-tease. Ils étaient fréquentés par des touristes curieux qui ne se doutaient pas de ce qui se passait en coulisse.

Ce soir, le Mal l'avait entraînée dans l'un de ces endroits.

Hope se glissa par une porte dérobée et enfila un étroit couloir mal éclairé. Les murs étaient humides, l'air, fétide. Le long des cloisons de plâtre centenaires, elle entendait bruire les cafards. Aussi vieux que le Quartier français lui-même, le bâtiment abritait une foule de créatures, dont certaines étaient humaines.

Elle était là incognito, déguisée. Les gens de son milieu ne fréquentaient pas ces lieux, mais mieux valait ne pas prendre le risque d'être reconnue. Elle était venue souvent ici, et dans d'autres endroits semblables.

A chaque pas, le Mal s'enflait davantage en elle, battait au rythme fiévreux de son cœur, battait plus fort, toujours plus fort, jusqu'à vider Hope St. Germaine de substance, jusqu'à ne laisser d'elle qu'une enveloppe charnelle où brûlait un besoin ardent qui la consumerait toute si elle ne l'assouvissait.

Le Mal aurait son dû, puis il sommeillerait en elle pendant un temps. Et peut-être, peut-être cette fois, sommeillerait-il pour toujours.

Alors, elle serait libre, enfin.

Elle s'arrêta devant la porte numéro trois. Le souffle court, elle inspira en frissonnant. Le sang lui martelait les tempes, résonnait sourdement en elle comme l'appel sauvage d'un tambour tribal. Elle tendit la main et tourna la poignée. Le métal était frais contre sa peau enfiévrée. La porte s'ouvrit sans peine.

Nu sur le lit, l'homme l'attendait.

13

Glory tint sa promesse. A toute heure du jour, elle s'employait à être la plus sage des petites filles comme le voulait sa mère. Elle marchait au lieu de courir, priait au lieu de chanter ; elle ne riait ni trop ni trop fort, ne répliquait pas, ne se plaignait jamais, n'exprimait aucun désir que sa mère pût réprouver.

Les jours passèrent, puis les semaines. Mais Hope ne rappelait toujours pas Mme Cooper. Parfois, Glory s'éveillait dans la nuit pour entrevoir sa mère à son chevet qui la fixait « encore » avec ce regard-là.

Glory ne comprenait pas, jusqu'au moment où elle songea que sa mère projetait de rappeler Mme Cooper pour son anniversaire. Alors, elle se mit à attendre avec impatience le jour de ses huit ans. Elle compta les jours, puis les heures. Et elle continua d'être la meilleure des petites filles.

Enfin, le grand jour arriva. N'y tenant plus, Glory descendit à la hâte pour le petit déjeuner, mourant d'envie de saluer le retour de Mme Cooper, de revoir son doux sourire, ses yeux bleus pleins de tendresse, de s'enquérir de Danny.

Au lieu de cela, elle fut accueillie par la revêche Mme Greta Hillcrest, la nouvelle gouvernante.

Amèrement déçue, Glory fit demi-tour et courut s'enfermer dans sa chambre. Elle se jeta sur le lit et pleura, pleura toutes les larmes de son corps. Elle avait cru si fort que sa mère lui préparait une surprise ! Elle s'était employée avec tant de constance à mériter cette surprise !

Maintenant, elle connaissait la vérité.

Sa mère ne réengagerait jamais Mme Cooper. Car, malgré tous ses efforts, malgré tout le désir qu'elle en avait, elle ne serait jamais assez sage pour sa mère. Jamais elle ne saurait la rendre heureuse, la satisfaire, la combler de fierté. Jamais elle ne serait la fille dont rêvait sa mère.

Resserrant ses bras autour d'elle, Glory sanglotait. Elle ne comprenait pas la nature de sa faute, ne comprenait pas pourquoi ses efforts se soldaient toujours par des échecs. Mais elle échouait. Elle échouerait toujours.

Sa mère le savait depuis le début. Même lorsqu'elles avaient conclu leur accord, sa mère la savait incapable de la satisfaire. Elle n'avait jamais eu l'intention de réengager Mme Cooper.

Glory se sentit gagnée par la colère. Sa mère lui avait menti. Elle lui avait tendu un piège. Elle savait que Glory ne serait jamais assez sage à son goût.

La colère de Glory s'enfla, se mua en une sourde rage qui masqua son chagrin et sa déception. Une rage qui lui procura un paradoxal apaisement.

Plus tard ce jour-là, Glory contemplait son gâteau d'anniversaire avec ses huit bougies dont les flammes dansaient. Autour d'elle, on chantait « joyeux anniversaire ». Le chant prit fin, et le groupe assemblé se mit à applaudir. D'aussi loin qu'elle s'en souvînt, à chaque anniversaire, elle avait toujours fait le vœu que sa mère l'aime avant de souffler les bougies.

Mais pas cette année. Le cœur lourd de larmes contenues,

Glory résolut de ne plus jamais gâcher le moindre vœu pour l'amour de sa mère.

Elle inspira profondément et souffla les huit bougies d'un coup.

QUATRIÈME PARTIE

Famille

14

La Nouvelle-Orléans, 1980

Santos tira son sac à dos du placard de la chambre. Cette fois, la coupe était pleine. Il en avait eu sa dose de l'assistance sociale et de sa sollicitude de pure forme. Il allait prendre le large.

Et cette fois, les autorités ne le retrouveraient pas, ne le ramèneraient pas d'où il venait, ne le placeraient pas contre son gré chez de nouveaux parents adoptifs.

Dans les dix-huit mois qui avaient suivi le meurtre de sa mère, il avait connu quatre familles adoptives successives — quatre lieux d'apprentissage. La première lui avait appris à ne pas se considérer comme un membre de la famille — jamais. Il n'était pour ces gens qu'une charge de travail, une bonne cause, un supplément de revenus.

La deuxième lui avait appris à ne pas pleurer quoi qu'on lui dise ou qu'on lui fasse, appris que sa douleur lui était personnelle, ne concernait que lui. Il avait eu tôt fait de comprendre que, en révélant ses sentiments réels, il s'exposait au ridicule.

La troisième lui avait appris à ne rien attendre de personne — rien. Et de celle-ci, sa quatrième famille, il n'avait rien appris, car il n'était plus vulnérable. Il n'avait plus d'espoirs, plus d'illusions, pas le moindre désir secret d'être aimé d'eux. Il s'était refermé sur lui-même, fermé à ses parents adoptifs comme au reste du monde. Les foyers qui l'avaient accueilli, les assistantes sociales, les professeurs et l'administration de l'école l'avaient donc étiqueté comme un cas difficile.

Santos serra les poings. En un peu plus d'un an, il avait affronté les conséquences du meurtre de sa mère, vécu dans quatre foyers aux quatre coins de la ville et changé quatre fois d'école. Il avait perdu ses anciens amis et ne s'en était pas fait de nouveaux. Et on le trouvait fermé et difficile ! Comme disaient ses vieux copains, le système puait.

Et cette fois, le système ne le retrouverait pas.

Santos vida le contenu des tiroirs et fourra pêle-mêle ses quelques possessions dans son sac. On ne le retrouverait pas parce qu'il savait maintenant l'erreur qu'il avait commise à chacune de ses fugues.

Il n'était pas parti assez loin.

Il lui fallait quitter La Nouvelle-Orléans. S'il y restait, on le repérerait vite, on le placerait dans un nouveau foyer. Il ne supporterait pas qu'on lui impose une nouvelle famille, une nouvelle école, un nouveau cadre de vie et de nouveaux visages. A seize ans, il était presque un homme, et donc capable de se débrouiller seul.

Il avait soigneusement préparé sa fuite. Petit à petit, il avait réussi à épargner cinquante dollars. Il avait étudié la carte de la Louisiane et s'était décidé pour Baton Rouge, une ville assez grande pour qu'il s'y perde, une ville universitaire comprenant une importante population de jeunes. De plus, ce n'était pas si loin de La Nouvelle-Orléans — cent cinquante kilomètres, environ.

Santos n'avait pas oublié le vœu qu'il s'était fait de

retrouver l'assassin de sa mère. Dès qu'il n'aurait plus à craindre de retomber entre les griffes des autorités, il reviendrait et s'y emploierait.

Sa mère. Le cœur serré, il ouvrit le tiroir du bureau, en sortit la petite boîte à bijoux cachée au fond et abandonna les fournitures scolaires qui ne lui serviraient plus à rien. Il souleva le couvercle, plaça délicatement, presque avec révérence, les pendants d'oreilles au creux de sa paume.

Ils étaient bon marché, fabriqués de verre de couleur, passablement voyants, et sa mère les aimait. « Du cristal de Bohême », lui avait-elle dit le jour où elle les avait achetés. Elle riait en les mettant à ses lobes. Ils étaient si longs qu'ils lui effleuraient les épaules. Santos la revoyait parée de ces pendants, qui scintillaient de mille feux comme des diamants de couleur à chacun de ses mouvements de tête. Tendre et douloureux souvenir.

Il remit les bijoux sur leur lit de coton et rangea la boîte dans son sac avec le reste de ses affaires. Il était sur le point de boucler son bagage quand il se ravisa, reprit l'écrin et le fourra dans sa poche de jean. Les pendants d'oreilles y seraient plus en sûreté.

Sa mère ne possédait pas d'objets de valeur mais, pour lui, ces pendants de verre valaient tous les diamants. Il ne supporterait pas de les perdre.

Ayant fermé son sac, il balaya d'un dernier regard la pièce dans laquelle il ne s'était jamais senti chez lui. Il partait sans regret. Peu lui importait de quitter la famille sans un au revoir, de partir en cachette au beau milieu de la nuit. Quant aux vingt dollars qu'il avait empruntés dans la cagnotte du placard de cuisine, il comptait les rendre dès qu'il le pourrait.

Santos alla jusqu'à la fenêtre, l'ouvrit sans bruit, vérifia qu'il n'y avait personne dehors, jeta son sac sur le trottoir et sortit dans la nuit.

Une demi-heure plus tard, Santos montait à l'avant d'un break Chevrolet presque neuf et remerciait le chauffeur qui s'était arrêté.

— C'est rudement gentil. J'ai cru que je mourrais de froid avant de trouver une voiture.

— Ravi de rendre service. Je m'appelle Rick.

Santos serra la main qu'on lui tendait.

— Moi, c'est Victor.

Rick remit le break en marche.

— Enchanté de te connaître. Où vas-tu ?

— Baton Rouge. Ma grand-mère y est à l'hôpital. Elle ne va pas bien du tout.

— C'est triste. Mais tu as de la chance…

Il sourit à Santos qui se frottait les mains devant l'arrivée d'air chaud.

— J'y vais aussi. Je rentre à L.S.U.[1]

Santos sourit à son tour. Gagné ! Il était en route.

— Super. Je n'avais pas trop envie de ressortir dans ce froid.

— Si tu veux, j'ai du café dans une Thermos à l'arrière.

— Non, merci. J'ai horreur de ça.

Santos jeta un coup d'œil autour de lui. Le break avait l'air encore plus neuf à l'intérieur qu'à l'extérieur. Il n'y avait ni abonnement de parking, ni vignette de contrôle technique sur le pare-brise.

— Tu es à L.S.U. depuis longtemps ?

Rick lui coula un bref regard de biais.

1. L.S.U. : Louisiana State University.

— Je termine ma licence cette année. Psychologie. Bientôt, on écrira « docteur » devant mon nom.

Santos songea à sa mère qui lui avait fait promettre de ne pas quitter l'école. Il en éprouva du regret. Et du remords. Une promesse qu'il n'avait pas tenue, pas plus que les autres, d'ailleurs.

Ravalant ses tristes pensées, il s'efforça de poursuivre la conversation :

— Qu'est-ce qu'on fait quand on est docteur en psychologie ?

— On aide les gens à être bien dans leur tête, à trier leurs problèmes. Tu ne croirais jamais les cas qu'on voit passer, Victor. Des trucs tordus comme c'est pas croyable.

Soigner les types tordus, Santos en doutait. Il revit le visage déformé de sa mère dans la mort et se dit qu'il était prêt à croire le pire.

— Je suis un peu fatigué, Rick. Cela t'ennuie si je me tais un petit moment ?

Rick lui décocha un large sourire.

— Pas de problème, vieux. Tu as l'air vanné. Si tu veux t'allonger derrière, ne te gêne pas. Je te promets de ne pas m'endormir au volant.

Santos regarda son chauffeur. Quelque chose chez lui le mettait mal à l'aise, lui faisait l'effet d'une craie qui grince sur un tableau.

— Pas la peine. Ça ira.

Rick haussa les épaules.

— Comme tu veux. On a dans les deux heures de trajet devant nous.

Il alluma la radio, tourna le bouton jusqu'à trouver une chaîne qui lui convienne, et le tube des Rolling Stones, *Satisfaction*, vint meubler le silence.

Santos se cala contre le dossier de son siège, regardant

la route, les rares voitures qui circulaient à cette heure tardive et les grands bâtiments qui défilaient, sombres et inquiétants.

Le temps passa. Le véhicule dévorait la route. Santos sentait son corps se détendre ; ses membres et sa tête se faisaient lourds. Il lui semblait que ses muscles se relâchaient pour la première fois depuis plus d'un an. Et c'était bon.

Bercé par le mouvement du break, Santos respirait lentement, régulièrement. Cette fois, on ne le retrouverait pas, on ne le ramènerait pas contre son gré. Et puis, lorsqu'il serait plus vieux, qu'il n'aurait plus à craindre les autorités, il reviendrait chercher l'assassin de sa mère…

Santos s'éveilla en sursaut. Comme cela arrivait souvent, il avait rêvé de sa mère. Et de Tina. Il passa la main sur son front moite. Dans son rêve, les deux femmes l'appelaient au secours. Il s'était efforcé de les rejoindre à temps, mais il était arrivé trop tard. Toutes deux lui avaient échappé, s'étaient englouties dans l'abîme de ténèbres qu'il savait être la mort.

Le break passa sur un nid-de-poule et fut déporté sur la gauche. Parfaitement éveillé maintenant, Santos jeta un coup d'œil autour de lui, vaguement désorienté.

— Ravi de te retrouver, vieux.

Santos eut un sourire gêné.

— Désolé. Je n'avais pas l'intention de dormir.

Il réprima un bâillement.

— J'ai dormi combien de temps ?

— Peut-être une demi-heure.

Santos remua le cou et les épaules. Il avait l'impression d'avoir dormi plus longtemps. Beaucoup plus longtemps.

Il était courbatu comme s'il avait dormi profondément pendant des heures.

— Où sommes-nous ?

— River Road. Près de Vacherie.

— River Road, répéta Santos, pensif.

Il avait étudié la carte. Pour se rendre à Baton Rouge depuis La Nouvelle-Orléans, il suffisait d'emprunter la nationale 10 vers l'ouest tout du long. Pourquoi diable aller prendre River Road ?

— Ouais. Un camion de produits chimiques s'est retourné sur la rocade. Le fichu pont est barré. Je me suis dit qu'on pourrait prendre River Road jusqu'à Baton Rouge.

Santos tenta de se souvenir si River Road menait à Baton Rouge, mais il ne revoyait pas la route sur la carte.

— Tu as déjà visité les vieilles demeures des planteurs, Victor ?

Santos fit non de la tête et Rick poursuivit :

— Elles sont toutes situées le long de River Road et elles valent le coup d'œil. Du temps des plantations, tout passait par le fleuve — le ravitaillement, l'expédition des récoltes, le transport. Tu devrais y aller voir un jour.

Santos se frotta le front. Comment avait-il pu être assez sot pour s'endormir ? Assez confiant ? Assez naïf ?

— Cela ne risque pas d'être beaucoup plus long par River Road ? s'enquit-il.

— Pas plus long que de rester coincé dans un embouteillage le temps qu'ils déblaient la chaussée. Je ne sais pas ce que tu en penses mais, personnellement, je n'ai pas tellement envie de respirer ces cochonneries chimiques.

— Bien vu, marmonna Santos, ravalant son malaise.

Rick était un type bien. Le choix de River Road semblait raisonnable.

Mais alors, pourquoi avait-il le sentiment que quelque chose ne tournait pas rond ?

— Ça va, Victor ? demanda Rick avec sollicitude. Tu as l'air bien pâle.

Santos se rapprocha imperceptiblement de la portière.

— Ça va. Juste un peu fatigué.

Rick se remit à parler de L.S.U. et de psychologie. De temps à autre, il interrogeait Santos sur sa vie, et ce dernier s'arrangeait pour détourner la conversation, la ramener à Rick.

Et, tandis que le chauffeur parlait, Santos se répétait que son compagnon était un brave type, que le voyage se passait bien. Mais il n'en croyait pas un mot. La situation ne lui plaisait pas. Il le sentait sans trop savoir pourquoi. D'instinct. Un instinct qui lui criait de fuir au plus vite.

— Tu peux me dire la vérité, tu sais. Ta grand-mère, par exemple, elle n'est pas malade, hein ? Et personne ne t'attend. Personne.

Un frisson parcourut Santos. Le duvet de sa nuque se hérissa. Il regarda son compagnon de route, qui se tourna vers lui et lui sourit. C'était un sourire franc, ouvert, amical, un sourire qui invitait à la confiance.

Mais il fallait se méfier des apparences. Il avait de bonnes raisons de le savoir. Cette dernière année le lui avait appris une fois pour toutes.

Santos fit de son mieux pour paraître surpris et vaguement indigné.

— Bien sûr que si, ma grand-mère est malade. Très malade. Et elle m'attend.

Il agita la tête.

— Pourquoi ne me crois-tu pas ? ajouta-t-il avec aplomb.

— Ecoute, je ne suis pas né de la dernière pluie. Un gosse de ton âge, tout seul, en pleine nuit, cela ne tient pas debout. Tu n'as personne, hein ?

Et, sans attendre la réponse, il ajouta :

— Je peux t'aider, t'offrir un abri pour quelque temps si tu veux.

— Mais pourquoi ? Je ne suis rien pour toi.

— Parce que j'ai vécu ce que tu vis et je sais que c'est dur. Bien plus dur que tu ne l'imagines.

Santos était tenté de capituler, d'avouer la vérité, d'accepter l'offre de Rick qui semblait si sincère. Mais une part de lui, la part prudente, celle qui en avait trop appris sur les gens et leurs motivations réelles, s'y opposait, ne voyait dans cette offre qu'un mensonge. Ou un piège. Rien n'était jamais gratuit. Personne n'aidait personne sans une bonne raison.

— Je veux bien te croire, mais je ne sais pas ce que c'est. Je ne suis pas seul, moi. Et ma grand-mère m'attend à Baton Rouge.

— Si tu insistes, dit Rick en haussant les épaules.

Ses lèvres se retroussèrent en un sourire bizarre. Ou plutôt un rictus. Un rictus froid et calculateur. Santos réprima un frisson de dégoût.

— J'insiste. Merci tout de même pour l'offre.

Rick ralentit l'allure et se gara sur le bas-côté de la route.

— Excuse. Arrêt pipi.

Santos hocha la tête et regarda à travers la vitre le sombre escarpement de la berge surélevée. Il entendit Rick défaire sa ceinture de sécurité et, du coin de l'œil, le vit fouiller sous le siège.

Dehors, et vite !

L'avertissement n'avait pas fini de résonner dans sa tête

que Santos se précipitait sur la poignée. Au même moment, Rick le frappa et l'épaule de Santos alla heurter la portière, qui s'ouvrit. La lumière se fit aussitôt à l'intérieur.

Un objet tomba à terre. Santos, qui lançait des coups de poing au hasard, atteignit Rick sur le côté de la tête. Avec une exclamation de surprise, l'homme tomba vers l'arrière. C'est alors que Santos aperçut la corde de Nylon jaune entre les sièges, et le couteau dont la lame brillait d'un éclat froid.

L'image de sa mère tailladée et couverte de sang lui revint à la mémoire. La panique se saisit de lui, le privant de toute capacité de penser comme d'agir. Remis de son choc, l'homme en profita pour saisir la corde. Santos se jeta contre la portière qui s'ouvrit toute grande, laissant entrer l'air froid et l'odeur du fleuve.

Dehors. Presque dehors !

Rick lui prit le pied, lui serra la cheville, le tira vers l'arrière. Santos sentit la corde qui lui mordait la chair. Fou de terreur, il se tourna vers son assaillant. Son cœur battait si vite, si fort, qu'il avait peine à respirer. Des pensées lui traversaient l'esprit, plus rapides que l'éclair. Et des images aussi. Images de sa mère, du meurtre, de son beau visage figé en un masque mortuaire.

Percevant la terreur que Santos ne pouvait dissimuler, l'homme sourit comme s'il en jouissait.

— On peut se la jouer en douceur, Victor, ou à la brute. Mais c'est plus agréable en douceur.

Il saisit l'autre cheville de Santos.

— Allons, laisse-toi faire, sois gentil avec l'oncle Rick.

Non ! Il ne mourrait pas ainsi ! Il ne laisserait pas le meurtre de sa mère impuni…

Avec un cri de rage et de terreur, un cri sauvage dans son

intensité, Santos dégagea son pied, plia le genou et frappa. Le coup toucha Rick à la mâchoire et l'envoya brutalement à la renverse. Libéré de sa prise, Santos plongea hors du véhicule, roula sur l'accotement bourbeux et finit par se relever tant bien que mal. Haletant, le cœur battant à se rompre, il jeta un coup d'œil anxieux autour de lui. D'un côté, il y avait la berge surélevée et le Mississippi. De l'autre, des propriétés bordées de hautes palissades.

La portière côté chauffeur s'ouvrit à la volée et Rick en bondit. Sans même réfléchir, Santos se précipita sur la route.

Des phares trouèrent la nuit. Une voiture déboucha du virage à vive allure. Elle allait trop vite pour piler. Trop vite pour qu'il puisse l'éviter. Le coup de Klaxon, le hurlement des pneus parvinrent aux oreilles de Santos comme s'ils venaient de très loin. La douleur le transperça, une douleur d'une intensité fulgurante. Une vive lumière blanche lui emplit la tête. Il ne pesait plus rien, il planait comme un aigle.

Puis le monde sombra dans les ténèbres.

15

Grand Dieu ! Elle l'avait tué.

L'angoisse au cœur, Lily Pierron s'agenouilla près du jeune homme sans connaissance. Elle effleura d'une main son front tiède et moite, écarta les cheveux sombres de ses yeux. Le garçon gémit, remua vaguement.

Dieu merci, il était vivant ! Soulagée, Lily releva la tête, considéra la route sans trop savoir que faire. A cette heure de la nuit, elle risquait d'attendre longtemps le passage d'un autre véhicule, et la seule maison à deux kilomètres à la ronde était la sienne. Devait-elle tenter de transporter le garçon, ou l'abandonner là le temps d'aller chercher des secours ?

Aucune de ces deux perspectives ne l'enthousiasmait. En le déplaçant, elle risquait de compromettre ses chances de survie. De plus, elle n'était ni très jeune ni très solide et, sans aide, elle parviendrait au mieux à le traîner jusqu'à sa voiture.

Restait l'autre hypothèse — le laisser seul pour aller chercher des secours.

Lily songea au conducteur du break qu'elle avait appelé à la rescousse. Il avait filé sans demander son reste, démarré en trombe dans une gerbe de gravier. Dieu seul savait ce qui se passait quand elle était arrivée sur les lieux, mais une chose était sûre, sa jeune victime cherchait à fuir. C'était l'unique explication possible à sa folle course en travers de la route.

Lily eut un nouveau frisson d'angoisse. Et si le chauffeur du break s'était arrêté un peu plus loin, s'il la guettait en espérant qu'elle abandonnerait le garçon seul dans la nuit ?

Non. Il était peu envisageable qu'un malfaiteur s'attarde par curiosité sur les lieux de son crime. Le criminel moyen avait plutôt tendance à fuir au plus vite. Et cependant, l'idée de laisser seul ce garçon blessé la mettait mal à l'aise.

Il gémit de nouveau et elle reporta son attention sur lui. Les paupières de l'adolescent battirent, se soulevèrent, et il la regarda d'un air vague.

— Ça va ? s'enquit Lily. Je ne vous avais pas vu. Je ne pouvais pas vous voir. Je suis sortie du virage, et soudain vous étiez là, devant moi. J'ai freiné pour vous éviter mais… Je suis désolée. Profondément désolée.

Il referma les yeux en grimaçant de douleur.

— Oh, mon Dieu ! Vous souffrez. Où avez-vous mal ? Est-ce sérieux ? Mais où sont les médecins quand on a besoin d'eux ? Tous des charlatans ! Ne vous inquiétez pas, jeune homme, je vais chercher des secours.

Elle était sur le point de se relever quand il la retint par le bras d'une main étonnamment ferme. Surprise, elle se tourna vers lui. Il avait les yeux grands ouverts, le regard si farouche qu'elle retint son souffle. D'un petit geste de tête, il désigna l'autre côté de la route.

— Envolé, dit Lily. Il a filé dès que je me suis arrêtée. Si c'est un de vos amis, je vous conseille de mieux les choisir à l'avenir.

— Pas… un… ami.

Le garçon parlait d'une voix traînante, pâteuse ; ses

paupières battaient comme s'il souffrait d'un accès de vertige. Lily marmonna un juron.

— Ecoutez, il vous faut de l'aide. Je suis désolée de vous laisser seul mais… J'habite juste un peu plus haut. Je vais rentrer appeler les urgences et je reviens tout de…

— Non… non… ça… ira.

Sous les yeux horrifiés de Lily, il entreprit de se redresser en grimaçant de douleur. Elle tendit la main pour l'en empêcher.

— Attendez… vous n'êtes pas en état, mon garçon, vous risquez…

— Je suis pas votre garçon.

A peine plus qu'un murmure, cette protestation contenait tant de défi et d'amertume que Lily sut aussitôt à quoi s'en tenir. Par ses paroles, par le ton de sa voix, il venait de se dévoiler, de lui apprendre certaines choses qu'il n'aurait pas voulu qu'elle sache. Ce garçon la touchait, mais elle devait se montrer ferme.

— Vous êtes blessé, peut-être gravement blessé, déclara-t-elle d'un ton qui n'admettait pas de réplique. Si vous pouvez m'aider à vous mener jusqu'à ma voiture, je vous conduis à l'hôpital. Sinon, il faut que j'appelle les urgences.

Il lui saisit la main. La terreur se lisait sur son visage.

— Non… N'appelez personne… Ça va. Je vous le promets.

Comme pour prouver ses dires, il tenta de se relever. Et resta à genoux, plié en deux.

Lily réprima une vague de panique.

— Jeune homme, vous êtes têtu comme une mule. Quoi qu'il en soit, je ne peux pas vous laisser ici. Je vous ai heurté et vous êtes maintenant sous ma responsabilité.

Il la regarda dans les yeux, et le désespoir qu'elle lut dans les siens valait toutes les explications.

— Non… Je vous en prie, marmonna-t-il faiblement. Ça va… Ça ira… Promettez-moi… que vous n'appellerez… personne.

Lily se tordit les mains, incapable de trancher.

Le garçon était à l'évidence dans les ennuis. Il fuyait quelque chose ou quelqu'un. Peut-être la police, mais elle en doutait. Il avait l'air d'un animal traqué, d'un laissé-pour-compte, mais pas d'un criminel.

Et il était blessé. Il souffrait peut-être d'un traumatisme crânien ou de lésions internes. Il articulait mal, il ne tenait pas debout et semblait avoir des accès de vertige.

Impossible d'accéder à sa requête dans ces conditions. Elle prit alors une décision : elle appellerait un vieil ami sur lequel elle pouvait compter ; un ami qui ne poserait pas de questions. Mais elle n'en dirait rien pour le moment.

— Vous n'avez rien à craindre de moi, commença-t-elle d'une voix douce. Et je n'appellerai personne si vous venez avec moi.

Voyant qu'il s'apprêtait à protester, elle poursuivit plus fermement :

— Je ne peux pas vous laisser ici, alors ne comptez pas dessus. Le choix est simple : ou vous venez avec moi, ou j'appelle les flics. Dans l'état où vous êtes, je doute fort que vous parveniez à leur échapper. Maintenant, si vous croyez que je me trompe, libre à vous de tenter le coup.

Il garda le silence. Encouragée, elle reprit :

— Bon, eh bien je vois que nous sommes finalement d'accord. Je vais essayer de vous relever et de vous emmener jusqu'à ma voiture, mais il faudra que vous me donniez un coup de main. Je suis trop vieille et trop faible pour vous porter.

Quelques instants plus tard, il était debout — chancelant, mais debout.

— Comme je vous le disais, j'habite tout près d'ici. Vous serez en sûreté chez moi et, quand vous aurez repris des forces, vous pourrez continuer votre voyage.

Il hésita, près de se rebeller, puis il acquiesça de la tête. Ils se mirent en route, avançant lentement, péniblement. A chaque pas, il s'appuyait davantage sur Lily, qui percevait sa réticence. Il leur fallut plusieurs minutes pour rejoindre le véhicule. Elle l'aida à s'installer, contourna la voiture pour prendre le volant et démarra. Deux cents mètres plus loin, elle tournait dans l'allée qui menait à sa propriété, quand elle se risqua enfin à jeter un coup d'œil sur son jeune compagnon buté.

Il regardait droit devant lui ; tendu, comme aux aguets, il semblait prêt à bondir hors du véhicule d'une seconde à l'autre. Ses lèvres pincées trahissaient l'effort qu'il faisait pour ne pas s'effondrer sur son siège.

Pauvre garçon, songea Lily. Oh, il ne la croirait pas si elle le lui disait, mais elle le comprenait. Elle le comprenait parce qu'elle savait ce que c'était d'être au ban de la société, exclu, rejeté. Elle savait ce que c'était que d'être seule.

Seule, toujours seule.

Elle laissa échapper un soupir. Le Seigneur avait exigé d'elle un lourd tribut pour ses péchés. Cet enfer terrestre n'était-il pas pire en effet que les flammes de l'autre, celui qui l'attendait ?

Elle crispa les mains sur le volant. La douleur lui nouait le ventre, lui étreignait le cœur à l'étouffer. Hope, sa Hope tant aimée. Et Glory, l'adorable Glory… Elle brûlait du désir d'être auprès d'elles, de partager leur vie.

A tel point qu'elle avait passé la journée à attendre, dans l'espoir de les entrevoir. Elle était restée à guetter dans sa voiture, devant le St. Charles, les yeux rivés sur la monumentale porte d'entrée.

Ce n'était pas la première fois, et ce ne serait pas la dernière.

Mais cette fois, son attente avait été récompensée. Hope et Glory étaient sorties et, pendant quelques instants de bonheur parfait, Lily avait pu contempler leurs visages inondés de soleil, se noyer dans la joie de cette contemplation.

Elle inspira péniblement, l'âme dévorée par le manque qui la rongeait nuit et jour, la dépouillait de tout sauf de son désespoir.

Son unique désir avait été d'offrir une bonne vie à sa fille, une vie qui ne soit pas entachée par les péchés de sa mère. Hope menait aujourd'hui une vie respectable. Lily ne pouvait guère lui reprocher d'avoir voulu couper les ponts, de s'être fâchée le jour où elle l'avait abordée et suppliée de renouer. Lily ne comprenait que trop bien les craintes de Hope, son refus d'être associée à une femme mise au ban de la société depuis toujours.

Et Lily comprenait aussi que Hope se refuse à ce que Glory connaisse sa grand-mère ; elle comprenait la honte qu'elle avait de ses ancêtres, comprenait qu'elle veuille épargner cette honte à sa fille.

Lily avait honte elle aussi. Elle se méprisait pour ses actions passées.

Mais comprendre n'atténuait en rien sa douleur. Jusqu'à sa mort, elle regretterait ce qu'elle ne pouvait avoir, ce qu'elle avait perdu. Toutes ces dernières années, elle avait vécu seule, et seule elle mourrait.

Lily gara la voiture au bout de l'allée.

— Nous sommes arrivés. Je vais venir vous donner un coup de main.

— Pas besoin. Je m'en tirerai.

Elle acquiesça, contourna néanmoins la voiture. Il la foudroyait du regard, en silence.

Tandis qu'il avançait péniblement en grimaçant, elle songea qu'il était aussi orgueilleux que têtu, mais elle ne put s'empêcher d'admirer la force de caractère qui le maintenait debout, le poussait à refuser toute aide dans son état de faiblesse et sans doute de terreur.

Elle avait rencontré d'autres gosses comme lui, elle en avait aidé aussi. Des gosses seuls au monde qui ne comptaient que sur eux-mêmes. Des gosses que la vie avait malmenés, dont la confiance avait été trahie à maintes reprises. Ce môme-là n'avait personne dans son camp depuis un bout de temps. Et elle lui pardonnait volontiers son arrogance sans doute chèrement acquise.

Ils entrèrent par l'arrière, par l'entrée de service qui donnait sur la cuisine. Dès qu'elle eut allumé, elle vit qu'il saignait, que le sang faisait une vilaine tache sombre et humide sur son jean à hauteur de la cuisse. Elle soupira.

— Asseyez-vous, dit-elle en lui tirant une chaise devant la table de chêne ancienne. Je vais chercher de quoi vous faire un pansement.

Il s'installa avec son aide et la retint par la main.

— Vous m'avez promis de n'appeler personne.

Elle soutint son regard malgré un vague sentiment de culpabilité. Culpabilité bien mal placée d'ailleurs, puisqu'elle ne songeait pour l'heure qu'à veiller à son bien-être physique.

— Je sais. Je reviens tout de suite.

Elle revint bientôt, munie d'un antiseptique, de gaze, d'une bande, d'un gant et d'une serviette de toilette. Elle remplit une cuvette d'eau tiède savonneuse.

— Il va falloir ôter votre pantalon pour que je puisse nettoyer la plaie.

— Certainement pas, protesta-t-il en rougissant.

Amusée par cette gêne incongrue chez un jeune dur, elle réprima un sourire.

— Je connais l'anatomie masculine pour avoir vu des hommes nus plus d'une fois. Vous n'avez rien à craindre d'une vieille femme comme moi.

Elle lui tendit la serviette et ajouta :

— Tenez. Pour vous couvrir.

Il la lui prit des mains, et elle tourna le dos pour ne pas l'embarrasser davantage.

— C'est bon.

Lorsqu'elle se retourna vers lui, il avait repris place sur sa chaise, les reins étroitement enveloppés dans la serviette. Et il la regardait d'un air furieux. Elle ramassa le jean.

— Je vais le mettre à laver, ne bougez pas.

Quelques minutes plus tard, le jean tournait dans la machine. Lorsqu'elle regagna la cuisine, il la foudroya du regard.

— Ne prenez pas cet air mauvais. Je vous promets de vous rendre votre pantalon.

Elle s'agenouilla devant lui et examina la blessure — une longue entaille, fort heureusement peu profonde. Puis elle trempa le gant dans l'eau savonneuse.

— Je suis désolée, mais cela risque de piquer.

— Désolée, sûrement, oui, grommela-t-il.

Il se raidit et serra les dents tandis qu'elle nettoyait la plaie.

— J'ai un ami, un médecin à la retraite…

— Non.

Imperturbable, elle poursuivit :

— Il habite tout près d'ici. Si je lui dis que vous êtes

mon neveu, il ne posera pas de questions. Nous partageons de nombreux secrets, lui et moi. J'ai grande confiance en lui. Je remettrais ma vie entre ses mains.

— C'est de la mienne qu'il s'agit.

— Justement. Vous avez peut-être un traumatisme crânien, des lésions internes. Ou peut-être seulement besoin de quelques points de suture.

— Pas besoin de points de suture. Et puis, vous m'avez promis de n'appeler personne.

— Je sais, et je le regrette. Mais je préfère revenir sur ma parole plutôt que de vous voir mourir.

Elle leva les yeux vers lui et ajouta :

— Vous êtes beaucoup trop jeune pour mourir.

Un nuage de panique passa sur le visage du garçon.

— Qu'est-ce que vous voulez dire ?

— Je m'appelle Lily Pierron. Vous pouvez m'appeler mademoiselle Lily. Ou même tante Lily, en tout cas pour les quelques minutes qui viennent.

— Inutile, je ne reste pas.

Il tenta de se lever, laissa échapper un petit cri de douleur en portant son poids sur sa jambe droite, et se rassit aussitôt avec un juron. Au même moment, la sonnette de la porte retentit, annonçant l'arrivée du médecin.

— Je vous en prie, Lily, n'ouvrez pas ! supplia-t-il en la retenant par la main.

Elle serra la sienne et se releva néanmoins.

— Je suis vraiment désolée, mais vous m'en remercierez, je vous le promets.

Il jura de nouveau.

— On sait ce que valent vos promesses, n'est-ce pas ?

Elle ignora le sarcasme et le pincement de remords qu'il lui causait.

— Il faut que je sache votre nom.

Croisant les bras sur la poitrine, il la toisa d'un air de défi.

— Allez vous faire voir.

La sonnette retentit de nouveau.

— Ce n'est pas une réponse. Vous avez bien un nom. Si vous tenez à ce que notre petite histoire soit crédible, mieux vaudrait que je sache comment vous vous appelez.

— Todd, grommela-t-il, renfrogné. Todd Smith.

Elle acquiesça d'un hochement de tête.

— Je reviens tout de suite, Todd Smith. Et j'espère que vous aurez le bon sens de ne pas bouger d'ici.

16

Dès que Lily eut quitté la cuisine, Santos se leva et regarda ses jambes nues. La vieille dame avait été plus rusée que lui. Blessé et ceint d'une serviette de bain, il ne pouvait aller bien loin. Il se voyait mal boitant le long de River Road dans cet accoutrement. Et zut ! Il ne lui restait plus qu'à faire confiance. Il avait l'habitude. En un an et demi, il avait fait confiance à toutes sortes de gens — à commencer par ces bons à rien de la brigade des homicides. Au temps pour la confiance.

Le cœur battant, Santos se rassit pour attendre l'inévitable désastre et ferma les yeux. Dans la minute, un agent de police entrerait dans la pièce et le ramènerait de force à La Nouvelle-Orléans.

Pourtant non. Lily ne lui ferait pas cela. Il le savait d'instinct. Quoique brutale dans ses paroles, elle avait des yeux pleins de bonté, des yeux qui inspiraient confiance.

Il se traita d'imbécile. Confiance ou pas, il était coincé.

Quelques minutes plus tard, il put remarquer qu'elle n'avait pas menti. « Tante » Lily reparut, accompagnée d'un monsieur d'un certain âge. Il n'avait ni arme, ni badge, ni uniforme et portait un sac de cuir noir comme en ont les médecins.

Comme elle l'avait promis, le médecin joua le jeu, fit comme si Todd était le neveu de Lily et ne posa pas trop de questions sur les raisons de ses blessures.

Au bout de vingt minutes, il déclara que Santos-Todd survivrait.

— Vous aurez de vilaines ecchymoses demain matin. Et mal partout. Mais vous vous remettrez.

Il conseilla à Lily de garder un œil sur son « neveu » pendant les six premières heures, de le réveiller toutes les deux heures s'il s'endormait et d'appeler s'il y avait le moindre changement à son état.

Le médecin et elle partageaient de nombreux secrets, à ce qu'elle avait dit. Quels secrets ? se demanda Santos tandis que Lily Pierron raccompagnait l'homme à la porte. Elle avait passé le bras dans celui du vieux médecin et leurs épaules se touchaient, suggérant une intimité qui débordait le cadre des relations de simple voisinage ou même d'amitié.

En regagnant la cuisine, elle demanda d'un ton d'autorité :

— Alors, vous préférez le canapé du salon ou l'une des chambres à l'étage ?

Il l'observa quelques instants.

— Le canapé.

— Bon. Vous avez besoin d'aide pour marcher ou vous…

— Je m'en tirerai seul.

— C'est ce que je pensais.

Sans un mot de plus, elle le précéda. Il boitillait derrière elle en fixant son dos. Lorsqu'il la rejoignit dans le salon, elle l'attendait, bras croisés sur la poitrine. Il fronça les sourcils.

— Si vous espérez des excuses, vous risquez d'attendre longtemps.

— Je vous ai demandé des excuses ? C'est moi qui vous ai heurté, que je sache.

Elle lui désigna le canapé, déjà préparé à son intention.

— J'espère que cela vous conviendra.

— Si vous projetiez de m'installer ici, pourquoi m'avoir demandé si je préférais une chambre ? s'enquit-il avec irritation.

— Je ne projetais rien. Je savais que vous préféreriez le canapé. Mais je tenais à vous donner le choix.

— Vraiment ? fit-il, incrédule.

Comme tous les gens qu'il avait rencontrés depuis un an et demi, Lily Pierron se donnait des airs.

— Et comment saviez-vous que je choisirais le canapé ?

— C'est plus près de la porte.

Il la foudroya du regard, furieux qu'elle ait vu juste.

— C'est quoi l'histoire entre vous et ce vieux beau ? C'est votre copain ?

— Smith, hein ? C'est tout ce qu'il y a de banal comme nom, répliqua-t-elle avec calme et fermeté.

Il redressa le menton.

— Vous ne me croyez pas.

— Je n'ai rien dit de tel.

— Vous le pensez si fort que je l'ai entendu.

Il jeta un coup d'œil sur la vaste pièce d'un kitsch fastueux.

— Un peu voyant, tout ce luxe, vous ne trouvez pas ?

— Le décor a eu sa raison d'être. Je vous ai laissé une couverture supplémentaire au cas où vous auriez froid. Je viendrai vous voir toutes les deux heures ; ne vous affolez donc pas si vous vous réveillez et que vous me trouvez là.

Santos marmonna un juron. Cette femme était indémontable. Son expérience avec les services sociaux lui avait pourtant appris à déstabiliser les gens, à les gêner par son comportement. Il s'était servi de cet art comme d'une arme pour affirmer son indépendance, pour qu'on le laisse tranquille. Et là, maintenant, il éprouvait l'impérieux besoin de mettre Lily mal à l'aise. Il examina la pièce dans le détail, prenant son temps, puis il reporta son attention sur elle.

— Vous vivez seule ici, Lily ?

Elle le regarda droit dans les yeux.

— Oui, Todd, je vis seule.

Il croyait qu'elle lui mentirait, que son regard trahirait la méfiance ou la peur. Mais non. Elle était parfaitement franche, admirablement calme. Il détourna les yeux, refoula le respect qu'il éprouvait pour elle à son corps défendant.

— Pourquoi cela vous intéresse-t-il tant, Todd ? Vous comptez m'assassiner dans mon sommeil ? Me cambrioler ?

— Vous verrez bien.

Elle éclata de rire, un rire troublant, à la fois amusé et désespéré.

— Les biens matériels ne sont rien, Todd. Ils n'ont aucune valeur. Et puis même si vous me tuez, quelle importance ? Je n'ai plus de raison de vivre.

Sans attendre de commentaire, elle se dirigea vers la double porte et se retourna juste avant de l'atteindre.

— Faisons un pacte, Todd. Je n'attends rien de vous, pas plus que vous de moi. Ne me posez pas de questions, je ne vous en poserai pas. Et si Todd Smith n'est pas votre vrai nom, franchement, je m'en fiche.

Santos fut réveillé par l'odeur délicieuse du bacon qui cuisait. Il ouvrit les yeux et les événements de la nuit lui revinrent aussitôt — le break qui l'avait pris en stop, l'agression à laquelle il avait échappé de justesse, sa course folle, la lumière des phares, le choc de la voiture, la sensation de voler.

La peur se saisit de lui tandis qu'il repensait à tout ce qui aurait pu arriver si Lily Pierron n'était pas intervenue, si elle avait roulé plus vite, l'avait heurté plus fort ; si elle avait appelé les flics. Et, surtout, s'il n'avait pas échappé au conducteur du break, à sa corde et à son couteau.

Il frissonna, agita la tête, s'efforça de réprimer sa frayeur, de ralentir les battements précipités de son cœur. Aujourd'hui, demain et tous les jours qui suivraient, il lui faudrait pourvoir à ses propres besoins, se battre pour survivre. Il ne pouvait se permettre de s'attarder sur son passé, sur tout ce qui aurait pu être. L'avenir était devant, pas derrière. Pour le moment, il était en sécurité. Et libre.

Il se redressa, s'assit avec un grognement de douleur. Le médecin l'avait prévenu qu'il aurait mal partout. Il n'avait pas menti. Le moindre mouvement soulevait des protestations de tout son corps. Il avait des élancements dans la tête, dans la cuisse. Dieu qu'une Mercedes, même vieille de vingt ans, pouvait être lourde !

Son jean propre était posé sur le dossier du canapé avec une chemise de batiste, une petite boîte blanche et deux billets froissés.

Dire qu'il avait laissé son sac à dos dans le break.

Avec un soupir, Santos se prit la tête dans les mains.

Tous ses vêtements et la majeure partie de son argent étaient dans le sac. Il ne lui restait plus rien. Plus que six dollars et les boucles d'oreilles de sa mère.

Heureusement qu'il n'avait pas perdu les bijoux.

Il se leva, se vêtit aussi vite que le lui permettait son corps meurtri et se traîna en boitant jusqu'à la cuisine. L'odeur du bacon lui mettait l'eau à la bouche. Il y avait un moment qu'il n'avait rien mangé.

Devant une cuisinière à l'ancienne, Mlle Lily s'affairait au-dessus d'une poêle en fonte noire. Elle releva la tête, lui sourit par-dessus son épaule.

— Je vois que vous êtes toujours là.

La veille au soir, il ne s'était pas attardé sur son apparence, n'avait remarqué que ses yeux et son âge. Ce matin, à la lumière du jour, il se demandait comment il avait pu ne pas voir sa beauté. Une beauté qui, autrefois, avait dû faire des ravages.

— Oui, et vous n'êtes pas morte, dit-il en croisant les bras sur la poitrine. L'argenterie de famille est toujours là aussi.

Elle rit de bon cœur.

— Je savais bien que vous ne me tueriez pas.

— Tiens donc. Et comment cela ?

— L'expérience, je suppose. On finit par sentir les gens. Prenez donc une assiette, c'est prêt.

Le regard de Santos tomba sur les tranches de bacon qu'elle avait posées sur des serviettes en papier. Son estomac se mit à gronder.

— Je pensais bien que vous auriez faim. J'ai préparé des petits pains chauds et de la sauce. Je vous préviens, ma sauce, c'est à ne pas rater.

Pris entre son orgueil et sa faim, Santos se retourna vers elle avec irritation.

— Rien ne vous oblige à me nourrir.

— Ah non ?

Elle sortit du four une plaque couverte de petits pains dorés à point, qu'elle déposa sur la cuisinière.

— J'ai pourtant le sentiment de vous devoir quelque chose. Je suis responsable de votre accident.

Santos repensa à l'Etat, aux assistantes sociales qui lui répétaient que l'Etat lui devait un foyer puisqu'il était seul au monde. A sa seconde mère adoptive qui, sous prétexte qu'elle et son mari l'avaient recueilli, prétendait qu'il leur en était redevable. Santos ne voulait pas de toutes ces dettes morales. Personne ne lui devait rien, et il n'était redevable envers personne. Il le signifia clairement à Lily.

— Dans ce cas, répondit-elle posément, vous pouvez me payer le repas.

Santos pensa aux six dollars qui constituaient toute sa fortune.

— Vous payer le repas ? répéta-t-il.

— Je ne vous le demande pas, bien entendu. Mais si vous tenez vraiment à ne rien me devoir, payez-moi le repas.

Frustré, Santos serra les dents.

— Combien ?

— Je ne sais pas, quelques dollars. Combien coûte le petit déjeuner maison de nos jours ?

Comme il ne disait rien, elle revint à ses préparatifs et poursuivit :

— Vous pourriez travailler pour votre pension. Il y a quelques menus travaux à faire dans le garage, des portes à moustiquaire à réparer, des petites choses. Mon homme de main est mort subitement. Il travaillait pour moi depuis quarante ans.

Elle ouvrit un petit pain en deux, le recouvrit de sauce

et empila dessus plusieurs tranches de bacon, puis elle se retourna et lui tendit l'assiette.

— Le prix du repas, c'est à vous d'en décider. Et si vous souhaitez rester quelques jours, le temps de reprendre des forces, je vous paierai un petit quelque chose en plus de la chambre et du couvert.

Affamé, Santos fixait l'assiette appétissante. L'idée de rester lui déplaisait. Il ne voulait pas être redevable, ni envers cette femme ni envers qui que ce fût. Mais il n'avait plus ni argent ni vêtements, et personne ne l'attendait nulle part. L'offre de Lily Pierron paraissait un don du ciel. Et cela aussi l'irritait.

Il se raidit, lui prit l'assiette des mains.

— Bon. Je reste deux ou trois jours, et je prends le large.

17

Santos resta. Les jours devinrent des semaines et les semaines des mois. Il y avait maintenant trois mois que Lily l'avait recueilli chez elle ; assis en haut des marches qui menaient au balcon du premier, il fixait la berge surélevée du fleuve et se demandait comment il en était arrivé là. Dès le premier matin, il avait annoncé son intention de rester quelques jours, peut-être une semaine, le temps de reprendre des forces et de mettre quelques dollars de côté. Pas davantage.

Santos ramassa un fragment de coquillage sans doute déposé là par une semelle de chaussure. Il le retourna entre les doigts, le contempla, pensif. Quel jeu jouait Lily ? Quel profit tirait-elle de la situation ? Elle pouvait parfaitement trouver un homme de main pour effectuer ses menus travaux. Et, pour sa part, il ne croyait pas un instant qu'elle pût avoir de l'affection pour lui.

Il fallait qu'elle eût une bonne raison de le garder. L'expérience lui avait appris que rien n'était gratuit, que chacun attendait quelque chose des autres, de toute façon. Seulement, il n'avait pas encore découvert ce qu'attendait Lily.

A en juger par sa maison, par sa voiture, elle était riche.

Et les riches n'avaient que faire des pauvres — sauf comme domestiques, ou comme cause à défendre.

Santos plissa le front. Lily ne le traitait pourtant ni comme un domestique ni comme une bonne cause. Elle le traitait en égal, avec respect. Elle n'exigeait pas qu'il travaille par devoir et le payait correctement lorsqu'elle lui demandait un service. Elle le laissait vivre, ne l'assaillait pas de questions sur ses origines, son passé, ne l'étouffait pas avec de bonnes intentions et une compassion feinte.

Que cherchait-elle alors ?

Santos leva les yeux vers le crépuscule mauve. Il sentait chez Lily un profond besoin de tendresse et de compagnie, une solitude si extrême qu'elle en devenait palpable. Et, en dépit de tout ce qui les séparait, il sentait qu'elle le comprenait comme personne ne l'avait compris depuis longtemps. Il s'en défendait, certes, mais devait reconnaître qu'il l'aimait bien.

Ses propres pensées l'irritèrent. Il était ridicule. Sentimental, trop confiant. Lily Pierron était comme tout le monde ; elle cherchait à obtenir ce qu'elle voulait, quoi que cela puisse être. Et il serait le dernier des sots de l'oublier.

Il baissa les yeux sur le fragment de coquillage puis le lança au loin de toutes ses forces. Non, il ne l'aimait pas, ne lui faisait pas confiance. Il s'en voulait de dépendre de ses oboles, se méprisait de les avoir acceptées si longtemps.

Le moment était venu pour lui de partir.

Lily sortit sur le balcon, derrière lui, silencieuse comme toujours. Il s'était habitué à son calme, à ses pas feutrés, à sa manière d'apparaître soudain, comme surgie de nulle part. Jamais il n'avait rencontré de personne plus autonome ; elle semblait savoir exactement qui elle était, ce qu'elle était. Et si elle ne semblait pas totalement en paix avec elle-même, elle n'était pas non plus en proie à une lutte intérieure. Elle acceptait sa vie, s'y était résignée.

Santos sentit sa gorge se serrer, ravala sa salive. Qu'elle y soit résignée ou non, la vie de cette femme ne le concernait pas.

Lily s'avança jusqu'à lui.

— Belle soirée, murmura-t-elle en regardant la berge et le fleuve au-delà. J'ai toujours aimé le crépuscule. Les couleurs, les odeurs. La qualité du silence.

Santos serra les poings. Il aurait voulu qu'elle s'en aille, qu'elle le laisse seul. Et il aurait voulu ne pas éprouver au fond de lui ce désir qu'elle vienne s'asseoir sur les marches, près de lui.

Il n'avait pas besoin d'elle, de sa compagnie. Il n'avait besoin de personne. Sans s'offusquer de son silence, Lily soupira et poursuivit :

— Je me souviens quand j'étais jeune, que je faisais comme vous maintenant.

— C'est-à-dire ? s'enquit-il, bourru.

Une bouffée de colère irrationnelle le posséda soudain. Il était furieux de l'intrusion de Lily, furieux d'être assis là, sur les marches de son balcon, furieux de ne pas avoir envie de partir, et furieux surtout — même s'il s'en défendait — de voir à quel point Lily lui rappelait ce qu'il avait partagé avec sa mère, ce qu'il avait perdu et qui lui manquait si cruellement.

Elle s'assit sur la marche, à côté de lui.

— Regarder le fleuve en pensant à tous les endroits où j'aurais voulu être plutôt qu'ici.

Elle eut un petit rire.

— Bizarre, comme certaines choses changent, et d'autres pas.

Enervé contre lui-même autant que contre elle, il se

demanda comment elle le connaissait si bien. Comment, en quelques mois, elle avait acquis le don de s'infiltrer dans sa tête et de lire ses pensées.

Il se tourna vers elle, prêt à se battre contre le monde entier.

— Pourquoi êtes-vous si gentille avec moi ?

Elle soutint son regard.

— Pourquoi pas ?

— Parce que.

Santos se leva d'un bond et alla se réfugier à l'autre bout du balcon avant de lui faire face.

— Parce que vous n'avez aucune raison d'être gentille avec moi. Sauf si vous désirez quelque chose en échange. Alors, dites-moi, Lily, que voulez-vous de moi ?

— Rien, Todd. Je ne veux rien de vous.

— A d'autres !

Il avança de quelques pas et s'arrêta, frustré, les poings serrés.

— Vous vous servez de moi mais je ne sais pas pourquoi.

Lentement, elle se leva en s'aidant de la rambarde et alla se planter devant lui, le fixa droit dans les yeux.

— Pourquoi ne pas partir alors ?

Il ferait mieux de partir. Maintenant. Sans se retourner. Mais tous ses instincts se rebellaient à cette idée.

Pivotant sur les talons, il lui opposa son dos, regarda dans le vide pendant de longs moments. Il ne voulait pas partir. Il se sentait bien ici, en sécurité, aimé.

Ouais ! Et, d'une seconde à l'autre, on lui planterait un poignard entre les omoplates ! Santos se redressa, lui fit de nouveau face, s'approcha pour la toiser de tout son haut.

— Pourquoi n'avez-vous pas d'amis, Lily ? Personne ne

vient vous voir. Personne ne vous appelle. En dehors de la messe et des courses, vous ne sortez jamais. Pourquoi ?

Elle croisa les doigts devant elle. Il remarqua qu'ils tremblaient. Mais son regard soutenait le sien sans fléchir.

— Où voulez-vous en venir, Todd ?

— Pourquoi vous traite-t-on comme une pestiférée, Lily Pierron ? Pourquoi les enfants chuchotent derrière leurs mains lorsqu'ils vous voient passer ? Pourquoi leurs mères les traînent-ils de l'autre côté de la rue lorsqu'ils vous aperçoivent ? Pourquoi êtes-vous toujours assise seule, à l'écart, pendant la messe ?

Son expression se fit douloureuse, mais elle ne détourna pas les yeux, ne bougea pas d'un pouce. Elle ne protesta pas non plus, ne chercha pas à se défendre.

— Eh bien, dites-le-moi donc.

— Je vais vous le dire, oui.

D'un geste large, il balaya l'ensemble de la maison.

— Cet endroit était un bordel et, d'après moi, vous étiez la putain en chef.

Elle accusa le coup sans broncher. Admiratif, exaspéré de l'être, Santos poursuivit, regrettant ses paroles à mesure qu'il les prononçait mais incapable de les retenir :

— A en juger par les souvenirs que vous avez accumulés, votre petite affaire tournait bien. Pas étonnant que vous soyez si populaire auprès de vos voisins. Pas étonnant que vous vouliez me garder puisque personne ne veut de vous.

Elle ne répondit rien, le considéra en silence pendant de longues secondes. Son regard exprimait la blessure qu'il venait d'infliger et, au-delà, toute une vie de blessures infligées par d'autres. Enfin, elle parla :

— C'est tout, Todd ?

Il aurait voulu qu'elle se défende, qu'elle l'agresse en

retour. Peut-être se serait-il alors senti moins coupable, moins minable. Il s'approcha encore, releva le menton dans une attitude de défi.

— Non, ce n'est pas tout. Où est votre fille, Lily ? Je sais que vous en avez une, j'ai vu les photos. Est-ce qu'elle aussi vous prend pour une pestiférée ?

— Vous êtes bon juge de la nature humaine, déclara-t-elle d'une voix enrouée et lourde de douleur. Je suis effectivement ce que vous avez dit : une putain. Et absolument seule. Même ma propre fille m'a abandonnée.

Elle prit une brève inspiration et ajouta :

— Je vais rentrer à présent.

Puis, sans un mot de plus, elle se retourna, digne, la tête haute. Le cœur serré, Santos la regarda s'éloigner et disparaître à l'intérieur. Il l'avait blessée intentionnellement. Parce qu'il l'aimait, qu'il craignait d'avoir besoin d'elle, d'avoir à le regretter et d'en souffrir. Il l'avait rejetée par le premier moyen qui lui fût venu à l'esprit.

Les yeux lui brûlaient, mais il ravala ses larmes. Elle s'était toujours montrée bonne envers lui. Elle l'avait recueilli, hébergé et nourri, lui avait donné un emploi. Elle n'attendait rien de lui, seulement qu'il se consacre honnêtement à sa tâche.

Et il ne lui avait pas même fait suffisamment confiance pour lui avouer son vrai nom.

Il se sentait comme le pire chien galeux sur la surface de la terre. Il s'était conduit avec la même méchanceté que tous ceux qui l'avaient blessé et humilié jusqu'ici.

Il était devenu aussi moche que ces gens qu'il avait cherché à fuir.

Sans plus y réfléchir, Santos suivit Lily à l'intérieur. Le vaste hall était désert. Il cria son nom. Comme elle ne répondait pas, il partit à sa recherche.

Il la trouva dans le salon, plantée au milieu de la pièce, rigide, les yeux dans le vague. Il souffrait pour elle en contemplant son dos.

— Mademoiselle Lily ?

— Allez-vous-en, Todd. J'ai besoin d'être seule un moment, dit-elle sans se retourner.

— Mademoiselle Lily, s'il vous plaît... Je suis désolé.

— Désolé de quoi ? D'avoir dit la vérité ?

— Ce n'est pas la vérité. Seulement je voulais...

— C'est la vérité. Et vous avez raison de me mépriser...

Elle parlait si bas qu'il dut tendre l'oreille pour comprendre ses paroles.

— ... Même ma propre fille me méprise.

— Mais je ne vous méprise pas... Je...

Les mots s'étranglèrent dans sa gorge. Terrifié à l'idée de lui avouer ses sentiments, il luttait contre la panique.

— J'ai été sciemment méchant, et je le regrette, murmura-t-il enfin.

— Allez-vous-en, Todd. Ce n'est pas grave. Je m'en remettrai.

— Si, c'est grave. Vous ne méritiez pas ça. Vous ne méritiez pas non plus mes mensonges.

Cette fois, elle se retourna, chercha son regard, et il vit qu'elle avait pleuré. Il se détourna, honteux, puis reposa ses yeux sur elle.

— Je ne m'appelle pas Todd Smith, mais Victor Santos. Tout le monde m'appelle Santos depuis toujours. Sauf ma mère. Et elle est morte.

Il inspira profondément, cherchant le courage de prononcer les mots qui lui coûtaient le plus.

— Je voulais vous blesser, vous rejeter. Parce que je suis bien ici, parce que je vous aime bien. Et cela…

L'émotion lui nouait la gorge, le laissait sans voix. Il baissa les yeux, regarda ses pieds. Lily vint jusqu'à lui, lui effleura doucement la joue.

— Il n'y a pas de mal, Victor. Je comprends.

Relevant la tête, il lut sur son visage la compréhension et la compassion, il y vit la sagesse venue de toute une vie de coups durs. Il se reconnut dans ses yeux.

Comment sa fille avait-elle pu l'abandonner ? Devinant ses pensées, elle essuya une larme et dit :

— Ma fille voulait une nouvelle vie, une vie saine. Une vie sans le poids du passé des Pierron. Je n'y avais pas ma place. Elle m'a laissée derrière elle avec le passé.

— C'est dégoûtant ! Ça pue ! s'exclama Santos qui souffrait pour Lily.

Elle avait aimé sa fille comme sa mère l'avait aimé, lui. Mais jamais il n'aurait abandonné sa mère. Jamais !

Lily agita tristement la tête.

— Oh, je la comprends. Je sais ce que je suis.

Santos en demeura médusé. Lily se comportait comme si elle estimait qu'elle méritait de souffrir, méritait de prendre des coups, d'être abandonnée. Il plissa le front, se souvenant des paroles blessantes qu'il lui avait jetées au visage. Il avait honte, il s'en voulait.

— Ne vous inquiétez pas, poursuivit-elle d'un ton égal. Je ne veux rien de vous. Et je ne vous laisserai pas tomber.

Elle s'interrompit, s'éclaircit la gorge et reprit :

— Mais j'apprécie votre présence ici. C'est peut-être égoïste de ma part mais… j'ai été si seule.

Santos lui prit la main. Pour la première fois depuis la mort de sa mère, il avait lui-même le sentiment de ne plus être seul, de compter pour quelqu'un — pour quelqu'un sur qui il pouvait compter. Une part de méfiance subsistait en lui, mais il l'ignora, fit taire ses doutes.

Il lui raconta tout, lui parla de sa mère, de son père, du meurtre de sa mère et de l'espoir qu'il avait de la venger ; il lui parla de ses familles adoptives et de ses fugues successives. Il partagea ses craintes et ses frustrations avec elle, ses promesses aussi, celles qu'il avait faites à sa mère et celles qu'il s'était faites à lui-même. Il lui ouvrit son cœur ; elle l'écouta, le réconforta.

Santos parla jusque tard dans la nuit, jusqu'à se sentir vidé mais soulagé — comme si ce partage l'avait libéré d'un pan de son passé, d'une part de sa douleur.

Plus tard, lorsqu'ils se dirent bonsoir, tous deux savaient sans même l'exprimer que Santos restait pour de bon.

CINQUIÈME PARTIE

Amants

18

La Nouvelle-Orléans, Louisiane, 1984

A seize ans, Glory avait accepté le fait que sa mère ne l'aimerait jamais. Elle ignorait toujours quelle faute impardonnable elle avait commise, mais ne s'en souciait plus. Son démérite l'indifférait, avait perdu tout pouvoir de la faire souffrir.

Avec l'acceptation était venue la colère. Et le défi.

Les années écoulées depuis ses huit ans l'avaient transformée au-delà de la simple métamorphose physique. Glory avait aiguisé son intelligence qui, à présent, confinait parfois au sarcasme. Son enthousiasme, son énergie inépuisable alimentaient ses bravades répétées.

Avec les bravades venaient les punitions. Glory le comprenait, bien sûr. Elle savait qu'elle avait le choix mais préférait endurer les pires châtiments inventés par sa mère plutôt que de se soumettre à sa loi.

Briser l'insupportable carcan des règles imposées par Hope lui était devenu un jeu. Un dangereux et étourdissant affrontement de volontés où se mêlait un soupçon de ruse. Elle avait appris à connaître ce qui déclenchait le courroux de sa mère — tout ce qui avait trait aux garçons, au corps, à la sexualité. Elle savait précisément jusqu'où elle pouvait aller. Rien ne la réjouissait davantage que de berner sa mère ; rien ne lui apportait plus de satisfaction que de transgresser impunément les sacro-saintes règles sous ses yeux.

Lorsqu'elle se faisait prendre, le châtiment était toujours sévère, toujours proportionnel à la faute commise. Un jour, sa mère l'avait enfermée dans sa chambre jusqu'à ce qu'elle eût appris par cœur tout le *Livre des Juges*. Une autre fois, elle l'avait obligée à frotter tous les parquets de la maison avec une brosse à dents ; une autre fois encore, après l'avoir surprise à flirter avec un garçon sur le parking, derrière l'église, elle l'avait fouettée avec une tige de saule, lentement, précisément, comme si elle n'avait fait que cela toute sa vie, dosant ses coups et les plaçant pour qu'ils soient douloureux, humiliants, mais ne laissent pas de cicatrices. Malgré tout, elle lui avait couvert le dos de zébrures rouges et boursouflées qui avaient mis un mois à cicatriser.

Mais Glory n'avait pas plié ; elle n'avait ni gémi, ni imploré le pardon de sa faute. Elle ne s'était pas ensuite précipitée chez son père. Elle avait bravement subi le châtiment en se jurant que, la prochaine fois, elle ne se laisserait pas surprendre.

Paradoxalement, Glory n'était pas fâchée de se faire prendre à l'occasion. Non par goût du châtiment, mais parce que sa mère semblait trouver un plaisir pervers à le lui infliger, à tirer satisfaction de l'iniquité prévisible de sa fille unique.

Glory en venait à penser qu'elle ne satisfaisait sa mère que dans les moments où celle-ci la punissait.

Ce qu'il y avait de plus surprenant cependant, c'est que les rapports de Glory avec son père avaient radicalement changé. Sa colère s'était étendue à lui, avait creusé un fossé entre eux. Alors qu'autrefois elle ne vivait que pour les moments passés en sa compagnie et leurs visites au St. Charles, aujourd'hui elle les évitait. Elle feignait de se désintéresser de l'hôtel, de sa gestion, proclamait haut et fort qu'elle n'avait nullement l'intention de consacrer sa vie à un tas de briques de luxe, ce qui brisait le cœur de son père.

Et le sien aussi.

Dans le secret de son cœur, elle portait à son père et au St. Charles le même amour que par le passé ; elle regrettait les moments d'intimité avec son père, leurs sorties, la joie qu'elle tirait d'être unique, aimée. Mais ce temps était révolu. Tout avait changé. Elle ignorait pourquoi, comment, mais le fait était là, indéniable.

Cette vérité lui était douloureuse, plus douloureuse encore que tout le reste, que les regards haineux que sa mère lui réservait lorsqu'il n'y avait pas de témoins.

Glory étudiait à l'académie de l'Immaculée-Conception, un lycée de filles situé dans St. Charles Avenue. Depuis 1888, cette institution éduquaït les filles de la meilleure société de La Nouvelle-Orléans. On y inscrivait les enfants dès leur naissance, et le diplôme de ce que Glory appelait le Concept Immaculé était l'équivalent local de ceux délivrés par les célèbres écoles de la côte Est. La prestigieuse académie était l'institution la plus snob de La Nouvelle-Orléans — ville ancienne, riche et hiérarchisée où le snobisme avait statut de valeur.

Glory se pencha vers le miroir pour examiner l'effet du rouge à lèvres framboise qu'elle venait d'appliquer. Satisfaite, elle reboucha le tube et le laissa tomber dans son sac. Des rires féminins lui parvenaient du hall. D'un moment à l'autre, la cloche annoncerait la reprise des cours dans le quart d'heure suivant, et les toilettes seraient aussitôt envahies de demoiselles désireuses de jeter un dernier coup d'œil au miroir.

La cloche sonna et, comme prévu, un groupe de jeunes filles se précipita aux lavabos. Apercevant Glory, elles firent cercle autour d'elle.

— Glory, dit l'une d'elles, on a entendu parler de tes aventures avec sœur Marguerite. C'est vrai qu'elle t'a interdit de participer à la soirée des « deuxième année » ?

Glory haussa les épaules avec indifférence.

— C'est vrai. Certaines personnes n'apprécient pas la plaisanterie.

Une fille du nom de Missy se mit à rire.

— J'aurais voulu voir la tête de la sœur quand elle t'a trouvée dans la chapelle lisant un roman d'amour et mâchonnant des hosties.

— Cela valait le coup d'œil, en effet.

Glory rejeta ses longs cheveux en arrière avec coquetterie, puis elle ajouta :

— Le pire, c'est qu'elle m'a confisqué le livre, juste au moment où ça devenait intéressant.

Missy agita la tête.

— Tu y vas fort, Glory. Un jour, tu iras trop loin. Tout de même, des hosties… C'est un péché, non ?

— Tu parles comme la sœur. Les hosties n'étaient pas consacrées ni rien. Tant qu'elles ne sont pas consacrées, ce ne sont jamais que des gaufrettes.

Un autre groupe de filles entra dans les toilettes en chuchotant et ricanant. Elles s'approchèrent de Glory et de Missy.

— Vous avez vu ce que La Charité a sur le dos aujourd'hui ? demanda l'une d'elles. Ce corsage a l'air d'avoir dix ans. Et même quand il était tout neuf, il devait être moche. C'est du polyester.

Glory se détourna du groupe, écœurée. Si la majorité des élèves de l'école appartenait à la meilleure société de La Nouvelle-Orléans, l'académie attribuait parfois une bourse à une jeune fille de condition modeste exceptionnellement douée. Comme celle dont on se gaussait en ce moment et dont Glory avait entendu dire qu'elle était brillante.

— C'est vraiment un comble, déclara Bebe Charbonnet en s'admirant dans le miroir. Je ne comprends pas que l'académie ouvre ses portes à des filles comme elle. Mes parents paient, à la fin. Tout le monde devrait payer.

— Certes, il faut veiller à maintenir la qualité, ironisa Glory. Ce n'est pas parce que cette fille est intelligente qu'elle a sa place à l'académie de l'Immaculée-Conception.

L'ironie de la remarque échappa à Bebe, qui renchérit :

— Précisément. Cette fille n'a pas sa place ici et j'ai l'intention de le lui faire comprendre.

La porte des toilettes s'ouvrit, et la jeune personne en question parut. Les conversations se turent. Les regards se détournèrent de la nouvelle. Glory en eut le cœur serré. La malheureuse était visiblement très mal à l'aise, et demeurait cependant digne, gardait la tête haute.

Quand elle se dirigea vers les cabinets, Bebe et son groupe lui bloquèrent le passage. Elle tenta de contourner le barrage, mais il se déplaçait avec elle.

— Pardon, dit-elle en rougissant.

Bebe la considéra d'un air faussement innocent.

— Oh, excuse-nous ! Tu voulais passer ?

— Oui.

Les autres ne bougeaient pas. Rougissant davantage, la nouvelle répéta :

— Pardon.

Bebe s'effaça, lui laissant le passage. Et le barrage se

reforma aussitôt derrière elle. Glory imaginait sans peine la suite.

Effectivement, lorsque la nouvelle sortit des W.-C., les autres lui bloquaient le chemin des lavabos.

— Pardon, excusez-moi, dit-elle de nouveau d'une voix timide.

Bebe feignit la surprise.

— Oh, désolée ! Tu voulais passer ?

Glory en eut assez d'assister au spectacle de la cruauté. Ne pas intervenir relevait de la faiblesse, de la lâcheté, deux traits de caractère méprisables. Jamais elle ne s'était pardonné sa propre lâcheté quand, des années plus tôt, elle avait rejeté sur le petit Danny la responsabilité de l'incident de la bibliothèque. Elle s'était promis que jamais plus elle ne laisserait punir un autre pour ses fautes, que jamais plus elle ne ferait preuve de faiblesse ou de lâcheté.

— Oui, Bebe, murmura Glory, je crois qu'elle veut passer. Contrairement à toi, elle se lave les mains en sortant des toilettes.

Bebe s'empourpra, mais céda le passage. Glory sourit à la nouvelle.

— C'est une question d'éducation, n'est-ce pas ? Bebe s'imagine qu'avoir de l'argent suffit à vous donner de la classe. Elle se trompe, bien sûr.

Les autres échangeaient entre elles des regards inquiets. Glory avait fait mouche. Contrairement à la majorité des élèves de l'Immaculée-Conception — et à Glory —, Bebe venait d'une famille de nouveaux riches installée depuis peu à La Nouvelle-Orléans. Ce qui ne l'empêchait nullement d'être la plus populaire et la plus influente des demoiselles de deuxième année. Toutes les autres s'inclinaient devant elle.

De l'avis de Glory, Bebe avait surtout accédé au pouvoir

par sa mesquinerie et son arrogance — c'était la plus mesquine et la plus arrogante de la classe. Et Glory se moquait bien d'être sur sa liste noire.

— Tu le regretteras, Glory, lui lança Bebe, furieuse.

Elle quitta les toilettes, s'arrêtant avant de franchir la porte pour répéter :

— Tu le regretteras !

Glory fit mine de se protéger.

— Maman, j'ai peur !

En quelques secondes, les toilettes se vidèrent et Glory se trouva seule avec la nouvelle qui l'observait. Elle extirpa une cigarette de son sac.

— Il était inutile de prendre ma défense, dit l'autre à voix basse.

Glory haussa les épaules, alluma sa cigarette, tira une longue bouffée et rejeta lentement la fumée.

— Peut-être. Mais je l'ai fait quand même.

— Merci.

Nouveau haussement d'épaules.

— Inutile de me remercier, ce ne sont pas mes amies.

— Mais je..., bredouilla l'autre. Merci tout de même.

Glory inclina légèrement la tête et regarda sa compagne dans les yeux.

— Qu'est-ce que tu allais dire ?

— Cela ne me concerne pas.

— Moi, je prétends que si.

La fille croisa les bras.

— Très bien. Je te vois toujours avec elles. Pourquoi les fréquentes-tu si elles ne sont pas tes amies ?

La question méritait d'être posée, et Glory n'était pas certaine de pouvoir y répondre de manière adéquate.

— Peut-être parce qu'il n'y a personne d'autre. Le Concept Immaculé est le fief de Bebe et de ses semblables.

— Je préfère rester seule, dit l'autre avec amertume.

— Je comprends, acquiesça Glory.

Elle examina le bout de sa cigarette puis releva les yeux vers la nouvelle.

— Ne te laisse pas abattre. Ce ne sont que des petites pestes d'enfants gâtées.

— Mais pas toi ?

Glory éclata de rire, touchée par tant de franchise.

— Non. Enfin, je ne crois pas. Moi, je suis une vilaine fille.

L'autre rit à son tour.

— Je m'appelle Liz Sweeney.

— Ravie de te connaître, Liz. Je m'appelle Glory St. Germaine.

— Je sais. Tout le monde te connaît.

Glory sourit, tira sur sa cigarette.

— Le prestige des vilaines filles. Personnellement, je pense que les gens ont besoin de scandale pour que ça bouge un peu. Sans scandale, on s'ennuierait, tu ne crois pas ?

— Je n'y avais pas pensé, mais tu as peut-être raison.

— Bien sûr que j'ai raison.

Glory s'adossa au miroir et considéra sa compagne. Elle n'était pas laide, pas jolie non plus. Elle avait un visage ordinaire mais avenant, paraissait saine et franche. Tout à fait le genre de personne sur qui on peut compter.

— Tu as obtenu une bourse de l'académie, non ?

— Oui, dit Liz en baissant les yeux.

— Il n'y a pas de quoi avoir honte.

— Oh, je sais bien qu'on m'appelle La Charité.

Percevant de nouveau l'amertume dans sa voix, Glory plissa le front.

— C'est pour cela que tu es ici, parce que tu es pauvre ? Ou parce que tu es intelligente et pauvre ?

Liz releva les yeux.

— Intelligente et pauvre.

— Tu sais, Liz, je ne vois aucune raison d'en avoir honte.

Glory tira une dernière bouffée, alla jeter sa cigarette dans les W.-C. et reporta son attention sur Liz.

— Moi, je suis ici parce que ma famille a de l'argent. Contrairement à Bebe, je n'en tire aucune fierté. Parce que, franchement, je n'y suis pour rien.

La dernière sonnerie retentit et Liz sursauta.

— Oh non ! Je vais être en retard.

Elle prit son cartable, se dirigea vers la porte, s'arrêta et se retourna vers Glory.

— Tu ne viens pas ?

— Il n'y a pas le feu. Je ne voudrais pas gâcher mon image, dit Glory en souriant.

Liz lui rendit son sourire.

— Certes. Alors, à plus tard.

Elle se remit en marche, s'arrêta de nouveau.

— Glory ?

— Oui ?

— Merci de m'avoir aidée. Je te retournerai la faveur un de ces jours.

Glory lui fit un salut militaire de parodie.

— Oublie tout ça, va. A quoi servent les amis sinon à se soutenir ?

19

Liz n'oublia pas. Ni ce premier acte de bravoure de sa nouvelle amie, ni ceux des semaines suivantes. Glory passait une partie de son temps à la défendre, tenait tête aux Bebe et aux Missy de l'école, leur rejetait leur propre snobisme au visage.

Après plusieurs épisodes de ce genre, Liz comprit que Glory avait résolu de la prendre sous sa protection. Dieu seul savait pourquoi. Liz était nouvelle à l'académie et quantité négligeable de surcroît. Glory était belle, riche, considérée comme la fille la plus « cool » de la classe. On la supposait sans peur, imperturbable, prête à prendre tous les risques, même sous le regard glacé de sœur Marguerite. Les autres murmuraient tout bas qu'elle exagérait mais, à la vérité, toutes la respectaient, la craignaient.

Liz elle-même était impressionnée — d'abord par son physique. Glory était la plus belle de toute l'académie, la plus belle fille qu'elle eût jamais vue. Et pas seulement mignonne ou jolie comme le sont souvent les lycéennes, mais belle ; Glory était belle comme une vraie femme.

Parfois, en la regardant, Liz se demandait comment ce serait d'avoir, en plus de l'intelligence, la beauté, le courage et une famille fortunée. Parfois, elle éprouvait une irrépressible envie d'avoir tout ce qu'avait Glory.

Liz s'appuya au guichet du secrétariat, le menton sur les poings, indifférente au bruit qui l'entourait. En échange de sa bourse, elle devait travailler cinq heures par semaine dans l'administration de l'école, et elle y consacrait chaque jour l'une des heures libres de son emploi du temps. D'ordinaire, la secrétaire lui confiait toutes sortes de tâches, mais, aujourd'hui, celle-ci était souffrante.

Avec un soupir, Liz songea à sa famille, modeste pour le moins, si différente de celle de Glory. Son père, simple ouvrier consciencieux et généralement aimable, buvait trop, et l'alcool le rendait méchant. Sa mère, une fervente catholique douée d'un talent exceptionnel pour tomber enceinte, croyait que prendre la pilule était un péché mortel. Afin de pouvoir joindre les deux bouts, Katherine Sweeney faisait des ménages l'après-midi.

Liz était l'aînée des sept enfants Sweeney et, dès son plus jeune âge, elle avait dû s'occuper de ses frères et sœurs. La première fois qu'elle avait vu comment vivaient les riches, elle s'était juré de sortir de la misère. Elle ne passerait pas sa vie dans un appartement surpeuplé des bas quartiers. D'emblée, elle avait compris que son intelligence était son principal atout et, lorsqu'on lui avait proposé une bourse pour l'Immaculée-Conception, elle avait bondi sur l'occasion.

La bourse, l'académie, c'était une chance offerte pour passer de l'autre côté de la barrière.

Son père voyait la chose d'un mauvais œil. Il avait une piètre opinion de ceux qu'il appelait les rupins. Selon lui, les rupins étaient égoïstes, avides et malhonnêtes. Et, avait-il déclaré, c'était là ce qu'ils avaient de mieux.

Liz avait porté cette mise en garde au compte de son manque d'éducation, de sa mentalité prolétaire, de son amertume. Pour l'amadouer, elle lui avait promis de surveiller ses arrières.

Au bout d'un mois passé à l'académie, Liz n'était pas loin de lui donner raison. Puis elle avait rencontré Glory.

Maintenant, elle avait une amie. En tout cas, elle considérait Glory comme son amie. Elle avait même songé à lui demander de…

— Liz ?

Brusquement tirée de sa rêverie, Liz cligna des yeux et se redressa. Mme Reece, l'un des rares professeurs laïques de l'institution, se tenait devant le guichet. Elle ne l'avait pas même entendue venir.

— Bonjour, madame Reece. Que puis-je pour vous ?

La femme sourit.

— Vous aviez l'air perdue dans vos pensées.

— Excusez-moi, dit Liz, honteuse de se voir prise en faute. Cela ne se reproduira pas.

— Ne vous inquiétez pas, je garderai le secret.

La femme lui tendit un dossier.

— Pourriez-vous m'en faire des photocopies et me les agrafer ? J'en aurai besoin pour le sixième cours.

— Je m'en occupe immédiatement.

Liz nota l'ordre sur sa fiche de travail, emporta le dossier à la photocopieuse et se mit à la tâche. Elle avait presque terminé quand le papier vint à manquer. Elle s'accroupit pour prendre une ramette neuve dans le placard situé sous la machine et se releva. C'est alors qu'elle entendit Bebe s'exclamer dans le hall :

— Je l'avais prévenue qu'elle me le paierait. Voilà ma chance de me venger.

Glory ! Le cœur de Liz s'accéléra. Bebe parlait sûrement de Glory.

— Méfie-toi, Bebe, dit une autre — Liz reconnut la voix de Missy. Et si elle découvre que c'est toi qui as cafté ?

— La belle affaire ! Elle n'a aucune prise sur moi. Contrairement à elle, je n'ai rien à cacher. De toute façon, on était une douzaine à l'avoir vue quitter le cours de gym. Comment veux-tu qu'elle sache qui a mouchardé ?

Les deux filles entrèrent dans le secrétariat. Retenant son souffle, Liz demeura cachée derrière la machine, tandis qu'elles allaient frapper poliment à la porte entrouverte de sœur Marguerite. Celle-ci leur dit d'entrer, et elles refermèrent la porte derrière elles.

Liz se leva. Bebe avait l'intention de dénoncer Glory, laquelle avait séché le cours de gym. Il fallait à tout prix l'en avertir.

Sans se soucier d'interrompre sa tâche ou de risquer des ennuis si elle se faisait prendre, Liz fila au plus vite vers les toilettes situées en face de la salle de dessin. C'étaient les moins fréquentées, le repaire préféré de Glory. Avec un peu de chance, elle s'y trouverait.

Liz l'y découvrit en effet, tranquillement installée dans le dernier W.-C. à fumer une cigarette.

— Glory ! commença Liz, haletante. Il faut que tu sortes de là tout de suite pour retourner en classe.

Glory lui sourit mais ne bougea pas.

— Doucement, pas de panique. Que se passe-t-il ?

— J'ai surpris une conversation entre Bebe et Missy. Bebe veut te dénoncer parce que tu as séché un cours. Elle est dans le bureau de sœur Marguerite.

— Et alors ? s'enquit Glory en soufflant lentement la fumée.

— Et alors ? Elle peut venir d'un moment à l'autre. Tu risques d'être renvoyée. Et puis, s'il te plaît, éteins ce truc. Si sœur Marguerite sent la fumée…

— Je ne serai pas renvoyée, déclara Glory avec assurance.

Elle se leva cependant, jeta son mégot dans les toilettes et tira la chasse d'eau, avant d'agiter les mains pour chasser la fumée.

— Je ne serai même pas suspendue. Ma famille est trop importante, siège à trop de commissions et donne beaucoup trop d'argent à cette boîte pourrie. Viens, je vais me laver les mains.

Liz la suivit, sidérée par son attitude si différente de la sienne.

— Mais, tes parents ? Tu ne crains pas d'avoir des ennuis avec eux ?

— Tu ne les connais pas.

— Que veux-tu dire ? Qu'ils se moquent de ce que tu fais ?

Glory émit un petit rire grinçant.

— Oh, ils ne s'en moquent pas, au contraire. Ma mère s'intéresse à tout ce que je fais. Et tout ce que je fais est mal, depuis toujours. Je crois même que je suis pour elle l'incarnation du diable. Alors, tu vois, ce que je fais n'a aucune importance.

Liz agita la tête, incrédule.

— Vraiment ?

— Vraiment. Mais ce n'est pas bien grave.

Glory fouilla dans son sac, en sortit un tube de brillant à lèvres et appliqua une couche de rose sur sa bouche. Tout en l'observant, Liz songea qu'elle bluffait. Elle prétendait le contraire, mais c'était grave. Sinon, pourquoi éviterait-elle son regard ? Quelque chose dans l'attitude de Glory sonnait faux.

— Eh bien, moi, ça me rend folle de rage, dit Liz avec

emportement. Tout de même ! Tu es la fille la plus gentille et la plus courageuse que j'aie jamais rencontrée.

— Moi ? s'exclama Glory dans un rire. Gentille et courageuse, moi ? Ma mère en ferait une tête, si elle entendait ça !

— Mais c'est la vérité. Tu me défends alors que je ne suis personne et que rien ne t'y oblige. La première fois, tu ne me connaissais même pas ! Tu es la seule de toute l'école qui m'ait jamais traitée autrement que comme une maladie contagieuse. Ta cote de popularité en a souffert.

— Qui s'en soucie ?

— Tu vois bien que j'ai raison. Il faut du courage pour ignorer l'opinion des autres.

— Pas vraiment, répondit Glory en faisant bouffer ses cheveux. Je n'aime pas leur attitude et ce ne sont pas mes amies.

— Qui sont tes amies ?

Liz rougit ; la question lui avait échappé. Gênée, elle reprit :

— Enfin, ce que je veux dire… est-ce que tu as une… Excuse-moi, je suis maladroite. Je voulais dire…

Glory se tourna vers elle, la regarda droit dans les yeux d'un air de défi.

— Il n'y a pas de mal. Et si tu veux savoir, non, je n'ai pas d'amies. Pas de vraies amies en tout cas. C'est ainsi depuis toujours, et ça me va bien, merci.

— Vraiment ?

— Oui, pourquoi ? Ça te pose problème ?

Surprise par tant de véhémence, Liz recula de quelques pas et bredouilla :

— Non. Bien sûr que non… Seulement je…

De plus en plus gênée, incapable de poursuivre, elle conclut :

— Bon, il faut que je retourne au bureau.

Glory la retint par la manche.

— Attends. Excuse-moi. Je me suis conduite comme une garce. Qu'est-ce que tu allais dire ?

Liz s'empourpra, inspira profondément et se lança :

— Je ne cherchais pas à te critiquer, seulement je voudrais… J'aimerais bien être ton amie. Je t'aime vraiment beaucoup, Glory.

Glory considéra Liz en silence, se racla la gorge et détourna les yeux. Elle triturait nerveusement le fermoir de son sac.

Sans doute pour s'empêcher de rire, songea Liz en refoulant ses larmes tout en fixant ses chaussures. Comment avait-elle pu être assez sotte pour exprimer une chose pareille ? « J'aimerais bien être ton amie ! » C'était lamentable, pitoyable. Elle s'était suffisamment humiliée devant Glory St. Germaine, elle ne se ridiculiserait pas davantage en pleurant. Il fallait qu'elle sorte, au plus vite, avant que les larmes ne franchissent la barrière de ses cils.

Elle fit un pas en arrière, en direction de la porte, ravala péniblement sa salive et déclara :

— Ecoute, oublie ce que je viens de proposer. C'était vraiment… stupide. A plus tard.

Sur ces mots, elle pivota sur elle-même et se hâta vers la sortie.

— Attends !

Liz s'arrêta dans son élan mais ne se retourna pas.

— Tu veux savoir la vérité ? demanda Glory. Ce que tu as dit tout à l'heure, c'est faux. C'est toi qui as du courage, pas moi. Je n'ai jamais eu à subir les railleries des autres. Je suis protégée par mon nom, par la fortune de ma famille. A ta place, je n'aurais pas le courage que tu as.

Cette fois, Liz se tourna lentement et vit une jeune personne fort différente de celle qui enfreignait gaillardement les règlements et se prétendait indifférente à l'opinion d'autrui. Les yeux baissés, les bras resserrés autour d'elle, Glory était l'image même de la fragilité, de l'incertitude. De la solitude.

— Tu as raison, poursuivit-elle avec un rire qui sonnait creux. Je n'ai pas d'amie véritable. Parce que je ne laisse personne m'approcher d'assez près.

— Mais pourquoi ? Pourquoi mettre des barrières entre toi et les gens ?

— Parce que tout le monde me croit courageuse. « Glory St. Germaine n'a peur de rien », c'est ce qu'on dit et cela me va bien.

Elle haussa légèrement une épaule.

— Si je laissais les gens approcher, ils découvriraient la vérité.

— Tu es plus courageuse que tu ne crois.

— Ah oui ? Eh bien, toi aussi.

Des pas retentirent dans le couloir. Sœur Marguerite, la directrice, arrivait avec son assistante, sœur Josephine. Un doigt sur les lèvres, Glory fit un clin d'œil entendu à Liz, puis elle alla dans le dernier W.-C., grimpa sur le siège et poussa la porte qu'elle tint presque fermée. Quelques secondes plus tard, les deux sœurs pénétraient dans les toilettes.

— Bonjour, mes sœurs, dit Liz en leur souriant.

— Bonjour, Liz, répondit la directrice. Nous cherchons Glory St. Germaine. Vous ne l'auriez pas vue ?

Se sentant rougir, Liz pria le ciel que les deux femmes n'en remarquent rien.

— Si, ma sœur, elle vient de sortir.

— Vraiment ?

Les deux sœurs jetèrent un regard soupçonneux en

direction des cabinets puis reportèrent leur attention sur elle.

— C'est curieux. Nous ne l'avons pas vue dans le couloir.

— Pourtant, elle était là il y a deux minutes. Je l'ai trouvée assise par terre, souffrante, elle se tenait le ventre.

Liz baissa la voix et ajouta d'un ton confidentiel :

— Elle avait des crampes terribles.

— Des crampes, répéta sœur Josephine. La pauvre enfant.

— Je lui ai dit qu'elle devrait faire appeler sa mère, mais elle a refusé ; elle ne voulait pas manquer l'interrogation écrite de cet après-midi. Je crois qu'elle est retournée en classe.

Sœur Marguerite hocha la tête.

— Je vois. Je vous remercie, mon petit. Nous allons vérifier cela.

Les deux nonnes se dirigèrent vers la porte, mais sœur Marguerite s'arrêta juste avant de sortir et pivota vers Liz.

— N'êtes-vous pas censée être au secrétariat à cette heure-ci ?

— Si, ma sœur, murmura Liz, saisie d'un soudain vertige. J'allais justement y retourner, mais je… je dois d'abord me laver les mains.

— Alors, à tout de suite.

— Oui, ma sœur.

Dès que les deux nonnes eurent disparu, Glory sortit de sa cachette et se précipita vers Liz.

— Super ! chuchota-t-elle. Tu as été super. Elles t'ont crue !

Liz tendit ses mains tremblantes devant elle.

— Les boursières pauvres et intelligentes ont beaucoup

à perdre. J'avais une de ces frousses ! J'étais sûre qu'elles verraient à travers mes mensonges.

Glory la serra dans ses bras.

— Mais tu as été vraiment super. Grandiose !

— N'empêche. J'ai l'impression que je vais m'évanouir.

Glory éclata de rire.

— Reste avec moi. Je t'apprendrai à te jouer du danger. Tu verras qu'avant longtemps, cela t'amusera.

— Ça m'étonnerait. Je ne suis pas…

Se souvenant soudain des photocopies de dossiers laissées en plan, Liz porta une main à son front.

— Oh, non ! Quelle heure est-il ? Je suis en retard, il faut que je file !

Glory la suivit, la retint par le bras.

— Une petite seconde, Liz. Je tiens… à te remercier de m'avoir aidée. Personne ne… n'a jamais fait cela pour moi. Je… j'en suis très touchée.

Liz lui sourit.

— N'y pense plus. Je te devais au moins cela, et sans doute davantage.

— Tu sais quoi, Liz ?

— Quoi ?

— Je t'aime bien aussi. Et je crois que… que ce serait sympa qu'on devienne amies.

Radieuse, Liz partit rejoindre son poste en courant.

20

De ce jour, Glory et Liz devinrent inséparables. Elles se retrouvaient entre les cours, déjeunaient ensemble, se parlaient au téléphone le soir, se donnaient rendez-vous le matin, deux arrêts de tramway avant l'école, pour pouvoir effectuer ensemble le reste du chemin à pied.

Glory partageait avec Liz ses secrets les plus intimes, ses espoirs et ses craintes, et Liz faisait de même. Malgré leurs attitudes divergentes à l'égard de la vie, et le fossé social qui les séparait, elles se comprenaient si bien qu'un regard leur suffisait pour savoir ce que pensait ou ressentait l'autre.

Avoir une vraie amie était une expérience nouvelle et enivrante dont Glory se délectait. Jamais elle n'aurait imaginé qu'avoir une amie la revaloriserait ainsi à ses propres yeux ; jamais elle n'avait imaginé que ce serait aussi plaisant. Et, jusqu'à l'arrivée de Liz, jamais elle n'avait su à quel point elle était seule.

Mais Glory vivait aussi dans la crainte que sa mère ne réprouve son amitié pour Liz et trouve le moyen d'y mettre un terme. Ou encore de monter Liz contre elle. Sans l'amitié de Liz, Glory serait perdue. Jamais elle ne pourrait reprendre la vie qu'elle menait jusque-là.

Glory s'inquiétait à tort. Sa mère était au fait de l'amitié de sa fille avec la jeune boursière. Hope était au courant de tout ce qui se passait à l'académie. Elle avait mené son enquête et savait sur Liz Sweeney tout ce qu'elle désirait savoir : c'était une jeune fille discrète, polie, une élève consciencieuse ; elle était de surcroît d'une timidité maladive et sans grande beauté, pas du tout le genre de fille à courir les garçons ou à les attirer.

Hope était d'autant plus satisfaite du choix de sa fille que la place de Liz à l'académie était précaire. Sa bourse pouvait être supprimée sur l'heure si l'administration le jugeait nécessaire. En tant que principale bienfaitrice de l'académie, Hope savait pouvoir faire pression sur l'amie de sa fille en menaçant sa bourse si besoin était.

Elle espérait, bien sûr, ne pas avoir à recourir à cette extrémité.

Pour le moment en tout cas, Liz Sweeney avait, aux yeux de Hope, une bonne influence sur sa fille. D'ailleurs, depuis qu'elles s'étaient liées d'amitié, le comportement de Glory s'était amélioré, de même que ses résultats scolaires. Hope donna donc sa bénédiction à leur amitié et laissa entendre à Glory que son amie pouvait venir la voir quand bon lui semblait.

Quand bon lui semblait !

21

Philip St. Germaine était assis derrière son immense bureau en cyprès de Louisiane. Vieux de quatre-vingts ans, le meuble avait connu quatre générations de St. Germaine. Du temps où son grand-père l'avait fait faire, tous les beaux meubles étaient de bois d'importation, en acajou, en noyer, en merisier. Le cyprès était considéré comme une essence vulgaire.

Son grand-père avait cependant insisté pour avoir un bureau en cyprès de la région. Quand on a le choix, disait-il, mieux vaut rester sur le sol natal pour satisfaire ses besoins ; le sol natal est le lieu du cœur, le lieu d'où on tire sa force.

Sol natal. Cœur. Philip passa la main sur la surface lisse et polie qu'aucun papier, aucun dossier, aucun catalogue n'encombrait. Car le foyer était le lieu de la famille. Cela aussi, Philip l'avait appris de son père qui l'avait appris de son père lui aussi.

Plusieurs cadres contenant des photos de famille ornaient le bureau. Son regard s'arrêta sur l'une d'elles, une photo de Hope prise dans les premières années de leur mariage. Une bouffée d'amertume lui noua la gorge. Qu'était-il advenu de cette jeune femme douce et aimable, de cette jeune femme qui faisait battre son cœur, qui lui avait fait croire aux anges de chair et de sang ?

Il avait perdu toute illusion sur sa splendide épouse. Sans doute la dérive avait-elle commencé avec la naissance de leur fille, qu'elle avait aussitôt rejetée. Pendant un temps, il avait réussi à se convaincre que tout s'arrangerait, qu'il retrouverait comme par le passé sa vie idéale, son épouse idéale.

Mais ce temps était bel et bien révolu.

Il souffrait tant à la vue de cette photo qu'il fit pivoter le siège pour regarder par la fenêtre derrière lui — fenêtre qui donnait sur le jardin qui s'étiolait.

Il n'aimait plus sa femme. Plus depuis longtemps.

Et pourtant, elle gardait un puissant ascendant sur lui, ascendant dont il n'avait pu se libérer.

Philip porta les mains à ses yeux, les laissa retomber sur ses genoux, se cala la tête contre le dossier du fauteuil. L'amertume céda la place au dégoût. L'ascendant qu'elle avait sur lui était sans rapport avec l'amour, la confiance, la famille, ou même le respect. Il était vil, purement sexuel, il relevait d'une fièvre des sens quasi adolescente qu'il n'avait pu exorciser ou dépasser.

Il s'y était pourtant employé. Il avait couché avec d'autres femmes, il avait même eu une liaison. Non par ennui, non qu'il se fût lassé de la sexualité conjugale, au contraire ; il avait espéré que ses rapports avec d'autres femmes le libéreraient de l'emprise charnelle de Hope.

Hélas, ces autres femmes ne l'avaient pas sevré du désir dévorant qu'il avait de son épouse. Pire, elles avaient exacerbé le besoin qu'il avait des plaisirs qu'elle offrait et qui étaient pour lui comme une drogue.

Philip serra les poings. Les châtiments immondes que Hope infligeait à leur fille n'avaient pas suffi à étouffer son désir pour elle, même s'ils avaient étouffé le reste — y compris son amour-propre.

En tout ce qui concernait son épouse, il était moins qu'un homme — faible, sans volonté. A cause d'elle, à cause de sa propre incapacité à briser le joug sexuel, il avait non seulement perdu tout amour-propre mais aussi l'amour et le respect de sa fille.

Glory. Philip se couvrit les yeux, comme pour oblitérer la dure vérité. Il aimait sa fille au-delà de toute raison. Il regrettait leur intimité d'autrefois, rêvait de redevenir à ses yeux un héros. Mais ce temps était révolu, lui aussi. Aujourd'hui, elle tolérait tout juste sa compagnie, le regardait à peine. Et, lorsqu'elle le regardait, il lisait la colère dans ses yeux. Et peut-être la pitié.

Elle savait donc aussi qu'il était moins qu'un homme.

Philip se leva, traversa la pièce sans autre raison que le besoin de bouger. Il s'arrêta près de la porte ouverte de son étude, pivota et revint à son bureau dont il contempla une fois de plus la surface lisse, ordonnée. Du moins, pendant toutes ces années douloureuses, avait-il eu le St. Charles. L'hôtel avait été son refuge, un endroit où se perdre, oublier ses échecs. Un succès dont il avait tout lieu de s'enorgueillir.

A présent, l'hôtel était menacé à son tour. Il craignait de le perdre.

Il se passa les mains dans les cheveux. Des mains qui tremblaient, comme des mains de femme ou d'enfant. Il marmonna un juron, se redressa brusquement, furieux contre lui-même. Il était seul responsable de la crise actuelle. Il avait ignoré les enseignements de son père, ses mises en garde contre les dangers de l'expansion trop rapide, des crédits excessifs, ses conseils sur l'investissement prudent et l'opportunité de ne jamais se laisser démunir de liquidités.

Mais lorsqu'il avait entrepris la rénovation du St. Charles, La Nouvelle-Orléans vivait une sorte de renaissance, un boom financier comme elle n'en avait encore jamais connu. L'industrie pétrolière était florissante, le prix du baril atteignait des sommets et l'on cherchait de nouveaux gisements. La perspective de l'Exposition universelle promettait un flot de touristes venus du monde entier.

Chacun gagnait de l'argent. Beaucoup d'argent. Le déjeuner au Dom Pérignon qui durait tout l'après-midi était devenu la norme. Comme beaucoup d'autres, Philip se déplaçait en limousine avec chauffeur. Dans cette atmosphère de succès, l'excès était de rigueur.

A l'époque, engloutir un demi-million de dollars dans une rénovation complète ne semblait pas présenter de gros risques.

D'autant que la concurrence imposait une modernisation. Avec l'Exposition universelle en vue, les hôtels poussaient comme des champignons — le Sugar House, le Meridian, l'Intercontinental et bien d'autres encore avaient surgi dans la foulée. Des hôtels de luxe qui proposaient à leurs hôtes ce que le St. Charles n'était pas en mesure d'offrir : l'élégance et le progrès en plein cœur de l'action et du Quartier français. Philip avait cru bon de se battre pour ne pas mourir.

On l'avait mis en garde, mais les avis prudents — dont ceux de son père — étaient minoritaires. Une bonne douzaine de financiers se proposaient pour lui prêter l'argent des travaux.

Il avait prévu de rembourser l'emprunt grâce aux revenus accrus de l'hôtel, à l'afflux de clientèle et au prix majoré des chambres.

Pour avoir tout prévu, il avait tout prévu. A cela près qu'il n'y avait pas eu de revenus accrus pour rembourser le prêt. Qui aurait pu deviner que le soufflé retomberait si vite ? L'Opep s'était presque désintégrée et le marché avait été inondé de pétrole. Le prix du baril était tombé plus bas que terre et les recherches de nouveaux gisements avaient cessé brutalement.

Pour couronner le tout, l'Exposition universelle de La Nouvelle-Orléans avait été un échec financier retentissant.

Philip baissa les yeux, regarda ses mains posées à plat sur la surface patinée du bureau. Des firmes fermaient chaque jour, les licenciements pleuvaient, on dégraissait jusqu'à l'os. Les cadres du pétrole aux salaires élevés fuyaient la Louisiane à la vitesse de la lumière. Les touristes évitaient en masse la région. En fait de revenus accrus, le taux d'occupation du St. Charles rénové était tombé à trente pour cent et moins.

Par deux fois déjà, on lui avait demandé remboursement de sa dette. Par deux fois, les financiers avaient accepté de repousser l'échéance. Mais cette fois, ils exigeaient d'être payés. Ils voulaient l'argent, et lui ne l'avait pas.

— Philip ?

Hope se tenait sur le seuil de la porte, en peignoir de soie d'un violet profond et mules assorties dont le bout pointait sous l'ourlet du vêtement. Elle avait renoncé à l'habituel chignon, et ses cheveux lustrés flottaient, libres, sur ses épaules, tel un halo noir. Eclairée en contre-jour par la vive lumière du hall, l'étoffe presque transparente laissait entrevoir des courbes féminines idéales.

Philip fixait sa femme, la bouche sèche et le corps en émoi. Puis, avec un juron étouffé, il détourna les yeux.

— Tu te terres ici depuis des heures.

— Vraiment ?

Elle s'avança jusqu'au centre de la pièce.

— Voyons, tu le sais bien. Qu'est-ce qui te tracasse ?

Il porta brièvement son regard sur elle, le détourna de nouveau.

— Nous avons des problèmes. Des problèmes financiers, déclara-t-il posément.

Elle pâlit.

— Des problèmes financiers ? Que veux-tu dire ? Comment est-ce possible ?

— Le prêt de la rénovation est arrivé à terme. Les financiers refusent de repousser l'échéance et nous n'avons pas cet argent.

Elle porta une main tremblante à sa gorge.

— Combien faut-il ?

— Cinq cent mille.

— Mais ce n'est pas si énorme. Nous avons bien cela, tout de même… Nous devrions pouvoir trouver cette somme quelque part.

Philip se leva, marcha jusqu'à la fenêtre et regarda un moment les ténèbres, dehors. Puis il se retourna.

— Non, dit-il. Nous n'avons pas cette somme.

— Non ? répéta-t-elle, incrédule. Mais nous devons bien pouvoir vendre quelque chose, des actions, des obligations, liquider un portefeuille. Il y a bien sur un compte…

— Il y a la maison. Tes bijoux. Les œuvres d'art. Et quelques titres de propriété en ville.

Il leva les yeux vers le plafond, songea aux affaires qu'il avait conclues ces dernières années et reprit :

— J'ai beaucoup investi dans l'immobilier, dans le commercial principalement. Les locaux commerciaux rapportaient en droits de bail jusqu'à soixante dollars le mètre carré. Soixante dollars, Hope, une fortune ! Et, malgré le prix, les bâtiments étaient occupés à quatre-vingt-dix pour cent. Bien sûr, j'ai payé rubis sur l'ongle, je me suis découvert. Aujourd'hui, ces locaux ont un taux d'occupation inférieur à celui du St. Charles.

Il risqua un coup d'œil vers son épouse. Elle semblait ébranlée, défaite. Jamais il ne l'avait vue ainsi.

— Vends-les, Philip. Vends immédiatement, dit-elle dans un souffle.

— Tu me crois assez sot pour ne pas y avoir pensé ?

— A la lumière de cette conversation, cette question est superflue.

— Ils ne valent pas ce que je les ai payés.

Il se retourna vers la fenêtre. Le silence s'installa, se prolongea.

— Un financier m'a proposé de rembourser le prêt contre cinquante pour cent des parts de l'hôtel.

— Mon Dieu ! Tu n'y songes pas, s'exclama Hope en s'agrippant au dos d'une chaise. Que va-t-on dire de nous ? Nous serons la risée de toute la ville…

— J'ai refusé.

— Tu as… refusé ? Mais comment allons-nous rembourser cet emprunt ?

— Hope, l'hôtel passe avant tout. Nous ne pouvons le perdre, ne serait-ce qu'en partie. Ce serait la pire des hontes.

Contournant le bureau, il s'avança jusqu'à elle, la regarda droit dans les yeux.

— Restent tes bijoux, les tableaux, la Rolls. La maison. Notre résidence d'été. Ces biens nous appartiennent en propre.

— Que veux-tu dire ? s'enquit-elle, tremblante.

— Il faut vendre ce que nous pouvons vendre.

— Mon Dieu ! J'aurais l'air de quoi devant mes amies ? Qu'est-ce que je vais leur dire ?

— Très franchement, je m'en fiche !

— Philip, ne me parle pas sur ce ton, s'il te plaît. Ce n'est pas moi qui nous ai mis dans ce pétrin.

— Bien sûr que non. La très sainte Mme St. Germaine ne ferait jamais une chose pareille.

— Tu avais promis de veiller sur moi, de pourvoir à mes besoins, Philip. Et maintenant, tu proposes de vendre la maison, mes bijoux. Mais où irons-nous vivre ? Et Glory ? Pense à son avenir.

Etouffant un juron, il lui tourna le dos, regagna le bureau, en fixa la surface un long moment.

— Jusqu'ici, j'ai pourvu à tes besoins comme à ceux de Glory. Et j'ai l'intention de continuer.

— Ah oui ? En vendant la maison ?

— Il ne s'agit pas de la vendre, mais de l'hypothéquer. Nous ne serons pas à la rue.

— Certes, tant que tu pourras payer les échéances, nous ne serons pas à la rue. Mais pour combien de temps, Philip ? Deux mois ? Deux ans ? Dix ans ?

— Hope, cela suffit !

Elle se rapprocha de lui, menaçante.

— Comment en es-tu arrivé là, hein ? Tu es un imbécile, un incapable… Tu as été d'une négligence impardonnable.

Ces paroles portèrent comme autant de coups. Fermant les yeux à demi, Philip lui prit les mains, les serra dans les siennes.

— Ma chérie, n'as-tu pas oublié les promesses du mariage ? N'as-tu pas promis d'aimer et d'honorer ton époux pour le meilleur et pour le pire ? Tu devrais courir te confesser ou ton âme éternelle va prendre feu d'une seconde à l'autre.

— Continue, murmura-t-elle, blasphème tout ton soûl. Je prierai pour toi, Philip.

Il eut une moue de dégoût.

— Nous hypothéquerons la maison. Nous vendrons la résidence d'été et la Rolls. S'il le faut, nous ferons expertiser les tableaux et tes bijoux. Nous n'avons pas le choix.

Il lui lâcha les mains, lui tourna le dos.

— Et la proposition concernant le St. Charles, tu ne pourrais pas…

— Non, Hope. N'insiste pas. Bonne nuit.

Las, il se massa les tempes. Il se sentait soudain très vieux, beaucoup plus vieux que ses cinquante et un ans, usé.

— Philip ? murmura-t-elle d'une voix rauque, presque haletante. S'il te plaît, regarde-moi.

Il reconnut ce ton de voix, cet appel brûlant qui résonnait dans son souvenir. Elle ne prononçait ainsi son nom que lorsqu'elle désirait quelque chose. Il la regarda néanmoins, ne put s'en empêcher.

Elle fit lentement glisser le peignoir de ses épaules ; il tomba au sol. Sa chemise de nuit transparente ne laissait rien à l'imagination, dévoilait ses seins pleins aux mamelons sombres, les plis de sa taille étroite, la rondeur sensuelle de ses hanches, le triangle noir de son sexe.

La bouche soudain sèche, Philip sentit son cœur s'accélérer.

— Viens, dit-elle.

Il approcha, et elle s'abandonna contre lui, passa les mains sur ses épaules en une lente caresse. Il la sentait pressée contre lui, sentait sa chaleur, la promesse de plaisir.

Sans qu'il pût les en retenir, ses bras se refermèrent

sur elle, ses mains se posèrent sur ses fesses fermes. Instantanément excité, il l'attira plus près, la serra contre lui, contre son érection.

Elle émit ce petit bruit de gorge qui le rendait fou, ce son qu'il entendait dans ses rêves, dans ses cauchemars, qu'il voulait entendre encore, plus fort, plus grave, émis rien que pour lui — à cause de lui.

Hissée sur la pointe des pieds, elle frottait son bassin contre le sien.

— Mais nous avons le choix, lui susurra-t-elle à l'oreille avant de la lécher.

Il frissonna.

— Accepte l'offre du financier.

Ces mots percèrent la brume de son désir.

« Non ! » se récria-t-il intérieurement. Le mot ne passa pas ses lèvres. S'il le prononçait, elle deviendrait de glace, se rétracterait, se montrerait cruelle. Il ravala le mot dans le plus grand mépris de lui-même.

— Tu serais toujours propriétaire pour moitié.

Glissant sa main entre eux, elle trouva son érection, resserra les doigts autour de son pénis turgescent, le caressa comme elle savait le faire, lui coupant le souffle, le privant de toute volonté.

— Ce ne serait pas si mal.

Elle posséda sa bouche, l'embrassa profondément, rythmiquement, promettant avec la langue. Elle mordilla sa lèvre inférieure, puis se retira.

— Que puis-je faire pour te convaincre ?

Il reprit son souffle. Il avait beau savoir qu'elle le manipulait, il la voulait, là, maintenant, sur le bureau de cyprès. Il ne souhaitait plus que lui céder, plonger en elle pour s'y perdre.

Elle défit sa braguette, passa la main à l'intérieur, prit

son membre, et il frissonna. S'il accédait à sa requête, elle se donnerait à lui tout entière, et pas seulement ce soir, mais encore, et encore. Les jours deviendraient des semaines, peut-être même des mois.

Il cambra les reins, rejeta la tête en arrière, ferma les yeux. La lune de miel cesserait lorsqu'elle estimerait ne lui devoir plus rien. La fin serait douloureuse, déchirante, mais, entre-temps, il nagerait dans le plus parfait bonheur.

Il la haïssait presque autant qu'il la désirait.

Et il se haïssait lui-même davantage.

Pourtant, comme un drogué, il était incapable de renoncer à elle.

Elle travaillait sa chair inlassablement.

— Nous pourrions prétexter que tu en avais assez de la routine quotidienne. Que tu n'avais pas de fils pour reprendre l'affaire derrière toi. Que tu souhaitais alléger ta charge de responsabilité.

Elle glissait le long de son corps. Déjà, il sentait son souffle sur son membre. Il laissa échapper un râle, plongea les mains dans le halo noir de ses cheveux.

— Ce serait idéal, n'est-ce pas ? Nous pourrions être ainsi, tous les deux, pour toujours…

— Oui, marmonna-t-il, attendant la caresse de sa bouche.

Son souffle se fit plus proche, plus chaud. Tremblant de désir, il crispa les doigts dans sa chevelure.

— Dis-le, dis-le encore, mon amour. Dis-moi ce que je veux entendre, que nous soyons heureux.

Il perçut une nuance de satisfaction dans sa voix, une nuance tranchante de triomphe. Il ouvrit les yeux, la regarda. Elle prit son membre tout entier dans sa bouche, releva les yeux vers lui.

Là, il vit en elle, jusqu'au fond de son âme. Et ce qu'il

vit le terrifia. C'était une noire béance sans l'ombre d'un remords, d'une humaine décence.

Il en eut le souffle coupé, se dégagea, glacé jusqu'aux os.

— Philip... mon chéri... Qu'est-ce qui ne va pas ?

Il lui tourna le dos, maudissant sa faiblesse, écœuré de se voir tombé si bas. Ecœuré de ce qu'il avait failli lui concéder.

— Philip ? murmura-t-elle dans un souffle. Qu'est-ce que j'ai fait ?

Il se raidit, luttant douloureusement contre le doux appel de sa voix qui parlait à sa mémoire. Qui ramenait le souvenir de moments tendres et merveilleux, qui lui rappelait la jeune femme qu'elle avait été et qu'il avait aimée passionnément.

Autrefois, il aurait tué pour elle des dragons.

— Philip, murmura-t-elle encore. S'il te plaît, regarde-moi.

Il ne le fit ni ne le put. S'il la regardait, il perdrait toute volonté. Il remonta la fermeture Eclair de sa braguette en se dirigeant vers la porte. Là, il s'arrêta, mais ne se retourna pas.

— Le St. Charles appartient aux St. Germaine depuis bientôt cent ans. Je me moque de ce qu'il en coûtera. Je ne renoncerai pas à la propriété d'une seule de ses briques. Ne me le redemande pas.

22

Le cœur battant, les mains moites, Hope arpentait nerveusement sa chambre. Le Mal était revenu chercher son dû. Le défi était lancé, le gant jeté. Comme il se riait d'elle, se moquait de son arrogance ! Et elle s'était crue imperméable à ses ruses.

Il s'était donc attaqué à Philip et, à travers Philip, il pouvait l'atteindre.

Tournant comme un ours en cage, Hope se tordait les mains et son agitation croissait de seconde en seconde. Comment avait-elle pu ne pas voir le coup venir, ne pas anticiper cette attaque ? Faible et malléable, Philip offrait une cible idéale.

Durant la semaine qui avait suivi la révélation de Philip, elle s'était discrètement renseignée, avait appelé leur banquier, le comptable d'entreprise, un ami qui travaillait dans l'immobilier. Tout ce que Philip lui avait dit était exact. Il avait creusé sous leurs pas un énorme trou financier, un trou dont il ne pourrait plus sortir.

Sotte. Elle avait été bien sotte. Trop confiante. Jamais elle n'avait tenté d'intervenir dans ce domaine, jamais elle n'avait posé de questions. Cette nuit-là, dans le bureau, elle s'était efforcée de lui montrer la voie, de le remettre dans le droit chemin. Trop tard, hélas.

Philip s'était détourné d'elle, l'avait laissée là, à genoux, tandis que le rire de la Bête résonnait à ses oreilles.

Hope interrompit sa marche. Un frisson d'appréhension la parcourut. Elle porta ses mains tremblantes à son visage. Ce n'était pas le moment de faiblir, de perdre le contrôle d'elle-même. Il lui fallait trouver un moyen de redresser la situation. Elle avait trop lutté, et trop longtemps, pour voir ce qu'elle avait acquis lui échapper maintenant. Le fruit de tous ses efforts était menacé. Un mot de leurs difficultés financières, de la mauvaise gestion de Philip, et elle serait exclue du petit cercle des puissants de La Nouvelle-Orléans.

Elle entendait déjà les commérages, les railleries échangées à voix basse. Les invitations mondaines cesseraient de lui parvenir. Les postes aux divers comités de direction seraient soudain offerts à d'autres dont les coffres bien garnis n'avaient pas eu à pâtir d'une quelconque incompétence. Les portes se fermeraient. On lui tournerait le dos. Comme autrefois, on la fuirait, elle resterait en marge à regarder les nantis.

Un cri s'échappa de ses lèvres. Non ! Elle avait déjà vécu cela, il n'était pas question d'y revenir.

Quoi qu'il lui en coûte.

Dehors, le vent hurlait. Hope s'approcha des portes-fenêtres qui donnaient sur un petit balcon surplombant le jardin et la piscine. Elle ouvrit et sortit dans la nuit noire d'octobre. L'air froid la saisit. Le vent la fouetta. Elle leva le visage vers le ciel. Un orage se préparait. Les cimes des chênes ployaient sous la force du vent ; des nuages filaient à travers le ciel noir, passaient devant la lune.

Hope s'avança sur le balcon. Tenant fermement la balustrade, elle se pencha. Le vent s'engouffra dans ses cheveux, arracha les épingles de son chignon ; il fouettait son peignoir et sa chemise de nuit, les gonflait puis les plaquait contre son corps.

Elle se pencha encore, encore, ne s'arrêtant que lorsque le vertige la prit. La piscine l'invitait, lui tendait les bras. Le Mal en elle prit son envol, s'éleva dans les airs, la traînant à sa suite, filant à travers les cimes des arbres, passant devant la lune. Les branches lui griffaient la peau, s'accrochaient à son peignoir. Un oiseau lui hurla dans l'oreille, et le battement de ses ailes manqua de peu son œil.

Puis elle vit sa mère prendre forme parmi les nuages, s'élever en volutes telle une fumée noire, noire entourée d'or. Les nuages s'écartèrent momentanément, laissant voir la lune. En ce moment de lumière, l'or brillait, lui faisait signe.

Hope contemplait cette image avec autant d'horreur que de fascination. Si elle tendait les bras, l'or lui appartiendrait. Et le Mal avec lui.

Puis ce fut la chute libre, et Hope retomba brusquement dans la réalité. La peur lui nouait la gorge, l'étouffait. Tout le haut de son corps pendait de l'autre côté du balcon, et elle avait si froid qu'elle ne sentait plus ses membres. Et si elle avait lâché la balustrade ? Et si elle avait tendu les bras pour répondre à l'appel qu'on lui lançait ?

Elle serait morte.

Le cœur battant à se rompre, elle se redressa lentement. Un à un, elle obligea ses doigts à se détacher de l'appui, puis elle battit en retraite, referma les battants de la porte-fenêtre et se laissa tomber sur le plancher de la chambre, trop faible pour faire un pas de plus. Elle serra les genoux contre la poitrine, y posa la tête. Elle tremblait comme une feuille.

Peu à peu, elle se réchauffa. Les tremblements cessèrent. Derrière ses paupières closes flottait l'image de la fumée noire nimbée d'or. Hope s'efforça de respirer lentement, profondément. Bientôt, la confusion et la peur cédèrent la place à un calme parfait. A une totale clarté d'esprit. Elle voyait maintenant ce qu'elle avait à faire. Depuis le début, la solution était à portée de sa main, pour ainsi dire sous son nez.

Sa mère lui donnerait l'argent dont elle avait besoin. Bien qu'entaché de la souillure du péché, cet argent lui appartenait, à elle, Hope ; c'était son héritage, son patrimoine. Comme le Mal. Elle ravalerait sa haine et son orgueil ; elle ferait appel à sa mère.

Plus jamais elle ne serait en marge de la société. Quoi qu'il lui en coûte.

Hope se leva, alla au téléphone. Elle avait veillé à ne pas perdre la trace de Lily Pierron et savait qu'elle avait emménagé cinq mois plus tôt avec un jeune compagnon dans un appartement du Quartier français. Ayant trouvé le numéro, elle appela. Sa mère décrocha. Profitant de sa surprise, Hope joua le respect filial, trouva le ton désespéré qui convenait. Elle promit vaguement de revoir sa mère quand toute cette triste affaire serait réglée ; elle promit de la rembourser, de lui donner des lettres de créance en échange de l'argent.

Comme Hope le pensait, sa mère accepta de lui donner intégralement la somme nécessaire. Bien sûr, il lui faudrait du temps pour rassembler les cinq cent mille dollars. Il lui faudrait vendre la majeure partie de ses biens ; il ne lui resterait que la maison de River Road et de quoi subvenir à ses besoins.

Hope raccrocha le combiné en souriant. Mardi, le jeune compagnon de sa mère viendrait lui apporter le premier tiers de la somme à l'hôtel. Lily avait promis de ne rien dire au garçon sur le contenu de l'enveloppe ou sur l'identité de sa destinataire. L'hôtel était sauvé. La maison, les objets de valeur, leur position sociale étaient sauvés. Et Philip lui en serait éternellement reconnaissant. Il devenait son débiteur.

Rejetant la tête en arrière, Hope éclata de rire. Une fois encore elle avait déjoué les pièges du Mal.

23

Santos pénétra dans le hall de l'hôtel St. Charles et s'arrêta, impressionné, admiratif. C'était là le plus beau lieu qu'il eût jamais vu. Le St. Charles n'avait pas le charme baroque de la maison surchargée de River Road, ni le charme décrépit du Quartier français, mais une beauté toute de classe et de distinction. Les parquets brillaient, les cuivres étincelaient, les gens parlaient à voix feutrée. On y sentait l'argent, mais aussi l'éducation et le patrimoine.

Toutes choses qui lui étaient étrangères.

Santos traversa le hall, fasciné par les gens qui y circulaient, par les femmes qui prenaient le thé à la terrasse, par celles qui suivaient des grooms chargés de sacs provenant des magasins les plus prestigieux de la ville.

Il ne put s'empêcher d'agiter la tête. Ces gens brillaient presque autant que les vitres et les cuivres, les femmes par leurs bijoux, les hommes par leurs boutons de manchettes. Tous étaient impeccablement mis de la tête aux pieds, se mouvaient avec aisance dans leurs tenues sans le moindre faux pli.

C'était donc cela, la fortune, le genre de fortune qui confère le pouvoir. Ces gens-là n'avaient que faire de lui et de ses semblables, il le savait. Il n'avait pas sa place ici. Ce n'était pas un lieu pour un sang-mêlé aux origines raciales discutables, pour le fils d'une prostituée du Quartier français dont le seul mérite était d'avoir obtenu son bac à l'arraché, et dans un lycée public de surcroît. Il l'avait senti au ton de voix du portier, au regard soupçonneux du concierge, à la manière dont les clients de l'hôtel passaient au large, comme s'ils craignaient d'être contaminés à son contact.

Il se demanda s'ils auraient davantage de respect pour lui lorsqu'il serait flic. Sans doute pas. Ils feindraient le respect.

Oh, ils n'avaient pas besoin de garder si jalousement leur précieux petit monde, se dit Santos. Il n'avait pas la moindre envie d'en faire partie. Il ne voulait pas de ces gens trop blancs, trop apprêtés, avec leurs craintes et leurs préjugés sans fondement.

Parvenu devant les ascenseurs, il en appela un. Ses pensées se tournèrent vers Lily. Pas plus que lui elle n'avait sa place en ce lieu. Même si, à ce qu'elle lui avait dit, cette élite de privilégiés lui avait autrefois fourni sa clientèle.

Que pouvait bien vouloir Lily de cette Mme St. Germaine ? Il plissa le front et porta la main à sa poche de chemise qui contenait l'enveloppe. Lily la lui avait donnée ce matin. Elle lui avait demandé de la porter à l'hôtel et de la remettre en main propre à Mme Hope St. Germaine.

Lily avait-elle connu cette femme par le biais de son travail ? Peut-être avait-elle été une des filles de Lily, mais il en doutait. D'après ce que Lily lui avait expliqué, les deux groupes fraternisaient pour le profit et le plaisir, mais ne se mêlaient pas. Jamais aucune de ses filles n'avait été « sauvée » par un client tombé amoureux fou. Certaines avaient quitté la profession pour se faire une nouvelle vie ailleurs, mais il n'y avait pas eu de Cendrillon. Ce genre d'histoire n'existait que dans les contes.

Qui pouvait bien être cette Mme St. Germaine ? Il avait tenté d'interroger Lily, qui lui avait répondu que l'enveloppe contenait une correspondance personnelle ; qu'elle avait connu cette femme autrefois. Peu de chose, en somme.

Bon. Lily s'était montrée nerveuse, impatiente, agitée, elle avait le feu aux joues et ne cessait de se tordre les mains. Il lui en avait fait la remarque, à quoi elle avait répondu qu'il se montait la tête. Pourtant, jamais il ne l'avait vue se conduire de la sorte.

Cela cachait donc un secret.

L'ascenseur s'arrêta. Santos y prit place et pressa le bouton du troisième étage. Les portes se refermaient quand une voix féminine s'écria :

— Attendez !

Santos retint les portes, qui se rouvrirent en grinçant. Une jeune fille se précipita dans la cabine. Elle rejeta ses cheveux noirs en arrière et rit en lui disant :

— Ces trucs sont tellement vieux que j'aurais attendu le prochain pendant une heure. Merci.

Il lui retourna son sourire, constata qu'elle était sans doute la plus belle jeune fille qu'il eût jamais vue. Et, à en juger par son uniforme scolaire, trop jeune pour lui.

— De rien. Quel étage ?

— Sixième.

Elle pencha la tête de côté, l'examina sans honte, sans même lui cacher son intérêt.

— Je déteste attendre. Pas vous ?

— Cela dépend.

— De quoi ?

— De ce que j'attends.

Elle eut un coquet mouvement de tête.

— Ah. Vous êtes de ceux-là.

Il haussa un sourcil amusé. Elle flirtait ouvertement, et il était tout prêt à jouer le jeu.

— Ceux-là, hein ? On peut savoir qui ils sont ?

Elle lissa sa jupe écossaise plissée.

— Ceux qui croient que le meilleur de la vie se fait attendre.

— Et vous n'en êtes pas.

— Non. A quoi bon attendre ? Quand je veux quelque chose, je le prends.

Il éclata de rire. Oh, il voyait parfaitement quel genre de fille elle était — gâtée, impertinente, contente d'elle ; il en avait connu d'autres comme elle au lycée. Elle l'intriguait cependant.

— C'est ce qui s'appelle vivre pour l'instant.

Elle lui coula un regard à travers ses cils.

— Vous pensez que c'est mal ?

— Je n'ai pas dit cela.

— Certes. Comment vous appelez-vous ?

— Santos.

Il s'adossa au fond de la cabine et s'abstint de lui demander son nom. Au lieu de faire la moue comme il s'y attendait, elle plissa les yeux, releva le menton d'un air de défi.

— Santos, hein ? Ce n'est pas courant comme nom.

— C'est que je ne suis pas un modèle courant.

Elle ouvrait la bouche pour parler quand l'ascenseur s'arrêta dans une secousse.

— Troisième. Je suis arrivé.

Il se redressa, sortit de la cabine et fit quelques pas dans le couloir. Elle l'appela, et il se retourna. Maintenant la porte ouverte de son épaule droite, elle lui lança :

— Moi, je m'appelle Glory.

— Glory, hein ? Ce n'est pas un nom courant.

— Ouais. Ben, je ne suis pas un modèle courant.

Elle lui sourit et ajouta :

— A un de ces jours, Santos.

Et, sans attendre la réponse, elle laissa la porte se refermer. Santos ne put s'empêcher de rire en agitant la tête. Cette fille était une vraie petite bombe ! Elle devait donner du fil à retordre à ses parents. Ce qui faisait sans doute partie de son programme.

Il en savait quelque chose. Par expérience. Les filles comme Glory le poursuivaient toutes dans le même but, voulaient une aventure, une excursion dans l'interdit, un moyen d'affirmer leur rébellion contre la famille.

Cela lui convenait d'ailleurs très bien. Elles se servaient de lui et il se servait d'elles. Tout le monde était content. Il n'y avait pas de place dans sa vie pour ces petites sottes trop gâtées.

Santos sortit l'enveloppe de Lily, vérifia le numéro inscrit dessus et la remit dans sa poche avant de prendre le couloir sur la droite. Sept portes plus loin, il trouva le bureau et y pénétra. Une secrétaire était installée face à l'entrée, la tête penchée sur sa machine à écrire.

Il toussota. Elle releva la tête, le considéra d'un air soupçonneux.

— Que puis-je pour vous ?

— Je viens voir Hope St. Germaine.

— Vous avez rendez-vous ?

— J'ai une enveloppe à lui remettre.

Tandis qu'il sortait le pli de sa poche, la secrétaire tendit la main.

— Je veillerai à ce qu'elle l'ait au plus tôt.

— Désolé, mais je dois la lui remettre en main propre. Si elle n'est pas là, j'attendrai.

La secrétaire eut une mimique d'irritation.

— Vous vous appelez ?
— Victor Santos.
— Un instant.
Elle se leva et alla jusqu'à l'une des deux doubles portes, frappa puis entra en prenant soin de refermer le battant derrière elle.
Quelques secondes plus tard, elle reparut.
— Mme St. Germaine va vous recevoir, dit-elle en lui faisant signe d'entrer.
Le bureau était immense, richement meublé. Le mur du fond était dominé par une grande baie vitrée qui donnait sur St. Charles Avenue et la ligne de tramway. Devant la vitre se tenait une femme qui lui tournait le dos. Lorsque la secrétaire eut refermé la porte, elle lui fit face.
Santos la trouva aussitôt déplaisante. Elle le hérissait. Et cette manière qu'elle avait de le regarder, avec autant de dégoût que s'il était une immonde créature rampante sortie de quelque noir cloaque.
Elle s'avança vers lui. Inclinant la tête de côté, il la détailla. Elle ne manquait pas de séduction, mais il y avait en elle quelque chose de froid, de froid et d'intraitable. Et elle pointait le menton avec une arrogance sidérante.
— Hope St. Germaine ? s'enquit-il tandis qu'elle s'arrêtait devant lui.
— Oui.
Elle tendit la main.
— Vous avez quelque chose pour moi.
Il lui donna l'enveloppe, et elle retira prestement la main, comme si elle craignait de l'effleurer.
Vexé, il se raidit.
— On m'a dit que vous auriez aussi quelque chose pour moi.
Sans même prendre la peine de lui répondre, elle alla

jusqu'à son bureau, prit un coupe-papier, ouvrit l'enveloppe et en vérifia le contenu. Satisfaite, elle sortit une autre enveloppe d'un tiroir et la lui tendit. Elle s'attendait qu'il vienne la chercher, comme un toutou !

Santos serra les dents. Il n'avait nullement l'intention de jouer les chiens-chiens pour un dogue de la haute couvert de diamants. Il croisa les bras sur la poitrine et attendit lui aussi.

Les secondes passèrent. Le rouge monta lentement aux joues de la femme. Laissant échapper un petit soupir exaspéré, elle contourna le bureau et vint à lui.

Il sourit, savourant sa victoire. Jamais il n'avait rencontré créature plus détestable que cette femme.

Elle lui tendit l'enveloppe qui portait le nom de Lily.

— Prenez cela et filez.

Il ne bougea pas, détacha lentement son regard de l'enveloppe et la regarda, elle, droit dans les yeux. La flamme de la colère brûlait dans ses prunelles. Elle se croyait tellement supérieure à lui, tellement plus importante ! Peut-être même l'était-elle, mais il n'avait pas l'intention de lui manger dans la main, de se laisser traiter en vulgaire serviteur. Pas même pour Lily.

— Prenez cela immédiatement, ou vous partirez sans, déclara-t-elle d'un ton de mépris.

Santos prit tout son temps pour obéir. Lorsqu'il eut soigneusement rangé le pli dans sa poche de chemise, il lui décocha un petit sourire impertinent.

— Merci, ma belle. Désolé de te décevoir, mais il faut que je m'en aille.

Elle eut une brève exclamation de surprise outragée. Elle écumait de rage.

Sans attendre, Santos tourna les talons et quitta le bureau, conscient du regard hostile de la secrétaire sur lui tandis qu'il traversait l'antichambre. Parvenu dans le couloir, il se mit en quête de l'escalier, dévala les trois étages et traversa le hall au plus vite, tant il avait hâte d'abandonner derrière lui cet enfer doré des plus chic.

Dehors, le soleil brillait, chaud pour cette fin d'octobre. Santos inspira profondément, pour se purifier de sa colère, de son dégoût, de sa frustration. Certes, il était sorti tête haute, mais la rencontre avec Hope St. Germaine lui laissait un goût de cendre. Elle et ce lieu symbolisaient tout ce qui n'allait pas dans cette ville, dans le système des nantis et des pauvres, de l'élite fortunée et de ceux qui ne valent rien. C'était à cause de ce système tordu que le meurtre de sa mère était resté impuni.

Il traversa la rue pour gagner l'arrêt du tramway. Où Lily avait-elle bien pu rencontrer cette créature arrogante et froide et que lui voulait-elle ? Quelle était la nature de cette « correspondance » ? Pourquoi ne pas avoir réglé la chose par téléphone ?

Plongé dans ses réflexions, il plissa le front. Hope St. Germaine lui rappelait quelqu'un, un souvenir enfoui dans sa mémoire. Pourtant, il était sûr de ne jamais l'avoir rencontrée auparavant. Il ne l'aurait pas oubliée. Les souvenirs les plus déplaisants ne s'oublient pas.

— Santos !

Il se retourna dans la direction de l'appel. Une Fiat décapotable rouge vif était rangée le long du trottoir, capote ouverte avec, au volant, la petite bombe de l'ascenseur.

Elle lui sourit, lui fit signe d'approcher.

— Vous voulez faire un tour ?

Elle était trop jeune pour lui. Et trop gâtée.

Bah, une promenade en voiture n'était pas le bout du monde.

Il alla la rejoindre au petit trot, conscient du regard

réprobateur du portier. Le groom n'avait pas l'air d'approuver non plus.

Santos passa la main sur la carrosserie.

— Jolie caisse. Vous êtes sûre de savoir la conduire ?

Elle leva le visage vers lui, et il se vit dans ses lunettes de soleil.

— Montez et vous saurez.

— Pourquoi pas.

Il contourna la voiture, ouvrit la portière et se glissa dans le siège. Puis, avec un signe de tête en direction du portier et du groom, il ajouta :

— Qu'est-ce qu'ils ont, les gardes du corps ?

— Ils se sentent des devoirs, vous savez ce que c'est.

Et elle démarra dans un hurlement de pneus.

— Ouais, fit Santos en bouclant sa ceinture, je sais. Vous me dites où nous allons ?

— Non. Je vous laisse la surprise.

Elle se lança dans la circulation, coupant la voie à une Lincoln dont le chauffeur klaxonna. Elle éclata de rire, balaya l'objection sonore d'un geste de la main. Santos se cala contre son siège. La promenade s'annonçait mouvementée.

Ils roulèrent en silence pendant un moment. Elle manœuvrait la petite voiture d'une main experte. Bientôt, ils rejoignaient la nationale et filaient plein ouest.

Santos se tourna vers elle.

— Cadeau d'anniversaire ? lui hurla-t-il pour se faire entendre par-dessus le bruit du vent et du moteur.

— Quoi ?

— La voiture. Vos seize ans, je suppose.

Elle lui adressa une grimace.

— Vous dites cela comme si c'était un crime.

— Ah oui ?

Il songea à nier mais se ravisa. Ç'aurait été mentir.

— Que faisiez-vous à l'hôtel ? Je ne vous ai jamais vu par ici.

— Une commission pour une amie.

— Vous savez, il est à moi. Enfin, il m'appartiendra un jour.

— L'hôtel ? demanda-t-il, incrédule.

Elle acquiesça de la tête. Riche et parfaitement ridicule, songea Santos.

— Et ils ne vous ont offert qu'une Fiat ? Je serais furieux à votre place. Vous devriez avoir une Porsche.

Elle rejeta la tête en arrière dans un éclat de rire.

— Nous ne sommes pas si riches.

— Pas si riches, non. Vous êtes seulement membre agréé de la société du sperme de luxe.

— La société du sperme de luxe, hein ? Ce que vous êtes drôle.

— Ouais. A mourir de rire.

Le sarcasme passa inaperçu.

— Vous savez, dit-elle en le considérant avec le plus grand sérieux, nous ne sommes pas très riches. A l'I.C.S.[1], il y a des tas de filles dont les familles sont beaucoup plus riches que nous. Beaucoup.

La voiture qui roulait devant eux freina. Il la lui désigna du doigt.

— Vous devriez regarder la route.

Elle enfonça l'accélérateur, doubla comme une flèche, puis elle se tourna de nouveau vers lui.

— Et si je préfère vous regarder, vous ?

Santos agita la tête. Un vague sourire dansait au coin

1. I.C.S. : Immaculate Conception School, Académie de l'Immaculée Conception.

de ses lèvres. Cette fille avait très certainement un point de vue naïf et étriqué sur le monde, des préjugés profondément ancrés tenant à son milieu, à sa jeunesse dorée, mais elle était terriblement coquette, intrépide, et sexy en diable.

Elle flirtait avec lui de manière éhontée, ce qui relevait du défi, de la seule rébellion, mais il s'en amusait. Il appréciait sa franchise, son approche directe ; elle jouait ouvertement le jeu de la séduction et ne laissait pas planer le moindre doute sur ce qu'elle désirait.

— Vous en faites trop, poupée. J'ignore où nous allons, mais j'aimerais y arriver entier.

Il s'attendait à la voir bouder, feindre d'être vexée, mais elle éclata de rire et quitta la nationale à tombeau ouvert.

— Vraiment ? Vous pourriez m'expliquer en quoi j'en fais trop ?

— Ne vous fatiguez donc pas à me prouver que vous êtes une grande méchante fille. Ou à essayer de m'effrayer. Je ne suis pas impressionnable et je n'ai peur de rien.

— Tant mieux. J'adore les défis.

Santos rit à son tour, cala la tête contre le dossier du siège et ferma les paupières pour mieux goûter la sensation du vent, le ronronnement du moteur. Au bout de quelque temps, il entrouvrit un œil et l'observa tandis qu'elle conduisait. Elle souriait, les joues en feu, et si ses lunettes de soleil cachaient ses splendides yeux bleus, Santos était certain qu'ils brillaient d'excitation.

Il s'attarda sur sa tenue, sa jupe écossaise plissée, son corsage blanc avec le nom de l'école brodé sur la poche. Ses jeunes seins tiraient légèrement sur le boutonnage, comme s'ils avaient grossi récemment. Sentant monter en lui un émoi, il referma les yeux en jurant mentalement.

Pour l'amour du ciel, elle n'avait que seize ans ! C'était un danger public, une menace, une fleur aguichante à ne pas cueillir sous peine de prison.

Non. Il ne se brûlerait pas les ailes à ce feu-là.

Elle se tourna vers lui.

— Vous me regardiez, constata-t-elle.

— Oui, reconnut-il sans vergogne.

Elle ralentit l'allure et tourna dans Lakeshore Drive.

— A quoi pensiez-vous ?

— Je me demandais si vos parents dormaient tranquilles.

Elle ne répondit pas immédiatement, et il crut un moment qu'il l'avait déstabilisée.

— Autant que je le sache, oui, dit-elle enfin d'un ton qui paraissait forcé.

Elle gara la voiture, coupa le moteur et se tourna vers lui.

— Pourquoi cette question ?

— Si vous étiez ma fille, je ne dormirais pas.

— Vous me prenez pour une enfant, c'est une erreur.

— Adulte à seize ans, hein ?

— J'en suis convaincue.

Elle rougit, redressa le menton et ajouta :

— Et vous ? Vous n'étiez pas adulte à seize ans ?

Santos songea au meurtre de sa mère, à ses familles adoptives, à sa fuite en auto-stop qui avait failli mal tourner. A seize ans, il avait déjà une longue vie derrière lui alors que cette petite princesse n'avait sans doute jamais connu la gêne et moins encore l'horreur.

— Chacun sa place, poupée.

Elle scruta longuement son visage.

— Vous ne m'aimez pas beaucoup, hein ?

— Je ne vous connais pas, Glory.

— Certes.

Elle se détourna de lui, mais il avait perçu dans son regard une lueur de fragilité apeurée qui contrastait avec l'image qu'elle tentait de projeter. Peut-être s'était-il trompé sur son compte. Peut-être avait-elle connu sa propre version de l'horreur.

Cette pensée l'irrita. Il ouvrit la portière et proposa une promenade. Elle acquiesça de la tête. Pendant quelques minutes, ils marchèrent en silence le long de la digue. Des voiliers voguaient sur les eaux du lac Pontchartrain ; des mouettes tournoyaient dans le ciel. Une voiture passa, répandant un sillage de musique par ses vitres ouvertes. D'un terrain de jeux voisin montaient des rires d'enfants. Tandis qu'ils marchaient côte à côte, leurs mains s'effleuraient accidentellement ; parfois, elle lui touchait le bras pour lui montrer quelque chose. Ces contacts innocents électrisaient Santos, le rendaient fou de désir.

Non. Il lui fallait se souvenir qu'elle n'était qu'un flirt, rien de plus. Il devait rester maître de la situation. Et le resterait.

— J'ai toujours aimé ce lieu, murmura Glory. C'est presque un autre monde, et ce n'est pourtant qu'à un jet de pierre du centre-ville. Je me souviens de la première fois où mon père m'y a amenée. J'ai cru que nous étions en vacances.

Pensive, elle passa la main dans ses longs cheveux, les peigna de ses doigts.

— C'était un dimanche. Mère avait une de ses migraines. Papa et moi sommes sortis pour aller à la messe, et au lieu de cela nous sommes venus ici. Elle était folle de rage quand elle l'a su.

— Parce que vous aviez séché la messe ?

— Elle prend la messe très au sérieux.

Santos étudia un moment le profil de Glory.

— Vous ne semblez pas l'aimer beaucoup.

— Ma mère ? Ce serait plutôt le contraire. Hope St. Germaine n'est pas une femme facile à satisfaire.

Ainsi, la reine des glaces était la mère de cette fille ? Hmm. C'était à peine croyable. Et cependant, cela expliquait certaines choses.

Ils approchaient de ce qui avait été autrefois Pontchartrain Beach, un parc d'attractions construit sur une pointe, entre Lakeside Drive et la rive du lac. Le parc était tombé en désuétude, victime des temps, du changement.

— Vous êtes allé au Beach ? lui demanda Glory.

— Une fois, avec ma mère. Nous avons essayé toutes les attractions et pique-niqué. Je devais avoir dix ans. Jamais je ne me suis autant amusé.

Le souvenir le fit sourire. Le peina aussi. Il plissa le front, agacé de s'être ainsi dévoilé. Agacé par les regrets que lui causait ce souvenir.

— Il est temps de rentrer, dit-il en faisant demi-tour.

Elle le retint par le bras, leva le visage vers lui de manière provocante. De nouveau, elle flirtait sans vergogne.

— Je peux vous poser une question, Santos ?

Il soutint son regard, plus à l'aise sur ce terrain connu. Fini, la gênante ébauche d'intimité. Il ne voulait connaître d'elle que la surface ; il ne souhaitait pas se livrer non plus. Rien de personnel, rien de profond. Rien qu'un jeu plaisant sans danger. Personne ne souffrirait, tout le monde serait content.

— Allez-y. Nous sommes en démocratie.

— Quand vous voyez une chose dont vous avez envie, que faites-vous ?

Oh, il savait bien où elle voulait en venir. Lentement,

délibérément, il la détailla, sourit, revint à ses yeux et dit :

— Contrairement à vous, qui vous servez sur-le-champ, c'est cela ?

— Oui.

Il se pencha vers elle, jusqu'à ce que leurs deux visages soient si proches qu'il sentait son souffle contre sa joue. Alors, il murmura :

— Je pèse d'abord les conséquences. C'est ce que font les adultes, Glory.

— Mais je suis adulte, protesta-t-elle.

— J'en doute.

Il se redressa, mais elle le retint, agrippant sa chemise.

— Je pourrais vous le prouver.

Ignorant le désir qui montait en lui, il la toisa.

— Que voulez-vous de moi, Glory St. Germaine ? Elle battit des cils, se pencha vers lui.

— A votre avis ?

Il effleura sa joue en feu et murmura d'une voix délibérément rauque :

— Je pense que vous devriez rentrer chez votre maman. Je suis trop vieux pour vous.

— Trop vieux, hein ?

— Oui, trop vieux. Trop expérimenté. Vous êtes loin de faire le poids, petite fille.

— C'est ce que vous croyez, rétorqua-t-elle d'un air de défi. Vous n'êtes pas chiche de m'embrasser.

Santos hésita un bref instant, puis il se pencha pour prendre ses douces lèvres tièdes, entrouvertes, offertes. Et il l'embrassa avec une urgence, une exigence qui ne laissaient pas de doute sur ce qu'un homme attend d'une vraie femme.

Elle laissa échapper un petit gémissement. Les mains agrippées à sa chemise, elle l'attirait vers elle, le repoussait, l'attirait encore. Santos explorait l'intérieur de sa bouche, cherchait sa langue, lui volait ses secrets. Il glissa les mains jusqu'au bas de son dos, la serra contre lui, se frotta contre elle, qu'elle sente son érection, qu'elle sache dans quel état elle l'avait mis. Puis il se retira. Lèvres entrouvertes, elle leva vers lui un regard étonné. Jamais on ne l'avait embrassée de la sorte, il le savait. Une bonne leçon pour cette femme-enfant.

Santos rit doucement, passa le pouce sur les lèvres encore humides et gonflées de Glory et déclara :

— Tu vois, petite fille, je t'avais prévenue que j'étais trop vieux pour toi.

Il se détourna d'elle, mais elle le retint par le bras. Surpris, il la regarda.

— Et moi, je dis que non.

Elle se hissa sur la pointe des pieds et l'embrassa avec la même fougue, le même élan. Elle explora sa bouche, se pressa contre lui, se donna tout entière au baiser. Malgré tous ses efforts pour rester maître de lui, Santos ne put s'empêcher de réagir. Cette fille l'excitait au plus haut point, le rendait fou de désir comme aucune autre avant elle. Son baiser avide, le contact de son jeune corps avaient suffi pour lui faire oublier toute raison.

Elle lui coupait le souffle. Cette vérité s'insinua dans sa conscience embrumée de passion, et il repoussa Glory sans ménagement. Il avait voulu lui donner une leçon, et voilà qu'il en recevait une. Bien sûr, elle ne saurait jamais à quel point elle l'avait ébranlé, mais lui le savait, et cela ne lui plaisait pas. Pas du tout.

— Fini la récré, chou. C'était sympa, mais il est temps de rentrer.

Elle le dévisagea un moment sans comprendre, puis elle cligna des yeux, se rendant soudain compte de ce qu'il venait de dire.

— Je te reverrai ?

— Non.

De nouveau, il s'apprêtait à partir. De nouveau elle le retint.

— Tu as peur, dit-elle en sondant son regard. Tu fuis.

Il lui tapota la joue avec condescendance.

— Tu es bien jeune, Glory St. Germaine. Comme je disais, c'était sympa, mais il est temps que tu rentres chez papa-maman.

— Oui, tu as la frousse.

— Ecoute, mon chou, je n'ai pas la frou…

— Si, coupa Glory. Un homme adulte comme toi ne devrait pourtant pas avoir peur d'être franc avec une petite fille de rien du tout comme moi.

Il serra les dents, furieux. Furieux qu'en si peu de temps elle ait pu voir en lui, furieux contre son insistance, furieux contre lui-même, contre le désir qu'elle éveillait en lui.

— Ecoute, poupée, à seize ans, une dévoreuse d'hommes comme toi, c'est un paquet d'ennuis. Je ne tiens pas à finir en cabane pour une partie de jambes en l'air. Alors, si tu cherches à te faire sauter sur le siège arrière par un type plus vieux que toi, il faudra que tu ailles regarder ailleurs. Ça te va pour la franchise ?

Ses yeux se remplirent de larmes, mais elle tint bon. Santos dut reconnaître qu'elle forçait le respect, ce qui l'irrita davantage. Bon, elle était peut-être plus coriace que les filles de son genre qu'il avait rencontrées, mais cela ne changeait en rien les données du problème.

— Connard ! lui lança-t-elle en redressant le menton.

Ça va mieux maintenant ? Monsieur l'adulte a repris le dessus ?

Et, sans même lui donner le temps de répondre, elle partit au pas de charge en direction de la voiture. Après un temps d'hésitation, Santos la suivit, l'appela, mais elle ne s'arrêta pas, ne jeta pas même un coup d'œil par-dessus son épaule. Alors, il accéléra l'allure, la doubla et lui barra la route.

— Pousse-toi, dit-elle d'une voix égale.

A ses yeux, il vit qu'elle avait pleuré et quelque chose remua en lui. Quelque chose de doux et de chaud, d'étranger. Cela ne lui était plus arrivé depuis des lustres, il s'en voulait, et cependant il retenait ce sentiment comme un précieux trésor.

— Excuse-moi, dit-il, bourru. Je n'aurais pas dû me conduire comme un…

— Comme un mufle ? Comme un salaud ?

— Les deux, déclara-t-il en la regardant droit dans les yeux.

Au bout d'un moment, elle se mordit la lèvre, mais elle ne cilla pas, ne se détourna pas. Et, de nouveau, Santos éprouva ce petit frémissement de respect malvenu. Il l'ignora, le repoussa. Le respect allait avec « trop intime et trop vrai ». Le genre de rapports qu'il ne tenait pas à avoir avec les filles, et surtout pas avec celle-ci. Beaucoup trop dangereuse.

— Tu y vas fort, dit-il doucement. Trop fort. Il fallait que je pousse aussi, je n'avais pas le choix. Les hommes comme moi ne jouent pas régulier, Glory St. Germaine. Tu devrais me fuir comme la peste.

— Je n'en ai ni l'envie ni l'intention.

Elle redressa les épaules, et ajouta en plongeant dans ses yeux :

— Je voudrais te revoir.

— Tu as de la suite dans les idées mais, tu sais, il faut être deux pour ça. Je suis trop vieux et trop expérimenté pour toi.

— Quel âge tu as ? Quarante ans ?

— Très drôle. Dix-neuf.

Elle mima un frisson d'horreur.

— Mon Dieu ! Un ancêtre.

Il rit et, comme sur un signal, ils se remirent à marcher.

— N'exagérons rien. Mais je suis légalement majeur. Pas toi. Et puis, la différence entre nous ne se limite pas aux années.

Elle ouvrit la bouche, sans doute pour lui demander de s'expliquer, mais il ne lui en laissa pas le temps.

— Je peux te poser une question ?

— Vas-y.

— Pourquoi veux-tu me revoir ?

— Pourquoi ? répéta-t-elle, surprise. Parce que j'en ai envie.

— Tu veux, donc tu prends, c'est ça ? Désolé, je n'achète pas.

Elle plissa le front — était-ce l'irritation ou la concentration ? Il n'aurait su le dire. Au bout d'un moment, elle se décida à répondre :

— Euh… tu es très mignon… et tu embrasses bien.

Il éclata de rire. La réponse lui plaisait plus qu'elle ne l'aurait dû.

— Mignon et j'embrasse bien. Sidérant.

Ils étaient parvenus au bout de la digue. Santos lui prit le coude pour la guider vers la voiture. Ils marchèrent un moment en silence tandis qu'il l'observait du coin de l'œil.

— Quelle école, l'uniforme ?

— Académie de l'Immaculée-Conception.

Il s'arrêta net.

— Tu plaisantes ?

— Pas du tout.

Rejetant la tête en arrière, il partit d'un énorme rire.

— Les demoiselles de l'Immaculée-Conception sont toutes aussi immaculées que toi ?

— Oh non. Je mets un point d'honneur à être la plus terrible de l'école. Des « deuxième année » en tout cas. Et je suis sûre que sœur Marguerite serait d'accord là-dessus.

— La directrice ?

Glory hocha la tête avec emphase.

— Elle a l'air dure.

— Elle l'est. Et elle me déteste.

Arrivée à la voiture, elle lui tendit les clés.

— Tu veux conduire ?

— Pourquoi pas ?

Il lui ouvrit la portière et alla prendre place au volant.

— A l'hôtel ?

— Si ça te va.

Il acquiesça de la tête et mit le moteur en marche. Ils roulèrent en silence, mais Santos sentait le regard de Glory peser sur lui. Il lui coula plusieurs coups d'œil qu'il regretta aussitôt. Son expression où se mêlaient le désir, l'espoir et la résignation le touchait ; il en serait presque revenu sur sa décision.

Lorsqu'ils furent en vue de l'hôtel, elle rompit le silence.

— Je te reverrai ?

— Non.

— Je ne peux pas te faire changer d'avis ?

Oh, elle le pouvait, sans problème, et cela lui fichait une peur bleue !

— Non, désolé.

— C'est bien ce que je craignais.

Elle soupira, se détourna et ajouta :

— Arrête-toi ici.

Il obéit, gara la voiture, en sortit tandis que Glory se glissait à la place du chauffeur, les genoux pliés sur le siège.

— C'était très agréable, Glory, dit-il en souriant.

Elle parut si déçue qu'il ne put s'empêcher d'en rire.

— Je suis le premier à t'échapper, c'est cela ?

— Le premier dont j'aie vraiment envie, oui.

Il posa la main sur la vitre baissée et se pencha vers elle.

— Si ça peut te consoler, tu embrasses bien, toi aussi.

— Ah oui ?

— Oui.

Elle couvrit sa main de la sienne et leva le visage vers lui.

— Alors, pourquoi ne pas m'embrasser maintenant ?

Santos jeta un coup d'œil au trottoir d'en face. Devant l'hôtel, le portier et le groom le fixaient d'un air réprobateur. Il les désigna d'un geste de la tête.

— Sous le nez de tes cerbères ?

— Pourquoi pas ? Le spectacle les distraira.

— Tu es une vraie petite bombe, murmura-t-il en se penchant pour prendre sa bouche.

Le baiser fut bref, brutal. De nouveau, elle émit ce drôle de petit râle. Pour Santos, ce fut comme un direct au ventre. Il se retira, surpris. Ce bref baiser l'avait remué plus encore que le long baiser passionné de tout à l'heure.

Décidément, cette fille était une bombe. Et s'il ne se méfiait pas, la bombe allait lui exploser en pleine figure.

— Merci pour la promenade, dit-il en lui effleurant le bout du nez.

Puis il se redressa et se dirigea vers l'arrêt du tramway.

— Santos ?

Il s'arrêta, jeta un coup d'œil par-dessus son épaule. Elle lui sourit.

— A un de ces jours.

Il resta un moment à la regarder — une bien jolie composition que cette jeune fille à genoux, les coudes sur le dossier de son siège, ses longs cheveux noirs flottant autour de son visage. Santos eut un pincement de regret, puis il leva la main pour un dernier au revoir.

— Adieu, Glory.

Enfin, il se retourna et s'éloigna en se jurant qu'il ne la reverrait jamais.

24

Une journée entière s'écoula avant que Glory prît conscience qu'elle ne savait rien de Santos en dehors de son nom. Elle s'en étonna à peine tant il occupait ses pensées, ses rêveries, tant elle se complaisait à revivre leurs baisers bouleversants. Jamais elle n'avait rencontré pareil garçon ; ceux qu'elle avait connus, qu'elle avait embrassés, n'étaient plus à ses yeux que des bébés superficiels et ennuyeux.

Santos avait volé son cœur. Elle mourrait si elle ne le revoyait pas. Il lui fallait trouver un stratagème. Ou mourir.

Comme le tramway par lequel Liz arrivait chaque matin approchait, Glory se retint de sauter de joie. Elle n'avait pas pu appeler son amie la veille au soir. En rentrant, elle avait trouvé ses parents de bien étrange humeur — euphoriques. Sa mère lui avait tout juste demandé d'où elle venait et s'était contentée d'une réponse évasive : « de la bibliothèque ».

Cela aussi était étrange. D'ordinaire, sa mère la questionnait. Jamais elle ne se satisfaisait d'une simple réponse. Pourtant, la veille, Glory avait échappé à l'inquisition. Heureusement ! Si sa mère l'avait regardée d'un peu près, si elle l'avait interrogée comme à son habitude, elle se serait rendu compte que quelque chose avait changé.

Et Glory en avait conclu que c'était le destin, qu'elle et Santos étaient destinés l'un à l'autre.

Autre phénomène curieux, sa mère avait insisté pour qu'ils dînent ensemble au Salon Renaissance. Durant tout le repas, elle s'était montrée volubile, animée, presque adolescente. Son père aussi s'était conduit de manière inhabituelle, buvant moins qu'à l'accoutumée et regardant souvent son épouse, avec tendresse qui plus est.

Glory ne comprenait pas ce qui se passait entre ses parents. Pendant toute une semaine, c'est à peine s'ils s'étaient adressé la parole. En seize ans, elle avait vu bien des querelles, bien des silences de représailles, mais elle avait toujours senti entre eux un lien puissant, solide, ardent. Jusque-là, tout en sachant que son père n'était pas heureux, elle avait toujours cru que ses parents resteraient unis pour le meilleur et pour le pire.

Cette semaine-là pourtant, dans ce silence lourd, inquiétant, et d'un froid qui donnait le frisson, Glory avait pensé que leur couple était mort, le divorce pour bientôt.

Elle l'avait même souhaité, après avoir confié ses craintes à Liz qui lui avait affirmé que, à seize ans, elle pourrait choisir de vivre avec son père ou avec sa mère. Glory s'était donc mise à rêver de vivre avec son père, sans les constants soupçons, les interrogations et les critiques de sa mère. Le dîner de la veille avait mis un terme à ses espoirs. Ses parents lui avaient semblé plus heureux qu'ils ne l'avaient été depuis longtemps. Elle en avait voulu à son père, ne comprenait toujours pas ce qu'il voyait en Hope, ce qui l'attachait à elle. Du moins, au cours du repas, leurs attentions l'un pour l'autre avaient-elles laissé Glory libre de penser à Santos.

Le tramway s'arrêta en grinçant et Liz en descendit.

— Salut, Glo. Qu'est-ce qui t'est arrivé ? Tu ne m'as pas appelée hier soir.

Glory prit son amie par la manche et l'entraîna à l'écart d'un groupe d'élèves de l'Immaculée-Conception descendu du tramway.

— Il faut que je te parle. En privé. C'est très important.

Liz jeta un coup d'œil par-dessus son épaule et demanda sur le ton de la confidence :

— C'est tes parents ?

Glory nia de la tête puis se pencha vers son amie.

— Tu ne me croiras jamais, mais j'ai rencontré un garçon vraiment super. Je crois que je suis amoureuse.

Liz s'arrêta net, les yeux écarquillés de surprise.

— Amoureuse ? C'est qui, ce garçon ? Où l'as-tu rencontré ? Allez, raconte-moi tout.

Et Glory narra en détail sa rencontre avec Santos, le bon et le moins bon, la manière dont elle l'avait mis au défi et celle dont il avait renvoyé la balle ; elle rapporta les paroles de Santos en colère, raconta l'ascenseur, la promenade au lac ; elle décrivit Santos, sa taille, sa carrure, son teint, ce qu'il portait, sa voix grave et chaude, sa façon de rire en inclinant la tête de côté, le son rauque de son rire qui la troublait et l'excitait. Enfin, elle parla à Liz de ses baisers, de leur effet cataclysmique sur elle.

— J'ai déjà embrassé des paquets de garçons, mais là, c'était autre chose. Vraiment fort.

— Comment tu peux savoir que tu es amoureuse ? Tu ne sais presque rien de lui.

— Jamais je n'ai rien ressenti de tel avec personne, Liz. C'est d'autant plus bizarre qu'on a tout juste passé une heure ensemble. Mais il a quelque chose… quelque chose qui…

La phrase resta en suspens tandis qu'elles traversaient la rue, tandis que Glory cherchait les mots qui expliqueraient ses sentiments à son amie. Il fallait que Liz comprenne, et qu'elle approuve. Liz était sa meilleure amie et, pour Glory, son opinion comptait plus que toute autre.

— Avec lui, reprit-elle, j'ai tout oublié, où j'étais, qui j'étais, tout. Comme si mon être était concentré uniquement sur le contact de sa bouche contre la mienne, la caresse de ses mains sur mon corps. Comme si je l'attendais depuis toujours, comme si je n'avais vécu que pour ses baisers. Je sais bien que ça a l'air idiot, que ça fait conte de fées pour les petites filles, mais je l'ai senti de cette façon.

Glory s'interrompit, réfléchit un moment, puis releva les yeux vers son amie en rougissant.

— Tu vas penser que je suis folle, mais j'ai eu l'intuition fulgurante, la certitude, que c'était le… que c'était le bon.

— Que c'était le bon ?

— Oui, le bon… le seul, l'unique… L'homme de ma vie… celui qui m'est destiné.

— Quelque chose comme l'âme sœur ?

Glory acquiesça gravement d'un signe de tête tandis qu'elles franchissaient les grilles de l'académie.

— A ce moment-là, j'aurais fait n'importe quoi pour lui.

— C'est classe. Et tellement romantique ! Mais tu sais, Glory, ça m'effraie un peu.

Glory éclata de rire.

— Moi, je n'ai pas peur. Je crois que je pourrais marcher sur les nuages.

— Pendant que tu es là-haut, regarde où tu mets les pieds. Sœur Marguerite te surveille.

Plantée devant l'entrée principale, sœur Marguerite

ne quittait pas Glory des yeux. Cette dernière s'arrêta. Elle voulait poursuivre la conversation avec Liz sans être entendue par la directrice.

— Ecoute, Liz, il faut absolument que je le revoie.

— Comment tu vas le retrouver ?

— Je demanderai discrètement à l'hôtel. J'essaierai de savoir ce qu'il était venu y faire. Il allait au troisième, à l'étage des bureaux. Peut-être qu'il apportait quelque chose à mon père. J'interrogerai sa secrétaire.

La cloche sonna et des grappes de filles se précipitèrent vers la porte, saluant au passage. Glory s'apprêtait à suivre le mouvement quand Liz la retint.

— Sois prudente, Glory. Santos ne me semble pas le genre de garçon que ta mère apprécierait. Si jamais elle a vent de l'affaire…

Glory plongea les yeux dans le regard anxieux de sa compagne, et un frisson glacé lui parcourut le dos.

— Elle n'en saura rien. Je serai très prudente.

— Promis ? J'ai un sale pressentiment.

Glory secoua la tête et, niant la sensation de malaise qui lui nouait le ventre, elle sourit.

— Tu t'inquiètes pour rien, Liz. Tout se passera bien, tu verras.

Après trois jours de déceptions répétées, Glory ne comptait plus revoir Santos. Elle avait interrogé le personnel de l'hôtel, et ceux qui se souvenaient d'avoir vu le jeune homme n'avaient pu lui dire qui il était ni ce qu'il était venu faire. Interrogée à son tour, la secrétaire de son père avait ouvert de grands yeux incrédules, et Glory s'était soudain demandé si on ne la prenait pas pour une folle.

Adossée au placard voisin de celui qu'elle partageait avec Liz, Glory soupira.

— Je n'ai plus d'idées, Liz. J'ai parlé à tout le monde et personne ne sait rien.

— Ne te laisse pas abattre, Glo, tu le retrouveras. Si c'est l'homme de ta vie et qu'il t'est destiné, il faudra bien que tu le revoies, non ? dit Liz en fermant le cadenas de leur placard.

La dernière cloche avait sonné et elles se dirigèrent toutes deux vers la sortie.

— Tu crois ?

— Evidemment. Si c'est vraiment ton âme sœur, le destin doit vous donner une chance. Sans ça, ce serait trop cruel.

— Ah oui, tu crois ?

— Absolument.

— Et s'il est mon âme sœur et que je ne suis pas la sienne ?

Liz rit en agitant la tête.

— Je ne crois pas que ce soit possible.

Elles franchirent la porte et sortirent dans la fraîcheur lumineuse de l'après-midi. Glory cligna des yeux, éblouie. Lorsque sa vision se fut ajustée, elle aperçut Santos. Il était là, devant la grille de l'école, et il tournait la tête sur chaque fille qui passait, comme s'il en cherchait une en particulier. Il était venu pour elle. Il partageait ses sentiments. Fatalement.

Glory sentit son cœur s'emballer et, l'espace d'un instant, elle demeura muette, le souffle coupé. Enfin, elle se ressaisit, prit Liz par la manche.

— Liz, regarde. C'est lui, c'est Santos.

— Où ça ?

— Là. Devant la grille, juste à droite. En T-shirt noir et lunettes de soleil.

— Tu es sûre ? Je ne distingue pas son visage.

— Je le reconnaîtrais n'importe où. Oh, mon Dieu ! Qu'est-ce que je fais maintenant ?

Elle tira son amie à l'intérieur.

— Je ne peux plus respirer. Je vais m'évanouir !

— Chut. Calme-toi. Il ne faut pas qu'on t'entende.

Liz jeta un bref coup d'œil pour s'assurer qu'il n'y avait personne à proximité, avant de poursuivre :

— Ecoute, si tu as des doutes, si tu as peur, attends un peu pour sortir.

— Non, ce n'est pas ça, répondit Glory, haletante, folle de joie. C'est qu'il est là… Il est là, alors peut-être… peut-être qu'il partage mes sentiments… C'est comme tu as dit. Le destin nous donne une chance.

— Alors, courage, et bouge-toi.

— Viens, je te le présente. J'aimerais que tu le rencontres, dit Glory en prenant son amie par la main.

Liz nia de la tête et se dégagea.

— Non. Contrairement à toi, j'ai une peur bleue des garçons. Je ne sais jamais quoi dire ni quoi faire. Je me sens maladroite et laide.

— Mais tu n'es pas laide, tu…

— Vas-y, file. Ne le laisse pas s'échapper.

— Merci, Liz. Tu es la meilleure amie qui soit.

Glory sourit une dernière fois à Liz avant de partir en courant à la rencontre de son destin.

Trop tard. Il ne l'avait pas attendue.

25

Cette fois, Santos ne fut nullement impressionné par l'hôtel St. Charles ; il ne s'attarda pas à examiner les gens ou le décor, ne s'interrogea pas sur le type de rapports qu'entretenait Lily avec Mme St. Germaine ou sur le contenu de l'enveloppe qu'il avait dans la poche. Cette fois, Santos avait la tête pleine du souvenir d'une beauté brune, d'une petite bombe qui l'avait retourné comme un gant d'un seul baiser, d'un défi.

Il jura entre ses dents. Il avait pourtant essayé de l'oublier, il s'était répété cent fois les règles de prudence, de sagesse, il s'était jeté à corps perdu dans d'autres activités, il avait même invité une fille à sortir, une fille rencontrée à l'un de ses cours. Vains efforts. Il n'avait pu chasser Glory de ses pensées. Pas entièrement en tout cas. Et jamais pour longtemps. Elle avait même surgi sur grand écran dans son esprit tandis qu'il embrassait sa petite amie d'un soir avant de la quitter.

Irrité contre lui-même, il secoua la tête. Trois semaines avaient passé depuis leur rencontre orageuse, exaltante, passionnée. Pourquoi ne parvenait-il pas à l'oublier ?

Quatre jours après leur rencontre, il avait touché le fond, vécu le pire moment de ces trois semaines. Il avait pris le volant dans l'après-midi et s'était rendu à l'académie de l'Immaculée-Conception. Il avait garé la voiture pour aller l'attendre devant la grille de l'école. Comme un adolescent amoureux. Ridicule ! Heureusement, il s'était repris à temps, et il était parti avant que Glory ne le voie. Et qu'il ne la voie, lui. Il aurait alors été incapable de la quitter.

Santos monta au troisième par l'escalier. Il trouva Mme St. Germaine dans son bureau, lui remit le pli de Lily et prit en retour celui qu'elle lui tendait, puis il quitta le bureau. La transaction s'était déroulée sans un mot, dans le silence le plus absolu.

La répulsion instinctive qu'il éprouvait pour la mère de Glory n'avait fait que croître depuis leur première rencontre. Elle était pour lui la femme la plus glaciale et la plus déplaisante qui fût au monde. Et il se demandait par quel étrange miracle Glory, si pleine de vie et de feu, était la fille d'une telle créature.

Par prudence, Santos redescendit à pied. Il traversa le hall de l'hôtel en se répétant qu'il lui fallait regarder droit devant lui, que revoir Glory serait une grave erreur. Il la cherchait cependant et, contre toute raison, il espérait la voir. Il s'en voulait aussi d'avoir si peu de contrôle sur ses pensées. Ridicule, vraiment ! Il était obsédé par une nymphette montée en graine qui se souciait de lui comme d'une guigne.

Dehors, Santos se rendit soudain compte qu'il retenait son souffle. Ouf ! Il était sauvé. Il avait porté le pli de Lily sans rencontrer Glory. Mais il était déçu malgré son soulagement.

Il adressa un sourire au portier et partit en quête de sa voiture, garée à quelques pâtés de maisons de l'hôtel, dans une petite rue transversale. A peine avait-il tourné le coin de la rue qu'il s'arrêta, médusé. Glory était là, en jean, pull blanc et courte veste de cuir, adossée contre la portière de sa Camaro, le visage levé vers le soleil.

Elle était incroyablement belle.

Le cœur de Santos s'emballa. Le souffle lui manquait. Il se faisait l'effet d'un sot. Il s'obligea à respirer lentement, profondément, et il reprit sa marche en direction de la voiture. Du danger. Dieu seul savait comment elle l'avait retrouvé, mais il allait la semer, et vite !

— Bonjour, Glory, dit-il en arrivant à sa hauteur.

Toujours tournée vers le soleil, elle sourit et répondit :

— Bonjour, Santos.

Il sortit les clés de sa poche.

— Drôle d'endroit pour un bain de soleil.

Cette fois, elle le regarda.

— Tu trouves ?

— Mmm. Drôle de saison aussi. Fin novembre.

Elle tourna de nouveau le visage vers le soleil.

— J'allais à l'hôtel quand je t'ai vu passer en voiture.

— Alors, tu m'as suivi.

— En gros, oui. Je tenais à te revoir.

Indécis, Santos jouait avec ses clés de voiture. Elle l'intriguait, elle l'excitait. S'il s'écoutait maintenant, il relèverait le défi qu'il lisait dans ses yeux, l'attirerait à lui et l'embrasserait à lui faire perdre le souffle et la raison. Ce qui tenait du suicide. Une aventure avec Glory St. Germaine relevait du suicide. Et pourtant, il n'était pas du genre suicidaire.

— Pas d'école aujourd'hui ? s'enquit-il en désignant sa tenue.

— Non. C'est fête. Je ne sais plus trop quel saint.

— Quelle chance.

Il fit passer ses clés d'une main dans l'autre et ajouta :

— Ravi de t'avoir revue, Glory, mais il faut que j'y aille.

— J'ai pensé à toi. A nous, dit-elle en le retenant par le bras.

— Ah ? fit-il, feignant la surprise. Je me souviens d'un ou deux baisers, d'une promenade au lac, mais j'ignorais qu'il y avait un nous. Désolé, chou.

— Il pourrait y avoir un nous.

Elle était plus tenace qu'un dogue — et beaucoup plus jolie. Il était sincèrement flatté, impressionné aussi par le cran de cette fille. Mais trop, c'était trop. D'une secousse il se dégagea.

— Je connais ton petit jeu, Glory St. Germaine, et je ne joue pas.

Elle plissa le front.

— Qu'est-ce que tu veux dire ?

Santos pensa à Hope St. Germaine, à sa manière de le regarder, comme s'il était plus bas que terre, à sa réaction si elle le surprenait à bavarder avec sa fille.

Oh non ! Il ne comprenait que trop bien le petit jeu de Glory St. Germaine.

— Tu te révoltes. Contre papa-maman. Contre les limitations de ta vie de privilégiée. Tu veux prendre un petit risque, faire une excursion en territoire interdit. Et c'est pour cela que tu cours après un mauvais garçon de mon espèce.

— Ce n'est pas vrai ! protesta-t-elle en blêmissant.

— Oh, je connais le parcours. J'en ai connu des filles comme toi. Des tonnes. Et je sais qu'il n'y a rien à gagner. Que c'est du vent.

— Il y a quelque chose entre nous. Je le sens. Et je crois que tu le sens aussi.

Il ouvrit la bouche pour nier, mais elle ne lui en laissa pas le temps.

— Et je ne suis pas comme les autres filles que tu as connues. Pas du tout.

— Oh, que si. Désolé, poupée.

Il allait lui tourner le dos, mais elle le retint de nouveau.

— C'est toi qui joues ici, pas moi. Pourquoi tout ce cirque ? C'est quoi ce numéro ?

— Ce n'est pas…

— Je t'ai vu. Je t'ai vu devant mon école.

Elle chercha ses yeux et ajouta :

— S'il n'y a rien entre nous, qu'est-ce que tu faisais devant l'école ?

Il fronça les sourcils, furieux contre elle, contre lui-même ; furieux de s'être laissé prendre à ce piège, furieux de la désirer contre toute raison.

— Peut-être que j'attendais une autre bombe sexuelle aussi mineure que toi.

Elle accusa le coup une fraction de seconde, puis elle se reprit en redressant le menton :

— Pas vrai. C'est moi que tu attendais. Et tu as eu la frousse.

— La frousse, hein ? Rêve toujours. J'ai compris que je faisais une bourde, alors je suis parti.

Resserrant son étreinte sur son bras, elle le regarda dans les yeux avec le plus grand sérieux.

— Mais ce n'était pas une bourde. Je crois que ça pourrait être bien, nous deux.

— Ah, tu crois ?

Il partit d'un rire sans joie qui sonnait faux à ses propres oreilles.

— Tu es trop jeune. J'ai trop d'expérience. Rien n'a changé depuis l'autre jour.

A cela près qu'elle n'avait pas l'air si jeune que cela. Que lorsqu'il regardait dans ses yeux, il y voyait une sagesse au-delà de son âge, il y voyait quelqu'un qui avait connu sa part de douleur et même davantage. Il se voyait lui-même. Sans saisir pourquoi, il se voyait lui-même.

Et, sans saisir pourquoi, il se sentait à sa place auprès d'elle.

Il se détourna, ébranlé par ses propres réflexions. Sidéré de découvrir que, d'une certaine manière, cette fille lui faisait peur. Malgré tout ce qu'il savait, il était sûr qu'il pouvait parfaitement se retrouver impliqué dans une relation avec elle, qu'il était même capable de s'attacher à elle. Et, s'il s'attachait, de souffrir.

— Tu veux connaître la vérité toute nue, Glory St. Germaine ? Nous deux, c'est fichu dès le départ. Et pas seulement à cause de l'âge.

Il se passa une main dans les cheveux en laissant échapper une exclamation de frustration et de rage. La frustration, il comprenait. En revanche, la rage lui était tombée dessus sans explication. Il écumait de rage à en perdre le souffle.

— Ce n'est pas toi, poupée. C'est toi et tes semblables.

— Mes semblables, hein. Tu veux dire les riches filles gâtées, c'est cela ?

— Oui, répondit-il sans hésiter. Les riches filles gâtées et protégées. Tu ne sais rien de la vie. De la vraie vie. Tu ne sais rien de l'horreur, de la souffrance. Tu as été choyée depuis toujours. Si tu peux jouer à ce petit jeu de la révolte sans te soucier des sentiments d'autrui, c'est que jamais tu n'as eu à te soucier de personne que de toi-même.

Cette fois, il l'avait blessée, touchée au vif ; il avait percé son armure d'insolence, atteint le but recherché et, pourtant, il n'en éprouvait aucun plaisir.

— Qu'est-ce que tu en sais ? demanda-t-elle d'une voix enrouée. Comment peux-tu savoir ce que j'ai vu ou vécu, tu ne sais rien de moi…

— Regarde-toi donc. Le mystère n'est pas bien grand. Tu vas dans cette école privée pour rupins et je parie que tes parents t'y ont inscrite à ta naissance, qu'une seule année d'études leur coûte plus que ce que gagnent des tas de gens dans le même temps. Je parie que tu habites une villa historique du Garden District mentionnée dans le guide touristique de la ville. Tu as deux ou trois domestiques, et les gens comme moi n'entrent chez toi que par la porte de service et pour servir. Papa a peut-être bien une Rolls, et maman au moins deux fourrures et des diamants.

Cette fois, ce fut Glory qui se détourna et Santos qui la retint, l'obligea à le regarder en face.

— L'autre jour, tu m'as dit que le St. Charles t'appartiendrait comme si c'était tout naturel. Tu ne te poses pas de questions. Tu n'as aucune idée de ce que cela veut dire, aucune idée du genre de vie que tu mènes. Toi et moi, princesse, nous n'avons rien en commun.

Les yeux de Glory s'étaient embrumés et son menton tremblait, mais elle retenait ses larmes. Santos aurait voulu les voir couler ; il aurait voulu qu'elle soit plus superficielle, moins solide, qu'elle soit à cent pour cent celle qu'il l'accusait d'être. Tout serait plus facile alors.

— C'est toi qui es bourré de préjugés, toi qui juges les gens en fonction de ce qu'ils ont. Pas moi.

— Peut-être, mais je sais pourquoi.

— En tout cas, la fille dont tu parles, ce n'est pas moi. Je me fiche éperdument de ce que possèdent mes parents. Cela n'a pas de sens pour moi. Leurs biens n'ont rien à voir avec ce que je suis.

La colère de Santos s'accrut encore. Parce qu'elle le touchait en un point sensible, un point qu'il ne souhaitait pas voir toucher, surtout par une fille comme elle. Il fallait qu'elle comprenne qu'il avait raison. Car il avait raison, même s'il le regrettait. Et, lorsqu'elle comprendrait, elle s'en irait.

Il fallait qu'elle comprenne, et elle comprendrait !

Il lui saisit le poignet sans ménagement, la dégagea de la voiture, ouvrit la portière côté passager et lui fit signe de monter.

— Viens. J'ai quelque chose à te montrer.

— Quoi donc ? s'enquit-elle en se frottant le poignet.

— Je te laisse la surprise, ironisa-t-il. Allez, monte.

— Pas avant de savoir où nous allons.

— Alors, on ne me fait plus confiance, Glory St. Germaine ? On veut peut-être crier pouce ? Rentrer chez papa-maman ?

Visiblement apeurée, elle se mordillait les lèvres. Il lui sourit et claqua la portière si fort que la voiture en trembla.

— Tu vois bien que je suis un type à faire peur. N'importe qui te le dira. Allez, petite fille, rentre à la maison. File avant de commettre une bêtise.

Sans attendre la réponse, il contourna le véhicule, prit place au volant et démarra. Le temps de passer la première et l'autre portière s'ouvrait. Il jura entre ses dents pendant que Glory se jetait sur le siège.

— Bon, dit-elle d'un ton de défi. Montre-moi.

Sans un mot, il mit le cap sur le Quartier français,

serrant le volant si fort qu'il ne sentait plus ses doigts. Il ne recommença à parler qu'aux abords du Quartier.

— J'ai passé les sept premières années de ma vie dans une caravane déglinguée qui puait la sueur et l'alcool. Mon père était un ivrogne de merde qui nous flanquait des trempes, à maman et à moi. Je préférais le voir rentrer fin soûl, parce qu'il tombait dans les pommes avant de m'avoir fait trop de mal. C'était un homme, un vrai, qui n'hésitait pas à casser quelques os si les circonstances l'exigeaient. Je n'avais pas d'amis. On me considérait comme une ordure, et une ordure métissée en prime. A Big Bass, Texas, les gens n'aimaient pas trop les Indiens ni les Mexicains, et encore moins le mélange des deux. Mon père était blanc, et il pensait comme eux. Pendant ces sept premières années, j'ai entendu plus d'insultes racistes de sa bouche que je n'en ai entendu depuis. Mon propre père, c'est drôle, non ?

— Non. Ce n'est pas drôle, murmura Glory en se tassant dans son siège.

Il haussa les épaules.

— Quelqu'un s'est chargé de nous débarrasser de lui, maman et moi. En lui tranchant la gorge, son assassin était loin de se douter que la famille serait à ce point soulagée.

Glory frissonna en grimaçant de dégoût. Il sourit.

— Oh, ce n'est pas fini, chou. Il y a mieux.

Il traversa Canal Street et pénétra dans le Quartier français puis s'approcha autant qu'il le put de Bourbon Street. Il se gara dès qu'il trouva une place.

— Tout le monde descend pour la suite de la visite, annonça-t-il en ouvrant sa portière.

Glory l'imita. A son expression, il voyait bien qu'elle était mal à l'aise. Il avait choisi de l'amener dans la zone la plus dure et la moins touristique du Quartier. Avec ses rues bordées de bars louches et de maisons à demi délabrées, ce petit coin de La Nouvelle-Orléans était aux antipodes du Garden District.

— Joli, non ? Allez, viens.

Il lui prit la main et l'entraîna le long de la rue. Il marchait si vite qu'elle courait pour rester à sa hauteur.

— Notre petite saga se poursuit ici, au cœur du célèbre Quartier français. Après la tragique rencontre de mon père avec un couteau, maman et moi avons emménagé ici. Elle y avait une cousine, une cousine qui prétendait que la vie était facile, que le travail abondait. Bien sûr, à notre arrivée, plus de cousine. Quant au travail, il ne courait pas les rues pour les femmes sans éducation ni qualifications.

Ils tournèrent dans Bourbon Street.

— Nous y voici. La rue qui ne dort jamais, avec ses bars, ses sex-shops et ses strip-teases. La rue du Club 69, là, devant toi.

Ils s'arrêtèrent devant l'entrée. Le bonimenteur ouvrait le battant de la porte, le laissait se refermer et l'ouvrait de nouveau, permettant à Santos, à Glory et à tous les badauds de passage de jeter un bref coup d'œil à l'intérieur où une femme très dévêtue se trémoussait sur scène devant un public d'hommes ivres.

Santos n'était pas revenu à Bourbon Street et au Club 69. Il les avait évités tout comme il s'efforçait d'échapper aux souvenirs.

— Tu vois, Glory ? Regarde bien. C'est ici que maman travaillait. C'est ainsi qu'elle nous nourrissait.

Elle secoua la tête, se détourna comme pour s'en aller.

— Arrête, Santos. Ce n'est pas nécessaire.

— Justement, si.

Il la prit aux épaules, la poussa face à la porte. Le bonimenteur la lorgnait avec concupiscence, et Santos la sentit frissonner.

— Tu vois cela, Glory ? Tu peux imaginer ? Il n'est pas 14 heures et l'endroit est plein. Bien sûr, ma mère travaillait de nuit. Les pourboires sont meilleurs.

Il posa le menton sur les cheveux de Glory, et huma l'air, percevant en même temps l'horrible odeur du bar et le doux parfum du shampooing. Les souvenirs l'assaillirent, lui serrèrent le cœur.

— Tu sens l'odeur, Glory ? C'est ce que sentait maman en rentrant du travail. Elle empestait l'alcool, le tabac, et les vieux cochons. Ah, que j'aimais le dimanche matin. Le dimanche matin, elle embaumait les fleurs.

Glory laissa échapper une sourde exclamation. Une exclamation de dégoût et de pitié qui le blessa. Il resserra sa prise sur ses épaules, vit ce monde où il avait grandi avec ses yeux à elle — un monde sordide, louche, avilissant. Il imagina le regard, le jugement qu'elle aurait porté sur sa mère, et sa colère s'accrut.

— Viens.

Il lui prit le bras comme dans un étau et l'entraîna vers la voiture.

— Lâche-moi, tu me fais mal, protesta-t-elle en cherchant à se libérer.

Il la relâcha, et elle eut un mouvement de recul.

— Alors, princesse, on poursuit la visite ou on regagne les beaux quartiers ?

— Pourquoi tu m'imposes cela ? C'est dégoûtant.

— Pour que tu comprennes.

Sans un mot de plus, il se remit en route, mais un peu plus lentement pour qu'elle puisse le suivre. Parvenu à la voiture, il lui ouvrit la portière et reprit place au volant pour l'emmener à l'autre bout du Quartier français. Le cœur au bord des lèvres, il tourna dans Ursuline Street. Encore une rue qu'il avait longtemps évitée. Il transpirait maintenant, et la sueur perlait à son front. Ses mains moites tremblaient. Une peur sourde et noire s'installait en lui, lui coupait le souffle.

— Santos ? Ça va ? demanda Glory en posant la main sur son bras.

A peine conscient de ce contact, il demeura muet, incapable de répondre.

Arrivé devant le bâtiment où il avait vécu, il arrêta la voiture au milieu de l'étroite rue et en sortit. Les yeux fixés sur l'immeuble, il le revit comme il l'avait vu cette nuit-là. Il revit la foule, l'ambulance, les voitures de police et les feux qui trouaient la nuit de leurs éclairs bleus et rouges. De nouveau, il sentait sur sa peau l'air tiède et humide, il sentait l'odeur de sa sueur, l'odeur de sa peur ; de nouveau la panique s'emparait de lui, recréant l'étourdissant cauchemar.

Mais ce n'était pas un cauchemar.

Il lui sembla entendre l'exclamation sourde de la foule, revoir les ambulanciers avec le brancard sur le seuil de l'immeuble.

Glory s'approcha de lui, referma doucement la main sur son bras. Il se tourna vers elle, la regarda sans vraiment la voir. Ce qu'il voyait, c'était deux hommes en blanc, un brancard et, dessus, un corps immobile sous un drap.

— Mon Dieu ! dit Glory en scrutant son visage. C'est quoi, cet immeuble ?

— C'est là que je vivais. Avec ma mère.

Il s'avança vers l'entrée. Son cœur lui martelait les côtes, le souffle lui manquait, le sang battait à ses tempes.

— C’est ici qu’elle est morte. Assassinée. Poignardée par un client, à ce qu’ils ont dit. Seize coups de couteau.

Il s’avança encore, s’arrêta à l’endroit précis du drame et poursuivit, comme pour lui-même :

— Et c’est là que je l’ai vue. Là que j’ai arraché le drap et que j’ai vu… son visage.

Il la revoyait cette nuit-là, d’une pâleur mortelle, avec ces entailles d’un rouge brutal. Un cri lui monta aux lèvres qu’il retint de justesse, tout comme il retenait les larmes qui lui brûlaient les yeux.

— Elle était si belle… et cette mort si sordide. Elle ne méritait pas cela. C’est trop injuste.

Il s’interrompit brusquement, ravala sa douleur, se concentra sur sa colère et se tourna vers Glory.

— Je retrouverai le salaud qui l’a tuée. Je le retrouverai et je le lui ferai payer.

Glory lui prit la main, la porta à ses lèvres, lui mouilla les doigts de ses larmes.

De la rue leur parvinrent les hurlements furieux d’un Klaxon. La voiture de Santos arrêtée en pleine chaussée bloquait le passage. Ignorant le tapage, il referma sa main sur celle de Glory.

— Tu vois qui je suis, princesse ? Tu vois ce que nous avons en commun, toi et moi ?

Au lieu de reculer, de le regarder avec horreur, avec dégoût, elle l’entoura de ses bras et posa la joue contre sa poitrine.

— C’est trop triste, dit-elle d’une voix mouillée de larmes. Je suis désolée pour toi.

Santos demeura quelques instants rigide, près de refuser ce qu’elle lui offrait, à nier les sentiments qu’elle éveillait en lui. Puis il céda, referma les bras sur elle et enfouit son visage dans son odorante chevelure.

— Je l'aimais, murmura-t-il d'une voix étranglée.

— Je sais.

Et ils restèrent ainsi, entre les bras l'un de l'autre, sous les hurlements des Klaxon.

26

Cette brève visite au Quartier français avait tout changé, comme si, en l'espace d'un instant, Glory et Santos avaient cessé d'être des étrangers, comme s'ils se connaissaient depuis toujours, comme si des liens ténus mais forts les attachaient déjà l'un à l'autre.

Glory acceptait l'existence de ces liens sans la remettre en question. Santos résistait, se répétait que les sentiments qu'il éprouvait pour Glory étaient irrationnels et dangereux, relevaient de la folie, de l'illusion. Il affirmait n'avoir rien de commun avec elle. Et pourtant, tout paraissait si vrai. Si vrai, et si juste.

Initialement, Glory et Santos se voyaient deux ou trois fois par semaine pendant une heure ou deux, et ils s'en contentaient. Il la retrouvait à l'école, à la bibliothèque ou sur la promenade, puis ils s'échappaient discrètement ensemble. Ils se contentaient de s'embrasser, de se tenir dans les bras l'un de l'autre. Ils étaient heureux d'être ensemble.

Avec le temps, ils en voulurent davantage. Le désir qu'ils avaient l'un de l'autre croissait avec le contact physique. Ils devinrent plus gourmands. Ils frisaient l'imprudence. Glory se mit à prendre des risques devant lesquels elle aurait reculé auparavant.

Ces risques lui faisaient peur et la peur lui nouait le ventre un peu plus chaque jour. Tôt ou tard, sa mère la surprendrait et tout serait fini. Sa mère trouverait un moyen pour la séparer de Santos.

Pourtant, malgré la peur, Glory ne pouvait se résoudre à la prudence. Un seul jour sans voir Santos était plus qu'elle n'en pouvait supporter. Il était l'air qu'elle respirait, le soleil qui la réchauffait. Sans lui, elle allait s'étioler et mourir.

Elle demanda à Liz de l'aider, de lui servir d'alibi tandis qu'elle passait de longs moments seule avec Santos, dans ses bras.

Comme ce soir.

Santos l'avait rejointe derrière le cinéma où elle était censée voir un film avec Liz, puis il l'avait conduite dans un endroit désert de Lafreniere Park. Là, il avait garé la voiture et coupé les phares. Aussitôt, Glory s'était abandonnée contre lui en riant, lui offrant son visage, et il l'avait couverte d'une pluie de baisers, goûtant ses paupières, ses joues, son menton et sa bouche, aussi avide d'elle qu'elle l'était de lui.

Tandis qu'il l'embrassait, elle le caressait partout où ses mains pouvaient arriver. Brûlant de désir, frustrée par la barrière des vêtements, elle tendit une main vers sa chemise, la tira pour glisser les paumes sur son ventre ferme et lisse, sur sa poitrine. La chaleur de sa peau satinée était irrésistible, un avant-goût de paradis.

— Tu m'as tellement manqué ! murmura-t-elle entre deux baisers. J'ai cru que la journée ne finirait jamais.

— Toi aussi tu m'as manqué.

Il posséda sa bouche avec ardeur, rompit le baiser et ajouta :

— J'aime ton goût… tu es si délicieuse, si…

Il gémit et reprit ses lèvres. Ils s'embrassèrent longuement, s'enivrant l'un de l'autre, sombrant dans un vertige de désir qui exigeait satisfaction. Elle se battait avec les boutons de sa chemise, lui avec ceux de son corsage, qu'il finit par tirer par-dessus sa tête.

— Comme tu es belle, dit-il dans un souffle en effleurant du bout des doigts la ligne de ses épaules, la courbe de ses seins recouverts de fin coton blanc.

Elle frissonna, la caresse appelant un contact plus intime. Posant les paumes à plat contre la poitrine nue de Santos, elle sentit sous sa main les battements accélérés de son cœur et appuya son front contre le sien. Jusqu'ici, il n'était jamais allé plus loin. Il l'avait toujours arrêtée. Mais elle ne voulait pas s'arrêter, et elle le lui confia.

— Tu ne sais pas ce que tu dis, objecta-t-il.

— Oh si.

Sur ces mots, elle dégrafa elle-même son soutien-gorge, le laissa glisser le long de ses bras. L'air froid fit aussitôt durcir les pointes de ses seins. Pendant quelques secondes interminables, il resta là, silencieux, à la dévisager, les traits douloureusement crispés.

— Glory, ma chérie, murmura-t-il enfin d'une voix rauque de désir, ce n'est pas une bonne idée.

Elle lui prit les mains, les porta à sa poitrine.

— Si, c'est… S'il te plaît, Santos, caresse-moi.

Il le fit, prit ses seins dans ses paumes tièdes qui chassaient la sensation de froid et, pourtant, elle frissonnait encore, de désir, de besoin, elle se pressait contre sa main, renversant la tête en arrière.

Soudain, la bouche de Santos sur son mamelon tendu lui arracha un cri et elle noua les doigts dans ses cheveux. C'était donc cela, le vrai plaisir. Jamais elle n'aurait imaginé qu'une telle caresse pût être aussi exquise, aussi parfaite et merveilleuse. C'était là le pouvoir que sa mère avait sur son père, le pouvoir d'Eve sur Adam. Mais cette ivresse délicieuse pouvait libérer comme asservir, tendre vers le bien ou le mal. Avec Santos, elle se sentait libre, il lui semblait flotter sur les ailes des anges.

Il était l'homme de sa vie, son destin. Si elle avait eu des doutes, elle n'en avait plus à présent.

Haletant, il relâcha son sein, se renversa en arrière, l'entraînant avec lui. Ils étaient étendus sur le siège de la voiture, leurs torses nus pressés l'un contre l'autre, et elle sentait son sexe, si terriblement, si délicieusement dur, moulé dans le pli tendre du sien.

— Santos, n'arrête pas... je ne veux pas qu'on arrête...

Malgré le froid extérieur, leur souffle embuait les vitres, et Santos transpirait. De la langue, elle goûtait le sel âcre de la sueur sur sa peau.

— Il le faut pourtant, dit-il dans un souffle.

— Mais pourquoi, puisque je t'aime ? Après ce soir, nous ne nous reverrons pas de trois semaines.

Elle pensait aux soirées, aux bals et aux dîners de la période de carnaval qui la sépareraient de Santos. Elle laissa échapper un soupir frustré.

— J'ai tellement besoin de toi !

— Je déteste mardi gras, grommela-t-il en réponse. Je vais devenir fou sans toi.

— Alors, ne t'arrête pas... s'il te plaît, Santos, murmura-t-elle en pressant ses hanches contre les siennes.

Santos plaqua les mains au creux de ses reins, la maintint fermement pour l'empêcher de remuer.

— Tu joues avec le feu, dit-il d'une voix enrouée.

Elle lui mordilla le lobe de l'oreille et roucoula tout bas :

— J'aime ça.

— Glory, tu ferais mieux de…

— De quoi ?

Elle rit doucement, se frotta contre lui par défi.

— Qu'est-ce que tu vas me…

Elle n'acheva pas sa phrase. Tout se passa si vite que, sans savoir comment, elle se retrouva assise à califourchon sur les genoux de Santos, sa courte jupe de jean remontée jusqu'aux hanches.

— Mon petit feu d'artifice, qu'est-ce que je vais faire de toi, hein ?

Il caressa ses cuisses, remonta jusqu'à ses hanches, redescendit en pétrissant ses fesses. Et c'était bon. De plaisir, elle cambrait les reins, elle en ronronnait presque. Santos laissait échapper de petits râles de satisfaction. Ses mains allaient et venaient. L'une d'elles vint se poser sur le sexe de Glory couvert de fin coton blanc. Elle eut un hoquet de surprise. La main se retira aussitôt.

— Non… N'arrête pas…

La prenant dans la sienne, elle la remit en place, se soulevant un peu pour la placer exactement où elle voulait. Et elle frissonna. Personne ne l'avait touchée à cet endroit — encore que certains eussent essayé — et, ce soir, elle était heureuse d'avoir attendu, heureuse que Santos fût le premier.

De nouveau, elle se cambrait, se frottait contre sa main, contre son érection. Elle brûlait de désir, cherchait un assouvissement dont elle ignorait tout mais dont l'urgence était indéniable.

Sous le coton blanc, Santos trouva son sexe. Elle gémit, ferma les yeux et plongea les mains dans ses cheveux.

— N'arrête pas… jamais…

La caresse intime de Santos, d'abord légère, délicate,

se fit plus vive, plus profonde. Elle s'aperçut soudain qu'il était en elle, qu'il caressait à l'intérieur, et cette sensation de douce invasion bienvenue défiait toute description. Il lui semblait qu'il était fait pour elle, qu'il était à sa place avec elle, en elle, qu'ils étaient unis ainsi depuis toujours et pour toujours.

Ses mouvements s'accéléraient, son souffle devint haletant, irrégulier, son cœur battait à se rompre. Elle avait perdu tout contrôle mais elle allait droit vers l'inconnu, sans peur. Des étoiles explosèrent dans sa tête et elle cria son nom, se laissa tomber sur lui, prit sa bouche, l'embrassa encore et encore. Elle ruisselait de sueur et son cœur martelait ses côtes comme si elle avait couru un marathon. Son corps tout entier vibrait. Elle se sentait délicieusement vivante, radieuse de vie.

Nichant la tête au creux de son cou, elle lui murmura des paroles de tendresse, de remerciement, de dévotion. Les secondes s'étirèrent en minutes et le monde reprit peu à peu sa place. Alors, elle se rendit compte qu'il tremblait. Levant les yeux vers lui, elle scruta son visage et comprit.

— Oh, Santos, excuse-moi... Je suis désolée.

Il effleura doucement sa joue humide, essuyant les larmes qu'elle ignorait avoir répandues. Et il lui souriait.

— Désolée de quoi ? D'avoir fait de moi le garçon le plus heureux du monde ?

— Mais comment... ? Comment ai-je pu te rendre heureux ? Tu n'as pas...

Gênée, elle s'interrompit, laissa sa phrase inachevée. Il rit et lui encadra le visage de ses mains.

— Tu veux savoir comment ? En te donnant si totalement à moi.

— Je te donnerais tout. Tout de suite, Santos, tout, articula-t-elle, la gorge nouée par l'émotion.

Il nia de la tête.

— Non. Ce ne serait pas bien.

— Mais pourquoi ?

— Parce que…

Il eut un soupir de frustration et reprit :

— A cause de l'endroit où nous sommes, de la manière dont nous nous cachons. Ce n'est pas bien. J'ai l'impression de vivre un mensonge.

Elle lui prit la main, la serra.

— Mais, Santos, je t'aime. Cela ne peut pas être mal. Ce n'est pas un mensonge.

— C'est ce que tu crois.

Il dégagea doucement sa main, mais ce geste fut pour elle comme une gifle. Pourtant, elle ne céda pas, recouvrit sa main de la sienne et insista :

— Cela ne peut pas être mal. Je t'aime plus que tout au monde ! Tu me crois, non ?

Il resta longuement silencieux puis se détourna d'elle.

— Santos ? Tu me crois quand je dis que je t'aime, non ? s'enquit-elle, profondément blessée.

Le silence se prolongeait, humiliant.

— Tu me crois, Santos ? Dis-moi que tu me crois, dis.

— Non. Je… Je suis désolé, mais je ne peux pas. Je ne peux pas te le dire.

Elle ôta sa main de la sienne, s'éloigna de lui. Elle avait mal entendu. Il n'avait pas pu dire… Et pourtant si. On ne peut plus clairement. Il ne croyait pas à son amour. N'avait pas foi en elle. Elle se dégagea de lui, remonta son slip, baissa sa jupe, la lissa sur ses cuisses. Elle se sentait soudain terriblement nue et vulnérable. Ce qui quelques instants plus tôt lui avait semblé si juste lui paraissait maintenant une erreur. Les larmes lui brouillèrent les yeux. A tâtons, elle chercha son soutien-gorge, le trouva, le passa et l'agrafa.

— Je ne voulais pas te blesser, Glory, dit-il à voix basse en lui tendant son corsage.

Elle le lui arracha des mains et l'enfila. Ses mains tremblaient si fort qu'elle dut s'y reprendre à deux fois pour le boutonner correctement.

— Tu n'as fait qu'être clair, que dire la vérité, c'est cela ? Après tout ce qui s'est passé, tu crois encore que…

— Laisse tomber, Glory.

— Et si je ne veux pas ?

— Ça te regarde.

— En tout cas, j'ai le mérite d'être franche, moi.

— Ce qui signifie ?

— Que tu n'es même pas fichu de dire ce que tu penses. De dire que Glory ne vaut pas un clou.

Cette fois, il l'avait mise en colère pour de bon. Elle le toisa du regard, redressa le menton et poursuivit :

— Espèce de… de crétin. Tu as été tout sauf clair. Tu t'imagines encore que je joue avec toi, que je suis une petite princesse gâtée qui ne s'intéresse qu'à elle-même.

— Donne-moi une raison de croire le contraire.

Elle lui lança une gifle. Il rattrapa sa main au vol. Elle essaya de l'autre main. Il l'attrapa aussi et porta les deux mains sur son cœur.

— Grandis un peu. Ce sont les mômes qui trichent, qui se cachent. Je ne suis pas un môme.

— Mais tu n'en sais pas autant que tu le crois.

— Alors éclaire-moi.

Furieuse, vexée au plus haut point, elle libéra ses mains d'une secousse.

— Pour quoi faire ? Tu me prends pour une princesse gâtée ? Tant mieux, c'est super. Je n'ai rien à te prouver.

Elle le foudroyait du regard, espérant de toutes ses forces qu'il reviendrait en arrière, qu'il s'excuserait. Espérant surtout qu'il l'aimait comme elle l'aimait. Mais il soutenait son regard, aussi furieux et décidé qu'elle l'était.

Enfin, il se détourna avec un juron, puis revint à ses yeux.

— Si tu m'aimais comme tu le prétends, tu parlerais de nous à tes parents.

Elle sentit son cœur s'accélérer, lui prit les mains pour mieux le supplier de comprendre.

— Ce n'est pas vrai ! Tu sais pourquoi je ne leur en parle pas. Tu sais bien que je ne peux pas. Je t'ai déjà parlé de ma mère… Je t'ai déjà dit…

La peur lui nouait la gorge, mais elle poursuivit bravement :

— Demande-moi ce que tu voudras, Santos, ce que tu voudras et je le ferai.

— Tout, mais pas cela, n'est-ce pas ?

Elle baissa les yeux, retint son souffle.

— Je ne te demande rien d'autre, Glory. C'est tout ce que je veux. Alors ? Qu'est-ce que tu comptes faire ?

— Mais elle va nous détruire ! Elle trouvera un moyen, j'en suis sûre.

— Et cela, Glory ? Cela aussi va nous détruire.

Ses yeux s'emplirent de larmes, débordèrent. Il l'attira contre lui et elle enfouit le visage au creux de son épaule. Si seulement ils pouvaient revenir dix minutes en arrière, elle arrangerait tout, elle changerait l'avenir pour eux !

Lorsqu'il reprit la parole, sa voix était douce, mais ses paroles, son ton, empreints de fermeté :

— J'en ai assez de me cacher comme ça. J'ai l'impression de faire quelque chose de mal. Je n'aime pas tricher ni mentir. Je n'aime pas les implications du mensonge.

— Mais nous ne mentons pas, cela n'implique rien du tout !

— Cela implique que je ne suis pas assez bien pour toi.

— Non ! Ce n'est pas vrai, protesta-t-elle avec véhémence en se dégageant de ses bras. C'est à cause de ma mère, de mon père.

— Parce que je ne suis pas assez bien pour eux.

Elle perçut la colère, l'accusation dans ses paroles. Non seulement contre ses parents, mais contre elle aussi. Comme si le fait d'être leur fille l'avait contaminée. Comme si elle adhérait nécessairement à leurs principes, qu'elle le reconnût ou non.

— Si mon père avait été membre de Comus[1], je serais un garçon bien. Si j'avais été étudiant à l'université de Tulane, si j'étais en prépa de médecine, si ma peau était blanche comme neige, ils comprendraient nos sentiments. Ils applaudiraient des deux mains !

— Papa n'est pas comme ça. Il est gentil… compréhensif. Mais il se range toujours dans son camp à elle. Toujours. Quoi qu'elle fasse. Quoi qu'elle dise.

— Glory, j'en ai assez de mentir. Tout est bien entre nous, mais ce que nous faisons est mal. Nous tenons l'un à l'autre. Nous ne devrions pas en avoir honte. Nous ne devrions pas avoir à le cacher.

— Santos, je t'en prie. Donne-moi du temps.

1. Nom du club très fermé fondé en 1856 à La Nouvelle-Orléans par de riches hommes d'affaires pour célébrer Mardi Gras.

— J'aimerais que tu rencontres Lily. Demain.

Il lui avait parlé de Lily, qui l'avait tiré de la rue. Il lui avait parlé du passé de cette femme d'un ton de provocation, comme s'il cherchait à la faire réagir. Elle ne lui avait pas jeté la pierre. Pourquoi l'aurait-elle fait d'ailleurs ? Cette Lily paraissait bonne, généreuse, aussi attachée et dévouée à Santos qu'il l'était à elle. Sans Lily, Santos serait peut-être mort. Mais Glory avait peur, une peur irrationnelle, viscérale. Une peur qui l'oppressait à l'étouffer ; elle avait peur de sa mère, de son pouvoir, peur de l'avenir, de perdre Santos. Elle nia de la tête.

— Si je la rencontrais… ce serait… Tu ne peux pas comprendre, mais j'ai ce pressentiment, ce pressentiment terrible que si quelqu'un savait pour nous deux, ce serait fini. Ils trouveront un moyen de nous séparer, je le sais.

— Tu racontes des conneries ! explosa-t-il, furieux.

Il repoussa ses mains, glissa le long du siège et sortit de la voiture. Elle le suivit dehors, frissonnant dans l'air froid de la nuit. Il lui tournait le dos, raide, les poings serrés.

— Je ne peux pas continuer comme ça, Glory. Si tu voulais de moi, si tu n'avais pas honte de moi, tu parlerais de nous à tes parents.

— Je n'ai pas honte de toi ! Il faut que tu me croies !

Elle tenta de le prendre dans ses bras, mais il la repoussa, et ce rejet lui fit mal.

— Je n'ai pas honte de toi, répéta-t-elle. Pas du tout. Je voudrais parler de toi à tout le monde, te montrer partout, crier bien haut que tu m'appartiens.

— Alors, prouve-le.

Il se tourna vers elle, la regarda dans les yeux et, devant l'expression de ses prunelles, Glory sentit le désespoir s'emparer d'elle. Elle était en train de le perdre. Sa mère gagnait la partie.

Elle ne pouvait permettre cela, ne le permettrait pas. Cette fois, elle ne laisserait pas sa mère lui voler son bonheur. Se redressant, elle déclara :

— J'en parlerai à mon père. Je le gagnerai à notre cause. Mais d'abord, je voudrais... il faut que je te raconte quelque chose. A propos de ma mère. Je veux que tu... que tu comprennes pourquoi elle me fait peur. Tu promets d'écouter ?

Il acquiesça de la tête, et elle commença son récit. D'une voix qui s'étranglait parfois, elle lui raconta l'épisode du livre d'art dans la bibliothèque avec le petit Danny, lui raconta la rage de sa mère et le châtiment brutal, inimaginable, qu'elle lui avait infligé.

Tout en parlant, Glory regardait le visage de Santos, mais elle voyait les traits de sa mère, ses traits défigurés en un masque grotesque et terrible. Elle sentait de nouveau le frottement de la brosse à ongles sur sa peau à vif, elle entendait de nouveau les paroles menaçantes, revoyait son propre sang filtrer ici et là et teinter de rose l'eau du bain trop chaud.

« Je te purifierai, ma fille. Dussé-je ôter la chair de tes os, tu seras pure. »

A mesure qu'elle parlait, Glory libérait toute l'horreur de cette journée. Chaque mot prononcé, chaque image revue la rapprochait de l'hystérie, qui finit par l'engloutir tout entière. Glory sentit venir ce moment, mais elle ne put rien faire pour s'y opposer. Elle ne savait comment lutter contre un tel raz de marée. Elle se mit à trembler si fort qu'elle ne tenait plus debout. Elle pleurait, sanglotait convulsivement. Enfin, incapable de se soutenir, elle se plia en deux et s'effondra à terre.

Santos vint à elle, la souleva dans ses bras, la ramena à la voiture et l'installa doucement dans le siège. Puis, contournant le véhicule, il alla prendre place près d'elle, l'attira sur ses genoux, la serra contre lui et la berça longtemps, lui murmurant de tendres paroles de réconfort.

Et elle pleura, pleura jusqu'à ce que ses larmes fussent taries, jusqu'à ce que l'horreur de cette journée vieille de plus de huit ans regagne sa tanière dans un coin de sa mémoire privé d'air, de lumière, de chaleur.

— Je n'en ai jamais parlé à personne, murmura-t-elle finalement, épuisée. Pas même à Liz. J'aimerais tellement ne pas m'en souvenir !

Il laissa échapper un triste soupir.

— Je suis désolé, ma chérie. Je regrette que tu t'en sois souvenue pour moi.

Elle leva les yeux vers lui et rencontra son regard. La violence qu'elle y vit lui coupa le souffle.

— Il n'y a rien à regretter. Je suis contente de t'en avoir parlé. Il fallait que tu saches.

Elle posa la tête sur sa poitrine, écouta un moment le rythme régulier, rassurant de son cœur.

— Tout ce que j'aime, elle me l'arrache. Toutes mes joies, elle les étouffe. Depuis toujours.

Glory frissonna, se blottit contre Santos et ajouta :

— Elle nous tuera, nous aussi, quand elle saura.

— Je ne la laisserai pas faire, murmura-t-il avec détermination. Je te promets qu'elle ne nous séparera pas, quoi qu'il arrive.

Glory songea qu'il ne pourrait jamais l'en empêcher. Personne ne pouvait se mettre en travers de sa route. Mais elle n'en dit rien. L'avenir viendrait toujours assez tôt. Pour le moment, elle jouirait au mieux du présent, ferait comme si demain n'existait pas.

Elle attira Santos à elle et prit sa bouche.

27

Le Mal l'appelait haut et fort, l'appelait par son nom, et cet appel résonnait dans sa tête, oblitérant tout autre son. Hope laissa retomber le combiné et porta les mains à ses oreilles. Non ! Elle n'obéirait pas à cet appel. Elle ne succomberait pas, pas cette fois.

L'appel se fit tonnerre, et elle s'effondra à genoux, repliée sur elle-même, haletant comme une bête. Elle avait fait un pacte avec le Mal et, aujourd'hui, il lui fallait payer. Il exigeait son dû.

Les paroles du Pater, du rosaire, du vingt-troisième psaume lui vinrent à l'esprit, se mêlant dans sa tête en un magma confus de promesses et de suppliques. Hope s'accrochait à ces mots, s'en faisait un rempart pour repousser le Mal.

— Non ! protesta-t-elle à voix basse d'abord, puis tout haut.

Elle serrait les poings si fort que ses ongles s'enfonçaient dans ses paumes. Par la seule force de sa volonté, elle luttait contre l'appel de la Bête. Enfin, tout s'apaisa. Le tonnerre se fit grondement, puis bourdonnement diffus.

Puis il se tut. Hope demeura de longues minutes à genoux, épuisée par la lutte. Les battements de son cœur se calmèrent, son souffle se fit plus régulier, plus profond, sa peau baignée de sueur cessa de brûler. Le triomphe s'enflait en elle comme une vague. Elle était en sécurité à présent. Une fois de plus, elle avait vaincu la Bête.

Elle se releva et, d'un pas chancelant, alla s'asseoir à sa coiffeuse. Dans le miroir, elle examina son reflet serein, y chercha un signe du Mal. Il n'y en avait pas. Un léger sourire lui retroussa les lèvres. Elle libéra sa chevelure, la brossa soigneusement — deux cents coups de brosse, comme chaque jour depuis son enfance.

Sans quitter du regard son reflet dans la glace, elle repensait à ces instants, juste avant que le Mal ne vienne la chercher. Sa mère avait appelé pour se plaindre qu'elle avait quelque peine à rassembler l'argent du dernier versement, pour lui demander si elle avait vraiment besoin de l'intégralité des cinq cent mille dollars. Elle avait déclaré que son comptable jugeait imprudent qu'elle vende tous ses biens.

Hope plissa les yeux. Elle s'était battue toute sa vie contre le Mal. A maintes reprises, elle avait payé le prix des péchés de sa mère. Et voilà que celle-ci avait l'audace d'hésiter à lui rendre un service ! Sa mère croyait-elle qu'elle se serait humiliée de la sorte si elle n'avait pas eu besoin de cette somme ? Croyait-elle que, après avoir convaincu Philip qu'un ami de la famille acceptait de lui prêter l'argent, Hope pouvait maintenant aller voir son mari pour lui annoncer que la totalité de la somme n'était pas disponible ?

Non. Il lui fallait ce dernier versement, et elle l'avait dit à sa mère — sur un ton si pitoyablement pathétique que d'y repenser lui soulevait le cœur.

Hope tira sur la brosse et grimaça de douleur tant la main lui brûlait. Ses pensées revinrent à Philip. Oh, il s'était accroché à cette histoire de vieil ami de la famille comme un noyé à une bouée.

— Tu te souviens, c'est celui qui nous a offert les baccarats pour notre mariage, ces verres affreux que nous avons changés.

Et, fort heureusement, il s'était souvenu. Il lui était si reconnaissant de le sauver de sa propre bêtise qu'il n'avait pas posé de questions. Pourtant, il en avait, des questions. Elle l'avait vu à ses yeux.

Hope sourit à son reflet. Elle avait éprouvé un vif soulagement. Et du dégoût aussi. Philip était un sot d'une faiblesse écœurante.

Dans le miroir, elle aperçut le reflet de Glory qui passait à pas de loup devant la porte entrouverte de la chambre. Elle se retourna.

— Glory Alexandra, c'est toi ?

Hope entendit le soupir de sa fille et sourit. Glory lui cachait quelque chose. Quoi, elle l'ignorait. Et tant qu'elle ne le saurait pas, elle lui laisserait croire qu'elle ne s'était aperçue de rien. Comme son époux, sa fille était facile à contrôler.

— Oui, maman.

— Entre, s'il te plaît.

Glory s'encadra dans l'embrasure de la porte mais n'entra pas. Elle croisa les bras sur la poitrine, releva la tête dans une attitude de défi.

— Qu'y a-t-il ?

— C'était bien, *Mask* ?

Glory parut surprise, et Hope plissa les yeux.

— Le film.

— Bof, fit Glory en haussant les épaules. Pas trop mal. Il a plu à Liz plus qu'à moi.

— Ah oui ? Et pourquoi cela ?

Glory hésita, rosit un peu. Hope feignit de n'en rien remarquer.

— Je n'en sais rien.

Elle jeta un regard autour de la pièce puis reporta son attention sur sa mère.

— Où est papa ?

— A l'hôtel. Encore une de ses petites urgences, dit Hope en agitant négligemment sa brosse à cheveux.

Glory écarquilla les yeux.

— Mais, maman, tu saignes. Regarde. Ton poignet.

Hope regarda, vit un petit filet de sang couler le long du manche de la brosse, sur son poignet, et jusque sur la manche de son peignoir blanc. Elle fixa la tache, surprise, nerveuse. Glory s'avança vers elle.

— Ça va, maman ?

Hope se ressaisit, posa la brosse sur la coiffeuse.

— Ce n'est rien. Une petite coupure.

Elle étancha le sang avec un disque de coton à démaquiller, puis fixa de nouveau sa fille.

— Tu n'as pas oublié que nous avons des engagements le week-end prochain ? A commencer par le banquet des Krewe.

— Non, maman, je n'ai pas oublié.

— Le carnaval battra son plein d'ici là. Et j'ai bien peur que le petit chou ne doive se passer de toi pendant quelques semaines.

Glory pâlit soudain.

— Le petit chou ?

— Liz, voyons. Que vas-tu chercher ?

— Rien, répliqua Glory en redressant le menton. C'est seulement que… je n'aurais pas idée de l'appeler « le petit chou ». Liz n'est pas un bébé.

Hope scruta les traits de sa fille un long moment, puis elle reprit sa brosse.

— Tu sais, Glory, si je découvre que tu me mens, je te punirai. Mais si j'apprends que tu pèches contre le Seigneur…

Elle regarda le reflet de Glory droit dans les yeux et ajouta :

— … je te le ferai regretter.

Glory agita la tête, les yeux écarquillés.

— Je ne fais rien de mal, maman. Rien du tout.

— Je connais des endroits où je pourrais t'envoyer, des endroits où tu ne serais pas constamment soumise à la tentation. Des endroits où ils savent remettre les petites filles dévergondées dans le droit chemin.

Blême, Glory recula d'un pas.

— Tu me… tu m'enverrais… en pension ?

Hope sourit, ravie de voir sa fille si mal à l'aise.

— J'en serais attristée, bien sûr. Je sais que tes amies, ton foyer te manqueraient. Mais, si c'est nécessaire, je n'hésiterai pas. Tu comprends ?

Glory acquiesça de la tête et le sourire de Hope se fit plus radieux.

— Excellent. Tu as l'air fatigué, tu devrais te coucher. Nous allons à la messe de bonne heure demain.

— Dis à papa… dis-lui bonsoir de ma part… Et aussi que j'ai besoin de… Non, rien.

Hope se retourna vers le miroir.

— Ferme la porte derrière toi, s'il te plaît.

Glory obéit. A peine le battant était-il refermé que Hope laissa échapper sa brosse qui tomba sur la coiffeuse, renversant plusieurs flacons. L'odeur de Poison se répandit dans la pièce. Hope ouvrit ses mains tremblantes et contempla ses paumes maculées de sang.

Le sang du sacrifice. Comme celui du Christ sur la Croix.

Le Mal réclamait son agneau.

Hope porta les mains à son visage. Elles étaient humides, poisseuses. Un vague relent musqué se mêlait à l'odeur du parfum renversé. Elle eut un haut-le-cœur, se leva précipitamment et courut vers la salle de bains.

28

A mesure que le temps passait, l'inquiétude de Liz grandissait. Elle consulta sa montre et fronça les sourcils. Elle avait rendez-vous dans les toilettes de l'hôtel Fairmont avec Glory à 21 h 15 précises. Elle était sur place depuis dix minutes à présent. Où donc était Glory ?

Liz se mit à marcher de long en large, l'estomac noué par l'angoisse. Pourquoi Glory n'était-elle pas encore arrivée ? Pourquoi elle, Liz, avait-elle accepté de participer à ce projet aussi fou que dangereux ? Prendre la place de Glory. Faire semblant d'être Glory devant quatre cents personnes ! Il fallait qu'elle eût perdu l'esprit.

S'avançant jusqu'aux lavabos, Liz regarda son pâle reflet dans le miroir et frissonna. Quand Glory lui avait proposé de la remplacer à ce bal masqué, elle avait eu des doutes, mais, comme elle était curieuse, Glory n'avait guère eu de peine à la convaincre que c'était beaucoup moins risqué qu'il n'y paraissait. Elle et Liz avaient à peu près la même taille et portaient des chaussures de même pointure. Il y avait toujours une foule immense à ce bal, et la salle était faiblement éclairée. Sa mère ne s'occupait pas d'elle et son père restait près du bar. Si Liz ne quittait pas son masque et demeurait en marge de la salle, tout se passerait bien.

Liz avait fini par s'enthousiasmer pour cette idée. Elle avait toujours rêvé d'assister à un vrai bal masqué comme ceux dont parlent les romans sur le Vieux Sud. Elle était curieuse aussi de voir comment vivaient les riches. Et, surtout, elle désirait vivement être Glory, fût-ce seulement pour un soir.

Honteuse de ses propres pensées, elle rougit et porta les mains à ses joues en feu. Pour qui se prenait-elle ? Pour Cendrillon ? Croyait-elle qu'il suffisait de chausser les pantoufles de vair pour attirer le prince ?

Elle se fit une grimace et tourna le dos à son image. Quand on était l'une des vilaines sœurs, on le restait. Point, à la ligne.

Allant jusqu'à la porte des toilettes, elle jeta un coup d'œil dans le couloir qui conduisait aux ascenseurs. Toujours pas de Glory. Liz soupira, referma la porte et se dirigea vers l'un des canapés du petit salon où les dames se repoudraient le nez.

Elle aurait dû se douter que Glory serait en retard. Elle était toujours en retard ces temps derniers. Et Liz, elle, se retrouvait seule à servir d'alibi pour que Glory et Santos puissent être ensemble. Au début, Glory ne lui demandait son aide qu'occasionnellement, et elle était heureuse de l'aider. Mais à présent, c'était tous les jours. Certes, Glory était sa meilleure amie et elle aurait fait n'importe quoi pour elle. Seulement, à la longue, elle en avait assez.

Liz soupira de nouveau. Avant, elles organisaient toutes sortes de choses ensemble, elles étudiaient, allaient au cinéma, à la bibliothèque, elles avaient même fait de la bicyclette à Audubon Park. Aujourd'hui, au lieu de passer son temps avec Glory, elle le passait à faire semblant d'être avec elle. Elle soupira encore. C'était sans doute le prix à payer quand on avait une amie amoureuse.

Tapotant le somptueux tapis d'Orient du bout de ses tennis, Liz réfléchit. Elle s'inquiétait chaque jour davantage pour Glory, que l'amour rendait terriblement imprudente. Jamais elle ne l'avait vue ainsi. Elle allait finir par se trahir. Sa mère ne tarderait pas à remarquer que sa fille était métamorphosée.

Si ce n'était déjà fait.

Liz frissonna et se frotta les bras. Hope St. Germaine la terrorisait, la glaçait. Même si elle s'était toujours montrée courtoise envers elle, la saluant cordialement lorsqu'elle la voyait, Liz ne croyait pas à ces simagrées. Elle avait sa petite idée sur la mère de Glory. Hope St. Germaine avait décidé que Liz Sweeney avait une bonne influence sur sa fille. Elle encourageait donc leur amitié. Mais cela pouvait changer. Cela changerait même à coup sûr si maman décidait brusquement que Liz n'était plus le genre d'amie qu'elle souhaitait pour sa fille.

Hope St. Germaine avait beaucoup de pouvoir. Et elle était froide, si froide que Liz ne pouvait la regarder dans les yeux sans réprimer un frisson. Car elle savait que cette femme-là n'hésiterait pas à user impitoyablement de son pouvoir contre elle.

Et Liz savait aussi que, en pareil cas, elle n'aurait aucun recours. Non seulement elle n'avait aucun pouvoir, mais elle était dans une situation précaire en tant que boursière de l'académie. Il lui fallait se conduire de manière exemplaire. Un seul faux pas, et c'en était fini. On le lui avait expliqué d'abondance.

Une maman pénétra dans le salon avec deux jeunes enfants fatigués et grincheux. Elle disparut avec eux dans les toilettes. Liz les observa tous trois sans cesser de penser à la mère de Glory. Elle avait bien tenté de partager ses craintes avec son amie, mais Glory lui avait assuré qu'elle s'inquiétait pour rien, que sa mère n'y voyait que du feu, et que si par hasard celle-ci découvrait son idylle, c'était elle, Glory, qui serait punie, et non pas Liz.

Malgré cela, Liz ne parvenait pas à se débarrasser du terrible pressentiment qui lui nouait le ventre. Glory lui avait raconté sa dispute avec Santos, pour lui confier juste après qu'elle avait l'intention de parler à son père ; bientôt. Lorsqu'elle le ferait, les dés seraient jetés, le Rubicon franchi. Glory avait peur, Liz le savait. Mais pas assez pour se conduire avec prudence, pour espacer ses rencontres avec Santos, pour cesser de le voir.

Oh, elle ne comprenait que trop bien les sentiments de son amie. Ces deux derniers mois, elle avait passé beaucoup de temps avec Glory et Santos. Glory avait souhaité que son amie connaisse Santos comme elle le connaissait, que son amie pense elle aussi qu'il était merveilleux.

Et Liz le pensait. Il était à ses yeux le garçon le plus merveilleux qu'elle eût jamais connu. Il était intelligent, drôle, et beau comme un dieu ; il la faisait rire, il la faisait réfléchir ; en sa compagnie, elle se sentait même jolie. Et puis, il ne se gaussait pas de son intelligence, lui. Il admirait son intellect, il le lui avait dit. Ils se comprenaient aussi, comme Glory et lui ne se comprendraient jamais. Parce qu'ils venaient du même milieu, parce qu'ils avaient dû tous deux se frayer leur propre chemin.

De fait, elle était amoureuse de Santos.

Elle se mordit la lèvre, honteuse. Elle se méprisait d'avoir au fond d'elle-même le petit espoir tenace que Glory et Santos finiraient par rompre. C'était sournois et malhonnête. Même si, le cas échéant, elle n'avait nullement l'intention de profiter de leur rupture. Son amitié pour Glory passait d'abord. Jamais elle ne la trahirait. Jamais.

De toute manière, Santos ne lui accorderait jamais la

moindre attention. Elle lissa du doigt le joli galon parme du canapé. Même sans Glory, Santos était pour elle hors d'atteinte. Il était trop beau, trop cool pour un petit rat de bibliothèque de son espèce.

Liz s'affala contre les coussins moelleux, plissa le front, songea à l'avenir. A son avenir. Un jour, elle réussirait, elle serait riche et respectée. Elle trouverait un remède au cancer ou ferait une autre découverte qui changerait le monde. Personne ne se soucierait plus alors qu'elle ne soit ni jolie, ni pulpeuse, ni pétillante.

L'académie n'était qu'un début. De brillants résultats lui obtiendraient une bourse dans l'université de son choix et elle aurait accès à tout ce qu'elle avait toujours désiré.

La mère et ses enfants émergèrent des toilettes. La femme sourit à Liz et poussa ses enfants vers la sortie. Tandis que la porte se refermait sur eux, Liz entendit la petite fille s'écrier :

— Regarde, maman ! Une princesse !

Glory ! Liz se leva d'un bond. Enfin ! Il était temps.

Glory pénétra dans le petit salon. Liz en eut le souffle coupé. Sa robe était faite d'un fin tissu moiré dont les riches couleurs rappelaient les plumes de paon, et elle était bordée par un fin galon d'or. Glory ressemblait vraiment à une princesse. A la princesse que Liz avait toujours rêvé d'être. Prise de vertige, émerveillée, elle porta la main à son cœur.

— Tu es en retard, balbutia-t-elle.

— Je voulais attendre le moment idéal pour m'éclipser.

— Et ta mère ?

— Elle joue les reines du bal entourée d'une cour d'admiratrices. Elle ne m'a pas regardée deux fois de toute la soirée. C'est formidable. On va vivre une vraie aventure.

— J'ai une frousse à faire pipi dans ma culotte.

Glory éclata de rire, puis elle posa un doigt sur ses lèvres. Sur la pointe des pieds, elles gagnèrent toutes deux les toilettes des handicapés, se glissèrent à l'intérieur et verrouillèrent la porte derrière elles. Là, elles échangèrent leurs vêtements en silence. Glory avait trouvé une solution pour camoufler la différence flagrante entre leurs deux chevelures. Elle coiffa Liz de sa résille de perles, l'aida à agrafer la robe et lui ajusta le masque de plumes élaboré. Liz vit bien qu'il ne couvrait que la moitié de son visage, mais il suffisait à cacher son identité.

— Tu es superbe, chuchota Glory, l'œil luisant.

— Vrai ? demanda Liz en lissant la robe de sa main.

Une fois de plus, elle pensa à Cendrillon.

— C'est la plus jolie robe que j'aie jamais vue. Elle a dû coûter une fortune.

— Je te la laisse. Santos est tout ce que je désire. Ce soir, tous mes rêves vont se réaliser.

Liz scruta le visage de son amie et fronça les sourcils. Elle avait les joues en feu, le regard trop brillant. Elle tramait quelque chose derrière cette mascarade.

— Ça va bien, Glo ? Qu'est-ce que tu me caches ? Parle.

Glory ouvrit la bouche pour parler, avant de se raviser.

— Viens. Il faut que tu te voies comme ça.

Elle déverrouilla la porte, passa la tête dehors pour s'assurer que la voie était libre, puis elle entraîna Liz par la main jusqu'au petit salon. En apercevant son reflet, Liz laissa échapper une exclamation incrédule, émerveillée.

— C'est vraiment moi ?

— Oui, dit Glory en souriant. Je te l'ai dit, tu es superbe.

Liz pencha la tête de côté et examina son image, prise d'un doute.

— Même avec ce masque, je ne te ressemble pas.

— Mais tu me ressembles assez pour que cela passe. Evite de t'approcher de papa et de maman.

Liz frissonna à l'idée d'être découverte par Hope St. Germaine.

— Ne t'inquiète pas, je ne m'approcherai de personne. Et surtout pas d'elle.

— Tiens, dit Glory en lui tendant son sac de soirée. Mon brillant à lèvres est dedans. Et aussi un mouchoir. Si quelqu'un t'approche de trop près, mets-toi à tousser et file aux toilettes.

Liz prit le sac d'une main tremblante.

— Je n'arrive pas à y croire, murmura-t-elle.

— J'ai un trac d'enfer, chuchota Glory en retour.

— Oui, moi aussi, renchérit Liz.

Elle jeta un nouveau coup d'œil dubitatif au miroir. Elle aurait préféré ressembler davantage à son amie.

— Et si…

— Pas de si. Ça va marcher.

Liz prit la main de Glory.

— Sois prudente, hein. Veille à ce que personne ne te voie.

— Rassure-toi, personne ne me verra. Et toi, reste bien en marge de la salle. Arrange-toi pour que maman t'aperçoive de temps en temps. Cela lui suffira.

— Et ton père ?

— Je te promets qu'il ne quittera pas le bar de toute la nuit. Evite le bar.

Elle pressa chaleureusement la main de Liz, qui émit un petit rire nerveux.

— J'ai la frousse, mais c'est excitant.

— Je sais. Je suis comme toi.

Glory prit son amie dans ses bras, la serra très fort.

— Je t'aime, Liz. Tu es la meilleure amie du monde. Je te retrouve ici à 23 h 30, d'accord ?

— 23 h 30 précises, hein. Ne sois pas en retard. Pas après tout ça.

— Je serai à l'heure, c'est promis.

Elles allèrent jusqu'à la porte et Liz jeta un coup d'œil dehors. Personne en vue. Elle se glissa dans le couloir.

C'est alors que Glory lui saisit la main, la tira à l'intérieur. Surprise, Liz se retourna vers son amie.

— Que se passe-t-il ?

— J'ai tellement... tu crois que...

Glory se mordit la lèvre. Elle avait des larmes plein les yeux.

— Tu crois que Santos m'aime ? Il faut que... Il faut que je sache... que je sois sûre de ce que je fais.

La question de Glory, son incertitude laissèrent Liz sous le choc, presque sans voix.

— Mais... bien sûr qu'il t'aime... j'en suis certaine... D'ailleurs, quand il te regarde je...

Liz s'interrompit, la gorge nouée par l'émotion. Quand Santos regardait Glory, elle souffrait. Parce qu'elle aurait voulu qu'on la regarde ainsi, elle le souhaitait de tout son cœur. Et parce qu'elle craignait que personne, jamais, ne la regarde de la sorte.

Jamais elle ne serait vraiment une princesse. Jamais elle n'aurait le prince. Il appartenait à Glory.

— Quand Santos te regarde, reprit-elle à voix basse, je vois ses sentiments. Il est fou d'amour pour toi.

— Alors, pourquoi ne se déclare-t-il pas ? dit Glory avec des larmes dans la voix. Si je savais qu'il m'aimait, je pourrais affronter n'importe quoi. Même ma mère.

Liz n'avait rien à lui répondre. Et ce ne fut que lorsque Glory eut filé rejoindre Santos, lorsque elle-même se dirigea vers la salle de bal, que Liz se demanda pourquoi Glory avait des doutes sur ce qu'elle allait faire. Quel mystérieux projet nourrissait-elle ?

29

Hope quitta discrètement la salle de bal. Son cœur battait à une cadence folle. Sous son élégante robe du soir, elle portait un corset à l'ancienne, de vrais bas et rien d'autre. Les baleines du corset mordaient dans sa chair, et elle se réjouissait de cette douleur.

Elle méritait d'être punie. Elle était faible, mauvaise. Elle méritait d'être frappée par la main du Seigneur tout-puissant. Les textes des Ecritures lui trottaient dans la tête, l'implorant de se repentir, de revenir en arrière. Elle s'efforça de s'accrocher aux paroles sacrées, mais la voix du Mal était plus puissante. Le Mal insistait pour avoir son dû, exigeait d'être nourri.

Hope prit l'ascenseur jusqu'au cinquième. Elle longea le couloir d'un pas assuré. Si d'aventure quelqu'un l'apercevait, elle expliquerait qu'elle avait réservé une chambre afin de pouvoir se reposer pendant le bal. Elle avait d'ailleurs veillé à faire savoir à tous que, depuis quelques semaines, elle ne se sentait pas bien.

Elle approchait du but. A chaque pas, le corset la serrait davantage et la douleur l'excitait jusqu'à l'insoutenable. Le sang grondait à ses oreilles dans un tonnerre assourdissant.

Chambre 513. Elle s'arrêta devant la porte, reprit son

souffle. Son pourvoyeur, un petit homme vulgaire mais malin comme un singe, aurait veillé à tout. Il lui avait déjà rendu ce genre de service. Plus d'une fois.

Une étiquette suspendue à la poignée demandait que les occupants de la chambre ne soient pas dérangés. Elle frappa néanmoins : elle était attendue.

De l'intérieur, un son à peine humain lui répondit. Hope tourna la poignée, poussa la porte, entra. La pièce était obscure, mais il y avait quelqu'un. Elle entendait le halètement de la mâle créature.

Elle verrouilla la porte derrière elle, mit la chaîne de sécurité, dégrafa sa robe, l'ôta et la déposa précautionneusement sur une chaise, puis elle s'avança vers le lit sur lequel gisait une forme nue, attachée avec des cordes de velours.

Avec un cri guttural, elle se jeta sur sa victime.

30

Santos se tenait sur le seuil du pavillon de bain et contemplait la piscine de Glory sous la lune. Une légère brume s'élevait de l'eau chauffée, nimbant les alentours d'un nuage vaporeux, créant un univers magique d'une beauté irréelle.

Il avait hésité à venir ici, chez ses parents, mais Glory lui avait assuré qu'ils seraient seuls et n'auraient rien à craindre. Ses parents étaient au bal masqué pour la soirée, les domestiques absents jusqu'au lendemain.

Il ne regrettait pas d'être venu. Quel bonheur n'avait-il pas éprouvé à s'étendre près d'elle en toute liberté, à goûter sans retenue ces tendres moments d'intimité.

Lentement, il aspira une grande bouffée d'air. Il se sentait comme ivre — ivre de la nuit, de l'odeur de Glory sur sa peau, de savoir que désormais elle lui appartenait.

Il l'aimait. Comment avait-il pu permettre qu'une chose pareille se produise ?

Santos jeta un coup d'œil par-dessus son épaule. La porte de la salle de bains était toujours fermée et on entendait encore l'eau couler. Elle était enfermée là depuis de longues minutes, bien plus qu'il n'en fallait pour se recoiffer et se refaire une beauté.

— Zut ! grommela-t-il entre ses dents, conscient de l'avoir blessée.

Elle attendait, désirait de toutes ses forces une déclaration d'amour de sa part, et ce depuis longtemps. Il le lisait dans ses yeux dès qu'ils étaient ensemble, l'entendait dans sa voix lorsqu'elle lui avouait l'aimer. Et maintenant qu'ils avaient fait l'amour, elle en avait plus besoin que jamais.

Ils avaient fait l'amour. Encore une chose qu'il n'aurait jamais dû permettre.

Mais elle s'était offerte avec tant de gentillesse, tant de passion aussi qu'il n'avait pu se retenir malgré les mises en garde qu'il se répétait mentalement. Il s'était cru fort, et avait cependant perdu tout contrôle de lui-même.

Elle était vierge. Il l'avait déflorée, faite sienne. Jamais il ne la laisserait échapper. Jamais. En tout cas, pas sans se battre.

Elle ouvrit la porte de la salle de bains et la lumière filtra jusqu'aux pieds de Santos, avant de s'éteindre. Glory l'avait rejoint sur le seuil du pavillon.

— C'est joli, ce soir.

— Oui, c'est joli.

Il l'attira à lui, l'enveloppa de ses bras, posa le menton sur le haut de son crâne, et tous deux contemplèrent la piscine sous la lune.

— Si je vivais dans cette maison, dit enfin Santos, je passerais beaucoup de temps ici. Trop de temps.

Elle murmura des paroles qu'il ne put saisir et s'abandonna davantage contre lui. S'apercevant qu'elle tremblait, il resserra son étreinte.

— Froid ? demanda-t-il.

— Plus maintenant.

— Tant mieux.

Il caressa sa chevelure soyeuse, éprouvant un soudain et impérieux besoin de la protéger. Pour elle, il se sentait capable de tout, d'affronter des démons, de tourner le dos à tout ce qu'il avait connu, de faire des concessions devant lesquelles il aurait reculé une heure plus tôt.

Il l'aimait tellement que cela le terrifiait.

Si seulement il pouvait avoir vraiment confiance en elle. Si seulement le doute ne revenait pas le harceler dès qu'il la regardait. Elle était trop jeune. Trop privilégiée. Ils étaient trop différents l'un de l'autre et n'avaient rien à faire ensemble.

Si seulement elle avait tout avoué à ses parents. Alors, il n'aurait pas peur de lui donner son cœur tout entier, pas peur de lui faire confiance. Il ne douterait plus.

Oh, il comprenait en partie ses craintes, mais en partie seulement. Il avait surtout besoin qu'elle le revendique au grand jour, qu'elle proclame à tous, y compris ses parents, qu'il était l'homme de sa vie.

Et, tant qu'elle ne l'aurait pas fait, il demeurait incapable de lui donner ce qu'elle attendait.

Non que l'envie lui en manquât. Il ne le pouvait pas, tout simplement.

Elle soupira. Il pencha la tête vers son oreille.

— Tu es bien silencieuse, ce soir.

— Peut-être.

— Tu regrettes ?

Il retint son souffle, redoutant de l'entendre dire oui. Si elle regrettait, il ne saurait plus que faire. Il regrettait assez lui-même, et pour eux deux.

— Non.

Elle releva le visage vers lui, chercha ses yeux.

— Et toi ?

— Pourquoi regretterais-je quand jamais cela n'a été aussi… merveilleux.

Il restait évasif, mais il ne mentait pas. Elle se retourna dans ses bras pour lui faire face.

— Il y a eu beaucoup d'autres filles ?

— Pas beaucoup. Mais plusieurs, répondit-il, prudent.

— Et tu… tu tenais à elles ? A certaines d'entre elles ?

— Non. Pas comme…

Sa voix s'étrangla dans sa gorge. Il dut déglutir pour poursuivre :

— Pas comme je tiens à toi.

Elle sonda ses prunelles quelques instants encore, puis redressa le menton.

— Je ne regrette pas, pas du tout, déclara-t-elle avec une conviction presque belliqueuse.

Submergé par l'émotion, Santos crut qu'il se noyait. Il lui fallait se reprendre, remettre ses sentiments en perspective. Mais il était trop tard pour cela. Beaucoup trop tard.

— J'en suis heureux, murmura-t-il. Cela me ferait de la peine que tu sois triste.

Pendant de longues minutes, ils demeurèrent silencieux, dans les bras l'un de l'autre. Ils communiquaient cependant. Santos n'aurait pas cru qu'il pût en être ainsi entre un homme et une femme. Ce n'était pas le cas pour ses parents, ni pour aucun des couples qu'il avait pu connaître ou observer.

Il percevait entre lui et Glory un lien puissant, brûlant, mais aussi tendre et durable. Si seulement elle était une femme, si elle était majeure, ils pourraient se marier, fuir ensemble si nécessaire.

— A quoi penses-tu ? demanda-t-elle.

Il lui effleura les lèvres de son pouce.

— Pourquoi cette question ?

— Parce que tu soupirais.

— Vraiment ?

Il ne s'était aperçu de rien, ne s'était pas rendu compte du son qu'il avait émis. Mais peut-être lisait-elle dans ses pensées.

— Je réfléchissais aux si.

— Aux si ? Je ne comprends pas.

Il sourit.

— Une de mes assistantes sociales me répétait comme un refrain : « Grandis un peu, Victor. Avec des si, ce serait Noël tous les jours. » Ce n'était pas une femme très compréhensive.

Glory resserra son étreinte.

— Je crois que je la déteste.

— Ne perds pas ton temps. Je l'ai largement détestée pour nous deux à l'époque. C'est fini maintenant.

— Alors, c'était quoi…

Elle s'interrompit, hésita, comme si elle s'interrogeait sur l'opportunité de la question, et demanda :

— C'était quoi, tes « si » à propos de ce soir ?

— Je crois que tu le sais déjà.

Elle le savait. Il le voyait aux larmes qui lui montaient aux yeux, à la manière dont elle se détournait.

— C'est bien comme ça, Glory.

— Tu trouves ?

Il hocha lentement la tête.

— Il faut bien. A quelle heure dois-tu rentrer ?

— 23 h 30, dit-elle avec regret. J'ai promis à Liz de ne pas être en retard.

— Nous y sommes presque.

Glory soupira.

— Alors, allons-y. Elle va s'inquiéter.

Mais ni l'un ni l'autre ne bougèrent. Les secondes passèrent. Santos plongea les doigts dans ses cheveux et s'empara de sa bouche. Il l'embrassa avec une fougue possessive, lui exprimant clairement par son baiser qu'elle lui appartenait. Puis il se dégagea.

— Si seulement nous n'étions pas obligés de nous quitter, murmura-t-elle. Si seulement…

Elle se tut, ils se regardèrent, et tous deux éclatèrent de rire.

— Joyeux Noël, Glory.

— A toi aussi, Santos.

Comme sur un signe, ils se mirent en route, se dirigèrent vers la voiture de Santos.

— Tu es sûre que personne ne t'a vue ? Que ta mère ne se doute de rien ?

— Personne ne m'a vue, j'en suis certaine. Et ma mère ne se doute de rien. C'est à peine si elle m'a regardée ce soir.

— Glory, il faut que nous parlions à tes parents.

— Non, dit-elle en lui posant un doigt sur les lèvres. Pas ce soir, Santos, s'il te plaît. C'est notre nuit, et elle est trop précieuse pour que nous la gâchions.

Il acquiesça de la tête, mais l'anxiété l'oppressait au point qu'il avait peine à respirer. Il aurait tant aimé dissiper les soupçons qui lui rongeaient l'âme, les chasser de son esprit, faire confiance à Glory. Mais il ne le pouvait pas. Il avait beau se maudire et maudire son passé, il était incapable de se laisser aller à la croire. La leçon qu'il avait apprise de la vie lui avait déjà coûté trop cher.

— Bon, murmura-t-il finalement. Nous en reparlerons après le mardi gras.

— D'accord. Après le mardi gras.

En arrivant à sa voiture, Santos lui ouvrit la portière, mais il lui prit aussitôt les mains, l'empêchant d'y monter. Elle croisa son regard, y lut son inquiétude. Il porta ses mains à ses lèvres.

— Personne ne peut rien contre nous, Glory. Si nous avons foi l'un en l'autre, nous sommes sauvés. Je te le promets.

31

— Madame St. Germaine, une jeune fille demande à vous voir. Une demoiselle Bebe Charbonnet. Elle déclare être une amie de Glory, une élève de l'académie.

Reconnaissant le nom, Hope plissa le front et consulta sa montre.

— A cette heure-ci ? Comme c'est étrange. Faites-la entrer.

Hope tapota de l'ongle le rebord de sa tasse. Depuis deux jours, depuis le soir du bal masqué exactement, Glory avait un bien curieux comportement. Elle était à la fois tendue, exaltée, joyeuse et coupable. Et maintenant, cette visite.

Mme Hillcrest escorta l'adolescente dans la pièce, et Hope l'examina de pied en cap. Elle portait l'uniforme de l'école, et elle avait tout l'air d'une chatte devant une jatte de crème. Hope sourit, se leva.

— Bonjour, Bebe. Entrez, je vous prie.

Bebe s'avança, s'arrêta devant Hope, se prit les mains. Ses pommettes s'étaient colorées.

— Bonjour, madame St. Germaine.

— Comment se porte votre mère ?

— Très bien, merci.

— Transmettez-lui mes amitiés.

— Je n'y manquerai pas.

Hope regagna sa chaise sans proposer à Bebe de s'asseoir. Elle but une gorgée de thé et se tamponna délicatement les lèvres de sa serviette.

— Que puis-je pour vous, ce matin ?

— Eh bien... c'est que...

Bebe s'éclaircit la voix, visiblement intimidée.

— Je ne sais pas comment vous dire cela, et je... je veux que vous sachiez que je ne serais pas ici sans l'amitié que je porte à Glory. Comprenez-moi, je souffre de la voir se perdre avec un garçon comme lui.

Hope se raidit un peu. C'était donc cela. Un garçon. Elle aurait dû s'en douter. Glory était une Pierron. Elle portait le Mal en elle.

— Continuez, mon petit.

— J'étais au bal masqué samedi soir, et j'ai vu... je l'ai vue quitter l'hôtel, aller rejoindre un garçon. Il était à peu près 21 heures. Ils sont partis dans sa voiture à lui.

Hope parut réfléchir.

— 21 heures ? Mais ce n'est pas possible, mon petit. Je l'ai moi-même vue vers 21 h 15, et je l'ai revue par la suite.

— Ce n'était pas elle ! C'était...

Bebe s'interrompit, ralentit son débit, prit une mine sincère et s'éclaircit la voix.

— Je crois que c'était Liz Sweeney. Parce que j'ai vu Liz à l'hôtel, et elle n'avait aucune raison d'y être. Et je sais que c'était Glory qui quittait l'hôtel en jean. Pourtant, moi aussi j'ai remarqué Glory au bal cinq minutes plus tard. En tout cas, conclut Bebe avec un accent de triomphe, j'ai remarqué sa robe.

Une substitution. Glory et son amie avaient mis sur

pied une substitution. Elles avaient cru pouvoir la tromper. Mais leur crime ne resterait pas impuni.

— Vous avez vu beaucoup de choses samedi soir, mon petit.

Bebe s'empourpra.

— Comme je vous l'ai dit, je ne serais pas ici sans l'amitié que je porte à Glory.

— J'en suis convaincue, murmura Hope.

Elle n'avait aucune sympathie pour cette jeune personne sournoise et imbue d'elle-même. Mais elle réglerait son compte à Bebe plus tard.

Furieuse, tremblant de rage contenue, Hope se leva, alla à la fenêtre et regarda dehors.

— Vous connaissez ce garçon ? Il est chez les Jésuites, ou chez les Frères chrétiens ?

Bebe nia de la tête.

— Je ne le connais pas et il... il a l'air plus vieux. A vrai dire...

Bebe jeta un coup d'œil par-dessus son épaule et reprit d'un ton confidentiel :

— Il n'est pas le genre de garçon à aller dans l'une ou l'autre institution.

— Je vois, commenta Hope en se retournant vers l'adolescente. Vous pourriez me le décrire ?

— Il est grand, brun au teint mat, attirant je suppose, si ce genre vous plaît. Il a l'air d'un dur, d'un mauvais garçon.

Hope se souvint de ce que la secrétaire particulière de Philip lui avait rapporté quelques semaines plus tôt. Glory l'avait interrogée au sujet du garçon que Lily avait envoyé, ce Vincent, ou Victor, de la racaille. Glory avait demandé à la secrétaire si elle l'avait vu, si elle savait qui il était.

Bien sûr, la femme n'avait rien dit, mais Glory avait bien pu le retrouver toute seule.

Hope plissa les yeux. Que ce garçon soit le bon ou pas, il lui fallait serrer la bride à sa fille, et vite. Elle avait été beaucoup trop indulgente envers Glory.

— Bebe, mon enfant, vous devriez retourner en classe maintenant. Je vous remercie des renseignements que vous m'avez fournis. Ils me sont d'une aide précieuse.

L'adolescente était à peine capable de contenir sa joie. C'est tout juste si elle ne se frottait pas les mains.

— Je suis heureuse d'avoir pu vous aider. J'espère que Glory et Liz n'auront pas trop d'ennuis. Je n'aimerais pas en être la cause…

— N'y pensez plus, mon petit. Je m'occupe de tout.

Hope raccompagna la jeune fille à la porte, regarda Bebe dans les yeux et ajouta :

— Et de tout le monde.

32

Deux jours après le bal masqué, pendant le cours de sœur Mary Catherine sur La Mégère apprivoisée de Shakespeare, le pire cauchemar de Liz devint réalité. La directrice la convoqua dans son bureau, où l'attendait déjà Hope St. Germaine.

Glory et elle avaient été découvertes !

Liz entra et considéra la mère de son amie avec effroi, puis elle se tourna vers sœur Marguerite. Elle lui tendit d'une main tremblante le billet vert lui signifiant son rendez-vous.

— Vous… vous vouliez me voir, ma sœur ?

— Entrez, Liz. Fermez la porte, dit la directrice.

Son visage était fermé, sa voix d'un calme inquiétant. Liz obéit. Elle respirait à peine tant elle avait peur. Pouvait-il y avoir une autre raison à cette convocation ? A la présence de Hope St. Germaine dans le bureau ? A leurs expressions sévères ? Liz avait beau chercher, elle n'en trouvait pas. La porte refermée, elle fit face aux deux femmes, son regard allant de l'une à l'autre. Quel sort lui réservaient-elles ?

— Asseyez-vous, mon petit, dit la sœur en lui désignant une chaise.

Puis elle se rassit derrière son bureau.

— Vous avez une idée de la raison pour laquelle je vous ai fait venir, Liz ?

— Non, ma sœur, répondit Liz en secouant la tête.

— Je vous ai appelée parce que Mme St. Germaine a porté contre vous de graves accusations.

— Contre moi ? murmura Liz, atterrée.

La religieuse se tourna vers la mère de Glory, puis elle reporta son attention sur Liz.

— Parfaitement. Savez-vous de quoi il pourrait s'agir ?

— Non, ma sœur, marmonna Liz, la gorge nouée, les mains moites.

Hope St. Germaine s'éclaircit la voix.

— Vous permettez, ma sœur ?

La directrice hésita, puis elle acquiesça de la tête.

— Allez-y.

Hope se tourna vers Liz.

— Jeune fille, le moment est venu de cesser vos petits jeux. Je sais ce qui se passe. Je sais que vous avez aidé ma fille à me tromper, que vous lui avez servi d'alibi, que vous avez menti pour la couvrir.

Et voilà. Le pire s'était produit. La mère de Glory avait tout découvert, et elles allaient maintenant avoir des ennuis. De gros ennuis. Liz leva un regard désespéré vers la directrice. Il n'y avait rien à attendre d'elle. Les larmes lui vinrent aux yeux et elle baissa la tête. Pourquoi avait-elle accepté d'aider Glory ? Pourquoi s'était-elle laissé convaincre par son amie au lieu de s'en tenir à ce qu'elle savait être la voix de la raison ?

— Vous avez contribué à encourager une idylle entre ma fille et un garçon moins que convenable, n'est-ce pas, Liz ? Peut-être même l'y avez-vous poussée. Peut-être que vous êtes à l'origine des mensonges et autres supercheries.

— Non ! protesta Liz en redressant la tête. Ce n'est pas vrai ! Pas vrai !

Mme St. Germaine se leva, s'approcha de Liz, la foudroya d'un regard glacé. Liz se recroquevilla sur sa chaise et répéta d'une voix tremblante :

— Ce n'est pas vrai, je vous le jure.

— Alors, pourquoi ne pas nous révéler la vérité, Liz ? minauda Hope avec un sourire dénué de toute bonté. Nous ne voudrions pas vous accuser à tort.

Surmontant un accès de nausée, Liz prit une grande inspiration. Si seulement elle n'avait pas accepté d'aider Glory. Si seulement Glory ne lui avait pas dit ce qu'elle avait fait avec Santos la nuit du bal. Si seulement elle était capable de mentir, de tout nier en bloc. Mais elle avait le sentiment que Hope St. Germaine savait déjà tout, et les mensonges ne feraient qu'aggraver son cas.

— Alors ? insista Hope avec une pointe d'impatience. Vous avez aidé Glory à me duper ?

Liz hocha la tête sans oser lever les yeux.

— Doit-on comprendre que c'est oui ?

— Oui, madame, balbutia Liz.

— Et samedi soir, au bal masqué de l'Association contre la leucémie, vous êtes-vous fait passer pour Glory en portant sa robe et son masque pour qu'elle puisse aller rejoindre ce… garçon ?

— Oui, madame.

Sœur Marguerite laissa échapper un soupir.

— Nous attendions beaucoup de vous, Elizabeth. Une élève si pleine de promesse. Vous me décevez.

Liz leva vers la directrice un regard noyé de larmes.

— Je suis désolée, ma sœur. Je ne voulais pas… je regrette de vous avoir déçue.

— Vous connaissez les conditions de votre bourse. Toute turpitude morale est exclue.

Prise d'une brusque panique, Liz se leva d'un bond.

— Mais je ne savais pas que… Je n'ai rien fait de…

— Calmez-vous, Liz, coupa la mère de Glory. Si vous nous racontez tout ce que vous savez, peut-être, peut-être intercéderai-je en votre faveur auprès de sœur Marguerite pour qu'elle soit plus clémente.

Soulagée d'un grand poids, Liz se rassit et hocha la tête. Tout se passerait bien. Il lui suffisait de dire la vérité. Ce n'était pas trahir Glory puisque sa mère était déjà au courant de tout.

— Nous attendons, Elizabeth. Commencez par le début, la rencontre de Glory avec ce garçon.

Liz hocha de nouveau la tête et commença son récit, narrant tout ce dont elle se souvenait jusqu'au bal masqué et ce que Glory et Santos avaient fait ensemble cette nuit-là. Lorsqu'elle se tut, Hope porta une main à son cœur. Toute couleur avait quitté ses joues.

— Vous insinuez que ma fille… que Glory et ce garçon ont… qu'ils ont…

— Elizabeth Sweeney, confirmez-vous que Glory et ce garçon ont eu des rapports… impurs ? Des rapports autorisés aux seuls couples mariés ?

Oh, mon Dieu ! Qu'avait-elle fait ? La mère de Glory ignorait ce détail !

— Elizabeth, je vous prie de répondre.

— Oui, ma sœur, bredouilla Liz, atterrée.

Sœur Marguerite se signa et la mère de Glory, pâle à faire peur, se laissa choir sur un siège.

— Je… je ne savais pas, reprit Liz tandis que de grosses larmes roulaient sur ses joues. Je ne l'ai appris qu'après… quand c'était fini… Si elle m'avait dévoilé ses intentions, je n'aurais jamais accepté de l'aider… C'est vrai… Il faut me croire.

— Pourquoi vous croirait-on ? demanda Hope, cassante. Vous nous avez déjà menti. Et maintenant, ma fille et ce… ce vaurien…

— Santos n'est pas un vaurien ! Vous vous trompez, madame St. Germaine. C'est un garçon bien, intelligent. Il va à l'université de La Nouvelle-Orléans et doit entrer à l'académie de Police dès qu'il aura vingt et un ans.

— Assez, Elizabeth, intervint sœur Marguerite. Je pense qu'il est temps de…

— Mais il faut que vous me croyiez ! Il aime vraiment Glory !

Liz se tordait les mains, adressait à la mère de Glory des regards suppliants.

— Il voulait vous parler, à vous et à votre époux. Il détestait avoir à se cacher…

— Ce qui ne l'empêchait pas de le faire.

— C'est que Glory le souhaitait ainsi. Ils se sont même disputés là-dessus. J'ai voulu la raisonner, moi aussi, la convaincre de vous en parler.

— Mais elle ne vous a pas écoutée, n'est-ce pas ? Comme c'est commode.

Hope se leva, prit son sac et son manteau.

— Elle avait peur ! poursuivit Liz. Peur que vous réprouviez son choix, que vous les sépariez.

— A juste titre. Comment ne pas les séparer quand ce Santos est un moins-que-rien ? Un garçon qui profite d'innocentes jeunes filles ? Un être méprisable ?

Liz pleurait maintenant pour de bon.

— Mais il n'est pas comme cela…, hoqueta-t-elle entre deux sanglots. Si seulement… vous acceptiez de le voir… de lui parler…

— Je l'ai rencontré, je connais le genre, coupa Hope en enfilant ses gants. Vous n'avez pas pensé à nous avertir, sœur Marguerite ou moi ? Il ne vous est pas venu à l'esprit que Glory se détruisait, qu'elle avait besoin de conseils ?

— Glory est mon amie… je ne pouvais pas… il fallait que je l'aide, elle l'aime tellement.

Hope se pencha vers Liz, planta son regard froid dans le sien.

— Je ne tolérerai pas que Glory se conduise mal… comme le font tant d'autres filles. Elle est fragile, elle succombe facilement à la tentation. Je vais m'assurer que cela ne se reproduise pas, quel qu'en soit le prix, vous comprenez ?

Liz frissonna et se recroquevilla davantage sur son siège. Il lui semblait avoir été touchée par le doigt glacé de la mort. Pauvre Glory, songea-t-elle. Ce devait être terrible d'avoir Hope St. Germaine pour mère ! Qu'allait-elle subir après cela ?

Un instant déformés par la rage et la haine, les traits de Hope se radoucirent. Elle se redressa, se tourna vers sœur Marguerite.

— Je ne saurais vous dire à quel point cette situation me désole. Glory est à l'I.C.S. pour y être à l'abri de telles influences. Philip et moi donnons beaucoup d'argent à cette institution afin que le niveau d'exigence se maintienne. Je compte sur vous pour régler cette question immédiatement. Suis-je assez claire ?

Sœur Marguerite soupira.

— Nous pourrions étudier diverses options possibles. Je n'aime pas agir à la légère…

— A la légère ? répéta Hope, outrée. La décision que nous envisageons ne me semble pas prise à la légère.

Pourvu que je ne décide pas d'agir à la légère au moment des dotations...

Sœur Marguerite inclina la tête.

— La question sera réglée, madame St. Germaine. J'y veillerai.

Au bord de l'hystérie, Liz retenait son souffle, regardait alternativement les deux femmes. La mère de Glory avait affirmé qu'elle intercéderait en sa faveur et, au lieu de cela, voilà qu'elle exigeait son renvoi ! Hope St. Germaine avait froidement menti par calcul, par ruse, pour que Liz trahisse son amie. Que faire à présent, que faire ?

Dans un élan désespéré, elle se leva, se tourna vers la mère de Glory en se tordant les mains.

— Madame St. Germaine, je vous en supplie, comprenez-moi, s'il vous plaît. Glory est mon amie... Je croyais sincèrement l'aider... Je ne lui aurais nui pour rien au monde... Je le jure...

— Il est un peu tard, mon petit. Vous lui avez déjà nui plus que de raison. Elle est souillée, perdue.

Liz éclata alors en sanglots convulsifs.

— Je vous en prie, j'ai besoin de cette bourse. Ne me faites pas renvoyer, je vous en supplie.

— Il fallait y penser plus tôt, dit Hope St. Germaine avec une mimique de dégoût.

Puis elle se tourna vers la directrice.

— Ma sœur ?

La religieuse hocha la tête, et la mère de Glory quitta la pièce. Liz reporta son attention sur sœur Marguerite. Son visage fermé montrait à quel point elle jugeait la situation déplaisante. Liz comprit aussi que toute supplique était vaine, mais elle ne pouvait pas renoncer.

— Je vous en prie, ma sœur, j'ai besoin de cette bourse. Je vous promets que je ne causerai plus d'ennuis. Je triplerai mes heures au bureau et je consacrerai le reste de mon temps à mes études…

— Cessez cela, Elizabeth. Je le regrette, mais je n'y peux rien.

— Je n'ai pourtant rien fait, ma sœur ! Vous êtes la directrice, vous pouvez sûrement…

— Les conditions de votre bourse sont parfaitement claires. Nous attendons de vous des résultats scolaires et une moralité du plus haut niveau.

— Mais…

— Vous avez déchu. Je le regrette, vous n'avez plus votre place à l'académie de l'Immaculée-Conception. Je vais appeler vos parents.

Liz se laissa tomber sur une chaise, se couvrit le visage de ses mains et se remit à pleurer. Elle avait tout perdu. Sa bourse, sa chance d'entrer dans une grande université, son avenir. Tout.

La sœur lui tendit des mouchoirs en papier.

— Je suis désolée pour vous, Liz. Mais vous avez une solide intelligence et je suis sûre que, malgré cet incident, un bel avenir vous attend. J'espère au moins que la leçon vous aura été salutaire.

Liz s'essuya les yeux et se moucha.

— Et Glory ? Que va-t-il…

— Ne vous inquiétez pas d'elle, cela ne vous concerne en rien.

— Mais qu'est-ce qu'on va lui faire ? Est-ce qu'elle sera renvoyée elle aussi ?

La sœur garda le silence pendant quelques instants, puis elle murmura platement :

— Sa mère et le Seigneur veilleront à ce qu'elle ne transgresse plus.

Abasourdie, Liz dévisagea la religieuse. Elle n'en

croyait pas ses oreilles. On la renvoyait, elle, pour avoir servi d'alibi à Glory, mais l'école ne punissait pas Glory. C'était inexplicable, et par trop injuste.

Puis elle comprit soudain. Si sa propre famille donnait autant d'argent à l'académie que le faisait celle de Glory, elle ne serait pas punie non plus. En bref, Hope St. Germaine voulait la voir partir, la séparer définitivement de Glory, et sa fortune lui conférait le pouvoir de transformer ses désirs en réalité.

L'amertume et la rage lui emplirent le cœur. C'était inique ! Au temps pour la charité chrétienne ! Au temps pour les plus hautes valeurs morales ! Elle jeta à sœur Marguerite un regard accusateur et la nonne se détourna, gênée.

— Je suis désolée, Elizabeth. Comprenez-moi, j'ai une école à gérer. Je dois faire au mieux dans l'intérêt de l'ensemble des élèves.

Liz se leva, tremblante.

— Oh, je comprends. L'argent commande et les pauvres filent doux. C'est cela ?

— Je m'arrangerai pour que l'incident ne figure pas à votre dossier. Je ne peux rien de plus pour vous.

Liz serra les poings, luttant contre un nouvel accès de larmes. Elle venait de recevoir une terrible leçon, une leçon coûteuse que son père — un homme sans éducation — connaissait depuis toujours.

L'égalité des chances était un leurre. L'argent était synonyme de pouvoir, et tout pouvait s'acheter à condition d'y mettre le prix.

Même les bonnes intentions d'une nonne.

33

En attendant l'ascenseur vétuste du St. Charles, Santos tapotait l'enveloppe de Lily contre sa paume. L'envie de l'ouvrir le démangeait. Il lui fallait savoir ce que Lily envoyait à Hope St. Germaine, comprendre les relations entre ces deux femmes. Alors, seulement, il saurait à quoi s'en tenir et comment procéder.

L'ascenseur arriva. Il entra dans la cabine, appuya sur le bouton du troisième et remit l'enveloppe dans sa poche. Ce matin encore, il avait supplié Lily de répondre à ses questions, mais elle avait refusé, une fois de plus. Elle s'était contentée de lui dire que c'était le dernier pli qu'il aurait à porter à Hope St. Germaine.

Cela aussi lui semblait bizarre. Il y avait dans cette affaire quelque chose de bancal qui le mettait mal à l'aise. Mais il aurait le fin mot de l'histoire. Aujourd'hui même.

Et peut-être qu'aujourd'hui il déclarerait à Hope St. Germaine qu'il aimait sa fille. Peut-être.

Pris entre des sentiments contradictoires, il inspira lentement pour se calmer. Il avait promis à Glory de ne pas aborder ses parents, de lui donner du temps, d'attendre la fin du mardi gras. Mais après ce qui s'était passé entre eux deux nuits plus tôt, l'attente lui pesait. Pour le meilleur ou pour le pire, leurs rapports avaient pris un tournant décisif, un tournant qui exigeait une complète honnêteté. Glory et lui s'étaient engagés l'un envers l'autre et le temps était venu de déclarer au grand jour qu'ils s'aimaient.

Si Glory l'aimait vraiment.

L'ascenseur s'arrêta. Santos sortit de la cabine et se faufila entre les gens qui attendaient sur le palier. Quel égoïste il faisait ! Il voulait brûler les étapes, abattre les cartes pour dissiper ses propres doutes.

Sa gorge se serra, son cœur s'accéléra et ses mains devinrent moites. La peur. Il en reconnut les symptômes. Non qu'il craignît Hope St. Germaine, mais il craignait le pouvoir qu'elle avait sur Glory. Et s'il souhaitait savoir la vérité, il redoutait l'échéance. Parce qu'il avait peur de perdre Glory. Il l'aimait tant qu'il en avait mal.

Une sourde angoisse le tenaillait tandis qu'il suivait le couloir conduisant au bureau de Hope St. Germaine. Il se redressa pour mieux la dominer. Il avait affronté bien pire que Hope St. Germaine ; il aurait raison d'elle comme il avait eu raison des autres.

Comme toujours, elle l'attendait. Elle arborait une expression glaciale, triomphante. Santos en eut la chair de poule et attribua cette réaction à la répugnance qu'elle lui inspirait.

Elle contourna le bureau, s'approcha.

— Vous avez quelque chose pour moi ?

— Bien sûr.

Il tira l'enveloppe de sa poche et la lui tendit. Comme à son habitude, elle en vérifia le contenu avant d'aller chercher une autre enveloppe qu'il devrait remettre à Lily.

Santos prit le pli, le retourna dans ses mains, indécis. Devait-il rompre la promesse qu'il avait faite à Glory ? Il songea à ce que Glory lui avait raconté de sa mère, aux sévices que cette femme lui avait infligés.

Glory avait de bonnes raisons d'avoir peur. Il respecterait ses craintes et ses souhaits. Pour le moment.

— Vous avez quelque chose à me dire ? demanda Hope St. Germaine avec un demi-sourire.

Santos eut de nouveau la chair de poule. Ignorant cette déplaisante sensation, il regarda la femme droit dans les yeux et répondit d'une voix égale :

— Je ne pense pas, non.

Il empocha l'enveloppe, pivota et se dirigea vers la porte. Il avait déjà la main sur la poignée quand elle dit à voix basse :

— Je sais.

Santos s'arrêta net. Elle rit.

— Oui, Victor Santos, je sais tout.

Il n'était pas certain d'avoir bien compris et lui jeta un coup d'œil par-dessus son épaule.

— Pardon ?

— Je suis au courant de la petite provocation à laquelle ma fille se livre avec vous et cela ne m'amuse pas.

Surpris, incrédule, Santos était tout à la fois soulagé et horrifié. Le cœur battant, il se retourna pour lui faire face.

— Inutile de nier ou de feindre l'innocence, Victor. J'ai des preuves.

— Simuler n'est pas dans mes habitudes. Je suis content que vous sachiez.

— Vraiment ? Et pourquoi cela ? Vous comptez vous opposer à moi ?

— Peut-être, oui.

Elle rit de nouveau, un rire à faire grincer les dents.

— Mon pauvre garçon. Elle vous a vraiment tourné la tête. Mais cela ne m'étonne pas.

Santos serra les poings. Malgré l'envie qu'il en avait,

il ne lui demanderait pas d'explication. Ce serait jouer son jeu.

— Comment l'avez-vous appris ?

— Glory, bien sûr. Elle finit toujours par parler. Elle ne peut pas s'en empêcher. En général, elle me jette ses petites ruses et ses provocations au visage dans un moment de colère. C'était le cas hier soir.

La remarque avait porté. Santos accusa le coup, mais il s'efforça de cacher ses sentiments.

— Je ne vous crois pas. Glory et moi…

— Vous tenez l'un à l'autre. Vous vous aimez, peut-être ? persifla-t-elle.

Il se raidit.

— Parfaitement, nous nous aimons.

Elle agita la tête d'un air de pitié.

— Vous n'êtes rien pour ma fille. Rien. Une excursion dans le caniveau, c'est tout. Et, au fond de vous-même, vous le savez.

De rage, Santos en oublia sa peur et sa prudence. Sans Glory, il n'avait plus rien à perdre. Il s'avança vers elle.

— C'est ce que vous croyez, vous, que nous ne nous aimons pas. Désolé, maman, mais vous faites erreur. Et que cela vous plaise ou non, nous resterons ensemble. Pour toujours.

— Mon pauvre garçon, vous vous illusionnez. Vous n'êtes qu'une provocation pour Glory Alexandra, un moyen qu'elle utilise pour nous punir, son père et moi. Nous punir de quoi ? De lui avoir trop donné, de ne vouloir que son bien ? Pauvre petite fille riche. Alors, qu'invente-t-elle ? Elle s'acoquine avec un garçon parfaitement inacceptable. Le genre de garçon que nous ne lui permettrions pas de fréquenter. Elle se cache comme une voleuse, elle ment, elle se sert de ses amies comme alibi. C'est affligeant, vraiment. Mais elle a toujours été ainsi. Téméraire, provocatrice, et totalement égoïste. Il ne lui vient pas même à l'esprit que ses petits jeux peuvent avoir des conséquences douloureuses pour les autres.

Les paroles de cette femme avaient sur Santos un effet dévastateur. Elles l'atteignaient d'autant plus que c'étaient les siennes, celles-là mêmes qu'il avait dites à Glory. Luttant pour ne pas perdre la face, pour paraître sûr de lui, il ravala ses doutes. Non, Glory n'était pas ainsi. Il croyait en elle ; il croyait en eux.

Il fit un pas de plus en direction de sa mère.

— C'est vous qui blessez les autres, et non pas elle. Glory m'a parlé de vous, de ce que vous lui avez fait. Une brosse à ongles, hein ? Vous me dégoûtez !

Pendant quelques instants, Hope resta sans voix. Elle paraissait surprise, choquée. Sans doute de découvrir que Glory lui avait révélé, à lui, la vérité sur sa mère.

— Que vous a-t-elle fait croire ? dit finalement Hope d'un ton dégoulinant de pitié. Elle vous aura raconté cela pour entretenir vos illusions sur votre aventure. Une ruse de plus dans son petit jeu, j'en ai peur. Un moyen de vous empêcher d'insister pour nous mettre au courant. Et je suis sûre qu'elle aura pleuré de vraies larmes pour mieux vous convaincre que j'étais un monstre.

Santos ne put réprimer une grimace de douleur, ce qui parut enthousiasmer Hope. Sans grande conviction, il se défendit cependant.

— Elle m'a dit vrai. Je la crois.

Hope plissa les yeux, s'avança vers lui.

— Vous croyez vraiment que ma fille pourrait aimer quelqu'un comme vous, le choisir comme compagnon de toute une vie ? Et vous pensez vraiment que j'y consentirais ? Allons donc. C'est une St. Germaine. Et vous, qui êtes-vous ? Rien. Personne.

Chaque parole de Hope l'atteignait comme un coup. Son discours reflétait ses propres pensées et ses craintes, ce qu'il avait appris du monde, des nantis et des autres. La confiance qu'il avait en Glory, en leur couple s'effondrait, mais, à force de volonté, il parvint à garder la maîtrise de ses nerfs, à paraître sûr de lui. Il mourrait plutôt que de laisser cette créature arrogante deviner sa faiblesse.

— Vous risquez d'avoir des surprises, j'en ai peur, déclara-t-il d'un ton posé. Nous nous aimons, Glory et moi. Nous resterons ensemble. Attendez, et vous verrez.

Sur ces mots, il lui tourna le dos, prêt à quitter la pièce.

— Vous la revoyez, et je vous fais arrêter.

Santos s'interrompit, pivota de nouveau vers elle. L'écho de la menace résonnait encore dans le silence glacé de la pièce.

— Viol sur une mineure, cela vous dit quelque chose ? Hm. Je vois à votre réaction que vous en avez déjà entendu parler. Ce qui ne me surprend pas au demeurant.

— Ce ne sera pas facile à soutenir puisque nous n'avons pas…

— Oh si, et j'en ai la preuve, coupa-t-elle. J'aurai votre tête sur un plateau.

Il soutint son regard avec autant d'aplomb qu'elle soutenait le sien.

— Essayez donc si vous pouvez. J'aimerais vous y voir.

— Vous pensez que l'académie de Police vous acceptera une fois que vous aurez été accusé et condamné pour viol de mineure ? Car vous serez condamné, Victor Santos. La famille St. Germaine est très influente.

Il n'avait pas l'ombre d'un doute là-dessus. Il avait déjà vu ce genre d'influence à l'œuvre.

— Parlez toujours, jamais Glory ne…

— Glory fera ce que je lui dirai, ce que son père lui dira. En dépit de ses petites bravades, elle est une pure St. Germaine, et c'est à nous, à sa famille, que va sa loyauté. Ne l'oubliez jamais. Je n'ai plus rien à ajouter.

— Pas même au revoir ? Ou même « allez au diable » ?

Sur ce, Santos reprit le chemin de la porte.

— C'est cela ! lança-t-elle à son dos. Retournez donc chez votre sale pute. Demandez-lui de vous parler de moi. Et demandez-lui aussi si vous êtes un parti souhaitable pour Glory.

Santos fit volte-face.

— Pardon ? Vous pourriez répéter ?

Elle rit.

— Répéter quoi ? Que Lily est une sale pute ? Ou que vous n'êtes pas assez bien pour Glory ? Car vous ne l'êtes pas, avouez-le. Vous êtes aussi vil, aussi sale que la pute avec qui vous vivez.

Furieux, les poings serrés, il s'avança vers Hope St. Germaine, s'arrêta à quelques centimètres d'elle. Oh, il pourrait la tuer de ses mains nues ! Jamais il n'avait éprouvé pareille haine envers personne. Il comprenait maintenant à quelles extrémités pouvait mener la colère.

Il se redressa, la toisa, planta les yeux dans les siens et déclara d'une voix calme où perçait cependant une détermination d'acier trempé :

— Dites ce que vous voudrez de moi, je m'en moque. Mais que je ne vous entende jamais dire du mal de Lily ou vous le regretterez. Je vous le ferai regretter, soyez-en sûre.

34

Glory attendait devant le placard qu'elle partageait avec Liz. Sourcils froncés, elle consulta sa montre pour la troisième fois. Midi vingt. Où était donc Liz ? Elle avait attendu son amie à la seconde pause, puis à la troisième, sans résultat. Ce qui pouvait se comprendre. L'interruption de dix minutes entre les cours ne laissait guère de temps libre si l'on devait rendre service à un professeur — ce qui était souvent le cas pour Liz —, ou encore aller aux toilettes. Mais de là à manquer le déjeuner…

Glory alla jeter un coup d'œil dans le couloir. Personne. Cela ne ressemblait guère à Liz, maladivement ponctuelle. En général, c'était elle, Glory, qui arrivait en retard, elle qu'il fallait attendre, ou bousculer.

Mais où était donc Liz ?

Une fille qui était en troisième cours avec Liz passa dans le couloir, bavardant avec une compagne. Glory se précipita vers elles.

— Pam, attends !

L'interpellée s'arrêta, se retourna.

— Qu'est-ce qui t'arrive, Glory ?

— Tu as vu Liz ?

— Liz Sweeney ?

Glory acquiesça de la tête.

— Non, je ne l'ai pas vue. Elle n'était pas en cours.

Glory remercia Pam et regagna le placard. Il avait dû se passer quelque chose. Quelque chose de bizarre.

Sa mère les avait découverts.

Elle sentit son cœur s'emballer brusquement, mais elle se raisonna, se traita d'imbécile. Si sa mère les avait découverts, Santos et elle, elle aurait été la première à le savoir. Pas Liz.

Non. Son amie était probablement souffrante. Ou alors, un de ses frères et sœurs était tombé malade et sa mère avait appelé pour qu'elle rentre aussitôt. Ces choses-là arrivaient.

Glory referma le placard et se dirigea vers le secrétariat. Elle demanderait tout simplement si Liz était souffrante, et elle appellerait chez elle pour prendre de ses nouvelles.

Quelques instants plus tard, elle entrait dans l'anti-chambre où la secrétaire déjeunait d'un yaourt à son bureau.

— Bonjour, madame Anderson.

La femme leva les yeux. Une curieuse expression passa sur son visage.

— Bonjour, Glory. Puis-je vous être utile ?

— Je cherche Liz Sweeney, vous l'avez vue ?

La secrétaire rougit.

— Pas depuis ce matin, non.

Glory plissa le front.

— Elle a eu un malaise ou quelque chose ?

— Eh bien, je…

La femme toussota, but une gorgée de Coca Light et toussota de nouveau.

— A vrai dire, je…

La porte de sœur Marguerite s'ouvrit.

— Joyce, pourriez-vous me…

Apercevant Glory, la directrice laissa la phrase en suspens.

— Bonjour, Glory. Que puis-je pour vous ?

— Bonjour, ma sœur. Je cherche Liz Sweeney. Elle est souffrante ?

— Vous devriez être en train de déjeuner à cette heure-ci.

— Oui, ma sœur, mais…

— Je vous conseille de filer déjeuner et de vous mêler de ce qui vous regarde, l'interrompit la nonne, sévère.

La panique s'empara de Glory.

— Que voulez-vous dire ? Où est Liz ? Elle est malade ? Pourquoi n'était-elle pas en cours ?

La directrice eut un petit soupir d'exaspération.

— Vous ne tarderez pas à l'apprendre. Elizabeth Sweeney ne reviendra pas à l'académie. Et maintenant, je vous conseille de…

Glory eut un mouvement de recul involontaire.

— Comment cela, elle ne reviendra pas ! Pourquoi ? Je ne comprends pas.

— On ne vous demande pas de comprendre. Comme je vous l'ai dit, cela ne vous regarde pas. Et maintenant, retournez à la cafétéria ou je vous mets en retenue et j'appelle votre mère.

Liz avait été renvoyée. Incrédule, atterrée, Glory porta une main à sa bouche. Qu'avait fait son amie pour mériter cela ? A part l'aider.

Le cœur au bord des lèvres, Glory quitta le bureau en courant. Mais au lieu de se diriger vers la cafétéria comme on le lui avait ordonné, elle fila droit vers la sortie. Sœur Marguerite la rappela, mais Glory poursuivit son chemin sans hésiter. Il lui fallait voir Liz, s'assurer que son amie n'avait pas de mal, savoir ce qui s'était passé.

Sa mère ! Dieu fasse que ce ne soit pas cela ! Mais qu'est-ce que cela pouvait être d'autre ? Arrivée à sa voiture, elle ouvrit la portière et se mit au volant. Alors seulement elle jeta un regard derrière elle, s'attendant presque à voir une armée de nonnes, rosaires au vent, lancée à sa poursuite. Le parking était désert. Ni sœur Marguerite ni la secrétaire ne l'avaient suivie.

Glory quitta le parking sur les chapeaux de roues et se lança dans la circulation sous un concert de Klaxon.

Elle ne savait que trop ce que cette bourse signifiait pour Liz. La malheureuse devait être effondrée.

Luttant contre l'hystérie, Glory serrait le volant. Elle se sentait perdue et absolument seule. Sa meilleure amie. Que deviendrait-elle sans Liz ?

Dans sa hâte d'arriver chez Liz, Glory battit tous les records de vitesse sans souci des interdictions. Elle n'était entrée qu'une seule fois dans le bâtiment. En général, elle attendait Liz devant la porte. Le père de Liz ne l'aimait pas beaucoup et l'avait fait savoir assez clairement. Le sentiment était réciproque, et Glory n'avait été que trop heureuse d'avoir une bonne raison de rester à l'écart.

Elle se précipita vers l'entrée et gagna l'escalier au pas de course. La famille de Liz occupait la moitié du dernier étage. En arrivant sur le palier, elle entendit des éclats de voix. Les parents de Liz se disputaient. Elle entendit son nom, celui de Liz. Et des sanglots. Rassemblant son courage, Glory prit une grande inspiration et frappa.

La dispute cessa, et la porte s'ouvrit en grinçant. Dans l'entrebâillement, Glory vit le visage ruisselant de larmes de son amie. Son cœur se serra.

— C'est moi, Glory, chuchota-t-elle.

Liz se glissa dehors, refermant le battant derrière elle. Les deux amies tombèrent dans les bras l'une de l'autre, s'étreignirent longuement. Enfin, Glory s'écarta un peu et scruta le visage ravagé de Liz. Elle avait les yeux rouges, gonflés, et une marque violette sur la joue gauche.

Son père l'avait battue ! La gorge nouée, Glory prit les mains de Liz dans les siennes.

— Quand je ne t'ai pas vue à l'heure du déjeuner, je suis allée au bureau, et sœur Marguerite m'a dit que tu avais été renvoyée. Je n'en croyais pas mes oreilles. Que s'est-il passé ?

Liz se remit à pleurer, et Glory lui entoura les épaules de son bras.

— Glory, c'était affreux. Qu'est-ce que je vais devenir ? Je n'ai jamais vu mon père dans une telle colère. Et maman est folle hystérique. Je ne veux pas retourner dans mon ancienne école !

Glory fondit en larmes à son tour.

— Mais comment ils ont pu te renvoyer ? Tu as les meilleures notes de toutes les « seconde année ».

Liz s'écarta un peu, essuya ses larmes du revers de la main.

— Comment ? Tu ne sais pas ?

— Non. La sœur a dit que cela ne me regardait pas.

— Que cela ne te regardait pas, hein ?

Liz ponctua sa remarque d'un curieux petit bruit, mi-rire, mi-sanglot.

— Ta mère. C'est elle. On m'a convoquée en deuxième cours. Elle était là à m'attendre.

— Ma mère ? répéta Glory, médusée. Ma mère qui t'attendait ?

— C'était horrible. Horrible. Elle sait, Glo. Elle sait tout.

Brusquement pétrifiée, Glory dévisageait son amie. Sa

mère savait. Grand Dieu, que faire ? Qu'allait-il advenir d'elle ?

Liz écrasa de nouvelles larmes.

— Elle sait tout. Santos, le bal masqué, mon rôle ce soir-là, et pas seulement ce soir-là, mais tous les autres. C'est pour cela qu'on m'a renvoyée. La sœur voulait me donner une chance, mais ta mère s'y est opposée.

Sa mère savait ! Glory se mit à trembler. Ses genoux cédèrent et elle se laissa choir sur une marche. Sa mère savait, et elle s'arrangerait pour que jamais plus elle ne revoie Santos.

Liz s'assit près d'elle.

— Tu as entendu, Glory. C'est la faute de ta mère. C'est elle qui m'a fait renvoyer.

Glory reprit les mains de son amie entre les siennes qui tremblaient.

— Comment s'est-elle conduite ? Qu'est-ce qu'elle a dit sur Santos ?

— Sur Santos ? répéta Liz d'une voix haut perchée, méconnaissable.

— Oui. Est-ce qu'elle a parlé de lui ? Est-ce qu'elle a dit ce qu'elle allait faire pour nous deux ? Comment elle a su son nom ?

Liz secoua la tête.

— Je n'en sais rien. Mais je lui ai assuré que Santos était un garçon bien, que vous vous aimiez tous les deux. Elle n'a pas voulu m'écouter. Elle l'a traité de tous les noms… et moi aussi, Glo. Elle m'a traitée de menteuse, et de…

— J'ai peur, Liz. Elle va nous séparer, Santos et moi, s'arranger pour que je ne le revoie jamais. Elle m'a dit qu'elle m'enverrait en pension si…

— Attends, hoqueta Liz. Tu m'avais promis que ta mère ne s'en prendrait pas à moi. Mais elle l'a fait, Glo.

Tu m'avais promis que, si elle découvrait tout, elle ne me punirait pas. J'ai pourtant essayé de t'avertir, mais tu n'as rien voulu savoir.

Glory cligna des yeux, se concentra de nouveau sur Liz, fixa son attention sur ses paroles.

— Quoi ? Pardon ?

— Tu avais dit qu'elle ne me jugerait pas coupable, Glo, mais elle m'a accusée. Elle m'a même rendue responsable de ce que vous deux… enfin, tu sais quoi. Je lui ai dit que je ne savais pas, mais elle ne m'a pas crue.

— Oh, mon Dieu ! s'exclama Glory dont le monde s'effondrait.

Elle ne pouvait plus respirer, plus réfléchir. Sa mère allait l'envoyer en pension. Elle se tordit les mains, se mit à se balancer d'avant en arrière sur la marche.

— Elle sait ça ? Elle sait ce que nous avons fait cette nuit-là avec Santos ?

— Je croyais qu'elle le savait déjà, bredouilla Liz. A sa façon de parler, j'ai cru qu'elle le savait.

— Et tu lui as dit ? demanda Glory, horrifiée. Comment as-tu pu lui raconter cela ?

— Comment ? s'exclama Liz en s'empourprant. Tu n'étais pas là. Tu ne peux pas imaginer ce que c'était. Tu ne sais pas ce qu'elles ont…

— Ce que je sais, c'est qu'à ta place je n'aurais jamais avoué une chose pareille. Jamais de la vie. Pas ça.

Liz se releva d'un bond.

— Merci, c'est la meilleure ! Je viens d'être renvoyée de l'école, j'ai perdu ma bourse, et tout ce qui t'intéresse, c'est ton précieux petit ami !

Glory se leva à son tour.

— Tu exagères, Liz. J'ai de la peine pour toi. Tu es

ma meilleure amie. Seulement, tu ignores ce dont ma mère est capable.

— Ah oui ? Je l'ignore ? Elle me fait renvoyer de l'école pour l'unique raison que je suis ton amie. C'est toi qui commets la faute, mais on ne te convoque même pas au bureau. On te dit que ça ne te regarde pas ! Mon père avait raison. Vous, les nantis, tout est votre faute et je vous déteste !

Elle tourna le dos, se dirigea vers la porte. Glory la retint par le bras.

— Liz, s'il te plaît, ne parle pas ainsi. Il faut que tu comprennes…

— Oh, je comprends ! répliqua Liz en se dégageant. Jamais je n'ai été ton amie. Tu t'es servie de moi.

— Ce n'est pas vrai ! Pas vrai ! Tu ne vois donc pas que c'est elle ? Une fois de plus, elle me prend tout ce qui compte pour moi. Toi, Santos. Chaque fois, c'est pareil. C'est pour cela que j'évitais qu'elle sache pour Santos. C'est pour cela que j'avais peur…

— Non, mais écoute-toi ! Ce n'est pas croyable ! On ne parle plus que de toi ! Tu es comme Bebe, Missy et toutes les autres. Egoïste, égocentrique. Tu ne t'intéresses qu'à toi, pas aux autres. Ah, j'ai été bien sotte de me croire ton amie.

Prise de vertige, Glory resserra les bras autour d'elle.

— Mais je suis ton amie, Liz, c'est vrai.

— Tu ne sais même pas ce que ce mot signifie. Tu t'es servie de moi. C'était commode. J'étais la seule à être assez bête pour…

Liz ravala le reste de la phrase et gagna sa porte. Là, elle se retourna vers Glory.

— J'ai tout perdu. Ma chance d'entrer dans une grande université, de me sortir de… ce trou, de changer de vie.

Tu sais ce que valent les écoles publiques de ce quartier ? Bien sûr que non. Tu ne peux pas le savoir, toi la petite fille riche. L'académie, c'était une chance unique pour moi.

— Liz, s'il te plaît, supplia Glory en larmes. Ne me fais pas cela. Tu es ma meilleure amie.

— Et moi, j'ai cru que tu étais la mienne. Adieu, Glory.

35

Santos alla trouver Lily comme Hope St. Germaine le lui avait suggéré. Il lui raconta tout, sa rencontre avec Glory, son amour pour elle, les horreurs que la mère de Glory lui avait dites, partagea avec elle sa rage et ses craintes. Enfin, il conclut sur les questions que Hope St. Germaine lui avait jetées au visage.

« Retournez chez votre sale pute. Demandez-lui de vous parler de moi. Et demandez-lui aussi si vous êtes un parti souhaitable pour Glory. »

Ebranlée, le visage blême, Lily se laissa choir, tête basse, sur un canapé. Santos s'assit près d'elle, lui prit la main et demanda doucement :

— Qui est cette femme, Lily ?

Elle demeura silencieuse un long moment, puis elle leva les yeux vers lui et Santos sentit son cœur se serrer.

— Elle est… Hope est… ma fille.

Il la dévisagea, stupéfait, incrédule. Lily et Hope… mère et fille ?

Le front plissé, il examina le visage de Lily en pensant à Hope. Oui, il y avait bien un air de famille, une similitude dans le teint et les traits. Cependant, cette ressemblance était occultée, et pas seulement par l'âge. Par quelque chose de plus profond qui n'avait rien de physique.

La bonté par opposition à la cruauté. La lumière par opposition aux ténèbres.

Le bien et le mal.

Il frissonna, songea à ce que Lily lui avait dit de la fille ingrate et sans cœur qui l'avait abandonnée. Cela ne le surprenait guère de la part de celle qu'il connaissait jusqu'ici comme la mère de Glory.

Il était donc tombé amoureux de la petite-fille de Lily !

Cette vérité le frappa de plein fouet. Pas étonnant que tout soit allé si bien et si vite entre eux. Il y avait en Glory quelque chose de Lily, quelque chose d'essentiel qui l'avait attiré.

— Pourquoi ne me l'as-tu pas dit ? demanda-t-il. Tu craignais de m'avouer la vérité.

— Non, ce n'est pas cela, murmura Lily avec des larmes dans la voix. J'ai pleinement confiance en toi, Victor. Mais je ne pouvais rien te révéler. J'avais promis. Elle tenait à ce que personne ne le sache.

Santos eut un rictus de dégoût tant la fille de Lily le répugnait.

— Elle ne voulait pas qu'on sache que tu étais sa mère ? Et tu trouves cela normal, cela ne te met pas en colère ?

— Tu ne comprends pas, tu…

Elle s'interrompit, en proie à une profonde et visible douleur. Puis elle se ressaisit, reprit :

— Elle s'est refait un nom, une vie. Une bonne vie. Elle a laissé derrière elle la marque du péché qui est l'héritage des Pierron. Cet héritage a pesé sur ma vie comme une ombre. Elle s'en est libérée.

Il lui sourit, serra ses mains dans les siennes.

— Toi, mon ange de miséricorde, j'ai parlé de toi à Glory. Tu vas avoir la chance de connaître ta petite-fille.

Tu désirais tellement tenir une place dans sa vie. A présent c'est possible.

Lily se mit à trembler, et il serra ses mains plus fort.

— Elle pense déjà que tu es merveilleuse. Quand elle te connaîtra, elle t'aimera autant que moi.

— Non, répliqua Lily en détournant les yeux, en dégageant ses mains. Jamais. Je ne veux pas la rencontrer.

— Mais pourquoi ? Elle n'est pas comme ta fille. Elle est chaleureuse, aimante... elle te ressemble, Lily.

Les joues de la vieille femme se décolorèrent ; elle chancelait sur son siège, comme prise d'un accès de faiblesse.

— Ne dis pas cela, Santos. Ne dis jamais cela.

Il n'en croyait pas ses oreilles, bouillait de rage contenue, de frustration. Il n'avait jamais mesuré à quel point la honte était enracinée en elle. Il comprenait soudain que, d'une certaine manière, la haine que Hope vouait à sa mère reflétait la haine que Lily avait d'elle-même.

— Mais c'est complètement fou, Lily ! Tu meurs d'envie de la connaître, d'être près d'elle. C'est le moment ou jamais.

Lily nia de la tête et se recroquevilla contre le dossier du canapé.

— Je ne veux pas qu'elle sache ce qu'était sa grand-mère. Je ne veux pas qu'elle sache d'où elle vient. Jamais.

Quittant le canapé, Santos s'agenouilla devant elle, lui reprit les mains, l'obligea à le regarder.

— Lily, je sais reconnaître le bien du mal, le bon du mauvais. Tu es bonne, Lily. Tu m'as recueilli, soigné, tu m'as donné un toit, un foyer, de l'amour. Tu as été généreuse envers moi qui n'étais rien pour toi. Ta fille s'est mal conduite envers toi, elle te traite mal. Et tu te trompes, tu sais. Glory gagnerait à te connaître. Tu enrichirais sa vie. Ce sont elles qui perdent au change.

Les yeux de Lily s'emplirent de larmes et ses lèvres tremblaient sous l'effort qu'elle faisait pour les retenir.

Lorsqu'elle parla enfin, ce fut d'une voix à peine audible :

— Je ne le supporterais pas si elle… si elle me rejetait aussi… si elle me regardait avec les yeux de sa mère. Il ne faut pas qu'elle sache. Tu dois… me le promettre.

Il sonda son regard.

— Je ne le peux pas, Lily. C'est une promesse que je ne pourrais pas tenir.

Une larme roula sur la joue de la vieille femme.

— Ne laisse pas filer l'amour, Santos. Mais tu devras me laisser derrière toi. Peut-être pas aujourd'hui ni même demain, mais tu ne peux pas faire partie de ma vie et de celle de Glory. Il te faudra choisir.

36

Glory resta longtemps assise dans l'escalier devant la porte de Liz, paralysée de désespoir et d'effroi. Elle ne savait que faire, ne pouvait plus penser, rassembler ses esprits pour prendre une décision.

Dehors, elle entendait les grondements du tonnerre. Chez Liz, les bruits de dispute avaient cessé. Enfin.

Elle se prit la tête entre les mains. Sa mère savait tout. Tout. Si seulement elle avait écouté Santos. Ecouté Liz. Mais elle n'en avait fait qu'à sa tête, et elle avait perdu son amie. Elle risquait désormais de perdre Santos.

Comment allait-elle vivre sans lui ? Jamais elle ne pourrait revenir à son ancien mode de vie. Avant Santos et Liz, elle avait été seule, si seule !

Elle n'y survivrait pas. Il lui fallait trouver un moyen de redresser la barre. Il devait bien y avoir quelqu'un qui puisse l'aider, quelqu'un qui comprendrait et les défendrait, Santos et elle.

Son père. Lui seul le pouvait.

Glory releva la tête et essuya ses larmes. Si elle parvenait à le gagner à leur cause comme elle en avait eu l'intention, il l'aiderait à affronter sa mère. Il lui suffisait de le convaincre que Santos et elle s'aimaient et désiraient rester ensemble.

Son père l'aiderait sûrement.

Mais il lui fallait le rejoindre et lui parler avant que sa mère le fasse.

Sans plus attendre, elle se leva, enfila l'escalier et se précipita vers sa voiture. Tandis qu'elle démarrait, il se mit à pleuvoir. De gros nuages noirs obscurcissaient le ciel ; les bourrasques faisaient ployer les branches des vieux chênes le long des rues, et poussaient feuilles mortes et détritus sur les trottoirs et dans les caniveaux.

Glory se dirigea vers l'hôtel, retournant dans sa tête tout ce qu'elle allait dire à son père pour le convaincre. Quand elle lui aurait parlé, elle appellerait Santos. Elle regrettait de tout cœur de ne pas l'avoir fait plus tôt comme Santos le lui avait demandé.

Mais tout s'arrangerait. Son père les aiderait. Il convaincrait sa mère d'intervenir pour que la bourse de Liz lui soit rendue. Elle s'accrochait à cet espoir tout en négociant la chaussée mouillée et glissante, tout en se faufilant dans la circulation encombrée des heures de pointe.

Elle se gara devant l'hôtel et sortit de voiture sous la pluie battante. Ignorant le déluge glacial, elle traversa la rue, s'engouffra sous le porche du St. Charles puis à l'intérieur, sans même répondre au salut du portier ni du concierge.

Elle gravit quatre à quatre l'escalier qui menait au bureau de son père, priant le ciel qu'il soit là. Au pas de course, elle traversa l'antichambre sans un mot pour la secrétaire et entra dans le bureau.

Sa mère y était déjà.

Glory s'arrêta net, hors d'haleine, au bord des larmes, cruellement déçue. Sa mère n'avait pas perdu de temps. Son père savait. Il semblait avoir pris dix ans depuis qu'elle l'avait vu ce matin.

Sa mère, elle, semblait radieuse.

— Glory Alexandra, dit-elle, doucereuse. Justement, nous parlions de toi.

Dans un dernier sursaut d'espoir, Glory se tourna vers son père.

— Papa, il faut que tu m'aides.

— Qu'il t'aide à quoi ? A nous mentir, à nous tromper ? Ton père est au courant de ta duplicité. Il sait que tu nous as… couverts de honte.

Le regard plein de larmes, Glory tendit une main tremblante vers son père.

— Papa, s'il te plaît, écoute-moi.

Hope secoua la tête.

— Nous attendions mieux de toi. Nous attendions une conduite digne, et pas celle d'une catin !

Glory fit volte-face, regarda sa mère.

— Tu mens ! C'est exactement ce que tu attendais de moi. A te voir, on dirait même que ça te fait plaisir !

— Tu entends comme elle nous parle, Philip ? Qu'est-il advenu de notre fille, grand Dieu ?

Hope eut une mimique horrifiée et porta une main à sa bouche. Glory n'était pas dupe de sa comédie. Elle se tourna de nouveau vers son père.

— Ne l'écoute pas, papa. Elle me déteste. Elle m'a toujours détestée. Elle ne cherche qu'à me faire souffrir, à me priver de ceux que j'aime. S'il te plaît, papa, cette fois, écoute-moi.

Pendant un bref instant, elle espéra encore que son père l'aiderait, la défendrait, mais il prit la parole, et les derniers espoirs de Glory s'effondrèrent.

— Comment as-tu pu agir de cette façon, Glory ? Comment as-tu pu nous mentir ainsi ? Nous sommes tes parents, nous ne souhaitons que ton bien, et tu nous en remercies en… en couchant avec n'importe qui. Jolie preuve de respect. Tu t'avilis toi-même !

Les larmes l'étouffaient. Jamais elle n'aurait cru entendre pareil discours de la bouche de son père. Jamais elle n'aurait cru qu'un jour il la regarderait ainsi.

— Je ne couche pas avec n'importe qui ! Ce n'est pas vrai ! Il n'y a eu que Santos, et je l'aime. Je l'aime et…

Son père lui coupa la parole d'une exclamation de dégoût :

— Oublie-le, Glory, ce n'est qu'un vaurien, une ordure, un mauvais garçon. Le genre à se servir des filles.

— Qu'est-ce qui te permet de dire une chose pareille ? Tu ne l'as jamais vu ! Tu n'as fait qu'écouter ce qu'elle te racontait !

Elle se sentait devenir hystérique mais n'avait plus de contrôle sur ses émotions.

— Il n'est ni un vaurien ni un mauvais garçon. Il est bon envers moi. Il est intelligent, honnête, et je l'aime.

Hope vint se planter devant elle, la fixa droit dans les yeux.

— Ce garçon ne voulait qu'une chose de toi et il l'a obtenue.

Atterrée par tant de fiel, par l'expression haineuse de sa mère, Glory eut un mouvement de recul.

— Ce n'est pas vrai… Il… il…

Elle luttait de toutes ses forces pour contenir ses larmes. Si seulement Santos lui avait déclaré qu'il l'aimait, elle aurait pu s'accrocher à cela maintenant, s'en servir comme d'une preuve. Mais il n'avait rien dit.

— Je l'aime ! conclut-elle dans un sanglot. Je l'aime de tout mon cœur.

Sa mère la saisit par le bras, la secoua sans ménagement.

— Réveille-toi, Glory. Ce garçon s'est servi de toi. Tu n'es pour lui qu'une fille parmi tant d'autres.

— Ce n'est pas vrai ! sanglota Glory en se débattant pour se libérer.

Hope resserra son étreinte sur son bras, lui arrachant un cri de douleur.

— C'est vrai, insista sa mère. Il a d'autres petites amies. Beaucoup d'autres. J'ai vérifié. Si seulement nous avions su cela avant que… avant que tu te déshonores.

— Non ! Je ne te crois pas ! Il y a eu d'autres filles, mais elles ne comptaient pas pour lui. Il tient à moi et à moi seule. C'est vrai !

Son père soupira, s'approcha d'elle et lui entoura les épaules de son bras. Un geste consolateur, une marque de pitié.

— Je sais bien que tu te crois amoureuse de lui. Il est plus vieux. Il a de l'expérience. A ton âge, on se laisse facilement convaincre.

Il l'attira à lui et ajouta :

— Tout cela est ma faute. J'aurais dû te mettre en garde, t'expliquer ce que disent et font les garçons pour arriver à leurs fins. Certains sont prêts à tout pour… pour obtenir ce qu'ils veulent d'une jeune fille. Je suis désolé, trésor. Je sais combien tu souffres…

— Je ne suis pas ton trésor ! se récria Glory en se dégageant de son étreinte. Tu as perdu le droit de m'appeler ainsi depuis bien longtemps. Depuis que tu as cessé de croire en moi !

Visiblement blessé, il eut un mouvement de recul involontaire.

— Glory, je…

— Tu ne sais rien de Santos. Il est bon, généreux, et il m'aime. Je sais qu'il m'aime !

Elle essuya rageusement ses larmes et ajouta :

— Je me moque de tout ce que vous pensez, je resterai avec lui !

— Je l'ai prévenu, intervint Hope, glaciale, cassante. S'il te revoit, je le fais arrêter pour viol et détournement de mineure.

Horreur ! Sa mère avait vu Santos ! Elle l'avait menacé…

— Parfaitement, Glory Alexandra. Tu es mineure, et il est adulte. Il a abusé de toi. Il existe des lois.

Glory saisit la main de son père, lui adressa un regard suppliant.

— Papa, s'il te plaît ! Tu ne vois donc pas comment elle agit ? Elle me déteste ! Elle veut décider de ma vie.

Philip soupira de nouveau, referma les doigts sur sa main.

— Ta mère et moi avons eu bien des désaccords par le passé sur des questions de discipline mais, cette fois, je suis avec elle, Glory. Elle ne souhaite que ton bonheur. Et ce garçon n'est pas… un garçon convenable.

Glory tenta de se dégager. Il la retint.

— Je sais que tu ne le crois pas mais, un jour, tu nous remercieras. Un jour, tu verras que nous avions raison.

Ivre de rage, Glory se libéra d'une brusque secousse.

— Je te déteste ! Tu es toujours de son avis, jamais du mien ! Tu es d'accord avec elle, quoi qu'elle dise, quoi qu'elle fasse. Je te déteste !

Son père devint blême, et Glory eut un vague sentiment de remords, mais elle ne pouvait endiguer le flot de sa colère, son amertume, sa déception. Elle voulait le blesser comme il l'avait blessée, le punir pour toutes les situations où il s'était rangé du côté de sa femme.

— Si tu m'aimais, poursuivit-elle, si tu avais une once

de courage, tu lui tiendrais tête. Tu me fais pitié, tu m'entends ? Je regrette presque que tu sois mon père !

Hope s'empara du bras de Glory, plantant les ongles dans sa chair, et la secoua comme un prunier.

— Glory, tu ne reverras pas ce garçon. C'est clair ?

— Hope ! protesta Philip en tentant de les séparer. Pour l'amour du ciel, calme-toi. Peut-être que nous devrions l'écouter. Elle ne nous a jamais menti auparavant. Peut-être que ce garçon n'est pas…

Hope se dégagea, furieuse.

— Tu ne sais rien, Philip ! Tu te laisses aveugler par elle, comme toujours. C'est moi qui réglerai ce problème. Je vais l'envoyer en pension, dans une école où ce genre de conduite ne sera pas toléré.

— De toute façon, je n'irai pas ! Tu ne peux pas me forcer !

Glory agitait les bras en tous sens pour se libérer. Elle frappa sa mère à l'épaule, à la gorge. Finalement, Hope la relâcha avec un petit cri de douleur. Glory pivota sur elle-même et prit la fuite.

Sortant du bureau comme une flèche, elle courut vers l'escalier. Son père la rappela, mais elle ne s'arrêta pas, ne se retourna pas. Elle l'entendit qui se lançait à sa poursuite, entendit sa mère qui criait à la secrétaire d'appeler la sécurité.

Glory déboucha dans le hall, trébucha, se redressa, bouscula le portier sidéré et se retrouva dehors, à l'air libre. Le jour était tombé, l'orage battait son plein. Des rideaux de pluie s'abattaient sur la ville. En quelques secondes, elle fut trempée. Ses cheveux lui collaient au visage, ses vêtements, au corps.

— Glory ! hurla son père. Attends ! Je vais t'écouter. Nous trouverons une solution, je te le promets.

Elle hésita, nia de la tête. Non. Pas si sa mère avait son mot à dire. Sa mère la ferait enfermer en pension, l'empêcherait à jamais de revoir Santos.

Son père l'appela de nouveau. Les larmes ruisselant avec la pluie le long de ses joues, elle traversa la rue en courant.

Au moment où elle atteignait le terre-plein central, elle entendit un coup de Klaxon, un crissement de pneus sur la chaussée mouillée. Elle se retourna et vit le véhicule projeter son père dans les airs.

Comme au milieu d'un brouillard, elle entendit son propre cri, le cri du portier, les paroles confuses du chauffeur de la voiture. Elle se précipita au côté de son père, s'agenouilla près de lui.

Sa tête présentait un angle bizarre par rapport à son corps. Il était parfaitement immobile, mais ses yeux étaient ouverts.

— Papa, murmura-t-elle en lui lissant les cheveux. Ça va, papa ?

Sous ses doigts, la tête était chaude, gluante. Elle retira sa main et vit le sang. Il y en avait partout. Il se mêlait à l'eau de pluie, ruisselait sur la chaussée en filets rouges. Horrifiée, elle laissa échapper un cri d'incrédulité, de désespoir.

Elle se pencha, entoura son père de ses bras, posa la joue sur sa poitrine. L'écho des paroles blessantes qu'elle avait prononcées un peu plus tôt résonnaient dans sa tête.

— Oh, papa… ce n'est pas vrai ce que j'ai dit… Je ne… Je t'aime, papa… je t'aime tellement…

Le hurlement des sirènes déchira la nuit. Elle resserra son étreinte en sanglotant.

— Oh, papa, s'il te plaît… il faut que tu vives… Je

t'aime, papa… ne me quitte pas… s'il te plaît, ne meurs pas.

Sa mère vint la rejoindre. Glory leva vers elle un regard mouillé de pleurs. Hope la regardait, l'œil sec, parfaitement calme.

— Tu es contente maintenant, Glory Alexandra ? Tu vois le résultat de ton iniquité ? De tes provocations ? Tu vois ce que tu as fait ? Car c'est toi, c'est ta faute.

Glory crut qu'elle allait étouffer de désespoir.

— Non, maman, hoqueta-t-elle en agitant la tête. Non !

— Si. Il te poursuivait. C'est ta faute s'il a traversé sans regarder. Ta faute s'il s'est fait renverser.

— Non, maman, non… S'il te plaît… ce n'est pas…

— Si. Regarde bien ce que tu as causé.

Sa mère s'agenouilla près d'elle, la détacha de son père, lui redressa d'abord les épaules, puis le menton, l'obligea à regarder le corps sans vie, les rivières de sang. Glory sentit son estomac se retourner et se plia en deux.

— Regarde, dit encore Hope à mi-voix. Tu as tué ton père.

37

Malgré la pluie qui tombait sans discontinuer, malgré les rues inondées, une foule de gens vint à la veillée funèbre de son père. Les amis, la famille, les employés de l'hôtel étaient venus lui rendre un dernier hommage. Philip St. Germaine était un homme aimé et respecté.

Glory saluait machinalement les uns et les autres à travers une sorte de brouillard. Tout son être était concentré autour de sa douleur, de son chagrin, et les remords coupables qui la tenaillaient.

Elle l'avait tant aimé. Il était l'unique personne qu'elle eût jamais aimée sans condition. Et il était mort convaincu qu'elle le haïssait. Il était mort avec, en tête, les paroles blessantes, honteuses qu'elle avait proférées.

De tout son cœur elle aurait voulu que son père revienne. Elle aurait voulu effacer ses paroles, ses actes. Elle aurait aimé pouvoir remonter le temps jusqu'au jour de ses huit ans, l'année où tout avait basculé.

Mais c'était impossible. Son père était mort. Elle l'avait tué. C'était sa faute… sa faute. L'accusation tournait en boucle dans sa tête, avec les remords et les regrets amers.

C'était elle que la voiture aurait dû heurter, elle qui aurait dû être tuée.

Elle aurait voulu être morte.

En un sens, elle l'était.

Son souffle s'étrangla dans sa gorge tandis que son regard se posait sur le cercueil fermé de son père. Sa mère avait raison. Elle l'avait prévenue que, un jour, son aveugle témérité causerait sa perte. Qu'un jour elle souffrirait ou entraînerait la souffrance d'autrui. C'était chose faite. Son père. Liz.

Santos. Les larmes lui montèrent aux yeux, menaçant de se répandre. Elle croyait les avoir épuisées au cours des deux derniers jours, mais il lui en restait. Des larmes, et du chagrin. En quantité apparemment inépuisable.

Glory ferma les paupières, déchirée entre ses remords et ses regrets. Si seulement elle avait écouté sa mère. Si elle s'était montrée plus prudente, moins têtue et moins égoïste. Jamais elle n'aurait dû aborder Santos. Jamais elle n'aurait dû le poursuivre.

Elle ne pouvait pas l'aimer. Elle avait eu tort de l'aimer.

Du hall lui parvinrent des éclats de voix, un juron, le bruit d'un objet qui se brise en tombant. Glory se retourna, et son cœur manqua s'arrêter. Santos ! Il était là, au seuil de la porte, et tentait de se libérer de deux hommes qu'elle ne reconnut pas.

— Glory ! lui cria-t-il.

Le sang lui monta à la tête, elle se mit à trembler, ouvrit la bouche pour répondre sans pouvoir articuler un son. Horrifiée, elle vit Santos frapper l'un des deux hommes et se dégager. Une femme laissa échapper un cri ; le directeur des pompes funèbres hurla qu'il appelait la police. Ignorant le tapage et la confusion, Santos se fraya un chemin parmi la foule. Il venait droit vers elle.

Trempé de pluie, pas rasé, les yeux hallucinés, il avait

l'air d'un fou, d'un sauvage parmi les robes de soie et les costumes sombres des gens civilisés.

Tous les regards étaient braqués sur elle. On chuchotait. On conjecturait. Glory croisa les bras sur la poitrine, se fit toute petite. Elle aurait voulu disparaître. Ils savaient, tous. Ils savaient que c'était sa faute.

De justesse, elle réprima un cri d'angoisse. Jamais elle ne s'en tirerait. Elle jeta autour d'elle des regards désespérés, elle chercha un refuge, un coin où se cacher. En vain. Son cœur affolé battait à l'étouffer.

Alors, sa mère parut auprès d'elle, drapa un bras autour de ses épaules, et Glory s'abandonna contre elle, heureuse de ce soutien, reconnaissante.

Santos s'arrêta devant elle. De nouveau, elle sentit ses yeux s'emplir de larmes et porta une main tremblante à sa bouche. Une part d'elle-même se serait volontiers précipitée entre ses bras pour s'y laisser bercer, réconforter, aimer. Mais, dans le même temps, elle avait envie de fuir car, en voyant Santos, elle revoyait aussi l'image de son père mort, se souvenait des raisons de sa mort. Il était mort par sa faute, à cause de son imprudence, de sa témérité, de son amour déplacé pour Santos.

— Tu as cru que je ne viendrais pas, lui demanda-t-il à voix basse. Tu ne savais pas que j'aurais combattu une armée, remué ciel et terre pour être à tes côtés ?

Il tendit la main, lui effleura la joue, et elle ne put retenir ses larmes.

— Je suis vraiment désolé, ma chérie. Je sais à quel point tu l'aimais.

— Vous n'êtes pas le bienvenu, coupa Hope en attirant Glory vers elle pour la soustraire à son contact. Vous m'avez comprise ? Glory ne veut pas de vous ici.

— Dis-lui, ma chérie, reprit Santos sans jamais quitter

Glory des yeux. Dis-lui tes sentiments pour moi. Dis-lui ce que nous éprouvons l'un pour l'autre.

— Chien, vaurien ! s'écria Hope d'une voix suraiguë qui frisait l'hystérie. Tout cela est votre faute ! C'est votre faute si Glory s'est conduite comme elle l'a fait, votre faute si son père est mort !

Glory éclata en sanglots. Santos fit un pas vers elle.

— Non, Glory. Ne pleure pas. Tu sais bien ce que cherche ta mère. Nous ne l'avons pas tué. C'était un accident.

Il lui tendit la main. Elle la regarda, horrifiée. Elle manquait d'air, elle suffoquait.

— Prends ma main, murmura-t-il. Là, devant tout le monde. Montre-leur nos sentiments, revendique-les et je m'en vais. Mais nous saurons tous deux.

Les yeux fixés sur sa main tendue, Glory se remémorait le visage blême de son père lorsqu'elle avait déclaré le haïr, puis ses traits figés dans la mort quelques minutes plus tard. Elle revit le sang de son père sur sa propre main.

— Si tu m'aimes, murmura encore Santos, prends ma main. Aie foi en moi, Glory. Revendique-moi. Il te suffit pour cela de prendre ma main.

Glory eut un gémissement d'animal blessé. Jamais elle n'avait souffert ainsi. Jamais elle n'aurait cru que cela fût possible. Et soudain, la voix de son père résonna dans sa tête, occupa tout l'espace. Une voix douce, patiente, pleine d'amour :

« Tout repose sur la famille et sur le patrimoine. Ils sont ce que tu es et ce que tu seras. Ne l'oublie pas, trésor. Promets-moi de ne jamais l'oublier. »

Elle l'avait oublié. Elle ne l'oublierait plus. Sa place était ici, avec sa mère, sa famille. Elle leur devait respect et loyauté, ainsi qu'au nom de St. Germaine.

Agitée de sanglots convulsifs, Glory nia de la tête, se détourna de Santos, blottit son visage contre l'épaule de sa mère.

L'instant d'après, Santos était parti.

SIXIÈME PARTIE

Fruit défendu

38

La Nouvelle-Orléans, Louisiane, 1995

Blanche-Neige, l'assassin, avait encore frappé. Santos reçut l'information à 2 h 57. Vingt-six minutes plus tard, il garait sa voiture devant la cathédrale St. Louis. Les premiers policiers arrivés sur les lieux avaient déjà barré le périmètre. Le médecin légiste était là avec son équipe. Tandis que Santos coupait le contact, la camionnette de Channel Four arriva. Hoda Kotb et ses cameramen en sortirent.

Santos attendit que la journaliste s'éloigne pour quitter sa voiture. La cathédrale brillait de mille feux, éclairée comme un arbre de Noël. Une foule bruyante et bigarrée s'était rassemblée près de la scène du drame — des employés du Quartier français, des résidents, et des noceurs divers dont les trois quarts étaient sérieusement éméchés. Une douzaine d'agents en uniforme gardaient le périmètre et s'efforçaient de contrôler la foule.

Depuis dix ans qu'il travaillait dans la police, Santos avait assisté à des centaines de scènes comme celle-ci. Elles ne l'affectaient plus guère aujourd'hui. Mais celle-ci oui. Il jura entre ses dents. Cette fois, c'était son enquête, son fief. Et c'était une affaire personnelle.

Il voulait mettre la main sur ce malade à tout prix. Jusque-là, son enquête s'était enlisée. Le type semblait futé, bien organisé, un véritable prédateur.

Santos montra son badge et franchit le cordon de police. Au passage, deux touristes le prirent en photo, l'aveuglant de leurs flashes. Il se retourna vers l'uniforme le plus proche.

— Occupez-vous de ça ! lança-t-il. Bon sang, ils ne peuvent pas se contenter des bateaux à aubes en cartes postales ?

L'uniforme haussa les épaules.

— Une visite dans la ville du péché ne serait pas complète sans une photo de meurtre.

— C'est ça, oui. Et on traite les assassins de malades !

— Lieutenant Santos ?

Santos se retourna et reconnut un de ses collègues.

— Grady. Du nouveau ?

— Une pute trucidée, pour changer. Rien de certain encore, mais c'est sans doute le même type. Ça en fait quatre en quatre mois.

— Merci, je sais compter. Quoi d'autre ?

— Des touristes soûls l'ont découverte. Un couple. Ils ont failli marcher sur le corps.

— Des touristes ! Il ne manquait plus que ça. On va avoir le maire sur le dos.

— Paraîtrait qu'il est en route.

Santos jura de nouveau.

— Où sont-ils ? Je voudrais leur parler.

Le policier désigna de la tête un couple enveloppé d'une couverture sur un banc proche.

— Tu vois le tableau.

— Et le corps ?

— Notre homme l'a étendu devant l'entrée de la cathédrale. Franchement ! Il n'y a plus de respect.

Santos n'écoutait que d'une oreille les commentaires de son collègue tandis qu'ils s'avançaient vers les marches conduisant à la porte principale de l'église.

Comme le policier l'avait annoncé, elle était là, étendue et joliment disposée, exactement comme les trois autres mais, cette fois, juste à l'entrée de la cathédrale. La majorité des tueurs en série laissaient leurs victimes horriblement mutilées, dans des postures grotesques, dégradantes, mais pas ce type. On retrouvait ses victimes les mains croisées sur la poitrine, les yeux clos, les cheveux fraîchement lavés formant un halo autour de la tête. Comme Blanche-Neige dans son cercueil de verre. La malheureuse paraissait dormir, ou prier.

Seulement, elle était morte, brutalement assassinée.

Santos s'accroupit près du corps. Le médecin légiste, une femme d'âge mûr aux cheveux clairs, au visage angélique criblé de taches de rousseur, vint vers lui.

— Bonsoir, lieutenant. Notre ami ne chôme pas.

— C'est ce que je vois, dit Santos en enfilant des gants de latex. Que savons-nous de la victime ?

— Femme blanche, cheveux noirs. Jeune. Dix-huit à vingt ans.

— Prostituée ?

— Probable, si c'est toujours notre homme. Vous la reconnaissez ?

Santos fit signe que non. Avant d'entrer à la criminelle, il avait passé trois ans à la brigade des mœurs dans le Quartier français. Mais les fleurs de trottoir tournaient vite dans le quartier, surtout les jeunes. Et puis, celui que la presse avait baptisé Blanche-Neige donnait le bain à ses victimes après les avoir tuées, leur lavait les cheveux et les séchait, leur ôtait leurs bijoux et leur maquillage avant de les revêtir de robes virginales en coton blanc. Il était plus difficile de reconnaître ces femmes ainsi parées.

Santos leva les yeux vers Grady.

— Il y a des filles dans les parages. Va donc voir si l'une d'entre elles saurait l'identifier.

Grady acquiesça de la tête et s'exécuta sur-le-champ.

Santos examina le corps de la victime, notant tous les détails.

— Cause de la mort ?

— Asphyxie probable. Je le saurai après l'autopsie. Mais le corps est intact. Pas de blessures, pas de trace de coups. Il n'y a pas si longtemps qu'elle est morte. Notre homme s'enhardit. Il faut un certain toupet pour la déposer là.

— Il nous nargue, dit Santos.

Il jeta un coup d'œil circulaire alentour et ajouta :

— Et la pomme ?

— On l'a déjà emballée. Pièce à conviction. Comme d'habitude, on en avait croqué un morceau de chaque côté. Mais contrairement aux autres, la fille n'avait pas de restes de pomme entre les dents. Regardez cela.

Le médecin écarta avec précaution les mains de la victime qui commençaient à se raidir. Santos vit clairement sur la paume une brûlure en forme de croix. Comme pour les trois autres. La police n'avait pas révélé à la presse ce détail du rituel auquel se livrait le meurtrier.

Santos hocha la tête et le médecin remit les mains en place.

— A votre avis, c'est le même assassin ?

— Sans doute. Nous le saurons avec certitude quand nous aurons les résultats des examens.

— Bon, dit Santos en se relevant. Je vous appelle demain.

— Pas trop tôt. J'ai d'autres cas à traiter avant elle.

Santos ne prit pas la peine de répondre. Il pensait déjà aux touristes, et aux questions qu'il leur poserait.

Plusieurs heures plus tard, Santos s'arrêta devant un restaurant très à la mode, ôta sa veste et desserra sa cravate. L'asphalte du Quartier français réverbérait le soleil de l'après-midi, chaud pour un mois de mars. Santos était en nage, épuisé et frustré. Il venait de passer quatre heures à parcourir les rues, à parler aux propriétaires des boîtes et aux barmen, à montrer la photo de la dernière victime en date pour essayer de rassembler des informations.

Sans résultat pour le moment.

Et maintenant, il lui fallait affronter Le Jardin des Délices Terrestres. Son partenaire lui avait refait le coup, tentait une fois encore de l'empoisonner avec des aliments biologiques pour herbivores.

Santos entra dans le restaurant, un espace chic encombré de plantes vertes. Il jeta un coup d'œil alentour et repéra aussitôt son collègue et ami. Ce n'était pas bien sorcier. En dehors du barman, il était le seul homme. Avec son mètre quatre-vingt-quinze et son crâne chauve, il était difficile de le manquer. Santos alla s'asseoir en face de son partenaire et regarda autour de lui d'un air exagérément soupçonneux.

— Je déteste ce genre d'endroit.

Jackson éclata de rire.

— Il vient d'ouvrir. On y mange bien, paraît-il.

— C'est l'abominable Helga qui t'aura raconté ça.

— Hé, tu cherches la bagarre ? C'est de ma femme que tu parles.

Santos réprima un sourire amusé.

— Elle est sympa, remarque. Mais elle a des goûts pas possibles en matière de restaurants.

— Et alors ? Ça te regarde ?

Cette fois, Santos éclata de rire et prit le menu.

— J'espère qu'ils ont autre chose à proposer que la nourriture pour lapins.

Lui et son partenaire — que ses parents avaient baptisé Andrew Jackson sans complexe — étaient aux antipodes l'un de l'autre. Marié, père de plusieurs enfants, Jackson était un vrai chef de famille. Pragmatique, il envisageait son métier avec calme et détachement. Excellent policier, il laissait son travail au commissariat lorsqu'il rentrait chez lui le soir.

Santos était un solitaire, un accro du boulot. En dehors de Lily, il n'avait pas de famille, pas de proches. Il se passionnait pour ses enquêtes jusqu'à l'obsession. Si son corps n'avait pas exigé de repos et de nourriture à intervalles réguliers, il aurait travaillé vingt-quatre heures sur vingt-quatre. En diverses occasions, sa passion du travail lui avait attiré la méfiance de ses supérieurs qui le considéraient volontiers comme dangereux, irresponsable, une tête brûlée. Cela les mettait en rage qu'il fût l'un des agents les plus décorés des forces de l'ordre.

Pourtant, malgré tout ce qui les séparait, Jackson et lui formaient une bonne équipe. Ils travaillaient ensemble depuis six ans, et chacun avait sauvé la peau de l'autre à maintes reprises. En dehors de Lily, Jackson était l'unique personne en qui Santos eût confiance au point de le considérer comme un ami.

Ce qui ne l'empêchait pas d'avoir une sainte horreur de la nourriture saine dont le cher collègue raffolait.

Santos examina le menu et arrêta son choix sur le plat le moins immangeable.

— Tu es sûr que c'était ton tour de choisir ?

— Certain. La dernière fois, nous sommes allés au Port d'Attache. J'ai été malade pendant une semaine, à cause de toute cette friture.

— Pour un dur, tu me fais l'effet d'une belle mauviette.

Jackson éclata de rire.

— Peut-être bien. Mais ta mauviette a l'intention de vivre longtemps.

La serveuse vint prendre leur commande et repartit aussitôt. Santos la regarda s'éloigner, s'attarda sur le mouvement sensuel de ses hanches, puis il reporta son attention sur son partenaire.

— Tu as du nouveau depuis ce matin ?

— Deux putes ont reconnu la fille. Elle s'appelait Kathi. Une nouvelle à la rue. Pas de maquereau, pas de copain, pas de drogue.

— Ce type commence à me chauffer les oreilles. Il y a un truc qui cloche, un maillon qui nous échappe.

— Certes. Mais lequel ? Nous avons quatre victimes à ce jour. Rien que des fleurs de trottoir. Jeunes, brunes, de race blanche toutes les quatre. Toutes du Quartier français. Et toutes assassinées de la même façon. Sans l'ombre d'une variante. A côté de chaque cadavre, une pomme rouge mordue de part et d'autre. Et, chaque fois, l'une des morsures correspond à la dentition de la victime. L'autre probablement à celle du meurtrier.

— Et une brûlure en forme de croix dans la paume de chaque victime, comme une marque au fer rouge, acheva Santos. Je sais. Mais il y a sûrement autre chose… un truc qu'on n'a pas vu.

La serveuse vint leur apporter leur thé glacé et sourit à Santos en déposant son verre devant lui. Il sourit en retour, machinalement. Son esprit était à des lieues — à des années — de la jolie jeune femme blonde. Il se souvenait d'un autre meurtre. D'une autre fleur assassinée. Et il se souvenait du garçon de quinze ans qui avait tout perdu en la perdant, du garçon qui avait souhaité mourir.

— T'en fais pas, on l'aura, vieux, déclara Jackson. Un jour ou l'autre, il va faire une bourde, nous laisser un témoin, un indice, et on le coincera.

Santos leva les yeux vers son ami.

— Et combien de filles seront mortes d'ici là ?

La télévision au-dessus du bar diffusait un flash d'informations. La présentatrice annonça que l'assassin surnommé Blanche-Neige avait encore frappé. Puis on passa un document tourné pendant la conférence de presse du maire. En politicien outragé, ce dernier s'élevait contre l'inefficacité de la police locale et promettait à tous de nettoyer la ville. Santos le regarda prêcher et promettre, puis il eut une exclamation de dégoût.

— Quel con !

Jackson agita la tête avec lassitude.

— Plus d'un meurtre par jour dans la ville. Nous manquons de moyens, de personnel, d'argent, et il se demande pourquoi on n'a pas encore chopé ce type. Je vais te dire, ce boulot pue.

— Ce qui pue surtout, c'est que cette affaire soit depuis le début au dernier rang des priorités. Rien que des putes mortes, qui s'en soucie ? Et maintenant, sous prétexte qu'un couple de touristes à moitié ivres a failli marcher sur le cadavre, les voilà tous qui montent au créneau, renchérit Santos, amer.

C'était précisément pour cela que l'enquête était son affaire, qu'il la prenait à cœur. Lui s'en souciait personnellement, de ces filles assassinées. Il souffrait pour elles, pour leur famille. Il savait ce que c'était de perdre un être aimé de la sorte et de voir que tout le monde s'en fichait.

Jackson demeura un moment silencieux, puis il chercha le regard de Santos.

— Hé, vieux, ces filles ne sont pas ta mère. Ce n'est sûrement pas le même type qui les a tuées.

— Qu'est-ce que tu en sais ? C'est peut-être lui.

— La méthode, vieux. Il les étouffe au lieu de les poignarder. Et il les saute une fois qu'elles sont mortes. Pas avant. Et puis, il y a combien de temps de cela, vingt ans ?

— Seize. Le truc, c'est la pomme. On a retrouvé une pomme à côté de ma mère.

— Coïncidence. Peut-être que le mec avait faim.

— Ouais. Tu as peut-être raison, n'empêche…

Santos s'interrompit tandis que la serveuse leur apportait leur plat. Sans même regarder son assiette, il reprit le fil de ses pensées dès qu'elle se fut éloignée.

— Jackson, j'ai un pressentiment là-dessus. Tu te souviens de mes pressentiments sur l'affaire Ledet ? Tu te souviens de ce que je te disais juste avant qu'on coffre ce salaud ?

Jackson acquiesça de la tête tout en attaquant sa salade.

— Ouais, je me souviens.

Santos goûta son burger végétarien, le trouva acceptable et revint à la discussion en cours :

— Ben, cette fois, c'est pareil. J'ai comme une intuition qui ne me lâche pas.

— Tu rêves, vieux.

— Peut-être. Mais peut-être pas.

— Santos…

— Ecoute-moi une seconde. Nous savons tous les deux que les tueurs en série ont des rituels, que ces rituels évoluent sur une période de temps, jusqu'à ce que le type ait trouvé ce qui le satisfait pleinement. Nous savons aussi qu'ils se déplacent, qu'ils tuent ici et là sur la durée, parfois pendant des années.

— Pendant seize ans ?

— Henry Lee Lucas a tenu treize ans. John Wayne Gacy plus de dix ans. Il y a des tonnes d'exemples dans les annales.

— Tu perds les pédales, vieux. Tu n'es plus objectif.

— Ah ouais ?

— Ça y ressemble.

— Va te faire voir.

— Va te faire voir toi-même.

Leurs regards se croisèrent, et ils éclatèrent de rire.

Durant le reste du repas, ils discutèrent de leur vie privée, de la famille de Jackson et de la santé de Lily. Santos ne revint pas sur l'affaire Blanche-Neige, sur le fait que l'assassin pourrait être celui qui avait tué sa mère. L'idée restait pourtant présente à son esprit.

Lorsqu'ils eurent terminé leur repas, ils réglèrent la note et se levèrent. Jackson fit un signe de tête en direction des toilettes.

— Tu m'excuses une seconde ?

— Je t'attends dehors.

Santos se dirigeait vers la sortie quand il s'entendit appeler par son nom. Il se retourna. Derrière lui se tenait une femme assez jolie, mince, aux cheveux châtain clair, d'apparence calme et saine. Elle travaillait au restaurant. Il se souvenait de l'avoir aperçue en entrant. Mais il ne la reconnaissait pas. Elle lui souriait.

— C'est bien Santos, n'est-ce pas ?

— Oui, dit-il en lui rendant son sourire. Mais je suis désolé, je…

— Liz. Liz Sweeney.

Il lui fallut encore un temps avant que le déclic se fasse, puis il secoua la tête, incrédule.

— Liz Sweeney ! s'exclama-t-il alors en riant. Je ne t'aurais pas reconnue, tu as bien grandi !

Elle rit à son tour et lui tendit la main.

— Toi aussi. Je suis ravie de te revoir.

Il lui sourit de nouveau et lui serra la main. Cette nouvelle Liz lui plaisait bien.

— Comment tu vas ?

— Bien, comme tu vois. C'est mon restaurant.

Santos émit un petit sifflement admiratif.

— Eh bien, bravo. Tu m'impressionnes, déclara-t-il.

Puis, se rendant compte qu'il retenait sa main, il la lâcha. A contrecœur. Le contact lui avait semblé bien bon.

Liz s'éclaircit la voix.

— Ça fait plaisir de voir des hommes ici. Ma clientèle est majoritairement féminine, j'en ai peur. Le repas vous a plu au moins ?

— C'était excellent. Tu…

— A vrai dire, intervint Jackson qui venait de les rejoindre, il faudrait ajouter un peu de vache morte au menu pour mon camarade. Andrew Jackson, l'unique ami de Victor, conclut-il en tendant la main à Liz.

— Ne t'occupe pas de lui. Il faut toujours qu'il se rende intéressant. Mon partenaire, le lieutenant Andrew Jackson. Jackson, je te présente Liz Sweeney, une vieille amie.

— Une vieille amie ? Elle ne m'a pas l'air si vieille. Ravi de vous connaître, Liz.

— Moi de même.

— Alors, vous vous connaissiez, tous les deux ?

— Oui. Je sortais avec une de ses amies. A propos, Liz, comment va Glory ?

A peine avait-il prononcé ces mots qu'il les regrettait déjà. Gênée, Liz détourna les yeux.

— Je n'en sais rien. Je ne l'ai pas vue depuis des années.

Depuis dix ans, Santos en aurait mis sa main au feu. Dans les yeux de Liz, il aperçut le reflet de l'animosité que lui-même éprouvait envers Glory. Les souvenirs l'assaillirent, des souvenirs qu'il aurait préféré ne pas évoquer.

Liz jouait avec ses doigts, visiblement mal à l'aise, sans doute assaillie comme lui par le passé. Nerveuse, elle toussota.

— Lieutenant, hein ? Vous travaillez ensemble ? Alors, tu as réussi, Santos. Tu es flic, comme tu le voulais. Tu as réalisé ton rêve.

Jackson renâcla avec emphase.

— Vous parlez d'un rêve ! Longues journées, salaire bas, aucun respect. Ce n'est pas une vie.

Santos ignora la remarque.

— Oui, je suis le lieutenant Santos, superflic, pour te servir.

Ils bavardèrent un moment encore, puis Jackson mit un terme à la conversation.

— Je ne veux pas te bousculer, vieux, mais il est temps d'y retourner. Ravi de vous avoir connue, Liz Sweeney. A bientôt, j'espère.

Elle regarda Santos, puis elle baissa les yeux.

— Oui, à bientôt, lieutenants.

Santos se racla la gorge.

— Je crois que… il faut y aller. Je suis content de t'avoir revue, Liz. Et je me réjouis que tu aies réussi.

— Moi aussi, je suis contente de t'avoir revu.

Elle leur dit au revoir, puis elle s'éloigna en direction des cuisines. Santos rejoignit Jackson près de la porte et se retourna vers le restaurant. Au même moment, elle s'était retournée pour le regarder. Leurs yeux se rencontrèrent et Santos retint son souffle.

— Attends-moi une seconde, Jackson, je reviens tout de suite, marmonna-t-il.

Sans la quitter des yeux, il alla la rejoindre, s'arrêta devant elle.

— Tu aimerais venir dîner un de ces jours ?

— Avec toi ?

— Oui.

Il sourit et ajouta :

— Je suis désolé, mais Jackson est déjà pris.

— Avec toi, quand tu veux, répondit-elle en riant.

Il rit à son tour, ravi de cette réponse, de son aplomb, de sa franchise.

— Ce soir, cela te convient ?

— Parfait. Mais pas de bonne heure. Je ferme les cuisines à 21 heures.

— Marché conclu. A ce soir, Liz.

39

Plus tard cette nuit-là, Santos regagna l'appartement de Lily. Il souriait aux anges en pensant à Liz, à leur rendez-vous, au baiser échangé avant de se quitter, à la façon dont elle s'était abandonnée contre lui en murmurant qu'elle en voulait encore. Ils auraient pu devenir amants le soir même. S'il avait fait un geste en ce sens, elle aurait suivi.

Santos verrouilla la porte derrière lui, avança dans l'appartement, éteignant les lumières au passage. Liz lui plaisait bien. Il se sentait à l'aise avec elle. Leur conversation lui avait été agréable, et son baiser plus agréable encore — une sensation nouvelle et excitante. Lui aussi en aurait voulu davantage ; il aurait voulu faire l'amour.

Mais il avait préféré attendre.

A cause du passé, à cause de Glory. Il avait trop pensé à elle ce soir.

Il fronça les sourcils, irrité par cette vérité. Glory s'était immiscée entre eux tel un fantôme de leur passé commun, un mauvais souvenir. S'ils avaient fait l'amour avec Glory entre eux, cela n'aurait pas marché. Et il ne tenait pas à tout gâcher entre Liz et lui, en tout cas, pas si vite.

Ils avaient tout leur temps. Ils deviendraient amants,

de cela il était sûr. Mais le moment venu, quand il aurait totalement effacé Glory de ses rapports avec Liz.

La lumière était allumée dans la chambre de Lily, mais Santos doutait fort qu'elle fût éveillée à une heure aussi tardive. Il alla jusqu'à sa porte et passa la tête par l'entrebâillement. Elle s'était endormie sur son livre. Santos ne s'en étonna point. Il la trouvait souvent ainsi, endormie dans son lit ou sur un siège. Parfois même, elle s'endormait pendant la messe, ou pendant les repas.

La gorge nouée, le cœur serré de tristesse, il la contempla un moment. Ces dernières années l'avaient épuisée. Sa santé déclinait. Elle manquait d'énergie comme d'appétit de vivre.

Les regrets, les remords et la honte la rongeaient, il le savait. Elle se languissait de sa fille, de sa petite-fille. Elle épluchait la rubrique mondaine des journaux et, dès qu'un article mentionnait l'une ou l'autre, elle le découpait pour le coller dans un album. Elle passait parfois la journée entière à feuilleter ses albums, à regretter ce qu'elle n'avait pas, à s'en vouloir de l'avoir perdu. Santos osait à peine l'emmener en promenade, parce qu'elle contemplait les familles des autres avec tant de nostalgie dans le regard que cela lui brisait le cœur.

Une soudaine bouffée de colère monta en lui. De colère et de haine. Il haïssait Hope pour sa cruauté, pour cette manière qu'elle avait de juger les gens, de se placer au-dessus d'eux, et pour ses préjugés aussi. Il haïssait Glory pour ce qu'elle lui avait fait à lui. Elle et sa mère n'étaient pas dignes de lécher les pieds de Lily. Ni même les siens.

Santos s'avança jusqu'au lit, ôta délicatement le roman des mains de Lily, puis il entreprit d'arranger ses oreillers. Les paupières de la vieille femme se soulevèrent sur ses yeux embrumés de sommeil.

— Santos ?

— Oui, Lily, c'est moi.

— Je me suis encore endormie sur mon livre, hein ?

Santos sourit.

— A ce train-là, tu n'es pas près d'arriver au dernier chapitre.

— Vieillir est une horreur. Quelle heure est-il ?

— 1 heure et des poussières.

— Ton rendez-vous ?

— Cela s'est bien passé… Très bien même.

Lily lui fit signe de venir s'asseoir près d'elle, au bord du lit.

— Raconte-moi, lui dit-elle. Parle-moi d'elle.

— Elle est très gentille, très intelligente. Elle possède un petit bar-restaurant dans le Quartier français.

— Elle est jolie ?

— Très. A vrai dire, je l'ai connue il y a très longtemps.

Lily parut réfléchir à cela, puis elle hocha la tête. Elle ne lui demanda pas où il avait connu Liz, et il lui en sut gré.

— C'est parfois une bonne chose. Tu as l'intention de la revoir ?

— Oui.

— Tant mieux. Tu travailles trop. Tu as besoin de quelqu'un, d'une partenaire.

— Mais tu es là, toi, et j'ai déjà Jackson comme partenaire, dit en riant Santos.

— Ne dis pas de sottises. Je suis vieille et malade. C'est d'une compagne que je parle, d'une partenaire pour la vie. Je veux que tu sois heureux. Je ne veux pas que tu restes seul.

Ses yeux s'emplirent de larmes, et elle se détourna.

— Il n'est pas bon d'être seul. Ce n'est pas ce qu'a voulu le Seigneur et c'est pour cela qu'il a créé Eve pour Adam.

Santos se pencha sur elle et posa un tendre baiser sur son front.

— Ne t'inquiète pas pour moi, Lily. Je me débrouille parfaitement et je suis heureux.

Elle scruta son regard.

— Est-ce bien vrai, Santos ? Es-tu heureux ?

Il comprit le sens de sa question. Elle non plus n'avait pas oublié qu'un jour, dans le passé, il avait cru avoir trouvé une compagne. Et il savait qu'elle se considérait comme responsable des souffrances qu'il avait endurées par la suite.

— Oui, Lily, je suis très heureux, murmura-t-il en la bordant avant d'éteindre sa lampe de chevet. Et maintenant, repose-toi ou tu vas encore t'endormir pendant la messe demain matin.

Puis il alla jusqu'à la porte et ajouta :

— Je suis là si tu as besoin de quelque chose.

— Santos ?

— Mm.

— J'ai vu que ce type avait encore tué une fille. Je le regrette.

— Oui, moi aussi. Mais nous finirons par le coincer. Ce n'est qu'une question de temps.

— Je sais..., marmonna-t-elle. J'ai entière confiance... en toi.

Ses yeux s'étaient fermés. Elle dormait déjà. Santos resta près de la porte à la regarder, le cœur gonflé d'amour et de tendresse. Il vivait toujours chez Lily parce qu'elle avait besoin de lui. Et aussi parce que cela le rassurait de la voir s'affairer dans la maison le matin, dormir paisiblement le soir.

Mais il la perdrait fatalement. Même s'il veillait sur elle nuit et jour. Dans un avenir plus ou moins proche, elle s'en irait. Il lui fallait s'y préparer, mais il ignorait comment.

Comment en effet se préparer à une chose qu'on ne peut imaginer ?

Vivre sans Lily ? Il en serait ravagé.

Et, de nouveau, il serait seul. Absolument seul.

Il la regarda encore quelques instants, la gorge nouée par l'émotion, puis il se détourna et sortit de la chambre.

Il ne dormirait pas. Pas pour le moment, en tout cas. Inutile d'essayer. Il irait plutôt faire un tour au commissariat pour voir s'ils avaient du nouveau sur la dernière victime en date.

Quelque chose lui échappait dans cette affaire. Il y avait forcément un détail qu'il n'avait pas remarqué.

40

La sonnerie du téléphone tira Glory d'un sommeil profond et sans rêves. Elle sursauta, se redressa, décrocha l'appareil tout en écartant de son visage ses cheveux emmêlés.

— Allô, oui ? Glory St. Germaine.

C'était le gérant adjoint de l'hôtel, un homme très émotif. Il parlait à une telle vitesse que Glory ne comprit rien à son discours confus.

— Calmez-vous, Vincent. Reprenez doucement, je ne vous suis pas.

Lorsqu'elle saisit enfin de quoi il s'agissait, elle en resta sidérée.

Blanche-Neige avait frappé de nouveau.

Et cette fois, il avait abandonné le corps dans le parking de l'hôtel. En un clin d'œil, Glory était debout.

— Pas d'affolement, Vincent. Et surtout, surtout, pas un mot à la presse. J'appelle l'avocat de l'hôtel et notre agence de presse, et j'arrive.

Elle raccrocha et prit son carnet d'adresses dans le tiroir de sa table de chevet. Déjà, elle élaborait une stratégie visant à limiter les dégâts. L'hôtel pouvait se passer d'un nouveau scandale de nature criminelle. La semaine précédente, des clients, un couple marié venu d'Indiana, avaient été victimes d'une agression à quatre mètres de l'entrée principale du St. Charles. Quelques mois plus tôt, un homme avait été mortellement blessé par balle à moins d'un pâté de maisons et s'était réfugié, cauchemar sanglant, dans le hall de l'hôtel avant de s'écrouler. L'incident avait été à l'origine d'un document télévisé diffusé au journal et intitulé : « Criminalité : nos quartiers historiques sont-ils sûrs ? »

Le nouveau meurtre de Blanche-Neige ferait les grandes heures des médias et, cette fois, le St. Charles risquait fort de figurer au journal des chaînes nationales.

Et le taux d'occupation chuterait de nouveau.

Glory marmonna un juron et composa le numéro de son attaché de presse, puis celui de son avocat, tirant les deux hommes du lit et leur ordonnant de venir à l'hôtel sur-le-champ. Après quoi, elle se précipita sous la douche.

Une demi-heure plus tard, elle se garait devant le St. Charles, tirée à quatre épingles et parfaitement calme. Elle était l'image même de la femme d'affaires élégante et ambitieuse que rien ne parvenait à déstabiliser. A la voir, personne ne se serait douté qu'on venait de la sortir du lit ni de la confusion qui régnait dans sa tête derrière le masque de sérénité.

Prenant une longue inspiration, elle se concentra, se prépara à affronter le chaos qui l'attendait. Il lui faudrait tout son savoir-faire et sa présence d'esprit pour éviter le pire.

Santos. Son nom et son image traversèrent sa pensée, et elle eut un pincement dans la région du cœur. Elle savait par la presse locale et la télévision qu'il était responsable de l'enquête. Deux mois plus tôt, lorsqu'on avait retrouvé la précédente victime de Blanche-Neige devant la cathédrale St. Louis, il avait été vilipendé par le maire et fustigé par les médias. Elle l'avait même vu une fois ou deux à la télévision et s'était reproché de le dévorer des yeux, mémorisant ses traits, revivant le passé.

Il était devenu un homme d'une séduction irrésistible, viril en diable dans le genre macho. Tout à fait le type d'homme que les femmes désiraient à en perdre tout bon sens, tout sens des valeurs.

Mais Glory n'était plus de ces femmes désormais. Elle avait appris sa leçon. Elle mettait un point d'honneur à ne pas perdre la tête, à maîtriser ses émotions à tout moment. Et si, quand elle voyait Santos, elle éprouvait un reste de désir, un indésirable soupçon d'excitation sexuelle, c'était uniquement parce qu'on ne pouvait oublier le passé ni contrôler ses souvenirs.

Le groom vint lui ouvrir la portière, visiblement ébranlé.

— Madame St. Germaine, vous savez la nouvelle ? C'est Pete qui l'a trouvée, et maintenant, la police…

Elle lui adressa un sourire plein d'assurance, mais sévère.

— Je sais, Jim. Calmez-vous, tout se passera bien. Faites votre travail et, si quelqu'un a des questions ou des inquiétudes, envoyez-le-moi.

Soulagé, le jeune homme lui rendit son sourire.

— La police m'a déjà demandé toutes sortes de choses. A la façon dont ils m'ont interrogé, on aurait cru que j'avais commis un crime.

Les yeux de Glory s'étrécirent légèrement.

— Ah ? Que vous ont-ils demandé ?

— Qui était là ce soir. Si j'avais remarqué un détail inhabituel. Par exemple si j'avais vu un client se conduire bizarrement, comme s'il était pressé, ce genre de questions.

Il se pencha vers elle avant de poursuivre, et elle comprit qu'il avait peur.

— Après, ils m'ont demandé si je pouvais justifier de mon emploi du temps. Si, pendant mon travail, j'avais eu l'occasion de m'absenter sans que personne le sache. Pourquoi est-ce qu'ils m'ont demandé cela, madame St. Germaine ? Vous ne pensez pas que… qu'ils me soupçonnent ?

Elle nia de la tête et lui tapota le bras pour le rassurer.

— Ce ne sont que des questions de routine. Ne vous inquiétez pas, Jim, je m'occupe de tout. Où est Pete ?

— Dedans. Avec la police. A ce que j'ai entendu, ils ne le ménagent pas non plus.

— Hmm. La presse est arrivée ?

— Pas encore. Je n'ai vu personne.

— Tant mieux. Dès que les journalistes arrivent, venez me trouver immédiatement. Je vous demande de m'interrompre, quoi que je fasse. Je ne veux pas de ces gens dans l'hôtel. C'est clair ?

— Oui, madame. Je viens vous chercher dès que je les vois.

Glory lui sourit.

— Excellent, Jim. Je suis ravie de constater que vous restez calme malgré les événements.

Elle pénétra dans le hall où régnait, comme elle s'en doutait, un désordre indescriptible. Elle découvrit bientôt que la police ne s'était pas contentée d'interroger Jim et Pete. Plusieurs membres du personnel de salle, la réceptionniste et le portier de nuit avaient subi des interrogatoires serrés. Et aussi deux clients de l'hôtel, dont l'un était rentré peu de temps avant qu'on découvre le cadavre. Glory écumait de rage.

Le gérant se précipita vers elle, au bord de l'hystérie.

— La police veut passer toutes les chambres au peigne fin et interroger les clients. Ils insistent, madame St. Germaine. Je ne sais plus quoi faire.

— Il n'en est pas question, Vincent. Ne vous inquiétez pas, je m'en occupe.

— Madame St. Germaine ! Madame St. Germaine !

Elle pivota vers la porte où le groom gesticulait.

— Ils sont là, madame St. Germaine !

Elle acquiesça de la tête et fit de nouveau face au gérant.

— Je vous rejoins dans une minute, Vincent. Il faut que je règle un problème en urgence. Surtout, ne les laissez pas réveiller nos clients.

Sur ces mots, elle se hâta vers la sortie. Les trois chaînes étaient là et leurs camions-régie bloquaient l'entrée de l'hôtel. Dès que les journalistes la virent, ils se mirent à hurler des questions. Elle leur sourit et leva la main pour les faire taire.

— Une question à la fois, s'il vous plaît. Hoda. Commençons par vous.

— Est-il exact que Blanche-Neige a de nouveau frappé et abandonné le corps ici, au St. Charles ? Quels sont vos commentaires ?

— D'abord, pour être franche, j'aurais préféré que Blanche-Neige s'en prenne à la concurrence, au Meridian par exemple, ou au Winter Court.

Un rire parcourut le groupe comme un frisson.

— Pour le reste, oui, l'information est exacte, mais je n'ai pas encore parlé à la police et je n'en sais donc pas plus que vous. Je suis sûre qu'ils feront passer une dépêche très bientôt.

— Où a-t-on retrouvé le corps ? demanda un autre

journaliste. Pensez-vous que l'assassin soit encore sur les lieux ?

— Certainement pas. L'hôtel est parfaitement protégé. Vous n'êtes pas sans savoir que le meurtrier choisit des lieux au hasard pour y déposer ses victimes. Hélas, cette fois-ci, il a opté pour le garage-parking de l'hôtel. Mais le meurtre est sans rapport avec l'hôtel. Sans rapport aucun.

— Mais, madame St. Germaine, intervint une femme que Glory ne reconnut pas, pensez-vous qu'après cela vos clients puissent se sentir en sécurité ? Sachant qu'un meurtrier est entré à l'hôtel ?

Glory agita la tête, souriante, l'image même de l'assurance.

— Voyons. La dernière victime a été retrouvée devant l'entrée de la cathédrale. J'ai assisté à la messe samedi dernier, et je vous promets que je m'y sentais parfaitement en sécurité. Ce criminel me semble frapper aux meilleures adresses de la ville. Mais je dois vous préciser que la sécurité du St. Charles est de loin la plus performante. Ce qui se fait de mieux aujourd'hui.

Apercevant soudain son attaché de presse, elle s'excusa auprès des journalistes, toujours souriante.

— Je suis désolée, mais on m'attend à l'intérieur. Mon responsable des relations de presse, Gordon MacKenzie, vous parlera mieux que moi de nos services et dispositifs de sécurité, et répondra à vos questions.

Après avoir échangé quelques mots à voix basse avec Gordon, elle regagna le hall pour aller secourir Vincent. Il était temps. Deux agents en uniforme l'avaient coincé, sans doute pour obtenir l'autorisation de perquisitionner dans les chambres et d'interroger les clients, et le malheureux Vincent cédait du terrain.

— Puis-je vous être utile, monsieur l'agent ? Je suis Glory St. Germaine, propriétaire de l'hôtel.

Comme elle le soupçonnait, ils voulaient fouiller les chambres et réveiller tous les clients.

— Je suis désolée, mais ce ne sera pas possible. Il faudra que vous fassiez sans, dit-elle avec un sourire mielleux.

Les deux hommes se consultèrent du regard.

— Nous avons des ordres, madame.

— Vraiment ?

Nouveau sourire enjôleur.

— Eh bien, j'ai déjà parlé à mon avocat, et vous n'avez pas le droit de fouiller l'hôtel sans ma permission ou un mandat de perquisition en règle. Or, vous n'avez ni l'un ni l'autre. Maintenant, j'aimerais savoir qui dirige ce petit cirque.

Le plus jeune des policiers se racla la gorge.

— Le lieutenant Santos.

En entendant ce nom, Glory serra les poings.

— Où puis-je le trouver ?

— Il est dans le garage. Avec le médecin légiste. Vous allez devoir l'attendre, j'en ai peur.

— Comptez là-dessus ! L'hôtel m'appartient et j'y circule comme je veux.

Sans attendre la réaction des policiers, elle tourna les talons et se hâta en direction des ascenseurs. Au troisième, elle emprunta le pont qui reliait l'hôtel à son garage-parking.

Un vaste périmètre avait été barré mais, en comparaison de la confusion qui régnait dans le hall, tout y semblait calme. Droit devant Glory, un petit groupe de personnes accroupies examinaient quelque chose sur le sol.

Quelque chose qui avait été quelqu'un. Glory frissonna

et se signa. Pauvre fille, songea-t-elle. Au même moment, un policier se précipita vers elle.

— Madame, s'il vous plaît. C'est interdit.

— Il faut que je parle au lieutenant Santos.

Passant outre l'ordre de l'homme, elle voulut poursuivre sa route, mais il la retint par le bras et déclara d'un ton d'autorité :

— Je suis désolé, mais le lieutenant Santos est occupé pour le moment. Il vous faudra l'attendre à l'hôtel.

Glory dégagea son bras d'une secousse, redressa le buste et toisa le policier.

— Je suis Glory St. Germaine. Cet hôtel m'appartient, et j'exige de voir le lieutenant Santos. Immédiatement.

Pendant une fraction de seconde, l'agent de l'ordre parut sur le point d'argumenter. Puis il haussa les épaules et alla rejoindre le groupe.

Quelques instants plus tard, Glory vit un homme se relever et venir à elle. Pas n'importe quel homme, mais Santos. Son Santos ! Son cœur se mit à battre la chamade et elle se traita d'imbécile, s'obligea à se rappeler pourquoi elle était là — il lui fallait défendre l'hôtel, protéger ses employés et ses clients. Quel qu'en soit le prix.

Il s'arrêta devant elle, et elle plongea dans ses yeux noirs pour la première fois depuis dix ans. Aussitôt, ses bonnes résolutions s'envolèrent. Pendant une fraction de seconde, elle avait de nouveau seize ans, et elle était folle amoureuse de lui.

— Eh bien, mais c'est le petit feu d'artifice ! Oh, mais elle a grandi, elle est devenue chef et elle donne des ordres maintenant. Que puis-je pour vous, madame ? Soyez brève, je suis occupé.

Elle se raidit, le toisa et, sans s'encombrer de préambule, elle déclara tout net :

— Il est hors de question que vous harceliez mon personnel ou mes clients. Si vous avez besoin de quelque chose, vous passerez par moi ou par mon avocat. Nous sommes à votre disposition.

— Ah oui ? Vous êtes à ma disposition, hein ? persifla-t-il.

— Lieutenant, n'abusez pas de ma patience. Si vous osez adresser la parole à l'un de mes clients ou de mes employés sans m'avoir consultée, je vous fais radier. Est-ce compris ?

— Vraiment ? fit Santos en haussant un sourcil. Et qui vous rendra ce service ? Le maire peut-être ?

Sentant le feu lui monter aux joues, irritée de ne pas mieux se contrôler, elle redressa le menton, croisa les bras sur la poitrine.

— Il se trouve que nous nous connaissons. Et aussi que le gouverneur est un ami de la famille.

Il s'avança encore, la regarda droit dans les yeux.

— Eh bien, princesse, j'ai une nouvelle pour vous. Faites-moi radier tant qu'il vous plaira mais, en attendant, je compte poursuivre mon travail au mieux de mes capacités. A cet effet, vous aurez la bonté de me fournir une liste des clients de l'hôtel et de ses employés. J'interrogerai chacun d'eux. Et si vous refusez de coopérer avec moi, je vous ferai interpeller pour obstruction à la justice. Est-ce compris ?

— Essayez donc, lieutenant.

— Ne me tentez pas.

Sur ce, il pivota sur les talons pour aller rejoindre le groupe, hésita, s'arrêta et lui fit de nouveau face. Il la considéra un long moment en souriant.

— Eh bien, Glory St. Germaine, déclara-t-il finalement.

Vous êtes devenue la femme que votre mère souhaitait vous voir devenir. Elle doit être fière de vous.

Ses paroles portèrent comme autant de coups, lui coupèrent le souffle. Mais elle tint bon, s'efforça de n'en rien laisser paraître devant lui.

Au moment même où elle ouvrait la bouche pour lui décocher une réponse cinglante, il lui tourna le dos et s'éloigna.

41

A 9 heures du matin, Glory avait parlé aux journalistes de la presse écrite, de la radio et de la télévision. Elle avait vu un représentant de toutes les rédactions du Sud, discuté avec deux organisateurs de séminaires d'entreprise très énervés, réussi à convaincre le premier de ne pas annuler sa réservation au St. Charles pour l'automne, et obtenu de l'autre qu'il revienne sur sa décision. Pour parvenir à ses fins, elle avait d'ailleurs dû leur concéder des réductions supplémentaires sur le prix des chambres et le banquet — réductions dont la trésorerie de l'hôtel se serait passée.

Elle soupira, épuisée mais soulagée d'avoir affronté le plus dur. Elle ne se faisait cependant pas d'illusions. Les efforts qu'elle avait déployés avec ses attachés de presse n'avaient rien résolu.

Le St. Charles était en difficulté.

Elle se càla dans son fauteuil de bureau — l'ancien fauteuil de son père — et ferma les yeux. Bientôt, il lui faudrait prendre des décisions pénibles, des décisions que son père aurait refusé d'envisager, des décisions contre lesquelles sa mère se battrait.

Pourtant, il fallait bien lâcher du lest. Si le taux d'occupation et les bénéfices de l'hôtel n'augmentaient pas, elle serait obligée de réduire les services et le personnel. Ce qui ferait baisser le taux d'occupation ainsi que le prix des chambres. Bientôt, l'entretien des locaux en souffrirait et l'hôtel se dégraderait peu à peu.

Il fallait éviter ce tragique engrenage.

Avec un soupir de frustration, Glory se leva, et de la fenêtre regarda St. Charles Avenue. Les voitures de police, les camions-régie de la télévision et les curieux avaient disparu. La vie avait repris son cours normal.

Glory posa la main contre le verre frais et lisse de la vitre. Pour elle, ce n'était pas une journée normale. Il s'était produit quelque chose de nouveau, et elle se sentait différente.

Santos.

Il y avait bien longtemps qu'elle n'avait été aussi déstabilisée. Elle s'attendait pourtant à le voir, aurait dû y être préparée. Dix ans avaient passé, elle était adulte aujourd'hui, femme d'affaires à la tête d'un hôtel de cent vingt chambres. Mais le mépris qu'elle avait perçu dans ses yeux, dans sa voix, avait fait fondre les années et la carapace protectrice qu'elle avait construite autour d'elle. Son mépris l'avait blessée.

« Eh bien, Glory St. Germaine, vous êtes devenue la femme que votre mère souhaitait vous voir devenir. »

Glory baissa les yeux, vit que ses mains tremblaient et serra les poings en étouffant un juron. Etait-elle vraiment devenue celle que sa mère voulait qu'elle soit ?

Oui. Et non.

Mais de quel droit la méprisait-il pour cela ? Quel mal y avait-il à être ce qu'elle était — une femme d'affaires en vue et influente ? Du moins ne se laissait-elle plus gouverner par son cœur. Elle régnait en maître sur ses émotions. Et, lorsqu'elle décidait de sortir avec un homme, elle choisissait un compagnon convenable. Plus de mauvais garçons, plus de feux d'artifice. Plus de bravades inutiles et préjudiciables.

Ses choix étaient les bons. Elle se conduisait en adulte responsable. Pouvait-il en dire autant, lui qui courait les rues avec un revolver, à jouer aux gendarmes et aux voleurs, à jouer les superflics machos ? Elle l'avait entendu décrire comme une tête brûlée, et ses attitudes de mauvais garçon l'auraient à plusieurs reprises mis en difficulté avec sa hiérarchie.

Il était resté fidèle à son rêve, à ce qu'il avait toujours été. Pas elle.

Cette réflexion l'irrita. Elle la rejeta avec dédain. Il n'était qu'un adolescent monté en graine, voilà tout. Même s'il était l'un des agents de l'ordre les plus décorés. Et surtout, elle était beaucoup mieux sans lui. Naturellement.

Glory quitta la fenêtre, revint à son fauteuil. Elle ne l'avait jamais oublié. Elle n'avait jamais oublié à quel point elle s'était sentie complète et heureuse entre ses bras. Jamais de toute sa vie — avant comme après — rien ne lui avait paru aussi juste. Quelle importance ?

Avec l'âge, elle avait appris que tous ces sentiments n'étaient qu'illusions enfantines. Elle savait maintenant que ce qui semblait juste pouvait ne pas l'être. Jamais elle n'oublierait cette leçon qui lui avait coûté si cher. Et jamais elle ne se pardonnerait.

Son père lui manquait encore. Terriblement. Il avait laissé dans son cœur, dans son âme, un grand vide que rien ne parvenait à combler, ni les mets succulents, ni la boisson, ni les pleurs, ni le rire, ni même le travail. Elle avait tout essayé.

Epuisée physiquement et nerveusement, Glory se passa une main sur le front en contemplant le clair ciel de mai.

Elle se sentirait mieux après une sieste, ou un repas. Elle n'avait rien mangé depuis qu'on l'avait tirée du lit et avait bu au moins une demi-douzaine de cafés. Pas étonnant qu'elle soit si tendue et mélancolique.

— Glory Alexandra, pourquoi ne m'a-t-on pas appelée ?

La voix de sa mère la hérissait, comme une craie qui grince sur un tableau. Elle se raidit et fit face à Hope, encadrée par la porte : c'était l'image même de la femme mûre à la mode. Derrière Hope, la secrétaire de Glory gesticulait d'un air contrit. Malgré les consignes répétées de Glory, sa mère refusait toujours de frapper comme de se faire annoncer.

— Bonjour, maman. Entre donc.

Elle entra et reprit :

— Pourquoi ne m'a-t-on pas appelée ?

— Tu veux parler de…

— De cette déplaisante affaire de police, bien sûr.

Elle s'assit avec un frisson avant de poursuivre :

— C'est répugnant. Avoir abandonné cette fille ici, franchement !

Irritée par les préjugés de sa mère, Glory se cala dans son siège — un réflexe infantile, ridicule, mais qui lui procurait un sentiment de sécurité.

— Cette pauvre fille était une créature de Dieu comme toi et moi. Je compatis à son malheur, au chagrin de sa famille.

Sa mère demeura quelques instants silencieuse, puis elle évacua la remarque avec un petit geste de la main.

— Certes. Cette pauvre chose ne méritait pas de mourir. Mais tout de même, l'abandonner ici ? C'est horrible. Horrible.

Glory renonça à poursuivre la discussion. A quoi bon ?

Mieux valait par prudence ramener la conversation à son point de départ.

— Je n'ai pas jugé utile de te déranger en pleine nuit alors que ta présence n'aurait servi à rien.

Hope plissa les yeux, se pencha en avant.

— Non seulement je suis pour moitié propriétaire de cet hôtel, mais je te rappelle que c'est l'argent de ma famille, mon héritage, qui a sauvé Philip de la faillite. Souviens-toi que nous aurions pu perdre le St. Charles, que c'est grâce à moi que nous l'avons toujours. Alors, je te le répète, on aurait dû me prévenir.

Lorsque Glory avait repris l'hôtel cinq ans plus tôt, elle avait découvert en épluchant les livres de comptes que des prêts avaient été remboursés mystérieusement, des dettes effacées comme par enchantement. Sa mère lui en avait alors expliqué la raison et, depuis, dès qu'elles étaient en désaccord à propos de l'hôtel, elle lui rejetait ces faits au visage. Glory commençait à en avoir assez.

Furieuse, elle se leva, posa les mains à plat sur le bureau et se pencha à son tour vers sa mère.

— Et moi, je dirige l'hôtel. Si tu veux ma place, nous en reparlerons. En attendant, je maintiens ma décision. Tu n'avais rien à faire ici cette nuit, tu n'as rien à y faire maintenant. Des personnes compétentes s'occupent de tout.

La sonnerie de l'Interphone retentit et la secrétaire annonça qu'un journaliste du *Times Picayune* était au téléphone, attendant de parler à Glory. Elle s'excusa et prit l'appel sans quitter sa mère des yeux. Cette dernière se leva, alla prendre sur le bureau un portrait de Philip, effleura le verre du cadre avec tendresse.

Après la mort de Philip, de très nombreux hommes étaient venus frapper à la porte de Hope. Elle les avait tous repoussés, affirmant à Glory que personne, jamais, ne remplacerait son doux Philip. Glory avait longtemps espéré que sa mère finirait par céder et reprendre un époux — ce qui aurait allégé ses remords et le poids de sa culpabilité. Avec le temps, elle en était cependant venue à accepter que sa mère ne se remarie pas. Mais ses remords coupables lui pesaient toujours, tel un boulet qu'elle traînait avec elle.

La gorge nouée, Glory reporta son attention sur le journaliste.

— C'est exact, oui. Vous pouvez me citer. Si vous avez besoin de renseignements complémentaires, n'hésitez pas à me rappeler.

Quelques instants plus tard, elle raccrochait, et sa mère déposait le cadre sur le bureau avant de relever les yeux vers Glory.

— Je présume que tu l'as revu hier soir.

Glory sentit son cœur s'affoler.

— Si tu veux parler de Santos, oui, je l'ai revu. C'est lui qui mène l'enquête.

— C'est ce que j'ai entendu dire, effectivement. Il est donc devenu… policier.

Elle avait prononcé le mot avec une sorte de dégoût, comme s'il lui souillait les lèvres. Le feu aux joues, Glory ne put s'empêcher de prendre sa défense.

— A ce que j'ai cru comprendre, c'est un excellent lieutenant. L'un des meilleurs ici. Et, pour être franche, je me réjouis de le savoir avec nous.

Elle consulta sa montre, puis ajouta :

— Bon, si tu en as terminé, j'ai du travail.

— Bien sûr. Je comprends.

Hope se dirigea vers la porte, s'arrêta à mi-chemin et se retourna.

— Oh, j'allais oublier. Je donne un petit dîner samedi soir. Au Salon Renaissance, à 20 heures. Pourquoi ne pas inviter ce charmant chirurgien que tu voyais ? Comment s'appelle-t-il déjà ?

Glory soupira et agita la tête avec lassitude.

— William… Maman, ton petit dîner, combien de personnes ?

— Une vingtaine seulement. Mais surtout ne t'en fais pas. J'ai déjà tout arrangé avec le gérant et le chef cuisinier. Tout ce que je te demande, c'est de venir.

Et de payer, songea Glory, exaspérée.

— Maman, nous en avons déjà parlé. Tu ne peux pas continuer à recevoir ainsi aux frais de l'hôtel, à offrir des chambres gratuites, des dîners et des faveurs. L'hôtel n'en a plus les moyens.

— J'agirai comme je l'entends, Glory Alexandra. C'est mon hôtel.

— Tu ne comprends donc pas que si tu continues…

— Je comprends parfaitement. Mais pourquoi s'encombrer d'un hôtel si nous ne profitons pas de ses avantages ?

— L'hôtel est une affaire commerciale. C'est la base de nos revenus. Mais c'est aussi autre chose, c'est…

— Quoi ? ironisa Hope. Ton héritage ? Un bien de famille ? Allons. Sans les avantages, ce ne serait qu'un boulet à traîner.

— Un boulet, hein ? Si c'est vraiment ce que tu penses, pourquoi t'être donné la peine de le sauver au prix de ton héritage ?

— Parce que, sinon, ton père aurait vendu nos biens, hypothéqué la maison, vendu la résidence d'été, mes bijoux, la Rolls. C'était inacceptable.

Hope eut une moue de dégoût et poursuivit :

— Les gens auraient jasé. Ils se seraient gaussés de nous. Je ne pouvais pas prendre ce risque.

Glory digéra l'information. Son père avait aimé l'hôtel de tout son cœur, il lui avait transmis cet amour. Mais sa mère n'avait pas la moindre tendresse pour le lieu. A l'entendre parler, on aurait pu penser qu'elle le haïssait.

— Et si on jasait aujourd'hui, maman ? demanda Glory.

Hope fixa sa fille de son regard clair, glacial — si glacial que Glory en eut froid dans le dos.

— Je me débrouillerai pour faire taire les rumeurs, bien sûr.

Et, sans un mot de plus, elle quitta le bureau. Glory la regarda partir tandis que l'écho de ses dernières paroles résonnait dans sa tête — l'écho, et les sous-entendus.

42

Liz était étendue au beau milieu de son lit en désordre et fixait le plafond, l'esprit troublé. Santos était parti depuis des heures, bien avant l'aube, mais elle n'avait pu fermer l'œil.

Là, maintenant, il parlait peut-être à Glory, il plongeait dans ses yeux, se souvenait. Se remettait à la désirer comme par le passé.

Les images dansaient une ronde infernale dans sa tête, images du passé où elle le revoyait avec Glory, revoyait les regards passionnés qu'ils échangeaient, l'ardeur de leurs caresses ; images d'un futur hypothétique, images cruelles de Santos et Glory adultes et consentants, sûrs de ce qu'ils voulaient, de leurs gestes, de ce qu'ils savaient l'un de l'autre.

Liz gémit et enfouit la tête dans l'oreiller — son oreiller à lui. Elle s'en voulait de ces pensées abjectes, de tant manquer d'assurance. Non. Il ne voudrait plus de Glory aujourd'hui. Aucune chance. Il la haïssait autant qu'elle et le lui avait affirmé.

Elle inspira profondément. L'oreiller avait l'odeur de Santos. Elle inspira encore avec avidité, comme pour s'en enivrer.

Elle l'aimait tellement.

Mais lui ne l'aimait pas.

Avec un nouveau gémissement, elle se redressa, s'assit, emportant l'oreiller avec elle.

Pas encore, en tout cas. Il l'aimait beaucoup, il le lui avait dit. Il appréciait sa compagnie, aimait lui faire l'amour. Mais il n'envisageait pas de se fixer. Il ne recherchait pas l'amour ni l'engagement qui l'accompagnait.

Liz savait qu'il était franc, qu'il ne mentait pas. Elle sentait la distance entre eux de manière tangible, les murs qu'il érigeait autour de lui. Il y avait des pans entiers de lui qu'il ne partageait pas, ne voulait pas partager. Ses sentiments. Ses espoirs. Ses rêves. Son cœur.

Tout était la faute de Glory. De même que Glory lui avait volé à elle son avenir, elle avait volé le cœur de Santos, sa capacité à aimer, à faire confiance.

Liz serra l'oreiller contre elle. Ils étaient amants depuis près de deux mois, depuis leur troisième rendez-vous. Elle avait fait les premiers pas, sans aucune honte. Mais elle le désirait si fort qu'elle ne supportait plus d'attendre. Il lui semblait déjà avoir trop attendu.

Parce qu'elle l'aimait depuis toujours.

Il avait besoin de temps. Avec le temps, il comprendrait qu'ensemble ils formaient un bon couple.

Si Glory ne le lui volait pas avant.

Liz se lova autour de l'oreiller et tenta de se souvenir de la réaction de Santos deux heures auparavant, lorsqu'il avait appris qu'il lui faudrait se rendre au St. Charles. Elle s'efforçait de se rappeler chaque mot, chaque intonation, chaque mimique. Le commissariat l'avait appelé au sujet d'un meurtre. Elle ne s'était pas réveillée avec la sonnerie du téléphone, mais un peu après, quand elle avait senti qu'il n'était plus auprès d'elle.

Elle se souvenait d'avoir ouvert les yeux, de l'avoir vu

enfiler son jean. Il semblait crispé, furieux, et elle avait eu un frisson d'appréhension en lui demandant ce qui se passait.

— Il faut que j'y aille. Ils viennent de trouver un nouveau cadavre.

Elle s'était redressée tandis qu'il laçait ses chaussures.

— Blanche-Neige ?

— Lui-même.

— Je suis désolée.

— Oui, moi aussi.

Il avait failli ajouter quelque chose, s'était ravisé, avait enfilé sa veste par-dessus son revolver.

— Je vais te préparer du café.

— Pas le temps. Dors bien.

Et il s'était penché pour l'embrasser.

— Tu reviens ?

— Non. Je te verrai plus tard, au restaurant.

La gorge nouée, elle avait acquiescé de la tête. Elle l'aimait tant qu'elle en avait mal de le voir partir.

— Attends !

Il s'était arrêté au seuil de la porte, s'était retourné vers elle.

— Où a-t-il laissé le corps cette fois-ci ?

Santos avait hésité un long moment, comme s'il redoutait de le lui dire, comme s'il avait voulu lui cacher la vérité. Dans ce laps de temps, Liz avait compris que ses sentiments pour Glory n'étaient pas morts.

Trop nerveuse pour rester au lit, elle se leva. Si elle ne s'inventait pas une tâche quelconque dans laquelle s'investir, ses pensées finiraient par la rendre folle.

Initialement, elle avait prévu de laisser Darryl, son barman et assistant, ouvrir le restaurant, mais elle allait s'en charger elle-même, et tout de suite. Plus tard, Santos passerait. Elle plongerait dans ses yeux, et elle verrait que tout allait pour le mieux.

Rassurée par cette pensée, elle se dirigea vers la douche.

Il était près de 15 heures quand Santos arriva enfin au Jardin des Délices Terrestres. Entre-temps, la nervosité de Liz avait cédé la place à l'abattement. Ses doutes et ses craintes l'avaient rongée tout au long de la journée sans qu'elle puisse endiguer le flot de pensées et d'images qui encombrait sa tête.

Si seulement Santos l'aimait. Si seulement elle ne savait pas combien lui et Glory s'étaient aimés.

— Coucou ! s'exclama-t-il en l'enveloppant de ses bras. Tu fais plaisir à voir.

— Ah oui ? marmonna Liz en se dégageant.

Surpris, il plissa le front.

— Je ne le dirais pas si ce n'était pas vrai.

— Bien sûr que non. Pas M. La Franchise. Tu es trop honnête pour cela.

Elle en tremblait de rage. De rage contre lui, contre Glory, contre elle-même et son manque de contrôle sur ses humeurs.

— Qu'est-ce qui t'arrive, Liz ? Qu'est-ce qui ne va pas ?

— Rien. Tout va bien. Je suis ravie que tu aies trouvé le temps de passer après une journée aussi chargée.

— Ah, c'est cela ? Je suis sur une enquête. Tu sais ce que cela implique, non ?

— Mais ce n'est pas une enquête comme les autres. Ce n'est pas une victime comme les autres.

Son amertume, ses paroles jalouses et geignardes l'irritaient davantage encore. Elle aurait voulu pouvoir les ravaler. Ce discours ne lui ressemblait pas et elle n'aimait guère s'entendre parler de la sorte.

Santos ne devait pas apprécier non plus. Il avait besoin d'air, d'espace, de liberté. Elle le voyait presque se refermer sous ses yeux.

— Ecoute, Liz, je n'ai pratiquement pas dormi, je suis fatigué, j'ai faim, et je suis de mauvais poil. Alors parle, dis ce que tu as à dire. Je ne suis pas d'humeur à supporter des sous-entendus infantiles.

— Tu l'as vue, hein ?

— Si c'est de Glory que tu parles, oui. J'ai vu l'impératrice du St. Charles et je n'y ai pris aucun plaisir.

— Tu es sûr ? Enfin, je…

Liz cligna des yeux pour refouler ses larmes. Elle se faisait l'effet d'une sotte.

S'approchant d'elle, Santos lui encadra le visage de ses mains.

— Liz, s'il te plaît, arrête. Donne-nous une chance de vivre le présent, ensemble. Laisse tomber le passé.

— J'aimerais bien, mais je n'y arrive pas. Je ne peux pas m'empêcher de me souvenir de vous deux. Et je la connais… Elle est égoïste, égocentrique. Elle n'hésiterait pas à…

Liz s'interrompit, agita la tête.

— Oh, je la déteste ! Je la déteste ! Elle m'a pris mon avenir, et cela ne l'a pas ébranlée une seconde. Sans elle, qui sait ce que je serais devenue ?

— Tu es propriétaire du restaurant. Tu as réussi. Tu n'aimes donc pas ton travail, Liz ?

— Si. C'est un travail qui me… satisfait. Mais j'avais des rêves, Santos, de grands rêves. Je comptais faire quelque chose de ma vie, quelque chose d'important, devenir chirurgien, chercheur, être à l'origine d'une invention qui changerait la vie des gens… peut-être même le monde.

— Mais c'est ce que tu fais, dit-il d'une voix douce. Avec ta nourriture, tu changes les habitudes alimentaires des gens, tu les rends plus sains.

Elle nia de la tête, s'accrocha à sa rage.

— Le problème n'est pas là. Elle se fichait pas mal de ce que j'avais perdu. Elle ne pensait qu'à elle, ne se souciait que d'elle-même. Je croyais qu'elle était mon amie. J'aurais fait n'importe quoi pour elle, Santos, n'importe quoi. Et, bien sûr, j'imaginais qu'elle aussi serait prête à tout pour me défendre, m'aider. Elle me l'avait affirmé. Mais elle mentait. Tu comprends, maintenant, pourquoi je n'ai aucune confiance en elle ?

Santos s'inclina vers elle, posa son front contre le sien.

— Oui, Liz, je comprends. Elle m'a fait souffrir aussi. Elle m'a trahi, renié… Mais c'est en moi que tu dois avoir confiance, pas en elle. Glory St. Germaine ne m'intéresse pas. Ce que nous éprouvions autrefois l'un pour l'autre n'était qu'une illusion, un mirage. Elle n'était pas ce que je croyais.

— Mais tes souvenirs…

— De mauvais souvenirs.

Il plongea dans les yeux de Liz et ajouta :

— Elle ne s'immiscera pas entre nous. Ce n'est pas elle qui m'empêchera de t'aimer.

Le cœur lourd, elle scruta à son tour son regard.

— Non, ce n'est pas elle, c'est toi, n'est-ce pas ?

Il hésita.

— Excuse-moi, Liz, c'est sorti tout de travers. Je ne voulais pas…

— Si, dit-elle en se dégageant. Il faut que je retourne au travail.

Il la retint par le bras.

— Ne nous disputons pas, Liz. Ne la laisse pas nous séparer. Nous sommes bien ensemble, très bien. Alors… ne gâchons pas ce que nous avons.

Cette fois, les larmes débordèrent de ses yeux, inondèrent ses joues.

— Je ne veux rien gâcher. Je ne veux pas te perdre.

Il se pencha pour l'embrasser.

— Ecoute, il faut que je file.

— Reste déjeuner. J'ai mis de la vache au menu, rien que pour toi.

Elle lui souriait maintenant, et il lui rendit son sourire.

— J'aimerais bien, mais je n'ai pas le temps.

— Je te verrai plus tard ?

— J'essaierai.

Déjà, il s'éloignait d'elle, se sentait piégé. Elle le voyait à ses yeux, à ses lèvres imperceptiblement crispées. Oh, comme elle maudissait ses propres doutes ! Et Glory St. Germaine, donc ! Glory St. Germaine et le numéro qu'elle avait fait à Santos autrefois.

— Appelle-moi pour me prévenir.

— Je n'y manquerai pas.

Il l'embrassa de nouveau, puis se dirigea vers la porte.

Elle le regarda partir avec la certitude qu'elle l'avait perdu pour de bon. Puis elle alla reprendre son travail en se répétant, comme pour s'en convaincre, que ce n'était pas vrai.

43

Santos et Jackson étaient assis face à face devant le vieux bureau encombré de papiers, de dossiers et de gobelets de café vides. Autour d'eux, la rumeur confuse de la brigade des homicides allait et venait par vagues sonores. Habitués à travailler dans le bruit, ils n'y prêtaient plus attention.

Santos dégagea une partie du bureau et y déposa les photos des six victimes de Blanche-Neige, puis il tendit à Jackson un cliché de la dernière en date.

— On a les résultats de l'autopsie.

Jackson examina le cliché puis releva les yeux.

— Alors ?

— Pour commencer, elle s'est débattue.

Santos lui tendit deux autres photos montrant des ecchymoses sur les bras, les épaules et le dos.

— Elle a dû deviner ses intentions avant qu'il ait le temps de la refroidir.

Jackson examina les nouveaux documents, puis les jeta sur le bureau.

— Et la pomme ?

— Les deux dernières victimes n'ont pas mordu dedans. C'est lui qui l'a fait, et il leur a fourré le morceau de pomme dans la gorge quand elles ont été mortes.

— Charmant.

Santos eut une moue de dégoût.

— Je parierais que cela ne lui a pas plu, à notre gars. Et il n'a pas dû apprécier non plus que la dernière lui résiste. Il aime que ses filles soient intactes, angéliques, sans la moindre souillure. Sans la moindre souillure… et il va chercher des prostituées.

— Puis il les lave.

— Il les purifie.

— C'est ça. Il les prépare pour le bon Dieu.

— Sauf qu'il les saute après les avoir tuées. Après les avoir expédiées à Dieu. Là, je ne comprends pas. Pour moi, c'est le morceau du puzzle qui coince.

— Peut-être qu'il se croit Dieu. Il les marque de la croix, leur impose sa marque. Sa marque à lui, l'assassin, pas celle de Dieu.

— Et la pomme, c'est le fruit défendu.

— Gagné.

Santos se leva, frustré, agité. Il ne tenait plus en place. Le besoin d'action le rendait fou.

— Dieu avait interdit la pomme. Le serpent a tenté Eve qui a goûté le fruit avant de l'offrir à Adam.

— Ciao le paradis, bonjour le péché originel.

— Ces filles font de même, poursuivit Santos. Elles goûtent la pomme. Elles pèchent. Elles ont besoin d'être lavées de leurs péchés. Il les en lave en les tuant. Il croit sans doute leur rendre un fameux service, le salaud. Il est malade.

Santos alla jusqu'au distributeur d'eau et revint sur ses pas, serrant et desserrant les poings. Il voulait coincer ce type à en avoir mal. Il s'arrêta devant Jackson.

— Et où est le sperme, hein ? Où est la preuve physiologique, la marque du crime sexuel ?

Jackson croisa les mains devant lui.

— Tu envisages l'hypothèse du corps étranger ?

— Peut-être bien, oui… Ou alors… peut-être que notre client est une femme.

Un silence de plomb s'abattit sur la pièce.

— Non, dit finalement Jackson en agitant la tête. Personnellement, je n'y crois pas.

— Mais c'est une possibilité.

— Ouais. Une possibilité. Avec le peu d'indices que nous avons, on peut tout imaginer.

Jackson avait raison. Ils ne tenaient rien de concret. En dehors des cadavres. Des six cadavres.

Santos se passa nerveusement une main dans les cheveux.

— Les filles commencent à se méfier. Elles ont la frousse. Elles connaissent ses méthodes. Le problème, c'est que s'il ne parvient pas à obtenir ce qu'il veut, il va filer d'ici.

— Et nous ne le coincerons pas.

— Faut qu'on le coince. Il est là, sous notre nez.

Santos hésita, réfléchit tout haut.

— C'est un habitué du Quartier, j'en suis sûr. Les filles le connaissent, lui font confiance. Sans cela, elles auraient toutes résisté dès le début, nous aurions eu des traces de lutte. Je le sens comme ça, d'instinct.

Jackson se balança sur sa chaise.

— Revoyons un peu les crucifix.

Santos ouvrit le tiroir du bureau, en sortit une demi-douzaine de coffrets à bijoux qu'il jeta sur les papiers. Tous contenaient de petits crucifix de métal à deux sous, semblables au modèle utilisé par l'assassin pour marquer la paume de ses victimes. Et tous avaient été achetés dans le Quartier français.

Dans une ville aussi catholique que La Nouvelle-Orléans,

une ville où l'espoir de salut était aussi profondément ancré dans l'esprit des gens que le péché, la religion avait infiltré tous les domaines. Même la bacchanale du mardi gras prenait racine dans le christianisme, et les articles religieux, comme ces crucifix, étaient en vente dans les boutiques de souvenirs pour touristes, parfois à côté de chopes en forme de slip féminin portant l'inscription « Tu viens, chéri ? ».

Santos choisit un crucifix, le suspendit à son doigt par la chaînette.

— J'ai acheté celui-ci à un prêcheur des rues au coin de Royal Street et de St. Peter l'autre jour.

Il le remit dans sa boîte, en prit un autre, à peine différent du premier.

— Celui-ci, je l'ai eu dans la boutique de souvenirs Cabildo.

Il en brandit un troisième.

— Et celui-là, au magasin vaudou de Bourbon Street.

Santos laissa retomber le pendentif dans son coffret en grommelant :

— Pas de témoins. Pas d'indices. Merde.

— Et ce môme du St. Charles ? demanda Jackson en reprenant les photos. Son alibi me paraît un tantinet bancal.

— On l'a vérifié.

— Ouais. Mais pour moi, ça pue comme les crevettes de la semaine dernière. Le môme a pu faire le coup. Il fréquente les putes. Il traîne un peu beaucoup dans le Quartier français.

— Tu as vu comme il a craqué pendant l'interrogatoire ? Ce môme n'est pas un tueur.

Santos revint au bureau, saisit une photo, l'examina

quelques instants en fronçant les sourcils et la jeta avec les autres.

— Sous la pression, il a craqué ; il aurait avoué s'il l'avait pu, histoire d'avoir la paix. Je te dis que ce n'est pas lui.

— Je n'en suis pas convaincu. Et je pense qu'on aurait dû… Oh, là ! Ne te retourne pas, vieux, voilà un paquet d'ennuis. Et je crains bien que le colis soit à ton nom.

Santos se retourna et suivit le regard de son collègue. Glory s'avançait, les yeux braqués sur lui, les joues en feu, visiblement folle de rage. Santos ne put s'empêcher de remarquer que tous se retournaient sur elle. Pas étonnant. C'était une femme splendide. Tout en prenant la mesure de sa beauté, il se rappela que l'enveloppe séduisante cachait un cœur de glace. N'empêche, elle brillait comme un diamant dans un tas de verroterie, comme une chienne de race au milieu d'une troupe de bâtards efflanqués.

Elle avait tout l'air de vouloir la tête de quelqu'un sur le billot. Santos eut un sourire amusé. Il s'agissait de sa tête, bien entendu.

Elle s'arrêta devant le bureau, furieuse, outragée, et attaqua sans préambule :

— De quel droit osez-vous questionner mes employés de la sorte ?

— Bonjour, madame St. Germaine. A quoi dois-je le plaisir de votre visite ? persifla Santos.

— Cessez cela, je vous prie. Je vous avais interdit d'interroger mon personnel sans me consulter d'abord. Qui vous a donné l'autorisation de passer outre ?

Santos se leva lentement sans la quitter des yeux.

— Vous interdisez ? Je passe outre ? Allons donc !

— Je crois que je vais me reculer un peu, marmonna Jackson en éloignant sa chaise du bureau. Je ne tiens pas à être pris entre deux feux. Le shrapnel est une vraie saleté, à ce qu'on dit.

Santos lui jeta un regard noir et reporta son attention sur Glory. Il posa comme elle les deux mains à plat sur le bureau et se pencha vers elle, jusqu'à ce qu'ils soient pratiquement nez à nez.

— Premièrement, madame St. Germaine, je n'ai aucun ordre d'aucune sorte à recevoir de vous dans l'exercice de mes fonctions. Deuxièmement, nous avons interrogé Pete durant ses heures de repos et non pendant le service. Et maintenant, du large.

Les joues de Glory se colorèrent davantage encore.

— Lieutenant, que vous soyez incapable de retrouver l'assassin ne vous donne pas le droit de harceler un malheureux garçon innocent. Plutôt que de vous en prendre à des gosses qui font un travail honnête, je vous suggère d'aller voir dans la rue et d'arrêter le sadique qui assassine ces filles.

Toute activité s'interrompit soudain et le silence s'abattit sur la pièce. Santos se redressa, dans un état de rage qui dépassait les mots. Contournant le bureau, il vint se planter devant elle, plissa les yeux, la considéra de la tête aux pieds. Elle était devenue de glace, plus dure qu'acier trempé.

— Et qui vous dit que votre cher Pete n'est pas l'assassin, princesse St. Germaine ? Qui vous dit que vous n'avez pas un tueur sadique parmi vos employés ?

— Ridicule ! lança-t-elle, méprisante. Pete est un garçon charmant et responsable, un employé modèle.

— Et je parie que les clients de l'hôtel ont toute confiance en lui.

Elle redressa le menton.

— Parfaitement. Ils ont toute confiance en lui.

— Les femmes surtout. Elles l'apprécient... particulièrement.

Glory devint blême. Il avait frappé juste. Elle nia du geste cependant, balaya l'objection de la main.

— Vous l'avez gardé quatre heures en interrogatoire. Sans respect du droit, sans avocat. Vous l'avez pratiquement accusé d'être l'assassin.

Santos haussa un sourcil surpris, feignit la plus grande candeur.

— Pourquoi lui aurions-nous décliné ses droits ? Aucune accusation n'était retenue contre lui. Simple interrogatoire dans les règles. Pas vrai, Jackson ?

— Absolument.

— Vous voyez ? Il n'a d'ailleurs jamais demandé à appeler un avocat. S'il en avait émis le souhait, nous aurions accédé à sa requête. Telle est la loi, madame St. Germaine.

— A votre place, je lèverais le pied sur l'ironie. Vous savez aussi bien que moi que vous lui avez déconseillé d'appeler un avocat en prétextant que cela pourrait lui nuire, le faire paraître coupable. Parce que, nous le savons tous deux, vous teniez à ce qu'il reste sans défense.

Santos se tourna vers Jackson d'un air faussement innocent.

— C'est vrai, Jackson ? Nous aurions agi de la sorte ?

— Pas que je me souvienne, collègue. Peut-être qu'elle se trompe de policier. Ou qu'elle regarde trop de séries télévisées.

— Ouais. Ça doit être ça, trop de télé.

— Je vous dispense de me prendre pour une imbécile. Votre petit numéro d'intimidation m'agace singulièrement.

La prochaine fois, j'en référerai directement au commissaire principal Pennington.

— Doucement, princesse, intervint Santos en la regardant droit dans les yeux. Pourquoi votre employé est-il soudain si nerveux ? Ne se sentirait-il pas vaguement coupable par hasard ?

— Il n'est pas nerveux. Simplement ébranlé par votre interrogatoire.

— Je suis désolé de vous décevoir, madame, intervint Jackson, mais nous n'avons porté aucune accusation contre lui. Nous l'avons interrogé. C'est notre travail.

Elle redressa le menton et croisa les bras.

— Vous l'avez accusé à mots couverts. N'importe qui aurait été ébranlé par ce que vous lui avez fait subir.

Santos l'examina un moment en silence.

— Hmm. J'ai l'impression que vous avez un faible pour ce garçon, madame St. Germaine. Vous ne l'avez peut-être pas engagé uniquement pour garer les voitures.

— De quel droit… Comment osez-vous insinuer que je… ?

— Et qui vous rend si sûre que ce n'est pas là notre homme ? coupa Santos, implacable. Peut-être connaissez-vous l'assassin ? Peut-être même êtes-vous Blanche-Neige ?

— Je vous en prie ! se récria Glory en se détournant pour sortir.

Santos l'arrêta, la retint par le bras. Surprise, elle releva les yeux vers lui.

— Vous ignorez à qui nous avons affaire. Vous pensez sans doute que nous sommes en mesure de repérer ce tueur dans la foule, de voir à ses yeux que c'est un monstre.

Il se pencha vers elle avec un sourire sardonique.

— Car c'est un monstre, madame St. Germaine. Un

monstre qui se cache parmi nous. Une machine à tuer dépourvue d'humanité, sans respect pour la vie.

Santos vit la terreur se peindre sur ses traits, et il en éprouva une certaine satisfaction. Il voulait lui faire peur. Pour son arrogance et ses accusations injustifiées. Il voulait la punir. Et pas seulement pour son attitude présente. Pour le passé aussi.

— Hélas, poursuivit-il, on ne voit pas forcément qu'il est un monstre. Il porte un masque. Il veut nous faire croire qu'il est un type bien… un employé modèle.

Glory était décomposée, blanche comme un linge. Jackson se racla la gorge.

— Hmm… Santos…

De la main, Santos lui fit signe de se taire.

— Votre Pete a un alibi flou. Il habite le Quartier français. Il aime les… fleurs de trottoir. Réfléchissez une seconde, madame St. Germaine. Il peut se déplacer à loisir toute la nuit. Il gare les voitures. Il peut parfaitement s'en servir à sa convenance, sachant que personne n'en aura besoin pendant des heures.

Elle jeta un bref regard à Jackson, s'humecta les lèvres, revint à Santos.

— Vous voulez dire… que Pete pourrait… que Pete serait…

— Ce que je veux dire, c'est que je ne souhaite plus vous voir débarquer ici pour m'apprendre à faire mon travail. Je connais mon métier, je le prends très au sérieux et j'y excelle. L'entretien est clos, princesse. J'ai un tueur à retrouver.

Elle tremblait, mais elle parvint à dégager son bras.

— Cessez de m'appeler ainsi !

— Pourquoi ? Vous préférez peut-être Votre Altesse ?

— Allez au diable ! hurla-t-elle en se détournant.

Son regard tomba sur les photos étalées sur le bureau. Elle eut un mouvement de recul, chancela et porta la main à sa gorge.

Jackson se leva d'un bond pour la soutenir.

— Madame St. Germaine, asseyez-vous donc un moment.

Elle s'obligea à regarder ailleurs, se ressaisit au prix d'un effort. Santos crut voir son armure se reformer, l'envelopper tout entière. Quelques instants plus tôt, quand il l'aiguillonnait, elle était furieuse, pleine de feu. Elle lui avait alors rappelé la jeune fille qu'il avait connue.

— Non, merci, lieutenant. Ce ne sera pas nécessaire, déclara-t-elle sèchement. Maintenant, si vous voulez bien m'excuser.

Elle pivota sur elle-même et s'éloigna, le dos droit, la tête haute. Mais Santos soupçonnait qu'elle ne dormirait pas très bien cette nuit. L'image des cadavres reviendrait la hanter. A vrai dire, il en était parfois hanté lui-même.

— Madame St. Germaine, à propos de votre employé, lança-t-il à son dos.

Elle s'arrêta, lui jeta par-dessus son épaule un regard hésitant et plein d'appréhension.

— Nous n'avons rien contre lui. Son alibi tient parfaitement la route. Je voulais que vous le sachiez.

Il souriait maintenant, conscient d'avoir gagné une manche, content de lui.

— Salaud ! grommela-t-elle entre ses dents.

Santos fit mine de la saluer avec un chapeau imaginaire.

— A votre service, madame.

44

Lily fut réveillée par le chant des oiseaux. Leur douce musique la tira lentement de son sommeil profond, et elle ouvrit les yeux. La pâle lumière lui apprit qu'il était encore tôt, peu de temps après l'aube.

Elle replia ses couvertures et se leva, non sans difficulté. Elle alla jusqu'à la porte-fenêtre qui donnait sur un petit balcon surplombant la cour intérieure du bâtiment. Elle ouvrit les battants en souriant et sortit admirer l'œuvre du Créateur.

La lumière pommelée sur le sol de la cour lui rappela son enfance sans qu'elle pût situer le souvenir avec précision. Elle avait la tête pleine de souvenirs des matinées de son passé, pleine de sensations : la fraîcheur propre de l'air, le contact de ses orteils avec la rosée, l'odeur alléchante du bacon dans la poêle, la chaleur du soleil sur son visage levé vers le ciel.

Lily renversa la tête en arrière, écouta. Les oiseaux chantaient toujours ; on aurait dit un chœur d'anges.

Le froid la saisit si brusquement que, l'espace d'un instant, elle se crut en janvier, et non en juin, crut que le froid venait du dehors.

Non pourtant. Le froid venait d'elle. Elle avait froid, était froide au toucher. Elle se frotta les bras, les trouva moites. Aussi trempés que si elle avait travaillé au jardin en plein midi.

Les oiseaux chantaient.

Et elle mourait.

Lily ignorait comment elle le savait, mais elle le savait avec une certitude limpide, irréfutable.

Elle baissa les yeux sur la cour, cherchant les oiseaux, apaisée de les entendre, même si elle ne pouvait les voir. Peut-être la rappellerait-il à Lui, finalement. Peut-être lui avait-il pardonné ses péchés. Ses trop nombreux péchés.

Laissant le jour nouveau derrière elle, Lily quitta sa chambre sans prendre la peine d'enfiler son peignoir ou ses mules. Santos était debout. Elle sentait le café, entendait le froissement des pages du journal. Santos avait le sommeil léger et ne dormait jamais bien longtemps. Ses démons le privaient de ce plaisir, de la douce perfection d'un bon sommeil sans rêves.

Lily alla lentement jusqu'à la cuisine. Le froid lui devenait presque insupportable. Elle espérait que Santos trouverait quelqu'un à aimer, une compagne pour la vie. Elle espérait de tout cœur qu'il trouverait une femme qui l'aimerait si fort et si complètement que plus jamais il ne se sentirait seul et mal aimé.

Elle avait vécu cela pendant de trop longues années. Et la vie était courte, finalement. Trop courte. Il fallait la saisir à deux mains, en profiter, s'en repaître.

Santos était assis à la table de cuisine devant une chope de café, plongé dans son journal. Elle l'examina un moment et s'attendrit. Il était si solide, si beau. Si bon aussi. L'amour et la fierté qui la saisissaient et l'emplissaient maintenant faisaient reculer le froid.

Il n'était pas son fils ; elle ne l'avait pas mis au monde,

mais elle éprouvait pour lui les sentiments d'une mère. Elle n'aurait pas été plus fière de lui, ne l'aurait pas aimé davantage si elle lui avait donné la vie, si elle l'avait bercé, tenu sur son sein, nourri de son propre corps.

Lorsqu'elle serait rendue à destination, elle chercherait sa mère pour lui parler de lui.

Encore que. Sans doute cette dernière savait-elle déjà tout.

— Santos ?

Il leva les yeux et sourit.

— Bonjour. Tu es matinale.

— J'aimerais que tu me rendes un service. J'ai à te parler.

Il plissa le front, scruta le regard de Lily et comprit que quelque chose n'allait pas.

— Tu te sens bien, Lily ?

Son bras gauche devint gourd. La sensation la surprit, la déstabilisa, vint troubler sa paix intérieure. Elle inspira lentement, s'obligea à se concentrer.

— Il faut que je te parle… maintenant… au cas où je ne pourrais pas… le faire plus tard.

Inquiet, il se leva, se précipita auprès d'elle. Il lui toucha le bras, se rétracta aussitôt.

— J'appelle les urgences.

— Attends !

Elle lui prit la main. Ses épaules étaient tétanisées.

— Santos… je veux que tu appelles Hope. Il faut que je la voie avant… avant de…

La douleur la traversa, fulgurante, comme un coup en pleine poitrine. Elle serra la main de Santos, s'accrocha à lui, à sa force vitale.

— Promets-moi que tu le feras… promets… de l'appeler.

Il promit et courut au téléphone prévenir les urgences. Quelques instants plus tard, il la soulevait dans ses bras pour la porter en bas, dans le hall, en attendant l'ambulance.

Lily le regardait avec tendresse, avec amour. Elle n'était pas dupe de ses traits impassibles, de son visage fermé. Dans le cœur de Santos brûlait un véritable enfer d'émotion. Une fournaise d'amour inextinguible.

— Tout le monde s'en va un jour, dit-elle d'une voix douce que la douleur rendait pâteuse. Si c'est mon heure, je l'accepte avec joie.

— Tu ne mourras pas, Lily. Je ne te laisserai pas mourir, murmura-t-il en resserrant son étreinte.

— Jeune sot, souffla-t-elle.

Elle aurait voulu lui effleurer le visage, mais elle n'en avait plus la force.

— Santos... Je veux que tu saches... combien je t'aime.

— Je sais, Lily.

Elle nia de la tête sans parvenir à sentir le mouvement.

— Je te considère comme un fils... comme mon fils. Sans toi... ma vie...

Elle étouffait, luttait contre la douleur. Il fallait qu'elle lui avoue tout, jusqu'au bout, qu'elle partage son cœur avec lui.

— Avant que tu entres dans ma vie, j'étais comme morte. Tu m'as tirée de ma solitude. Tu m'as donné une chose... que je croyais ne jamais... avoir. Tu m'as donné l'amour, Victor. Tu es bon, et je veux que tu saches tout... avant que je meure.

Il enfouit le visage dans ses cheveux et murmura :

— Lily, arrête, s'il te plaît. Tu me fais peur.

— Tu mérites ce qu'il y a de meilleur. Je crois que... tu

l'ignores… Promets-moi… d'être bon envers toi-même… Ne te brime pas… comme je… Victor !

Elle porta une main à sa poitrine. La douleur lui vida la tête. Tout n'était plus que douleur. Elle ferma les yeux.

— Non, Lily ! Attends !

Elle perçut la panique dans sa voix, dans son étreinte convulsive.

— Toi aussi, tu m'as donné ces choses, Lily. Tu m'as offert un foyer, une famille. Tu m'as donné l'amour… Lily, non, s'il te plaît, ne meurs pas. Tu ne peux pas mourir. Ne me laisse pas seul. J'ai besoin de toi.

— Hope, murmura Lily d'une faible voix haletante. Il faut… que je… la voie… pour faire… la paix. Mon enfant, je…

La douleur lui coupa le souffle et la parole. Elle entendit hurler la sirène de l'ambulance. Elle entendit les suppliques marmonnées de Santos, les pleurs d'un bébé du voisinage. Et le chant des oiseaux. Le doux appel des oiseaux.

Puis elle n'entendit plus rien.

45

Santos passa les deux heures qui suivirent dans un épais brouillard. Lily avait fait un infarctus et l'on ignorait encore dans quel état la crise avait laissé son cœur. Pour alléger sa souffrance, le médecin lui avait administré la dose maximale de morphine puis, plus tard, ayant cerné le problème, il lui avait donné un remède miracle pour dissoudre les caillots.

Sans être croyant au sens strict du terme, Santos se répétait inlassablement la même prière, une prière dans laquelle il demandait à Dieu de garder Lily en vie. Sa prière avait été exaucée, même si le médecin ne lui avait guère laissé d'espoir pour l'avenir. Lily était âgée, usée et en mauvaise santé. Elle venait de subir une grave crise cardiaque et de nouvelles attaques étaient à redouter.

Mais elle était en vie. Santos la regardait, soulagé, reconnaissant, au point qu'il en aurait pleuré. Elle reposait, enfin libérée de la douleur. Le médecin avait déclaré qu'elle dormirait sans doute une douzaine d'heures, et il avait conseillé à Santos de prendre du repos. Les jours à venir seraient longs.

Il se pencha et posa un baiser sur le front de Lily, lui murmura qu'il reviendrait bientôt et quitta la chambre pour se mettre en quête d'un téléphone. Il appela la brigade, puis Liz. Enfin, ravalant sa haine et son orgueil, il appela Hope.

Elle décrocha à la troisième sonnerie et, curieusement, ne sembla pas surprise de son appel lorsqu'il se fut présenté.

— Que puis-je faire pour vous, lieutenant Santos ?

Santos frissonna, comme si un serpent était entré en lui avec cette voix reptilienne.

— Je crains d'avoir une mauvaise nouvelle pour vous.

— Ah ? Il y a eu un second meurtre à l'hôtel ?

Elle se moquait de lui, et cela s'entendait. Elle se croyait si supérieure, si au-dessus de tout, même de la loi. Elle le dégoûtait.

— C'est à propos de votre mère, dit-il, sans arriver à contenir sa colère et sa haine. Elle a fait un…

— Désolée, lieutenant, coupa Hope. On vous aura mal informé, je n'ai pas de mère. Elle est morte il y a bien des années au cours d'un séjour à l'étranger.

Santos revit Lily pâle et défaite, proche de la mort, il l'entendait encore le supplier de faire venir Hope à son chevet. Sa colère redoubla, lui coupant le souffle, le privant de la faculté de penser. Il crispa les doigts sur l'appareil, s'efforça de se ressaisir. Pour Lily. Il le ferait pour Lily. Il lui devait au moins cela.

— Inutile de me sortir votre petit conte de fées, madame St. Germaine. Je sais qui vous êtes. Et, pour moi, vous n'êtes même pas digne de lécher les pieds de Lily, mais elle m'a demandé de vous appeler. Pour une raison connue d'elle seule, elle estime que vous valez mieux qu'une merde.

Hope eut un petit rire de gamine.

— Vraiment ? Poursuivez, lieutenant.

— Elle a eu un infarctus et les médecins… ne sont pas optimistes.

Ces mots le blessaient, lui arrachaient le cœur, s'étranglaient dans sa gorge et trahissaient ses sentiments. Que deviendrait-il sans Lily ?

— Il y a tout lieu de penser… qu'elle va mourir.

Un bref moment de silence suivit, puis Hope laissa échapper un soupir d'impatience.

— En quoi est-ce censé me concerner, lieutenant ?

— Vous avez entendu ce que je viens de dire ? Votre mère est mourante.

— Oui, j'ai entendu. Mais je ne comprends pas pourquoi vous m'appelez.

Il n'y avait dans sa voix ni regret, ni remords, ni l'ombre d'une tristesse. Comment pouvait-elle manquer de cœur à ce point, être aussi glaciale ?

Santos inspira lentement pour se calmer, pour dominer sa fureur et sa haine. Hope St. Germaine serait trop contente de le voir craquer. Elle jubilerait et se gausserait de lui.

Pour Lily. Il le fallait. Il était prêt à tout pour Lily, même à mendier.

— Elle désire vous voir. Elle souhaite faire la paix avec vous.

— Désolée, lieutenant, mais ce ne sera pas possible.

— Vous voulez dire…

— Précisément ce que je dis.

— Mais, pour l'amour du ciel, elle est mourante ! Elle veut vous voir. C'est sa dernière volonté.

— Cela n'a aucune importance pour moi.

Santos revit Lily, faible et pâle qui l'implorait, il songea à toutes ces années qu'elle avait passées à se languir de sa fille. L'émotion lui nouait la gorge à l'étrangler.

— Je vous en prie… Je vous en supplie. Donnez-lui au moins cela, qu'elle meure heureuse.

— Non, merci, fit Hope, gracieuse, comme s'il n'était qu'un vulgaire colporteur. Au revoir, monsieur.

La ligne était coupée.

Santos considéra l'appareil, incrédule, bouillant de rage. La garce ! Elle lui avait raccroché au nez ! Elle avait refusé d'accéder aux dernières volontés de sa mère.

Il raccrocha si violemment que la cabine en trembla. Eh bien, elle verrait. Hope St. Germaine verrait. Il trouverait le défaut de la cuirasse et il la piégerait. Il ne permettrait pas qu'elle traite Lily de la sorte.

Lily, si douce et généreuse ; Lily qui avait tant aimé, tant donné, et si souvent souffert. Quel qu'en soit le prix, il accéderait à ses plus chers désirs.

A l'un d'entre eux au moins.

Après avoir parlé au médecin et vérifié que Lily dormait toujours, il laissa son numéro de portable au bureau des infirmières et regagna sa voiture. Ayant allumé son gyrophare, il quitta le parking sur les chapeaux de roues. Il conduisait comme seul un policier aguerri sait le faire — comme un maniaque aux nerfs d'acier.

En moins d'un quart d'heure, il était dans le Garden District, devant la résidence de Glory. Il emprunta l'allée, clignotant de tous ses feux. Un voisin sorti prendre son journal sur le pas de sa porte en resta bouche bée un moment, avant de rentrer précipitamment. Sans doute pour annoncer au reste de la famille que la charmante Glory St. Germaine avait des ennuis.

Glory au cœur des commérages locaux. Santos ne

put réprimer un sourire amusé. Il sortit de sa voiture et en claqua la portière.

Elle ne tarda pas à venir lui ouvrir. Elle était pieds nus, en jean délavé et pull de coton. Elle n'était pas fardée, paraissait jeune, vulnérable. Elle ressemblait à l'adolescente dont il s'était épris.

A la voir ainsi, Santos eut un choc terrible. Les souvenirs affluèrent à sa mémoire, souvenirs brûlants et doux, électrisants. Souvenirs qu'il avait enfouis dans quelque recoin obscur de sa mémoire, auxquels il n'avait pas repensé depuis onze ans. Souvenirs douloureux qui réveillaient son désir, ranimaient le passé et lui faisaient regretter de ne pouvoir revenir en arrière.

Il chassa ces pensées importunes. Elle n'était plus cette jeune fille d'autrefois. Que diable, la jeune fille en question n'avait jamais existé !

— Que se passe-t-il ? s'enquit-elle, visiblement troublée, inquiète.

— Devoir de police. Vous devez venir avec moi.

— Venir avec vous ? répéta-t-elle en portant la main à sa gorge. Mais pourquoi ? Vous m'arrêtez ?

— Pas le moins du monde. Nous avons besoin de vous. Pour interrogatoire.

Elle fronça les sourcils, interloquée.

— Il y a eu un autre meurtre impliquant l'hôtel ou… c'est à propos de Pete ?

— Désolé de ne pouvoir vous répondre. Nous en parlerons en route. Si vous voulez me suivre.

Elle acquiesça de la tête et s'effaça pour le laisser entrer.

— Donnez-moi une minute. Je vais prendre mon sac et mettre des chaussures.

Tandis qu'il l'attendait, Santos examina les lieux. Le

vaste hall donnait à droite sur un salon, à gauche sur une salle à manger. Comme la plupart des habitations du Garden District, la maison surélevée était ancienne, début XIXe sans doute. Les fenêtres allaient presque du plancher au plafond, les planchers et les moulures étaient de cyprès local et soigneusement polis.

Il s'attendait à un luxe plus spectaculaire, un luxe sentant l'argent. Au lieu de cela, sa maison avait l'air habitée, confortable, chaleureuse et sans prétention.

— Vous paraissez perplexe, remarqua-t-elle à son retour.

— Perplexe, hein ?

— Oui. Vous vous attendiez sans doute à ce que la princesse habite un palais.

Il soutint son regard, irrité qu'elle eût deviné ses pensées.

— Désolé de vous décevoir, mademoiselle St. Germaine, mais je n'attends rien en ce qui vous concerne.

Elle rougit.

— Pour que je sois déçu, encore faudrait-il que je me soucie de vos opinions. Bon. Vous êtes prête ?

Sans un mot, ils gagnèrent sa voiture de police. Santos démarra, la surveillant du coin de l'œil.

— Votre ceinture, mademoiselle St. Germaine. C'est la loi, vous savez.

Elle lui jeta un regard agacé, mais elle s'exécuta. Quelques instants plus tard, ils descendaient St. Charles Avenue en direction de Lee Circle, mais avant d'y parvenir, il obliqua et prit la nationale vers l'ouest.

— Je croyais que vous m'emmeniez au commissariat ? remarqua-t-elle, sourcils froncés.

Il jeta un coup d'œil au compteur de vitesse qui affichait cent dix.

— Je sais. Mais j'ai menti.

Elle mit quelques secondes à assimiler le message, puis elle tourna vers lui un regard empreint de panique.

— Laissez-moi descendre immédiatement. Vous entendez, Santos ? J'exige que vous arrêtiez cette voiture pour me laisser descendre.

— Je suis désolé, Glory, il n'en est pas question. Quelqu'un a besoin de vous. Une personne qui m'est chère. Je ne veux pas la décevoir.

— C'est ridicule ! Si vous n'arrêtez pas cette voiture immédiatement, je porte plainte pour… pour rapt.

Santos éclata de rire.

— Allons, pas de mélo. Je ne vous kidnappe pas, nous allons faire un tour.

— Contre ma volonté, rétorqua-t-elle en posant la main sur la poignée. Cela s'appelle un rapt.

Il appuya sur l'accélérateur et le compteur monta à cent vingt, puis cent trente.

— A votre place, je ne sauterais pas en marche pour le moment. Ce serait douloureux.

— Imbécile. Je vous ferai radier.

— Encore ? Voilà deux fois que vous voulez me faire radier. C'est une manie, ma parole !

Elle le foudroya du regard.

— Allez au diable !

— Pourquoi pas. Mais avant, j'ai une petite histoire à vous raconter. J'ai pensé que vous ne m'écouteriez pas si je vous laissais le choix.

— Alors, vous ne me le laissez pas.

— En gros, c'est ça. Quand je vous aurai raconté mon histoire, vous aurez ma bénédiction pour sauter en marche si vous y tenez toujours.

— Quel homme ! Bon, alors, votre histoire.

— C'est l'histoire d'une mère et d'une fille.

Santos lui coula un regard de biais. Elle s'était tournée vers la vitre, l'ignorait délibérément.

— Cette mère aimait sa fille plus que tout au monde et elle voulait lui offrir une bonne vie, une vie meilleure que la sienne. Voyez-vous, la mère était une prostituée, une sous-maîtresse pour être exact ; elle tenait une maison, un bordel, le même que sa mère et sa grand-mère avaient tenu avant elle.

Glory l'écoutait à présent. Elle s'était retournée vers lui.

— Bref, la mère s'arrangea pour offrir à sa fille une nouvelle identité, pour l'envoyer dans une école où personne ne saurait qui elle était, d'où elle venait. Mais la fille avait des projets bien à elle. Profitant de ce que sa mère lui offrait, elle avait résolu de s'échapper à jamais. La fille fit sienne sa fausse identité, mentit à tout le monde, y compris à celui qu'elle allait épouser. Elle brisa le cœur de sa mère, refusant de la revoir malgré les larmes et les suppliques de cette dernière. La fille refusa même de se rendre au chevet de sa mère mourante, sa mère qui, sur son lit de mort, avait exprimé le vœu de la revoir.

Il y eut une pause, un silence. Puis Glory toussota, visiblement plus émue qu'elle ne voulait l'admettre.

— Fascinant, cette histoire. Mais quel rapport avec moi ?

— J'y viens. La fille fit un très beau mariage. A son tour, elle eut une fille. Mais personne ne savait la vérité. Personne ne mettait en doute le passé de cette femme, la fable qu'elle racontait sur la mort de ses parents.

— Santos, je vous en prie. Je dois être à l'hôtel dans deux heures.

Elle consulta sa montre et laissa échapper un soupir frustré.

— Dans une heure et demie, précisa-t-elle. Vous pourriez abréger la saga ? Si vous avez quelque chose à me dire, dites-le.

— Bon. La fille avait fait ses études dans une pension chic de Memphis. Elle racontait à tout le monde que ses parents étaient morts dans un accident lors d'un séjour à l'étranger.

— Pardon ? s'exclama Glory en se tournant soudain vers lui.

— Vous m'avez parfaitement entendu.

Incrédule, sous le choc, elle agita la tête.

— Vous ne prétendez pas que…

— Justement si.

— C'est ridicule. Cela impliquerait que ma mère…

— Est une menteuse.

Il serra le volant, regarda Glory.

— Ma Lily est la mère de cette histoire. Elle est votre grand-mère.

Glory s'empourpra, agita de nouveau la tête.

— C'est absurde. Je ne vous crois pas.

— Absurde, certes, mais c'est la vérité.

Glory porta ses mains tremblantes à ses tempes.

— Si, pendant toutes ces années, Lily savait comment me contacter… pourquoi ne l'a-t-elle pas fait ? Si elle tenait tant à me connaître, pourquoi ne pas avoir pris l'initiative ?

— Parce qu'elle a honte de ce qu'elle est. Honte de ce qu'elle a été pendant une longue partie de sa vie. Parce qu'elle avait peur que vous ne la rejetiez comme l'avait fait sa fille. Elle a cru les sornettes que lui racontait votre mère, cru qu'elle gâcherait votre vie, vous souillerait.

Il s'interrompit, inspira pour ravaler sa rage, plus déterminé que jamais à poursuivre.

— Elle a besoin de vous, Glory. Elle veut vous connaître. Et elle est mourante.

— Mourante ? répéta Glory, interloquée.

— Oui, dit Santos, les doigts crispés sur le volant, en s'efforçant d'ignorer son propre désespoir, de se concentrer sur la colère et la haine que lui inspirait Hope. Elle est mourante et votre mère a refusé de la voir. C'est tout ce que demande Lily, sa dernière volonté. Et votre mère refuse d'y accéder.

Il jeta un coup d'œil sur Glory, vit à son expression qu'elle ne le croyait pas, et cependant se posait des questions. Il vit aussi que l'histoire l'avait émue.

— Je sais que c'est un peu dur à avaler. Je sais également que cette vérité aura des conséquences pour vous. Mais je n'ai aucune raison de vous mentir là-dessus.

— Pourquoi vous croirais-je, Santos ? Votre histoire est tellement tirée par les cheveux que c'en est risible.

— Parce que c'est vrai. Et parce que, si vous le permettez, je peux vous le prouver.

Elle hésita, troublée, consulta de nouveau sa montre.

— Combien de temps faudra-t-il ?

— Plus de temps que vous n'en avez. Pour que je puisse vous prouver la vérité de mon histoire, il faudra que nous fassions une petite excursion.

Elle ouvrait déjà la bouche pour refuser, mais il ne lui en donna pas le loisir.

— Réfléchissez, Glory. Si c'était vrai ? Seriez-vous fière d'avoir laissé une vieille femme mourir dans la solitude ?

Glory demeura un moment silencieuse. Santos l'entendait presque penser, peser le pour et le contre, réfléchir aux conséquences. Enfin, elle soupira.

— Cela impliquerait que tout ce que je sais de ma mère n'est que mensonge.

— Certes. Mais ne vaut-il pas mieux connaître la vérité, même si cela fait mal, que de croire aux mensonges ?

Elle se mordit la lèvre, acquiesça de la tête.

— Et vous prétendez pouvoir me le prouver ?

— Oui.

— Alors, prouvez-le-moi.

Santos la conduisit à la maison de River Road. Durant le trajet, elle garda le silence, perdue dans ses réflexions. Il ignorait quelles pensées s'agitaient dans sa tête. Il savait seulement que l'épreuve lui serait douloureuse.

Mais pour Lily, il était prêt à tout. Et Lily avait besoin de sa petite-fille.

Ils arrivèrent devant la propriété. Santos sortit de voiture pour ouvrir les immenses grilles.

— Vous êtes prête ? demanda-t-il.

Glory se tourna vers lui, tendue.

— Que je le sois ou non, quelle importance ?

— Aucune.

— Alors, allons-y.

Il remonta lentement l'allée bordée de vieux chênes pour donner à Glory — et se donner à lui — le temps d'admirer la demeure. Il comprenait que Lily eût de tristes souvenirs de ce lieu, mais lui l'aimait ; c'était pour lui le plus bel endroit du monde.

— C'est beau, murmura Glory, émue, comme en écho à ses pensées.

— Lily est née ici, c'est ici qu'elle a vécu, comme sa mère et sa grand-mère avant elle. C'était leur foyer — leur bordel.

— C'est la maison Pierron ! s'exclama alors Glory. Je me souviens d'avoir lu un article à ce sujet. Avec l'école, on était allées voir les plantations un jour, et une camarade nous a montré la maison du doigt en passant.

— J'imagine que tous les habitants de Louisiane en ont entendu parler. Les femmes Pierron et le lieu étaient célèbres, surtout à la grande époque.

Il coupa le contact. Ils étaient arrivés devant l'entrée principale. Ils gravirent le perron en silence, et Santos ouvrit la porte. L'écho de leurs pas résonnait dans l'immense maison vide. Les meubles étaient pour la plupart restés en place, recouverts de draps. L'appartement de La Nouvelle-Orléans était trop petit pour les contenir, et Lily ne tenait pas non plus à garder tous ces souvenirs autour d'elle.

— Je viens ici le plus souvent possible pour vérifier que tout est en état. Ces vieilles demeures ont besoin d'un entretien constant, mais Lily n'a pas les moyens d'employer quelqu'un à temps plein. Alors, je fais ce que je peux.

Après cela, il se tut, la suivit tandis qu'elle traversait les vastes pièces, observant, se tournant à droite et à gauche. Parfois, elle s'arrêtait, soulevait un drap pour regarder un meuble. Son visage arborait une expression qu'il ne lui avait jamais vue, où la crainte se mêlait à l'émerveillement, le doute à la certitude.

Glory tomba en arrêt devant un portrait, au-dessus de la cheminée. Jeune fille, Glory avait ressemblé à ses aïeules. Femme, elle était à leur image. Elle aurait pu être face à son propre portrait.

— Grand Dieu, on dirait…

— Je sais. C'est la grand-mère de Lily, Camelia Pierron, la première des sous-maîtresses Pierron. Il y a eu Camelia, Rose, et puis Lily.

— Camelia, rose et lys, rien que des noms de fleurs.

— Jusqu'à votre mère. Lily voulait rompre la chaîne. Elle avait honte d'être ce qu'elle était. Elle désirait mieux pour sa fille.

— Alors, elle l'a appelée Hope, espoir. Apparemment, je descends d'une longue lignée de femmes de carrière.

Il sourit.

— En quelque sorte, oui. Elles ne manquaient pas d'astuce. Elles ont fait tourner leur affaire longtemps après que le lieu fut passé de mode. Et elles étaient toutes belles. Incroyablement belles.

— Et prisonnières, soupira Glory, comme pour elle-même.

Elle se tourna vers lui.

— Et leurs fils ?

— Elles n'en ont pas eu. Rien que des filles. Une seule pour chaque dame Pierron.

Exactement comme sa mère.

Cette pensée tue resta suspendue entre eux dans le silence. Glory se frotta les bras, visiblement ébranlée.

— Ce n'est peut-être qu'une coïncidence. Ce type physique est courant en Louisiane dans les familles d'origine française. J'étais en classe avec une fille qu'on prenait toujours pour ma sœur.

— Venez.

Il la conduisit jusqu'à des photos qui ne pouvaient mentir. Elle les prit, les unes après les autres, pâlissant à mesure qu'elle les examinait. Ses mains s'étaient mises à trembler.

— Vous voyez. Vous êtes à leur image. Et là, regardez. C'est votre mère.

Cette fois, elle ne commenta pas, mais elle leva vers lui un regard mouillé de larmes, avant de se détourner.

— Il y a autre chose ?

— Oui. Par ici.

Il la mena au grenier, devant un coffre qu'il avait découvert autrefois, à l'insu de Lily qui l'ignorait toujours. Il contenait des lettres, des lettres que Lily avait envoyées à la mère de Glory, que Hope avait décachetées et lues avant de les retourner à l'expéditeur. C'étaient les lettres d'une mère désespérée et seule à la fille qu'elle aimait par-dessus tout, des suppliques implorant son pardon, lui demandant son amour. Lui-même avait pleuré en les lisant. Il avait dix-huit ans alors et se croyait aguerri.

Glory s'assit par terre. D'une main hésitante, elle prit une enveloppe mais elle ne l'ouvrit pas, se contenta de la fixer — comme si elle avait peur d'en connaître le contenu, peur de ce qu'elle en apprendrait.

Il le comprit. Parce qu'il avait lu ces lettres. Et aussi parce que, tout égoïste et gâtée qu'elle fût, Glory n'avait pas la dureté de sa mère. Jamais elle n'aurait fait ce que Hope avait infligé à Lily.

— Je vais vous laisser seule un moment. Je serai en bas si vous avez besoin de moi.

— Merci, murmura-t-elle sans même lever les yeux.

Trois quarts d'heure plus tard, il remonta au grenier. La lumière s'était adoucie, et il y avait un tas de lettres près de Glory. Elle était toujours assise comme il l'avait laissée, tête baissée pour lire le feuillet qu'elle tenait à deux mains sur ses genoux. Mais à présent, elle pleurait, car les sanglots secouaient ses épaules.

Il entra doucement.

— Glory ?

Elle leva vers lui un visage douloureux. Il en fut bouleversé.

— Comment a-t-elle pu…, hoqueta-t-elle. Comment a-t-elle pu lire ces lettres et ne pas céder ? Je ne comprends pas comment ma mère elle-même a pu manquer de cœur à ce point. Etre aussi dure, aussi froide.

— Je n'en sais rien.

Ses larmes coulaient de plus belle, gouttaient sur le feuillet, qu'elle essuya soigneusement.

— Depuis combien de temps… savez-vous ?

— Depuis la mort de votre père. Lily m'a tout raconté ce soir-là.

Elle hocha la tête.

— Je ne connais pas ma mère… Je ne sais rien d'elle, n'est-ce pas ? Pendant toutes ces années, j'ai cru… elle me disait que mes grands-parents étaient morts. Elle m'a menti… Et pendant tout ce temps, j'avais une grand-mère.

— Une grand-mère qui a besoin de vous.

Santos s'accroupit auprès d'elle, lui encadra le visage de ses mains. Les larmes de Glory ruisselaient sur ses doigts.

— Tout ce qu'elle désire, tout ce qu'elle a toujours désiré, c'est de vous avoir près d'elle, vous et votre mère. J'ai appelé votre mère ce matin. Elle a refusé de voir Lily. Je l'ai suppliée, Glory. J'ai ravalé mon orgueil, j'ai mendié.

Glory scruta ses yeux.

— Est-ce que ma... est-ce que Lily est très malade ?

— Elle a fait un infarctus. Grave. Nous ignorons encore l'étendue des dégâts, mais le médecin n'est guère optimiste. Elle a besoin de vous, Glory. Viendrez-vous avec moi ?

Glory recouvrit ses mains des siennes et, pendant un long moment, se contenta de le regarder. Tout son cœur était dans ce regard. Puis elle hocha la tête.

— Conduisez-moi à elle.

46

Glory contemplait la vieille femme, pâle entre ses draps d'hôpital. Elle semblait fragile, étendue ainsi, reliée à toutes sortes d'appareils et au goutte-à-goutte, si frêle qu'un modeste coup de vent aurait pu l'emporter.

Cette femme, cette étrangère était sa grand-mère.

Le cœur dilaté par l'émotion, Glory songea qu'elle aurait pu la perdre avant d'avoir une chance de la connaître.

Elle tira une chaise près du lit. D'une main hésitante, elle recouvrit celle de la vieille femme. La peau de Lily était fripée par l'âge, parcheminée, et si translucide qu'on voyait chaque veine. Mais la main était chaude, vivante, Dieu merci.

Glory éprouvait un léger vertige, comme si elle avait bu un cocktail de trop ou manquait d'oxygène. Elle ne parvenait pas à assimiler ce qui s'était passé, à intégrer tout ce que Santos lui avait dit.

En l'espace de quelques minutes, elle s'était découvert une famille, une histoire dont elle n'avait jamais soupçonné l'existence. Des prostituées. Elle descendait de femmes qui faisaient commerce de leur corps. Elle inspira profondément pour se calmer. A douze ou treize ans, elle se rappelait avoir ri avec ses camarades de la maison Pierron, avoir parlé à voix basse avec elles des femmes qui y vivaient, de ce qui se passait derrière ces murs.

Ces femmes-là étaient sa famille. Elle était de leur race. Elle appartenait à ce lieu.

Tremblante, elle resserra sa main sur celle de Lily. Elle avait aussi découvert l'imposture de sa mère. Grand Dieu, y avait-il seulement quelque chose de vrai dans tout ce que sa mère lui avait dit de son enfance, de sa jeunesse ?

Glory sentit les larmes lui brûler les yeux. Les grands-parents qu'elle avait cru connaître n'existaient pas. Les histoires que sa mère lui avait racontées, la grande maison ensoleillée sur une colline de Meridian, Mississippi, les sorties du samedi avec son père pour aller acheter des glaces, les veillées de Noël passées à fredonner des chants de Noël autour du grand sapin que son père avait coupé, tout cela n'était qu'un tissu de mensonges.

Le désespoir la gagnait. Et aussi la panique. Elle était là maintenant, à tenir la main d'une inconnue qu'on lui avait présentée comme sa grand-mère, à espérer et prier de toutes ses forces qu'elle ne meure pas.

Glory ferma les yeux, s'efforça d'endiguer le flot d'émotions qui menaçait de l'engloutir. Comment sa mère avait-elle pu se conduire de la sorte, mentir pendant toutes ces années, mentir à ceux qu'elle aimait, à ceux qui auraient dû avoir sa confiance ? Elle avait menti à sa fille, à sa famille tout entière.

Famille.

Glory pensa à son père, à ce qu'il lui avait appris sur la famille, le patrimoine, l'hérédité. Il lui avait dit que son identité reposait sur son nom de famille et son histoire. Des choses dont personne ne pouvait la priver.

Et pourtant, sa mère s'y était essayée. Elle avait tenté de la priver d'une part d'héritage.

Elle eut un nouvel accès de panique. Une partie de son identité était un mystère. Un mensonge. Qui était Glory St. Germaine ? Et comment le savoir quand il lui manquait une partie d'elle-même ?

La maison de River Road lui revint à l'esprit, lui emplit la tête d'une foule d'impressions — odeur de l'air, bruit du vent dans les branches des chênes, craquements du plancher sous ses pas —, et elle sourit. Elle s'était immédiatement sentie à l'aise dans la maison, chez elle, comme si elle y était à sa place. Avant même que Santos ne lui eût parlé, avant d'avoir vu les photos, avant de savoir la vérité.

La maison de River Road lui avait semblé être son foyer, plus proche d'elle que la demeure dans laquelle elle avait grandi. Pourquoi ? Que signifiait cette affinité immédiate qu'elle avait eue pour la maison ?

Santos pénétra dans la pièce. Elle lui tournait le dos mais savait que c'était lui. Elle percevait sa présence à fleur de peau. Comme autrefois. Un lent frémissement de désir la parcourut, importun mais irrépressible. Onze ans s'étaient écoulés depuis le soir où ils étaient devenus amants, mais il avait toujours le même effet sur elle.

Onze ans. Onze ans pendant lesquels il avait toujours su qui elle était alors qu'elle l'ignorait.

Elle réprima un soupir, le regarda par-dessus son épaule, rongée par des interrogations qui exigeaient des réponses.

Il n'avait d'yeux que pour Lily.

Glory ravala sa salive, oublia le passé, le désir, les regrets. Oublia ses questions. Son cœur se brisait devant le chagrin de Santos. Devant l'amour qui débordait de ses yeux. Tant d'amour, mon Dieu !

Elle percevait sa peur aussi. Il avait déjà perdu une mère et il était sur le point d'en perdre une seconde.

Certes, Lily n'était pas sa mère, mais il l'aimait comme une mère. Elle avait gagné son amour. Ce qui n'était pas rien.

Lily avait été une prostituée, mais c'était une femme bonne. Une femme à part. Une femme qui avait touché le cœur de Santos, un garçon dur, cynique, que la vie avait malmené, qui avait été trahi, trompé, dupé. Et, par son amour, Lily avait changé sa vie. Parce qu'elle croyait en lui.

Douloureusement émue, Glory reporta son attention sur Lily. Santos n'aimerait pas qu'elle s'attendrisse sur lui. Il se méprendrait sur ses sentiments, interpréterait sa compassion comme de la pitié. Il n'attendait rien d'elle, pas même un minimum de décence humaine. Il la croyait semblable à sa mère.

Sa mère.

Sa gorge se noua d'émotion au point qu'elle n'aurait pu articuler un son, même pour sauver sa vie. Comment sa propre mère avait-elle pu être aussi dure, implacable ?

Les souvenirs d'avant son huitième anniversaire l'assaillirent, souvenir des traits de sa mère déformés en un masque hideux et terrible, souvenir de la brosse à ongles sur sa peau à vif, souvenir de paroles effrayantes. « Je te purifierai, dussé-je ôter la chair de tes os. Tu seras pure, ma fille. »

Glory frissonna. A la lumière de ce qu'elle savait maintenant, elle comprenait mieux la réaction violente de sa mère lorsqu'elle l'avait trouvée avec le petit Danny dans la bibliothèque et, plus tard, lorsqu'elle l'avait surprise à flirter sur le parking, derrière l'église. Elle comprenait mieux les sempiternelles citations de la Bible, comprenait mieux pourquoi sa mère exigeait d'elle qu'elle se conduise en petite fille modèle, pourquoi elle était à ce point obsédée par la nature impure de la chair.

Santos s'approcha d'elle.

— Difficile de croire qu'elles sont mère et fille, murmura-t-il. Elles ne se ressemblent en rien, je vous assure.

Elle ne lui demanda pas d'explication. Le ton de sa voix, l'expression de son visage en disaient plus long qu'un discours. Il aimait Lily de tout son cœur.

— Que pense le médecin ?

— Pas grand-chose. Il n'y a pas eu de nouveau en mon absence. Elle se repose, ne souffre pas. Son état est stationnaire. Elle peut s'éveiller à tout moment.

— Elle a l'air si… si frêle.

Santos ne commenta pas et Glory sentit qu'il était trop ému pour parler, qu'il craignait de se trahir. Elle-même avait la gorge serrée.

— J'aimerais pouvoir vous dire que tout va s'arranger, murmura-t-elle au bout d'un moment.

Il lui coula un bref regard, se détourna aussitôt.

— Mais vous ne le pouvez pas. Personne ne le peut.

Elle sentait sa douleur, sa solitude, et elle brûlait de les lui ôter, de le toucher, de l'envelopper de ses bras, de lui offrir le réconfort de son corps.

Elle se surprit même à tenter de le faire, à tendre la main vers lui. Elle arrêta son geste. Il la repousserait. Ou bien se moquerait d'elle. Et elle aurait mal. Elle n'avait pas à le toucher, à tenter de le réconforter. Elle n'avait aucun droit sur lui. Tout cela était fini depuis longtemps.

— Non, dit-elle dans un souffle. Je ne peux pas vous promettre que tout s'arrangera. Mais je le regrette. Je suis désolée… sincèrement désolée.

Il croisa son regard et, l'espace d'un instant, elle sentit qu'il lui était reconnaissant de son soutien, de sa présence auprès de lui. Dans cet instant, elle se sentit proche de lui, recouvra un sentiment d'intimité qu'elle n'avait connu qu'avec lui. Et qui lui avait manqué.

Elle leva la main.

— Santos, je…

Il se raidit, s'éloigna d'elle.

— Il faut que j'appelle le commissariat. Si elle s'éveille pendant que je suis sorti, soyez gentille…

— Bien sûr.

Elle baissa les yeux pour lui cacher sa peine.

— J'irai vous chercher immédiatement.

Lily ne s'éveilla pas. Ni pendant l'absence de Santos, ni au cours des six heures qui suivirent. Glory ne quitta pas son chevet, sauf pour appeler l'hôtel, aller aux toilettes et prendre des chips et un Coca dans les distributeurs du hall. Elle ne supportait pas l'idée de ne pas être auprès de sa grand-mère lorsque celle-ci ouvrirait les yeux. Et elle redoutait plus que tout de n'avoir qu'une seule chance de passer un moment avec Lily. Elle craignait que Lily s'éveille une dernière fois avant de se rendormir pour toujours. Craignait de manquer sa chance.

Mais cela n'arriverait pas. Elle y veillerait.

Santos ne quittait pas Lily non plus. Ils partageaient donc cet espace réduit en ennemis contraints de garder un même poste, sans parler, sans échanger de propos réconfortants ni même de regards.

Lily gémit finalement, puis remua. Santos se leva d'un bond, lui prit la main.

— Lily… Lily… C'est moi, Santos. Je suis là.

Ses paupières se soulevèrent. Son regard se posa sur lui. Elle tenta de parler sans y parvenir.

Glory inspira longuement, lentement. Son cœur battait à se rompre et ses mains étaient moites. Elle avait peur.

Peur d'être rejetée par cette parente qu'elle aspirait si fort à connaître. Peur de ne pas satisfaire les exigences de Lily, de la décevoir comme elle avait toujours déçu sa mère. De dire un mot de travers et de blesser cette femme qui avait déjà tant souffert.

— Lily, murmura tendrement Santos. Il y a quelqu'un ici pour te voir.

Glory se leva, alla prendre place de l'autre côté du lit. Les yeux de la vieille femme vinrent se poser sur elle. Malgré l'état de faiblesse de Lily, malgré l'effet des drogues, Glory vit briller l'espoir dans les yeux de sa grand-mère. Puis elle la reconnut.

— Glory ?

— Oui, c'est moi.

Glory s'approcha plus près.

— Bonjour, grand-mère.

Lily se tourna vers Santos, comme pour se rassurer. Il la rassura d'un sourire. Alors, elle ramena son attention sur Glory, des larmes plein les yeux.

— J'ai… attendu… si longtemps.

Glory prit la main de Lily.

— Moi aussi, j'ai attendu. Je suis heureuse d'être là.

Lily lui pressa légèrement les doigts. Elle n'avait même pas la force d'un enfant. Elle ouvrit la bouche pour parler mais ne put émettre un son. Santos porta un verre d'eau à ses lèvres. Elle but, puis elle fit une nouvelle tentative.

— Et ta… mère ?

Il y avait tant d'espoir dans les yeux de la vieille femme que Glory se tourna vers Santos, indécise. Elle craignait de blesser Lily en lui avouant la vérité.

Il intervint aussitôt.

— Elle n'a pas pu venir. Elle avait un rendez-vous… qu'elle n'a pas pu…

Il laissa la phrase en suspens. Lily n'était pas dupe. Elle referma les yeux, tourna la tête de côté. Ses larmes coulaient en silence sur l'oreiller.

Glory crut que son cœur allait se briser. L'odieuse conduite de sa mère la rendait furieuse. Elle pressa la main de Lily.

— Mais je suis là, grand-mère. Je tenais à venir.

Lily rouvrit les yeux, la regarda. Glory se pencha sur elle, sourit et murmura :

— Je veux que nous fassions connaissance. Je souhaiterais que nous rattrapions un peu de ce temps perdu.

Lily serra un peu plus fort les doigts de Glory. Son visage exprimait tant de reconnaissance que cela faisait peine à voir. Glory porta la main de sa grand-mère contre sa joue.

— Je t'aime, dit-elle dans un souffle. Et je suis heureuse que nous soyons enfin réunies.

Après cela, Glory se rassit près du lit, parla à voix basse de choses et d'autres, de choses sans importance. Parfois, Lily lui posait une question sur elle, puis restait suspendue à ses lèvres, comme si ses paroles valaient plus que de l'or.

Tandis que Glory parlait, Santos arpentait la chambre, nerveux, contenant mal son énergie, au point qu'il semblait entouré d'un halo d'électricité statique. Ou bien il se tenait immobile, tel un prédateur observant sa proie. Glory était consciente de chacun de ses pas, de chacun de ses souffles, de chacun de ses regards.

Et cette conscience l'épuisait.

L'infirmière ne tarda pas à entrer dans la chambre pour les mettre dehors. Lily avait besoin de repos. Ils pourraient revenir plus tard.

Ensemble, Glory et Santos se dirigèrent vers l'ascenseur. Santos pressa le bouton d'appel puis se tourna vers elle. Il y avait dans ses yeux tant d'animosité qu'elle en demeura médusée.

— Vous reviendrez la voir ? Ou bien vous estimez avoir fait votre devoir ?

Ses paroles blessantes, son mépris l'atteignirent comme autant de coups. Elle avait cru voir s'établir entre eux une paix fragile, une sorte d'armistice, cru que le fossé qui les séparait commençait à se combler. Mais elle s'était trompée. Il lui fallut quelques instants pour se reprendre, se composer un visage impassible. Puis elle releva les yeux vers lui.

— De quel droit osez-vous me poser cette question ? Vous pensez que c'est un jeu pour moi ? Vous me jugez vraiment capable de blesser sciemment et sans honte cette femme adorable ? Capable de lui dire que je l'aime avant de l'abandonner, de ne plus jamais la revoir ?

— Cela m'a effleuré.

— Vous êtes d'une muflerie sans nom. Contrairement à ce que vous croyez, je ne suis pas ma mère. Et je reviendrai.

— Excellent. Votre visite, votre présence comptent beaucoup pour elle. Je ne veux pas qu'elle souffre inutilement, qu'on lui brise de nouveau le cœur.

Glory croisa les bras sur la poitrine et releva le menton.

— Cela compte beaucoup pour moi aussi. D'ailleurs, avant que vous ne vous conduisiez comme un sot, j'étais sur le point de vous remercier.

— Vraiment ? Et pourquoi donc ?

Il avait haussé un sourcil, affectait une surprise exagérée. Les doigts la démangeaient de lui donner une claque en échange. Tentée, elle enfouit prudemment ses deux mains dans ses poches.

— Pour m'avoir amenée à Lily, bien sûr. La connaître a été comme un cadeau, une bénédiction.

— C'est une bénédiction de connaître Lily. Mais soyez assurée, princesse, que je ne l'ai pas fait pour vous.

Et, sans lui laisser le temps de répondre, il tourna les talons et s'éloigna.

47

Hope était assise dans le grand fauteuil d'osier, sa bible favorite ouverte sur les genoux. Les bruits de la nuit d'été entraient par les fenêtres à moustiquaire — bourdonnement d'insectes, coassements de grenouilles, rires d'enfants, aboiement d'un chien du voisinage. Au-dessus d'elle les pales du ventilateur brassaient l'air tiède et moite.

Elle cala la tête contre le dossier de son siège et ferma les yeux. A mesure qu'elle prenait de l'âge, le Mal s'était fait plus présent, plus insistant. Elle devait lutter toujours plus âprement contre lui et, cependant, elle tombait entre ses griffes de plus en plus souvent. Chaque jour la trouvait plus épuisée par ses batailles et vidée d'énergie.

La Bête ne sommeillait que lorsqu'elle avait succombé. Alors, seulement, Hope recouvrait un peu de paix.

La Bête dormait depuis une semaine maintenant. Hope sourit. Dans ces moments de calme, elle trouvait la vie belle. Les combats qu'elle livrait depuis toujours lui semblaient alors n'être que des cauchemars terrifiants.

Et, dans ces moments-là, elle avait la certitude d'avoir vaincu la Bête une fois pour toutes.

La fragile bulle de paix vola en éclats quand Glory entra au pas de charge et vint se planter devant elle.

— Maman, tu me dégoûtes ! Comment as-tu… osé ?

Muette de stupeur, Hope dévisageait sa fille. Jamais Glory ne l'avait regardée de cette façon. Ses yeux brûlaient d'un feu ardent qu'elle reconnut pour l'avoir vu dans ses cauchemars. Dans ses cauchemars, et aussi dans le miroir quand le Mal la possédait.

Le Mal. Le Mal était revenu pour un nouvel assaut. Et cette fois, il venait par Glory.

Les mains de Hope se mirent à trembler. Elle les posa sur les genoux, l'une sur l'autre, pour les caler.

— Glory Alexandra, tu sais que je n'aime pas être dérangée dans ma lecture des Saintes Ecritures le soir. Il en a toujours été ainsi.

— Ta lecture des Saintes Ecritures ! Comme tu es bonne, comme tu es chrétienne ! Tu es un exemple pour nous tous, n'est-ce pas ? C'est du moins ce que tu as toujours voulu nous faire croire, à moi comme aux autres.

Hope sentit son cœur s'emballer. Il s'était passé quelque chose, quelque chose d'affreux. Une chose qu'elle redoutait depuis le premier jour où elle avait goûté à la liberté.

Elle baissa les yeux sur sa bible, ouverte au vingt-troisième psaume.

« Quand je marche dans la vallée de l'ombre de la mort
Je ne crains aucun mal, car tu es avec moi. »

Hope prit une inspiration profonde, se concentra sur les mots du Cantique de David, s'y abandonna pour qu'ils la calment et la protègent. Puis elle referma soigneusement le livre, le posa près d'elle et croisa de nouveau les mains sur les genoux.

— A quoi rime cette scène, ma fille ? Qu'est-ce qui t'a mise en colère ?

— En colère, oui, c'est cela.

Glory s'avança dans la pièce et Hope nota qu'elle serrait les poings.

— Dis-moi, ma mère, les Ecritures mentionnent-elles le pardon ? Mentionnent-elles le péché qui consiste à juger autrui ?

Hope sentit le froid la gagner, la glacer jusqu'aux os.

— Evidemment, et tu le sais bien. J'ai veillé à ce que tu connaisses les paroles du Seigneur.

— Certes. Tu as veillé à ce que j'aille à la messe. Tu as veillé à ce que je connaisse la Bible d'un bout à l'autre. Tu as veillé à ce que je sois un ange du ciel. Et lorsque je n'étais pas à la hauteur de tes exigences, tu as veillé à ce que je sois punie pour mes péchés.

— Je suis ta mère. J'ai toujours agi au mieux de tes intérêts.

— Es-tu sûre que ce n'était pas plutôt au mieux des tiens ?

Glory rejeta ses cheveux en arrière et reprit :

— Aujourd'hui, j'ai rencontré Lily Pierron. Ma grand-mère. J'ai vu la maison où tu as grandi. Je sais ce que tu as fait, maman. Je sais.

Le souffle court, Hope dévisageait sa fille. Tout son univers s'effondrait autour d'elle.

Glory savait.

Seigneur Dieu, elle savait !

Hope tenta de se ressaisir. Elle avait redouté la venue de ce jour, prié pour qu'il ne vînt jamais. Mais il était venu, et il lui fallait maintenant trouver les mots justes.

— J'ignore de quoi tu parles. J'étais très proche de ma mère et mon cœur s'est brisé quand le Seigneur me l'a enlevée. J'étais si jeune.

— Maman, cela suffit. Cesse de me mentir.

Glory s'interrompit, réprima un sanglot.

— Ta mère est bien vivante. Encore qu'elle ait failli mourir aujourd'hui. Comment as-tu pu… Comment as-tu osé…

Sa voix se brisa. Elle tourna le dos à sa mère, se prit le visage dans les mains.

— Je… Je ne sais plus quoi te dire. Je ne sais plus qui tu es.

Elle pivota de nouveau pour faire face à sa mère.

— Et je ne sais plus qui je suis. A cause de tes mensonges. Parce que tu m'as caché la vérité.

Hope serra les poings.

— Tu es Glory St. Germaine, descendante des St. Germaine de La Nouvelle-Orléans. Et je suis ta mère.

— Elle est la tienne, et tu l'as abandonnée !

— Tu ignores tout ! Tu…

— Santos m'a emmenée à la maison de River Road. J'ai vu les photos, j'ai lu les lettres que grand-mère t'a envoyées. Elle te suppliait de lui pardonner. Elle t'en implorait, maman, et toi, tu as lu ces lettres, et tu les lui as renvoyées.

Hope se leva brusquement. Elle tremblait de rage.

— C'est une putain ! Tu ne comprends donc pas ? Une sale pute qui vendait son corps au plus offrant !

— Assez ! C'est ma grand-mère, et elle a besoin de moi. Je ne l'abandonnerai pas comme toi. Jamais je ne ferais une chose pareille !

— Oh, c'est facile à dire, pour toi. Tu m'accuses de juger ma mère, mais tu n'hésites pas une seconde à me juger, à m'abandonner. Tu n'as aucune idée de ce que j'ai vécu.

— Certes. Tout ce que je connais de toi, ce sont tes mensonges.

Glory tourna le dos, alla jusqu'au bout de la pièce. Elle

s'efforçait de reprendre le contrôle d'elle-même. Enfin, elle déclara d'une voix enrouée :

— Pendant toutes ces années, tu m'as menti. Tu as menti à tout le monde. Santos t'a appelée aujourd'hui. Ta mère était à l'article de la mort. Son seul désir, sa dernière volonté, était de te voir avant de mourir. Mais tu es toujours incapable de lui pardonner. Tu lui as refusé le plaisir d'une visite, d'une dernière visite.

Glory agita la tête, essuya les larmes qui ruisselaient sur ses joues.

— Je ne sais pas qui tu es. Tu es une étrangère pour moi désormais. Quand je pense à tout ce que tu m'as raconté de ton père, cet homme que j'imaginais être mon grand-père, j'en suis malade. Il n'a jamais existé. Toi-même, tu n'as jamais connu ton père. Santos m'a dit que tu étais un accident, un accident de travail, comme toutes les femmes Pierron. Toutes sauf moi.

Prise d'un violent accès de nausée, Hope ne parvint à se retenir de vomir qu'à force de volonté.

— Toutes sauf toi, c'est vrai. Et grâce à moi. Parce que j'ai refusé de me laisser entraîner dans la fange avec elles.

Elle se redressa fièrement.

— Grâce à moi, tu es une St. Germaine. Tu n'as rien des Pierron. Rien.

— Oh, que si ! Tu ne comprends donc pas que nier l'existence d'une chose ne suffit pas à la faire disparaître ? Je ne me couperai pas de cette part de moi-même. Le passé des Pierron est mon passé, mon histoire. Que cela te plaise ou non.

Hope saisit les bras de Glory, les serra de toutes ses forces, à lui arracher un cri de douleur.

— Si, Glory, tu peux te couper d'elles. Tu le peux et tu le dois. Je l'ai fait.

Glory se dégagea d'une secousse, recula de quelques pas.

— Non ! protesta-t-elle avec une moue de dégoût. Je m'y refuse, maman. Ce serait me mentir, et ce ne serait pas moi.

Non. Le Mal ne viendrait pas lui arracher sa fille. Son instrument, cet immonde garçon, ne viendrait pas la lui voler. Il s'y était essayé une fois, mais elle avait vaincu. Et elle vaincrait encore.

— Tu ne peux pas imaginer, commença-t-elle d'une voix douce tandis que ses yeux se remplissaient de larmes. Tu ne peux pas imaginer ce que j'ai vécu. Tu ne peux pas te figurer ce que c'était de grandir dans un… dans ce lieu. Ce que j'ai vu et entendu, la vie que j'ai endurée. Je vivais avec des putains, Glory. Des prostituées.

— Je le sais, mais…

— Tu ne sais rien ! Dans la maison, on me méprisait, on me traitait de vilains noms. Pas à cause de mes actes, mais à cause de ma naissance…

Cette fois, Hope pleurait de vraies larmes. Elle se souvenait avec autant de précision que d'amertume des souffrances qu'elle avait endurées.

— … Je n'avais pas d'amis. A l'école, j'étais seule. Et aussi à l'église, à la récréation, dans l'autocar scolaire. Les filles se moquaient de moi, les garçons me suivaient et, quand ils m'attrapaient, ils me tenaient de force, me mettaient leurs mains partout… leur bouche. A cause de ce que j'étais. A cause de ma mère.

Hope baissa la tête, tourmentée par ses souvenirs.

— La nuit, je ne pouvais pas dormir à cause du bruit que faisaient les hommes et les putains. Je les entendais haleter, grogner… Comme des bêtes. Des bêtes humaines sans âme.

Horrifiée, Glory porta une main à ses lèvres.

— Tu vois pourquoi j'ai fui ? Pourquoi je ne peux pas revenir en arrière ? Si j'étais restée là, Glory, j'en serais morte. Mon âme serait morte.

— Mais, maman, elle t'aimait… Elle a tenté de te protéger. C'est elle qui t'a éloignée.

— Oui, elle m'aimait…

Hope se couvrit le visage de ses mains. Un flot de haine déferlait en elle qu'elle s'efforçait de contenir.

— Et je l'aimais aussi. Mais je… ne pouvais la dissocier de ma vie, de mon désespoir. Je ne pensais qu'à m'échapper. Je voulais une nouvelle chance, repartir de zéro.

Elle leva vers Glory un regard suppliant.

— Quand l'occasion s'est présentée, je l'ai saisie. Essaie de comprendre… s'il te plaît… Essaie de me pardonner. Si je… Si je te perdais, Glory… Je crois que j'en mourrais.

Glory prit sa mère dans ses bras.

— Tu ne me perdras pas. Tu as vécu des choses terribles, et je comprends que tu aies voulu fuir. Sincèrement, je le comprends. Mais pourquoi nous avoir menti, à moi, à papa ? Pourquoi avoir totalement abandonné grand-mère ? Tant de cruauté était-elle nécessaire ?

Hope s'accrocha à Glory, enfouit la tête au creux de son épaule.

— J'avais peur. Peur pour moi et, par la suite, pour toi.

Elle releva la tête, chercha les yeux de sa fille.

— Crois-tu que ton père m'aurait épousée s'il avait su d'où je venais réellement ? Tu imagines grand-mère St. Germaine découvrant que j'étais une Pierron, ces femmes notoirement frappées d'infamie ? Toute La Nouvelle-Orléans avait entendu parler d'elles.

Hope baissa de nouveau la tête, se mit à sangloter sans larmes.

— J'avais peur. Et j'ai toujours peur. Personne ne doit le savoir… Jamais. Si cela se savait… je perdrais tout, Glory, c'est certain.

— Ne t'inquiète pas, maman, je comprends. Si tu le souhaites ainsi, je n'en dirai rien à personne.

— Merci, murmura Hope.

— Je n'en dirai rien, maman, mais je n'abandonnerai pas Lily pour autant. Elle a besoin de moi. Et puis… moi aussi, j'ai besoin d'elle. Je veux connaître ma grand-mère.

Hope releva la tête, dévisagea Glory, horrifiée. Elle n'était plus en sûreté, tout s'effondrait. Le Mal était venu chercher son dû. Il avait jeté son dévolu sur sa fille.

Hope lui prit les mains.

— Comment peux-tu… sachant tout ce que tu sais sur elle, sur ce qu'elle était… Comment peux-tu…

— Tout cela est du passé. Je comprends le choix que tu as fait. Je ne l'approuve pas mais je te pardonne. Je n'ai pas à te juger. Seulement, je n'ai pas à la juger non plus.

Hope resserra son étreinte sur les doigts de Glory.

— J'ai été dure pour toi dans ton enfance. Je sais que j'étais plus stricte que les autres mères. Mais après avoir vu jusqu'où une femme pouvait sombrer, j'avais peur pour toi. Je voulais que tu aies une bonne vie, une vie pure, conforme à la parole du Seigneur. Je t'en supplie… ta grand-mère est dangereuse… J'ai peur que tu… que tu tombes sous son influence. J'ai peur qu'elle te fasse du mal.

Glory sourit, dégagea doucement ses mains.

— Je suis grande, maman. Je ne vais pas brusquement me transformer en catin. Lily est âgée, malade. Elle ne risque pas de m'induire en tentation, de me pousser sur la voie du péché.

Mais la Bête ne vieillissait pas. Elle ne tombait pas malade, ne mourait pas. Glory l'ignorait. Elle ne connaissait pas ses ruses, ne savait pas que le Mal était en elle et attendait son heure.

Hélas, elle ne pouvait le dire à Glory qui ne la croirait pas, la croirait folle.

Hope laissa donc partir sa fille. Le cœur serré, elle la regarda sortir dans la nuit, sans protection, avec le démon à ses trousses.

Des heures plus tard, Hope était seule, dans le noir, recroquevillée sur elle-même, le cœur battant, trempée de sueur. La Bête s'était éveillée. Elle était déchaînée. Et cette fois, elle les voulait toutes deux — Hope et Glory.

Hope serrait les poings si fort que ses ongles lui lacéraient les paumes. Pour gagner la bataille, il lui faudrait tous ses esprits, toute son énergie. A travers Santos, le Mal tenait déjà Glory. Cette bataille la mettrait à rude épreuve, serait la plus dure, la plus impitoyable qu'elle eût jamais livrée.

Mais elle vaincrait, pour elle-même, pour Glory. Elle ne se laisserait pas battre, pas après avoir passé toute sa vie à protéger sa fille.

Hope songea à Santos. La haine brûlait en elle. Il le lui paierait. Un jour, elle trouverait le moyen de le lui faire payer.

48

Les jours passant, Lily semblait reprendre des forces. De l'avis de Santos, son état s'améliorait moins du fait des traitements médicaux que de la constante présence de Glory. Celle-ci ne quittait pas son chevet. Quelle que soit l'heure des visites de Santos, elle était là, de jour comme de nuit, à tenir la main de Lily en parlant doucement, en écoutant avec bonheur, ou simplement à regarder sa grand-mère dormir.

Le plus souvent, Santos se tenait à l'écart, regardait et écoutait Glory tandis qu'elle parlait de sa vie, se dévoilait pour cette grand-mère qui n'avait pas été autorisée à la connaître. Et s'il se méfiait toujours un peu, l'opinion qu'il avait d'elle s'était subtilement modifiée à force de la voir si attentionnée pour Lily, si dévouée, si généreuse de sa personne comme de son temps. Glory n'était pas comme sa mère. Elle n'était ni froide ni implacable. Ni mesquine ni méchante.

Et, parfois, en l'écoutant, le souvenir de la jeune fille qu'il avait connue autrefois lui emplissait l'esprit.

Il en était troublé, perdait toute objectivité. Dans ces moments-là, il lui fallait se rappeler qu'il n'aimait pas Glory, ne s'intéressait plus à elle aujourd'hui. Qu'ils n'avaient rien en commun, en dehors de Lily et de leur inquiétude pour elle.

Ils avaient si peu en commun que, au fil des derniers jours, ils avaient à peine échangé quelques mots. Quelques questions de routine sur l'état de Lily, l'opinion des médecins. Et s'ils avaient appris ensemble les résultats des examens, découvert que, suite à l'infarctus, Lily avait perdu un quart de ses capacités cardiaques et risquait un autre infarctus à tout moment, ils n'en avaient pas discuté, n'avaient pas cherché à se réconforter mutuellement.

De fait, ils ne se touchaient jamais et se regardaient rarement. Sauf parfois, accidentellement, quand, au cours de ses visites à Lily, Glory levait les yeux vers lui et lui souriait. Il lui semblait alors qu'elle s'infiltrait en lui, le retournait comme un gant.

Irrité par ses propres pensées, sourcils froncés, Santos se gara sur le parking et quitta sa voiture en claquant la portière. Il se précipita vers l'entrée de l'hôpital, anxieux de revoir Lily. Un crime l'avait occupé toute la nuit précédente et toute la matinée. A mesure que les heures passaient, une vague inquiétude s'était emparée de lui. Il craignait que l'état de Lily se fût brusquement aggravé. Il avait appelé pour prendre des nouvelles mais, à deux reprises, elle dormait et, la troisième fois, personne n'avait répondu.

Tandis qu'il se faufilait entre des groupes de visiteurs, Santos se rassurait, se disait que Glory était à son chevet, qu'elle aurait appelé s'il y avait eu le moindre changement, qu'il s'inquiétait pour rien.

Heureusement, Glory était là. Il n'avait guère d'affection pour la femme qu'elle était devenue et aucune illusion sur leur passé commun, mais il lui était reconnaissant de son dévouement envers Lily et se réjouissait de pouvoir compter sur elle pendant cette épreuve. Le crime ne prenait pas de vacances sous prétexte qu'il avait une urgence familiale, et la présence de Glory auprès de Lily lui permettait d'assurer un suivi minimal dans son travail.

Les portes de l'ascenseur s'ouvrirent. Bondé, il s'arrêta à chaque étage, déchargeant pour refaire le plein. Lorsque Santos atteignit enfin le sixième, il sortit en trombe de la cabine et enfila le couloir au pas de charge. Le cœur battant, il poussa la porte entrouverte de la chambre et s'arrêta au seuil de la pièce, médusé. Il s'était attendu au pire, à une nouvelle attaque, à la trouver au seuil de la mort, et elle était là, assise dans son lit, à rire joyeusement, avec l'insouciance d'une gamine, en écoutant Glory raconter un de ses exploits de lycéenne.

Santos en fut si soulagé que la tête lui tournait. Jamais il n'avait vu Lily aussi heureuse. Il ne l'avait pas entendue rire ainsi depuis bien longtemps. Incroyable, vraiment. Elle avait failli mourir, et elle rayonnait !

Lily l'aperçut, lui sourit — d'un sourire radieux, étincelant de bonheur et de gratitude. Il en fut ému, bouleversé, éprouva aussi une sorte de légèreté qui lui était jusqu'alors inconnue. Autrefois, il s'était promis de veiller sur Lily, de prendre soin d'elle, de la protéger comme il n'avait pas pu protéger sa mère. Il avait tenu sa promesse. Il lui avait offert cette joie — du temps avec sa petite-fille. Il l'avait rendue heureuse.

— Victor, dit Lily en lui tendant la main, tu arrives juste à temps pour entendre Glory raconter son premier récital de piano.

Il traversa la pièce, prit la main de Lily et se pencha pour poser un baiser sur sa joue.

— J'ai hâte d'entendre. Tu as l'air en pleine forme.

— Je me sens très bien. Le médecin pense que je vais pouvoir rentrer. Peut-être demain.

— Demain ? Si vite ?

Il se tourna brièvement vers Glory qui confirma d'un hochement de tête.

— Bonne nouvelle.

— Je suis coriace.

— Je sais. Tu ne me lâcheras pas la bride, voilà qui est sûr !

— Allons, voyou ! s'exclama Lily en lui tapotant affectueusement la main. Je t'ai si bien lâché la bride dans le passé que tu as failli te pendre avec à plusieurs occasions !

Elle se tourna vers Glory et entreprit de lui raconter comment elle avait découvert que Santos sortait la nuit en cachette pour aller rejoindre sa petite amie, comment elle avait fermé toutes les portes et les fenêtres, l'obligeant à sonner lorsqu'il était rentré à 3 heures du matin. Et Lily riait en poursuivant :

— Il a été bien surpris ! Je l'ai entendu aller de fenêtre en fenêtre, les essayer l'une après l'autre. Dieu qu'il était vexé quand il a dû revenir à la porte principale et sonner.

— Je me croyais malin, enchaîna-t-il. Je ne savais pas qu'elle avait repéré mon manège. J'ai d'abord cru que j'étais sorti par une autre fenêtre que ma fenêtre habituelle.

Cette anecdote en entraîna une autre, puis une autre encore. Tous trois riaient, les plaisanteries et les commentaires fusaient de toutes parts. Bientôt Lily présenta des signes de fatigue. Elle pouvait à peine garder les yeux ouverts.

— Si vous avez besoin de vous absenter, je peux rester, dit alors Santos à Glory.

— Non, je vais rester un peu. Il ne se passe rien à l'hôtel. Mon gérant m'appellera s'il a besoin de moi.

— Si seulement il en allait de même à la brigade, déclara Santos avec un soupir frustré.

Neuf semaines s'étaient écoulées depuis le dernier meurtre de Blanche-Neige, et Santos commençait à craindre que l'assassin n'ait quitté la ville. Il n'était pas le seul ; les médias avaient émis la même hypothèse.

Santos serra les poings. Il lui fallait coincer ce type, l'empêcher de nuire.

Il lui fallait savoir si c'était lui qui avait tué sa mère. Glory qui l'observait plissa le front.

— Qu'est-ce qui ne va pas ? Il se passe quelque chose ?

— Rien. C'est justement le problème.

Elle scruta son regard sans comprendre.

— Si vous devez partir, je dirai à Lily que…

— Merci. J'ai un peu de temps.

Il se dirigea vers la porte.

— Je vais appeler Jackson et prendre un café au distributeur. Vous désirez une boisson ?

— Non, je vous remercie.

— Appelez-moi si elle se réveille.

— Je n'y manquerai pas.

Il sortit dans le couloir, sourit en repensant à l'histoire de Lily, aux rires partagés. Pendant quelques instants, il avait oublié qu'il n'aimait pas Glory et ne lui faisait pas confiance. L'espace d'un instant, il avait oublié qu'elle était son ennemie.

— Santos !

Il leva les yeux et vit Liz venir à sa rencontre avec une plante en pot. Il s'avança vers elle, se pencha pour l'embrasser.

— Liz, quelle surprise. Que fais-tu ici ?

— Je suis venue voir Lily, dit-elle en brandissant la plante. Le moment est mal choisi ?

— Non… bien sûr que non…

Il s'efforça de sourire. Il ne lui avait pas parlé de Glory, des liens qui unissaient cette dernière à Lily. Prévoyant sa réaction, il avait jugé préférable de ne pas aborder le sujet. Il aurait dû aussi prévoir cette visite.

— … Seulement, elle dort pour le moment.

— Ah.

Elle parut déçue, jeta un bref coup d'œil par-dessus son épaule vers la porte par laquelle il était sorti, puis de nouveau vers lui.

— Je ne t'ai pas vu beaucoup ces derniers temps.

— Entre Lily et mes enquêtes, c'était la folie.

Lui-même n'aurait pas cru à cette excuse tant elle semblait bancale à ses propres oreilles. Pour une raison inconnue, depuis l'infarctus de Lily, il n'avait pas eu vraiment besoin de voir Liz.

— Ne t'inquiète pas, je comprends. Je me rappelle ce que c'était quand mon père était à l'hôpital. Tu m'as manqué, c'est tout.

Il se faisait l'impression d'être un beau salaud. Malgré toute l'envie qu'il en avait, il n'éprouvait plus pour elle les mêmes sentiments. Et il savait à quel point elle désirait être aimée de lui. Il se sentait responsable de l'amour qu'elle lui portait, et cela lui pesait.

— Quand Lily sera rentrée, la vie redeviendra à peu près normale.

— Comment va-t-elle ?

— Bien. Très bien, même. Le médecin a déclaré qu'elle pourrait sans doute retourner à la maison dès demain.

— Vrai ? C'est formidable !

— A peine croyable. Je pensais l'avoir perdue.

Liz lui sourit, d'un sourire que Santos perçut comme forcé.

— J'en suis heureuse pour toi.

Elle lui tendit la plante.

— Je vous ferai envoyer des repas. Tiens-moi au courant.

— Merci. Je n'y manquerai pas.

— Et si je peux t'être utile, n'hésite pas.

Il acquiesça de la tête.

— Bon. Il faut que j'y aille. Les affaires reprennent un peu en ce moment.

Il sourit à son tour.

— J'en suis ravi, tu le mérites, dit-il avec sincérité. A ce propos, comment marche mon hamburger traditionnel ?

— Il fait un véritable tabac, et j'avoue que j'ai les pires inquiétudes pour la santé du mâle américain moyen.

Santos s'esclaffa, rejetant la tête en arrière. Quel plaisir de rire ! Il y avait longtemps qu'il n'avait ri de si bon cœur !

— Content que tu sois venue, Liz. Je dirai à Lily que tu es passée.

Il se pencha, l'embrassa tendrement.

— Santos, elle s'est ré… veillée.

Il se redressa brusquement, jeta un œil par-dessus son épaule. A la porte de la chambre, Glory passait la tête dans le couloir. Elle était rouge de confusion.

— Oh… Je suis désolée, se reprit-elle. J'ignorais que vous étiez… que vous aviez… Que vous n'étiez pas seul.

— Il n'y a pas de mal, répondit-il, gêné, en se détachant de Liz. Alors, elle s'éveille ?

— Oui. Je tenais à vous en avertir.

Glory regardait au-delà de lui, en direction de Liz. Soudain, ses yeux s'écarquillèrent de surprise.

— Liz ? Liz Sweeney, mon Dieu, est-ce possible ?

Santos sentit Liz se raidir.

— Bonjour, Glory.

Glory agita la tête, incrédule.

— Ça alors ! C'est à peine croyable ! Comment va la vie ?

— Très bien, merci, et pas grâce à toi.

Glory devint blême, ouvrit la bouche pour parler, se ravisa. En cet instant, elle était l'image même de la fragilité. Le cœur de Santos se serra de la voir si vulnérable, mais il se rappela qu'elle ne méritait pas mieux. Elle s'était servie de Liz, l'avait blessée, et la rancœur de Liz était légitime.

Glory s'éclaircit la voix et bredouilla :

— Je… je vais prévenir Lily… Excusez-moi.

Et elle disparut dans la chambre, refermant la porte derrière elle. Alors, Liz s'en prit à Santos.

— Comment as-tu osé ? Je croyais que c'était la santé de Lily qui t'éloignait de moi, mais c'était elle, n'est-ce pas ?

— Attends. Je vais t'expliquer. Les choses ne sont pas ce qu'elles paraissent.

— Tu m'avais pourtant dit qu'elle ne t'intéressait pas.

— Elle ne m'intéresse pas. C'est Lily qu'elle vient voir.

— Sûrement, oui ! Si ma mémoire est bonne, elle n'a jamais rencontré Lily.

— Jusqu'à la semaine dernière, elle ne la connaissait pas. Lily est la grand-mère de Glory.

Pendant plusieurs secondes, Liz le dévisagea, bouche bée, muette de surprise. Enfin, elle secoua la tête, incrédule.

— Tu plaisantes ?

— Pas du tout. Lily est la grand-mère maternelle de Glory.

Il haussa vaguement les épaules, puis ajouta :

— Elle n'en savait rien. Personne ne le savait. Sa mère le lui avait caché.

— Comment cela ? Je ne comprends pas.

Il lui expliqua donc, raconta à Liz comment il avait découvert le lien de parenté entre Glory et Lily, découvert à quel point cette dernière se languissait de sa fille et de sa petite-fille, lui dit pourquoi, finalement, il avait contacté Glory pour la mettre au courant.

— Je vois. Ainsi, depuis l'infarctus de Lily, tu es avec Glory ?

— Non. Glory et moi partageons un espace restreint, mais c'est à peine si nous nous adressons la parole.

— Malgré tout, tu n'as pas jugé bon de me l'apprendre. Pourquoi, Santos ?

— Tu le vois bien. J'étais sûr que tu réagirais de manière négative.

— Tu veux dire que je serais jalouse, soupçonneuse ? Que ma réaction serait disproportionnée ?

Il soutint son regard.

— Exactement.

Elle redressa le menton, furieuse, les joues en feu.

— A qui la faute ? Ne pas avouer toute la vérité équivaut à mentir. Et mentir revient à s'avouer coupable. Tu es bien placé pour le savoir, lieutenant.

— Liz, tu te trompes, protesta-t-il, s'apercevant soudain qu'elle ne se trompait pas.

Elle le regarda droit dans les yeux.

— Sois franc, Santos. Ai-je une raison d'être jalouse ou seulement soupçonneuse ?

— Aucune, répondit-il un peu hâtivement.

— Ta bouche me dit une chose et ton regard une autre.

Elle leva la main, coupant court à ses protestations.

— Je t'aime, Santos. Tu le sais. Et je ne veux pas te perdre. Mais je… je… Je ne peux plus continuer ainsi.

— Que veux-tu dire par là ? s'enquit Santos, inquiet.

— Je souhaite que tu t'engages. J'ai besoin de savoir que tu m'appartiens, que nous avons un avenir ensemble.

Elle s'approcha de lui.

— J'aimerais avoir des enfants, un jour. Je voudrais une famille. Une famille avec toi.

Il déglutit péniblement. Il aurait aimé relever le défi, lui promettre ces choses qu'il n'avait pas à lui promettre. Parce qu'il l'aimait bien, qu'il appréciait sa compagnie ; parce qu'il la trouvait intelligente, agréable et jolie.

Mais cela, ce n'était pas l'amour. Cela ne suffisait pas. Il ne voulait pas la faire souffrir.

— Ecoute, je ne sais pas ce que je veux… Et je ne suis pas certain que ce soit ce que tu veux.

Les yeux de Liz s'emplirent de larmes, mais elle se retint bravement de les verser.

— Il faut que tu te décides. Pas tout de suite. Je sais bien que tu vis un moment difficile. Mais il faut que tu y réfléchisses, que tu réfléchisses à nous. Je pense que nous formons un bon couple.

Elle s'approcha encore, posa les mains sur sa poitrine.

— Je crois que nous pourrions être heureux, avoir une bonne vie ensemble. Pas nécessairement dans l'immédiat, mais il faut que je sache. Je t'aime, répéta-t-elle en lui effleurant doucement la joue. Je sais que tes sentiments ne sont pas aussi profonds que les miens, mais je crois qu'ils pourraient l'être si tu les laissais vivre. Donne-toi le droit de m'aimer, Santos. Je te promets de ne pas te faire souffrir. Nous pourrions être heureux tous les deux, devenir une famille heureuse.

Une famille heureuse. Tout ce dont il avait toujours rêvé. Alors, pourquoi ne bondissait-il pas sur l'occasion ? Il recouvrit sa main de la sienne.

— J'aimerais pouvoir te dire ce que tu veux entendre, murmura-t-il d'une voix enrouée par l'émotion. Mais je ne le peux pas. Pas pour le moment.

— Je comprends. Mais je ne peux pas continuer comme maintenant, continuer sans savoir, ne vivre que d'espoir. Il faut que je sache. La balle est dans ton camp, lieutenant.

Il chercha son regard, hocha la tête.

— D'accord, Liz. J'y réfléchirai.

Elle se hissa sur la pointe des pieds, pressa sa bouche contre la sienne, puis elle pivota et s'éloigna.

Pendant de longues secondes, Santos regarda son dos, pensif, songeant non pas à ce qu'elle venait de lui dire, mais à Glory. Et à ce que cela avait été d'être amoureux.

Le front soucieux, il regagna la chambre de Lily. Glory était à la fenêtre et regardait dehors. Elle ne se retourna pas, mais il vit à son profil qu'elle était pâle, ébranlée. Il se tourna alors vers Lily et vit qu'elle dormait.

— Combien de temps est-elle restée éveillée ?

— Quelques minutes seulement, répondit Glory à voix basse.

Elle se tourna pour lui faire face et ajouta :

— Elle vous a réclamé. Je lui ai dit que vous seriez bientôt de retour.

— Merci.

Elle hésita, baissa les yeux.

— Santos, je… Je suis désolée… pour tout à l'heure. Je ne voulais pas…

— Je sais. N'y pensez plus.

Il y eut un silence. Puis elle s'éclaircit la voix.

— Ainsi, vous sortez avec Liz.

Il pencha la tête de côté, l'examina, se demanda ce qu'elle pensait, se demanda si elle trouvait curieux que leur triangle d'autrefois se soit aujourd'hui inversé.

— Nous sortons ensemble, oui.

Elle se mordilla la lèvre inférieure.

— Elle a de l'allure, elle est… adulte maintenant.

Il se raidit, soudain furieux.

— C'est vrai de nous tous.

Elle leva vers lui ses yeux mouillés de larmes.

— Je ne lui voulais pas de mal. Je ne voulais de mal à personne.

Il la considéra un moment, pris entre sa colère et l'émotion que suscitaient en lui les regrets qu'il lisait dans ses yeux. Et sa fragilité.

Illusions que tout cela. Glory St. Germaine n'avait rien de tendre ou de vulnérable.

— J'en suis convaincu. Il n'empêche que le mal, vous l'avez fait. Des gens en ont souffert.

— Vous, par exemple ?

— Par exemple, oui.

De plus en plus furieux, il serra les poings, alla se planter juste devant elle, l'obligeant à lever la tête pour le regarder.

— C'est bien cela que vous vouliez entendre, n'est-ce pas ? Vous vouliez savoir que j'avais souffert, que vous m'aviez brisé le cœur. Cela vous fait plaisir, Glory ? Cela vous donne un sentiment de puissance ?

— Non, dit-elle d'une voix éteinte. Cela me fait honte.

— Tant mieux.

Il s'apprêtait à s'éloigner, mais elle le retint par le bras. Il sentit que sa main tremblait.

— Moi aussi, j'y ai perdu. Cela m'a coûté plus cher que vous n'imaginez.

Il se dégagea d'une secousse.

— Encore à jouer les pauvres petites filles riches, hein ? Continuez, et je pleure.

Les traits de Glory se durcirent. Elle le foudroya du regard.

— Vous faites un beau salaud.

— C'est ce qui se dit, en effet.

Il alla jusqu'à la porte et, avant de sortir, il se tourna vers elle.

— Vous savez, Glory, j'imagine parfaitement ce qu'il vous en a coûté. Moi aussi, j'ai payé.

49

Une fois de plus, Lily fut éveillée par les oiseaux. Leur chant divin l'appelait, l'invitait à se lever, à prendre les airs avec eux. Lily ouvrit les yeux. Elle sourit. Près d'elle, sa chère Glory s'était assoupie sur sa chaise et la lampe de chevet baignait son beau visage d'une douce lumière. Ces deux semaines passées à faire la connaissance de sa petite-fille avaient été les plus parfaites de sa vie. Elle aurait aimé que sa fille trouve en elle la force de lui pardonner, mais elle comprenait ce qui l'en retenait.

Lily contempla Glory, se rendit compte qu'elle ne craignait pas la mort. Sa vie avait été mieux remplie que beaucoup ; grâce à Santos, et maintenant à Glory, elle avait connu l'amour.

Elle était suffisamment âgée aujourd'hui pour savoir que rien d'autre n'avait d'importance.

Cette fois, la douleur fut soudaine, d'une intensité insoutenable. Cherchant son souffle, Lily porta les mains à son cœur.

Puis la douleur cessa, aussi brusquement qu'elle était venue, laissant Lily flotter, sans poids. Elle se sentait jeune, si jeune qu'elle se mit à rire, d'un rire cristallin de gamine. Elle se souvint d'avoir éprouvé cette même légèreté, émis ce même rire, mais c'était si vieux qu'elle ne se rappelait ni où ni quand.

Les oiseaux insistaient pour se faire entendre, chantaient toujours plus fort, jusqu'à couvrir tout autre bruit, jusqu'à noyer le murmure de ses propres pensées. Alors, Lily comprit ce qui venait de se passer. Elle était partie maintenant. Sa vie avait pris fin — et cependant, elle commençait à peine.

Sans regret, elle abandonna son corps derrière elle. Il n'y avait plus de regrets où elle était. Pas de tristesse non plus, pas de crainte de souffrir. Il n'y avait qu'amour. Elle s'était toujours demandé comment ce serait de partir avec les oiseaux, de toucher le ciel, d'embrasser le soleil. Elle rit de nouveau, heureuse. Plus heureuse et plus sereine qu'elle ne l'aurait cru possible.

Il lui fallait faire ses adieux.

Elle recouvrit la main de Glory de la sienne, la serra brièvement, fut tentée de la garder. Mais elle devait partir. Glory remua légèrement, sourit mais ne s'éveilla point.

Je t'aime. Sois heureuse.

La nuit s'achevait. La lumière du jour entrait à flots par la fenêtre et remplissait la pièce d'une clarté si vive qu'elle en était aveuglante. Une clarté radieuse comme un soleil.

Et les oiseaux chantaient, mélodieux, insistants.

Non. Pas encore. Il lui fallait d'abord dire adieu à Santos.

Elle le trouva sans effort, le prit dans ses bras sans savoir comment. Il lui avait suffi de penser à lui pour être aussitôt à son côté. Il n'en serait pas toujours ainsi, elle le savait.

Dans la vie, elle avait toujours eu les adieux en horreur. En général, les adieux étaient signe de rejet, d'abandon.

Mais ces adieux-ci étaient doux, d'une douceur inconcevable. Ils étaient pleins de promesse et d'éternité.

Ne pleure pas. Ne sois pas triste.

Tout est bon et juste.

Souriante, radieuse, Lily se détacha de Santos et se tourna vers la lumière. Les oiseaux l'appelèrent par son nom, et elle se laissa emporter.

50

L'enterrement eut lieu dans la plus stricte intimité. Seuls y assistaient Glory et Santos, Liz, Jackson, et quelques voisins de Lily. Glory avait supplié sa mère de venir, mais Hope s'y était refusée. Et Glory se demandait pourquoi sa mère demeurait incapable de pardonner. Ce manque de générosité la troublait profondément.

Durant toute la cérémonie, elle parvint à ne pas pleurer, mais elle avait déjà versé de tels flots de larmes qu'elle se sentait vide, essorée, dépourvue d'énergie. Elle n'était pas certaine de tenir jusqu'au soir, sans parler des jours suivants.

Lasse, elle porta la main à son front. Depuis qu'elle s'était éveillée pour trouver Lily morte, les jours, les heures avaient passé dans une sorte de brouillard. Elle et Santos s'étaient chargés de tout organiser, Santos plus qu'elle, car il avait vraiment vécu avec Lily, fait partie de sa vie.

Il avait eu ce privilège, pas elle.

Le chagrin lui nouait la gorge à l'étouffer. Lily lui manquait terriblement. Dans le court laps de temps qu'elles avaient partagé, sa grand-mère avait pris une place importante dans sa vie. Sa disparition laissait un vide énorme.

La perte trop lourde l'accablait, les souvenirs l'assaillaient, souvenirs de la mort de son père, des obsèques, de ce qu'elle avait éprouvé, debout, près de la tombe au côté de sa mère, des paroles du prêtre qui résonnaient dans le vide de son âme. D'une certaine manière, la disparition de Lily l'affectait autant que la mort de son père. Elle se sentait aussi démunie, aussi abandonnée, aussi seule.

Peut-être parce que, comme son père, Lily l'avait aimée sans condition.

Glory soupira et jeta un coup d'œil à Santos. Lui non plus n'avait pas pleuré pendant le service, mais son visage fermé, la crispation de ses traits en disaient assez long sur ses sentiments. Elle souffrait pour lui, elle comprenait.

Tous deux avaient aimé Lily.

Après la cérémonie, Santos avait invité tout le monde à l'appartement ; Liz s'était occupée du buffet et Glory savait à quel point Santos lui en était reconnaissant. Pendant l'enterrement, Liz n'avait pas quitté Santos, s'accrochant possessivement à son bras. Elle n'avait pas adressé un regard à Glory, qui la sentait cependant attentive à chacun de ses gestes, sentait sa méfiance et son mépris comme une présence tangible.

Glory regarda Liz et le remords se mêla à son chagrin, les regrets à sa solitude. Ah, si elle avait su, alors…

Un à un, les invités s'en furent. Liz d'abord, appelée en urgence au restaurant, puis Jackson dont la présence était nécessaire à la brigade, et enfin les voisins, parce que l'heure était venue de partir.

Epuisée, au bord des larmes, Glory entreprit de rassembler les assiettes et les tasses, de les empiler dans l'évier pour les laver.

— Laissez, dit Santos derrière elle. Je m'en occuperai plus tard.

Elle lui jeta un coup d'œil par-dessus son épaule. Encadré

dans la porte de la cuisine, il était sombre, visiblement furieux.

— Cela ne me gêne pas.

— Moi oui, rétorqua-t-il en la foudroyant du regard. Laissez cela, je n'ai pas besoin de vous.

Ses paroles la blessèrent plus qu'elles ne l'auraient dû.

— Je vous assure que cela ne me dérange pas. Je ne demande qu'à me rendre utile.

Il s'avança dans la pièce, vint se planter devant elle, le sourcil orageux.

— Et pourquoi donc, Glory ? Pourquoi tenez-vous tant à vous rendre utile ?

— Pourquoi ? répéta-t-elle, interdite. Mais parce que je l'aimais.

Pendant quelques instants, il garda le silence, demeura là, rigide, serrant et desserrant les poings, regardant dans le vague. Enfin, il chercha ses yeux, et l'animosité qu'elle lut dans les siens l'atteignit comme un coup au plexus.

— Je ne vois pas le rapport entre aimer Lily et m'aider à ranger la cuisine. Vous ne viviez pas ici. Vous la connaissiez à peine.

Ebranlée, le souffle court, elle redressa cependant le menton.

— Je pensais que… Elle a pris si vite une place importante dans ma vie que… Je voulais faire un geste… quelque chose. J'avais besoin de…

Elle laissa la phrase, la pensée en suspens. Il ne comprenait pas. Ne voulait pas comprendre. Il ne se souciait pas de ses sentiments. Il l'avait contactée à cause de Lily, pour Lily seulement. Elle avait joué son rôle, le rideau était tombé, et il voulait la voir quitter la scène, sortir de sa vie.

A grand-peine, elle réprima le cri de désespoir qui lui

montait aux lèvres. Mais qu'avait-elle donc imaginé ? Que le chagrin, le deuil les rapprocheraient ? Qu'il serait là pour la soutenir, la comprendre ? Qu'elle en ferait autant pour lui ?

Et cela, parce que leurs rapports s'étaient décrispés, qu'ils s'étaient montrés courtois l'un envers l'autre — uniquement à cause de Lily.

Dieu qu'elle était sotte. Sotte et naïve !

— Vous ne m'avez toujours pas répondu, Glory.

Il fit un pas de plus, lui bloquant la retraite, la toisant de toute sa taille, la menaçant de la sourde colère qui irradiait de son corps.

— Quel rapport y a-t-il entre le fait d'aimer Lily et celui de m'aider à ranger ? Pensez-vous que faire la vaisselle vous rapprochera d'elle ? Effacera une partie de vos remords coupables ?

— Oh, n'insistez pas ! Si vous tenez à nettoyer tout cela, libre à vous.

Elle coupa le robinet, s'essuya les mains, contourna Santos et quitta la cuisine. Il la suivit, la rattrapa par le bras au moment où elle franchissait la porte.

— Bon sang, Glory, vous allez me répondre ? Je veux une réponse.

Elle le regarda droit dans les yeux.

— Ce n'est pas une réponse que vous cherchez, mais une querelle. Je ne déshonorerai pas la mémoire de Lily. Laissez-moi sortir.

Au lieu de cela, il resserra sa prise.

— Vous ne pouvez racheter les souffrances de Lily, effacer toutes ces années de solitude. Il est trop tard, Glory. Vous arrivez trop tard.

Elle dut bien reconnaître qu'il avait raison, qu'il exprimait là l'essence même de ses propres pensées. Elle souhaitait désespérément compenser le temps perdu, revenir en arrière, avoir toutes ces années passées devant elle. Et elle n'avait pas besoin de lui pour savoir qu'elle voulait l'impossible.

D'une secousse, elle libéra son bras.

— Je n'ai rien à me reprocher. Inutile de chercher à me culpabiliser. Je n'ai pas à répondre des péchés de ma mère. Jamais je n'aurais fait à Lily ce qu'elle…

— Les péchés de votre mère, hein ? En êtes-vous bien sûre ? Etes-vous bien sûre de ne pas lui ressembler ?

La rage s'empara d'elle. Dans sa fureur, elle lui martela la poitrine de ses poings.

— Mufle ! Salaud ! Je n'ai jamais su que j'avais une grand-mère ! On m'a menti ! On m'a privée d'elle, empêchée de la connaître ! Vous ne pouvez pas savoir à quel point cela fait mal ! Ni ce que je souffre maintenant, après avoir perdu…

Elle s'interrompit, lui tourna le dos et tenta de se reprendre. Elle sanglotait, et les larmes ruisselaient de ses yeux. Santos et elle se conduisaient mal, et c'était dangereux. Il leur fallait dominer leurs émotions avant qu'ils ne commettent un acte regrettable, un acte que Lily réprouverait.

Glory s'éloigna de quelques pas, s'enveloppa de ses bras, lui fit face.

— Santos, nous ne pouvons continuer ainsi. Je sais combien vous souffrez. Je sais que vous l'aimiez et qu'elle vous manquera. Moi aussi, je l'aimais. Et elle me manquera terriblement…

— Vous ne savez rien de ce que je ressens, rien ! coupa Santos, ivre de rage. Comment le sauriez-vous, d'ailleurs ? Vous avez une mère, une famille. Lily était ma mère, ma famille. Je n'avais qu'elle au monde.

Il s'avança, se pencha sur elle.

— Retournez chez les vôtres. Retournez à votre famille et fichez-moi la paix.

Il voulait du sang. Il voulait la voir craquer, se briser, voler en éclats. Il voulait la punir. Mais elle ne lui donnerait pas ce plaisir. Elle ne céderait pas plus qu'elle ne craquerait. Que cela plût ou non à Santos, elle avait une place dans la vie de Lily.

Elle tremblait, mais elle soutint son regard sans fléchir.

— Lily était ma grand-mère. Elle m'aimait. Je ne vous permettrai pas de minimiser cela. Je ne vous permettrai pas de prétendre que je n'ai pas ma place…

Il lui saisit le bras, le serra comme dans un étau.

— Vous n'avez pas votre place ici. C'était chez nous. On ne peut pas comparer seize jours à seize ans.

De sa main libre, elle agrippa son col de veste pour s'empêcher de le gifler.

— Salaud ! Vous ne comprenez pas parce que vous ne voulez pas comprendre. Vous refusez de croire que je l'aimais parce que vous ne voulez pas partager sa mémoire.

— En êtes-vous bien sûre, princesse ? persifla-t-il en lui prenant l'autre main. N'est-ce pas plutôt parce que je vous connais ? Parce que vous êtes froide. Que vous êtes manipulatrice et menteuse, exactement comme votre mère. Que vous êtes incapable d'aimer.

Dans sa rage, elle émit un son douloureux, un son qu'elle ne connaissait pas et qui semblait venir du tréfonds de son être. Un son terrifiant.

— Cessez ! hurla-t-elle en se libérant. Vous mentez, ce n'est pas vrai !

Mais il ne cessa pas, continua de plus belle :

— Peut-être même que vous restez là à rôder dans l'espoir d'avoir une part du gâteau ? En ce cas, préparez-vous à être déçue, Votre Altesse, il n'y a pas grand-chose.

Avec un cri de douleur, elle se jeta sur lui, le prit par surprise, le déséquilibra. Il recula en trébuchant tandis qu'elle donnait des coups de pied et de poing contre lui en protestant avec véhémence :

— Ce n'est pas vrai ! Pas vrai ! Je l'aimais ! Mais tu es trop furieux, trop occupé de toi-même pour t'en rendre compte ! Toi aussi, je t'ai aimé, espèce de chien, salaud !

Un coup de poing atteignit Santos au menton. Il jura, lui saisit une main, puis l'autre.

— Tu n'as jamais aimé personne d'autre que toi !

— Si ! Je t'ai aimé. J'ai souffert, moi aussi !

Tout en protestant, elle se débattait pour se dégager de sa poigne, mais elle ne parvint qu'à lui faire perdre l'équilibre, et il l'entraîna avec lui dans sa chute. Reprenant le dessus, il lui plaqua les mains au sol, au-dessus de la tête. Elle parvint à libérer une jambe, donna des coups de pied au hasard, toucha finalement, et il lâcha prise avec un grognement de douleur. Elle tenta alors de s'échapper à quatre pattes, mais il la rattrapa, la tira en arrière.

— J'espérais que tu avais foi en moi, que tu me soutiendrais.

Epuisée, vaincue, elle se mit à pleurer.

— Je n'avais que seize ans. Mon père était mort sous mes yeux ce soir-là. J'avais tout perdu. J'étais seule, si seule !

Il raffermit sa prise.

— J'étais là, moi. Mais cela ne te suffisait pas, pas à toi, la princesse qui avait tout.

Elle nia violemment de la tête.

— Ce n'est pas vrai, tu n'étais pas là, pas pour moi. Tu

ne m'as jamais fait confiance. Jamais aimée. C'est tout ce que je voulais de toi, que tu m'aimes…

Santos posséda ses lèvres, lui volant ses paroles et ses larmes. Elle sentait sa rage, sa frustration, sa douleur, elle les goûtait. Pressant de toutes ses forces ses hanches contre les siennes, il fouilla sa bouche de sa langue, cherchant à la punir, à lui faire payer le mal qu'elle lui avait fait.

Il libéra ses mains, roula de côté, mais au lieu de profiter de l'aubaine pour se dégager, le repousser, elle se serra contre lui, noua les doigts dans ses cheveux, l'enveloppa de ses jambes pour le retenir contre elle.

Le désir la tenaillait. Et ce qu'elle voulait n'avait rien de commun avec l'amour, le partage, la plénitude. Elle voulait qu'il la possède, qu'il la baise.

Marmonnant un juron, il rompit le baiser, se détacha d'elle, haletant.

— Merde, Glory… Je…

— Non !

Elle le retint, lui empoignant les cheveux et, l'attirant à elle, elle reprit sa bouche, chercha sa langue, éperdue, affamée, plus affamée que si elle jeûnait depuis des années. Onze ans ! Onze longues années stériles.

Frénétique, elle se battait contre la barrière de ses vêtements, et lui contre les siens. Ce n'était pas facile. Les boutons volaient, les coutures craquaient. Ivre de frustration, il déchira son collant.

Suffisamment nus enfin, ils se joignirent. Tandis qu'il la pénétrait sans ménagement, elle laissa échapper un cri. Pas un cri de douleur, non. Loin de là.

Leur union fut brutale, primitive, sans charme. Il n'y eut ni baisers, ni caresses, ni tendres roucoulements, ni murmures de plaisir. Leur union fut le point culminant de plus de dix années de haine et de désir, de manque et de désespoir. Sans un mot, ils se dirent tout ce qu'ils avaient à se dire, tout ce qu'ils éprouvaient ou avaient éprouvé.

Et cela faisait mal. Jusqu'à l'insoutenable.

L'acte terminé, elle roula sur le flanc pour ne pas voir ses yeux, l'expression de son visage. Commencée dans la rage, leur union s'était muée en passion pour finir en regrets. En regrets si amers qu'ils lui brûlaient la langue.

Honteuse, humiliée, Glory se lova sur elle-même. Elle s'était conduite comme une catin, comme une bête en chaleur. Elle ferma les yeux. Jamais elle n'avait souffert davantage. Comment lui faire face à présent ? Comment pourrait-elle jamais se regarder dans une glace ?

Près d'elle, Santos remua, grommela un juron.

— Désolé, marmonna-t-il encore.

A sa voix, elle comprit que ses regrets étaient sincères.

— Non, ne t'excuse pas.

— Pourquoi ? Je me suis conduit comme un…

Il ravala une grossièreté et poursuivit :

— Jamais je ne me suis conduit de la sorte.

— Non, c'est moi qui… Je… je suis profondément… gênée.

Elle roula sur le dos, se couvrit les yeux de son bras. Dieu, quelle honte !

Il se taisait toujours. Le silence durait. Lorsqu'elle crut mourir à force de retenir son souffle, il déclara :

— Je suis désolé, Glory. Sincèrement, je le regrette.

Les joues en feu, elle ôta son bras de devant ses yeux et chercha son regard.

— Tu t'es déjà excusé et j'accepte tes excuses. On arrête, d'accord ?

Elle se redressa, s'apprêta à se lever, mais il la retint, doucement cette fois.

— Tu ne m'as pas compris. La première fois, je m'excusais pour… l'assaut. Cette fois-ci, c'est pour avant, pour tout ce que je t'ai dit. Je ne le pense pas et je t'en demande pardon.

Au bord des larmes, elle détourna les yeux.

— N'y pense plus.

— Bon.

Il chercha son regard, finit par le trouver. Il n'y avait dans ses yeux ni regret, ni colère, ni condamnation. Cette manière qu'il avait de la regarder lui rappelait le garçon qu'elle avait connu autrefois.

— Tout à l'heure tu as dit que je ne voulais pas t'entendre, que je refusais de te croire parce que j'étais trop furieux, trop blessé. Dis-moi, maintenant, je t'écoute.

Il hésitait, choisissait soigneusement ses mots.

— Dis-moi pourquoi tu aimais Lily. Je voudrais vraiment le savoir.

L'émotion lui serrait la gorge à l'étouffer, et il lui fallut quelques instants pour recouvrer sa voix avant de répondre :

— Parce qu'elle m'aimait. Parce qu'elle avait besoin de moi, tu comprends ?

Il acquiesça de la tête et elle baissa les yeux.

— En me donnant Lily, en m'offrant cette part de mon passé, c'est comme si tu m'avais rendu une part de moi-même. Une part dont j'ignorais qu'elle me manquait. Dès que je l'ai vue, j'ai senti que j'étais là chez moi. Dès que j'ai vu la maison, j'ai senti que j'y étais chez moi. Vraiment chez moi.

— Peut-être parce que tu en avais envie.

— Non. C'était trop profond, trop immédiat.

Elle haussa les épaules.

— Quelle qu'en soit la raison, en rencontrant Lily, je

me suis enfin sentie complète, entière. J'ignore pourquoi, mais c'est ainsi.

Il lui caressait distraitement la cuisse. Il ne s'en était sans doute pas rendu compte et elle se garda bien de le lui faire remarquer, car elle ne souhaitait pas qu'il s'arrête.

— Ta présence près d'elle, à la fin, cela l'a réconfortée.

Le va-et-vient de ses doigts s'interrompit. Glory retint son souffle, espérant de tout cœur qu'il reprendrait. Il reprit, et la magie de ce contact lui arracha un frisson de plaisir.

— Grâce à toi, conclut-il, elle est morte heureuse.

La voix de Santos était étrangement rauque, et le cœur de Glory se serra douloureusement.

— C'est toi qui l'as rendue heureuse, Santos.

Elle tendit la main, lui effleura la joue, suivit de l'index le dessin de sa pommette saillante. Les souvenirs affluaient à sa mémoire. Elle se souvenait si bien de la forme de son visage, du contact de sa peau sous sa main, de son odeur, du rythme de son souffle.

Elle prit aussi conscience qu'il avait changé, qu'il était plus solide, plus ferme, plus maigre ; qu'il était un homme à présent. Elle aurait aimé explorer son corps, découvrir les changements opérés par le temps ; elle regrettait de ne l'avoir pas fait tout à l'heure, de ne pas en avoir profité. Réprimant un soupir, elle laissa retomber la main à contrecœur.

— Tu avais raison, tu sais. Seize jours, ce n'est rien à côté de seize ans. Tu l'as rendue heureuse très longtemps.

— J'ai dit cela par pure méchanceté, sous l'effet de la colère.

— Je sais.

La caresse de Santos sur sa cuisse s'accentua, ranimant

son désir, sa fièvre. Elle le voulait si fort qu'elle en avait mal. Mais cette fois, ce n'était pas seulement physique, elle voulait de la chaleur, de la tendresse. Elle voulait faire l'amour.

Elle laissa échapper un petit bruit étranglé. Elle était folle, elle perdait la tête ! Qu'allait-elle donc imaginer ?

Elle se redressa, s'assit et ramassa sa robe. Il se redressa aussi.

— Que se passe-t-il ?

— Rien. Je regrettais que… Non, rien.

Il lui prit le menton, l'obligea à lui faire face.

— Si. Il y a quelque chose. Et ne me dis pas que tu crains de me choquer après ce qui vient de se passer entre nous.

Gênée, elle avait rougi. Cette fois, elle s'empourpra.

— Bon. D'accord. Je peux te demander quelque chose ?

— Demande toujours. Je ne promets pas de répondre.

— On pourrait réessayer ça ? dit-elle avec un geste vague de la main. Recommencer tout ?

Il fronça les sourcils.

— Recommencer quoi, au juste ?

— Tu sais bien…

Elle s'interrompit, inspira profondément. Elle se conduisait comme une sotte.

— N'y pense plus, je… C'était ridicule.

Elle enfila sa robe, la lissa sur ses hanches, puis elle se passa la main dans les cheveux.

— Il est grand temps que j'y aille. L'hôtel…

Il lui saisit le bras, tira. Déséquilibrée, elle tomba contre sa poitrine, leva vers lui un regard surpris. Il éclata de rire.

— Tu voulais dire recommencer… cela…

Et il s'empara de sa bouche, l'embrassa passionnément, avec ardeur, mais sans rage cette fois. Lorsqu'il rompit le baiser, elle mit quelques instants à recouvrer la voix.

— Oui…, murmura-t-elle. C'est cela.

Il la considéra pendant de longues secondes avec un sourire doux-amer.

— Nous ne pouvons revenir en arrière, Glory. Je ne le peux pas, même si une part de moi le regrette.

Il lui encadra le visage de ses mains, scruta ses yeux avec une sorte de férocité.

— Quant à l'avenir, c'est simple, je n'en vois pas.

— Je sais, reconnut-elle à voix basse.

Et cet aveu lui faisait mal. On ne revenait pas en arrière, jamais, et ils partageaient un passé trop lourd pour espérer avoir un avenir commun.

— Je sais, reprit-elle, mais je ne veux pas rester sur ce qui s'est passé aujourd'hui. Je… j'ai besoin de réconfort, de tendresse. De ne plus être seule. Je pensais que tu avais peut-être les mêmes besoins.

En guise de réponse, il la prit dans ses bras, la serra contre lui, la couvrit de lentes caresses émouvantes, l'embrassa avec ferveur. Il lui ôta sa robe, explora son corps avec douceur, avec respect. Glory en oublia le passé, cette triste journée et les rêves d'avenir. Rien ne comptait plus pour elle que le moment présent, le contact de son corps.

Le temps venu, elle lui rendit ses caresses avec le même respect, la même ferveur, jusqu'à ce que le vertige les saisisse. Ivres de désir, ils s'unirent alors, mais cette fois, lorsque Glory cria son plaisir, il prit ses lèvres pour recueillir son cri et lui offrit le sien.

Haletante, Glory roula sur le dos et fixa le plafond, consciente, trop consciente, de sa présence à son côté, de son souffle, de la chaleur de son corps, de son odeur à lui, de celle de leur union.

Cette union avait été d'une douceur exquise, presque insoutenable. Un plaisir qui rivalisait avec celui de la première fois.

Il n'y manquait que l'amour. Car c'était l'amour qui, autrefois, dix ans plus tôt, les avait laissés comblés et repus, accrochés l'un à l'autre, c'était l'amour qui avait suscité cette magie durable. Pas leur étreinte. Cette étreinte-ci lui laissait un sentiment de vide, un goût de tristesse comme une douleur.

Glory ferma les yeux. Pourquoi avait-elle voulu cela ? Comment avait-elle pu se montrer aussi… impétueuse ? Elle pensait avoir abandonné derrière elle ce type de conduite suicidaire depuis longtemps.

Depuis dix ans. Depuis la mort de son père.

Des larmes de remords lui brûlaient les paupières. Elle s'était trahie. Elle avait trahi la mémoire de son père. Non parce qu'elle avait couché avec Santos, mais parce qu'elle s'était laissé gouverner par ses émotions, qu'elle avait agi d'instinct, sans discernement.

Elle crispa les doigts sur sa robe froissée qui gisait sur le sol. Grand Dieu, mais où avait-elle eu la tête ? Ils n'avaient pas même pris de précautions.

Sa gorge se serra sous l'assaut des souvenirs, souvenirs importuns de leur première union, de la tendresse de leur étreinte, de ses désirs, de ses rêves et de ses espoirs d'avenir.

Son intrépidité d'alors lui avait coûté cher, très cher. Elle soupira. Il changea de position, et elle sentit son regard posé sur elle.

— Déçue ? demanda-t-il.

— Pardon ?

— Tu soupirais.

Que répondre ? Elle avait soupiré, et elle aurait aimé être à des lieues de là, n'importe où, mais ailleurs.

— Le sexe était parfait, fit-elle, cassante. Ne t'inquiète pas, ta réputation est intacte.

— Je ne m'inquiétais pas.

La réponse l'atteignit comme une gifle.

— Tu n'as pas de problème de ce côté-là, naturellement.

— Naturellement.

— J'aurais dû m'en douter.

Il se cala sur un coude, se pencha sur elle, l'obligeant à le regarder en face.

— Tu me cherches querelle ?

Il souriait, d'un sourire sans joie, et elle rougit.

— Ne me mets pas tes regrets sur le dos, les miens me suffisent.

Elle se redressa, le bousculant au passage.

— Sans doute. Il faut que j'y aille maintenant.

— Eh bien, va-t'en alors.

Elle serra les poings, furieuse.

— Je crois que je te déteste.

Il demeura un moment silencieux, puis il chercha ses yeux.

— Je crois que je te déteste aussi.

51

Après le départ de Glory, Santos resta longtemps étendu sur le sol à fixer le plafond. L'esprit confus, il s'interrogeait sur tout — ce qu'il aurait dû faire, ce qu'il aurait dû dire. Sans parler des erreurs qu'il avait commises.

Enfin, écœuré de lui-même, il s'assit, se passa la main dans les cheveux. Etait-il devenu fou ? N'avait-il rien appris de l'expérience passée ? De la leçon apprise dix ans plus tôt ?

Apparemment pas. Et que faire à présent ? Que faire du reste de la journée, de demain, des dix années à venir ?

Oui. Il la haïssait.

Mais il se haïssait encore davantage.

Liz.

Que dire à Liz ? « Je déteste Glory mais j'ai besoin de la baiser ? » Ou encore : « Je tiens à toi, je te respecte, mais j'ai couché avec elle. Deux fois. Et ça m'a fait rudement plaisir. »

Ouais. Brillant. Il avait tout gâché, cette fois. Quel abruti.

Santos se laissa retomber sur le sol. Une trace de parfum vint lui chatouiller les narines. Le parfum de Glory, qui lui tournait la tête comme un vin capiteux.

Cela l'irrita souverainement. Sourcils froncés, il inspira

profondément la riche senteur florale de ce parfum trop cher. La vérité toute nue, c'était que Liz et lui n'avaient pas d'avenir ensemble, pas le genre d'avenir qu'elle attendait de lui, qu'il aurait aimé lui offrir.

Car ce qu'il voulait vraiment, c'était ce qu'il avait eu avec Glory.

Peut-être que s'il n'avait jamais connu Glory, s'il n'avait pas connu ces sentiments profonds qu'une femme était capable de faire naître en lui, alors oui, peut-être Liz et lui auraient-ils eu une chance. S'il n'avait pas goûté à cette sexualité explosive, bouleversante, peut-être ses étreintes très satisfaisantes avec Liz lui auraient-elles suffi.

Mais il avait vécu mieux et ne pouvait revenir en arrière. Il le regrettait, mais qu'y faire ? Il s'en voulait, car il allait faire souffrir une femme de valeur, une femme qui l'aimait. Il s'en voulait de ne pouvoir se contenter de ce qu'il savait être bon pour lui.

Liz méritait mieux que ce qu'il était en mesure de lui donner. Elle méritait d'être heureuse.

Et lui aussi.

Le téléphone sonna, le libérant du souci de ses pensées. Avec un soupir de soulagement, il se leva pour répondre. C'était Jackson.

— Amène-toi, vieux. On a un nouveau cadavre.

— Blanche-Neige ?

— Lui-même.

— Le salopard est toujours dans le secteur. Je commençais à croire qu'il avait filé.

— Attends, collègue, il y a mieux. Cette fois, on a un témoin.

*
* *

Santos arriva au commissariat en un temps record. Il entra en trombe au bureau de la brigade, bourré d'adrénaline, tous les sens en alerte, fin prêt pour la traque. Cette fois, il allait coincer ce salaud. Il le tenait. Il le sentait.

Et ses collègues aussi. Un vague crépitement d'excitation animait l'air, une tension, une énergie subtile reconnaissable entre toutes, et toujours présente lorsqu'une piste se dessinait dans une enquête importante. Surtout lorsqu'il s'agissait d'une affaire comme celle-ci — affaire qui leur avait valu à tous des remontrances, qui les avait confrontés à l'échec avec chaque nouveau cadavre.

Plusieurs de ses collègues levèrent les yeux vers lui, mais nul ne souffla mot. Ce n'était pas nécessaire. Il lisait leurs pensées inscrites sur leur visage : « Cette fois, ne le loupe pas. C'est le moment de le coincer. Chope-le. » Oh, il comprenait. On comptait sur lui. Avant d'atteindre le poste qui était aujourd'hui le sien, il avait été à leur place.

Il alla directement trouver Jackson et demanda sans préambule :

— Où est le témoin ?

— Salle d'interrogatoire numéro deux.

Ils se mirent en route et Jackson l'informa de ce qu'il savait.

— C'est une pute, une certaine Tia. Elle s'est présentée sur le lieu du crime, a affirmé connaître la victime. Elle l'a vue prendre un client hier soir, vers 2 heures du matin. Elle a vu le type aussi.

— Grandiose, commenta Santos en se frottant les mains.

— Mieux que ça. Cette Tia, en rentrant chez elle, deux heures ou deux heures et demie plus tard, est passée devant l'ancienne Monnaie. C'est là qu'on a retrouvé le cadavre aujourd'hui, d'accord ? Eh bien, elle a remarqué un truc louche. Un type, là-derrière, qui avait l'air de traîner quelque chose.

— Ou alors quelqu'un.

— Gagné ! Et elle nous a donné un signalement. Taille moyenne, poids moyen. Un Blanc, définitif.

— Elle n'a pas pensé à appeler hier soir ?

— Reviens sur terre. C'est pour ça qu'elle est passée voir aujourd'hui. Quand elle a aperçu les flics, elle est venue jeter un œil. Elle a vu que c'était sa copine Billie.

— On est sûr que c'est l'œuvre de notre cinglé ?

— Pas l'ombre d'un doute. Jusqu'à la marque dans la paume.

Ils s'arrêtèrent devant la porte fermée de la salle et Jackson remit à Santos le dossier qu'il tenait en main.

Santos l'ouvrit, parcourut rapidement les notes, cherchant le détail inattendu qui trancherait avec les autres meurtres. Il n'en trouva pas.

— Seulement, il y a un pépin, reprit Jackson.

— Naturellement.

— Elle a appris qu'il s'agissait de Blanche-Neige et elle s'est fermée comme une huître. Elle a tout nié en bloc. Prétend n'avoir rien vu.

— Et comment elle a su que c'était Blanche-Neige ? Quel est l'abruti…

— Patterson.

— Rappelle-moi donc de lui botter le train.

— Avec plaisir.

Jackson tendit la main pour reprendre le dossier.

— Et elle a une vieille dent contre les flics. Il va falloir jouer de ton charme.

Santos acquiesça de la tête.

— Allons-y.

Ils entrèrent dans la pièce. Adossée contre le mur du fond,

la femme se rongeait nerveusement les ongles. C'était une Blanche d'environ quarante ans. Elle était sans doute plus jeune. La rue usait les filles. Santos avait vu des gamines de seize ans qui paraissaient en avoir trente.

Et elle semblait avoir la trouille. Une sacrée trouille. Elle soutint son regard, déguisant sa peur sous une attitude de bravade.

— T'as pas une cigarette ? J'ai besoin de fumer.

Santos hocha la tête et se tourna vers Jackson.

— Va chercher un paquet de sèches pour Tia. Et, pendant que tu y es, apporte-nous des Coca.

Jackson acquiesça d'un geste et quitta la pièce. Il ne demandait pas mieux que de jouer le toutou pour Santos. Cela faisait partie de leur numéro. Santos était connu pour accomplir des prodiges avec les témoins récalcitrants, surtout lorsqu'il s'agissait de fleurs de trottoir. Elles lui faisaient confiance car il ne jugeait pas. Nombre de leurs collègues avaient des préjugés contre les prostituées, les traitaient comme des raclures de poubelles ou alors exigeaient des services gratuits. Les filles se braquaient, et Santos le comprenait aisément.

— Bonjour, Tia.

Il lui sourit, lui désigna les chaises.

— Assieds-toi donc.

Il en prit une, la retourna et s'assit à califourchon. Elle ne quitta pas son mur.

— Je suis le lieutenant Santos. Celui qui est allé te chercher des cigarettes est le lieutenant Jackson.

Elle plissa les yeux et répéta :

— Lieutenant Santos, hein ?

— Cela même. Victor Santos.

— Va te faire foutre.

Il haussa un sourcil surpris. Elle était mauvaise et ne plaisantait pas. Elle lui en voulait. A lui. Personnellement.

— Qu'est-ce qui ne va pas, Tia ? J'ai fait quelque chose pour te déplaire ?

— On peut le dire comme ça.

Elle se détourna et ajouta :

— Je veux sortir.

— Pas de problème. Mais avant, j'ai quelques questions à te poser.

— J'ai déjà répondu à des paquets de questions. J'ai rien vu.

— Ah non ?

Il ouvrit le dossier, le feuilleta rapidement.

— Là-dedans, on dit que tu as vu tout un tas de trucs. Que tu as vu un type partir avec ta copine Billie vers les 2 heures du matin et que, deux heures plus tard, t'as vu un type traîner autour de la Monnaie.

— J'ai rien vu.

Jackson revint avec les boissons et les cigarettes. Il posa le paquet ouvert sur la table, près de la chaise de Santos. Elle regarda le paquet, s'approcha de la table et le saisit. Ses mains tremblaient si fort qu'elle dut s'y reprendre à trois fois pour en allumer une. Enfin, elle inspira goulûment une longue bouffée.

Santos la regarda fumer un moment, le temps que la nicotine fasse effet et la calme.

— Pourquoi l'agent qui a pris ta déposition aurait menti, Tia ?

— Qu'est-ce que j'en sais ? Je suis qu'une pute.

Elle fixa Santos en retroussant les lèvres dans un rictus de dégoût.

— D'abord, tous les flics mentent.

Non seulement cette fille détestait les flics, mais elle

semblait avoir une haine particulière pour lui. Santos coula un bref regard en direction de Jackson. Son collègue haussait les sourcils, surpris lui aussi.

— Tu te cames, Tia ? demanda Santos.

— Va te faire foutre. Je suis nette. Vous ne pouvez pas me garder.

Elle marqua une pause, tira sur sa cigarette.

— J'ai rien vu.

— Je ne sais pas pourquoi, mais tu mens, Tia. Sans doute parce que tu as la trouille.

Elle écrasa son mégot dans le vieux cendrier de métal.

— Prouve-le donc. Je peux m'en aller maintenant ?

Santos soutint son regard sans fléchir malgré toutes les horreurs qu'il y lisait.

— Il faut que tu nous aides, Tia. Une fille est morte, une copine à toi. Tu peux nous aider à coincer ce type.

— J'ai déjà dit que j'avais rien vu.

— Tu ne comprends donc pas que, la prochaine fois, ça peut être ton tour ? Si ce mec sait que tu as vu quelque chose, il ne te ratera pas. Mieux vaut nous parler, nous aider à le piéger, c'est plus sûr pour toi. Et nous…

— Vous allez me protéger ? C'est ça ? Me fais pas rire. Je suis qu'une pute. Vous allez m'écouter parler et me relâcher. Vous, les flics, vous en avez rien à battre de moi.

— Tu te trompes, Tia. Je ne veux pas voir une autre fille mourir. Je ne veux pas que tu meures.

— Merci, je prends le risque.

Santos mit les mains dans ses poches, joua la nonchalance.

— Ecoute, Tia, nous allons bavarder tranquillement, faire connaissance. Ensuite, s'il y a quelque chose que…

— Tu ne te souviens pas de moi, hein ? lui lança-t-elle

avec hargne. Tu n'as pas la moindre idée. Remarque, c'est normal. Tu m'as oubliée du moment où tu m'as quittée.

Santos secoua la tête, perplexe.

— On se connaît ? Excuse-moi, Tia, mais je ne me rappelle plus. J'ai rencontré beaucoup de filles…

Elle partit d'un rire creux, désespéré, grinçant.

— Oh, je faisais pas le trottoir à l'époque… Et toi, t'étais pas flic.

Il pencha la tête de côté, l'examina attentivement, mais il ne découvrit rien de familier sur son visage fermé et dur.

— D'accord, Tia. Rafraîchis-moi donc la mémoire.

— Je m'appelle Tina. Ça te dit quelque chose, Tina ?

Elle prit son sac, le passa en bandoulière et se dirigea vers la porte. Là, elle se retourna, le foudroya du regard.

— Cherche, héros ! Retrouve donc le fil !

Au bout d'un moment, les souvenirs affluèrent à sa mémoire, souvenirs de la nuit où sa mère était morte, de la fille qu'il avait rencontrée dans l'école abandonnée.

Tina ? Santos laissa échapper une exclamation de surprise incrédule. Etait-ce bien elle, la jeune fugueuse qu'il avait connue cette nuit-là ? Il se souvenait d'elle, de cette Tina si douce, fragile et apeurée. Il se souvenait de ses larmes, de son baiser, de la manière dont elle s'accrochait à lui, de sa terreur à l'idée d'être seule et de traîner dans les rues. Et il se souvenait de sa promesse. Il lui avait promis de revenir la chercher le lendemain.

Mais le lendemain n'était jamais venu. Vingt minutes plus tard, le monde s'était effondré sous ses pieds. Il avait tout perdu et ne pensait plus qu'à sa perte.

Il releva les yeux vers elle, le cœur lourd de souvenirs, d'excuses, de tristesse devant ce qu'elle était devenue. Il avait eu plus de chance qu'elle.

— C’est cela, cracha-t-elle avec mépris. Tu n’es jamais revenu, espèce de salaud. J’ai attendu… attendu si long…

Elle s’interrompit net, ouvrit la porte et sortit.

Jackson se leva d’un bond.

— Je la ramène.

Santos le retint par le bras.

— Laisse. On sait où la trouver.

Jackson eut un soupir frustré et agita la tête.

— Charmante fille.

— Oui, dit Santos d’une voix émue. Elle l’était. Autrefois, c’était une jeune fille charmante.

52

Le policier de service à la réception, une femme, demanda l'autorisation et fit entrer Liz dans les locaux de la brigade des homicides. Liz se dirigea vers le bureau de Santos situé au fond de la vaste pièce. Au passage, certains policiers la reconnurent, la saluèrent ou lui sourirent. Elle répondit gracieusement à leurs saluts, s'efforçant de dominer son inquiétude croissante.

Elle n'avait pas revu Santos depuis trois jours, depuis l'enterrement de Lily. Les rares fois où ils s'étaient parlé, c'était elle qui l'avait appelé. Chaque fois, il lui avait semblé distant, préoccupé, réticent ; il s'était confondu en excuses.

Il avait renoncé à elle.

Non. Ce n'était pas cela. Ils avaient découvert une piste dans l'affaire Blanche-Neige ; il travaillait du matin au soir, n'avait pas le temps de la voir ou de l'appeler.

C'était en tout cas ce qu'il prétendait.

Santos traversait une période difficile. Lily avait été sa seule famille, son ancrage dans la vie. Il devait se sentir perdu, à la dérive. Naturellement, il s'était réfugié dans le travail. Et il s'était éloigné d'elle.

Bien sûr. L'attitude de Santos était sans rapport avec elle, avec leur couple.

Il n'avait pas compris qu'elle pouvait combler le vide laissé dans sa vie par la disparition de Lily, qu'ensemble, elle et lui, ils pourraient fonder une nouvelle famille qui lui fournirait un ancrage aussi sûr que l'avait été Lily. Il n'avait pas saisi qu'elle, Liz, était précisément ce dont il avait besoin.

Elle ajusta sa prise sur l'anse de son panier, se faufila entre deux cellules d'interrogatoire et vit Santos. Assis à son bureau, il parlait au téléphone. Jackson se tenait debout près de lui, le front soucieux.

Sa démarche se fit hésitante tandis qu'elle le regardait avec envie. Sa seule vue suffisait à l'émouvoir, à la troubler, à faire battre son cœur. Elle l'aimait si fort !

Que deviendrait-elle si elle le perdait ?

Jackson l'aperçut le premier. Il la salua d'un sourire et donna un léger coup de coude à son collègue. Santos leva les yeux. Pendant une fraction de seconde, il eut l'air d'un animal piégé, ébloui par les phares d'une voiture. Liz sentit le sol se dérober sous elle, lutta pour endiguer un sentiment de panique, de désespoir. Tout s'arrangerait, il le fallait.

Un sourire crâne sur les lèvres, elle s'approcha du bureau, tendant le panier devant elle.

— Bonjour. J'ai pensé que vous auriez peut-être faim, tous les deux.

Santos se leva pour l'accueillir mais ne l'embrassa pas. Il évitait ses yeux, regardait ailleurs, comme gêné.

— Merci, Liz. C'est vraiment gentil.

Elle déposa le panier sur le coin du bureau. Son cœur battait à se rompre et ses paumes étaient moites. Pourquoi évitait-il son regard ? Dans son désarroi, elle se tourna vers Jackson et sourit de nouveau.

— Je vous connais, tous les deux. Quand vous êtes sur

une piste, vous êtes trop occupés pour prendre le temps de souffler.

— C'est ce fou furieux avec lequel je travaille, dit en riant Jackson. Il n'arrête jamais. L'abruti s'imagine qu'il a toujours vingt ans, qu'il peut vivre de café et avec sa seule volonté de fer.

— A propos de surcharge de travail, tu aurais pu appeler, Liz, marmonna Santos, ignorant la plaisanterie de son collègue. Tu ne tombes pas vraiment au bon moment.

Un silence de plomb suivit cette remarque dont le sens n'échappait à personne. Jackson considéra Santos, visiblement surpris, toussota, puis s'excusa :

— Ravi de t'avoir vue, Liz, et merci pour le repas. Il faut que j'aille téléphoner. Je te reverrai plus tard.

Oui. Si elle le revoyait un jour.

Liz murmura un au revoir à Jackson, puis elle se tourna vers Santos, le regarda dans les yeux et demanda sur un ton posé :

— Que se passe-t-il ?

Il baissa les paupières.

— Liz, il faut que nous causions. J'avais l'intention de t'appeler mais… ce n'est ni le lieu ni le moment.

Elle le dévisageait, interdite et, soudain, la vérité l'atteignit de plein fouet. Glory. Il s'agissait de Glory.

— Chien, va. Tu as couché avec elle, c'est cela ? s'enquit-elle d'une voix étranglée.

Il avait l'air si penaud, si coupable, qu'il en était comique. Et elle en aurait ri si elle n'avait souffert au point qu'il lui semblait pouvoir mourir sur l'instant.

Il la prit par le bras.

— Allons dans un endroit où nous pourrons parler en privé.

Ignorant les larmes qui ruisselaient sur ses joues, elle se dégagea d'une secousse.

— Tu l'as sautée, hein ? Dis-moi que ce n'est pas vrai, Santos, dis-le-moi.

— Je ne peux pas te mentir, Liz, déclara-t-il d'un ton égal. Je suis désolé. Je ne voulais pas te blesser.

— Oh, mon Dieu ! Après tout cela... après tout ce qu'elle nous a fait à tous les deux... Comment... comment est-ce possible ?

— Je n'en avais pas l'intention, Liz. Ce n'était pas prévu. C'est arrivé comme ça... tout seul... Je ne sais pas.

— Et c'est censé me rassurer, de savoir que tu t'es laissé emporter par la passion ? Eh bien, ce n'est pas le cas !

Il tenta de nouveau de lui prendre le bras, mais elle eut un violent mouvement de recul.

— Ecoute, Liz, je suis désolé.

— Désolé, hein ? Tu peux l'être ! s'exclama-t-elle, amère.

Elle détestait cette amertume qu'elle sentait s'enfler en elle. Amertume contre lui, contre Glory, contre le destin qui lui était échu.

— Quand allais-tu te décider à me le dire ? Avais-tu par hasard l'intention de continuer à coucher avec nous deux ?

Mal à l'aise, Santos jeta un coup d'œil alentour.

— Ce n'est pas le lieu pour ce genre de discussion. Je t'en prie, Liz, allons quelque part où nous pourrons parler sérieusement.

— Pourquoi ? Pour que tu essaies de te justifier ? De me réconforter ? Pas question.

— Je ne voulais pas te faire souffrir, Liz. Dieu sait que c'était la dernière de mes intentions. Ce que je t'ai dit tout à l'heure est vrai. C'est arrivé comme ça, par hasard.

— Et maintenant, tu vas sans doute prétendre que c'était une erreur, qu'il ne faut plus que j'y pense, que tout va reprendre entre nous comme avant, c'est cela ?

Une vague lueur d'espoir subsistait en elle, le sale petit espoir qu'il la voulait toujours. Et, si c'était le cas, malgré sa souffrance, elle lui pardonnerait.

Mais il se taisait, et ce silence trop éloquent lui brisait le cœur. Elle se faisait l'effet d'une sotte, regrettait ses dernières paroles qui la mettaient à nu, dévoilaient ses espoirs ridicules.

Elle se détourna brusquement.

— Jamais je n'aurais dû me fier à toi. Jamais je n'aurais dû te croire quand tu prétendais ne plus l'aimer…

— Je ne l'aime pas. Mais je sais à présent que toi et moi… ça ne marchera jamais. Je ne peux pas continuer ainsi. Ce serait profiter de toi que d'entretenir tes illusions.

Liz éprouva une bouffée de haine contre Glory St. Germaine. Glory qui lui avait ôté toute chance d'avoir une bonne éducation, qui l'avait privée de l'avenir dont elle rêvait. Et qui lui volait maintenant l'homme qu'elle aimait. Où s'arrêterait-elle ? Lui prendrait-elle aussi son restaurant ? L'air qu'elle respirait ?

Comme s'il devinait ses pensées, Santos la prit doucement par le bras, l'obligea à lui faire face.

— Liz, c'est sans rapport avec elle. C'est de nous qu'il s'agit. De ce qui est possible et de ce qui ne l'est pas. En tout cas, pour moi.

Consciente de s'être déjà trop humiliée, Liz luttait pour ravaler ses larmes. A la vérité, elle l'aimait tellement qu'elle l'aurait supplié à genoux si cela avait pu le lui ramener. Mais elle n'avait aucune chance.

— On ne peut pas être plus clair, n'est-ce pas, lieutenant ?

— Je suis désolé, Liz. Je souhaiterais que nous puissions rester amis si…

— Non, tais-toi. Mon Dieu ! Je t'aime tellement que je voudrais vivre avec toi pour toujours, et toi, tu veux que nous… J'ai si mal que je n'en peux plus.

— Liz, je regrette, je suis désolé.

D'une pichenette, elle rejeta la main qu'il lui tendait.

— Tu te répètes, Santos. Si tu regrettais vraiment, tu n'aurais pas couché avec elle pour commencer. Si tu m'avais dit vrai sur tes sentiments, sur elle, tu n'aurais pas pu le faire. Mais tu mentais, n'est-ce pas ? Tu ne m'as raconté que des mensonges.

Il nia de la tête.

— Je ne t'ai jamais menti, Liz. Jamais.

— Non. Mais tu te mentais à toi-même.

Des doigts, elle écrasa les larmes sur ses joues.

— Je ne veux plus jamais te voir, plus jamais te parler. Et je ne vous pardonnerai jamais, ni à l'un ni à l'autre. Aussi longtemps que je vivrai, la rancune sera là, dans mon cœur.

53

Dans les derniers jours de sa vie, Lily avait modifié son testament. Par quelque ironie du destin, elle avait légué la maison de River Road à Glory, laissant le reste de ses biens à Santos. Cette découverte fut pour ce dernier comme un coup porté en pleine poitrine. Il ne prétendait pas mériter la maison plus que Glory et ne se souciait pas de sa valeur. Mais il l'aimait.

Il considérait cette maison comme son vrai foyer.

Santos dévisageait le notaire, incrédule, tout en sachant que ses oreilles ne l'avaient pas trompé.

La maison de River Road appartenait désormais à Glory. Jamais plus il ne pourrait aller y rechercher le calme et la paix.

Cette vérité lui donnait le vertige. Il comprenait soudain à quel point cette maison avait compté pour lui, faisait partie de sa vie.

Il se tourna vers Glory qui paraissait aussi surprise que lui. Davantage même. Presque bouleversée. Se sentant observée, elle le regarda à son tour, l'air de s'excuser.

Il détourna les yeux. Il pouvait se passer de sa pitié. Il regrettait assez de s'être trahi devant elle, de lui avoir laissé voir ses sentiments. Il regrettait assez de lui avoir révélé toute l'intensité de son désir en couchant avec elle.

Car il la désirait toujours, et davantage encore depuis qu'ils avaient fait l'amour. Leur récente union avait éveillé en lui un besoin impérieux, une faim dévorante qu'il ne pouvait assouvir. La frustration le rongeait, et c'était sans remède. Glory St. Germaine était intouchable, un territoire interdit.

Vingt minutes plus tard, ils quittèrent le luxueux bureau du notaire et suivirent le couloir jusqu'aux ascenseurs. Santos en appela un puis considéra Glory.

— Félicitations.

— Merci, je…

Gênée, elle se tordait nerveusement les doigts.

— Je suis désolée. J'ignorais qu'elle avait l'intention de… Je ne m'attendais pas à cela.

— N'y pense plus.

Les portes de l'ascenseur s'ouvrirent. Ils entrèrent dans la cabine et Santos appuya sur le bouton du rez-de-chaussée.

— De toute façon, reprit-il, je ne sais pas ce que j'aurais fait de la maison si elle me l'avait laissée.

— Tu aurais pu la vendre.

— Non. Ça, je n'aurais pas pu. Et, avec mon salaire de flic, je n'aurais pas eu les moyens de l'entretenir. Mieux valait qu'elle te revienne.

Elle lui toucha le bras avec douceur, retira aussitôt sa main, visiblement embarrassée.

— Je sais combien tu aimais cette maison. Je sais que… tu la voulais.

Il leva vers elle un regard méfiant.

— Tu lis dans les pensées maintenant ?

— Pas vraiment, non. Mais quand nous y sommes allés pour la première fois, je l'ai vu à tes yeux, à ta manière de la contempler. Et, tout à l'heure, j'ai bien vu comment tu réagissais en apprenant la nouvelle.

Santos ravala sa salive. Il se sentait nu, vulnérable. Elle y voyait trop clair. Beaucoup trop clair. Depuis toujours.

Il haussa les épaules, feignant l'indifférence.

— Tu l'aimes aussi. Cela compense.

L'ascenseur s'étant arrêté, ils quittèrent la cabine et traversèrent le hall de marbre vert.

— Il y a une chose qui m'intrigue, murmura Glory, comme pour elle-même.

Santos s'arrêta. Elle paraissait troublée, soucieuse.

— Quoi donc ?

— Il y a quelques années, ma mère a sauvé l'hôtel de la faillite en payant les dettes avec de l'argent de sa famille. C'est en tout cas ce qu'elle m'a dit. Je ne m'en suis aperçue qu'en prenant la direction de l'hôtel. Il s'agissait d'une somme importante. Ayant grandi dans l'idée que ma famille maternelle était riche, je n'avais aucune raison de mettre sa parole en doute.

— Mais la famille de ta mère se résume à Lily.

— Précisément. Et je me demande maintenant où ma mère a trouvé cet argent.

Santos plissa le front.

— Tu as une idée de la somme en question ?

— Je pourrais rechercher dans les livres de comptes.

Elle s'interrompit, parut réfléchir, fouiller sa mémoire.

— Il s'agissait de plusieurs centaines de milliers de dollars. Quatre… Non, plutôt cinq.

Cinq cent mille dollars. Une vieille dame pouvait vivre à l'aise des seuls intérêts d'une telle somme. En être brusquement privée ne pouvait que réduire sérieusement son train de vie.

— Quand cela s'est-il passé, tu te souviens ?

— Il y a dix ans, bientôt onze. C'était l'année où nous…

Elle s'empourpra, baissa les yeux.

— … L'année où papa est mort. 1984.

L'année où il avait connu Glory. L'année où il avait appris que Lily était la mère de Hope. L'année où Lily avait soudain eu des soucis d'argent.

Les plis de son front se creusèrent. Jusqu'à la fin, Lily avait géré ses comptes. Il ne posait pas de questions, cela ne le regardait pas.

Curieusement pourtant, jusqu'à ce moment-là, Lily avait semblé disposer d'une fortune confortable, ne s'inquiétant guère de ses finances et s'offrant ce qui lui faisait plaisir dans les limites du raisonnable. Puis tout avait changé, brusquement. Il s'en était aperçu quelques mois après sa rupture avec Glory. Lily s'était mise à surveiller ses dépenses ; elle avait cessé de faire des dons aux bonnes œuvres, se privait de petits luxes comme les restaurants, les manucures, le cinéma.

Tout s'éclairait maintenant. Lily aurait fait n'importe quoi pour sa fille, quitte à se couper les vivres. Il avait porté trois enveloppes cachetées à Hope St. Germaine. Après la trahison de Glory, cela lui était sorti de l'esprit. Se pouvait-il que ces trois plis aient contenu des prêts ? Et, si oui, que lui avait remis Hope en échange ? Des cartes de remerciement ? Ou autre chose ?

— A quoi penses-tu, Santos ? Tu as l'air tout drôle.

Il cligna des yeux, se rendant soudain compte qu'il regardait dans le vide.

— Oh, à rien de bien précis, esquiva-t-il avec un sourire vague. La matinée a été longue.

Il poussa le lourd battant de la porte et s'effaça pour la

laisser passer. Dehors, une petite pluie fine s'était mise à tomber. Santos releva son col de veste.

— Où est ta voiture ?

— A deux pâtés de maisons.

— La mienne est à côté. Tu veux que je te dépose ?

Elle hésita, avant de secouer la tête.

— Je te remercie, ce n'est pas si loin.

— Tu es sûre ? Il faut que je file.

— Certaine.

Il commençait à s'éloigner quand elle le rappela. Il s'arrêta, se retourna pour lui faire face.

Elle semblait pensive.

— Où crois-tu que ma mère ait trouvé cet argent ?

Il n'en savait certes rien, mais il avait bien l'intention de découvrir le fin mot de l'affaire. Quoi qu'il en soit, Glory ne devait pas deviner ses soupçons. Pas encore.

Il eut un haussement d'épaules et répondit avec désinvolture :

— Je n'en ai pas la moindre idée, Glory. Tu devrais le lui demander.

54

Hope réprima un frisson de dégoût en voyant Victor Santos. Elle l'examina de son regard glacé puis esquissa un sourire de pure forme, sans même prendre la peine de lui cacher son mépris.

— Que puis-je pour vous, lieutenant ? J'ai cru comprendre que vous veniez pour une affaire de police.

Il haussa un sourcil ironique.

— C'est ce que vous a dit votre domestique ? J'ignore d'où elle tient cette idée, mais elle se trompe, hélas. Je suis là de mon propre chef.

Elle se raidit devant son air de supériorité amusée et fit un geste en direction de la porte.

— En ce cas, je vous prierai de sortir.

— Je crains que ce ne soit pas dans votre intérêt, persifla-t-il en s'avançant sans y être invité.

Il considéra le décor avec curiosité et ajouta :

— Jolie petite cabane, félicitations.

Irritée par ses sarcasmes, elle serra les poings. Elle ne le tolérait qu'en raison de son titre d'officier de police. Autrement, elle ne l'aurait pas reçu.

— Je n'ai rien à vous dire, déclara-t-elle.

— Cela reste à prouver. Je crois avoir quelque chose qui vous intéressera beaucoup.

Elle croisa les bras sur la poitrine, prit une attitude hautaine.

— J'en doute fort. Mais puisque vous persistez dans ce jeu ridicule, je vous accorde une minute.

L'envie de savoir l'emportait finalement.

— Je persiste en effet, dit-il dans un sourire. Vous savez sans doute que votre mère est morte.

— Naturellement.

Elle prononça le mot du bout des lèvres, l'appuya d'un geste de la main pour montrer à quel point cela l'indifférait. Santos crispa les mâchoires.

— Elle lègue la maison à Glory. La maison de votre enfance. Vous le saviez aussi ?

Elle le savait. Lorsque Glory lui avait appris la nouvelle, elle aurait volontiers assassiné Victor Santos. Le désir ne l'en avait d'ailleurs pas quittée, et une rage impuissante bouillait en elle. Elle avait passé sa vie à tenter de protéger Glory de la malédiction des Pierron et, aujourd'hui, à cause de lui et de ses manigances, sa fille était en possession du siège même du péché.

— Elle m'a laissé tout le reste.

— Vous ne m'apprenez rien que je ne sache déjà, lieutenant. Si vous n'avez rien de nouveau à m'annoncer...

Elle consulta ostensiblement sa montre et conclut :

— L'entretien est clos. Vous pouvez disposer.

Elle se dirigea vers la porte puis, remarquant qu'il ne la suivait pas, elle ouvrit le battant et se tourna vers lui.

— Au revoir, lieutenant.

Il ne bougea pas, ne broncha pas. Exaspérée, elle aurait voulu effacer le sourire de ses lèvres. Puis il se décida.

— Madame St. Germaine, auriez-vous cinq cent mille dollars sous la main ?

Hope se figea sur place. Le diable d'homme riait !

Le Mal avait bien des visages.

— Vous m'entendez parfaitement. Un fantôme de votre passé est revenu vous hanter.

Luttant pour conserver son calme, elle déclara, cassante :

— Je ne vois pas de quoi vous parlez.

— Vous ne voyez pas ?

Il s'avança vers elle, tel le Serpent, lent, sûr de sa cible. Elle réprima à grand-peine le besoin de prendre la fuite.

— Et si je vous présentais trois reconnaissances de dettes, trois promesses écrites de rembourser à la demande la somme de cinq cent mille dollars ? Vous ai-je assez rafraîchi la mémoire, madame St. Germaine ?

Il fit un pas de plus ; elle battit en retraite.

— Lily vous a tirée d'une situation scabreuse à bon prix en 1984, il me semble ? L'hôtel était très endetté. Pour le sauver, tous ses avoirs ou presque y sont passés, mais elle vous a prêté l'argent. C'est moi qui vous ai apporté les trois versements et, en échange, vous m'avez remis ces trois promesses.

Il plissa les yeux.

— Vous saviez qu'elle n'exigerait jamais remboursement, qu'elle désirait seulement un peu de votre temps.

— C'est exact. Elle n'a pas exigé remboursement. Et elle est morte à présent. Le chapitre est clos.

— Désolée, chère amie. Je crains qu'il n'en soit rien. Voyez-vous, les reconnaissances de dettes sont comme les actions, les obligations et autres avoirs négociables.

Hope était soudain en nage. Le soleil était trop chaud, la lumière aveuglante. Le sang lui martelait les tempes, couvrant tous les bruits à l'exception de cette voix détestable.

— J'ai payé ma dette envers elle, déclara-t-elle d'une voix mal assurée. Je lui ai donné le temps qu'elle désirait.

— Vous ne lui avez rien donné. Elle est morte dans l'attente de l'amour et du pardon de sa fille. Vous ne lui avez pas même rendu une brève visite à l'hôpital.

— Vous ne pouvez pas le prouver. Vous n'en savez…

— Peut-être. Mais j'ai les lettres. Je les ai héritées de Lily. Si vous aviez payé votre dette envers elle d'une manière ou d'une autre, elles seraient vôtres aujourd'hui.

Hope porta nerveusement une main à sa gorge.

— Que voulez-vous de moi ?

— Voyons, chère amie ! Mais je veux mon argent.

Elle recula d'un pas. La lumière du soleil lui brûlait les yeux.

— Salaud !

Il éclata de rire.

— Ce mot revient souvent ces derniers temps, dans la bouche des St. Germaine.

Elle ne supportait plus le soleil, la chaleur, la lumière. Passant devant Santos, elle se réfugia dans l'ombre du vestibule. Alors seulement, elle prit conscience de sa propre panique. Elle ne disposait pas de cette somme. Elle n'en avait pas le premier sou.

Elle se frictionna les bras. Elle avait froid maintenant. Elle était gelée, jusqu'aux os.

— Ces lettres sont parfaitement réelles, reprit Santos. Elles sont entre les mains de mon avocat.

Devant sa mine déconfite, il eut un sourire sinistre.

— Je vois que vous me comprenez. J'ai étudié la question, vous savez. Pris un bon avocat. Hawthorne, Hawthorne & Steele, vous connaissez sans doute ? Contactez

M. Steele. Il est le meilleur de la ville, peut-être même de tout le Sud, en matière de succession.

Hope se mit à trembler. Elle connaissait en effet Kenneth Steele. Et il était le meilleur.

— Aucune importance, je n'ai pas l'argent.

— Mais vous le trouverez. Lily l'a bien trouvé.

Il balaya le vestibule du geste et ajouta :

— Et elle ne vivait pas dans ce faste.

— Impossible.

— Allons, allons. Cette demeure vaut sans doute bien davantage. Et le St. Charles, votre part au moins, vaut davantage encore.

Il mit les mains dans ses poches et sourit — d'un sourire digne du diable en personne.

— Vous me voyez, moi, le pauvre Victor Santos d'origine plus que modeste, et en tout cas douteuse, devenir votre associé en affaires ? Ou, mieux encore, vivre dans cette demeure ?

Oh, comme elle lui aurait arraché les yeux si elle l'avait pu !

— Jamais ! aboya-t-elle. Jamais je ne serai l'associée d'une créature aussi vile que vous ! Je brûlerais la maison plutôt que de vous en concéder une seule brique !

Il haussa un sourcil ironique.

— On ne vous a donc jamais appris à vous conduire équitablement envers autrui ? On ne vous a donc jamais enseigné la morale ? Où étiez-vous au catéchisme ? Ah, mais vous imaginez peut-être que la fortune, le pouvoir vous dispensent de vos devoirs, de payer vos dettes. Vous croyez échapper au châtiment. A l'évidence, vous ne vous sentez nullement obligée de traiter autrui avec un minimum de décence.

Il rit, et elle sentit le Mal qui se rapprochait d'elle, qui exigeait son dû.

— Hope St. Germaine, le temps est venu de faire les comptes. Vous avez une dette envers Lily, et vous allez payer.

Elle se détourna de lui, alla se poster devant un miroir déformant, examina son reflet monstrueusement étiré, cherchant avec désespoir un moyen de se tirer d'affaire. L'hôtel avait perdu de sa valeur. Elle avait bien quelques placements, mais dont les intérêts ajoutés à sa part des bénéfices du St. Charles suffisaient tout juste à maintenir son train de vie. Certains de ses… besoins… s'étaient révélés fort coûteux à la longue.

Le château de cartes s'effondrait.

— Il y a peut-être une autre solution, murmura Santos, mielleux.

Saisie de vertige, elle chercha ses yeux dans le miroir.

— Une autre solution ?

— A vrai dire, l'argent ne m'intéresse pas. Je me moque bien d'avoir votre précieuse maison ou votre hôtel.

Hope se retourna cette fois pour lui faire face, scruta son regard, y cherchant en vain une trace d'ironie. Il semblait sérieux.

— Vraiment ?

— Vraiment.

Il s'avança, vint se planter devant elle.

— Tout ce qui m'intéresse, c'est Lily.

— Mais… elle est morte.

— Sa mémoire ne l'est pas. Mes sentiments pour elle ne le sont pas. J'ai donc décidé de lui offrir ce qu'elle désirait le plus au monde, ce qu'elle n'a pu obtenir avant de mourir.

— A savoir ?

— Sa fille.

Elle le dévisageait sans comprendre.

— Je… Pardon ? Je ne saisis pas.

— Je vais vous offrir à elle, Hope. Vous allez reconnaître publiquement qu'elle était votre mère, déclarer à tous qui vous êtes, et d'où vous venez.

Hope recula d'un pas sur ses jambes chancelantes.

— Vous… Ce n'est pas sérieux ?

— Je ne plaisante pas, soyez-en sûre. Vous… devriez peut-être vous asseoir.

Elle acquiesça de la tête et se laissa tomber sur la chaise la plus proche.

— Poursuivez.

— Si vous acceptez, il vous faudra remplir certaines conditions.

De nouveau elle acquiesça, et il poursuivit :

— D'abord, vous prendrez deux annonces pleine page dans lesquelles vous déclarerez vos origines réelles. La première dans les pages d'information du *Times Picayune*, numéro du dimanche, et l'autre dans le supplément du *New Orleans*, en deuxième de couverture.

Il remit les mains dans ses poches, se balança sur les talons.

— Dans ces pages, je le répète, vous déclarerez vos origines, vous reconnaîtrez vos années de mensonges, et vous avouerez avoir cruellement et honteusement abandonné votre mère aimante et dévouée.

— Et ensuite ? s'enquit-elle en se tordant les mains.

Il sourit.

— Ensuite, vous donnerez une grande soirée, une soirée de gala à laquelle vous convierez tous vos amis influents, les gros bonnets de la ville — le maire, le chef de police, peut-être même le gouverneur Edwards. Et bien sûr, là encore vous reconnaîtrez publiquement votre filiation avec Lily.

— Bien entendu, vous serez là pour veiller à ce que toutes vos instructions soient scrupuleusement observées, commenta-t-elle, amère.

— Ne soyez pas naïve. Il m'en coûte cinq cent mille dollars. A ce prix, tout devra être parfait.

— Et si j'exécute vos ordres à la lettre ?

— Les reconnaissances de dettes seront à vous.

Hope le dévisageait, médusée.

— Mais c'est de la folie ! Pourquoi faites-vous cela ?

Il la regarda, retroussa les lèvres en un rictus de dégoût. Mais elle savait que c'était là le rictus même du Démon.

— Vous ne pouvez pas comprendre, je le savais. Que j'aime Lily à ce point, que je puisse croire lui devoir jusqu'à ma vie, que je veuille lui offrir ce qu'elle désirait le plus au monde quoi qu'il m'en coûte, ce sont là des notions qui dépassent votre entendement. Mes raisons ne sont cependant pas entièrement désintéressées. J'aurais grand plaisir à vous voir pour une fois contrainte à agir comme un être humain digne de ce nom.

Elle demeura un moment silencieuse. La haine bouillait en elle, lui dévorait le ventre. Elle l'aurait tué si elle l'avait pu, si elle en avait eu le pouvoir.

Mais il existait d'autres moyens de le faire payer. Elle en trouverait un. Dût-elle en mourir, elle en trouverait un.

Elle posa sur lui un regard mauvais.

— Vous êtes bien sot, jeune homme.

Il haussa un sourcil intrigué.

— Pardon ? Vous comptez m'épingler ? C'est une menace ?

Hope se contenta de sourire.

Le Mal avait bien des visages. Mais le Seigneur ne laisserait pas les coupables impunis.

55

La maison de River Road faisait signe à Glory, l'appelait doucement, par son nom, comme un amant. Emerveillée, elle la contemplait du bout de la longue allée bordée de vieux chênes. C'était pour elle le plus bel endroit du monde. Trois semaines avaient passé depuis la lecture du testament de Lily, et elle avait toujours autant de peine à croire que la maison lui appartenait.

Au cours de ces trois semaines, elle y était venue aussi souvent que possible. Parfois, comme la nuit dernière, elle y restait dormir et, parfois, elle prenait deux petites heures sur son emploi du temps pour une brève visite.

Glory se pencha pour cueillir un brin d'herbe. La maison exerçait sur elle une puissante attraction. Elle y était heureuse, s'y sentait détendue, en paix avec elle-même. Ici, elle était à sa place, chez elle.

Lentement, prenant tout son temps, elle se dirigea vers le bâtiment. Elle n'avait nulle part où aller aujourd'hui. L'hôtel pouvait se passer de sa présence. Ces dernières semaines, elle s'était occupée à trier des cartons de souvenirs et de photos, à étudier les comptes de la maison. Ses ancêtres avaient tenu un petit commerce florissant — honteusement lucratif, même. Il était donc curieux que Lily eût possédé si peu de biens à sa mort.

Glory bâilla, glissa les doigts dans ses cheveux. La nuit précédente, elle avait découvert un coffret contenant des journaux intimes. Ceux de ses aïeules, qui remontaient à la première sous-maîtresse, Camelia Pierron. Il y avait aussi quelques journaux de filles qui avaient travaillé là, et dont les journées vides passaient manifestement dans l'attente des nuits.

Fascinée autant qu'horrifiée par les récits de ces filles, Glory avait lu jusque tard dans la nuit, jusqu'à ce que les yeux lui brûlent. La fatigue avait finalement eu raison d'elle, mais elle comptait bien reprendre sa lecture.

Parmi les branches d'un grand chêne, un oiseau se mit à chanter. Glory leva la tête, sentit courir sur son visage la caresse d'une légère brise. Derrière elle, il y eut un bruit de moteur. Une voiture empruntait l'allée.

Son cœur s'accéléra violemment tandis qu'elle se retournait.

Santos.

Avec un sentiment de fatalisme, elle vit le véhicule approcher lentement, soulevant un petit nuage de poussière dans son sillage. Elle avait toujours considéré Santos comme une sorte de double, l'autre moitié d'elle-même. Il était l'aune à laquelle elle mesurait les hommes. Il lui semblait naturel et juste qu'il soit là, maintenant, qu'il apparaisse comme par enchantement, comme il lui était apparu pour la première fois.

Il arrêta la voiture à sa hauteur. Par les vitres ouvertes, le vent avait ébouriffé ses cheveux bruns, et elle brûlait de les lisser. Par prudence, elle mit les mains dans ses poches.

— Bonjour, Santos.

— Nous avons à parler.

Malgré les battements précipités de son cœur, Glory sourit calmement.

— D'accord. Allons parler sur le balcon.

Santos redémarra pour garer la voiture sur le côté de la maison. Elle le rejoignit et ils montèrent ensemble l'escalier qui menait au balcon en galerie du premier étage.

Santos admirait la maison, l'air songeur, nostalgique.

— C'est la première fois que je reviens depuis... sa mort.

— Cela te rappelle des souvenirs.

— Oui, dit-il en cherchant ses yeux. De bons souvenirs.

— A moi aussi, paradoxalement. Je n'ai pourtant pas de passé ici.

— Tu en as plus que moi, mais il est d'une autre nature.

Elle pensa à Lily, aux journaux intimes qu'elle avait lus, et l'émotion lui noua la gorge. Elle s'éclaircit la voix.

— Tu veux du thé glacé, un soda, quelque chose ?

— Rien, merci.

Rien. Il ne désirait rien d'elle.

— Comment savais-tu que tu me trouverais ici ? s'enquit-elle en se détournant légèrement.

— Une intuition.

Il eut un sourire amusé et ajouta :

— Et aussi le renseignement fourni par ton gérant. Curieux comme un badge de police ouvre les portes.

— Vincent n'est pas toujours très calme, mais il compense ce travers par son efficacité. Parle-moi plutôt de ton intuition.

— Tes yeux t'ont trahie quand on t'a annoncé que Lily te laissait la maison.

— Je suis désolée. Je sais que tu voulais…

— Ne regrette rien. Je ne le regrette pas.

— Menteur, murmura-t-elle gentiment, sans méchanceté. Je vois la vérité dans tes yeux.

Il inclina la tête, lui concédant le point, puis il alla jusqu'à la balustrade et contempla l'allée bordée de chênes.

— Ce n'est pas un sentiment désagréable, Glory.

— Juste un peu triste.

— Un peu triste, oui.

Il lui jeta un coup d'œil par-dessus son épaule.

— Maintenant qu'elle est à toi, qu'en penses-tu ?

— Que je l'aime. Que je suis ici chez moi, à ma place.

Elle vint se placer près de lui et fixa l'horizon.

— Je ne comprends pas la fascination que ce lieu, cette maison exerce sur moi. Car elle me fascine. C'est étrange… cela me fait un peu peur.

Il croisa son regard, et ils restèrent ainsi pendant un long moment, les yeux dans les yeux, en silence. Puis il se détourna, reporta son attention sur le fleuve.

Elle déglutit péniblement. Le contact de ses yeux lui manquait. Elle se sentait soudain dépouillée, presque blessée. Santos aussi exerçait une fascination sur elle. Sur sa vie et son cœur. Depuis le premier instant où elle l'avait vu ; et aujourd'hui encore, après toutes ces années. Une fascination tout aussi mystérieuse et incompréhensible que celle qu'exerçait sur elle la maison.

Elle soupira. Autrefois, elle avait déclaré à Liz que Santos était son destin. Cela semblait bien sot aujourd'hui. Des paroles d'adolescente naïve.

Pourtant, en un sens, c'était la vérité. Elle ne parvenait pas à se défaire de l'image de Santos, à l'oublier. Sans lui, elle était incapable d'avancer.

Depuis qu'ils s'étaient connus, aimés, le désir qu'elle avait de lui la tourmentait et elle brûlait d'être de nouveau avec lui.

Il se tourna brusquement vers elle et croisa son regard. Sur son visage, dans ses yeux, il lisait à livre ouvert et elle le savait. Elle ne chercha cependant pas à feindre. Elle voulait qu'il sache combien elle avait envie de lui, douloureusement envie.

Elle se sentait intrépide, sans peur, vivante et vibrante jusqu'au vertige. Un rire incrédule monta jusqu'à ses lèvres, mais elle le retint. Peut-être que le lieu l'influençait. Peut-être était-ce le fait d'avoir lu les journaux de ces femmes qui s'abandonnaient sans honte à la luxure, qui vivaient de leur corps, mais sans amour.

Ou peut-être qu'elle comprenait enfin ses propres besoins.

Elle leva doucement une main, effleura le visage de Santos, d'abord sa joue, puis sa bouche.

— Je te veux.

Il lui prit la main.

— Glory, je…

— Non, dit-elle en portant les doigts à ses lèvres.

Elle les embrassa, les goûta de sa langue, les suça enfin. Pour la première fois depuis des années, elle se sentait honnête.

Pour la première fois depuis dix ans. Depuis qu'elle avait vraiment désiré un homme — lui. Mais elle ne l'avait pas compris alors. Elle était trop jeune, inexpérimentée. Aujourd'hui, elle savait ce qu'elle désirait. Et elle savait comment satisfaire un amant.

— Tu me veux aussi, murmura-t-elle. Je le sais.

— Oui, répondit-il d'une voix enrouée par le désir.

Il chercha ses yeux.

— Oui, dit-il encore. Je te veux aussi. Mais…

— Non. Pas de mais. Viens.

Elle l'entraîna dans la maison, à l'étage, vers l'un des grands lits moelleux. Les fenêtres étaient ouvertes. La brise du Mississippi agitait doucement les rideaux de dentelle. Des taches de soleil pommelaient le sol, les murs, le lit.

Ils s'y laissèrent tomber ensemble, dans la lumière, et le temps s'arrêta, devint éternité tandis qu'ils s'exploraient, se donnaient du plaisir. Ils donnèrent sans compter, se rendant leurs caresses. Leur union fut exquise, idéale, tour à tour tendre et brutale, ardente et langoureuse. Glory comprit alors pour de bon ce que c'était d'être femme.

Ensuite, ils restèrent enlacés, trempés de sueur, pantelants et complètement détendus. Il ne se détacha pas d'elle, et elle en fut heureuse bien qu'elle n'eût aucune illusion sur la nature de leurs rapports.

Elle effleura sa poitrine du bout des doigts, goûtant la fermeté de ses muscles.

— Tu regrettes ? demanda-t-elle à voix basse.

— Non. Et toi ?

Elle nia de la tête.

— Impossible. C'était si… merveilleux.

Il sourit, satisfait, puis, quittant ses yeux, il contempla les moulures du plafond.

Elle suivit son regard.

— C'est quelque chose, cette maison, hein ?

— Hmm.

Il resserra son étreinte.

— Tu as décidé de ce que tu allais en faire ?

— Pas encore.

Elle appuya la joue contre son torse, déchirée entre le moment présent et l'avenir.

— Il y a tant d'histoire ici. Ce lieu est intégré au passé de la Louisiane. Il est particulier, unique. C'est une merveille. Ce serait un tort de le transformer.

Elle inspira profondément et reprit :

— Les femmes qui vivaient ici méritent qu'on se souvienne d'elles. Pas en tant que modèles de conduite, certes, mais enfin elles font partie de l'histoire.

— Tu pourrais y vivre.

— J'aimerais bien, mais c'est trop loin de l'hôtel. Et puis, je crois que je m'y sentirais seule.

A moins que Santos y vive avec elle.

La pensée lui était venue spontanément. Elle la rejeta.

Inutile de se leurrer, de rêver d'avenir avec Santos, de rêver d'amour. Le rêve ne se réaliserait pas et, si elle s'autorisait à espérer, elle ne manquerait pas de souffrir.

— Alors ? Qu'envisages-tu ? s'enquit-il, interrompant le cours de ses pensées.

— Je dois aussi prendre certaines décisions concernant l'hôtel. Projeter des modifications…

Elle soupira.

— … Des modifications que mon père aurait réprouvées.

— Les temps changent, Glory.

— Je sais.

Elle pressa les lèvres contre son épaule, retint les larmes qui lui brûlaient les yeux.

— J'aurais aimé gérer l'hôtel avec plus d'expertise pour

qu'il tourne comme par le passé malgré les changements du monde qui nous entoure. Je sais que c'est idiot.

— Non, pas idiot, murmura Santos en lui effleurant le dos. Mais voué à l'échec. Le monde n'est plus ce qu'il était et, si ton père vivait aujourd'hui, il serait contraint de s'adapter lui aussi aux nouvelles données économiques.

Elle releva la tête, chercha ses yeux.

— Merci… Cela me réconforte. Je… je l'aimais tellement.

— Je sais.

Les doigts de Santos interrompirent leur va-et-vient. La caresse cessa.

— Il faut que je te dise quelque chose.

Elle se redressa sur un coude, le front soucieux.

— Cela a l'air grave.

— C'est une question de point de vue.

— Je ne comprends pas.

— Je sais où ta mère a trouvé l'argent pour sauver l'hôtel il y a dix ans.

— Ah oui ? Où cela ?

— Lily.

Santos lui expliqua comment sa remarque le jour de la lecture du testament l'avait poussé à réfléchir aux plis qu'il avait portés à sa mère dix ans plus tôt, à ce que Hope avait pu lui remettre en échange, au changement de train de vie de Lily suite à cet échange de missives. Il lui déclara avoir cherché dans les papiers de Lily et découvert les trois lettres de reconnaissance de dettes stipulant que les sommes empruntées seraient remboursées à la demande.

— Je ne…, balbutia Glory qui n'en croyait pas ses

oreilles. Tu veux dire que ma mère… te doit cinq cent mille dollars ?

— Oui et non. Je lui ai proposé un marché.

— Un marché ? Tu lui en as donc parlé ?

— Oui. Après avoir consulté un avocat.

— Je vois.

Elle s'assit sur le lit, se passa des doigts tremblants dans les cheveux.

— Quand as-tu retrouvé ces lettres ?

— Il y a quinze jours.

— Et c'est maintenant que tu me l'apprends ? C'est charmant. Merci pour le vote de confiance, Santos.

— Je n'avais aucune raison de t'en parler plus tôt.

Elle était mortifiée, blessée. Cette petite omission en disait long sur leurs rapports. Quels rapports d'ailleurs ? Elle avait été bien sotte. Leurs rapports étaient un leurre. Ils avaient couché ensemble, voilà tout.

Ne pas confondre le sexe et l'amour. Il n'y avait pas entre eux ce qu'il y avait eu dix ans plus tôt.

Et c'était cela qu'elle voulait. Qu'elle n'aurait jamais. Elle se mordit la lèvre, se refusa à pleurer. Se refusa à admettre combien elle souffrait. Combien le manque de confiance dont il avait témoigné lui était douloureux. Il avait si piètre opinion d'elle qu'il n'avait pu lui dire que sa mère lui devait cinq cent mille dollars.

— Et avant… tout ça, reprit-elle en balayant du geste le lit en désordre. Tu ne crois pas que tu avais une obligation morale de m'en parler avant que nous… avant tout ça ?

Il scruta son regard.

— Je ne vois pas ce que cela aurait changé.

Elle leva les yeux vers le plafond. Peut-être que cela n'aurait pas changé grand-chose avant, mais après…

S'il le lui avait dit avant, elle ne souffrirait pas autant à présent.

— C'est pour cela que tu es venu aujourd'hui ?

Les doigts crispés sur les couvertures, elle priait le ciel qu'il n'en soit rien, qu'il soit venu pour la voir, parce qu'il pensait à elle, qu'il la désirait.

— Oui.

Le souffle court, elle lui tourna le dos, s'assit au bord du lit.

— Comme une sotte, j'ai cru que tu venais pour d'autres raisons.

— Allons, ne te fâche pas.

Il se redressa, tenta de la rattraper mais elle lui échappa, se leva, emportant le drap avec elle, s'en enveloppant avant de lui faire face.

— On peut savoir quel genre de marché tu lui as proposé ? Quels intérêts ? Soixante cents pour un dollar ? Quarante ?

— Voyons, pourquoi aurais-je conclu ce genre de marché, Glory ? Elle a emprunté cette somme à Lily, l'a pratiquement ruinée. Elle avait promis de la lui rendre et ne l'a jamais fait. Lily m'a laissé les reconnaissances de dettes. Elle pouvait les détruire. Elle voulait donc que je les aie.

Glory se raidit.

— Bien sûr. Tu as droit à ton héritage.

Elle se baissa pour ramasser son T-shirt et son slip. Puis elle se redressa, releva le menton dans une attitude de défi.

— Je suis très occupée aujourd'hui. Mieux vaudrait que tu t'en ailles.

Il fronça les sourcils, irrité.

— On prend des airs, princesse ? Tu imagines peut-être que je devrais pardonner à ta mère sous prétexte que tu baises bien ?

— Va te faire voir !

Elle pivota sur elle-même et se dirigea vers la salle de bains au pas de charge. Il se leva, la suivit, bloqua la porte qu'elle avait l'intention de lui claquer au nez.

— Dehors ! aboya-t-elle.

Elle serrait le drap autour d'elle, ce qui lui parut vaguement ridicule puisqu'il l'avait vue nue quelques instants plus tôt, qu'il avait vu et même goûté les parties de son corps qu'elle s'efforçait de lui cacher telle une vierge effarouchée.

— Contrairement à toi et à ta mère, je n'ai que faire de l'argent. Je lui ai promis que j'oublierais ses dettes si elle reconnaissait publiquement Lily pour sa mère. C'est cela le marché que je lui ai proposé.

Glory le dévisagea, muette de surprise. Elle avait certainement mal entendu, mal compris.

— Tu plaisantes ? Ce n'est pas possible ? Tu ne veux tout de même pas dire que tu oublierais...

— Justement si. Vois-tu, je me fiche éperdument de l'argent, de l'hôtel, de tout ce que je pourrais tirer de la situation. Ta mère s'est mal conduite envers Lily. Elle l'a brisée, et elle va faire amende honorable, même s'il m'en coûte un demi-million de dollars.

Sur ces mots, il lui tourna le dos et s'éloigna.

— Ecoute... Je regrette...

Il s'arrêta mais ne se retourna pas.

— Tu regrettes quoi ?

— Je t'ai mal jugé. J'étais en colère, vexée que tu n'aies pas confiance en moi. Pas assez pour m'en parler quand tu as découvert les lettres.

— Je devrais avoir confiance, Glory ?

— Oui.

— Et toi ? demanda-t-il en la regardant par-dessus son épaule. Tu as confiance en moi ? Tu crois en moi ?

Elle ouvrait la bouche pour répondre, mais il nia de la tête.

— Non, Glory. A y bien regarder, non, tu n'as jamais eu confiance en moi. Si tu avais cru en moi, jamais tu… Bon, laissons tomber.

Le cœur battant, elle s'avança vers lui.

— Comment te prouver que tu te trompes, Santos ? Je tiens à te le prouver.

Il soutint son regard sans fléchir.

— Je n'en sais rien, Glory. Il est peut-être trop tard pour cela.

Elle n'avait plus seize ans, elle était une femme à présent et elle savait ce qu'elle voulait. Elle voulait Santos, voulait être sa maîtresse, voulait qu'ils forment un couple. Elle voulait tout, l'impossible. Elle en voulait plus qu'il n'était prêt à lui offrir.

La gorge nouée, elle s'efforça de parler :

— J'aimerais te revoir… J'aimerais… être avec toi… comme tout à l'heure.

Elle fit un pas de plus vers lui, inspira profondément. Jamais elle n'avait eu aussi peur de sa vie.

— Ce serait possible, Santos ?

— Cela dépend.

— De quoi ?

— De toi. De ce que tu peux accepter de moi. De tes exigences.

Il se pencha et prit sa bouche en un bref baiser qui lui retourna l'âme.

— Mes sentiments ne changeront pas. Ciao, princesse.

56

Hope longea le corridor mal éclairé. Une odeur fétide de pourriture lui soulevait le cœur. Elle retint son souffle, mais cette puanteur l'asphyxiait toujours. Soudain, elle se rendit compte avec horreur que c'était elle-même qui empestait ainsi et souillait l'air.

Elle ferma les yeux de toutes ses forces, la tête pleine d'images d'elle et de la mâle créature se tordant sur le lit, d'images d'eux noués et enchevêtrés tels deux serpents. Elle s'était vautrée dans le plaisir impur de ses mains, de sa bouche, puis elle avait manié le fouet pour le punir de ses péchés.

Pourtant, la Bête en réclamait encore. Un cri de terreur franchit ses lèvres et elle porta une main à sa bouche pour en étouffer un second. Ces temps derniers, la Bête en voulait toujours davantage. Elle avait beau céder de plus en plus souvent, se soumettre à sa loi, cela ne suffisait pas.

A cause de lui. De ce Santos.

Devant elle, la lumière filtrait autour des fenêtres noircies et de la lourde porte de métal verrouillée de l'intérieur. Le Bien qui luttait pour conquérir le Mal. Hope resserra les pans de son châle autour d'elle. Le Bien triompherait, elle le croyait, elle n'avait pas le choix.

Si elle perdait la foi, elle était perdue.

Elle s'approcha de la lumière. Encore quelques pas, et elle serait sortie de ce lieu maudit. Peut-être qu'alors la Bête se calmerait. Elle compta ses pas, atteignit la porte, tira le verrou et se glissa dehors.

L'air frais lui éclaircit l'esprit, mais elle tremblait toujours. Elle inspira profondément et se hâta vers sa voiture, priant le ciel que personne ne l'aperçoive. Elle n'avait pas pu attendre la nuit ; la Bête avait exigé d'elle satisfaction immédiate.

Une fois à l'abri dans sa voiture, elle s'autorisa un moment de répit. Comme elle l'espérait, la lumière du soleil avait fait reculer les Ténèbres. Le Mal s'était tu et le silence dans sa tête était bien agréable. Serrant les mains sur le volant, elle se cala contre son siège et ferma les yeux.

Les jours, les semaines écoulés depuis que Victor Santos était venu frapper à sa porte avec des menaces avaient été un long cauchemar. Après avoir consulté son avocat, elle avait suivi à la lettre les instructions du lieutenant malgré sa réticence et son dégoût. Elle avait joué aux yeux de tous le rôle tragique de victime, de la fille qui adorait sa mère mais avait dû la fuir pour se protéger, sauver sa propre vie.

Elle s'était étonnée de voir que ses associés comme ses amis ne l'avaient pas reniée, lui demeuraient fidèles. Encore qu'elle n'eût guère d'illusions. Les commérages se répandaient dans la bonne société de La Nouvelle-Orléans comme un feu de broussailles. Devant elle, ils applaudissaient son courage, ils comprenaient, l'assuraient de leur commisération.

Mais elle n'était pas dupe des regards entendus qu'ils échangeaient entre eux, de leur répugnance. Même le père Rapier la considérait d'un autre œil.

Elle était née de la chair de prostituées, souillée, vulgaire. Elle portait la marque du péché.

Elle crispa les doigts sur le volant. Le Mal l'avait dévastée de son rire, de ses appels incessants. En se déchirant, le voile de pureté avait décuplé la puissance de la Bête, qui la taraudait maintenant sans relâche, sans remords, sans lui laisser un seul moment de paix ou de répit.

La maîtrise d'elle-même dont elle était si fière, qui l'avait si longtemps protégée, se lézardait, la trahissait de plus en plus souvent.

Elle portait le sceau du Mal. Et tous le voyaient à présent.

Hope rouvrit les yeux. Le soleil l'aveuglait douloureusement, mais elle accueillit cette douleur avec joie. Elle desserra sa main droite et regarda sa paume rouge, meurtrie par le fouet. Elle regrettait que les cris de douleur qui lui avaient vrillé les tympans n'eussent pas été ceux de Victor Santos. C'était lui qu'elle aurait voulu châtier. Elle éprouvait pour lui une haine sans bornes. Une haine qui défiait la logique, la raison, qui brûlait en elle comme un feu dévorant.

Il croyait avoir gagné, l'avoir battue. Elle voyait son sourire ironique, entendait l'écho de son rire. Glory et lui se fréquentaient. Sa fille le lui avait annoncé, jeté au visage comme un défi. Mais Glory ne comprenait pas, elle ne percevait pas la Bête derrière le masque de beauté. Comme toujours, c'était à elle, Hope, de montrer à sa fille la vérité nue, de la sauver.

Hope frissonna. Victor Santos paierait. Elle avait des amis, des gens qui, moyennant finance, accepteraient de l'aider. Des gens qui l'avaient toujours aidée.

Oh oui, elle s'arrangerait pour que Victor Santos regrette d'avoir osé mettre Hope St. Germaine au pied du mur.

SEPTIÈME PARTIE

Paradis

57

La Nouvelle-Orléans, Louisiane, 1996

Chop Robichaux était un monument du Quartier français que les touristes ne voyaient pas, une note de couleur locale que les résidents eux-mêmes ignoraient. Sauf s'ils appartenaient au monde douteux du vice. Sauf si leurs penchants sexuels allaient contre les lois de Dieu et des hommes. Auquel cas, ils connaissaient Chop Robichaux comme un homme d'affaires retors doué d'un flair peu commun, un homme d'affaires connu pour se sortir de n'importe quel pétrin et pour satisfaire, moyennant finance, toutes les perversions imaginables.

Cet homme-là détenait des renseignements concernant Blanche-Neige, le tueur.

Raccrochant le combiné, Santos fronça les lèvres, pensif. Chop lui avait déclaré que, s'il voulait épingler Blanche-Neige, il lui fallait venir immédiatement à son club de Bourbon Street.

Santos n'avait aucune confiance en Chop Robichaux, personnage qu'il jugeait plus traître et plus fangeux que les marais eux-mêmes. Mais si, dans le Quartier français, il existait une personne capable de détenir des renseignements confidentiels sur celui qui trucidait les putes, c'était

Chop. D'ailleurs, les jeunes prostituées étaient son fonds de commerce.

— Qui c'était ?

Santos regarda Glory par-dessus son épaule. Nue sur le lit parmi les draps froissés, elle était d'une beauté à couper le souffle. Il sentit aussitôt renaître son désir. Faire l'amour avec elle était d'un érotisme torride, passionné, une expérience qui dépassait de loin tout ce qu'il connaissait. Ces deux dernières semaines avaient passé dans un ardent brouillard de frénésie sexuelle.

S'arrachant à son désir naissant, il s'obligea à se concentrer sur ce qui l'occupait — Chop et ses éventuels renseignements sur Blanche-Neige.

— Tu veux faire un tour ? demanda-t-il.

— Oui, où allons-nous ?

— Au Quartier français, voir un vieux copain.

Elle se redressa, rejeta en arrière ses cheveux emmêlés et scruta ses yeux, comme si elle pressentait quelque complication.

— Un vieux copain ? Quel genre de copain ?

Il se pencha pour l'embrasser avec ferveur, rompit le baiser à regret.

— Je te raconterai dans la voiture.

— Je connais un endroit où on sert des margaritas assassins. Ils ont aussi des frites géniales, et de la sauce mexicaine au piment.

— Je vois, commenta Santos en riant.

Il l'embrassa de nouveau, brièvement cette fois, et ajouta :

— Il faut se dépêcher.

Ils se levèrent, passèrent rapidement sous la douche et se vêtirent sans perdre de temps en conversation. Il appréciait cette qualité, chez elle. Glory ne se sentait pas obligée de meubler le moindre silence de son bavardage. Etrangement cependant, et cela le troublait, les silences entre eux n'étaient jamais vides, jamais tendus. Ils auraient dû l'être, pourtant.

Vingt minutes plus tard, ils roulaient vers le cœur du Quartier français.

— Alors, raconte-moi qui est ce vieux copain que nous allons voir.

— Un tordu que j'ai connu à la brigade des mœurs, un dénommé Chop Robichaux.

— Chop Robichaux. Le nom me dit quelque chose.

— Pas étonnant. Il y a six ans de cela, il s'étalait à la une de tous les journaux. Tu te souviens du scandale impliquant la police, que la presse avait appelé l'affaire de la bande des quatre ?

Elle plissa le front, réfléchit, puis hocha lentement la tête.

— Vaguement, oui.

— Laisse-moi te rafraîchir la mémoire. Quatre agents de la brigade des mœurs de La Nouvelle-Orléans avaient été inculpés et condamnés pour corruption. Ils touchaient des pots-de-vin pour fermer les yeux sur les activités d'un club situé à la limite du Quartier français. Une sorte de sex-shop, mais pas le modèle courant à l'usage des touristes. On y faisait dans le porno hard, des trucs vraiment sales. Une part du commerce reposait sur l'exploitation sexuelle des mineurs, principalement des gosses en fugue. Le lieu s'appelait The Chop Shop. D'après le nom du propriétaire, le type que nous allons voir.

— L'exploitation sexuelle des mineurs ? C'est dégoûtant, pire que tout.

— Quand le scandale a éclaté, c'était précisément l'opinion générale. Et le fait que des officiers de police aient pu fermer les yeux sur ce sale trafic contre de l'argent n'arrangeait pas les choses. C'est d'ailleurs pour ça que je leur ai cassé la cabane.

— Cassé la cabane ? Qu'est-ce que tu veux dire ?

— A l'époque, j'étais responsable de la brigade des mœurs. Je me suis rendu compte que certains de mes agents touchaient des dessous-de-table du milieu. Je suis allé voir Chop pour négocier un compromis. Ensuite, j'ai averti le ministère de l'Intérieur.

— Cela n'a pas dû te rendre très populaire.

— C'est le moins qu'on puisse dire. Heureusement, ma hiérarchie m'a transféré aux homicides peu de temps après.

Il s'engagea dans Bourbon Street.

— Le ministère s'inquiétait davantage des flics ripoux que de Chop. Ce dernier a témoigné contre eux, en échange de quoi on ne l'a pas poursuivi.

— Il n'a pas fait de prison ? demanda Glory, outrée.

— C'est la règle du jeu, chou. Procédure normale. Bien sûr, ils lui ont fait fermer boutique. Et il a rouvert deux rues plus loin. Cette fois, il est censé rester dans la légalité. Mais les types comme Robichaux sont incapables de respecter les règles, la loi. Note bien que ce n'est plus de mon ressort.

— Alors, c'est tout ? Fin de l'histoire ?

— Pas tout à fait.

Il gara la voiture en stationnement interdit devant chez Chop.

— L'un des quatre a prétendu que j'étais dans le coup. D'après lui, j'aurais su que l'Intérieur enquêtait sur l'affaire et je les aurais donnés pour sauver ma peau. Et en effet, l'Intérieur avait bien reniflé quelque chose, semble-t-il. Ils auraient même enquêté sur moi sans rien trouver.

— Et on a cru ce flic sur parole ? s'étonna Glory.

Santos coupa le contact.

— J'avais commis une gaffe et ça faisait désordre. J'aurais dû avertir immédiatement le ministère de mes soupçons et ne pas me mêler de tout cela. Seulement, je voulais des preuves. Et je tenais à être sûr que Chop me soutiendrait.

— Donc, tu lui as proposé un marché, et il estime te devoir un service ?

Santos éclata de rire.

— Pas précisément, non. Ce type ne peut pas me sentir. Rappelle-toi que je lui ai cassé son cirque.

Silence. Santos coula un bref regard à Glory.

— Alors ?

Elle se tut un moment encore puis agita la tête.

— Il y a un truc qui m'échappe. Si ce Chop te déteste tant, pourquoi est-ce qu'il t'a appelé pour te proposer des renseignements ?

— Bonne question. Je me la pose aussi. Mais ce n'est pas aussi absurde qu'il y paraît. Je suis responsable de l'enquête. Il me connaît. Suppose qu'il soit impliqué dans l'histoire de Blanche-Neige, qu'il veuille proposer un marché. Peut-être qu'il cherche à tâter le terrain pour voir s'il a une chance.

— Tu devrais appeler Jackson. Ou demander des renforts.

— Des renforts ? Tu plaisantes. Tu regardes trop de séries policières. Il y a un monde de différence entre une petite conversation avec un informateur et une situation de danger.

Il vit qu'elle jetait des regards nerveux en direction du club. Il y avait du monde dans la rue, comme tous les samedis soir. De temps à autre, quelqu'un entrait ou sortait de la boîte de nuit, permettant à Santos et à Glory de lancer un coup d'œil à l'intérieur. L'endroit était bondé.

— Bon, dit-il. J'y vais. Attends-moi, j'en ai pour dix minutes.

— Tu es sûr ?

— Ouais.

Il se pencha vers elle, l'embrassa et ajouta :

— Ensuite, on pensera aux margaritas.

Il sortit de voiture et traversa la rue. Le club était effectivement bondé. Sur la scène, une jeune femme très dévêtue ondulait au rythme d'une musique assourdissante. L'endroit empestait la bière, le tabac et la sueur. Cela lui rappelait des souvenirs. De mauvais souvenirs. Son enfance, ses années passées à la brigade des mœurs.

Apercevant Chop derrière le bar, il se dirigea vers lui à travers la foule, se faisant bousculer au passage.

Un type portant un T-shirt à l'enseigne de la bière locale le heurta de plein fouet, lui répandant de la bière sur ses vêtements.

— Hé, vieux, regarde où tu vas ! s'exclama Santos en se reculant.

Il sentit une main se poser sur son dos. L'autre sourit, révélant deux rangées de dents gâtées.

— Excuse, marmonna-t-il en chaloupant. Pas fait exprès.

Santos lui montra son badge.

— Je crois que tu as assez bu, l'ami. Va prendre l'air.

Le type s'écarta, sourit de nouveau.

— A vos ordres, monsieur l'agent.

Santos sentit le duvet de sa nuque se hérisser. Il fronça les sourcils, se tourna vers le bar où se tenait Chop. Ce dernier lui fit signe d'approcher.

Il servait un client à l'autre bout du comptoir lorsque Santos atteignit le bar. Robichaux était un homme de petite taille, trapu, au crâne dégarni et aux cheveux teints d'un blond platine invraisemblable. Il avait la peau grasse et le visage grêlé de marques d'acné. Mais ce n'était pas son physique repoussant qui donnait le frisson. C'était plutôt une émanation de son psychisme. Chop Robichaux avait l'âme d'un monstre.

Se sentant observé, Chop jeta un regard à Santos par-dessus son épaule, lui adressa une sorte de sourire, puis il vint le rejoindre.

— Salut, le taré. Ça fait un bail.

— Tu as des renseignements pour moi ? attaqua Santos, refusant de jouer le jeu.

— Quel genre de renseignements tu veux ?

— Déconne pas avec moi, Robichaux. Tu as des renseignements, ou pas ?

L'homme retroussa de nouveau les lèvres en un sourire ambigu, effrayant.

— Non. Je voulais juste voir ta jolie gueule à mon bar.

— Je devrais te coffrer tout de suite.

— Essaie toujours, ricana l'autre. T'as pas de motif. Je suis nickel.

— Quand l'enfer gèlera, oui. Je pourrais peut-être inventer un truc. J'ai même de grandes chances de tomber juste.

— T'as pas les couilles.

Il rit de nouveau, d'un rire de gamine qui vient de jouer un bon tour.

— Toujours aussi boy-scout, à ce que je vois. Mais tu sais, même les boy-scouts ont leur heure de gloire. Maintenant, tire-toi.

— Avec plaisir, Robichaux. Ça pue chez toi.

Santos se dégagea du bar, le ventre noué par un sentiment de malaise, le cerveau tournant à plein régime. Pourquoi Chop jouait-il les imbéciles après avoir prétendu détenir des renseignements sur Blanche-Neige ? Peut-être avait-il eu un sursaut de panique à la dernière minute. Peut-être qu'il ne pouvait pas parler pour le moment, que le meurtrier était dans les parages. Ou alors, il se fichait de lui.

Mais ces explications ne le satisfaisaient pas, n'allégeaient en rien le désagréable sentiment de malaise. Pourquoi Chop Robichaux aurait-il appelé un lieutenant de la brigade des homicides un samedi soir, chez lui, dans le seul but de se payer sa tête ?

La situation sentait le roussi, et pas qu'un peu. Chop mijotait un coup. Un coup qui l'impliquait, lui.

Santos quitta le club sans encombre. Dehors, il chercha des yeux sa voiture. Glory l'attendait, le guettait. Elle sourit et lui fit un signe de la main.

— Lieutenant Santos ?

Quatre hommes l'entourèrent — des flics à en juger par leur costume bon marché et leur coupe de cheveux réglementaire. Santos les considéra, méfiant.

— Oui.

L'un des hommes lui montra son badge.

— Lieutenant Brown, de la Sûreté. Voici les officiers Patrick, Thompson et White.

Santos regarda tour à tour les quatre policiers visiblement hostiles. C'était donc ça ! On lui avait tendu un piège. Mais qui ? Et pourquoi ?

— Que puis-je pour vous, lieutenant ?

— Je pense que vous le savez, lieutenant. Allez, face au mur.

Santos obéit, et l'un des policiers, sans doute Patrick, le fouilla, lui prit son arme, son badge.

— Qu'est-ce que c'est que ça ?

Patrick tira une enveloppe de la poche de veste de Santos et la tendit au lieutenant qui l'ouvrit aussitôt.

— Hmm. Cela ressemble à vingt et un billets de cent dollars, lieutenant. Des billets marqués. Pourriez-vous me dire d'où vous tenez cet argent ?

— Ç'aurait été avec plaisir, lieutenant. Mais je n'en ai pas la moindre idée. Je n'ai jamais vu cette enveloppe.

Santos réfléchit, fouilla sa mémoire. Une bonne demi-douzaine de personnes dans ce bar avaient pu lui glisser l'enveloppe dans la poche. Et il aurait volontiers parié cet argent que le gros sac de bière aux dents gâtées y était pour quelque chose.

— On m'a tendu un piège. C'est un coup monté.

— Comme par hasard.

L'agent Patrick lui saisit le bras, le tordit derrière son dos, lui mit une menotte au poignet et attacha l'autre à sa propre main gauche.

— J'ai déjà entendu celle-là quelque part.

Santos jura en silence.

— Je n'en doute pas. Mais cette fois, elle est vraie.

— Vous raconterez ça à votre avocat, coupa le lieutenant. Que quelqu'un lui lise ses droits.

58

Liz adressa un sourire las à son barman.

— Je m'en vais, Darryl. Tu es sûr que tu t'en tireras ?

Il sourit, d'un sourire malicieux qui éclaira son visage de lutin criblé de taches de rousseur.

— Oui, chef.

— Tu es certain que tu sauras fermer tout seul ? Sinon, si tu as un doute, je reste encore une petite heure.

— Rentre, tu as l'air crevée.

— Je le suis, dit Liz en passant son sac en bandoulière. De 9 heures du matin à 22 heures, ça fait de longues journées.

— Alors, qu'est-ce que tu attends ? File. Tout est en ordre. Et s'il y a un problème, je sais où te trouver.

Après avoir jeté un dernier coup d'œil au restaurant pour vérifier que tout était effectivement en ordre, Liz fit au revoir aux deux serveuses et sortit.

Sa voiture était garée sur un parking proche de Bourbon Street. Marcher ne la dérangeait pas, même lorsqu'elle sortait à 22 h 30. Cette zone du Quartier français était très passante, et elle ne quittait pas son fidèle sachet de poivre au cas où.

Fidèle. Pas comme Santos. Liz chassa la pensée importune de son esprit, inspira avec plaisir l'air nocturne et frais. Il lui fallait aller de l'avant, elle le savait. Elle avait l'habitude de survivre. Si elle s'imposait de longues journées au restaurant, c'était autant par choix que par nécessité. Plus elle s'investissait dans le travail et moins elle avait de temps pour penser à Santos. Moins elle avait de temps pour le regretter, souffrir.

Car, malgré tout, elle l'aimait encore.

Elle laissa échapper un petit soupir rageur. Jamais elle ne lui pardonnerait la douleur qu'il lui avait occasionnée en la trompant avec Glory. Si elle connaissait un moyen de le lui faire payer, elle n'hésiterait pas.

Avant de traverser Bourbon Street, elle vérifia que la voie était libre et s'arrêta soudain, médusée. Là, devant elle, Hope St. Germaine traversait la rue en sens inverse.

Liz se raidit, plissa le front. La vie nocturne du Quartier français s'accordait mal aux habitudes de cette aristocrate. Que faisait-elle ici ? Bah, elle était sans doute en mission au nom de la morale chrétienne. Occupée à gâcher la vie des gens pour voir triompher ses prétendues valeurs.

Mais seule ? A cette heure de la nuit ? Bizarre.

Sans prendre le temps de réfléchir, Liz changea de cap, s'éloigna de sa voiture pour suivre Hope St. Germaine. Elle était intriguée. Sa curiosité s'accrut lorsque, quelques instants plus tard, la femme franchit la porte du Paris Nights, un strip-tease appartenant à une ordure notoire du nom de Chop Robichaux.

Liz eut un frisson de dégoût. Lors des réunions de l'association des commerçants du Quartier français, Robichaux l'examinait toujours de la tête aux pieds, comme s'il se demandait quel prix il pourrait tirer d'elle sur le marché. Elle avait entendu parler de ses démêlés avec la loi, entendu sur lui de la bouche de ses collègues des histoires à donner le cauchemar.

Après tout, ce que Hope venait faire au Paris Nights ne la regardait pas. Ce qui ne l'empêcha pas de la suivre dans le club enfumé. Elle resta cependant près de la porte, tandis que Hope St. Germaine allait au bar parler à Chop. Au lieu de repartir immédiatement, comme si on lui avait indiqué les téléphones ou les toilettes, Hope attendit que le propriétaire de la boîte la rejoigne, et ils partirent ensemble vers le fond de la salle.

Liz plissa les yeux. Que faisait la très sainte et très respectable Hope St. Germaine avec cette ordure de Robichaux ?

De plus en plus intriguée, elle les fila en prenant soin de garder ses distances. Ils s'étaient installés dans une sorte d'alcôve à l'autre bout de la scène. Sur la pointe des pieds, Liz tendait le cou pour regarder par-dessus les danseuses. Elle vit Hope glisser ce qui semblait être une enveloppe en travers de la table.

— Dis, chérie, tu veux danser ?

Un homme qui empestait le whisky lui avait pris le bras et se collait à elle.

— Non, merci. Désolée, s'excusa Liz en se dégageant d'une secousse.

Elle battit en retraite vers la sortie, mais l'ivrogne la suivit.

— Hé, chérie ! Fais pas la fière ! Je parie que tu remues les fesses aussi bien que ces filles sur la scène !

Liz foudroya l'homme du regard.

— J'ai dit non, c'est non !

Il tenta de nouveau de l'agripper, mais elle s'esquiva, lui tapa sur la main et lui décocha un coup de pied dans le tibia. Surpris, l'homme laissa échapper un cri de douleur et se retira en chancelant.

Liz tourna les talons et se dirigea en hâte vers la porte.

59

Quarante-huit heures après l'arrestation de Santos, Glory le fit libérer en réglant la caution et le conduisit directement à l'hôtel où Jackson l'attendait.

Santos ne perdit pas de temps en préambules.

— Qu'est-ce que c'est que ce cirque, collègue ?

Jackson croisa posément les mains sur les genoux.

— Apparemment, Robichaux est allé voir le procureur général pour lui dire que tu le faisais chanter, que tu l'avais menacé de le cogner, lui et sa famille, s'il ne payait pas.

— Quoi ? Mais il déraille !

— Du calme, collègue, ce n'est pas tout. Chop aurait aussi déclaré que tu étais dans le lot des ripoux il y a six ans. La bande des quatre devient la bande des cinq, en somme.

Santos se laissa tomber sur une chaise. Le passé revenait le hanter. Il revoyait les regards soupçonneux et hostiles des agents de la brigade des mœurs. Il s'était senti trahi par eux, d'abord en découvrant qu'ils ternissaient l'honneur de la police pour des dessous-de-table, et ensuite lorsque l'un d'eux l'avait accusé, lui aussi, de corruption.

De voir son intégrité ainsi mise en doute lui avait porté un rude coup. Et voilà que cela recommençait.

Ne tenant plus en place, Santos se releva, se mit à arpenter la pièce.

— Chop prétend non seulement que tu faisais partie de la bande mais que tu en étais le chef, reprit Jackson. Il prétend que, ayant eu vent de l'enquête de l'Intérieur sur toi, tu as donné tes collègues pour sauver ta peau. Il dit t'avoir soutenu parce que tu menaçais sa famille. Il reconnaît d'ailleurs qu'il y avait tout à gagner puisqu'il était exempté de poursuites pour service rendu.

— Ah, le salaud ! gronda Santos en serrant les poings. Si je le tenais, je l'étranglerais avec plaisir.

— Ce que je ne comprends pas, intervint Glory qui n'avait encore rien dit, c'est que les gens de l'Intérieur soient si prompts à croire sur parole un criminel comme lui. Il n'est tout de même pas net, ce type !

Jackson lui sourit.

— Cela peut paraître ridicule mais, politiquement, il ne fait pas bon avoir l'air innocent en ce moment. Il y a eu trop de scandales dans la police, trop d'affaires impliquant des flics vendus. Sur la chaîne nationale, *60 Minutes* a présenté récemment deux reportages moins que flatteurs sur la police de La Nouvelle-Orléans, et Pennington a pris son poste de commandement en jurant qu'il débusquerait la corruption et nettoierait le service une fois pour toutes. La chasse aux sorcières est ouverte et, pour l'Intérieur, tu es coupable, mon vieux, jusqu'à preuve du contraire. Ils en reviennent toujours à la déclaration du flic qui prétendait que tu étais de la bande il y a six ans.

Santos se remit à arpenter la pièce.

— Donc, Robichaux va trouver le procureur général avec son histoire à dormir debout. Ils en réfèrent à l'Intérieur et proposent un marché. L'Intérieur organise un traquenard. Robichaux leur dit que je dois passer me faire payer. Ils lui donnent des billets marqués, et on me les glisse en douce dans la poche. Evidemment, tout le monde achète ce conte. Et pas seulement les abrutis de l'Intérieur, mais la totalité des gars, en bloc. Ils sont prêts à croire une raclure de poubelle plutôt que moi. Pour être réussi, c'est réussi !

— Pas tout le monde, rectifia calmement Jackson. Mais, pour certains, ça fait désordre. A cause de tes liens passés avec Robichaux, à cause de la manière dont tu as traité l'affaire de corruption il y a six ans, en allant voir Chop avant d'en référer à l'Intérieur. Et puis, tu étais là, dans son club, hier soir.

— C'est Robichaux qui l'a appelé, intervint Glory. Il affirmait détenir des renseignements sur Blanche-Neige. J'étais là.

— Peut-être, mais pas au téléphone. Pour l'Intérieur, ça ne compte pas. Donc, tu étais au club, et on a retrouvé l'enveloppe dans ta poche. Avec les billets marqués.

— Une enveloppe qu'on m'a glissée en douce.

— Minute. Je le sais, et tu le sais...

— Mais il va falloir le faire savoir à l'Intérieur, murmura Glory.

Elle regarda tour à tour les deux hommes et ajouta :

— Le problème, c'est : comment ?

— Et pour répondre à cette question, il va d'abord falloir trouver pourquoi ils ont monté ce bateau. Réfléchis, Santos. Tu ne travailles plus aux mœurs. Robichaux n'a plus rien à craindre de toi. Il y a suffisamment de meurtres dans cette ville pour te tenir occupé à plein temps. Alors, pourquoi aurait-il tout risqué dans le but de te tendre un piège ?

— L'argent. C'est la seule chose qui l'intéresse. Quelqu'un l'aura payé pour ça. Mais qui ?

— Ça, mon vieux, c'est la question du jour.

Le gérant de l'hôtel appela Glory. Ils parlèrent un moment au téléphone, puis elle s'excusa.

— Désolée, le devoir me réclame. Si vous avez besoin de quoi que ce soit, ma secrétaire me le fera savoir.

Santos alla la rejoindre près de la porte. Il lui prit la main, la porta à sa bouche.

— Merci, dit-il en plongeant dans ses yeux. Merci pour tout.

Elle lui sourit, pressa ses doigts.

— C'était la moindre des choses.

Quelques secondes plus tard, la porte se refermait derrière elle. Jackson émit un petit sifflement et se tourna vers Santos.

— Ça, c'est une femme exceptionnelle. Elle t'a soutenu comme c'est pas croyable. Elle a appelé tout le monde et son chien. Tu sais ce que tu fabriques avec elle ?

Santos plissa le front en regardant la porte par laquelle Glory était sortie. Elle l'avait soutenu, défendu avec acharnement, elle avait récusé publiquement les accusations portées contre lui. La nuit de l'arrestation, elle avait prévenu Jackson et contacté un avocat de renom ; une fois la caution fixée, elle avait rassemblé la somme, payé, puis organisé cette rencontre avec son partenaire.

Et pourtant, il n'avait cessé de se demander pourquoi elle se donnait tant de mal. De se demander quand le couperet retomberait. Et là, maintenant, il se le reprochait.

— Si je sais ce que je fabrique avec elle, hein ? En ce qui concerne Glory, je n'ai jamais rien compris.

Jackson hocha la tête.

— C'est ce que je craignais. Réfléchis bien, vieux. Sinon, tu vas encore te planter.

— « Encore » ?

— Oui. Il y a eu Liz aussi.

Santos baissa les yeux.

— Je n'étais pas amoureux, vieux. Il manquait quelque chose.

— Quelque chose qui ne manque pas avec Glory ?

Il avait cru l'aimer autrefois, mais cela, c'était il y a longtemps. Du temps où il croyait encore que le monde était ouvert aux âmes courageuses.

Il laissa échapper un soupir agacé.

— Tu t'intéresses à ma vie sentimentale maintenant ? Comme si nous n'avions pas assez à faire.

Jackson rit, puis redevint sérieux.

— Notre témoin récalcitrant est passé.

— Tina ?

— En personne. Elle prétend être suivie. Par Blanche-Neige.

Santos étudia l'expression de son partenaire.

— Mais tu ne la crois pas.

— Elle n'a pas le profil. Elle est trop vieille. La couleur des cheveux et des yeux ne correspond pas. Pourtant, elle a l'air d'avoir vraiment la trouille. Je pense aussi qu'elle voit des araignées bleues.

— Paranoïa induite par le contexte. Tu as vérifié tout de même ?

— Bien sûr. J'ai essayé également de la faire parler, mais je n'en ai rien tiré.

— Tu m'étonnes.

— Et puis, j'ai une autre raison de ne pas croire à son histoire de Blanche-Neige.

Au ton de son collègue, Santos comprit que la nouvelle n'était pas bonne, qu'elle serait peut-être la pire d'une journée chargée en mauvaises nouvelles.

— Vas-y.

— On a retrouvé un nouveau cadavre. A Baton Rouge.

— Baton Rouge ! s'exclama Santos, furieux, en proie à un accès de rage impuissante. Le salaud nous échappe, il nous file entre les doigts !

— Ce n'est pas certain. Peut-être qu'il...

— Je t'en prie, Jackson. Tu sais aussi bien que moi qu'il met les voiles. Ce type ne se balade pas. Il se choisit un lieu où il se sent en sûreté, et il y reste jusqu'à ce que le climat devienne trop chaud. Alors, il fait ses bagages et il va continuer ailleurs.

Jackson ne discuta pas. Il n'avait pas d'arguments à lui opposer. Après un silence, il s'éclaircit la voix.

— Je vais y faire un saut pour voir ce qu'ils ont trouvé, m'assurer que c'est notre homme et pas un copieur.

— Les paumes...

— Marquées de la croix.

— Merde ! C'est lui, Jackson. Je viens avec toi.

— C'est ça. Pour qu'ils nous retirent l'enquête à tous les deux ? Désolé, vieux, pas question. Si le patron découvre seulement que je t'ai parlé, je suis dans le collimateur aussi.

— Tu parles d'une saloperie ! Et qu'est-ce que je suis censé fabriquer, moi ? M'asseoir sur les mains en attendant que ça se passe, que notre tueur se fasse la belle ?

— En gros, oui.

— Merde, et quoi encore ?

Jackson donna une bourrade amicale à Santos.

— Ne t'inquiète pas, va, on te sortira de là. On prouvera ton innocence et on t'en sortira.

Santos demeura un moment silencieux, puis il leva les yeux vers son partenaire.

— Et si on ne prouve rien ? Sans même parler de la

prison, je vais perdre mon insigne. Qu'est-ce que je ferai alors ? Je suis flic. C'est ma vie.

Jackson hocha la tête en serrant l'épaule de Santos.

— Je sais. Mais on va t'en sortir. On retrouvera ceux qui t'ont fait ce coup tordu, et on les alignera. En attendant, tiens bon la barre.

60

Santos n'avait pas l'intention de rester assis à attendre que Blanche-Neige lui échappe et que son collègue lui sauve la mise. Il aurait bien été voir Robichaux pour le cogner jusqu'à lui faire avouer la vérité. Hélas, cette stratégie qui l'aurait comblé d'aise était plutôt de nature à aggraver son cas. Il y renonça.

Mais il avait une autre option : Tina. Et si Blanche-Neige la suivait vraiment ? L'assassin savait peut-être qu'elle l'avait vu. Peut-être qu'il tenait à faire le ménage avant de quitter la ville. Tina se trouvait avec sa copine Billie quand celle-ci avait levé son dernier client. Tina l'avait donc vu. Et, nécessairement, il l'avait vue aussi. Si le client en question était bien Blanche-Neige, Tina constituait pour lui un témoin indésirable.

Santos attendit la nuit avant de se diriger vers le Quartier français. Là, il inspecta les rues, jeta un œil dans les clubs et les bars fréquentés par les filles. Nulle trace de Tina. Au bout de deux heures, il commençait à se demander si elle avait eu suffisamment peur pour quitter la ville, ou au moins pour se cacher un moment.

La seconde hypothèse était peu probable. Pour gagner de quoi vivre, les filles devaient faire le trottoir sans prendre de congés. La plupart d'entre elles travaillaient même malades, même quand leurs gosses étaient malades. Elles travaillaient par tous les temps.

Non. Si Tina était encore en ville, elle tapinait. Il continuerait donc à chercher.

Deux heures plus tard, son zèle se révéla payant. Ironie du sort, lorsqu'il l'aperçut, elle sortait du Club 69. Il se gara le long du trottoir et baissa sa vitre.

— Tina.

Elle se tourna vers lui, et son sourire d'invite tout professionnel se flétrit aussitôt.

— Va faire un tour.

Elle se remit à marcher et Santos la suivit en voiture.

— Pas question. Alors autant me parler, cela nous fera gagner du temps à tous les deux.

Elle jura à voix haute, s'arrêta et s'approcha.

— Qu'est-ce qu'il y a, chéri ? Tu as besoin d'une fille ?

— Non, j'ai besoin de te parler.

Croisant les bras le long de la vitre ouverte, elle passa la tête à l'intérieur et s'humecta les lèvres de la langue.

— Pas vrai ? Me parler de quoi ? De l'état de ta bite ?

Elle sentait l'alcool. Ce qui n'avait rien d'étonnant. Beaucoup de filles buvaient et se droguaient. Etant donné leur genre de travail, mieux valait peut-être s'anesthésier corps et âme. Malheureusement, ces habitudes coûteuses les maintenaient dans la profession, les tenaient enchaînées à l'horizontale, les usaient.

Santos en avait mal de la voir ainsi, de voir ce qu'était devenue l'adolescente qu'il avait connue. Ce n'était pas sa faute à lui si la vie de Tina avait pris un mauvais tournant, s'il n'avait pas pu l'aider à temps. Mais il souffrait pour elle et se sentait malgré tout responsable.

— Ne fais pas ta maligne, Tina. Je voudrais te parler de Blanche-Neige.

— Affaire de police ? Mais dis-moi, lapin bleu, j'ai cru entendre que t'étais plus flic.

Santos serra les dents mais ne releva pas la pique.

— Le lieutenant Jackson m'a appris que tu étais passée au commissariat.

— Et alors ?

— Il paraît que tu as la frousse, que tu penses que Blanche-Neige te guette.

Elle plissa ses yeux lourdement fardés.

— C'est vrai. Et tu sais ce qu'il a fait, ton poulet de collègue ? Rien du tout. Que dalle. Alors, comme je te disais, va prendre l'air.

Elle pivota sur elle-même et partit dans la direction opposée. Avec un juron, Santos sortit de voiture en claquant la portière et lui emboîta le pas.

— Tina, je veux t'aider.

Elle continua de marcher, fit mine de le chasser comme une mouche importune.

— Je suis désolé, Tina. Je regrette de ne pas être revenu te chercher. Laisse-moi t'aider ! lança-t-il à son dos.

Elle s'arrêta mais ne se retourna pas.

— Tu ne veux pas m'aider. C'est toi seul qui t'intéresses. Tu veux coincer ce type et t'en as rien à foutre de moi ou des autres filles qui sont en danger. On est que des putes.

Il s'avança vers elle, les mains tendues.

— Ce n'est pas vrai, Tina. Je ne m'en fiche pas, loin de là. Je te le jure.

Elle lui jeta par-dessus son épaule un regard douloureux, mouillé de larmes.

— Si tu ne t'en fichais pas, tu serais revenu me chercher.

— Je… je n'ai pas pu. Mais je suis là à présent. Et je crois que ce salaud te guette vraiment. Il te voit comme un danger, une menace. Il va te tuer… à moins qu'on ne l'attrape d'abord.

Décomposée, blême de terreur, elle le regarda franchement cette fois. Il serra les poings.

— Aide-moi, Tina. Aide-moi à t'aider.

Pendant une fraction de seconde, il crut qu'elle allait céder, puis la peur dans ses yeux se mua en colère. Elle se détourna de lui.

— Fiche-moi la paix, je sais rien.

— Tina…

Il tenta de lui prendre le bras, mais elle se défendit à coups de sac à main, l'atteignit à l'épaule. Le sac s'ouvrit, et le contenu s'en répandit sur le trottoir. Lâchant un juron, elle s'accroupit pour ramasser ses affaires.

Santos en fit autant, l'aida. Il n'y avait pas grand-chose — un paquet de cigarettes, quelques pochettes d'allumettes, une poignée de billets froissés et des préservatifs qu'elle se mit aussitôt à rassembler en grommelant :

— Tire-toi.

— Aucune chance, Tina. Je ne te quitte pas jusqu'à ce que tu parles. Alors, sois gentille et facilite-nous la tâche à tous les…

Santos s'interrompit brusquement en voyant le collier de Tina sortir de son corsage, se balancer à son cou. C'était une simple chaîne avec une croix. Une petite croix de métal à deux sous comme celles qu'il avait dans le tiroir de son bureau.

— Où as-tu trouvé ça ? demanda-t-il en couvrant sa main de la sienne.

Elle se dégagea et enfourna la poignée de préservatifs dans son sac.

— Ça ? C'est des capotes, poulct. Cent pour cent latex. Le meilleur ami de la pute. Tu savais pas ? Moi et les filles, on les achète en gros au drugstore du coin.

Elle pointa le menton en direction de la boutique en question.

— C'est là, juste à l'angle, si ça t'intéresse.

— Non, c'est de ceci que je parle, dit Santos en crochetant sa chaîne de l'index.

— Bas les pattes ! hurla-t-elle en lui tapant sur la main.

Mais il referma le poing sur la petite croix.

— Ça, Tina, la croix, où tu l'as eue ?

— Cadeau de fin d'études de ma chère mère et de mon beau-père, ironisa-t-elle. Tu te souviens ? Je t'ai parlé d'eux, non ? Il était flic, comme toi.

— Arrête tes conneries, Tina. D'où tu la tiens ?

— D'un ami qui veut du bien à mon âme éternelle. Ça te va ? Et maintenant, du large.

« Son âme éternelle ». Santos ne put réprimer un frisson. Tina connaissait le tueur, il en était sûr. Il tira sur le bijou pour l'attirer vers lui.

— Qui c'est, ton ami ?

— T'es flic, non ? Alors cherche.

Santos lui arracha le crucifix. Déséquilibrée, elle tomba en arrière, s'assit sur le trottoir.

— Merde, à la fin, Tina ! Tu tiens à finir morte ? Ça peut te sauver la…

Il serra les poings, furieux.

— Si je ne suis pas revenu te chercher, c'est que ma mère a été tuée cette nuit-là. Sauvagement assassinée, comme ta copine Billie. Je ne suis pas revenu parce que je n'avais nulle part où aller moi-même. Parce que le monde où je vivais venait de s'effondrer. C'est peut-être le même gars qui l'a tuée. Il faut que je sache. Il faut que je le coince, Tina.

Il se pencha vers elle, nota son expression surprise.

— Et maintenant, tu vas me dire d'où tu tiens ce crucifix.

61

Tina tenait son crucifix d'un prédicateur des rues, un fidèle du Quartier qui possédait un petit magasin d'articles religieux dans Dauphine Street. Un brave homme, à ce qu'elle disait. Un peu fanatisé, mais brave. Il aimait bien les putes, les sermonnait sur le bien et le mal, leur citait la Bible et les encourageait à cesser de pécher.

Cela ne pouvait être lui, affirmait-elle. Aucune chance.

Santos n'était pas de cet avis. Jackson non plus.

Ce dernier, à l'évidence excité par cette découverte, dit à Santos de patienter. Il rappellerait dès que possible.

L'attente fut terrible. Santos tournait comme un lion en cage, maudissant Robichaux et ceux qui l'avaient piégé. Il aurait voulu être avec Jackson et les autres. Etre dans l'appartement de cette ordure, lui passer les menottes et l'amener au poste.

Bref, il aurait voulu faire son boulot de flic.

Et il voulait aussi que ce type soit celui qui avait tué sa mère. Il voulait savoir. Et il voulait que ce salaud paie.

Jackson appela dès son retour au commissariat. Tout portait à croire qu'ils tenaient leur tueur. Ils avaient découvert bien des objets douteux dans l'appartement — des croix, des articles de journaux sur Blanche-Neige, des photos de deux des filles assassinées.

Ce qui leur manquait, dit Jackson, c'était le gars. D'après sa logeuse, il se déplaçait beaucoup, restait parti toute une semaine, mais jamais tout un mois. Elle ignorait où il était allé.

— Il est assez vieux ? demanda Santos, les doigts crispés sur le récepteur. Il pourrait être celui qui…

Il ne put terminer sa phrase tant sa gorge était nouée. Il avait tant attendu ce moment, il en espérait tant. Mais il le redoutait aussi.

Il fallait qu'il sache.

Il toussota, recouvra la voix.

— Il pourrait être celui qui a tué ma mère ?

Il y eut un silence pénible à l'autre bout du fil.

— Jackson ?

— Peut-être, dit enfin ce dernier. Il est suffisamment vieux. On le voit dans le Quartier par intermittence depuis des années. Il fréquente… les putes.

Santos sentit ses jambes vaciller. C'était peut-être son homme. Peut-être.

— Santos, vieux, ne t'emballe pas, ne perds pas la tête. C'est peut-être le même type, mais rien n'est certain. Et ce n'est sans doute pas lui.

— Je sais. Mais, pour le moment… Pour le moment, « peut-être » me suffit.

62

— Bonjour, Liz.

Liz leva le nez des papiers étalés sur le bar devant elle.

— Jackson. Qu'est-ce qui t'amène ? s'enquit-elle en souriant, à l'évidence ravie de le voir.

Il lui sourit en retour.

— Je mourais d'envie de déguster une de tes salades de tofu au sésame.

Elle se laissa glisser de son tabouret.

— Exactement le discours que j'aime entendre de mes clients. Je vais te trouver une table. Tu es seul aujourd'hui ?

— Oui.

Elle le conduisit près d'une fenêtre donnant sur la rue.

— Celle-ci te convient ?

— Très bien.

Il tira une chaise et lui désigna l'autre.

— Tu me tiens compagnie un moment ?

Elle jeta un coup d'œil en direction du bar et des emplois du temps de son personnel. Il lui fallait finir de préparer les fiches de paie ce soir pour le lendemain. Elle eut une petite grimace.

— Juste une minute. On n'en sort pas, de la paperasse. C'est ce qui m'ennuie le plus dans ce métier.

— C'est la vie, il faut la prendre comme elle vient, murmura-t-il tandis que la serveuse leur présentait le menu. Regarde-moi par exemple. J'adore mon métier de policier. Ce que je ne supporte pas, ce sont les criminels.

Liz éclata de rire.

— Tout compte fait, je crois que je préfère les fiches de paie aux criminels.

Sans même consulter le menu, Jackson commanda sa salade et un verre de menthe glacée, puis il ramena son attention à Liz.

— Comment ça se passe pour toi ?

— Super, répondit-elle un peu trop vite.

Et elle s'empourpra, gênée.

— Il paraît que vous tenez Blanche-Neige ?

— Nous avons un suspect.

Elle fronça les sourcils.

— Tu n'as pas l'air très convaincu que ce soit le bon.

— Peut-être pas. C'est que, contrairement à mon fougueux collègue, je réserve mon jugement tant que nous n'avons pas toutes les preuves en main et le coupable sous les verrous.

— Comment va Santos ? s'enquit Liz, la gorge soudain nouée.

— Si tu as lu le journal, tu le sais.

Elle se mordit la lèvre, ravala un accès de culpabilité. Quelle importance, puisqu'elle le haïssait ? Il pouvait bien brûler en place publique ! Si seulement Glory pouvait brûler avec lui, son bonheur serait complet.

— Liz ? Qu'est-ce qui ne va pas ?

— Rien, ça va.

Jackson plissa le front, scruta son regard et, de nouveau, elle rougit, baissa les yeux, coupable.

— C'est… aussi moche pour Santos qu'on le dit ? Tu penses qu'il a une chance de… enfin, tu vois ?

— De s'en sortir ? Une chance que son innocence soit prouvée ? Je l'espère bien, oui. Il est innocent. Quelqu'un l'a attiré dans un traquenard, et je ne parle pas de Robichaux.

— Tu veux dire qu'il y aurait quelqu'un derrière Robichaux ? Mais qui ?

— Si je le savais, on pourrait agir. Mais, pour l'instant, Santos est grillé. Tu n'aurais pas… un renseignement qui puisse nous aider, Liz ?

— Un renseignement, moi ? Non. Je ne vois pas d'où je le tiendrais.

Coupable, elle se leva, lui adressa un sourire qu'elle savait forcé.

— Voilà ta salade. Je te laisse. Il faut que je retourne à ma paperasse.

Elle s'éloignait déjà quand il la rappela. Elle s'arrêta, s'obligea à le regarder par-dessus son épaule.

— Il ne voulait pas te faire de mal, Liz. C'est un type bien… et un flic super.

Les larmes affluèrent à ses yeux et, sans un mot de plus, elle regagna le bar. Mais elle était incapable de se concentrer sur ses calculs. Elle ne pouvait s'empêcher de penser qu'elle avait vu Hope St. Germaine dans le Quartier l'autre soir. Qu'elle l'avait vue parler avec Chop Robichaux.

Et elle ne pouvait s'empêcher de penser à Santos.

Comme matérialisé par le pouvoir de sa pensée, il entra dans le restaurant. Le cœur de Liz s'accéléra et, l'espace d'un instant, elle osa espérer que peut-être, peut-être, il venait pour la voir.

Ce n'était pas le cas, bien sûr. Il venait rejoindre Jackson. Et il semblait extrêmement mal à l'aise.

A juste titre, d'ailleurs, songea-t-elle, furieuse. Puisse la honte l'étouffer.

Du coin de l'œil, elle l'observa. Il glissa un regard dans sa direction, eut une grimace douloureuse et esquissa un pas vers la sortie.

Jackson agita la tête, lui indiqua la chaise en face de lui. Tel un condamné, Santos prit place sur le siège désigné.

Liz souffrait de le voir, souffrait de le désirer tellement, et sans espoir. Pourquoi n'avait-il pu l'aimer ? Cela aurait effacé le passé, compensé mille fois la perte de son brillant avenir. Compensé le mal qu'avait fait Glory.

Elle s'affaira à l'établissement de ses fiches de paie pendant quelques minutes, consciente qu'il lui faudrait tout recommencer plus tard tant elle était distraite par la présence de Santos. De nouveau, elle lui coula un regard de biais, l'observa à la dérobée.

Il n'avait pas bonne mine, semblait épuisé et tendu. Il y avait dans ses yeux quelque chose d'un enfant perdu. Il devait avoir cette même expression autrefois, quand sa mère était morte assassinée, et qu'il n'avait plus personne au monde.

Récemment, il avait perdu Lily. Et maintenant son emploi.

Une fois de plus, il avait tout perdu, il était redevenu cet enfant d'autrefois. Et Liz se sentait mal, horriblement coupable.

Santos adorait son métier. Et c'était un bon flic, l'un des meilleurs. Quel que soit le mal qu'il lui avait fait, elle n'avait pas le droit de lui nuire. C'était malhonnête, méprisable.

Et, à la longue, elle en souffrirait sans doute plus que lui.

Elle se leva, lissa nerveusement sa jupe sur ses hanches. La rencontre qu'elle avait surprise entre Hope St. Germaine et Chop Robichaux était peut-être sans rapport avec Santos. Une simple coïncidence. Mais du moins, si elle en parlait, aurait-elle la conscience tranquille.

Prenant son courage à deux mains, elle alla les rejoindre à leur table. Tous deux levèrent les yeux à son approche.

— Bonjour, Santos.

Il chercha son regard.

— Bonjour, Liz.

Il souffrait visiblement, et elle comprit qu'il regrettait de l'avoir blessée, qu'il ne l'avait pas fait exprès, que son chagrin et sa douleur étaient sincères.

— Si tu veux que je m'en aille, dit-il, je m'en vais.

— Non, je…

Elle inspira profondément et reprit :

— J'ai besoin de te parler. De vous parler à tous les deux. Je peux m'asseoir ?

Ils acquiescèrent de la tête et, sans préambule, elle leur raconta son histoire. Lorsqu'elle eut terminé, Jackson se cala contre sa chaise et laissa échapper un sifflement.

— Eh bien, pour une nouvelle !

— Et moi qui me répétais qu'elle n'était pas dans le coup, que ce n'était pas possible. Pourtant, je le sentais, d'instinct, je revenais sans cesse à elle, à son venin que j'ai senti quand je l'ai vue pour la dernière fois. Mais je me raisonnais, je me disais que c'était de la folie.

— Tout de même, Chop Robichaux ? On ne fait pas plus crapoteux que lui. Alors, comment…

— Comment elle l'a déniché ? Sûrement pas en ouvrant les Pages jaunes à la rubrique « Crapules ».

— Et Robichaux ne prendrait pas ce genre de risques pour n'importe qui.

— Oh, tout dépend de la somme. Je le connais, ce salaud. Il ferait n'importe quoi pour de l'argent.

— Et combien il demanderait pour monter un coup aussi risqué ? A ton avis ? Comment on procède maintenant, collègue ?

— On cherche les preuves. On trouve ce qui les relie. On se débrouille pour savoir ce qu'il y avait dans l'enveloppe.

Liz les observait tous deux. Elle se sentait exclue. Elle ne faisait plus partie de leur équipe. On n'avait plus besoin d'elle.

Les larmes lui brûlaient les yeux. Elle toussota et se leva.

— Bon. Je vous laisse parler tranquilles. Je tenais seulement à…

Santos se leva aussi, à l'évidence reconnaissant.

— Liz, je ne sais comment te remercier. Sans toi…

— Ne me remercie pas, va.

— Mais j'y tiens. Je te dois bien ça. Tu viens de me rendre un fier service.

Elle croisa les bras et nia de la tête.

— Tu ne me dois rien, Santos. Je ne l'ai pas fait pour toi, parce que je te pardonne, ou que… je t'aime encore.

Sa voix s'étranglait dans sa gorge, mais elle s'efforça de poursuivre :

— Je l'ai fait par correction. Parce que tu es un bon flic. Et parce que je n'aurais pas pu vivre avec mes remords si je m'étais tue.

Santos lui prit la main, la serra dans la sienne.

— Quelles que soient tes raisons, Liz, je te remercie. Tu viens de me sauver la vie.

63

Glory referma la porte du bureau.

— Eh bien, monsieur Michaels, votre opinion ? demanda-t-elle en l'invitant à s'asseoir.

L'homme sourit et alla s'installer sur le canapé.

— Je vous en prie, appelez-moi Jonathan.

— D'accord, mais seulement si vous m'appelez Glory.

— Accord conclu.

Il sourit de nouveau.

— Le lieu est superbe, Glory. Vous l'avez merveilleusement entretenu.

— Je vous remercie. J'aime le St. Charles. Il appartient à ma famille depuis très longtemps. D'ailleurs, c'est presque un membre de la famille.

Elle croisa les mains sur les genoux, irritée de les voir trembler. Elle hésitait, déchirée par la décision qu'elle avait à prendre. Cette conversation avec l'investisseur Jonathan Michaels lui donnait le sentiment de trahir son père, mais elle savait que les temps avaient changé, et que le St. Charles devait évoluer aussi, vivre avec son temps ou mourir.

— Je comprends, reprit-elle, que cela puisse paraître

puéril, sentimental, à un homme d'affaires pragmatique tel que vous.

— Il n'en est rien, au contraire. Lorsque mon agent vous a contactée, je pensais que nous n'avions aucune chance. Nous avions déjà fait une tentative, sans résultat. Qu'est-ce qui vous pousse à vendre, aujourd'hui ?

— Je ne vends pas, corrigea-t-elle. Comme je l'ai expliqué à votre associé, je songe à prendre un partenaire.

Il inclina la tête ; un sourire relevait le coin de ses lèvres.

— Effectivement. Vous lui avez fait savoir que vous seriez prête à céder vingt et un pour cent des parts.

— Et pas davantage. Ce n'est pas négociable. Je suis aussi très intéressée par votre service de gestion. Vous n'êtes pas sans savoir que vous jouissez d'une excellente réputation.

— Certes. Mais puis-je vous demander ce qui vous décide aujourd'hui à prendre un partenaire ?

— Du fait de circonstances indépendantes de ma volonté, l'hôtel est moins profitable qu'il ne l'a été.

— En raison de sa situation ?

— Principalement, oui. Et aussi de la prolifération de nouveaux hôtels en ville comme à la périphérie.

Elle inspira lentement. Elle connaissait toutes ces raisons par cœur, s'était répété ce discours de nombreuses fois.

— Si je ne parviens pas à accroître le taux d'occupation des chambres, un jour viendra où je ne serai plus en mesure de maintenir l'hôtel à niveau.

— Vous pourriez baisser le prix des chambres.

— Je l'ai fait. Il a beaucoup baissé au fil des ans. Mais le taux d'occupation ne remonte pas et les chambres rapportent moins. L'entretien, le confort et le service vont s'en ressentir. Je ne peux pas permettre qu'une chose pareille se produise.

— Je vous comprends. Ce serait une tragédie. Il reste si peu de ces grands hôtels du passé.

Il scruta attentivement son visage et elle eut le sentiment que rien n'échappait à son regard.

— Et ce sont là vos seules raisons, Glory ?

— Non.

Elle se leva, se dirigea vers la fenêtre qui donnait sur St. Charles Avenue où un tramway passait à grand bruit.

— Comme vous le savez, tenir un hôtel est une occupation à plein temps.

— A plein temps plus une quarantaine d'heures.

— Précisément.

De nouveau, elle se tourna vers lui.

— Et j'aimerais me lancer dans une autre entreprise. Il s'agit d'une propriété de taille beaucoup plus modeste avec des possibilités intéressantes.

Il haussa un sourcil.

— Je devine à vos yeux que cette propriété vous tient à cœur.

Elle sourit.

— Vous devinez juste. Mais ce projet exigera un gros investissement de ma part, en temps comme en capital, avant de tenir ses promesses.

— Vous ne chercheriez pas par hasard un partenaire pour cette autre entreprise ?

Elle rit. Cet homme lui plaisait bien.

— Croyez-moi, ce ne serait pas dans vos cordes. Mais j'y suis tout aussi attachée qu'au St. Charles.

Devant son air interrogateur, elle ajouta :

— Il s'agit aussi d'un bien de famille. De ma famille maternelle.

Elle alla s'appuyer contre le bord du bureau et lui fit face.

— Nous avons parlé de moi, des raisons qui me poussent à chercher un partenaire. Et vous, Jonathan ? Je sais que vous avez mené votre enquête. Pour être arrivé où vous êtes, vous devez vous renseigner ? Alors, sachant ce que vous savez du St. Charles, en quoi cet éventuel partenariat vous intéresse-t-il ?

— C'est très simple. Le St. Charles est un bijou. Il serait de surcroît un parfait complément à mes autres hôtels. Je crois aussi que ce quartier de La Nouvelle-Orléans remontera la pente, un jour. J'ai enfin la conviction que la riche clientèle cosmopolite préfère les anciens palaces de caractère aux grandes chaînes hôtelières de luxe.

Il marqua une pause, croisa les doigts.

— La publicité est la clé de tout. Il faut promouvoir ce bel hôtel, faire savoir que séjourner au St. Charles est une expérience exceptionnelle. Il faut créer des liens avec les agences de voyages, les tour-operators d'Amérique et d'ailleurs. Mes services de gestion ont obtenu d'excellents résultats sur l'Europe. Vous verrez votre taux d'occupation remonter à quatre-vingt-dix pour cent d'ici à six mois.

Glory s'efforça de cacher son enthousiasme. En dehors de la période du mardi gras, le St. Charles n'avait pas atteint les quatre-vingt-dix pour cent d'occupation depuis des années, avant même la mort de son père.

— Vous vous avancez beaucoup, Jonathan.

Il la considéra d'un œil égal.

— Je sais ce que j'avance pour l'avoir déjà fait.

Elle ne l'ignorait pas. Elle aussi avait mené l'enquête. Jonathan Michaels avait une réputation sans tache dans la profession. Ses finances étaient saines et il avait à son actif une succession de réussites. On le considérait comme un entrepreneur honnête et avisé. L'année précédente, il avait même été désigné Hôtelier de l'année par le magazine *Hotel*.

Il se leva et se dirigea vers la fenêtre, prit la place qu'elle occupait quelques instants plus tôt, regarda l'avenue à son tour.

— Je songe également à acquérir des locaux commerciaux à proximité de l'hôtel.

Glory haussa les sourcils, surprise.

— Ce serait un investissement énorme, un gros risque dans un quartier que tous estiment fini.

— J'ai le capital. Et j'aime cette ville. J'ai foi en elle.

Il croisa les bras sur la poitrine et ajouta :

— Vous savez que je suis natif de La Nouvelle-Orléans ?

Elle acquiesça de la tête.

— Votre père a travaillé un temps au St. Charles.

— Comme groom.

Il rit avec bonne humeur.

— Je me souviens d'être venu le voir ici un jour, avec ma mère. J'étais terriblement impressionné.

— Parfois, je le suis encore moi-même, dit Glory en riant avec lui.

— J'ai rencontré votre père, ce jour-là. Il s'est montré très courtois envers nous. Par la suite, j'ai fait sa connaissance dans le milieu des affaires.

Glory le regarda brièvement. Jonathan Michaels devait avoir environ quarante-cinq ans. Son père en aurait soixante-quatre aujourd'hui.

— Vraiment ?

— Je débutais. On pensait grand bien de lui dans le métier. Une chose est sûre, il m'a fait forte impression.

Elle sourit.

— A moi aussi.

Elle consulta sa montre et ajouta :

— Je sais que vous avez un avion à prendre. Je ne vous retiendrai pas plus longtemps.

Il hocha la tête, et tous deux se dirigèrent vers la porte.

— Alors, votre opinion ? Intéressée ?

— Très. Il faut que j'en parle avec mes conseils, mon avocat et mon comptable. Avec ma mère aussi. Comme vous le savez sans doute, elle détient cinquante pour cent des parts.

— Vous pensez pouvoir la convaincre ?

Glory lui ouvrit la porte, et ils prirent le chemin des ascenseurs.

— Elle est moins attachée que moi à cet hôtel. Mais elle en apprécie les avantages annexes. Et aussi le prestige d'en être propriétaire.

— Ce sont des choses qui se négocient autour d'une table.

Ils avaient atteint le palier. Glory appela un ascenseur et inclina la tête.

— Je vous appellerai.

— Je compte sur vous. Une association nous serait profitable à tous deux. Et excellente pour le St. Charles.

— Si je n'étais pas de cet avis, je n'aurais jamais accepté de vous rencontrer. Quelle que soit la réponse, je vous appellerai, conclut-elle.

L'ayant laissé dans l'ascenseur, Glory regagna son bureau. Au seuil de la porte, elle contempla la pièce, le mobilier, la fenêtre qui donnait sur l'avenue, en bas. Son cœur était empli d'un sentiment de tristesse et d'espoir.

Son père n'aurait pas voulu voir l'hôtel péricliter. Il ne l'aurait pas laissé sombrer dans la décrépitude. Et Jonathan Michaels lui aurait plu — en tant que personne, par sa réputation professionnelle, et aussi parce qu'il était natif de La Nouvelle-Orléans.

Mais il ne plairait pas à sa mère. Elle ne le jugerait pas « assez bien » pour être son partenaire. Elle refuserait de céder une once de ses privilèges et s'opposerait à tout ce qui pourrait faire jaser.

Sa mère ne se laisserait pas convaincre si facilement — à supposer qu'elle acceptât jamais le marché. Et Glory ne savait pas trop comment s'y prendre pour l'amadouer.

64

Le club s'appelait The Rack. Situé en marge du Quartier français, à l'écart des commerces légaux et de la foule des touristes, il ouvrait à minuit, fermait à l'aube et attirait une clientèle dont les appétits sexuels n'étaient pas dans les normes, une clientèle qui tirait son plaisir de la douleur physique, la sienne ou celle de l'autre.

Et Hope St. Germaine venait d'y pénétrer.

Santos émit un petit sifflement de satisfaction. Cinq jours de filature venaient enfin de payer. Alors là ! Il agita la tête, incrédule. S'il ne l'avait vue de ses yeux, s'il ne l'avait pas suivie depuis chez elle, ne l'avait pas vue sortir de voiture tout de noir vêtue et le visage masqué par une écharpe, s'il ne l'avait pas vue se glisser à l'intérieur du club, il ne l'aurait pas cru.

Cette fois, il la tenait. Il touchait au but.

Baissant la visière de sa casquette des New Orleans Saints, Santos quitta son véhicule. Par ses sources, Jackson avait découvert que Sa Majesté St. Germaine avait récemment encaissé un bon d'épargne de vingt-cinq mille dollars en liquide et que la somme n'avait été reversée sur aucun compte — en tout cas aucun de ceux auxquels les informateurs de Jackson avaient accès.

Hélas, retirer de l'argent n'était pas un crime, et le

renseignement obtenu par des voies détournées n'avait aucune valeur légale. Santos avait besoin de preuves, des preuves tangibles et indéniables qu'elle lui avait tendu un piège.

Il entra dans le club en prenant soin de rester tête baissée. On risquait de le reconnaître. Plusieurs années auparavant, il avait fait une descente au Rack dans le cadre d'une opération de nettoyage. Si sa mémoire ne le trompait pas, la boîte n'était restée fermée que soixante-douze heures.

La vie suivait son cours. La police n'avait ni les fonds ni le personnel pour sanctionner toutes les infractions à la loi, surtout lorsqu'il s'agissait de sexualité entre adultes consentants — même si cette sexualité était déviante et dangereuse.

A chacun son hobby.

Santos balaya la salle du regard. Elle était élégante, pleine de charme, avec ce luxe discret de l'ancien monde, pas du tout le genre de décor qu'on attendrait d'un club à l'usage des amateurs de fouets. Mais la clientèle du Rack se recrutait dans la haute ; habituée à ce qui se faisait de mieux, celle-ci n'en attendait pas moins de ses clubs de rencontres sadomasochistes. D'ailleurs, pour les clients qui préféraient les traditionnelles chambres de torture sorties de films d'horreur, il y avait à l'étage des salons particuliers répondant à tous les goûts.

Se frayant un chemin parmi la foule parsemée de cuir noir, de chaînes et de colliers à clous, Santos s'arrêta pour laisser le passage à un homme qui menait son « ami » par la laisse. Au bar, une femme chaussée de cuissardes à talons aiguilles meurtriers se servait du dos nu de son compagnon comme repose-pied. Santos ne put réprimer une grimace en la voyant changer de position, se pencher en avant, tandis que ses talons s'enfonçaient dans la chair du malheureux.

Parmi ces excentriques étalant au grand jour leurs goûts pervertis, il y avait des gens en tenue ordinaire semblables à ces banquiers, comptables et avocats qui fréquentaient quotidiennement le quartier des affaires.

Et aucune trace de Hope St. Germaine.

Elle s'était retirée dans un salon particulier. Santos grommela un juron en jetant un nouveau coup d'œil sur la salle. Pour avoir accès à ces salons privés, il fallait un miracle ou un mandat de perquisition dans les règles. Choses qu'il ne risquait guère d'obtenir en ce moment. Que faire alors ?

— Salut, beau mâle.

Une grande femme solidement bâtie s'était approchée de lui et lui prenait le bras, le serrant un peu trop affectueusement de sa main aux longs ongles peints de rouge sang.

— Tu montes, ce soir ? demanda-t-elle d'une voix de fausset voilée. Tu me sembles le genre d'homme à me faire crier.

Santos croisa les yeux lourdement fardés de la femme. Il eut vite reconnu Sam, alias Samantha, à qui il avait déjà eu affaire autrefois — un travesti qui hantait ce type de lieu et s'y prostituait.

Et en qui il avait de grandes chances de trouver un allié. Santos sourit.

— Salut, Samantha. Qu'est-ce qu'une belle fille comme toi fait dans une boîte pareille ?

Eberlué, inquiet, le travesti tenta de se dégager, mais Santos posa la main sur la sienne, la maintint en place.

— Allons, Samantha, pas de scandale. Je n'aimerais pas ça du tout.

— Je ne fais rien de mal, lieutenant. Je m'amusais un peu, c'est tout.

— Tu appelles ça t'amuser, toi ? Enfin, chacun son truc.

Il resserra sa prise et ajouta :

— Viens avec moi, Samantha. Il faut que nous causions tous les deux.

Il la mena dans un coin tranquille du club, s'installa dos au mur pour avoir une bonne vue de la salle.

— J'ai besoin de savoir ce qui se passe ici ce soir.

— Il ne se passe rien, lieutenant, rien du tout.

— Et les salons particuliers, Sam ? J'ai besoin de savoir qui est là-haut en ce moment.

Samantha lissa sa robe de satin noir fendue et cousue de chaînes d'argent.

— Je ne sais rien, promis.

Santos nota que ses mains tremblaient.

— Tu es nerveuse, Sam ?

— Non.

— Mais tu trembles comme une feuille.

Santos se pencha vers elle et murmura :

— Je pourrais te coffrer tout de suite pour une demi-douzaine de raisons. Mais je sais que tu n'aimes pas trop la taule, n'est-ce pas, Samantha ? Les mauvais garçons ne sont pas très gentils avec les filles comme toi, hein ?

Elle pâlit sous son maquillage.

— Tu veux ma mort, Santos. Si on apprend que je t'ai parlé, je suis…

— Je cherche une femme d'âge mûr. Une vraie dame de la haute, bourrée de fric et qui se donne des airs.

Samantha se mordit la lèvre, jeta des regards anxieux autour d'eux.

— Tu vois de qui je parle, non ? Je te devrai un service pour ça. C'est important, Sam. Personnel.

Samantha demeura un moment silencieuse, puis elle hocha la tête et se pencha davantage vers lui.

— Je sais qui tu veux dire, commença-t-elle à voix basse. C'est une vraie salope avec ça. Elle a envoyé un ami à moi à l'hôpital. Il y est resté une semaine.

Le cœur de Santos s'accéléra. Cette fois, il la tenait !

— Autre chose ?

— Elle aime les gars très jeunes, et supermachos. Les goûts et les couleurs…

— Elle est là-haut maintenant ?

Samantha s'humecta les lèvres et acquiesça de la tête.

— Elle est arrivée il y a peu de temps. Elle ne parle jamais à personne, ne regarde personne, comme si elle se jugeait trop bien pour nous.

— Donc elle arrive, et après ?

— Après, les jeux commencent, bien sûr. Elle monte directement. J'ai entendu dire qu'elle se faisait appeler Violette.

Elle s'était donné un nom de fleur, comme toutes les femmes Pierron !

— C'est Chop qui lui déniche ses gars ?

— Qu'est-ce que j'en sais ? riposta le travesti.

Santos lui reprit la main et la serra si fort que Samantha grimaça de douleur.

— Déconne pas avec moi, Sam. Chop trouve la marchandise pour les petits plaisirs de l'étage. Tu sais combien ça coûte ? Ce qu'elle aime, ça va chercher dans les combien ?

Sam haussa les épaules.

— Je ne suis pas montée avec elle. Mais à ce que je

crois savoir, ça va de quelques centaines à quelques milliers de dollars. Selon ce qui la branche ce soir-là.

Santos hocha la tête. On était loin des vingt-cinq mille dollars. Une somme pareille achetait d'autres plaisirs, des plaisirs plus dangereux, qui sortaient de l'ordinaire — tendre un piège à un flic, par exemple.

— Je te remercie, Samantha, dit-il en libérant sa main. Je te revaudrai ça. Je n'oublie pas un service rendu.

Il s'apprêtait à partir quand Samantha le retint par la manche.

— Pourquoi ne pas me payer en nature ? Reste un peu qu'on s'amuse. Je parie que je pourrais t'apprendre quelques tours.

Santos se dégagea d'une secousse, sans laisser planer le moindre doute sur ce qu'il pensait de cette proposition, mais il lui répondit avec gentillesse :

— Ce n'est pas à un vieux singe comme moi qu'on apprend à faire des grimaces. Prends soin de toi et marche à l'ombre, Sam.

Sur ce, Santos sortit, abandonnant The Rack et ses plaisirs pervers derrière lui.

65

Sept heures plus tard, Santos et Jackson se garaient dans Bourbon Street, devant le club de Chop Robichaux. Il n'y avait personne dans la rue. Il n'était pas 10 heures du matin. Ils savaient de source sûre que Chop serait sur place. Seul. Exactement ce qu'ils souhaitaient. Le petit jeu auquel ils comptaient se livrer débordait largement le cadre de la loi, et ils ne tenaient pas à avoir de témoins.

Jackson se tourna vers Santos.

— On est d'accord sur la méthode ?

— Ouais. On rentre et on se débrouille pour le convaincre que Sa Majesté St. Germaine l'a lâché, qu'il va se faire épingler à cause d'elle.

— Facile comme bonjour, dit Jackson avec un sourire sinistre. On mise sur sa paranoïa, son immoralité, sa nature criminelle.

Santos jeta un coup d'œil anxieux à la porte du club. Ils avaient déjà exécuté ce genre de numéro. Des centaines de fois, même. Mais jamais les enjeux n'avaient été aussi graves. Cette fois, sa vie était dans la balance.

Il se retourna vers son collègue.

— Il se peut qu'il ne morde pas, qu'il se doute de quelque chose. Il ne va peut-être pas craquer.

— Ça va marcher, fais-moi confiance. Quand on l'aura

coincé, il crachera le morceau. Et sinon, je le cogne jusqu'à ce qu'il avoue.

— Ça, c'est mon boulot, grommela Santos. Continue dans cette voie et tu finiras par manger des steaks !

— Ouais. Saignants, en plus.

Santos rit, d'un rire qui sonnait creux.

— On part d'une bonne base. On est au courant pour l'argent. On sait qu'elle l'a rencontré et qu'elle lui a passé une enveloppe. On connaît ses… petits écarts. Pour le reste, on joue la comédie et on remplit les blancs. On improvise. On a l'habitude.

— Même qu'on est des pros !

— N'empêche, objecta Santos, j'aimerais avoir plus de matière. J'aurais voulu que cette visite se fasse dans les règles. Ça m'amuse nettement moins d'improviser quand il s'agit de sauver ma peau.

— Doucement, collègue ! Ces ordures-là ne t'auront pas. On ne les laissera pas faire, sans blague.

— Alors, on y va.

Ils quittèrent la voiture, traversèrent la rue et entrèrent dans le club. Chop était installé au bar devant un plat chaud qui fumait. Au-dessus du bar, la télévision diffusait un dessin animé de Tex Avery.

— C'est fermé, lança Chop, la bouche pleine. Revenez après 11 heures.

— Impossible, dit Santos en s'approchant. On a une affaire urgente à régler.

Chop se tourna vers eux, lâcha un juron, puis reporta son attention sur son assiette.

— Des poulets. Et quoi encore ?

Jackson alla se placer à sa gauche et examina le contenu de l'assiette.

— Tu connais la nouvelle ? Il paraît que les graisses animales sont nuisibles à la santé.

— Va te faire foutre.

Santos éclata de rire et se cala contre le bar à la droite de Chop.

— Notre ami s'est levé du pied gauche ce matin, commenta-t-il en regardant Jackson.

Chop plissa les yeux, examina Santos et enfourna une nouvelle bouchée. Du jaune d'œuf lui coula sur le menton.

— Tu ne peux pas être là pour affaire de police. T'es plus flic, que je sache.

— Ah non ?

Santos sortit son badge — un badge qu'il espérait faire passer pour le sien — et le mit rapidement sous le nez de Chop.

— Bizarre, comme une situation peut changer en une nuit. Des renseignements se pointent, et zap ! tout se retourne.

Chop paraissait plus amusé qu'inquiet.

— C'est qui, le grand, avec toi ?

— Lieutenant Jackson, dit ce dernier en montrant son badge. On voulait te parler d'une conversation très intéressante qu'on a eue avec une de tes amies.

— Une amie ? ricana Chop. J'ignorais que j'avais des amis.

— Elle s'appelle Hope St. Germaine, se fait parfois appeler Violette. Ça te dit quelque chose ?

Le sourire de Chop s'effaça et il repoussa son assiette.

— Non. Mais vous pourriez peut-être me rafraîchir la mémoire.

— Avec plaisir.

Santos prit le briquet de Chop, le soupesa.

— Hmm. Lourd, hein ? Ça doit être de l'or.

Il l'ouvrit du pouce, fit tourner la molette, claqua le couvercle sur la flamme.

— Combien ça peut coûter un briquet de ce genre, Chop ? Pas vingt-cinq mille dollars, tout de même ? Ça ferait trop, qu'en penses-tu, Jackson ?

Il lança le briquet à son collègue qui le rattrapa au vol, le soupesa à son tour.

— Pour vingt-cinq mille dollars, on pourrait en acheter un certain nombre. Et même une valise pleine.

Chop lui reprit le briquet et le fourra dans sa poche.

— Où vous voulez en venir ?

Santos se pencha vers l'homme et planta ses yeux dans les siens.

— Au fait que cette amie à toi, cette Hope St. Germaine, dit que tu la fais chanter. Que tu menaces de dévoiler ses… préférences sexuelles. Elle prétend t'avoir entendu comploter de me tendre un piège pour me casser. Et elle est prête à témoigner. Une femme de la haute, comme elle, ça ne tient pas à finir en taule.

Santos eut un sourire mauvais et planta l'index dans le ventre gras de Chop.

— Alors on te tient, mon vieux. On t'épingle pour complot et chantage. Joli tableau, non ?

Chop bâilla et repoussa la main de Santos d'une pichenette.

— Tu racontes des salades. Vous n'avez rien contre moi.

— On a tout ce qu'il nous faut.

Chop ricana en s'écartant du bar.

— Bon. Je crois que je vais appeler mon ami le procureur général. Je suis sûr qu'il trouvera cette conversation très intéressante.

Jackson le retint par le bras.

— A ta place, j'y renoncerais. Surtout que nous avons un témoin. Un témoin qui vous a vus ensemble. Qui a vu l'argent changer de mains. Oh, ce n'est pas bien joli, le chantage. Et ça peut être mauvais. Surtout quand on fait chanter une femme de ce calibre. Elle a beaucoup d'amis très haut placés.

Chop déglutit péniblement. Il transpirait maintenant.

— Ecoute, renchérit Santos en se penchant sur lui. J'ai des raisons de penser qu'elle est dans le coup. On ne s'aime pas beaucoup, elle et moi. Alors ça ne me gênerait pas que ce soit toi qui plonges. Tu es une belle ordure et je serais content de te voir hors circuit. De toute façon, que ce soit toi ou elle, je récupère mon insigne.

— Hors circuit, répéta Jackson. Il est grand temps que tu ailles faire un tour à l'ombre, non ? Combien tu crois qu'ils lui colleront, collègue ?

Santos feignit de réfléchir.

— Dans les quinze à trente ans. Complot et chantage, ça fait lourd.

Il sourit à son partenaire. Ils étaient en train de gagner la partie, et il lui fallait refréner son enthousiasme.

— Tu crois qu'il va leur plaire, aux gars de la taule d'Angola ? Il serait plutôt beau gosse dans le genre sale adipeux.

— Ta gueule, marmonna Chop.

Cette fois, il manquait de conviction.

— Voyons, reprit Jackson. S'il n'en prend que pour quinze ans, quand il sortira de là, il sera trop vieux pour redresser coquette. Mais de ça, nous, on s'en fiche, hein, c'est pas nos affaires.

Chop se redressa, les regarda tour à tour avec le sérieux d'un boy-scout.

— Pourquoi je la ferais chanter au risque de gâter ma bonne réputation ? Je vous en prie, messieurs ! J'ai des clients autrement plus riches qu'elle et qui ont davantage à perdre. Elle, c'est de la petite bière.

— Oh, je n'en doute pas, persifla Santos. Tu le crois, toi, Jackson ?

— Bien sûr que je le crois. Mais il faudrait compter avec ces messieurs dames du jury, des citoyens respectables, les jurés. Je le vois comme si j'y étais. Quand l'accusation aura fini de décrire l'étendue de ses activités...

Il agita la tête pour l'effet et reprit :

— Franchement, pour ces gens-là, ça m'étonnerait que le maximum suffise.

Chop garda le silence pendant toute une minute. Il les observait en se mordillant nerveusement les lèvres. Enfin, il se décida.

— Merde, je ne vais pas plonger pour cette salope tordue. Même au prix où elle m'a payé, je m'en fiche.

Il se tourna vers Santos.

— C'est elle qui est venue me trouver. Elle voulait ta peau. Elle a tout mis sur pied.

— Sûrement, fit Santos, sarcastique. Une dame d'une des plus vieilles familles de la ville, d'une famille prestigieuse. Une dame qui va à la messe tous les jours, qui donne des millions de dollars aux bonnes œuvres. Et elle m'aurait monté un traquenard ? Impensable ! Jackson ? Passe-lui donc les menottes.

— C'est vrai ! protesta Chop en se reculant. C'est vrai et je peux le prouver. J'ai tout, depuis le début, les noms, les dates, des photos, des enregistrements. Chop Robichaux ne se laisse pas avoir comme ça. Par personne.

*
* *

Jackson et Santos eurent tôt fait de vérifier que Chop n'avait pas menti. En affaires, il était d'une prudence de serpent, il tenait des dossiers sur tous ses clients, dont certains avaient effectivement bien davantage à perdre que Hope St. Germaine. Il était maintenant en grandes négociations avec le procureur. Mais il ne s'en tirerait pas pour rien. Pas cette fois.

Santos fit claquer l'enveloppe de papier kraft contre sa main. A l'intérieur, il y avait huit photos grand format de Hope St. Germaine. Des clichés de sa vie secrète. De la vie qu'elle avait réussi à cacher aux yeux de tous pendant de longues années. Même à sa fille.

Glory. La gorge de Santos se noua douloureusement. Grand Dieu, comment allait-il annoncer la nouvelle à Glory ?

— Hé, collègue.

Santos se retourna.

— Tu as le mandat, Jackson ?

— Il arrive. Nous l'aurons dans moins d'une heure. Quarante minutes si tout se passe bien.

— Je veux y être.

— Ça se comprend. J'en ai déjà parlé au capitaine. Il a écouté l'enregistrement des aveux de Chop. Etant donné les circonstances, il est d'accord.

Santos consulta sa montre et fronça les sourcils.

— J'ai besoin de l'heure complète. Il faut que…

Sa voix s'étrangla dans sa gorge. Il leva les yeux vers Jackson, toussota et reprit :

— Il faut que je prévienne Glory. Je ne tiens pas à ce qu'elle l'apprenne par les médias. Et elle va vouloir voir sa mère. Avant qu'on arrive.

— Tu irais avec Glory ? On ne peut pas prendre le risque que maman nous échappe.

Santos acquiesça de la tête. La tâche n'avait rien de réjouissant.

— J'irai.

— Bon, on se retrouve là-bas dans une heure.

Jackson scruta le visage de Santos et ajouta :

— Ça va ? Tu tiendras le coup ?

— Ouais, bien sûr que… Merde ! Non, vieux, ça ne va pas.

Il jura encore, serra les poings, frustré, exaspéré par la situation, par ce qu'il avait à faire.

— Je suis heureux de retrouver mon insigne. Je suis flic, Jackson, j'arrête les méchants, je cherche les preuves. C'est mon métier, ma vie. Mais comment je fais pour regarder Glory en face et lui dire la vérité sur sa mère ?

— Tu as raison, Santos, tu es un flic, et un bon. Ce qui se passe là, ce n'est pas ta faute. Essaie de te rappeler que le méchant dans l'affaire, ce n'est pas toi.

— Sûr. Va donc raconter ça à Glory.

Il soupira.

— Mais qu'est-ce que je vais lui dire ? Comment je vais lui annoncer une telle nouvelle sans la blesser ?

Jackson posa la main sur l'épaule de Santos.

— Je n'en sais rien, mon vieux. Rien du tout.

66

Santos trouva Glory à son bureau de l'hôtel. Après avoir demandé à la secrétaire qu'on ne les dérange pas, il la fit asseoir et lui raconta calmement toute l'histoire, en commençant par ce que Liz leur avait rapporté, à lui et à Jackson.

Tandis qu'il parlait, Glory le dévisageait, immobile, incrédule. Lorsqu'il eut terminé, elle agita la tête.

— Tu plaisantes ? Ce n'est pas sérieux ?

— C'est tout ce qu'il y a de sérieux. Je suis désolé, Glory.

— Mais… mais c'est ridicule… complètement fou. Alors, tu as… filé ma mère, découvert qu'elle était en relation avec ce malfrat de… Chop Robichaux ? Qu'elle était même une de ses clientes ? Et tu prétends que c'est elle qui…

— Qui m'a tendu un piège. Oui.

Décomposée, elle agita de nouveau la tête.

— Je ne te crois pas.

— Je suis désolé, Glory. Je préférerais que ce ne soit pas vrai.

Il baissa les yeux sur ses mains, les releva vers elle. Devant le désarroi qu'elle y lut, son regret évident, sa pitié, elle prit peur et se mit à trembler.

— Ce n'est pas vrai ! Ce n'est pas vrai ! Qu'est-ce qui te prend ? Pourquoi ? Je sais bien que tu ne l'aimes pas, que tu as de bonnes raisons de... Mais tout de même, ça, c'est...

Elle se leva, se détourna de lui et porta ses mains tremblantes à son visage. Elle cherchait ses mots, les mots justes qui dissiperaient ce cauchemar insensé.

Enfin, serrant les poings, elle lui fit de nouveau face.

— Ce n'est même plus de la haine, Santos. Tu es malade, il faut te faire soigner.

Il se leva à son tour, s'approcha d'elle, lui prit les mains et les frotta comme s'il voulait les réchauffer.

— Ce n'est pas moi qui suis malade, ma chérie. Crois-moi, je suis tout sauf ravi de t'apprendre ces choses, de te faire aussi mal.

Elle dégagea ses mains.

— Tu mens ! Je ne te crois pas ! C'est de ma mère que tu parles ainsi !

— Je sais qu'elle est ta mère. Et tu n'as pas idée de la crainte que j'avais de venir te voir pour t'en parler. Tu n'as pas idée...

— Epargne-moi les violons, lieutenant ! Avoue que ça te fait plaisir !

Il se raidit.

— Glory, tu es en colère, et tu te trompes de cible. Tuer le messager ne changera pas la nature des nouvelles. Ce n'est pas moi qui t'ai menti, trompée. Et nous le savons tous deux.

Luttant pour refouler ses larmes, elle se couvrit les yeux. Ce n'était pas vrai ! Cela ne pouvait être vrai !

— J'ai apporté... des preuves. J'ai des photos. Mais je ne veux pas que tu les voies.

Il lui saisit le bras, l'obligea à le regarder.

— Il faut que tu me croies, Glory. Je ne te mentirais pas, jamais, sur quoi que ce soit.

— Des photos ? répéta-t-elle. Que veux-tu dire ?

Il lui désigna l'enveloppe brune qu'il avait posée sur son siège.

— Robichaux tient des dossiers sur tous ses clients. Les transactions, les dates des transactions, les... services fournis et leur coût, tout y figure. Le dossier de ta mère remonte à 1970.

1970 ! Elle avait alors trois ans. Son père était en vie. Tout ce qu'il y a de vivant. Glory se sentit prise de nausée. Ce n'était pas vrai, pas possible !

Elle alla jusqu'à l'enveloppe, se baissa et la prit en jetant à Santos un regard de défi. Il s'avança vers elle, la main tendue.

— Non, Glory ! Je t'en prie, ma chérie, aie confiance en moi. Si tu vois ces photos... tu ne pourras plus revenir en arrière. Tu comprends ? Quand tu l'auras vue ainsi, tu ne pourras jamais plus...

— Tais-toi ! Je ne veux plus t'entendre. Jamais ! Ne m'adresse plus jamais la parole !

Il s'avança encore.

— Glory, je ne suis pas responsable. Je n'ai fait que soulever le voile. Si tu regardes ces photos, tu ne pourras plus les oublier. Ne te torture pas, je t'en prie, ce n'est pas nécessaire. Aie confiance en moi.

Elle ouvrit l'enveloppe, glissa la main à l'intérieur, en sortit une photo, les yeux rivés sur Santos.

Ses doigts tremblaient. Ses yeux s'emplirent de larmes. L'enveloppe lui glissa des mains et elle éclata en sanglots. Santos la rejoignit, l'entoura de ses bras, la serra contre lui.

— Glory, ma chérie, calme-toi, tout s'arrangera.

— Non… Non…, hoqueta-t-elle contre son épaule. Ça ne s'arrangera pas… Ça ne peut pas s'arranger… jamais. Ma mère… c'est ma mère…

Elle sanglota longtemps, bruyamment, incapable de contenir la douleur qui lui retournait l'âme. Et, pendant tout ce temps, Santos la serra contre lui, la berça, la réconforta de ses murmures, lui caressa doucement les cheveux.

Enfin, épuisée, elle releva les yeux vers lui.

— Qu'est-ce que… qu'est-ce que je vais devenir, Santos ? Comment… comment je vais vivre après cela ?

— On survit, murmura-t-il en essuyant ses larmes de son pouce. Mais d'abord, il faut que tu ailles la voir. Tu n'as pas beaucoup de temps.

Elle se redressa, s'essuya le nez du revers de la main.

— Qu'entends-tu par là ?

— Il y a un mandat d'arrestation contre elle.

— D'arrestation ? Mais pour quel motif ?

— Pour complot. J'ai réussi à gagner un peu de temps. Je savais que tu voudrais la voir avant que…

Il ne termina pas sa phrase, mais le sens en était clair : avant qu'elle ne soit arrêtée, que la nouvelle se répande et que la curée médiatique se déchaîne.

Glory crut que son cœur allait s'arrêter, puis il se remit à battre, s'accéléra. La colère la reprit.

— Depuis combien de temps tu savais ? Depuis combien de temps tu la… filais ?

— Cinq jours.

— Cinq jours…

Elle marqua une pause, songea aux moments qu'ils avaient passés ensemble pendant ces cinq jours, comprit soudain le sens de ses silences. Puis elle se dégagea de lui, furieuse, le souffle court.

— Tu savais depuis cinq jours, et tu ne m'en as rien appris ? Tu la soupçonnais et…

— Et jusqu'à aujourd'hui, je n'avais que des soupçons. Qu'aurais-je pu te dire ?

— La vérité ! Nous sommes amants, nous couchons ensemble, et tu m'as caché un truc pareil ! Cela ne te gêne donc pas ? Tu trouves cela normal ?

— Que pouvais-je t'apprendre, sans preuves ? Que je soupçonnais ta mère de m'avoir tendu un piège pour me griller ? Qu'elle était de mèche avec un criminel ? Tout de même, Glory. Il s'agissait de ta mère.

— Justement ! Tu aurais dû me dire la vérité, me mettre au courant de tes soupçons, de ce qui se passait. C'était la moindre des choses !

— En t'en parlant, je risquais de compromettre mon enquête.

— Je vois, gronda-t-elle en serrant les poings. Tu craignais que je prévienne ma mère et qu'elle quitte la ville. Tu craignais que je trouve un moyen pour t'empêcher de poursuivre. Que j'avertisse ton chef de tes agissements.

Il demeura un moment silencieux, puis laissa échapper un soupir de frustration.

— Je savais que tu ne me croirais pas. Je voulais pouvoir t'en apporter la preuve. Tu peux me dire où est ma faute ?

Brusquement, elle comprit qu'elle l'aimait. Qu'elle n'avait jamais cessé de l'aimer.

Mais il se méfiait d'elle ; il ne l'aimait pas. Ne l'aimerait jamais.

Et tout le mal était là.

Elle alla prendre son sac dans le dernier tiroir du bureau et se tourna vers lui.

— Combien de temps me reste-t-il ?

Il consulta sa montre.

— Pas bien longtemps. Vingt minutes.

Elle acquiesça de la tête. Sous son calme apparent, une tempête d'émotions faisait rage. Elle se sentait brisée.

— Il est temps que j'y aille.

— Je t'accompagne.

— Certainement pas ! J'y vais seule, rétorqua-t-elle.

— J'ai donné ma parole à Jackson.

— Tu as peur que je l'aide à s'enfuir ?

Son mutisme le condamnait, et Glory se dirigea vers la porte. Là, elle se retourna.

— Tu m'accuses toujours de ne pas te croire, de ne pas te faire confiance. Depuis le début. Pourtant, je croyais en toi. J'ai assez cru en toi pour t'aimer. Et pas seulement une fois, mais deux. C'est toi qui fais toute une montagne de nos différences sociales. C'est toi qui juges, toi qui as décidé une fois pour toutes que j'étais une privilégiée trop gâtée et trop égoïste pour t'aimer vraiment.

Elle redressa le menton et poursuivit :

— C'est toi qui as décidé que tu n'étais pas suffisamment bien pour que je puisse t'aimer. Ce n'est pas moi. J'ai bien l'impression que c'est toi-même qui n'y as jamais cru, Santos, ni à moi ni à nous. Tu te méfiais de moi et tu te méfies encore. Mais, pour l'instant, j'ai mieux à faire que de m'en préoccuper.

Elle ouvrit la porte, le regarda droit dans les yeux et conclut sur un ton de défi :

— Je vais voir ma mère. Et j'y vais seule.

67

Glory conduisit comme une forcenée, aveuglée par les larmes, la tête pleine des paroles de Santos, de ce qu'il lui avait dit de sa mère, du complot qu'elle avait ourdi contre lui, de ses passions malsaines, de ses rapports avec Chop Robichaux.

Il devait y avoir une explication à cela, et Glory priait le ciel de la trouver, priait que sa mère la lui donne, la prenne dans ses bras en lui jurant que toutes ces horreurs n'étaient pas vraies.

Mais au fond d'elle-même, Glory savait que ses prières ne seraient pas exaucées.

Par quelque miracle, elle arriva chez sa mère sans encombre. Elle sortit de voiture comme une furie, claquant la portière derrière elle pour se précipiter vers la maison. Devant la porte, elle se mit à marteler le battant de ses poings. Mme Hillcrest lui ouvrit et l'inquiétude se peignit aussitôt sur son visage.

— Que se passe-t-il, mademoiselle Glory ? Qu'est-ce qui ne va pas ?

Glory entra en bousculant la gouvernante.

— Où est ma mère ? Il faut que je la voie.

— Dans sa chambre. Elle se repose. Elle a demandé qu'on ne la dérange pas.

Glory courut vers l'escalier.

— Des gens vont venir la chercher. Retenez-les. Le plus longtemps possible.

Mme Hillcrest la suivit dans le hall.

— Des gens ? Qui viennent chercher votre mère ? Je ne comprends pas.

Glory s'arrêta, se tourna vers la gouvernante.

— Faites ce que je vous dis, Greta. Je vous en prie.

Puis, comme si elle avait le diable aux trousses, elle gravit les marches quatre à quatre, enfila le couloir et pénétra en trombe dans la chambre de sa mère.

— Maman !

Hope dormait. Elle se redressa brusquement, les yeux écarquillés, désorientée.

— Glory Alexandra ? Que viens-tu faire ici ?

— Maman, il faut que je te parle.

Glory s'approcha du lit. Elle tremblait si fort qu'elle crut ne pas y arriver. Enfin, elle put s'asseoir sur le bord. Les larmes l'étouffaient, mais il fallait qu'elle parle. Il fallait qu'elle sache, qu'elle entende la vérité de la bouche de sa mère. Et le temps lui manquait.

— Maman… Ils viennent… Ils vont venir te chercher. Il faut que nous parlions…

— Me chercher ? coupa Hope en remontant ses cheveux d'une main mal assurée. Mais qui ? Que veux-tu dire ?

— Santos… et les autres. Ils ont un mandat.

— Un mandat ? Contre qui ?

— Toi, maman. Ils prétendent…

— Contre moi ?

Hope se laissa tomber contre les oreillers. Tous ses traits exprimaient l'horreur.

— Mais, grand Dieu, pourquoi ? Je ne vois vraiment pas…

— Ils prétendent que tu fréquentais ce Chop Robichaux, que tu as conspiré avec lui pour tendre un piège à Santos.

Sa mère ne nia pas. Ne manifesta ni outrage ni incrédulité. Elle fixait Glory, bouche bée, le regard empreint de panique.

Sa mère était coupable de tout ce dont Santos l'avait accusée. Dieu du ciel, c'était vrai, il avait raison.

De nouveau, les larmes roulaient sur les joues de Glory, larmes qu'elle essuya d'une main impatiente.

— Ils savent tout, maman. Sur Santos et sur tes rapports avec ce Robichaux. Sur ce qu'il… ce qu'il te procurait. C'est vrai, maman ? Tu as vraiment fait cela ? Même du vivant de papa ? J'en suis malade.

— Non ! se récria sa mère.

Ce cri désespéré semblait venir du tréfonds de son âme.

— Non ! Non ! répéta-t-elle.

Glory lui prit les mains, les serra dans les siennes. Elles étaient froides et moites, glacées comme la mort.

— Ils ont des preuves, maman. Des dates, des photos. Tout un dossier sur toi. Dis-moi que ce n'est pas vrai, maman… Je t'en supplie. Dis-moi que ce n'est pas vrai, et je te croirai. Dis-moi comment ils ont pu prendre de telles photos et je…

Hope arracha ses mains à l'étreinte de Glory, bondit du lit et se précipita pour verrouiller la porte de la chambre.

— Maman ?

Hope pivota sur elle-même, haletante, affolée.

— Le Mal arrive. Il faut nous cacher. Il faut réfléchir, élaborer un plan.

Le cœur de Glory s'emballa, la panique menaçait de l'envahir. Au prix d'un effort, elle parvint cependant à garder la maîtrise d'elle-même.

— Calme-toi, maman, ne perds pas la tête, dit-elle doucement, d'un ton presque posé. Réfléchissons ensemble, et nous trouverons une solution à ce problème. Je suis sûre que nous trouverons un…

— Non… Non… Il arrive. Le Mal arrive.

Glory alla rejoindre sa mère, lui reprit les mains et les serra très fort.

— De quoi parles-tu, maman ? Il faut que tu me le dises pour que je puisse t'aider.

Hope hocha la tête.

— Oui. Il faut que je parle. Le moment est venu.

Elle leva les yeux vers sa fille, et ce que Glory lut dans son regard lui coupa le souffle.

— Le Mal, Glory, la Bête vient nous chercher.

Hope se dégagea de nouveau, se mit à arpenter la pièce. Le long peignoir de soie dansait autour de ses chevilles.

— J'ai essayé de te protéger. Depuis toujours. Sans jamais faiblir. Tu vois, je le savais. Je l'ai vue en toi, j'ai vu qu'elle était forte.

— Qu'est-ce que tu as vu, maman ? s'enquit Glory, la bouche sèche.

— La Bête.

Glory eut un mouvement de recul. Les paroles de sa mère l'atteignaient comme un coup au plexus. Les images de son enfance lui revinrent à la mémoire, images de ces nuits où elle s'éveillait pour voir sa mère penchée au-dessus d'elle, la fixant comme si elle était le diable en personne.

Un gémissement de douleur lui échappa. Elle n'avait jamais désiré que l'amour de sa mère. Et sa mère ne voyait en elle qu'un monstre.

— C'est la malédiction, reprit Hope. Le Mal qui est l'apanage des Pierron, transmis de mère en fille… nous l'avons toutes en nous. Nous sommes des pécheresses, nous succombons. Je me suis battue de toutes mes forces… mais il était trop fort.

Glory déglutit péniblement en songeant à ce que Santos lui avait révélé des perversions de sa mère.

— Tu as donc… succombé.

— Oui.

Hope releva la tête. Ses joues étaient inondées de larmes.

— Je désirais mieux pour toi. Je m'étais juré d'extirper la Bête de ton corps pour que tu échappes à ses kyrielles de péchés. J'ai tenté de te purifier, n'est-ce pas ? Je t'ai frottée pour te nettoyer, te rendre pure.

La bibliothèque. Le petit Danny. Glory réprima un accès de nausée. Hope lui saisit les mains.

— Tu peux encore te sauver. Tu en as le temps. Tu comprends ?

Glory agita la tête, horrifiée. Sa mère perdait l'esprit. Elle était folle. Complètement folle.

— Maman, tu as besoin d'aide. Nous allons te trouver de l'aide.

— Rien ne peut m'aider, Glory. Rien ni personne. C'est sans espoir.

Hope se recula lentement, puis elle partit en courant vers la porte-fenêtre du balcon, ouvrit les deux battants et se précipita jusqu'à la balustrade. S'y agrippant, elle se pencha, presque au point de tomber, et elle aspira l'air, comme si elle en manquait.

— Maman ! hurla Glory en se précipitant à sa suite.

Elle la prit par-derrière, l'enveloppa de ses bras.

— Tu vas tomber. Viens. Viens avec moi.

Sa mère se débattait. Elles perdirent l'équilibre et allèrent buter contre la balustrade, dont le bois grinça dangereusement. Apeurée, Glory s'efforça de traîner sa mère en arrière, vers l'abri de la chambre. Mais elle trébucha, se cogna contre le montant de la porte-fenêtre. Avec un cri de douleur, elle lâcha sa prise et sa mère s'échappa, recula de nouveau jusqu'à la balustrade.

— La Bête attend en toi. Elle attend le moment de dévorer ton âme éternelle. J'ai essayé de l'extirper, de te purger de ton besoin des péchés de la chair.

Glory lui tendit une main.

— Viens. Santos nous aidera. Si je le lui demande, il nous aidera.

Hope nia de la tête. Ses traits avaient repris une expression de calme presque inquiétante.

— Il porte le Mal en lui, Glory. La Bête les tient tous. Elle se sert d'eux pour nous atteindre.

En bas, Glory entendit des voix. Celle de Santos. Il l'aiderait. En dépit de tout, il aiderait sa mère.

— Ils sont là, maman. Je vais aller leur parler, leur demander du temps. Nous trouverons une solution. Toutes les deux.

Hope acquiesça de la tête et regagna la chambre. Son calme soudain était plus effrayant encore que sa folie.

— D'accord, Glory. Je vais dire mon rosaire.

Glory la suivit à l'intérieur, refermant la porte-fenêtre derrière elle.

— C'est une… Très bien. Je reviens tout de suite.

Hope ne parut pas même remarquer son départ. Dès qu'elle eut quitté la chambre, Glory se précipita vers l'escalier. Au bord de l'hystérie, elle aperçut Santos et Jackson en bas, dans le hall, avec Mme Hillcrest et deux autres policiers qu'elle ne connaissait pas.

— Santos !

Il leva les yeux vers elle. Soulagée, elle ne put retenir ses larmes tandis qu'elle descendait à sa rencontre.

Il s'avança vers elle, lui prit la main.

— Ça va ?

— Oui, mais ma mère… Elle perd la tête… Elle est folle. J'ai peur, Santos. J'ai peur pour elle. Je ne sais pas ce qu'elle va faire quand vous monterez la chercher.

Santos se tourna vers Jackson.

— Appelle la brigade. Dis-leur d'envoyer le service de psychiatrie en urgence.

Jackson partit aussitôt et Santos reporta son attention sur Glory.

— Où est-elle ?

— Dans sa chambre.

Ensemble, ils remontèrent l'escalier en courant. Lorsqu'ils arrivèrent, Glory frappa doucement à la porte fermée, puis elle l'entrouvrit.

— Maman ? murmura-t-elle pour ne pas l'effrayer. Maman, c'est moi, Glory. Santos est avec moi. Il va nous aider. Tout s'arrangera, tu verras.

Elle poussa le battant pour l'ouvrir davantage et, ne voyant pas sa mère, elle l'ouvrit complètement.

— Maman ? Où es-tu ?

Et soudain, elle la vit. Hope était debout sur la rambarde du balcon, en équilibre précaire, son chapelet à la main. La brise soulevait son fin peignoir de soie qui flottait derrière elle comme des ailes. On aurait dit un ange, un ange ténébreux prêt à prendre son envol.

Glory s'avança dans la pièce, les mains tendues.

— Maman ! Ne bouge pas !

Sa mère tourna vers elle un regard clair, apaisé, d'une sérénité surprenante.

— La Bête est venue.

Lentement, à pas feutrés, Santos s'avança à son tour dans la chambre.

— Madame St. Germaine, surtout ne bougez pas, dit-il d'une voix grave et douce, sécurisante. Tenez bon, tout se passera bien et…

Le chapelet glissa des doigts de Hope et tomba sur le balcon. Le cœur de Glory manqua s'arrêter. Hope lui sourit.

— Souviens-toi, ma fille, le Mal a bien des visages.

Puis elle prit son envol.

68

Santos consulta sa montre pour ce qui lui sembla être la centième fois en moins d'une heure. La journée se traînait à la brigade des homicides. D'ailleurs, toutes les journées lui avaient paru longues depuis la frénésie médiatique qui avait entouré le suicide de Hope St. Germaine, l'arrestation de Chop Robichaux, et la révélation des faits ayant conduit à ces deux événements ; immédiatement après, ils avaient arrêté Blanche-Neige.

Le prédicateur de Tina était finalement revenu à La Nouvelle-Orléans. Entre-temps, Santos et Jackson avaient trouvé deux témoins qui l'avaient vu avec deux des victimes, dont l'une d'elles, la nuit de sa mort. Bien sûr, le suspect, ce Buster Flowers, niait être le tueur en série et prétendait n'avoir jamais tué personne.

Mais des années dans la police avaient appris à Santos que les criminels criaient rarement leur culpabilité sur les toits. Il tenait son homme. Ce type était Blanche-Neige, et l'assassin de sa mère. Il en était certain.

Santos consulta sa montre une nouvelle fois et grommela un juron. Pourquoi était-il si impatient de sortir ? Personne ne l'attendait. Glory moins que quiconque.

Il ne l'avait pas revue depuis l'enterrement de sa mère. Et, même alors, ils avaient à peine échangé quelques mots. Elle souffrait, s'était refermée sur sa douleur ; il avait cherché à l'atteindre, à la réconforter, mais en vain. Il y avait un mur entre eux, un mur que les cruelles révélations et le suicide de Hope leur avaient ôté tout moyen de franchir.

Elle lui manquait. Il brûlait de la rejoindre de l'autre côté du mur, de la faire sienne, mais il ne savait comment.

Et même s'il l'avait su, de toute façon jamais ils ne pourraient former un couple durable. Trop de choses les séparaient, trop de passé, trop de souffrance. Ils venaient de deux mondes différents. Elle ne serait pas heureuse avec un flic. Pas à long terme. Mieux valait en rester là.

Le téléphone sonna. Il saisit l'appareil comme un homme qui se noie agrippe une bouée de sauvetage.

— Ici le lieutenant Santos.

— J'ai besoin d'aide, au secours ! dit une voix féminine.

— Qui parle ?

— Santos, s'il te plaît. Il faut que tu m'aides. Je ne sais plus vers qui me tourner.

— C'est toi, Tina ?

— Il me suit ! Je sais que c'est lui. Il va me tuer !

Elle sanglotait au bout du fil. Santos en eut froid dans le dos.

— Tina, nous le tenons. Nous tenons Buster Flowers, le type qui t'a donné la croix.

— Ce n'est pas lui, Santos ! Je ne veux pas mourir !

Son cri de détresse le remua jusqu'au fond de l'âme. Elle était folle de peur.

— Tina, où es-tu ?

Elle inspira difficilement.

— Dans une cabine, au coin de Toulouse et Burgundy Streets. Juste à côté du drugstore, près de l'église.

— Très bien.

Il consulta sa montre, fit un rapide calcul et ajouta :

— Ne bouge pas, j'arrive. J'y serai dans dix minutes.

— Dépêche-toi, Santos, s'il te plaît !

Il raccrocha, se leva d'un bond et prit sa veste dans le même mouvement.

Le lieutenant Patterson qui occupait le bureau en face du sien lui jeta un regard interrogateur.

— Que se passe-t-il ?

— La pute qui a repéré notre type, elle dit qu'on la suit toujours. Si Jackson revient avant moi, mets-le au courant. Elle appelait d'une cabine au coin de Toulouse et de Burgundy Streets.

Patterson eut un rictus de dégoût. Il s'était fait rabrouer par le chef pour la manière dont il avait traité Tina lors du premier interrogatoire et il en gardait de la rancœur.

— Elle est raide folle. On tient notre homme, laisse tomber.

Santos se sentit irrité par l'arrogance du personnage. Comment ce dernier pouvait-il être sûr qu'ils ne s'étaient pas trompés de client ? Santos ne le pensait pas, mais on ne pouvait pas savoir ! Ils n'avaient que des preuves indirectes et, si tout semblait incriminer Buster Flowers, rien ne prouvait sans aucun doute possible qu'il était bien Blanche-Neige.

Et si Buster Flowers n'était pas Blanche-Neige, alors le tueur courait toujours, et Tina était peut-être en danger. Patterson renâcla.

— Tu as entendu ? Je dis que cette fille est folle à

lier. Bonne pour l'asile. Laisse courir, la journée est presque finie.

— Ouais, j'ai entendu. Et si elle n'est pas folle ? Si le tueur la suit vraiment ? Tu prendrais peut-être le risque, moi pas.

Comme prévu, il lui fallut une dizaine de minutes pour atteindre le Quartier français. Il trouva sans peine la cabine, le drugstore et l'église. Il se rangea le long du trottoir et sortit de voiture.

Pas de Tina.

Santos s'assura une fois de plus qu'il ne s'était pas trompé d'emplacement. Il était bien au coin des rues Toulouse et Burgundy. Le drugstore était là, et l'église… ce n'était pas une église, mais un couvent. Mary Queen of Peace. Aucun doute, c'était bien là.

Mais où était passée Tina ? Il chercha des yeux un porche, un abri, une cachette où elle aurait pu se réfugier pour se sentir en sûreté. Son regard s'arrêta sur la vitrine du drugstore. Sur la porte, l'écriteau « Fermé » se balançait doucement, comme si on venait tout juste de le retourner.

Santos consulta sa montre. 17 h 20. C'était un peu tôt pour fermer ce genre de magasin, surtout dans le Quartier. Il fixait l'écriteau quand il se souvint de ce que Tina lui avait dit. Il en eut la chair de poule.

« C'est des capotes. Le meilleur ami de la pute. Moi et les filles, on les achète en gros au drugstore du coin. »

Le drugstore du coin.

Il traversa la rue, alla jeter un coup d'œil par la porte vitrée. A la caisse, un type comptait de l'argent. Pour le reste, la boutique semblait vide.

Santos cogna à la vitre. Le jeune homme à la caisse leva les yeux. Santos présenta son insigne.

— Police.

Le garçon pâlit, ferma le tiroir-caisse et vint jusqu'à la porte. A travers la vitre, il examina longuement le badge de Santos avant d'entrouvrir.

— Que puis-je pour vous, monsieur l'agent ?

— Il y a eu des vols dans le coin. Cela vous ennuie si j'entre jeter un œil ?

— Des vols ? Par ici ? répéta le type.

— Oui.

— Bon, d'accord.

Le môme — il n'avait guère plus d'une vingtaine d'années — s'effaça pour le laisser passer.

Il faisait frais à l'intérieur, trop frais. Et pas bien clair non plus. C'était une boutique comme on en trouvait presque à tous les coins de rue de La Nouvelle-Orléans, plutôt sale, encombrée d'une foule d'articles hétéroclites allant de l'aspirine aux chips, des journaux aux sodas, le tout entassé dans l'étroit rez-de-chaussée d'un bâtiment des années trente.

Le regard de Santos tomba sur le panier de pommes posé sur le comptoir. Son pouls s'accéléra. Il reporta son attention sur le jeune homme. A en croire le badge qu'il portait, il s'appelait John. Il était de taille et de corpulence moyennes et avait un visage ordinaire, sans trait particulier. Ses cheveux et ses yeux étaient clairs, ses sourcils si blonds qu'on les voyait à peine.

Et il était nerveux, agité.

— Vous êtes le propriétaire, John ?

Il nia de la tête.

— Pas moi, mon oncle.

— Ah. Une affaire de famille, murmura Santos. C'est bien. Où est votre oncle, ce soir ?

— Au groupe de prière.

— Vraiment ?

Santos se mit à parcourir lentement les allées. John le suivit.

— Il y va tous les soirs ?

— Presque, dit John. Mon oncle affirme que, lorsqu'on connaît le Seigneur, on ne craint ni la souffrance ni les ténèbres.

John se frotta les paumes sur son jean, comme pour les sécher.

— Vous cherchez quelque chose de précis, agent… ?

— Lieutenant Santos, déclara ce dernier en souriant.

Et, ignorant la question du jeune homme, il poursuivit :

— Vous fermez bien tôt, il me semble. Vous auriez des clients si vous restiez ouvert. Le Quartier est très animé la nuit.

Le garçon haussa les épaules.

— Trop de criminalité. On se faisait piller presque tous les soirs.

— Et les filles ? Vous devez en voir passer pas mal, la nuit.

Santos le fixait droit dans les yeux. Le gosse soutint son regard un moment, puis se détourna.

— Elles ne viennent pas. Mon oncle n'aime pas les putes. Il n'aime pas les voir dans sa boutique.

Il mentait. De fines gouttes de sueur perlaient à sa lèvre supérieure, alors que le magasin était plus froid qu'une tombe.

— En fait, je cherche une prostituée du nom de Tina. Vous la connaissez ?

— Non. Je vous l'ai dit, les putes ne viennent pas chez nous.

— Mais vous avez peut-être vu celle que je cherche. Elle téléphonait de la cabine d'en face il n'y a pas bien longtemps.

— Je vois des tas de gens dans la cabine. A quoi… elle ressemble, cette Tina ?

Santos la lui décrivit sans le quitter des yeux. Son visage demeurait parfaitement impassible.

Enfin, il hocha la tête.

— A la réflexion, j'ai bien vu une femme qui lui ressemblait. Elle est partie.

— Partie ?

— Ouais. Elle a pris le chemin de St. Peter.

Il y avait dans sa voix une note de malice. De malice sournoise. Santos montra une porte au fond du magasin.

— Qu'est-ce qu'il y a, là, derrière ?

— Les stocks.

— Je peux regarder ?

John hésita, haussa de nouveau les épaules.

— Si vous voulez.

— Après vous.

Santos lui emboîta le pas, conscient du curieux picotement sur sa nuque. Signe prémonitoire. Il avait la nette impression qu'il se passait quelque chose. Quelque chose de sordide. Mais quoi ?

Ce qui le ramena à Tina. Où était-elle ?

— Voilà, dit le garçon en ouvrant la porte.

La pièce était vide, en dehors des stocks de marchandise rangés sur les étagères et des cartons d'expédition. Santos la traversa, tâtant les cartons au passage, cherchant des yeux une autre porte.

Il en trouva une. L'ampoule du panneau de sortie qui surmontait la porte était grillée et des cartons empilés devant en barraient l'accès.

— Cela donne sur quoi ? s'enquit-il.

— Sur la ruelle. On ne l'utilise pas.

John désigna du doigt une boîte métallique sur le mur. Un témoin vert clignotait.

— Elle est sous protection électronique et barrée de l'extérieur. Des voleurs entraient par-derrière pour nous cambrioler. On a déjà assez d'ennuis avec ceux qui rentrent par-devant.

John croisa les bras sur la poitrine et ajouta :

— Mais c'est pour cela que vous êtes là, lieutenant Santos. A cause des vols dans le quartier, n'est-ce pas ?

— Précisément.

Santos se tourna vers le jeune homme et lui adressa un sourire.

— Eh bien, ce sera tout. Je vous remercie pour votre aide.

John le reconduisit jusqu'à l'entrée du magasin et défit le verrou pour lui ouvrir.

— Vous savez, dit Santos, c'est contre les règlements de condamner cette sortie. Dangereux en cas d'incendie. Si vous avez un contrôle de sécurité, on risque de vous obliger à fermer.

— J'en parlerai à mon oncle.

— Je compte sur vous, John.

— J'espère que vous retrouverez vos gars.

— Nous les retrouverons, dit Santos en regardant le garçon droit dans les yeux. Nous les retrouvons toujours.

Il sortit dans la rue, et John verrouilla la porte derrière

lui. Une fois dehors, Santos se retourna et vit que le jeune homme se remettait à compter sa caisse.

Il plissa les yeux. Ce môme avait quelque chose de pas net. Il le sentait d'instinct. Mais quel que soit le trafic auquel il se livrait, c'était probablement sans rapport avec Tina. Et Tina passait d'abord.

Mais s'il se trompait ? S'il y avait un rapport ? Le garçon lui avait menti à propos des putes et du magasin. Il en était certain. Et cela l'inquiétait. Plus qu'un peu.

Affreusement conscient du temps qui passait, Santos jura entre ses dents. Tina avait pu s'en aller, c'était tout à fait possible. Elle n'était pas un modèle de stabilité. Mais elle avait la frousse quand elle l'avait appelé. Une peur bleue. Et elle savait qu'il viendrait la chercher. Alors, pourquoi partir ?

Il alla jusqu'au coin de la rue et regarda en direction de St. Peter Street. Le gosse avait dit qu'elle s'était dirigée vers St. Peter Street. Santos choisit cette direction et s'arrêta soudain sur une inspiration fulgurante. Le môme avait dit textuellement : « Elle a pris le chemin de St. Peter. »

St. Peter, saint Pierre. Le saint qui gardait les portes du paradis. Le saint qui vérifiait le livre pour voir si votre âme était assez pure pour franchir ces portes.

Le gosse allait expédier Tina à saint Pierre !

Santos rebroussa chemin au pas de course, se baissant au moment de passer devant le drugstore pour éviter que le môme le voie. Il aurait bien appelé afin de demander des renforts mais préférait ne pas prendre ce risque. Chaque seconde comptait. Il était peut-être déjà trop tard.

Dieu fasse qu'il ne soit pas trop tard !

Il atteignait le coin de la rue quand une vieille Buick sortit lentement de la ruelle derrière le magasin et obliqua dans sa direction. Le chauffeur croisa son regard. C'était le môme du drugstore.

Santos sortit son arme et bondit au milieu de la rue en hurlant :

— Arrêtez !

Au même moment, le garçon accéléra, fonçant droit sur lui. Santos plongea de côté pour éviter le choc, roula sur lui-même, visa et tira. Un coup de feu, puis un autre. La voiture partit à vive allure dans un dérapage incontrôlé, força les grilles du couvent et alla heurter une statue de Jésus bénissant la foule. La statue oscilla dangereusement, bascula vers l'avant et s'effondra contre le pare-brise côté chauffeur dans une gerbe d'éclats de verre.

Quelqu'un hurla. Des groupes de curieux apparurent sur le seuil des boutiques, se répandirent sur le trottoir. Santos se précipita vers le véhicule accidenté.

— Police, hurla-t-il en brandissant son badge. Appelez le 911, faites venir une ambulance.

Parvenu au but, il constata que le coffre s'était ouvert sous le choc. A l'intérieur, repliée sur elle-même et ficelée comme l'agneau du sacrifice, il y avait Tina.

Et elle était vivante. Santos manqua en défaillir de soulagement.

69

En quelques jours, le Jardin des Délices Terrestres était devenu un lieu à la mode. L'article dithyrambique paru dans le Times Picayune et signé du célèbre critique gastronomique Gregory Roberts y était pour beaucoup, de même que la soudaine célébrité de Liz, due au rôle qu'elle avait joué dans la mise au jour du scandale impliquant Santos et Hope St. Germaine. Liz et son restaurant étaient mentionnés dans tous les journaux télévisés comme dans la presse.

Le restaurant avait acquis en un clin d'œil une telle notoriété que Liz avait rarement le temps de s'asseoir, comme elle le faisait en ce moment, pendant la brève pause de 15 heures. Elle s'affala sur un siège du bar en soupirant et son barman lui apporta une infusion.

— Le succès est épuisant, remarqua-t-il.

— Mais pas désagréable, Darryl. C'est même très agréable.

Elle lui sourit et entoura sa chope de ses mains.

— Qui se plaint ici ? s'exclama Darryl en souriant à son tour. Pas moi. Les pourboires rentrent. Tu ne vas pas me croire, mais nous sommes encore dans le journal.

— Encore ? Voilà bientôt un mois que ça dure !

Il étala devant elle le *Times Picayune* du jour, ouvert en page quatre, et lui montra l'article.

— Et cette fois, il parle de toi comme de la célèbre propriétaire du célèbre restaurant à la mode, le Jardin des Délices Terrestres.

Il lui décocha encore un de ses sourires de lutin, et partit à l'autre bout du bar prendre les commandes de la serveuse.

Liz but sa tisane à petites gorgées en parcourant l'article avec plaisir. Il était curieux, et même ironique, que son cas de conscience eût à ce point payé. Elle n'avait attendu de son honnêteté que le droit de pouvoir se regarder en face et dormir tranquille, mais un tel succès professionnel et financier, cela dépassait les bornes !

Et elle s'en réjouissait. Parfois, elle en aurait ri aux éclats, applaudi, sauté de joie. Elle avait réussi. Le restaurant lui appartenait, c'était son œuvre. Comme Santos l'avait dit, elle contribuait à changer le monde, participait au mieux-être des gens.

Sa vie était enfin sur la bonne pente. Si seulement elle avait Santos, tout serait parfait.

— Bonjour, Liz.

Glory. Liz se raidit, puis inspira profondément et se tourna vers son ancienne amie. Celle-ci se tenait à quelques pas d'elle, hésitante, gênée, mais décidée. Liz la considéra un moment en silence. Glory était marquée par l'épreuve des dernières semaines. Visiblement épuisée, elle avait les traits tirés, les joues creuses, le regard hanté.

Qu'éprouvait-on quand on apprenait que sa mère était une sorte de monstre ? Liz redressa le menton, refoula ces pensées qui l'inclinaient à la commisération.

— Que viens-tu faire ici ?

Glory se tordait nerveusement les doigts.

— On peut parler ? S'il te plaît.

Liz lui jeta un regard froid.

— Je ne vois pas de quoi nous pourrions parler.

— Du passé, de nous, dit Glory d'une voix chargée d'émotion.

Soudaines, imprévisibles, les larmes affluèrent aux yeux de Liz, qui s'efforça de les ravaler.

— Il n'y a pas de nous.

— Il y en avait un, autrefois. Liz, je t'en prie.

Liz hésita, acquiesça de la tête et descendit de son siège.

— Darryl ? Je serai dans mon bureau si tu as besoin de moi.

Il leva le pouce pour faire signe qu'il avait compris, et elle entraîna Glory à sa suite. Une fois dans le bureau, elle referma la porte, et se tourna vers la jeune femme sans même lui offrir de s'asseoir.

— Ton restaurant est ravissant, Liz. Et on me dit qu'on y mange bien. Je te félicite.

— Merci.

Elle croisa les bras sur la poitrine. Elle s'en voulait d'être aussi sensible aux compliments de Glory.

— Tu as quelque chose à me dire ?

— Oui, je… tant de choses que je ne sais par où commencer. Mais d'abord, je voudrais m'excuser pour ce qui s'est passé il y a longtemps. Je ne pensais pas que ma mère te ferait du mal. Cela ne m'a pas effleurée, j'ignore pourquoi, j'aurais dû m'en douter…

Glory eut un petit geste de la main.

— Je suppose que je ne la connaissais pas vraiment, personne ne la connaissait. Mais je suppose aussi que tu as lu la presse.

— Oui.

— Et je suis désolée que… je regrette…

Glory bafouillait, cherchait ses mots, luttait pour ne pas pleurer, et Liz le voyait.

— Je regrette de ne pas t'avoir défendue… De ne pas t'avoir montré à quel point tu comptais pour moi… Combien je… je t'aimais. Tu étais ma seule amie.

Elle baissa les yeux, fixa un moment le plancher, puis elle reporta sur Liz son regard mouillé de larmes.

— J'avais tellement peur de ma mère, de ce qu'elle me ferait, que j'en ai oublié d'avoir peur pour toi. Et, ce jour-là, j'ai… je me suis effondrée.

La gorge de Liz se noua. Elle comprenait aussi et aurait préféré ne pas comprendre. Elle aussi s'était effondrée ce jour-là.

Liz se détourna de Glory, alla jusqu'à son bureau, en contempla la surface encombrée de papiers en se traitant d'imbécile. Elle avait tort, tort de se laisser émouvoir par ce que disait Glory.

Elle ferma les yeux. Si seulement elle pouvait oublier ce qu'elle avait appris sur la mère de Glory dans les dernières semaines, sur sa vie secrète, sa personnalité cachée. Si seulement elle pouvait cesser de s'interroger sur la difficulté d'être la fille de Hope St. Germaine.

Mais elle ne le pouvait pas. Autrefois, dans ce passé lointain, Glory avait eu toutes les raisons d'avoir peur.

— Je suis venue te remercier de ce que tu as fait pour Santos.

En entendant ce nom, Liz s'immobilisa, furieuse. Sa colère balayait toute compréhension, toute pitié. Elle se retourna vers Glory dans une attitude de défi.

— Ce n'est pas pour lui que je l'ai fait. Et encore moins pour que vous puissiez vivre heureux tous les deux le reste de vos jours.

Glory ravala sa salive et soutint le regard de Liz.

— Je n'ai jamais cessé de l'aimer, Liz. Jamais.

Liz en demeura interloquée. Il y avait dans les yeux de Glory quelque chose de sauvage, d'ardent, de triste aussi. Quelque chose de bouleversant qui en disait long sur la profondeur des sentiments de Glory pour Santos. Non, ce n'était pas une toquade d'enfant gâtée et égoïste en quête d'aventure, mais un faisceau de sentiments puissants devant lequel tout ce que Liz avait éprouvé pâlissait.

Et, dans les yeux de Glory, elle voyait aussi quelque chose qui aidait à guérir une blessure ancienne.

L'esprit de Liz revint au temps de leur adolescence. Elle revit deux gamines riant dans les vestiaires. Deux gamines qui avaient toute la vie devant elles. L'une d'elles venait de rencontrer un garçon. Un garçon pour lequel elle avait eu le coup de foudre. Un garçon dont elle prétendait qu'il était son destin.

Peut-être l'était-il.

Les larmes lui montèrent aux yeux, et elle se détourna, regarda sa montre.

— Si tu n'as rien d'autre à me dire, il faut que je retourne au travail, déclara-t-elle sur un ton de fausse indifférence.

— Bien sûr.

Glory accusa le coup et recula d'un pas.

— Je te remercie pour ton temps, Liz. Merci de m'avoir écoutée. Je sais que tu… que tu es très occupée. Inutile de me raccompagner.

Liz regarda Glory se retourner, aller jusqu'à la porte, l'ouvrir, en franchir le seuil. Et disparaître de sa vie à tout jamais.

Non. Elle ne pouvait pas la laisser partir ainsi. Pas sans lui avoir dit toute la vérité.

— Glory !

Glory s'arrêta net, fit volte-face.

— Ce jour-là, à l'Immaculée-Conception... le jour où ta mère m'a fait expulser... j'ai craqué.

Liz baissa les yeux sur ses mains.

— Ta mère m'a dit qu'elle intercéderait pour moi auprès de sœur Marguerite si je lui avouais tout ce que je savais de toi et Santos.

Elle inspira péniblement et reprit :

— J'ai pensé qu'elle savait déjà, qu'elle savait que vous étiez amants. Mais, au fond de mon cœur, je savais qu'elle ne le savait pas. J'avais peur moi aussi, Glory. Peur de ta mère. Peur de perdre ma bourse. Peur d'affronter mon père.

— Tu avais seize ans, dit doucement Glory. A seize ans, on prend peur facilement.

— A vingt-huit ans aussi.

Liz releva les yeux, fixa Glory en face et sourit. Elle se sentait bien, sûre d'elle-même.

— Mais, tu sais quoi, Glo ? C'est fini maintenant. C'est du passé. Et je crois que je peux enfin le laisser derrière moi.

70

John Francis Bourgeois, le gosse du drugstore, fut arrêté et, quelques jours plus tard, accusé du meurtre de huit jeunes femmes. Les preuves matérielles rassemblées contre lui étaient indiscutables : empreintes des dents sur les pommes, analyse d'A.D.N., empreintes digitales, cheveux, tout concordait. Il n'y avait pas une chance sur un million que l'assassin pût être un autre.

Et il y avait Tina, son témoignage. John Bourgeois n'était pas l'homme qu'elle avait vu partir avec son amie Billie la nuit de sa mort. Mais il était sur place. Quelques instants plus tôt, Tina l'avait vu et l'avait salué.

Elle ne s'était pas attardée sur le fait au début, mais John avait pris peur. Lorsqu'elle avait été interrogée par la police, il avait craint qu'elle ne se souvienne brusquement de l'avoir vu. Et que la police fasse le rapprochement. Tina était donc un risque.

Il s'était mis à la suivre, à l'observer, à guetter le moment propice, moment qu'elle lui avait fourni en téléphonant de la cabine d'en face : il l'avait invitée à venir attendre dans sa boutique, lui avait dit que, là, elle serait en sûreté.

Et le piège s'était refermé sur elle.

Assis sur le canapé de son salon dans l'appartement vide au silence pesant, Santos songea qu'il avait vu juste sur toute la ligne : les filles le connaissaient, l'aimaient bien ; John cherchait à « sauver leur âme » ; et, comme Santos l'avait prévu, John était sur le point de filer, de quitter la ville.

Il s'était cependant trompé sur un point. Le principal. John Francis Bourgeois n'avait que vingt-deux ans. Il en avait cinq quand lui, Santos, était devenu orphelin.

Ce n'était donc pas John l'assassin de sa mère. Il n'avait pas retrouvé l'assassin de sa mère et ne le retrouverait pas. Sa mort ne serait pas vengée.

Il se leva et, par la fenêtre, regarda la rue paisible. Au point du jour, le reste du monde dormait. Il aurait bien voulu dormir, lui aussi, mais le sommeil le fuyait. Depuis toujours.

Du bout des doigts, il effleura le verre lisse de la vitre en songeant au moment où, la semaine précédente, il avait détaché les liens de Tina et l'avait sortie du coffre. Elle s'accrochait à lui en sanglotant, reconnaissante, si heureuse d'être en vie.

Bouleversé, Santos ferma les yeux. Il n'avait pas pu protéger sa mère, mais il avait sauvé Tina. Et, en arrêtant Blanche-Neige, il avait sauvé la vie de nombreuses autres jeunes femmes.

Cela faisait du bien. Un bien fou.

Il faudrait aussi que cela suffise.

Comme dans les contes de fées, pour parachever cette fin heureuse, Tina avait juré de changer de vie. Elle irait ailleurs, dans une petite ville où personne ne la connaissait, et prendrait un emploi, n'importe lequel, pour ne plus tapiner et repartir sur de nouvelles bases. Le temps était venu, lui avait-elle confié, de laisser le passé derrière elle pour avancer.

Il espérait qu'elle s'en tirerait. Il lui avait donné de l'argent, tout ce qu'il avait de disponible. Elle avait promis de le lui rembourser, mais il s'en moquait. Si ses économies l'aidaient à reconstruire sa vie, ce serait pour lui le meilleur investissement qu'il eût jamais fait. Au bout du compte, il avait tenu sa promesse envers elle, cette promesse vieille de tant d'années. Il était revenu et il l'avait aidée.

Santos se détourna de la fenêtre et contempla le salon en pensant à sa mère, à sa vie, à sa mort. A l'amour qu'elle avait pour lui, pour la vie aussi, malgré les circonstances contraires. Tina avait raison. Il était temps qu'il laisse son passé derrière lui, sa colère, ses remords, sa douleur. Tout cela était nuisible, destructeur, comme la haine, comme de distribuer des blâmes au lieu d'affronter la vie et ses responsabilités.

Le temps était venu d'avancer.

Cette vérité le fit sourire, puis rire tout haut. Il se sentait bien, vraiment bien, pour la première fois depuis une éternité. Lui aussi était reconnaissant d'être en vie, d'être là, en ce moment, reconnaissant de tout l'amour qu'on lui avait donné.

Glory.

Elle ne s'était pas trompée en affirmant qu'il la jugeait, qu'il refusait de croire en elle, de croire à son amour pour lui. Il avait exigé qu'elle lui prouve ses sentiments. Parce qu'il niait sa propre valeur. Et même lorsqu'il s'était rendu à la veillée funèbre de son père, ce n'était pas pour se déclarer à elle, mais pour qu'elle se déclare à lui. Pour qu'elle lui prouve son amour.

Il rit de nouveau. La haine que Hope vouait à Lily était le reflet de la haine que Lily avait d'elle-même et qu'il n'avait jamais comprise. Jamais il n'avait pu comprendre pourquoi Lily demeurait incapable de se voir telle qu'elle était — bonne, aimante et digne d'être aimée.

Et, cependant, il était comme elle. Il avait lui aussi refusé de se voir tel qu'il était, refusé de voir qu'il méritait d'être aimé, qu'il était digne de l'amour que Glory lui portait.

Il le voyait maintenant.

Soudain libéré de la gangue du passé, il se sentait léger et libre, capable de planer là-haut, avec les aigles. Il aimait Glory. Il méritait son amour ; il était capable de la rendre heureuse. Il la rendrait heureuse.

Il irait la revendiquer pour sienne. Plus besoin de preuves.

71

Au fil des jours, des semaines qui avaient suivi le suicide de Hope, Glory avait reconstruit peu à peu la vie secrète de sa mère. La tâche avait été douloureuse, à peine supportable, mais elle voulait savoir, essayer de comprendre. Elle pensait qu'elle ne pourrait avancer qu'après avoir compris.

A cette fin, elle avait consulté un psychiatre qui l'avait aidée à cerner l'état d'esprit de sa mère. Hope était gravement malade. Le médecin avait parlé de schizophrénie. Selon lui, si elle avait vécu, elle ne serait pas passée en jugement et, au lieu d'aller en prison, elle aurait été placée dans une institution.

Glory regrettait du fond du cœur que sa mère n'ait pu être soignée, mais elle savait aussi que, pour Hope, le scandale aurait constitué un châtiment pire que la mort. Sa mère avait choisi.

Le plus difficile pour Glory avait été de gérer ses propres sentiments — sentiments de perte, de trahison, de colère et de désespoir, de confusion. Il lui avait semblé partir à la dérive, telle une barque dont la tempête aurait rompu les amarres. En l'espace d'une journée, sa vie s'était trouvée changée pour toujours et, une fois de plus, tout ce qu'elle croyait savoir de sa mère et d'elle-même s'était révélé n'être que mensonge.

Une fois de plus, elle avait été contrainte de se demander qui elle était.

Elle avait donc cherché refuge dans la maison de River Road, pour s'y sentir bercée entre les bras aimants d'une famille qu'elle avait à peine connue. Elle était venue là pour tenter de remettre en place les pièces éparses du puzzle de son identité.

Au fil des semaines, elle y était parvenue. Enfin, elle se sentait entière, peut-être pour la première fois de sa vie.

Avec son plantoir, elle creusa un trou dans la terre noire, humide. Le soleil de juin lui chauffait le dos, et des gouttes de sueur perlaient à ses lèvres, entre ses seins. Elle appréciait tout cela, la chaleur du soleil, la terre humide, sa sueur.

Bientôt, il lui faudrait rentrer en ville, regagner son bureau du St. Charles et vivre dans l'air conditionné. Elle sourit, installa la plante dans le trou qu'elle avait creusé, et tassa la terre par-dessus. Depuis leur première rencontre, elle avait eu plusieurs conversations avec Jonathan Michaels ; leurs avocats s'employaient maintenant à régler les détails de leur accord.

Elle se félicitait de sa décision. La restauration de la maison Pierron allait demander un important apport de fonds. La transformation de trois chambres de l'étage en suites pour les visiteurs et de deux autres en un appartement pour elle serait coûteuse. Il lui faudrait de plus engager une gardienne à demeure qui ferait également office de gérante, des guides pour les visites et un jardinier à temps partiel.

En ouvrant la maison Pierron au tourisme, aux soirées privées et aux brefs séjours, elle ne comptait pas gagner des fortunes. Si elle n'y perdait pas, ce serait déjà bien. Ce n'était pas l'argent qui l'intéressait. Elle s'investissait dans cette tâche par amour. La maison Pierron faisait partie de l'histoire de la Louisiane comme de son histoire personnelle. Elle ne voulait pas qu'on l'oublie, qu'elle tombe en décrépitude comme tant d'autres vestiges du vieux Sud.

Sourire aux lèvres, Glory se redressa, essuya ses mains couvertes de terre et contempla son œuvre. Elle avait passé la semaine à planter des fleurs d'été dans les parterres. Toute la galerie extérieure était à présent bordée de bégonias rouge vif.

Des fleurs appropriées aux femmes qui avaient travaillé dans cette maison. Des femmes dont la vie la fascinait. Elle avait lu avidement le récit de leurs jours et de leurs nuits, elle avait partagé leurs espoirs, leurs rêves et leurs déceptions. Des espoirs, des rêves, des déceptions, où résidait presque toute la vie de ces femmes, de ces jeunes filles. Aux yeux de Glory, leur vie n'en était pas une, elle manquait de réel.

A travers sa fascination, elle avait appris à les connaître, à les comprendre, à les aimer. Ce n'étaient pas de mauvaises gens. Elles n'étaient pas possédées du démon comme le croyait sa mère à l'esprit dévoyé. C'étaient des filles perdues, à la dérive. Les captives d'un monde qui les avait créées et n'avait pas le cœur assez vaste pour les y accueillir et les aimer.

Une brise légère montait du Mississippi. Glory lui tendit son visage, souriant sous cette caresse légère qui rafraîchissait sa peau moite. Par la compréhension des femmes qui vivaient ici, elle en était venue à se comprendre. Elle aussi avait été captive, prisonnière de l'incapacité de sa mère à l'aimer, à l'accepter en tant que personne. Prisonnière de son propre besoin d'être acceptée et aimée.

Un besoin si impérieux qu'elle s'était efforcée de devenir autre, de devenir celle que sa mère désirait qu'elle soit, celle que sa mère pourrait aimer.

Depuis toujours, sa mère l'avait considérée comme un être déficient, avec une sorte de tare, de vice en elle — le vice.

Et, depuis le début, c'est en sa mère qu'était la tare, le vice.

Glory s'abandonna à rire. Enfin, elle était libre. Libre d'être elle-même, d'aimer ce qu'elle était, ici, demain, et pour toujours. Jamais plus elle n'essaierait d'être ce qu'elle n'était pas. Jamais elle ne cesserait de croire en elle sous prétexte qu'un tiers doutait d'elle. Jamais plus elle ne se demanderait qui était Glory St. Germaine.

Elle le savait, à présent.

Un bruit de moteur se fit entendre derrière elle. Une voiture remontait l'allée. Elle se retourna, mit la main en visière pour se protéger du soleil.

Santos.

Il venait enfin.

Le cœur battant, Glory le laissa venir, remonter l'allée jusqu'à la maison. Il lui avait manqué cruellement. Mais elle avait dû se battre contre d'autres démons, des démons qu'il lui avait fallu affronter seule.

Dans cet affrontement, elle avait compris entre autres qu'elle avait fait trop de chemin pour ne pas exiger tout de Santos. Encore que, à le voir maintenant s'avancer vers elle, elle devait bien reconnaître qu'une offre de sa part, si restreinte fût-elle, avait de quoi séduire.

Il s'arrêta devant elle, sérieux, cherchant ses yeux.

— Bonjour, Glory.

— Santos.

Elle sourit, soudain grisée rien qu'à le regarder.

— Je me demandais quand tu viendrais, si tu viendrais un jour.

— Et moi, je me demandais si tu souhaitais que je vienne.

— Je le souhaitais. Je suis heureuse que tu sois venu.

Il posa doucement la main contre sa joue.

— Tu vas bien ? Je m'inquiétais pour toi.

Elle lui sourit de nouveau, recouvrit sa main de la sienne.

— Je vais bien. Je vais même très bien.

— Tu m'as manqué.

Le cœur de Glory s'accéléra, ses mains devinrent moites. L'espoir s'enflait en elle, s'épanouissait comme les fleurs rouges des bégonias à ses pieds.

— Tu m'as manqué aussi. Beaucoup.

Il se pencha sur elle pour effleurer ses lèvres d'un baiser.

— Je t'ai apporté quelque chose.

— Oui ? demanda-t-elle, ravie.

Il tira de sa poche de veste une petite boîte de carton blanc — du carton qui avait été blanc autrefois et qui avait souffert.

Santos lui saisit la main, la retourna et plaça la boîte cabossée dans sa paume ouverte.

— C'est pour toi.

La gorge nouée par l'émotion, Glory leva les yeux vers lui. Il y avait dans le regard de Santos une chaleur, une ardeur d'une intensité qu'elle n'avait jamais vue. D'une main tremblante, elle ouvrit précautionneusement la boîte, presque avec respect. A l'intérieur, enveloppés dans du papier de soie, il y avait des pendants d'oreilles. Elle en sortit un, l'éleva dans le soleil. Le verre coloré brillait de tous les feux de l'arc-en-ciel.

— Ils appartenaient à ma mère, dit-il d'une voix douce.

Il lui prit le bijou, le lui suspendit à l'oreille et fit de même avec l'autre.

— C'est tout ce qu'il me reste d'elle. Elle les adorait.

Emue, Glory leva vers lui ses yeux mouillés de larmes.

— Moi aussi je les aimerai, Santos. Toujours.

Elle lui saisit la main et l'entraîna dans la maison, puis à l'étage. Là, sur un lit inondé de soleil, ils firent l'amour. Pour de bon. Ils firent l'amour pour la première fois depuis leur adolescence, depuis ce temps lointain où ils étaient encore trop jeunes pour savoir qu'ensemble ils détenaient la clé du paradis.

Mais ils n'étaient plus aussi jeunes, et ils savaient.

Best-Sellers n°375 • roman

L'héritière australienne - Lynne Wilding

A la mort de son père, Carla Stenmark hérite d'un domaine viticole dans la Barossa Valley, en Australie. Une propriété dont son père ne lui a jamais parlé. Pas plus que de son passé secret, qu'elle découvre à la lecture de son journal intime : accusé à tort d'avoir séduit la fiancée de son frère, Rolfe a été renié et banni par son propre père. En s'installant à Sundown Crossing avec son fils, c'est donc un double défi que Carla s'apprête à relever : remettre en état un vignoble en friche depuis des années, et renouer avec le clan Stenmark, bien qu'héritière d'un fils maudit…

Best-Sellers n°376 • roman

Les filles du capitaine - Benita Brown

Depuis la mort de leur mère, Josie et Flora Walton sont choyées par leur père et leurs grands-parents maternels. Mais le capitaine a un faible pour Flora, portrait vivant de sa défunte épouse qu'il adorait. Et si Flora est capricieuse et instable, comment lui en vouloir quand on sait que leur mère est morte en la mettant au monde ? Une tragédie que nul n'ose évoquer et dont Josie ne garde qu'un souvenir confus. Pourtant, elle sent qu'on lui cache quelque chose. Un secret de famille qu'elle est bien décidée à découvrir pour exorciser enfin les ombres du passé et permettre à tous les siens de s'ouvrir enfin à l'avenir — et à l'amour…

Best-Sellers n°377 • thriller

Le lien maudit - P.D. Martin

A l'âge de 8 ans, Sophie Andersen a brutalement eu la vision de la scène du meurtre de son frère. Ce drame l'a marquée à jamais. Devenue flic, elle exerce ses talents de *profiler* au FBI tout en essayant d'occulter ce don terrifiant. Cependant une enquête, la plus perturbante de sa carrière, l'oblige à faire appel à ses visions : plusieurs meurtres particulièrement brutaux, d'abord imputés au même tueur en série, semblent avoir été perpétrés non pas par un, mais par plusieurs assassins, qui tuent à l'unisson...

Best-Sellers n°378 • suspense

Sombre présage - Heather Graham

Lorsque Genevieve O'Brien engage Joe Connolly pour enquêter sur la mort d'un membre éminent des « Corbeaux », un club d'amateurs d'Edgar Poe dont fait partie sa mère, celui-ci n'accepte qu'à contrecoeur. Pourtant, Geneviève le sent, la mort rôde autour des Corbeaux. Et Joe, qui possède le don de communiquer avec les défunts, comprend rapidement qu'un tueur obsédé par Edgar Poe rôde dans la ville…

Best-Sellers n°379 • thriller

Jusqu'au dernier souffle - Rita Herron

Survivante d'un *serial killer* qui enterrait ses victimes vivantes, Lisa Langley a vécu l'enfer. Elle tente de se reconstruire lorsque, quatre ans plus tard, des meurtres identiques sont perpétrés. Terrorisée, elle se tourne vers Brad Booker, l'agent du FBI qui l'a déjà arrachée à la mort. Car un autre tueur semble vouloir continuer « l'œuvre » du psychopathe dont Lisa a été cible, et la poursuivre jusqu'à ce qu'elle rende son dernier souffle…

Best-Sellers n°380 • historique

Un parfum d'Irlande - Erin Yorke

Irlande, 1588

Un soir de tempête, alors qu'Alanna O'Donnell cherche un moyen de fuir un mariage forcé, les gardes du château de son oncle capturent l'équipage d'un galion espagnol suspecté d'appartenir à la flotte envoyée par le roi d'Espagne pour envahir l'Angleterre. Nus et entravés, les prisonniers sont déférés devant le seigneur des lieux, et Alanna, est chargée de jouer les interprètes. Troublée, elle ne peut détacher son regard de leur chef, Lucas del Fuentes, un homme insolent qui, en dépit de la situation, ne se gêne pas pour la courtiser. L'oncle d'Alanna, agacé par la tournure des événements, rend son verdict: Lucas et ses hommes seront pendus à l'aube…

Best-Sellers n°381 • roman

Le fruit défendu - Erica Spindler

Issue d'un milieu qu'elle a rejeté et qui lui fait honte, Hope est prête à tout pour échapper à un destin qu'elle hait. La chance se présente à elle sous les traits de Philip St. Germaine, un homme de la haute société qu'elle parvient à tromper sur ses origines et à épouser. Mais la naissance d'une petite fille réveille les démons d'un passé qu'elle croyait avoir laissé derrière elle à tout jamais. Un passé sulfureux dont la petite Glory risque d'hériter… à moins que Hope, qui a pour sa fille les plus grandes ambitions, ne parvienne à lui mentir à son tour sur ses origines…

Composé et édité par les
éditions Harlequin
Achevé d'imprimer en avril 2009

à Saint-Amand-Montrond (Cher)
Dépôt légal : mai 2009
N° d'imprimeur : 90392 — N° d'éditeur : 14276

Imprimé en France